Glaube der Lüge

ELIZABETH GEORGE

GLAUBE DER LÜGE

Ein Inspector-Lynley-Roman

Aus dem Amerikanischen
von Charlotte Breuer und Norbert Möllemann

Weltbild

Die amerikanische Originalausgabe erschien 2012 unter dem Titel
Believing the Lie
bei Dutton, a member of Penguin Group (USA) Inc., New York.

Besuchen Sie uns im Internet:
www.weltbild.de

Genehmigte Lizenzausgabe für Verlagsgruppe Weltbild GmbH,
Steinerne Furt, 86167 Augsburg

Übersetzung: Charlotte Breuer und Norbert Möllemann
Umschlaggestaltung: Jarzina kommunikationsdesign, Holzkirchen
Umschlagmotiv: Corbis, Düsseldorf
(© Ian Egner / Robert Harding World Imagery / Corbis)
Gesamtherstellung: GGP Media GmbH, Pößneck
Printed in the EU
ISBN 978-3-95569-019-9

2016 2015 2014 2013
Die letzte Jahreszahl gibt die aktuelle Lizenzausgabe an.

In Gedenken an Anthony Mott
Brillanter Erzähler
Verehrter Freund
Antonio für mich

This life's five windows of the soul
Distort the heavens from pole to pole,
And lead you to believe a lie,
When you see *with* not *through* the eye.

Der Seele ird'sche Fenster zeigen
Das Himmlische verzerrt, zerstückt;
Du wirst den Trug zu glauben neigen,
Wenn's Aug' nur *sieht* – und nicht *erblickt*.

William Blake

(Übersetzt von Sebastian Wohlfeil)

10. Oktober

FLEET STREET
LONDON

Zed Benjamin war noch nie ins Zimmer des Chefredakteurs gerufen worden, und er fand die Erfahrung zugleich beunruhigend und aufregend. Weil ihm nicht wohl bei der ganzen Sache war, schwitzte er unter den Achseln. Und vor lauter Aufregung hatte er solch ein Herzklopfen, dass er es bis in die Daumenspitzen spüren konnte. Aber da er mit der Einstellung angetreten war, Rodney Aronson als ganz normalen Kollegen bei der *Source* zu betrachten, führte er das Schwitzen und die pulsierenden Daumen darauf zurück, dass er seinen einzigen Sommeranzug zu früh gegen seinen einzigen Winteranzug ausgetauscht hatte. Er nahm sich vor, am nächsten Morgen wieder den Sommeranzug anzuziehen – falls seine Mutter ihn nicht schon in die Reinigung gebracht hatte, was er nicht hoffte. Obwohl es zu ihr passen würde, dachte Zed. Seine Mutter war hilfsbereit und zuverlässig. Und zwar beides eine Spur zu sehr.

Er suchte nach einer Ablenkung, die in Rodney Aronsons Zimmer leicht zu finden war. Während der Chefredakteur Zeds Story las, überflog Zed die Schlagzeilen der alten Ausgaben der Boulevardzeitung, die gerahmt an den Wänden hingen. Er fand sie geschmacklos und idiotisch, die Storys appellierten an die niedersten menschlichen Instinkte. CALLBOY BRICHT SCHWEIGEN zum Beispiel handelte vom Stelldichein eines Parlamentsabgeordneten mit einem Sechzehnjährigen in einem Auto in der Nähe der King's Cross Station, das durch das Eintreffen von zwei Polizisten vom Sittendezernat jäh unterbrochen worden war. Der Artikel daneben war betitelt mit PARLAMENTSABGEORDNETER: FLOTTER DREIER MIT TEENAGER, und der nächste trug die Überschrift EHEFRAU DES ABGEORDNETEN VERÜBT SELBSTMORD. Für die *Source* waren diese Storys ein voller Erfolg gewesen, ihre Reporter waren als Erste vor Ort gewesen, sie hatten die Nachricht als Erste gebracht, und sie hatten als Erste Informanten für schlüpfrige Einzelheiten bezahlt, um einen Vorfall aufzupeppen, den jede seriöse Zeitung entweder diskret behandelt oder versteckt auf der letzten Seite gebracht hätte – oder beides. Das galt vor allem für solche heißen Themen wie: PRINZ RANDALIERT IM SCHLAFZIMMER, STALLMEISTER PLAUDERT – PALAST SCHOCKIERT und SCHON WIEDER EINE KÖNIGLICHE SCHEIDUNG? Sensationsgeschichten, so viel hatte Zed in Gesprächen in der Kantine mitbekommen, hatten dem Blatt eine Mehrauflage von über hunderttausend beschert. Dafür war die Zeitung bekannt. Und jedem in der Redaktion war klar: Wer sich nicht die Hände schmutzig machen und in der schmutzigen Wäsche anderer Leute wühlen wollte, der sollte besser nicht als Journalist bei der *Source* anfangen.

Aber genau das war Zedekiah Benjamins Problem: Es widerstrebte ihm zutiefst, als Enthüllungsjournalist bei der *Source* zu arbeiten. In seinen Augen war er eher der Typ, der zur *Financial Times* passte, mit ausreichend Status und Renommee, womit er seine wahre Leidenschaft hätte finanzieren können, nämlich Gedichte zu schreiben. Aber Stellen für Kolumnisten bei seriösen Blättern waren so selten wie die Blaue Mauritius, und mit irgendetwas musste man schließlich seine Brötchen verdienen, wenn das mit Poesie nicht machbar war. Zed wusste also, dass es sich für ihn geziemte, sich so zu verhalten, als sähe er seine berufliche Erfüllung als Journalist darin, die Fehltritte von Berühmtheiten und die kleinen Sünden der Royals zu enthüllen. Dennoch war er der Meinung, dass selbst ein Blatt wie die

Source davon profitieren konnte, hin und wieder ein klein wenig aus dem Sumpf der Menschenverachtung emporgehoben zu werden.

Der Artikel, den Rodney Aronson gerade las, war ein gutes Beispiel dafür. In Zeds Augen musste eine Story in einer Boulevardzeitung nicht notwendigerweise vor schlüpfrigen Details strotzen. Okay, sie käme vielleicht nicht auf die Titelseite, sondern war eher etwas für die Sonntagsbeilage, wobei ein doppelseitiger Mittelteil in der täglichen Ausgabe auch nicht übel wäre, Hauptsache, es gab Fotos und einen Verweis auf die Fortsetzung auf der nächsten Seite. Zed hatte ewig an dieser Story gearbeitet, und sie enthielt alles, was *Source*-Lesern gefiel, allerdings mit mehr Stil: Die Sünden der Väter und ihrer Söhne wurden ausgebreitet, zerrüttete Beziehungen wurden erforscht, Drogen- und Alkoholmissbrauch sorgten für Würze, und schließlich gab es sogar ein Happy End. Es war die Geschichte eines Prassers, dem es in – mehr oder weniger – allerletzter Minute gelang, sich von einer tödlichen Methamphetaminsucht zu befreien und sich ganz neu zu erfinden, indem er sein Leben den Ärmsten der Armen widmete. Es war eine Geschichte von Schurken und Helden, von würdigen Gegnern und immerwährender Liebe. Es war eine Geschichte über exotische Schauplätze, Familienwerte und Elternliebe. Und vor allem …

»Da schlafen einem ja die Füße ein.« Rodney Aronson warf Zeds Story auf den Schreibtisch und befingerte seinen Bart. Fand einen Krümel Schokolade darin und steckte ihn sich in den Mund. Er hatte beim Lesen eine Tafel Schokolade gegessen, und seine rastlosen Augen wanderten jetzt über seinen Schreibtisch auf der Suche nach Nachschub, den er in Anbetracht des von der übergroßen Safari-Jacke, seiner bevorzugten Arbeitskleidung, schlecht verhüllten Leibesumfangs weiß Gott nicht brauchte.

»Wie bitte?« Zed meinte, sich verhört zu haben, und überlegte krampfhaft, was sich auf *Füße ein* reimen könnte, um sich zu vergewissern, dass sein Chefredakteur seine Story nicht soeben auf die unterste Ecke von Seite zwanzig verbannt hatte oder Schlimmeres.

»Mir schlafen die Füße ein!«, sagte Rodney. »Sie haben mir eine gepfefferte Enthüllungsstory versprochen, wenn ich Sie da raufschicke. Sie haben mir, wenn ich mich recht erinnere, sogar eine Enthüllungsstory garantiert, wenn ich Ihnen ein Hotelzimmer bezahle für Gott weiß wie viele Tage…«

»Fünf«, sagte Zed. »Es gestaltete sich nämlich etwas komplizierter. Ich musste diverse Leute interviewen, um die Objektivität zu wahren…«

»Also gut, fünf. Über die Wahl Ihres Hotels werden wir uns übrigens auch noch unterhalten, denn ich habe die Rechnung gesehen und mich gefragt, ob im Zimmerpreis Bauchtänzerinnen enthalten waren. Wenn einer auf Kosten der Zeitung für fünf Tage nach Cumbria geschickt wird, weil er uns eine hammermäßige Geschichte in Aussicht stellt…« Rodney nahm die Seiten vom Schreibtisch und wedelte damit in der Luft. »Was zum Teufel haben Sie hier recherchiert? Und was hat in Gottes Namen der Titel zu bedeuten? ›Das neunte Leben‹. Was ist das hier? Ein Machwerk aus einem von Ihren hochintellektuellen Literaturseminaren? Oder aus einem Kurs für kreatives Schreiben? Halten Sie sich etwa für einen Schriftsteller?«

Zed wusste, dass der Chefredakteur kein Universitätsstudium absolviert hatte. Das erzählte man sich ebenfalls in der Kantine. Kurz nachdem Zed bei der *Source* angefangen hatte, hatte ihm jemand *sotto voce* zugeraunt: Wenn dir dein Leben lieb ist, Kumpel, komm Rod nur ja nicht mit irgendwas, das ihn daran erinnert, dass du irgendeinen Abschluss hast, der auch nur entfernt was mit höherer Bildung zu tun hat. Das hat nur zur Folge, dass er sich verarscht fühlt. Also halt am besten die Klappe, wenn was Derartiges zur Sprache kommt.

Und so antwortete Zed äußerst vorsichtig auf Rodneys Frage nach dem Titel seiner Story. »Das ist eine Anspielung auf Katzen.«

»Auf Katzen.«

»Äh… die sollen doch neun Leben haben.«

»Okay, gebongt. Aber wir schreiben nicht über Katzen, oder?«

»Nein. Natürlich nicht…« Zed wusste nicht so recht, worauf der Chefredakteur hinauswollte, und fuhr einfach fort mit seiner Erklärung. »Es geht darum, dass der Typ achtmal einen Entzug gemacht hat, verstehen Sie, und zwar in drei Ländern, und nichts hat ihm geholfen, wirklich gar nichts. Okay, er war vielleicht sechs, acht Monate clean, einmal sogar ein ganzes Jahr, aber er ist immer wieder rückfällig geworden. Dann fährt er nach Utah, wo er eine ganz außergewöhnliche Frau kennenlernt, und auf einmal ist er ein neuer Mensch.«

»Simsalabim, die wunderbare Wandlung, und das war's? Gerettet durch die Liebe?« Die Frage klang freundlich, und Zed schöpfte Mut.

»Ganz genau. Das ist einfach unglaublich. Er ist völlig geheilt. Okay, bei seiner Heimkehr wird kein gemästetes Kalb geschlachtet…«

»Kalb geschlachtet?«

Zed ruderte hastig zurück. Eine Anspielung auf die Bibel, ganz schlechte Taktik. »Dumme Bemerkung, sorry. Er kommt also zurück und gründet ein Projekt, um denen zu helfen, denen nicht mehr zu helfen ist.« War das zu dick aufgetragen? »Und nicht etwa für Jugendliche, die ihr Leben noch vor sich haben. Nein, für Asoziale. Seine Schützlinge sind alte Penner, gesellschaftlicher Abfall…«

Rodney sah ihn an.

»Ausgestoßene, die ihre verfaulten Zähne ausspucken, während sie ihr Essen aus Mülltonnen klauben. Er findet, dass sie es *verdient* haben, gerettet zu werden. Und das funktioniert tatsächlich. Die werden geheilt. Ein Leben lang ein Herumtreiber, ein Leben im Suff und im Drogenrausch, und auf einmal sind die clean. Zusammen bauen sie diese alten Wehrtürme wieder auf.« Zed holte tief Luft. Wartete auf Rodneys Reaktion.

Sie kam ruhig, aber mit einem Unterton, der auf mangelnde Begeisterung schließen ließ. »Keiner von diesen Typen ist clean, Zed. Wenn der Turm fertig ist, sind die schneller wieder auf der Straße, als wir kucken können.«

»Das glaube ich nicht.«

»Warum nicht?«

»Weil es sich um einen Wehrturm handelt. Und das ist der Hammer an der Geschichte. Es ist eine Metapher für alles andere.« Zed wusste, dass ihn allein dieser Begriff auf gefährliches Terrain brachte, also redete er atemlos weiter. »Überlegen Sie doch mal, wozu diese Türme früher gedient haben, dann verstehen Sie, was ich meine. Sie wurden zum Schutz gegen marodierende Banden errichtet – gegen diese Räuberbanden, die aus Schottland über die Grenze kamen –, und in unserem Fall stehen die Marodeure für Drogen, okay? Meth, Koks, Hasch, Heroin, was auch immer. Der Wehrturm steht für Rettung und Heilung, und wenn man sich dann überlegt, welche Bedeutung das hat oder haben *könnte* für einen, der seit zehn, fünfzehn Jahren ein Herumtreiber ist, dann …«

Rodney legte den Kopf auf seinen Schreibtisch. Er wedelte mit der Hand.

Zed wusste nicht, wie er reagieren sollte. Es sah aus, als wäre er entlassen, doch er würde nicht einfach so den Schwanz einziehen … Gott, schon wieder eine Metapher, dachte er. »Genau das«, fuhr er eindringlich fort, »gibt der Story den Pfiff. Genau deswegen ist es die perfekte Story für die Sonntagsbeilage. Ich sehe es schon vor mir: Vier komplette Seiten mit Fotos: der Turm, die Typen, die ihn wiederaufbauen, das Vorher und Nachher und so weiter.«

»Mir schlafen die Füße ein«, sagte Rodney noch einmal.

»Was übrigens auch eine Metapher ist. Sexy ist diese Story jedenfalls ganz und gar nicht.«

»Sexy«, wiederholte Zed. »Na ja, die Ehefrau ist tatsächlich eine schillernde Figur, aber sie wollte nicht, dass es um sie geht oder um die Beziehung. Sie sagt, er ist schließlich derjenige …«

Rodney hob eine Hand. »Ich rede nicht von sexy wie bei Sex, Sie Idiot. Ich rede von sexy wie spannend.« Er schnippte mit den Fingern. »Das Prickeln, die Ungeduld, das, was den Leser neugierig macht, die Vorfreude, die Erregung, das, was den Leser geil macht, ohne dass er weiß, wieso. Hab ich mich klar genug ausgedrückt? Ihre Geschichte hat nichts davon.«

»Aber darum geht es doch auch gar nicht. Sie soll erbaulich sein, den Lesern Hoffnung geben.«

»Wir verkaufen keine Erbauung, und wir verkaufen erst recht keine Hoffnung. Wir verkaufen Zeitungen. Und glauben Sie mir, mit diesem Geschwafel werden wir unsere Verkaufszahlen nicht steigern. Unser Markenzeichen ist eine ganz bestimmte Art des investigativen Journalismus. In Ihrem Vorstellungsgespräch haben Sie behauptet, das sei Ihnen bekannt. Und deswegen sind Sie doch nach Cumbria gefahren, oder? Tun Sie gefälligst Ihren Job, verdammt noch mal!«

»Das habe ich getan!«

»Blödsinn. Das ist ein rührseliger Scheißdreck! Irgendjemand da oben hat Sie total eingewickelt …«

»Ganz und gar nicht!«

»… und Sie haben prompt einen Rückzieher gemacht.«

»Nein.«

»Das hier …« Wieder wedelte er mit den Seiten. »… soll also der große Wurf sein? So wollen Sie eine Story aufreißen?«

»Äh, na ja … nicht direkt. Aber, ich meine, als ich den Typen kennengelernt habe, da …«

»… haben Sie die Flatter gekriegt, und schon war's vorbei mit dem Recherchieren.«

Diese Schlussfolgerung fand Zed ziemlich unfair. »Wollen

Sie damit sagen, dass eine Geschichte von einem versauten Leben, von gequälten Eltern, die alles versucht haben, um ihren drogenabhängigen Sohn zu retten, der sich am Ende selbst aus dem Schlamassel zieht … Eine Geschichte über einen Typen, der beinahe an seinem goldenen Löffel erstickt wäre … Wollen Sie behaupten, dass das kein investigativer Journalismus ist? Dass das nicht sexy ist? Nicht so sexy, wie Sie es gerne hätten?«

»Der Sohn von irgendeinem adligen Affen ist also drogensüchtig.« Er gähnte theatralisch. »Wahnsinn. Wenn Sie wollen, nenne ich Ihnen aus dem Stand die Namen von zehn weiteren Blindgängern, für die dasselbe gilt.«

Zed spürte, wie ihn der Kampfgeist verließ. All die vertane Zeit, all die vergeudete Energie, all die Interviews, die er geführt hatte – alles umsonst. Das war nicht recht. Zed überlegte, welche Möglichkeiten ihm blieben. Schließlich sagte er: »Okay, akzeptiert. Aber ich könnte es ja noch mal versuchen. Noch mal da rauffahren und ein bisschen tiefer graben.«

»Und wonach, verdammt noch mal?«

Das genau war die Frage. Zed dachte an all die Leute, mit denen er geredet hatte: den Exjunkie, seine Frau, seine Mutter, seine Schwestern, seinen Vater, an die armen Schlucker, die er retten wollte. Gab es irgendwo irgendjemanden, der etwas Verbotenes tat; etwas, was er, Zed, übersehen hatte? Den gab es garantiert, und zwar aus dem simplen Grund, dass es immer so jemanden gab. »Ich weiß nicht«, sagte Zed. »Aber wenn ich ein bisschen rumschnüffle … Jeder hat irgendein Geheimnis. Jeder sagt über irgendwas die Unwahrheit. Und nach allem, was wir bereits in die Geschichte investiert haben, kann es nicht schaden, wenn ich's noch mal versuche.«

Rodney schob sich mit seinem Stuhl vom Schreibtisch zurück und schien sich Zeds Angebot durch den Kopf gehen zu lassen. Er wählte eine Nummer auf seinem Telefon, blaffte seine Sekretärin an: »Wallace? Sind Sie da?«, und als sie antwortete: »Bringen Sie mir noch eine Tafel Schokolade. Diesmal mit

Haselnüssen.« Dann sagte er zu Zed: »Also gut, aber Sie machen das auf eigene Rechnung. Wenn nicht, vergessen Sie's.«

Zed blinzelte. Das war natürlich etwas ganz anderes. Er stand bei der *Source* auf der untersten Stufe der Leiter, und entsprechend sah sein Gehalt aus. Er überschlug die Kosten für ein Zugticket, einen Mietwagen, ein Hotelzimmer – vielleicht konnte er in einem heruntergekommenen Bed & Breakfast absteigen oder in einer Pension in einer Seitenstraße in … ja, wo? Jedenfalls in keinem Ort an einem der Seen. Das wäre zu teuer, selbst jetzt, außerhalb der Saison. Also müsste er … Und würde überhaupt seine Arbeitszeit bezahlt werden, solange er sich in Cumbria aufhielt? Wahrscheinlich nicht. »Kann ich mir das noch mal überlegen?«, fragte er. »Sie werden die Story doch nicht gleich in die Tonne treten, oder? Ich muss erst mal Kassensturz machen, wenn Sie verstehen, was ich meine.«

»Lassen Sie sich Zeit.« Rodney lächelte, ein seltsames und unnatürliches Dehnen der Lippen, das verriet, wie ungewohnt ihm diese Übung war. »Wie gesagt, Sie machen das auf eigene Rechnung.«

»Danke, Rodney.« Zed war sich nicht ganz sicher, für was er sich eigentlich bei dem Mann bedankte. Er nickte, stand auf und ging zur Tür. Als er gerade die Klinke drücken wollte, sagte Rodney freundlich: »Falls Sie sich dafür entscheiden sollten, rate ich Ihnen, auf Ihre Mütze zu verzichten.«

Bevor Zed darauf etwas antworten konnte, fuhr Rodney fort: »Das hat nichts mit Ihrer Religion zu tun, Kumpel. Es interessiert mich nicht die Bohne, was für eine Religion Sie ausüben. Das ist ein guter Rat von einem, der schon in diesem Geschäft war, als Sie noch in die Windeln gemacht haben. Tun Sie, was Sie für richtig halten, aber Sie sollten die Leute nach Möglichkeit mit nichts von der Vorstellung ablenken, dass Sie ihr Beichtvater sind, ihr bester Freund, ihr Psycho-Onkel, was weiß ich. Wenn Sie also irgendwas anhaben, das die Aufmerksamkeit der Leute von dem ablenkt, was sie Ihnen erzählen wollen – oder noch besser, von dem, was sie *nicht* erzählen wollen –, dann haben Sie ein Problem. Und damit meine ich jede Art von Accessoire: Turbane, Rosenkränze, Beanies, hennarote Bärte, Dolche im Gürtel. Können Sie mir folgen? Was ich sagen will, ist, dass ein investigativer Journalist sich optisch einfügt – und mit so einer Mütze auf dem Kopf… An Ihrer Größe können Sie nichts ändern oder an Ihrem Haar – es sei denn, Sie färben es, und das verlange ich nicht von Ihnen –, aber die Mütze ist zu viel des Guten.«

Reflexhaft berührte Zed seine Kippa. »Ich trage sie, weil…«

»Es interessiert mich nicht, warum Sie sie tragen. Es interessiert mich nicht mal, *ob* Sie sie tragen. Es ist nur ein guter Rat von einem alten Hasen, mehr nicht.«

Zed wusste, dass der Chefredakteur den Nachsatz hinzugefügt hatte, um eine Anzeige zu vermeiden. Alles, was Rodney zu Zeds Kippa gesagt hatte, hatte er aus demselben Grund so und nicht anders formuliert. Die *Source* war nicht gerade eine Bastion der politischen Korrektheit, aber darum ging es auch gar nicht. Rodney Aronson wusste, welche Fehler er in seinem Gewerbe besser vermied.

»Beherzigen Sie meinen Rat«, sagte Rodney, als die Tür sich öffnete und seine Sekretärin mit einer Familienpackung Schokolade hereinkam.

»Mach ich«, sagte Zed. »Mach ich auf jeden Fall.«

ST. JOHN'S WOOD
LONDON

Es kam auf jede Minute an, und er machte sich sofort auf den Weg. Er würde die U-Bahn nehmen und in der Baker Street in den Bus steigen. Ein Taxi bis nach St. John's Wood wäre besser gewesen – nicht zuletzt wegen der größeren Beinfreiheit –, aber das konnte er sich nicht leisten. Er hastete zum U-Bahnhof Blackfriars, wo er endlos auf die Circle Line wartete, die so überfüllt war, dass er sich gerade noch hineinquetschen konnte und mit eingezogenen Schultern, das Kinn auf die Brust gedrückt wie ein Büßer, direkt an der Tür stehen bleiben musste.

Mit steifem Nacken stieg er an der Baker Street aus und ging zur Bank, um seinen Kontostand zu überprüfen in der vergeblichen Hoffnung, dass er sich beim Überschlagen seiner Einnahmen und Ausgaben irgendwie verrechnet hatte. Ein Blick auf den Kontostand machte ihn mutlos. Eine Fahrt nach Cumbria würde seine gesamten Ersparnisse verschlingen, und er musste sich überlegen, ob ihm das die Sache wert war. Letztlich ging es nur um eine Story. Wenn er sie sausen ließ, würde man ihn eben auf eine andere ansetzen. Aber es gab Storys und Storys, und diese … Er wusste einfach, dass diese etwas ganz Besonderes war.

Immer noch unentschlossen traf er anderthalb Stunden früher als gewöhnlich zu Hause ein, und deswegen klingelte er an der Haustür, damit seine Mutter keinen Schreck bekam, wenn sie zu einer so ungewohnten Tageszeit den Schlüssel im Schloss hörte. Er rief »Ich bin's Mum!«, und sie antwortete »Zede*ki*ah! *Ach*, wie schön!«, was ihn verblüffte, bis er die Wohnung betrat und sah, weswegen seine Mutter so aus dem Häuschen war.

Susanna Benjamin war gerade dabei, ihren Nachmittagstee zu beenden, aber sie war nicht allein. Eine junge Frau saß im bequemsten Sessel des Wohnzimmers – in dem Sessel, den Zeds Mutter immer für Gäste reservierte. Sie errötete anmutig und senkte kurz den Kopf, als Zeds Mutter die beiden einander vorstellte. Sie hieß Yaffa Shaw und gehörte demselben Lesezirkel an wie Susanna Benjamin, die diese Tatsache aus irgendeinem Grund als großartigen Zufall bezeichnete. Zed brauchte nicht lange auf eine nähere Erläuterung zu warten. »Ich habe

Yaffa gerade erzählt, dass mein Zedekiah ein *absoluter* Bücherwurm ist, der nicht nur eins, sondern gleich vier, fünf Bücher auf einmal liest. Erzähl Yaffa, was du gerade liest, Zed. Yaffa hat sich gerade den neuen Graham Swift vorgenommen. Also, das heißt, wir *alle* haben mit dem neuen Graham Swift angefangen. Im Lesezirkel, Zed. Setz dich doch, mein Lieber. Möchtest du ein Tässchen Tee? Ach du je, der ist ja kalt! Soll ich dir frischen machen?«

Ehe Zed darauf antworten konnte, war seine Mutter bereits verschwunden. Er hörte sie in der Küche herumklappern. Für alle Fälle schaltete sie auch noch das Radio ein. Er wusste, dass sie mindestens eine Viertelstunde brauchen würde, um frischen Tee aufzuschütten, denn er kannte das schon. Das letzte Mal war es die junge Frau gewesen, die bei Tesco an der Kasse arbeitete. Das vorletzte Mal war es eine vielversprechendere Kandidatin gewesen, nämlich die älteste Nichte ihres Rabbi, die sich in London aufhielt, um an einem Sommerkurs einer amerikanischen Universität teilzunehmen, an deren Namen Zed sich nicht erinnern konnte. Nach Yaffa, die ihn verstohlen beobachtete, zweifellos in der Hoffnung auf ein Gespräch, würde wieder eine kommen. Und so würde es weitergehen, bis er eine von ihnen heiratete und anfing, Enkelkinder in die Welt zu setzen. Nicht zum ersten Mal verfluchte Zed seine ältere Schwester, ihren Beruf und ihre Entscheidung, nicht nur keine Kinder zu bekommen, sondern nicht einmal zu heiraten. Sie war Wissenschaftlerin geworden, ein Beruf, der eigentlich für ihn vorgesehen gewesen war. Nicht dass er gern Wissenschaftler geworden wäre, aber wenn seine Schwester mitgespielt hätte und ihrer Mutter einen Schwiegersohn und ein paar Enkelkinder beschert hätte, dann würde er nicht immer und immer wieder vor einer neuen Kandidatin sitzen, die seine Mutter unter weiß der Teufel welchem Vorwand ins Haus gelockt hatte.

»Sie und Mum«, sagte er, »gehören also demselben Lesezirkel an?«

Sie errötete noch tiefer. »Eigentlich nicht«, sagte sie. »Ich arbeite in dem Buchladen. Ich gebe den Mitgliedern des Lesezirkels Empfehlungen. Ihre Mutter und ich … wir haben uns unterhalten … na ja, wie das halt so geht in einem Buchladen, wissen Sie.«

Er wusste nur zu gut. Und vor allem wusste er, wie Susanna Benjamin vorging. Er konnte sich das Gespräch genau vorstellen: die raffinierten Fragen und die arglosen Antworten. Er fragte sich, wie alt die junge Frau sein mochte, und ob seine Mutter es geschafft hatte, das Gespräch aufs Kinderkriegen zu lenken.

Er sagte: »Wahrscheinlich haben Sie gar nicht damit gerechnet, dass sie einen Sohn hat.«

»Sie hat es jedenfalls nicht erwähnt. Aber im Moment ist alles ein bisschen kompliziert, weil …«

»Zed, Liebling«, flötete seine Mutter aus der Küche. »Ist Darjeeling recht? Und ein Stück Kuchen? Oder möchtest du lieber einen Scone? Yaffa, Sie trinken doch noch ein Tässchen, nicht wahr? Ihr jungen Leute wollt bestimmt noch ein Weilchen plaudern.«

Genau das wollte Zed auf keinen Fall. Er wollte seine Ruhe, denn er musste das Für und Wider einer Reise nach Cumbria abwägen, ob es sinnvoll war, sich zu verschulden, nur um seine Story sexy zu machen. Und wenn er erst einmal in Cumbria war, falls er sich dafür entschied hinzufahren, würde er sich überlegen müssen, was genau die Story sexy machen würde. Was würde ihr das Prickeln geben, den Biss oder was auch immer nötig war, um die Neugier der *Source*-Leser zu wecken, die, so vermutete er, den IQ von Grabsteinen hatten. Womit konnte man einen Grabstein fesseln? Oder eine Leiche? Zed musste innerlich kichern über den Vergleich. Zum Glück hatte er ihn nicht im Gespräch mit Rodney Aronson gemacht.

»So, da wären wir!« Susanna Benjamin brachte ein Tablett mit frischem Tee, Scones, Butter und Marmelade. »Mein Zedekiah ist ziemlich groß, nicht wahr, Yaffa? Ich weiß gar nicht, von wem er die Größe geerbt hat. Wie groß bist du noch?«, fragte sie Zed. Er war eins fünfundneunzig, und seine Mutter wusste genau, von wem er die Größe geerbt hatte, nämlich von seinem Großvater väterlicherseits, der auch fast eins neunzig gewesen war. Als er nicht antwortete, fuhr sie unbekümmert fort: »Und erst mal seine Füße. Sehen Sie sich diese Füße an, Yaffa. Und Hände wie Gartenschaufeln. Sie wissen ja, wie es heißt...« Sie zwinkerte der jungen Frau zu. »Milch und Zucker, Zedekiah? Beides, nicht wahr?« Und zu Yaffa: »Mein Sohn war zwei Jahre im Kibbuz. Und dann zwei Jahre bei der Armee.«

»Mum«, sagte Zed.

»Nun sei doch nicht so verschämt.« Sie füllte Yaffas Tasse. »Und zwar bei der *israelischen* Armee. Was sagen Sie dazu? Er stellt sein Licht immer unter den Scheffel. So ein bescheidener Junge. So ist er schon immer gewesen. Und Yaffa ist genauso, Zedekiah. Der Kleinen muss man jedes Wort einzeln aus der Nase ziehen. Geboren in Tel Aviv, der Vater Chirurg, zwei Brüder, die in der Krebsforschung arbeiten, die Mutter Modedesignerin, mein Junge. Modedesignerin! Ist das nicht großartig? Ich könnte mir natürlich kein einziges von ihren Kleidern leisten, denn die werden in... Wo werden die noch verkauft, Yaffa?«

»In Boutiquen«, sagte Yaffa, die so puterrot angelaufen war, dass Zed schon fürchtete, sie würde gleich einem Schlaganfall zum Opfer fallen.

»In Knightsbridge, Zed«, fuhr seine Mutter fort. »Stell dir das mal vor. Sie entwirft die Sachen in Israel, und sie werden *hier* verkauft.«

Um den Redefluss seiner Mutter zu unterbrechen, fragte Zed: »Was hat Sie denn nach London verschlagen, Yaffa?«

»Das Studium!«, rief Susanna Benjamin. »Sie geht hier auf die Universität, Zedekiah. Sie studiert Biologie.«

»Chemie«, korrigierte Yaffa.

»Chemie, Biologie, Geologie... was macht das für einen Unterschied? Wer hätte gedacht, dass so viel Grips in diesem hübschen Köpfchen steckt! Hast du jemals ein hübscheres Ding gesehen als unsere kleine Yaffa?«

»In letzter Zeit nicht«, sagte Zed und warf seiner Mutter einen bedeutungsvollen Blick zu. »Es ist mindestens sechs Wochen her«, fügte er hinzu in der Hoffnung, sie durch die Bloßstellung ihrer Absichten so in Verlegenheit zu bringen, dass sie endlich Ruhe gab.

Aber Susanna ließ sich nicht beirren. »Er macht sich gern über seine Mutter lustig, Yaffa. Er ist ein kleiner Scherzbold, mein Zedekiah. Sie werden sich schon daran gewöhnen.«

Daran *gewöhnen*? Zed schaute Yaffa an, die peinlich berührt auf ihrem Sessel herumrutschte. Daraus schloss er, dass noch mehr auf ihn zukam, und seine Mutter spannte ihn nicht länger auf die Folter.

»Yaffa zieht in das Zimmer deiner Schwester«, verkündete Susanna ihrem Sohn. »Sie ist gekommen, um es sich anzusehen, und sie sagt, es ist genau das, was sie braucht, jetzt, wo sie aus ihrem anderen Zimmer rausmuss. Wie schön, wieder ein junges weibliches Gesicht im Haus zu haben, nicht wahr? Sie wird morgen hier einziehen. Sie müssen mir noch sagen, was Sie gern frühstücken, Yaffa. Als junger Mensch muss man den Tag mit einer ordentlichen Mahlzeit beginnen. Das fördert die Konzentration, nicht wahr, Zed? Er hat sein Literaturstudium mit Auszeichnung abgeschlossen. Hab ich Ihnen schon erzählt, dass er Gedichte schreibt, Yaffa? Irgendetwas sagt mir, dass er demnächst eins über Sie schreiben wird.«

Zed stand abrupt auf. Dabei schwappte sein Tee über, denn er hatte die Tasse in seiner Hand ganz vergessen. Zum Glück landete das meiste davon auf seinen Schuhen und nicht auf dem guten Teppich seiner Mutter. Aber am liebsten hätte er ihr den Rest über den sorgfältig frisierten Kopf gekippt.

Er traf seine Entscheidung spontan, und sie war nötig. »Ich fahre nach Cumbria, Mum.«

Sie blinzelte. »Nach Cumbria? Warst du denn nicht gerade erst …«

»An der Story ist noch mehr dran, und das muss ich ausgraben. Das duldet keinen Aufschub.«

»Wann fährst du denn?«

»Sobald ich gepackt habe.«

Wofür er höchstens fünf Minuten brauchen würde, dachte er.

UNTERWEGS NACH CUMBRIA

Die Tatsache, dass er sich so schnell wie möglich aus dem Staub machen wollte, ehe seine Mutter mitten im Wohnzimmer die *Chuppa* aufbauen konnte, zwang ihn dazu, einen Zug zu nehmen, der auf Umwegen nach Cumbria fuhr. Daran ließ sich leider nichts ändern. Nachdem er seine Reisetasche gepackt und seinen Laptop verstaut hatte, war er weg. Die Flucht war ihm sauber gelungen. Bus, U-Bahn, Euston Station, wo er bis zur Abfahrt des Zugs noch etwas Zeit hatte, um sich seine Fahrkarte, außerdem vier Sandwiches, den *Economist*, die *Times* und den *Guardian* zu kaufen. Während er auf dem Bahnsteig auf den Zug wartete, fragte er sich, wie lange er wohl brauchen würde, um etwas zu finden, das seine Geschichte sexy machte, und wie lange er noch brauchen würde, um seiner Mutter abzugewöhnen, ihm Frauen zuzuführen wie eine Kupplerin … Als er endlich im Abteil saß und der Zug anfuhr, war er froh, sich mit Arbeit ablenken zu können. Er klappte seinen Laptop auf und begann, seine Aufzeichnungen durchzugehen, die er abends nach jedem Gespräch säuberlich abgetippt hatte. Außerdem hatte er noch einen Block mit handschriftlichen Notizen dabei, die er auch noch durchforsten würde, denn es musste irgendetwas geben, und er würde es finden.

Als Erstes befasste er sich mit der Hauptfigur seiner Geschichte: Nicholas Fairclough, zweiunddreißig Jahre alt, der ehemals lasterhafte Sohn von Bernard Fairclough, Baron von Ireleth im County Cumbria. In eine wohlhabende, privilegierte Familie hineingeboren – der goldene Löffel –, hatte Nicholas bereits in seiner Jugend das Vermögen verprasst, das ihm das Schicksal in die Wiege gelegt hatte. Er war ein Mann mit dem Gesicht eines Engels, aber mit Tendenzen, die Lots Nachbarn alle Ehre gemacht hätten. Seit dem vierzehnten Lebensjahr hatte er äußerst widerstrebend verschiedene Entzugsprogramme durchlaufen. Die Liste der Kliniken las sich wie ein Reisebericht, da die Eltern immer exotischere – und abgelegenere – Orte ausgewählt hatten in der Hoffnung, Nicholas zu einem gesünderen Lebenswandel verhelfen zu können. Wenn er nicht gerade irgendwo auf Entzug war, unternahm er vom Geld seines Vaters nach dem Motto »Was kostet die Welt?« Luxusreisen, die ihn auf direktem Weg zurück in die Sucht führten. Schließlich warfen alle Beteiligten das Handtuch, an dem sie sich vorher die in Unschuld gewaschenen Hände abgewischt hatten. Vater, Mutter, Schwestern, sogar ein Vetter hatte …

Moment, *darüber* hatte er ja noch gar nicht nachgedacht, wurde Zed plötzlich bewusst. Diese Sache mit dem Vetter. Es war ihm vorgekommen wie ein unwichtiges Detail, das hatte Nicholas während der Interviews selbst betont, aber womöglich war Zed da etwas entgangen, das er jetzt gebrauchen konnte … Er blätterte in seinem Notizbuch und fand den Namen: Ian Cresswell, bei der Firma Fairclough Industries in irgendeiner verantwortungsvollen Position beschäftigt, Vetter von Nicholas, acht Jahre älter als dieser, geboren in Kenia, aber als Junge nach England übergesiedelt, wo er fortan bei den Faircloughs wohnte … Na, das war doch etwas, oder? Etwas, das sich vielleicht irgendwie ausschlachten ließ.

Zed hob nachdenklich den Kopf. Er schaute aus dem Fenster. Es war stockdunkel draußen, er sah also nichts als sein eigenes Spiegelbild: ein rothaariger Hüne, auf dessen Stirn sich Sorgenfalten bildeten, weil seine Mutter versuchte, ihn mit der erstbesten willigen Frau zu verkuppeln, die sie auftreiben konnte, und weil sein Chef seine geschliffene Prosa in den Papierkorb werfen wollte und weil er selbst etwas schreiben wollte, was wenigstens ein bisschen Niveau hatte. Also gut, was stand in seinen Aufzeichnungen? Was? *Was?*

Zed packte eins seiner vier Sandwiches aus und verschlang es, während er seine handschriftlichen Notizen durchging. Er suchte nach einem Anhaltspunkt, an dem er seine Story festmachen konnte, oder wenigstens nach einem Hinweis, dass es sich lohnte, in die eine oder andere Richtung tiefer zu graben, um das Prickeln zu produzieren, das Rodney Aronson verlangte. Diese Sache mit den Vettern, die wie Brüder aufgewachsen waren, war eine Möglichkeit. Unweigerlich musste er an das Alte Testament denken und an Kain und Abel, an die Frage »Bin ich der Hüter meines Bruders?«, an Altäre, auf denen die Früchte der Arbeit geopfert wurden, an das Bestreben, demjenigen zu gefallen, der in der Geschichte die Rolle Gottes einnahm, wahrscheinlich Bernard Fairclough, Baron von Ireleth. Und wenn man die Geschichte wirklich mit der Bibel vergleichen wollte, dann könnte der Baron Isaak sein, im Konflikt mit Esau und Jakob und deren Streit um das Recht des Erstgeborenen – obwohl Zed nie geglaubt hatte, dass irgendjemand das Fell eines toten Lamms für einen behaarten Männerarm halten konnte. Jedenfalls sollte er seine Aufzeichnungen noch einmal durchforsten, um zu sehen, ob er irgendwelche Informationen darüber besaß, wer was erben würde, falls Lord Fairclough etwas Unvorhergesehenes zustieß, oder wer die Leitung von Fairclough Industries übernehmen würde, falls den guten Lord ein vorzeitiger Tod ereilte.

Das wäre tatsächlich eine Story. Bernard Fairclough auf geheimnisvolle Weise… was? Verstorben oder verschwunden zum Beispiel. Er stürzt eine Treppe hinunter, ist querschnittsgelähmt, erleidet einen Schlaganfall, wie auch immer. Nachforschungen ergeben, dass er sich wenige Tage vor seinem frühzeitigen Tod mit seinem Anwalt getroffen hat und … ja, was? Er hat ein neues Testament aufgesetzt, seine Absichten in Bezug auf das Familienunternehmen klargestellt, er hat eine Lebensversicherung abgeschlossen, alle seine Papiere in Ordnung gebracht in Bezug auf – ja, auf was? Darauf, dass jemand etwas erbte, darauf, dass jemand enterbt würde, auf eine Enthüllung … Der Sohn ist in Wirklichkeit nicht sein Sohn. Der Neffe ist nicht sein Neffe. Es gibt eine zweite Familie auf den Hebriden. Irgendwo versteckt, im Keller, auf dem Söller, im Bootshaus, gibt es einen wahnsinnigen, missgestalteten älteren Bruder. Das wäre Zündstoff. Das wäre der Knaller. Das wäre sexy.

Das Problem war, wenn Zed ganz ehrlich war, dass das Einzige, was man an seiner Geschichte von Nicholas Faircloughs neuntem Leben wirklich als sexy bezeichnen konnte, dessen Frau war, und die war nicht nur sexy, die war affenscharf. In seinem Gespräch mit Rodney Aronson hatte er das nicht besonders herausgestrichen, weil Rodneys Reaktion darauf absehbar gewesen war, nämlich eine Aufforderung, ihm Bilder von ihren Titten zu verschaffen. Zed hatte sich bisher in Bezug auf das Thema sehr zurückgehalten, weil die Ehefrau wünschte, im Hintergrund zu bleiben, aber jetzt fragte er sich, ob er die Dame vielleicht doch ein bisschen genauer unter die Lupe nehmen sollte. Er öffnete den Ordner mit seinen Aufzeichnungen. Wenn Eva auch nur entfernt wie Alatea Fairclough ausgesehen hatte, dann, so hatte Zedekiah nach dem einzigen Interview mit ihr gedacht, war es kein Wunder, dass Adam den Apfel gepflückt hatte. Die einzige Frage war, warum er nicht sämtliche verdammten Äpfel samt Baum gegessen hatte. Also … War die Frau die Story? Machte *sie* die Story sexy? Prickelnd? Sie war weiß Gott umwerfend. Man brauchte nur ein Foto von ihr zu bringen, und jeder gesunde Mann würde wissen, warum

Nicholas Fairclough geheilt worden war. Sonst hatte sie leider nichts weiter zu der ganzen Sache zu sagen als: »Was Nick getan hat, hat er selbst getan. Ich bin seine Frau, aber in seiner wirklichen Geschichte spiele ich keine Rolle.«

War das eine Anspielung gewesen, fragte sich Zed. Welche *wirkliche* Geschichte? Gab es noch mehr aufzudecken? Vielleicht musste er diesen Faden weiterverfolgen: wahre Liebe. Hatte Nicholas Fairclough sie tatsächlich gefunden? Und wenn ja, gab es jemanden, der ihn darum beneidete? Eine seiner Schwestern vielleicht? Denn eine war unverheiratet, und die andere war geschieden. Und wie fühlten die beiden sich überhaupt, jetzt, wo der verlorene Sohn heimgekehrt war?

Er ging weiter seine Notizen durch. Las, bis ihm die Augen brannten. Aß noch ein Sandwich. Er machte sich auf die Suche nach einem Speisewagen – ziemlich absurd in Anbetracht seiner mageren Einkünfte –, weil er dringend einen Kaffee brauchte. Anschließend saß er wieder auf seinem Platz, völlig erschöpft, fast bereit aufzugeben. Dann plötzlich war er wieder hellwach: Was wenn etwas mit dem Haus der Familie nicht stimmte? Wenn es darin spukte, und wenn das zu der Drogensucht geführt hatte? … Dann kam er wieder auf die verdammte Ehefrau zurück, die südamerikanische Sirene, und allmählich sagte er sich, er täte besser daran, nach Hause zu fahren und die ganze vermaledeite Story zu vergessen, nur dass daheim seine Mutter auf ihn wartete und Yaffa Shaw und eine nie endende Prozession von Frauen, die er heiraten und schwängern sollte.

Nein. Irgendwo war eine Geschichte, eine Geschichte, wie sein Chefredakteur sie haben wollte. Wenn er noch tiefer graben musste, um etwas Pikantes zu finden, dann würde er eben die Schaufel schwingen und graben, bis er in China ankam. Alles andere war inakzeptabel. Aufgeben kam nicht in Frage.

18. Oktober

BRYANBARROW
CUMBRIA

Ian Cresswell war gerade dabei, den Tisch für zwei zu decken, als sein Lebensgefährte nach Hause kam. Er selbst hatte früh Feierabend gemacht, einen romantischen Abend im Sinn. Er hatte Lammbraten gekauft, der gerade unter einer duftenden Kräuterkruste im Ofen schmorte, und er hatte frisches Gemüse und Salat zubereitet. Im Kaminzimmer hatte er eine Weinflasche entkorkt, Gläser poliert und zwei Sessel und den Spieltisch aus Eichenholz aus der Zimmerecke vor den offenen Kamin geschoben. Obwohl es in dem uralten Herrenhaus eigentlich immer ein bisschen kühl war, war es noch nicht kalt genug für ein Kohlefeuer, und so hatte er eine Reihe Kerzen auf dem schmiedeeisernen Feuerrost befestigt und zwei weitere auf den Tisch gestellt. Als er gerade dabei war, die Kerzen anzuzünden, hörte er, wie die Küchentür geöffnet wurde, dann das Geräusch von Kavs Schlüsselbund, der in dem angeschlagenen Kammertopf auf der Fensterbank landete. Einen Augenblick später das Geräusch von Kavs Schritten auf den Küchenfliesen, und als die Tür des alten Backofens quietschte, lächelte Ian vor sich hin: Heute Abend war Kav mit Kochen an der Reihe, nicht er, und Kav hatte soeben die erste Überraschung entdeckt.

»Ian?« Schritte in der Küche, dann auf den Steinfliesen in der Eingangshalle. Ian hatte die Tür zum Kaminzimmer angelehnt gelassen. »Hier!«, rief er und wartete.

Kav erschien in der Tür. Sein Blick wanderte von Ian zum

Tisch mit den Kerzen, zu den Kerzen im Kamin und wieder zu Ian zurück. Dann wanderte sein Blick über Ians Körper und verweilte genau da, wo Ian es wünschte. Aber nach einem Moment der Spannung, der früher einmal dazu geführt hätte, dass sie gleich darauf im Schlafzimmer gelandet wären, sagte Kav: »Ich musste heute mit anpacken, wir hatten zu wenig Leute. Ich bin verschwitzt. Ich geh mich kurz duschen und umziehen«, und verschwand ohne ein weiteres Wort. Das reichte, um Ian zu sagen, dass sein Lover genau wusste, was die Szene, die er vor sich gesehen hatte, bedeutete. Und es reichte, um Ian zu sagen, welche Richtung ihr Gespräch an dem Abend wie üblich nehmen würde. Eine solche unausgesprochene Botschaft von Kaveh hätte ihm früher den Wind aus den Segeln genommen, aber diesmal nicht. Nachdem sie drei Jahre heimlich und ein Jahr offen zusammengelebt hatten, wusste er, was ihm das für ihn bestimmte Leben wert war.

Es dauerte eine halbe Stunde, bis Kaveh endlich fertig war, aber obwohl der Braten schon seit zehn Minuten auf dem Tisch stand und das Gemüse langsam unansehnlich wurde, hatte Ian nicht vor, sich davon kränken zu lassen, dass Kav sich so viel Zeit genommen hatte. Ian schenkte ihnen Wein ein – vierzig Pfund hatte die Flasche gekostet, was der Anlass jedoch rechtfertigte – und hob sein Glas. »Das ist ein guter Bordeaux«, sagte er und wartete darauf, dass Kav mit ihm anstieß, denn es war schließlich nicht zu übersehen, dass er das wünschte, so wie er mit dem Glas in der Hand dastand und ihn erwartungsvoll anlächelte.

Zum zweiten Mal betrachtete Kav den Tisch. »Zwei Gedecke?«, sagte er. »Hat sie angerufen oder was?«

»Ich habe sie angerufen.« Ian ließ die Hand mit dem Glas sinken.

»Und?«

»Ich habe sie gebeten, die beiden erst morgen zurückzubringen.«

»Und darauf hat sie sich eingelassen?«

»Ausnahmsweise. Willst du nicht von dem Wein trinken, Kav? Ich hab ihn in Windermere gekauft. In dem Weinladen, wo wir letzten …«

»Ich hatte heute eine Auseinandersetzung mit dem alten George.« Kav machte eine Kopfbewegung in Richtung Straße. »Er hat mich abgefangen, als ich hier ankam. Beschwert sich mal wieder über die Kälte. Er meint, ihm würde eine Zentralheizung zustehen. *Zustehen*, hat er tatsächlich gesagt.«

»Er hat doch jede Menge Kohle. Warum verheizt er die nicht, wenn's ihm im Haus zu kalt ist?«

»Er sagt, er will nicht mit Kohle heizen. Er will eine Zentralheizung. Er sagt, wenn er keine kriegt, sieht er sich nach was anderem um.«

»Als er hier gewohnt hat, hatte er doch auch keine Zentralheizung, Herrgott noch mal.«

»Da hatte er das Haus. Ich glaube, das hat er als eine Art Kompensation betrachtet.«

»Also, er soll sich gefälligst an die Situation gewöhnen, und wenn er das nicht kann, dann soll er sich eben einen andern Hof mieten. Aber ich habe keine Lust, den ganzen Abend über George Cowleys Groll auf uns zu reden. Das Anwesen stand zum Verkauf. Wir haben es gekauft, nicht er. Ende.«

»*Du* hast es gekauft.«

»Eine Formsache, die hoffentlich bald aus der Welt geschafft wird. Dann gibt es kein Dein und Mein mehr. Kein Ich, kein Du. Nur noch ein Wir.« Ian reichte Kav das zweite Glas. Kav zögerte kurz, dann nahm er es. »Gott, wie sehr ich dich begehre«, sagt Ian und fügte lächelnd hinzu: »Willst du mal fühlen, wie sehr?«

»Hmm. Nein. Lassen wir's langsam angehen.«

»Mistkerl.«

»Ich dachte, das gefällt dir.«

»Das erste Mal, dass du lächelst, seit du nach Hause gekommen bist. Hattest du einen anstrengenden Tag?«

»Eigentlich nicht«, sagte Kav. »Nur viel Arbeit und wenig Leute. Und du?«

»Nein.« Sie tranken beide einen Schluck, ohne den Blick voneinander abzuwenden. Kav lächelte wieder. Ian trat auf ihn zu. Kav wich zurück. Er versuchte, es so aussehen zu lassen, als hätte das frischpolierte Besteck oder die Blumenschale auf dem Tisch seine Aufmerksamkeit erregt, aber Ian ließ sich nicht täuschen. Er dachte, was jeder Mann denken würde, der vierzehn Jahre älter war als sein Liebhaber und alles aufgegeben hatte, um mit ihm zusammen sein zu können.

Mit seinen achtundzwanzig Jahren würde Kaveh ihm tausend Gründe dafür nennen können, dass er noch nicht bereit war, sich zu binden. Doch Ian hatte keine Lust, sie sich anzuhören, denn er wusste, dass es nur einen Grund gab. Und um diese Heuchelei ging es in jedem Streit, den sie im letzten Jahr geführt hatten.

»Weißt du eigentlich, was heute für ein Tag ist?«, fragte Ian und hob erneut sein Glas.

Kav nickte, aber er wirkte gequält. »Der Tag, an dem wir uns kennengelernt haben. Ich hab's total vergessen. Einfach zu viel los in Ireleth Hall. Aber dann ...« Er zeigte auf den Tisch. Ian wusste, dass er nicht nur die schöne Deko meinte, sondern auch die Mühe, die er sich mit dem Abendessen gemacht hatte. »Als ich das gesehen hab, ist es mir natürlich sofort wieder eingefallen. Ich bin eine komplette Niete. Ich habe nichts für dich.«

»Ach, das macht doch nichts«, sagte Ian. »Was ich mir wünsche, hast du immer bei dir, du brauchst es mir nur zu geben.«

»Du hast es doch schon, oder?«

»Du weißt, was ich meine.«

Kaveh trat ans Fenster und schob die schweren Vorhänge einen Spaltbreit auf, wie um nachzusehen, wo das Tageslicht geblieben war, doch Ian wusste, dass er überlegte, was er sagen sollte, und der Gedanke, dass er sagen könnte, was Ian nicht hören wollte, bescherte ihm das verräterische Pochen im Kopf und Sternchen vor den Augen. Er blinzelte.

»Eine Unterschrift im Standesamt macht unsere Beziehung nicht offizieller, als sie es so schon ist.«

»Unsinn«, entgegnete Ian. »Sie macht sie mehr als offiziell. Sie macht sie legal. Die Leute im Dorf werden uns akzeptieren, und vor allem zeigt sie aller Welt…«

»Wir brauchen nicht die Anerkennung der Leute hier.«

»Und vor allem«, wiederholte Ian, »zeigt die Unterschrift aller Welt…«

»Ganz genau«, sagte Kaveh gereizt. »Die Welt, Ian. Denk mal drüber nach. Und allen, die darin leben.«

Vorsichtig stellte Ian sein Weinglas auf dem Tisch ab. Er sollte den Braten aufschneiden, das Gemüse anrichten, sich an den Tisch setzen und essen und es gut sein lassen. Nach dem Essen mit Kav nach oben gehen und sich im Bett austoben. Aber an diesem ganz besonderen Abend konnte er nicht anders, als seinem Lebensgefährten noch einmal zu sagen, was er ihm schon ein Dutzend Mal gesagt hatte, obwohl er sich geschworen hatte, das Thema ausgerechnet heute nicht zu erwähnen: »Du hast mich gebeten, mich zu meiner Homosexualität zu bekennen, und ich habe es getan. Für dich. Nicht für mich, denn für mich spielte es keine Rolle. Und was ich getan habe – für dich –, war für andere Leute genauso schlimm, als hätte ich ihnen einen Dolch ins Herz gestoßen. Mir war das egal, weil es das war, was du wolltest, und weil mir klar geworden war…«

»Das *weiß* ich alles.«

»Drei Jahre Heimlichtuerei ist genug, hast du gesagt. Du hast gesagt, heute Abend musst du dich entscheiden. Vor allen hast du das gesagt, Kav, und vor allen habe ich mich entschieden. Dann bin ich gegangen. Mit dir. Hast du überhaupt eine Ahnung…«

»Natürlich habe ich eine Ahnung. Glaubst du, ich bin aus

Stein? Ich *habe* eine Ahnung, verdammt. Aber wir reden nicht vom Zusammenleben, nicht wahr? Wir reden vom *Heiraten.* Und wir reden über meine *Eltern.*«

»Die Leute gewöhnen sich an alles«, entgegnete Ian. »Das hast *du* mir doch gesagt.«

»Die Leute, ja. Andere Leute. Sie gewöhnen sich an alles. Aber nicht meine Eltern. Wir haben das doch schon hundertmal durchgekaut. In meiner Kultur – in *ihrer* Kultur –«

»Ihr gehört jetzt zu unserer Kultur. Ihr alle.«

»So funktioniert das nicht. Man flüchtet nicht in ein fremdes Land, nimmt eine Wunderdroge und wacht am nächsten Morgen mit einem völlig neuen Wertesystem auf. So läuft das nicht. Und als einziger Sohn – als einziges Kind, Herrgott noch mal – habe ich... Verdammt, Ian, das *weißt* du doch alles. Warum bist du nicht mit dem zufrieden, was wir haben? Mit dem, wie es ist?«

»Weil das, wie es ist, eine Lüge ist. Du bist nicht mein Mieter. Ich bin nicht dein Vermieter. Glaubst du im Ernst, dass sie uns das auf Dauer abkaufen?«

»Sie kaufen mir alles ab, was ich ihnen sage. Ich lebe hier, sie leben dort. Das funktioniert, und es wird immer funktionieren. Alles andere würden sie nicht verstehen. Sie brauchen es nicht zu wissen.«

»Warum nicht? Damit sie dir regelmäßig junge heiratsfähige Iranerinnen schicken können? Junge Frauen, die deine Eltern sofort zu Großeltern machen würden?«

»Das wird nicht passieren.«

»Es passiert doch bereits. Mit wie vielen haben sie dich schon zusammengebracht? Einem Dutzend? Mehr? Und wann wirst du einknicken und heiraten, weil du den Druck nicht mehr erträgst, weil dein Pflichtgefühl die Oberhand gewinnt? Und dann? Wie soll es dann weitergehen? Wirst du dann zwei Leben führen? Eins in Manchester mit ihr – wer auch immer sie sein wird – und den Kinderchen und eins mit mir und... Verdammt noch mal, sieh mich an.« Ian hätte den Tisch mit allem darauf umwerfen können. Etwas braute sich in ihm zusammen, er würde gleich explodieren. Er ging zur Tür. Er würde die Eingangshalle durchqueren und durch die Küche nach draußen gehen.

»Wo willst du hin?«, fragte Kaveh scharf.

»Raus. Zum See. Was weiß ich. Ich muss einfach raus.«

»Komm schon, Ian. Jetzt sei doch nicht so. Was wir haben …«

»Was wir haben, ist nichts.«

»Das stimmt nicht. Komm her, dann zeig ich's dir.«

Aber Ian wusste, wohin das führen würde, nämlich dahin, wohin es immer führte, nur nicht zu der Veränderung, die er wollte. Er verließ das Haus, ohne sich noch einmal umzudrehen.

UNTERWEGS NACH BRYANBARROW
CUMBRIA

Tim Cresswell fläzte sich auf dem Rücksitz des Volvo. Er versuchte nicht hinzuhören, als seine kleine Schwester ihre Mutter mal wieder anflehte, sie beide bei sich wohnen zu lassen. »Bitte, bitte, bitte, Mummy«, sagte sie. Sie versuchte, ihre Mutter davon zu überzeugen, dass ihr etwas fehlte, wenn sie ihre Kinder nicht ständig um sich hatte. Nicht dass irgendetwas, was Gracie sagte, oder die Art, wie sie es sagte, etwas bewirken würde. Niamh Cresswell hatte nicht die Absicht, ihre Kinder bei sich in Grange-over-Sands wohnen zu lassen. Sie hatte Wichtigeres zu tun, als sich um ihre Sprösslinge zu kümmern. Das hätte Tim Gracie gern erklärt, aber wozu? Sie war erst zehn und noch zu klein, um zu verstehen, was es mit Stolz, Hass und Rachegelüsten auf sich hatte.

»Daddys Haus ist schrecklich«, sagte Gracie nachdrücklich.

»Es gibt überall Spinnen. Es ist dunkel, und die Treppen quietschen, und es zieht, und in den Ecken hängen Spinnweben. Ich will bei dir wohnen, Mummy. Und Timmy auch.« Sie wand sich auf ihrem Sitz. »Du willst doch auch bei Mummy wohnen, oder, Timmy?«

Nenn mich nicht Timmy, du dumme Gans, hätte Tim seiner Schwester am liebsten geantwortet, aber er konnte einfach nicht wütend auf Gracie sein, wenn sie ihn so vertrauensvoll anschaute. Und er hätte ihr gern geraten, sich ein dickeres Fell zuzulegen, wenn er diesen Blick sah. Die Welt war ein Drecksloch, und er konnte einfach nicht verstehen, warum Gracie das noch nicht begriffen hatte.

Tim sah, dass seine Mutter ihn im Rückspiegel beobachtete und abwartete, was er seiner Schwester antworten würde. Er kräuselte die Lippen und schaute aus dem Fenster. Eigentlich konnte er es seinem Vater nicht verübeln, dass er die Bombe hatte platzen lassen, die ihr Leben zerstört hatte. Seine Mutter war ein richtiges Miststück.

Typisch, das dumme Zeug, das die blöde Kuh ihnen erzählt hatte, um ihnen zu erklären, warum sie sie jetzt schon nach Bryanbarrow zurückbrachte. Sie wusste nicht, dass er im selben Moment in der Küche ans Telefon gegangen war wie sie in ihrem Schlafzimmer und dass er alles mitgehört hatte: Wie sein Vater gefragt hatte, ob sie die Kinder noch einen Tag länger bei sich behalten könne, und wie seine Mutter zugestimmt hatte. Und zwar ausnahmsweise einmal liebenswürdig, was seinem Vater eigentlich hätte sagen müssen, dass irgendetwas im Busch war, denn selbst Tim hatte es sofort kapiert. Deswegen hatte er sich auch nicht gewundert, als seine Mutter zehn Minuten später komplett aufgedonnert aus ihrem Zimmer gekommen war und ihn forsch-fröhlich aufgefordert hatte, seine Sachen zu packen, sein Vater habe gerade angerufen und seine Mutter gebeten, die Kinder früher als geplant nach Bryanbarrow zurückzubringen.

»Irgendeine Überraschung«, hatte sie gesagt. »Was, wollte er mir nicht verraten. Also beeilt euch.«

Dann hatte sie sich auf die Suche nach ihren Autoschlüsseln gemacht. Die hätte er verschwinden lassen sollen, dachte Tim. Nicht seinetwegen, sondern Gracie zuliebe. Sie hätte es verdient, noch einen Tag länger bei ihrer Mutter zu bleiben, wenn sie das so gern wollte.

»Es gibt nicht mal genug heißes Wasser, dass man die Badewanne vollkriegt, Mummy«, sagte Gracie gerade. »Und das Wasser tröpfelt aus dem Hahn, und es ist ganz braun und eklig. Nicht wie bei dir, wo ich schön Schaum haben kann. Ich hab so gerne Schaum. Warum können wir nicht bei dir wohnen, Mummy?«

»Das weißt du ganz genau«, antwortete Niamh Cresswell schließlich.

»Nein, das weiß ich nicht«, widersprach Gracie. »Die meisten Kinder bleiben bei ihrer Mutter, wenn ihre Eltern sich scheiden lassen. Sie wohnen bei ihrer Mutter, und sie besuchen ihren Vater. Du hast doch genug Platz für uns.«

»Gracie, frag deinen Vater, warum das bei uns alles anders ist, wenn du es schon unbedingt wissen willst.«

Na klar, dachte Tim. Als würde ihr Vater Gracie erklären, warum sie in einem grauenhaften Haus am Rand eines grauenhaften Kaffs wohnten, wo es an einem Samstagabend oder einem Sonntagnachmittag nichts zu tun gab, außer Kühe zu zählen oder den Schafen beim Blöken zuzuhören. Bryanbarrow lag am Arsch der Welt, aber für das neue Leben ihres Vaters war es perfekt. Und von dem Leben … hatte Gracie keine Ahnung. Das war auch nicht vorgesehen. Sie sollte glauben, dass sie Zimmer vermieteten, bloß dass es nur *einen* Untermieter gibt, Gracie, und was glaubst du wohl, in welches Bett der kriecht, wenn du längst schläfst, und was glaubst du wohl, was die beiden dort treiben, wenn die Tür zu ist?

Tim bohrte die Fingernägel seiner rechten Hand so tief in

die Haut an seinem linken Handrücken, bis er spürte, wie sich kleine Blutströpfchen bildeten. Seinem Gesicht war nichts anzusehen, das wusste er, denn er hatte diesen leeren Ausdruck trainiert. Zusammen mit dem Schmerz, den er seinen Händen zufügte, sorgte dies dafür, dass er dort blieb, wo er sein wollte, nämlich weit weg von anderen Leuten und weit weg von allem. Er hatte sogar erreicht, dass sein Vater ihn von der örtlichen Schule genommen hatte. Er ging jetzt auf eine Sonderschule in der Nähe von Ulverston, meilenweit weg von da, wo sein Vater wohnte – dem es natürlich tierisch lästig war, ihn jeden Tag dorthin zu fahren –, und meilenweit entfernt von dort, wo seine Mutter wohnte. Und genauso wollte er es haben, denn dort, bei Ulverston, wusste niemand, was in seinem Leben vorgefallen war, und das war ihm ganz wichtig.

Schweigend betrachtete Tim die vorbeifliegende Landschaft. Die Fahrt von Grange-over-Sands zum Haus seines Vaters führte sie im schwindenden Tageslicht durch das Lyth Valley nach Norden. Die Landschaft war ein Flickenteppich aus kleegrünen und smaragdgrünen Pferdekoppeln und Viehweiden, der wie eine Welle gegen die kahlen Berge rollte. Große Felsbrocken aus Schiefer und Sandstein ragten aus den von grauem Geröll bedeckten Hängen. Am Fuß der Berge standen Wäldchen aus Erlen, Eichen und Ahorn, deren Herbstlaub gelb, golden und rot leuchtete. Und hier und da Bauernhöfe: große, aus Feldsteinen errichtete Scheunen und mit Schieferschindeln verkleidete Wohnhäuser mit Kaminen, aus denen der Rauch von Holzfeuern quoll.

Nach einigen Kilometern, wo das Lyth Valley sich verjüngte, veränderte sich die Landschaft. Jetzt fuhren sie durch Wald, und die von Bruchsteinmauern gesäumte Straße wurde immer kurvenreicher. Es hatte angefangen zu regnen, aber wann regnete es nicht in dieser Gegend? Cumbria war bekannt für sein feuchtes Klima, und man sah es ja auch an dem Moos, das auf den Steinwänden wucherte, an den Farnen, die aus allen Ritzen sprossen, und an den Flechten, die Boden und Baumstämme überzogen.

»Es regnet«, bemerkte Gracie überflüssigerweise. »Wenn es regnet, kann ich dieses alte Haus erst recht nicht ausstehen. Du auch nicht, Timmy, oder? Es ist furchtbar in dem Haus, alles ist muffig und düster und einfach nur gruselig.«

Niemand sagte etwas dazu. Gracie ließ den Kopf hängen. Ihre Mutter bog in die Straße nach Bryanbarrow ein, als hätte Gracie überhaupt nichts gesagt.

Die Straße war eng hier und wand sich in Haarnadelkurven aufwärts. Schließlich bogen sie in die Straße zum Dorf ein, das unten im Tal lag und eigentlich nicht viel mehr als eine Kreuzung mit einem Rasen in der Mitte zu bieten hatte. Da es hier eine Gaststätte, ein Rathaus, eine Methodistenkapelle und eine anglikanische Kirche gab, war das Dorf eine Art Treffpunkt, allerdings nur abends und sonntags morgens, und die, die sich dann versammelten, hatten nichts Besseres zu tun, als zu beten oder zu saufen.

Gracie begann zu weinen, als sie langsam über die steinerne Brücke fuhren. »Mummy, ich find es *schrecklich* hier. Mummy, *bitte.*«

Aber ihre Mutter sagte nichts, und Tim wusste, sie würde auch nichts dazu sagen. Bei der Frage, wo Tim und Gracie Cresswell leben sollten, gab es durchaus Gefühle zu berücksichtigen, allerdings nicht die Gefühle von Tim und Gracie. So war es, und so würde es bleiben, zumindest bis Niamh tot umfiel oder sie einfach aufgab, je nachdem, was zuerst passierte. Und über die erste Möglichkeit hatte Tim viel nachgedacht. Hass konnte einen Menschen umbringen, so schien es ihm. Andererseits hatte der Hass ihn noch nicht umgebracht, also würde der Hass seine Mutter vielleicht auch nicht umbringen.

Im Gegensatz zu vielen Anwesen in Cumbria, die weit außerhalb von Dörfern oder Weilern lagen, stand die Bryan Beck Farm direkt am Dorfrand, und sie bestand aus einem alten elisabethanischen Herrenhaus, einer genauso alten Scheune und einem noch älteren Cottage. Hinter den Gebäuden erstreckten sich die Ländereien, und auf den Weiden grasten Schafe, die jedoch nicht Tims Vater gehörten, sondern einem Bauern, der das Land pachtete. Die Schafe gaben dem Hof »einen authentischen Anstrich«, wie sein Vater gern sagte, und sie standen im Einklang mit der »Tradition im Lake District«, was auch immer er damit meinte. Ian Cresswell war kein verdammter Bauer, und so wie Tim das sah, waren die blöden Schafe besser dran, wenn sein Vater sich von ihnen fernhielt.

Als Niamh in der Einfahrt hielt, schluchzte Gracie bitterlich. Anscheinend dachte sie, wenn sie nur laut genug schluchzte, würde ihre Mutter im letzten Moment wenden und mit ihnen zurück nach Grange-over-Sands fahren, anstatt genau das zu tun, was sie sich vorgenommen hatte, nämlich sie aus dem Auto zu werfen, um ihrem Vater eins auszuwischen, und nach Milthorpe zu düsen, um sich von ihrem dämlichen Freund in der Küche seiner China-Imbissbude durchvögeln zu lassen.

»Mummy! Mummy!«, jammerte Gracie. »Sein Auto steht nicht mal da. Ich trau mich nicht rein, wenn sein Auto nicht dasteht, weil er dann nicht zu Hause ist und …«

»Grace, hör sofort auf damit«, fauchte Niamh. »Du führst dich auf wie eine Zweijährige. Er ist einkaufen gefahren, weiter nichts. Im Haus brennt Licht, und das andere Auto steht da. Ich schätze, du kannst dir denken, was das bedeutet.«

Natürlich sprach sie den Namen nicht aus. Sie hätte hinzufügen können: »Der *Mieter* eures Vaters ist zu Hause«, mit dieser verächtlichen Betonung, die Bände sprach. Aber damit hätte sie Kaveh Mehrans Existenz anerkannt, und das würde sie niemals tun. Stattdessen sagte sie mit bedeutungsvollem Unterton: »Timothy«, und machte eine Kopfbewegung in Richtung Haus. Das hieß, dass er seine Schwester aus dem Auto zerren und zum Haus bugsieren sollte, da sie nicht vorhatte, das zu übernehmen.

Er stieg aus und warf seinen Rucksack über die niedrige Steinmauer. Dann riss er die Tür auf der Seite auf, wo seine Schwester saß. »Los, raus«, sagte er und packte sie am Arm.

»Nein! Ich will nicht!«, kreischte Gracie und schlug und trat um sich.

Niamh löste Gracies Sicherheitsgurt und sagte: »Hör auf, so ein Theater zu machen. Das ganze Dorf denkt noch, ich bringe dich um.«

»Das ist mir egal!«, schluchzte Gracie. »Ich will mit dir fahren! Mummy!«

»Herrgott noch mal.« Niamh sprang ebenfalls aus dem Auto, aber nicht etwa, um Tim zu helfen. Sie riss Gracies Rucksack vom Rücksitz, öffnete ihn und warf ihn im hohen Bogen über die Steinmauer. Er landete – zum Glück – auf Gracies Trampolin, und der gesamte Inhalt kullerte in den Regen, darunter auch Gracies Lieblingspuppe.

Als Gracie sah, wie ihre Puppe sich überschlug, schrie sie auf. Tim sah seine Mutter wütend an, woraufhin Niamh blaffte: »Was hast du denn von mir erwartet?« Und zu Gracie sagte sie: »Wenn du nicht willst, dass sie kaputtgeht, solltest du sie aufheben.«

Gracie rannte in den Garten, kletterte auf das Trampolin und drückte ihre Puppe an sich. Sie weinte immer noch, und ihre Tränen mischten sich mit dem Regen. »Wie reizend von dir«, sagte Tim zu seiner Mutter.

»Beklag dich bei deinem Vater«, gab Niamh zurück.

Das war ihre Standardantwort auf alles. Beklag dich bei deinem Vater, als würde das, was der getan hatte, jede Gemeinheit von Niamh Cresswell rechtfertigen.

Tim schlug die Autotür zu und wandte sich wortlos ab. Als er in den Garten ging, hörte er hinter sich den Volvo losfahren, wohin auch immer, das war ihm egal. Von ihm aus konnte seine Mutter vögeln, mit wem sie wollte.

Gracie hockte heulend auf dem Trampolin. Hätte es nicht

geregnet, wäre sie darauf herumgesprungen bis zur Erschöpfung, denn das tat sie jeden Tag, genauso wie er jeden Tag tat, was er tat, um sich zu erschöpfen.

Er hob seinen Rucksack auf und schaute ihr einen Moment lang zu. Okay, sie war eine Nervensäge, aber sie hatte das alles nicht verdient. Er ging zum Trampolin und nahm ihren Rucksack. »Komm«, sagte er. »Wir gehen rein.«

»Ich nicht«, sagte sie und drückte sich die Puppe an die Brust. »Ich nicht, ich nicht.« Sie da hocken zu sehen, drehte ihm den Magen um.

Er konnte sich nicht an den Namen der Puppe erinnern. Er sagte: »Komm, Gracie. Ich seh nach, ob Spinnen da sind, und ich mach die Spinnweben weg. Du kannst deine … wie heißt sie noch …«

»Bella. Sie heißt Bella«, schniefte Gracie.

»Also Bella-sie-heißt-Bella. Du kannst Bella-sie-heißt-Bella in ihre Wiege legen und ich … ich kämm dir die Haare. Okay? Das hast du doch so gern. Und ich mach dir so eine Frisur, wie du sie so schön findest.«

Gracie schaute ihn an. Sie rieb sich die Augen mit dem Arm. Ihr Haar, auf das sie so stolz war, wurde nass, und schon bald würde es so kraus sein, dass man es nicht mehr bürsten konnte. Sie drehte eine lange Locke um einen Finger. »Machst du mir einen französischen Zopf?« Dabei sah sie ihn so hoffnungsvoll an, dass er ihr den Wunsch nicht abschlagen konnte.

Er seufzte. »Also gut. Einen französischen Zopf. Aber dann musst du jetzt mit reinkommen, sonst mach ich's nicht.«

»Okay.« Sie rutschte zum Rand des Trampolins und reichte ihm Bella-sie-heißt-Bella. Er stopfte die Puppe kopfüber in Gracies Rucksack und ging zum Haus. Gracie stapfte hinter ihm her und schlurfte mit den Füßen durch den Kies auf dem Weg.

Sie betraten das Haus durch den Seiteneingang, der direkt in die Küche führte. Auf dem primitiven Herd lag ein Braten auf einem Rost, die Soße in der Fettpfanne darunter war schon kalt und fest. Daneben stand ein Topf mit kaltem Gemüse. Auf dem Abtropfgitter welkte ein Salat vor sich hin. Tim und Gracie hatten noch nichts zu Abend gegessen, aber ihr Vater auch nicht, so wie das hier aussah.

»Ian?«

Tim wappnete sich innerlich, als er Kaveh Mehrans Stimme hörte. Sie klang verhalten. Vielleicht ein bisschen verkrampft?

»Nein, wir sind's«, sagte Tim.

Stille. Dann: »Timothy? Gracie?« Aus dem Kaminzimmer war ein Geräusch zu hören, etwas wurde über die Steinfliesen auf den Teppich geschoben, dann ein Fluchen »Verdammter Mist!«. Wahrscheinlich hatten sie sich gestritten, dachte Tim, und plötzlich überkam ihn ein Hochgefühl, während er sich ausmalte, wie sein Dad und Kaveh mit Messern aufeinander losgegangen waren, und jetzt war alles voller Blut. Das wäre doch mal was! Er ging zum Kaminzimmer, gefolgt von Gracie.

Zu seiner Enttäuschung war alles in Ordnung. Keine umgestürzten Möbel, kein Blut. Das Geräusch war entstanden, als Kaveh den schweren, alten Spieltisch in die Ecke zurückgeschoben hatte, wo er hingehörte. Kaveh wirkte allerdings sehr bedrückt, und das reichte, um Gracie vergessen zu lassen, dass sie selbst aussah wie das heulende Elend. Besorgt lief sie auf den Mann zu.

»Kaveh«, sagte sie, »ist was passiert?«, woraufhin der Blödmann sich aufs Sofa fallen ließ, den Kopf schüttelte und die Hände vors Gesicht schlug.

Gracie setzte sich neben ihn und legte ihm einen Arm um die Schultern. »Willst du's mir nicht erzählen?«, sagte sie. »Bitte, erzähl's mir, Kaveh.«

Aber Kaveh schwieg.

Offensichtlich, dachte Tim, hatten er und sein Dad sich gestritten, und sein Dad war wutschnaubend abgehauen. Recht so, dachte er. Er hoffte, dass es den beiden richtig dreckig ging.

Falls sein Dad mit dem Auto von der Straße abkam und in eine Schlucht stürzte, wäre ihm das absolut recht.

»Ist deiner Mummy was passiert?«, fragte Gracie Kaveh. Sie war sich nicht mal zu blöd, dem Typen über sein fettiges Haar zu streicheln. »Oder deinem Dad? Soll ich dir 'ne Tasse Tee machen, Kaveh? Hast du Kopfweh? Oder vielleicht Bauchweh?«

Okay, dachte Tim, Gracie war vorerst beschäftigt. Sie hatte ihre eigenen Sorgen vergessen und würde jetzt die Krankenschwester spielen. Er stellte ihren Rucksack neben der Tür ab, durchquerte das Zimmer und ging durch eine andere Tür in eine kleine, viereckige Diele, von der aus eine Treppe mit abgetretenen Stufen in den ersten Stock führte.

In seinem Zimmer stand sein Laptop auf einem wackeligen Tisch unter dem Fenster, von dem aus man einen Blick auf den Vorgarten und den Dorfanger hatte. Inzwischen war es fast dunkel, und es regnete in Strömen. Der Wind, der heftiger geworden war, fegte das Laub der Ahornbäume unter die Bänke auf dem Rasen und verteilte es von dort aus über die Straße. In den Häusern jenseits des Dorfplatzes brannte Licht, und in dem heruntergekommenen Cottage, in dem George Cowley mit seinem Sohn wohnte, bewegte sich jemand hinter den Gardinen. Tim sah eine Weile zu – anscheinend diskutierten die beiden über irgendetwas, aber was wusste er schon, was sich dort abspielte –, dann schaltete er seinen Computer ein.

Er ging ins Internet. Die Verbindung brauchte ewig, um sich aufzubauen. Es war, wie Wasser beim Gefrieren zuzusehen. Von unten hörte er gedämpft Gracies Stimme. Dann wurde die Stereoanlage eingeschaltet. Wahrscheinlich glaubte sie, Musik würde Kaveh trösten. Tim fragte sich, wie sie auf die Idee kam, denn Musik ging dem Typen am Arsch vorbei.

Endlich. Er rief seine E-Mails ab. Vor allem um eine bestimmte ging es ihm. Er musste unbedingt wissen, wie es weiterging, und das hätte er unmöglich vom Laptop seiner Mutter aus überprüfen können.

Toy4You hatte endlich das Angebot gemacht, auf das Tim gewartet hatte. Er las es sich durch und überlegte. Was Toy4You verlangte, war nicht viel im Vergleich zu dem, was Tim im Gegenzug erwartete. Also tippte er die Nachricht ein, die er schon seit Wochen hatte abschicken wollen, seit er mit Toy4You in Kontakt getreten war.

O.K., aber wenn ich es mache, will ich eine Gegenleistung.

Unwillkürlich musste er lächeln, als er auf »Senden« klickte. Er wusste ganz genau, welche Gegenleistung das sein würde.

LAKE WINDERMERE
CUMBRIA

Ian Cresswell hatte sich längst abgeregt, als er den See erreichte, denn die Fahrt bis dorthin hatte zwanzig Minuten gedauert. Allerdings hatte er sich nur äußerlich beruhigt; an seinen Gefühlen hatte sich nichts geändert. Und in erster Linie fühlte er sich verraten.

Das Argument »Unsere Lebensumstände sind nicht miteinander vergleichbar« beschwichtigte Ian nicht mehr. Anfangs hatte er das noch akzeptiert. Vor lauter Liebestrunkenheit war es ihm gar nicht in den Sinn gekommen, darüber nachzudenken, ob sein junger Lover dasselbe tun würde, was er von ihm verlangt hatte. Mit Kaveh Mehran zusammen aus dem Haus zu gehen, hatte ihm gereicht. Es hatte gereicht, um seine Frau und seine Kinder zu verlassen, um – das hatte er sich selbst, Kaveh und *ihnen* erklärt – endlich offen der sein zu können, der er war. Keine heimlichen Fahrten nach Lancaster mehr, kein namenloses Fummeln und Ficken mehr. Damit hatte er sich jahrelang begnügt in der Überzeugung, dass es wichtiger war, andere vor dem zu schützen, was er sich selbst viel zu spät eingestanden hatte. Dass das wichtiger war, als zu sich selbst zu stehen. Und genau das hatte Kaveh ihn gelehrt. Kaveh hatte gesagt: »Entweder sie oder ich«, und dann hatte er an der Tür geklingelt, war ins Haus gekommen und hatte gefragt: »Sagst du's ihnen, oder soll ich es tun, Ian?« Und anstatt zu entgegnen: »Wer zum Teufel sind Sie, und was haben Sie hier zu suchen?«, hatte Ian sich geoutet und war mit Kaveh gegangen und hatte es Niamh überlassen, den anderen alles zu erklären, falls sie das denn wollte. Aber jetzt fragte er sich, was er sich dabei gedacht hatte, welcher Wahnsinn ihn da geritten hatte, ob er vielleicht tatsächlich geisteskrank war.

Das fragte er sich nicht, weil er Kaveh Mehran nicht mehr liebte oder mit an Irrsinn grenzender Leidenschaft begehrte. Nein, er fragte es sich, weil er keinen Augenblick überlegt hatte, was er den anderen damit angetan hatte. Und er fragte es sich, weil er ebenso wenig darüber nachgedacht hatte, was es heißen könnte, wenn Kaveh nicht bereit war, dasselbe für ihn zu tun, was Ian für ihn getan hatte.

In Ians Augen wäre Kavehs Bekenntnis zu ihm eine ziemlich einfache Angelegenheit und viel weniger zerstörerisch als das, was Ian getan hatte. Okay, Kavehs Eltern waren Ausländer, aber sie waren nur in kultureller und religiöser Hinsicht Fremde. Immerhin lebten sie schon seit mehr als zehn Jahren in Manchester, es war also nicht so, als trieben sie in völlig unbekannten ethnischen Gewässern. Kav und er lebten jetzt schon über ein Jahr zusammen, und es wurde allmählich Zeit, dass Kaveh die Wahrheit über das aussprach, was sie einander bedeuteten. Dass Kaveh diese simple Tatsache nicht begriff, dass er nicht mit seinen Eltern darüber reden konnte … Das war so unfair, dass Ian nur noch schreien wollte.

Und dieses Bedürfnis zu schreien musste er loswerden. Denn er wusste, dass es ihm nichts nützen würde.

Als er ankam, stand das Tor von Ireleth Hall offen, was in der Regel bedeutete, dass Besuch da war. Aber Ian hatte keine Lust, irgendjemandem zu begegnen, und deswegen ging er nicht auf das mittelalterliche Haus zu, das sich über dem See erhob, sondern folgte einem Weg, der direkt zum Ufer führte und zu dem steinernen Bootshaus.

Hier lag sein Skullboot. Es war lang und schmal und lag nur flach im Wasser, und es war gar nicht so einfach, von dem gemauerten Anleger aus ein- und wieder auszusteigen. Noch schwieriger war es jetzt, weil das Bootshaus keine Beleuchtung besaß. Normalerweise reichte das Licht aus, das durch die zum See gelegene Einfahrt hereinfiel, aber heute war der Himmel bewölkt, und zudem war es schon fast dunkel. All das jedoch durfte jetzt keine Rolle spielen, denn Ian musste raus auf den See, die Ruder ins Wasser tauchen, Tempo aufnehmen und sich verausgaben, bis ihm der Schweiß über den Rücken rann und er nur noch die Anstrengung spürte und sonst nichts.

Er machte das Boot los und hielt es ganz nah am Anleger fest. Drei Steinstufen ins Wasser, aber sie waren von Algen bewachsen und tückisch glatt, denn sie waren seit Jahren nicht gereinigt worden. Ian hätte die Stufen leicht schrubben können, doch das Problem fiel ihm immer nur auf, wenn er sein Boot benutzte, was er nur tat, wenn er Bewegung nötig hatte, und dann hatte er es immer ziemlich eilig.

Diesmal war es nicht anders. Die Festmachleine in der einen Hand, die andere Hand am Dollbord, stieg er vorsichtig ein, wobei er sorgfältig darauf achtete, sein Gewicht gleichmäßig zu verteilen, um das Boot nicht zum Kentern zu bringen. Er setzte sich. Rollte das Tau auf und legte es in den Bug. Dann schob er die Füße in die Schuhe am Stemmbrett und drückte sich von der Mauer ab. Da er mit dem Gesicht zum See saß, war es leicht, sich aus dem Bootshaus auf den See hinauszuschieben.

Der Regen, der eingesetzt hatte, als er nach Ireleth Hall gefahren war, fiel jetzt heftiger, und wenn er es nicht so nötig gehabt hätte, sich zu verausgaben, wäre er umgekehrt. Aber so machte der Regen ihm nichts aus. Außerdem hatte er nicht vor, lange draußen zu bleiben. Nur einmal volle Kraft voraus bis Windermere und wieder zurück zum Bootshaus.

Er legte die langen Riemen in die Dollen und justierte die Position der Riemenschäfte. Probeweise bewegte er die Beine, um sich zu vergewissern, dass der Rollsitz glatt in seinem Schlitten lief. Dann war er startklar. In weniger als zehn Sekunden hatte er sich bereits ein gutes Stück vom Bootshaus entfernt und war unterwegs zur Seemitte.

Von dort aus konnte er das Gutshaus Ireleth Hall mit seinem Turm, seinen Giebeln und den vielen Kaminen ausmachen. In den Erkerfenstern des Salons brannte Licht, ebenso im ersten Stock, wo sich das Schlafzimmer befand. An der Südseite des Gebäudes erhoben sich die riesigen geometrischen Umrisse des Formschnittgartens dunkel über der Mauer, die den Garten einschloss, und knapp hundert Meter jenseits davon brannte Licht in sämtlichen Fenstern eines weiteren Turms. Es war der Zwilling des ältesten Teils von Ireleth Hall, ein nutzloser Zierbau im Stil der Wehrtürme von Cumbria und Wohnsitz einer der nichtsnutzigsten Frauen, denen Ian je begegnet war.

Er wandte sich ab vom Anblick des Herrenhauses, des Turms und des Formschnittgartens, dem Landsitz seines Onkels, den er zwar mochte, aber nicht verstand. »Ich akzeptiere dich, wie du bist, und deswegen musst du mich akzeptieren, wie ich bin«, hatte Bernard Fairclough zu ihm gesagt, »denn das Leben besteht aus Kompromissen.«

Aber Ian fand das ziemlich fraglich, ebenso wie er sich fragte, was es mit den Verbindlichkeiten auf sich hatte, die gezahlt werden mussten, und mit den Personen, die diese Zahlungen erhielten. Das ging ihm an dem Abend durch den Kopf. Ein Thema mehr, das ihn auf dem Wasser hielt.

Der See war kein einsamer Ort. Wegen seiner Größe – das größte stehende Gewässer in Cumbria – hatten sich an seinen Ufern eine ganze Reihe kleiner Städte und Dörfer angesiedelt, und in dem unerschlossenen Gelände dazwischen standen hier und da einzelne Häuser mit Schieferfront, Landhäuser, die schon vor Jahren zu teuren Hotels umgebaut worden waren, oder Privathäuser, die auf gutbetuchte Eigentümer schließen ließen, die sich mehr als einen Wohnsitz leisten konnten. Denn wenn der Winter einsetzte, wurde das Seengebiet hier oben ziemlich unwirtlich für Leute, die nicht an Wind und Schnee gewöhnt waren.

Daher fühlte Ian sich nicht allein auf dem See. Zwar war er der Einzige, der im Moment mit einem Ruderboot draußen war, doch am Ufer lagen noch die Boote der Ruderclubs und die Kajaks, Kanus und Skulls der Eigentümer von Wassergrundstücken, die die Boote noch nicht für den Winter aus dem Wasser genommen hatten, und das war ein tröstlicher Gedanke.

Er wusste nicht, wie lange er schon ruderte. Lange konnte er noch nicht unterwegs sein, dachte er, denn er war noch nicht weit gekommen. Er war noch nicht am Hotel Beech Hill vorbei, von wo aus er die Belle Isle gesehen hätte. In der Regel hatte er an dem Punkt die Hälfte seiner Trainingsstrecke hinter sich. Aber offenbar hatte ihn die Auseinandersetzung mit Kaveh mehr mitgenommen, als ihm bewusst geworden war, denn seine Muskeln begannen zu ermüden, was ihm verriet, dass er besser umkehren sollte.

Einen Moment lang blieb er reglos sitzen. Von der A592, die am Ostufer des Sees entlang verlief, drangen Verkehrsgeräusche herüber. Aber außer dem Regen, der auf das Wasser prasselte, war nichts zu hören. Die Vögel schliefen schon, und alle, die einen Funken Verstand besaßen, waren in ihren Häusern.

Ian holte tief Luft. Ein Schauder überlief ihn. Wenn er tot wäre, würde das den einen oder anderen freuen, sagte er sich bitter. Oder es lag am Wetter, dass er fröstelte, was wahrscheinlicher war. Selbst bei dem Regen roch er den Rauch aus einem Kamin in der Nähe, und er sah das wärmende Holzfeuer vor sich, stellte sich vor, dass er vor dem offenen Kamin in einem Sessel saß, neben sich Kaveh in einem ähnlichen Sessel, beide ein Glas Wein in der Hand bei einer zwanglosen Plauderei nach einem langen Tag, genauso wie Millionen von Paaren in Millionen von Häusern rund um den Globus.

Das, sagte er sich, war es, wovon er träumte. Das und der Friede, den es einem gab. Es war doch nicht zu viel verlangt: einfach nur ein ganz normales Leben.

So vergingen einige Minuten: kaum Geräusche, Ian entspannt, das Boot im Einklang mit den Bewegungen des Sees. Wenn es nicht geregnet hätte, wäre er vielleicht sogar eingeschlafen. Aber er war schon ziemlich durchnässt, und nach einer Weile entschloss er sich, zum Bootshaus zurückzurudern.

Er schätzte, dass er etwas über eine Stunde auf dem Wasser gewesen war, und als er sich dem Ufer näherte, war es stockdunkel. Die Bäume am Ufer waren nur noch als geometrische Formen zu erkennen: spitze Koniferen wie Menhire, Birken wie zarte Striche vor dem Nachthimmel, dazwischen Ahornbäume, deren Laub im Regen zitterte. Ein Pfad führte zum Bootshaus, vom Wasser aus betrachtet eine verspielte Konstruktion, denn selbst in der Dunkelheit und in dem Wetter hob es sich wie ein Märchenschlösschen vom Ufer ab.

Ian fiel auf, dass die Außenlampe durchgebrannt war. Normalerweise schaltete sie sich bei Einbruch der Dunkelheit ein und beleuchtete wenigstens den Außenbereich des Bootshauses. Aber wo ein gelber Lichtschein – zumindest bei besserem Wetter – Motten angelockt hätte, war es jetzt dunkel. Ian nahm sich vor, sich auch um die Lampe zu kümmern, wenn er sich die veralgten Stufen vornahm.

Er steuerte das Bootshaus an und glitt hinein. Die Dunkelheit im Innern war undurchdringlich. Außer seinem Skullboot lagen hier noch drei weitere Boote. Ein ziemlich abgenutztes Angelruderboot, ein Schnellboot und ein Kanu unbestimmten Alters und noch unbestimmterer Seetauglichkeit, alle willkürlich am Anleger vertäut. Er musste sich zwischen diesen drei Booten hindurcharbeiten, um bis ans hintere Ende zu gelangen, und es gelang ihm ganz gut, sich im Dunkeln vorzutasten, obwohl er einmal mit der Hand zwischen das Ruderboot und sein Skullboot geriet und laut fluchte, als seine Finger zwischen dem Fiberglas und dem Holz eingequetscht wurden.

Er quetschte sich die Hand noch einmal zwischen Boot und Mauer, und diesmal spürte er, dass er blutete. »Verflucht«, murmelte er und drückte seine Knöchel kurz gegen seine Rippen. Es tat höllisch weh, und er nahm sich vor, etwas besser aufzupassen.

In seinem Auto lag eine Taschenlampe, und er hatte noch genug Sinn für Humor, um sich dafür zu gratulieren, dass er sie dort gelassen hatte, wo sie ihm überhaupt nichts nützte. Etwas vorsichtiger streckte er die Hand nach der Mauer aus und tastete nach dem Metallring, an dem er sein Boot vertäuen konnte. Wenigstens konnte er den Knoten mit verbundenen Augen machen. Anschließend zog er die Füße aus den Stemmbrettschuhen. Dann verlagerte er sein Gewicht und griff nach der Steinmauer, um sich aus dem Boot zu hieven.

Es passierte, als er mit einem Fuß auf einen einzelnen Stein am Rand trat und mit dem anderen Fuß noch im Boot stand. Der Stein, der offenbar schon locker saß, löste sich ganz, Ian verlor das Gleichgewicht, und sein Boot, das nur am Bug befestigt war, schoss nach hinten. Ian stürzte in das eiskalte Wasser.

Dabei schlug er mit dem Kopf auf der Mauer auf. Als er im Wasser landete, war er bewusstlos, und wenige Minuten später war er tot.

25. Oktober

WANDSWORTH
LONDON

Sie hielten es immer noch so wie anfangs. Sie gab ihm ein Zeichen, und er fuhr zu ihr. Manchmal war es die Andeutung eines Lächelns, ein leichtes Schürzen der Lippen, so kurz, dass jemand, der seine Bedeutung nicht kannte, es gar nicht bemerkt hätte. Manchmal waren es nur die im Vorbeigehen auf dem Korridor gemurmelten Worte *heute Abend*? Manchmal, wenn sie sich im Treppenhaus begegneten oder in der Kantine, oder wenn sie morgens zufällig gleichzeitig in der Tiefgarage eintrafen, lud sie ihn ganz offen ein. Aber in jedem Fall wartete er auf ein Zeichen von ihr. Das gefiel ihm nicht, doch er hatte keine andere Wahl. Sie war unter keinen Umständen bereit, zu ihm zu kommen, und selbst wenn sie dazu bereit gewesen wäre, sie war seine Vorgesetzte, und sie hatte das Sagen.

Nur einmal, ganz zu Anfang, hatte er erwähnt, sie könnten auch zu ihm gehen. Er hatte gedacht, es wäre ein Zeichen, wenn sie eine Nacht bei ihm in Belgravia verbrachte. Als hätte das ihrer Beziehung eine Wendung geben können, obwohl er sich nicht einmal sicher war, dass er das wollte. Auf ihre typische Art, wie sie Dinge klarstellte, die keinen Widerspruch duldeten, hatte sie nur gemeint: Das wird nie passieren, Thomas. Und die Tatsache, dass sie ihn Thomas nannte und nicht Tommy, wie alle seine Freunde und Kollegen, sagte mehr aus als das, was sie unausgesprochen ließ: Das Haus in Eton Terrace war immer noch voller Erinnerungen an seine ermordete Frau, und acht Monate nach ihrem Tod auf den Eingangsstufen hatte er es immer noch nicht über sich gebracht, irgendetwas im Haus zu verändern. Natürlich war es mehr als unwahrscheinlich, so einsichtig war er immerhin, dass irgendeine Frau in seinem Bett schlafen würde, solange Helens Kleider noch im Schrank hingen und Helens Parfümflaschen auf der Kommode standen, neben Helens Haarbürste, in der immer noch Helens Haare hingen. Solange Helen überall in seinem Haus präsent war, brauchte er sich keine Hoffnungen zu machen, dass eine andere Frau bereit war, es mit ihm zu teilen, und sei es nur für eine Nacht. So steckte er in der Zwickmühle, und wenn Isabelle sagte *heute Abend?*, dann fuhr er zu ihr, getrieben von einer Macht, die sowohl ein körperliches Bedürfnis war als auch eine Sehnsucht nach einem Moment des Vergessens, und sei er noch so kurz.

Auch an diesem Abend fuhr er zu ihr. Am Nachmittag hatten sie einen Termin mit dem Leiter der IPCC, der Independent Police Complaints Commission, gehabt. Es ging um eine Anzeige, die eine Anwältin im vergangenen Sommer im Namen ihres Mandanten erstattet hatte: Ein manisch depressiver Mann war auf der Flucht vor der Polizei im dichten Verkehr verunglückt. Wegen der inneren Verletzungen und des Schädelbruchs, die der Mann dabei erlitten hatte, klagte die Anwältin auf Schmerzensgeld. Die IPCC untersuchte den Fall, und das bedeutete endlose Sitzungen mit allen Beteiligten, die jeweils ihre Sicht der Ereignisse zu Protokoll gaben, das Sichten von Videos aus Überwachungskameras, die Vernehmung von Augenzeugen. Gleichzeitig lauerte die Londoner Boulevardpresse darauf, jedes noch so kleine Detail der Geschichte aufzuschnappen und die Sache groß rauszubringen, sobald die IPCC ihr Urteil fällte über Schuld, Unschuld, Pflichtverletzung, Unfall, unkontrollierbare Umstände oder was auch immer in Frage kam. Die Besprechung war in äußerst angespannter Atmosphäre verlaufen. Hinterher war Lynley ebenso nervös gewesen wie Isabelle.

Auf dem Weg durch den Korridor zurück in den Victoria Block hatte sie zu ihm gesagt, *Ich würde dich heute Abend gern sehen, Thomas, wenn du genug Energie hast. Abendessen und Sex. Hervorragende Steaks, sehr guter Wein, saubere Laken. Nicht aus Damast, wie deine bestimmt sind, aber frisch gewaschen.*

Und dann dieses Lächeln und dieses gewisse Etwas in ihrem Blick, das er drei Monate, nachdem er in dem seelenlosen Schlafzimmer ihrer Souterrainwohnung zum ersten Mal mit ihr geschlafen hatte, immer noch nicht zu deuten wusste. Er wollte verdammt sein, wenn er sie nicht begehrte. Es hatte damit zu tun, dass er sich im Bett einbilden konnte, er sei ihr Meister, während er in Wirklichkeit ihr Sklave war.

Das Arrangement war ziemlich einfach. Sie würde einkaufen gehen, und er konnte in der Zwischenzeit entweder direkt zu ihr fahren und in ihrer Wohnung auf sie warten – er hatte einen Schlüssel –, oder er konnte erst zu sich nach Hause fahren und sich dort die Zeit vertreiben, bis er sich in die trostlose Straße begab, die zwischen dem Gefängnis von Wandsworth und einem Friedhof lag. Er entschied sich für letztere Variante. Sie erlaubte ihm, sich einzureden, er sei sein eigener Herr.

Um diese Illusion weidlich auszukosten, ließ er sich Zeit mit seinen Vorbereitungen: Er las in Ruhe seine Post, duschte, rasierte sich und rief seine Mutter zurück, die ihm auf den Anrufbeantworter gesprochen hatte und mit ihm über die Dachrinnen an der Südseite des Hauses in Cornwall reden wollte. Sollten sie erneuert oder repariert werden? Der Winter steht vor der Tür, mein Lieber, und wenn demnächst mehr Regen fällt… Natürlich waren die Dachrinnen nur ein Vorwand gewesen. Sie wollte einfach wissen, wie es ihm ging, aber sie fragte nicht gern so direkt. Sie wusste genau, dass die Dachrinnen repariert werden mussten. Sie konnten unmöglich ausgewechselt werden. Schließlich stand das Haus unter Denkmalschutz. Es musste schon über ihren Köpfen zusammenbrechen, ehe sie die Erlaubnis erhielten, irgendetwas daran zu verändern. Sie plauderten über Familienangelegenheiten. Wie es seinem Bruder gehe, fragte er, was der innerfamiliäre Code war für: Ist er noch clean, oder hängt er wieder am Kokain, Heroin oder was auch immer er derzeit bevorzugt, um sich von der Welt zurückzuziehen? Die Antwort lautete: Es geht ihm sehr gut, mein Lieber. Was wiederum der Familiencode war für: Ich schau ihm auf die Finger, mach dir keine Sorgen. Wie geht es meiner Schwester? bedeutete im Klartext: Hat Judith es endlich aufgegeben, für immer ein Leben als Witwe zu führen? Und die Antwort darauf – Sie hat wie immer wahnsinnig viel um die Ohren – hieß: Sie will nicht noch einmal in so einer schrecklichen Ehe landen, glaub's mir. Nachdem sie schließlich alle wichtigen Themen besprochen hatten, sagte seine Mutter: Ich hoffe so sehr, dass du Weihnachten herkommst, Tommy, und er versprach ihr, das zu tun.

Nachdem ihn nun nichts mehr in Belgravia hielt, fuhr er Richtung Themse nach Süden und über die Wandsworth Bridge. Kurz nach halb acht erreichte er das Haus, in dem Isabelle wohnte. In der Gegend einen Parkplatz zu finden, war die Hölle, aber er hatte Glück, denn nur gut zwanzig Meter weiter fuhr ein Lieferwagen aus einer Parklücke.

Vor der Wohnungstür, zu der ein paar Stufen hinunterführten, nahm er Isabelles Schlüssel aus der Tasche. Als er ihn gerade ins Schloss gesteckt hatte, wurde die Tür von innen aufgerissen. Isabelle trat schnell heraus und zog die Tür hinter sich zu.

»Heute geht's nicht«, sagte sie. »Es ist etwas dazwischengekommen. Ich hätte dich auf dem Handy angerufen, aber das ging nicht. Tut mir leid.«

Er war völlig verblüfft. Wie ein Idiot betrachtete er über ihre Schulter hinweg die geschlossene Tür. »Wer ist denn bei dir?«, fragte er, denn es konnte kein Zweifel daran bestehen, dass jemand da war. Ein Mann, dachte er, und damit lag er richtig, doch er hatte mit jemand ganz anderem gerechnet.

»Bob«, sagte sie.

Ihr Exmann. Warum sollte das ein Problem sein? »Und?«, fragte er freundlich.

»Thomas, es wäre mir peinlich. Sandra ist mitgekommen. Und die Jungs ebenfalls.«

Bobs neue Frau. Die Zwillinge, Isabelles Söhne aus der Ehe mit Bob, die fünf Jahre gehalten hatte. Die Jungs waren acht Jahre alt, und er hatte sie noch nie gesehen. Soweit er wusste, waren sie noch nie bei ihrer Mutter in London gewesen.

Er sagte: »Wie schön, Isabelle. Er hat ihnen also endlich erlaubt, dich hier zu besuchen?«

»Du verstehst das nicht«, sagte sie. »Ich hatte nicht mit ihnen gerechnet...«

»Natürlich, das habe ich begriffen. Ich werde sie also kennenlernen, wir essen was zusammen, und dann verschwinde ich.«

»Er weiß nichts von dir.«

»Wer?«

»Bob. Ich hab's ihm nicht gesagt. Das ist alles völlig überraschend gekommen. Er und Sandra sind in London, weil sie irgendwo zum Abendessen eingeladen sind. Irgendwas Gott weiß wie Vornehmes. Die haben sich total in Schale geworfen. Sie haben die Jungs mitgebracht, weil sie meinten, sie könnten bei mir bleiben, während die beiden bei dieser Veranstaltung sind.«

»Und sie haben dich nicht vorher angerufen? Was, wenn du nicht zu Hause gewesen wärst? Was hätte er dann mit den Kindern gemacht? Hätte er sie während des Abendessens im Auto warten lassen?«

Sie wirkte irritiert. »Das ist doch völlig unwichtig, Thomas. Tatsache ist, dass ich zu Hause bin und dass sie in London sind. Ich habe die Jungs seit Wochen nicht gesehen, und es ist das erste Mal, dass er mir erlaubt, ein paar Stunden mit ihnen allein zu sein, und ich habe nicht die Absicht...«

»Was ist los?« Er schaute sie an. Sie kniff die Lippen zusammen. Er wusste, was das bedeutete. Sie brauchte einen Drink. »Was fürchtest du, was ich tun könnte, Isabelle? Hast du Angst, ich könnte deine Kinder mit meiner ausschweifenden Lebensart verderben?«

»Mach's bitte nicht so kompliziert. Das hat nichts mit dir zu tun.«

»Stell mich doch einfach als Kollegen vor.«

»Ein Kollege, der einen Schlüssel zu meiner Wohnung hat?«

»Herrgott noch mal, wenn er sowieso schon weiß, dass ich deinen Hausschlüssel habe …«

»Das weiß er nicht. Und er wird es auch nicht erfahren. Ich hab ihm gesagt, ich hätte jemanden klopfen hören, und bin aufgestanden, um nachzusehen.«

»Merkst du eigentlich, dass du dir widersprichst?« Wieder betrachtete er die Tür hinter ihr. »Isabelle, ist jemand anders da drin? Ist es gar nicht Bob? Und auch nicht seine Frau? Und nicht die Jungs?«

Sie richtete sich auf. Sie war eins achtzig groß, fast so groß wie er, und er wusste, was es bedeutete, wenn sie diese Tatsache hervorhob. »Was willst du damit sagen?«, fragte sie. »Dass ich einen anderen habe? Mein Gott, ich fasse es nicht. Du weißt, was das für mich bedeutet. Das sind meine Kinder. Du wirst sie und Bob und Sandra und weiß der Teufel wen sonst noch kennenlernen, wenn ich so weit bin, und nicht eher. Und jetzt muss ich wieder rein, sonst kommt er gleich nachsehen, was los ist. Du musst jetzt gehen. Wir reden morgen darüber.«

»Und wenn ich trotzdem reinkomme? Du kannst mich hier stehen lassen, aber ich habe einen Schlüssel. Was, wenn ich einfach aufschließe?« Noch während er die Worte aussprach, war er über sich selbst entsetzt. Neben seinem Verstand, seiner Geduld und seiner Selbstbeherrschung war ihm offenbar auch noch seine Würde abhandengekommen.

Und sie wusste es. Das zumindest sah er in ihren Augen,

egal, wie viel sie sonst vor ihm verbergen mochte. Sie sagte: »Am besten, wir vergessen, dass du das gerade gesagt hast«, dann ging sie hinein und überließ es ihm, mit seinem Trotzanfall umzugehen, der eines Fünfjährigen würdig war.

Gott, was hatte er sich dabei gedacht? Thomas Lynley, Detective Inspector von New Scotland Yard, ein Angehöriger des Landadels, Absolvent der Universität von Oxford und Inhaber des Narrenordens erster Klasse.

28. Oktober

MARYLEBONE
LONDON

Es gelang ihm, ihr zwei Tage lang aus dem Weg zu gehen, obwohl er sich einredete, dass das gar nicht seine Absicht war, schließlich hatte er an diesen beiden Tagen sowieso an den Königlichen Gerichtshöfen zu tun. Dort musste er als Zeuge in einem Prozess gegen einen Serienmörder aussagen, mit dem er im vergangenen Februar in sehr engen und beinahe tödlichen Kontakt gekommen war. Nachdem seine Anwesenheit in Gerichtssaal Nummer eins nicht mehr gebraucht wurde, lehnte er höflich die Anfragen von drei Journalisten nach einem Interview ab, da er wusste, dass sie bei dem einzigen Thema landen würden, über das er nicht sprechen konnte – den Tod seiner Frau. Stattdessen kehrte Lynley unverzüglich in den Yard zurück. Isabelle zitierte ihn zu sich und fragte ihn, wie nicht anders zu erwarten, ob er ihr aus dem Weg gegangen sei, da er nicht sie, sondern die Sekretärin der Abteilung über seine Abwesenheit informiert hatte. Selbstverständlich sei er ihr nicht aus dem Weg gegangen, antwortete er, dazu habe er nicht den geringsten Grund, er sei ebenso wie seine langjährige Partnerin DS Barbara Havers bei Gericht gewesen. Und Isabelle werde wohl kaum annehmen, dass DS Havers ihr ebenfalls aus dem Weg ging, oder?

Die letzte Bemerkung hätte er sich sparen sollen, denn sie war allzu verräterisch. Er hatte tatsächlich kein Bedürfnis gehabt, mit Isabelle zu reden, ehe er sich nicht selbst darüber im

Klaren war, warum er sich vor ihrer Haustür so unmöglich aufgeführt hatte. Isabelle erklärte, selbstverständlich glaube sie, dass DS Havers ihr aus dem Weg gehe, weil sie das grundsätzlich tat. Worauf er erwiderte, das sei ja durchaus möglich, aber seine Absicht sei es jedenfalls nicht gewesen.

Isabelle sagte: »Du bist wütend, und das ist dein gutes Recht, Tommy. Es war nicht in Ordnung, wie ich mich verhalten habe. Bob war plötzlich mit den Kindern bei mir aufgetaucht, und ich war total durch den Wind. Aber versuch mal, es aus meiner Sicht zu sehen. Bob ist durchaus zuzutrauen, dass er hier in der oberen Etage anruft und sagt: ›Wissen Sie eigentlich, dass Detective Superintendent Ardery mit einem Untergebenen vögelt? Ich dachte nur, dass Sie das vielleicht interessiert.‹ Der würde das fertigbringen, da bin ich mir ganz sicher. Und du weißt ganz genau, was dann passieren würde.«

Er fand das ziemlich paranoid, doch das sagte er nicht. Das würde nur zu einem Streit führen, wenn nicht hier in ihrem Zimmer, dann an einem anderen Ort. Er murmelte: »Vielleicht hast du recht«, und als sie darauf erwiderte: »Also …?«, wusste er, dass das ihre Art war zu fragen: »Heute Abend?«, damit sie nachholen konnten, was sie hatten verschieben müssen. Steaks, Wein und heißer, sehr, sehr guter Sex. Und genau das, dachte er, war es, was ihn an ihr faszinierte. Isabelle war erfindungsreich und aufregend im Bett, und das Bett war der einzige Ort, wo er ihr Meister sein konnte.

Er dachte gerade über ihr Angebot nach, als Dorothea Harriman, die gertenschlanke, stets todschick gekleidete Abteilungssekretärin in der Tür erschien, die er offen gelassen hatte. »Detective Inspector Lynley?« Als er sich umdrehte, fuhr sie fort: »Da war gerade ein Anruf. Ich fürchte, Sie werden gewünscht.«

»Von wem?« Er vermutete, dass er aus irgendeinem Grund noch einmal zum Gericht musste.

»Von seiner Hoheit.«

»Ah.« Also nicht das Gericht. Seine Hoheit war Sir David

Hillier. Wenn Hillier rief, kam man seinem Wunsch sofort nach. »Jetzt gleich?«, fragte er.

»Sieht so aus. Aber er ist nicht hier. Sie sollen zu ihm in den Club kommen.«

»Um die Zeit? Was macht er denn jetzt in seinem Club?«

Harriman zuckte die Achseln. »Keine Ahnung. Aber Sie sollen so schnell wie möglich hinfahren. Wenn der Verkehr es zulässt, möchte er Sie in einer Viertelstunde sehen, das hat seine Sekretärin betont.«

»Tja, da kann man wohl nichts machen.« Er wandte sich an Isabelle. »Wenn Sie mich entschuldigen wollen, Chefin?« Sie nickte knapp, und er machte sich auf den Weg, ohne dass zwischen ihnen etwas geklärt worden wäre.

Sir David Hilliers Club lag in der Nähe des Portland Place, und die Vorstellung, dass Lynley von New Scotland Yard aus in einer Viertelstunde dorthin gelangen konnte, war geradezu lächerlich. Aber da es sich um etwas Dringendes zu handeln schien, nahm er sich ein Taxi und sagte dem Fahrer, er solle Vollgas geben und um Himmels willen den Piccadilly Circus vermeiden, der um diese Zeit regelmäßig verstopft war. Auf diese Weise schaffte er es in zweiundzwanzig Minuten zum Twins Club, was für diese Uhrzeit ein Rekord sein musste.

Der Twins Club war in drei Stadtvillen untergebracht, einer der wenigen Komplexe in der Gegend, die im neunzehnten Jahrhundert nicht irgendeinem wahnwitzigen Stadtumbauprojekt zum Opfer gefallen waren. Nur eine diskrete Bronzetafel und eine blaue Flagge mit dem Konterfei der namengebenden Gründer wies auf den Club hin. Nach dem Bild zu urteilen musste es sich bei den Brüdern um siamesische Zwillinge gehandelt haben. Soweit Lynley wusste, hatte niemand die Geschichte des Clubs so weit erforscht, dass bekannt wäre, ob es sich dabei um Wahrheit oder Legende handelte.

Er wurde nicht von einem Portier eingelassen, sondern von einer älteren, ganz in Schwarz gekleideten Dame mit einem frischgestärkten weißen Schürzchen vor der Brust. Sie wirkte wie eine Gestalt aus einem anderen Jahrhundert, und sie bewegte sich auch so. In einer Eingangshalle mit schachbrettartigem Marmorboden, an deren Wänden viktorianische Gemälde von zweifelhafter Qualität hingen, trug Lynley sein Anliegen vor, woraufhin die Frau nickte und sich merkwürdig steif umdrehte. Lynley folgte ihr zu einer Tür rechts von einer eindrucksvollen Treppe, die an einem Zwischengeschoss vorbei in den ersten Stock führte.

Die Frau klopfte an eine Tür, ließ Lynley in einen mit dunklem Holz getäfelten Speisesaal eintreten und schloss die Tür hinter ihm. Zu dieser Stunde waren keine Essensgäste anwesend, aber an einem der mit weißem Damast gedeckten Tische saßen zwei Männer. Vor ihnen standen eine Kaffeekanne aus Porzellan und drei dazu passende Tassen.

Einer der beiden Herren war der Assistant Commissioner, und der andere war ein Mann mit Brille, der für die Tageszeit und für den Ort zu elegant gekleidet war, was eigentlich auch für Hillier galt. Die beiden wirkten etwa gleichaltrig, doch im Gegensatz zu Hillier hatte der andere Mann einen Glatzenansatz, den er noch dadurch betonte, dass er das verbliebene Haar mit Pomade nach hinten gekämmt trug. Sein Haar war völlig gleichmäßig in der Farbe – mausbraun traf es am ehesten –, also offenbar gefärbt. Auf seiner Nase saß eine altmodische Brille mit einem klobigen schwarzen Gestell. Zu allem Überfluss hatte er eine auffallend dicke Oberlippe, die überhaupt nicht zu seiner Unterlippe passte, so dass er aussah wie seine eigene Karikatur. Von irgendwoher kannte Lynley den Mann, auch wenn ihm jetzt sein Name nicht einfiel.

Hillier half ihm auf die Sprünge. »Bernard Fairclough«, sagte er. »Baron von Ireleth. Bernard, das ist DI Lynley.«

Fairclough nickte. Er war viel kleiner als Lynley und Hillier, vielleicht eins fünfundsechzig, und er trug einen ordentlichen Bauch vor sich her. Sein Händedruck war fest, und während des nun folgenden Gesprächs legte alles, was er tat oder sagte, den Schluss nahe, dass er willensstark und selbstbewusst war.

»David hat mir von Ihnen erzählt«, sagte Fairclough. »Ich hoffe, wir können gut zusammenarbeiten.« Sein Akzent deutete darauf hin, dass er aus dem Norden stammte, und seine Art zu sprechen überraschte Lynley. Sie ließ vermuten, dass er über seine Teenagerzeit hinaus keine weitere Schulausbildung genossen hatte. Lynley schaute kurz zu Hillier hinüber. Es passte zu seinem Chef, mit jemandem zu verkehren, der einen Titel besaß. Andererseits passte es überhaupt nicht zu ihm, mit jemandem zu verkehren, der diesen Titel nicht geerbt, sondern über die Honours List verliehen bekommen hatte.

»Lord Fairclough und ich wurden am selben Tag geadelt«, sagte Hillier, als müsste er klarstellen, warum er mit dem Mann zu tun hatte. »Fairclough Industries«, fügte er noch hinzu, als könne die Nennung der Quelle von Faircloughs Reichtum – so er denn über welchen verfügte – alles erklären.

»Ah«, sagte Lynley.

Fairclough lächelte. »Der Fairloo«, sagte er zur Erklärung.

Jetzt begriff Lynley. Bernard Fairclough hatte sich ursprünglich einen Namen gemacht mit der Erfindung einer außergewöhnlichen Toilette, die von Fairclough Industries produziert und vertrieben wurde. Aber seinen Platz am Himmel derer, die von der dankbaren Nation mit Titeln bedacht wurden, hatte er sich mit der Einrichtung einer gemeinnützigen Stiftung verdient, die sich die Erforschung von Bauchspeicheldrüsenkrebs zum Ziel gesetzt hatte. Trotzdem wurde der Name Fairclough nach wie vor mit der Toilette assoziiert, was für große Heiterkeit gesorgt hatte, als die Boulevardpresse über Faircloughs Adelung und Ernennung zum Baron berichtet hatte.

Mit einer Geste bot Hillier Lynley einen Stuhl an. Ohne zu fragen, schenkte er ihm eine Tasse Kaffee ein und schob sie samt Milchkännchen und Zuckerdose über den Tisch, während Lynley und Fairclough sich setzten.

»Bernard hat uns um einen Gefallen gebeten«, sagte Hillier. »Die Sache ist streng vertraulich.«

Daher also das Treffen im Twins Club, dachte Lynley. Und das erklärte auch, warum man ihn zu einer Tageszeit in den Club bestellt hatte, zu der die einzigen anwesenden Clubmitglieder entweder in der Bibliothek über ihren Zeitungen eingeschlafen waren oder im Fitnessraum im Kellergeschoss Squash spielten. Lynley nickte, sagte jedoch nichts. Er schaute Fairclough an, der ein weißes Taschentuch aus der Tasche zog und sich damit die Stirn betupfte, die von einem zarten Schweißfilm bedeckt war. Es war nicht besonders warm im Raum.

Er sagte: »Mein Neffe – Ian Cresswell, der Sohn meiner verstorbenen Schwester – ist vor zehn Tagen ertrunken. Am Südende des Lake Windermere, kurz nach sieben Uhr abends. Seine Leiche wurde erst am nächsten Morgen gefunden. Meine Frau hat sie entdeckt.«

»Das tut mir leid«, sagte Lynley. Es war natürlich eine automatische Reaktion auf eine solche Nachricht, und Fairclough schien sie zu überhören.

»Valerie angelt gern«, fuhr er fort, eine Bemerkung, die überflüssig erschien, bis er hinzufügte: »Mehrmals in der Woche fährt sie mit einem kleinen Ruderboot raus. Seltsames Hobby für eine Frau, aber nun ja. Das macht sie schon seit Jahren. Das Boot liegt zusammen mit mehreren anderen Booten in einem Bootshaus auf unserem Anwesen, und dort hat sie Ians Leiche gefunden. Er lag mit dem Gesicht nach unten im Wasser und hatte eine klaffende Wunde am Hinterkopf, die natürlich nicht mehr blutete.«

»Was ist Ihrer Meinung nach passiert?«

»Er ist ausgerutscht, als er aus seinem Skullboot gestiegen ist. So hielt er sich fit. Also mit Rudern, meine ich. Er ist ausgerutscht, mit dem Kopf auf dem Anleger aufgeschlagen – der ist gemauert – und ins Wasser gefallen.«

»Konnte er nicht schwimmen, oder war er bewusstlos?«

»Letzteres. Laut Autopsiebericht.«

»Aber Sie sehen das anders?«

Fairclough drehte sich um. Er schien ein Gemälde über dem offenen Kamin zu betrachten – eine Zirkusszene, die an Hogarths Zyklus »Werdegang eines Wüstlings« erinnerte und Figuren aus einer Monstrositätenschau zeigte. Was für die Theorie mit den siamesischen Zwillingen sprechen würde. Die wären natürlich im Zirkus aufgetreten. Fairclough betrachtete die Szene nachdenklich, dann sagte er schließlich: »Er ist gestürzt, weil zwei Steine in dem Anleger locker waren.«

»Verstehe.«

Hillier mischte sich ein. »Bernard hält es für möglich, dass die Steine sich nicht von allein gelockert haben, Tommy. Das Bootshaus steht schon seit über hundert Jahren da, und es hält noch weitere hundert. Und der Anleger ebenfalls.«

»Aber wenn der Gerichtsmediziner zu dem Schluss gekommen ist, dass es ein Unfall …«

»Ich zweifle ja nicht direkt an seinem Urteil«, sagte Fairclough hastig. »Aber …« Er schaute Hillier an, als hoffte er, der würde den Satz für ihn beenden.

Was Hillier tat. »Bernard will sich einfach vergewissern, dass es wirklich ein Unfall war, das würde jedem so gehen. Es gibt familiäre Anliegen.«

»Familiäre Anliegen welcher Art?«

Die beiden Männer schwiegen. Lynley schaute erst Hillier, dann Fairclough an. »Ich kann Ihnen keine Gewissheit in einer Sache verschaffen, über die ich im Dunkeln gelassen werde, Lord Fairclough.«

»Bitte, nennen Sie mich Bernard«, sagte Fairclough, obwohl Hilliers warnender Blick an seine Adresse andeutete, dass derlei Vertraulichkeiten nur das Übliche zur Folge haben würden. »In der Familie nennen mich alle Bernie, aber Bernard ist in Ordnung.« Fairclough nahm seine Kaffeetasse. Hillier hatte ihm gerade nachgeschenkt, aber es schien, als brauchte Fairclough die

Tasse eher zur Beschäftigung seiner Hände als zum Trinken. Er drehte sie hin und her, betrachtete sie eingehend und sagte dann: »Ich möchte Gewissheit darüber haben, dass mein Sohn Nicholas nichts mit dem Tod meines Neffen zu tun hat.«

Lynley ließ die Information erst einmal sacken und fragte sich, was sie über den Vater, den Sohn und den Neffen aussagte. Er fragte: »Haben Sie Grund zu der Annahme, Ihr Sohn könnte etwas damit zu tun haben?«

»Nein.«

»Also?«

Wieder der hilfesuchende Blick zu Hillier, der sofort reagierte: »Nicholas hatte eine … na ja, sagen wir, eine schwierige Kindheit und Jugend. Er scheint das alles überwunden zu haben, aber Bernard fürchtet dennoch, der Junge …«

»Er ist inzwischen erwachsen«, fiel Fairclough ihm ins Wort. »Er ist zweiunddreißig. Verheiratet. Wenn ich ihn sehe, habe ich den Eindruck, dass sich alles geändert hat. *Er* scheint sich geändert zu haben. Trotzdem: Er hat Drogen genommen, alle möglichen Drogen, vor allem Methamphetamine, und zwar jahrelang, seit er ungefähr dreizehn war. Er kann von Glück reden, dass er überhaupt noch lebt, und er schwört, dass ihm das klar ist. Aber das hat er jedes Mal gesagt.«

Während Lynley sich das alles anhörte, dämmerte ihm allmählich, warum man ausgerechnet ihn um Hilfe bat. Er hatte mit Hillier nie über seinen Bruder gesprochen, doch Hillier hatte Spione in jeder Abteilung der Metropolitan Police, und warum sollte sich unter all den Informationen, die er sammelte, nicht ein Bericht über Peter Lynleys Kampf gegen die Drogensucht befunden haben?

»Dann hat er eine Argentinierin kennengelernt«, fuhr Bernard fort. »Eine echte Schönheit. Er hat sich unsterblich in sie verliebt, aber sie wollte nichts mit ihm zu tun haben, solange er an den Drogen hing. Also hat er eine Entziehungskur gemacht. Zumindest sieht es so aus.«

Für Lynley erhöhte das die Wahrscheinlichkeit, dass Nicholas nichts mit dem Tod seines Vetters zu tun hatte, aber er wartete auf mehr Informationen, die Fairclough nur häppchenweise preisgab. Offenbar war der Tote bei den Faircloughs aufgewachsen. Er hatte die Rolle des großen Bruders innegehabt und war mit so großen Schritten vorangegangen, dass der jüngere Nicholas keine Chance gehabt hatte, ihm zu folgen. Ian Cresswell hatte das Elite-Internat St. Bees in Cumbria besucht und danach die Universität. Nach Abschluss des Studiums war er nicht nur als Finanzchef bei Fairclough Industries eingestellt worden, sondern hatte auch die persönlichen Finanzgeschäfte von Bernard Fairclough verwaltet. Und dabei schien es um beträchtliche Summen gegangen zu sein.

»Bisher ist noch keine Entscheidung darüber gefällt worden, wer einmal die Leitung der Firma übernimmt, wenn ich nicht mehr da bin«, sagte Fairclough. »Aber Ian stand natürlich ganz oben auf der Liste.«

»Wusste Nicholas davon?«

»Jeder wusste das.«

»Heißt das, dass Nicholas von Ians Tod profitiert?«

»Wie gesagt, es war – und ist – noch keine Entscheidung getroffen worden.«

Wenn also jeder gewusst hatte, dass Ian die Firma übernehmen sollte, dann hatte auch so gut wie jeder – ein Mordmotiv, dachte Lynley. Falls es Mord gewesen war. Aber wenn der Gerichtsmediziner einen Unfall als Todesursache festgestellt hatte, dann hätte Fairclough eigentlich erleichtert sein müssen, was offenbar nicht der Fall war. Fairclough *wollte* also, dass sein Sohn am Tod seines Vetters schuld war. Es war pervers, doch in all den Jahren bei der Met hatte Lynley Perversion in allen möglichen Schattierungen erlebt.

»Wer genau ist jeder?«, fragte Lynley. »Ich vermute, es gibt noch andere außer Nicholas, die ein persönliches Interesse an Fairclough Industries haben.«

Mit seiner Vermutung lag er richtig: Es gab zwei ältere Schwestern und einen ehemaligen Schwiegersohn, aber einzig wegen seines Sohnes war Fairclough beunruhigt. Über die anderen brauche Lynley sich keine Gedanken zu machen, die seien alle keine Mörder. Zu einem Mord wären die nicht fähig, Nicholas dagegen durchaus. Außerdem, bei seiner Vergangenheit… Man wolle sich nur vergewissern, dass er mit der Sache nichts zu tun hatte. Man wolle lediglich Klarheit schaffen.

»Ich möchte, dass Sie das übernehmen«, sagte Hillier zu Lynley. »Dazu werden Sie sich nach Cumbria begeben müssen, und die ganze Sache muss mit äußerster Diskretion behandelt werden.«

Polizeiliche Ermittlungen und äußerste Diskretion, dachte Lynley. Er fragte sich, wie er das bewerkstelligen sollte.

Hillier klärte ihn auf. »Niemand wird erfahren, dass Sie nach Cumbria gefahren sind. Und die Polizei vor Ort wird nicht informiert. Wir wollen nicht den Eindruck erwecken, dass sich die IPCC für die Angelegenheit interessiert. Wir wollen niemandem auf die Füße treten, aber auch nichts unversucht lassen. Sie wissen doch, wie man so was macht.«

Er wusste es nicht. Und es gab noch etwas, weswegen er Bedenken hatte. »Superintendent Ardery wird wissen wollen…«

»Superintendent Ardery können Sie getrost mir überlassen. Und auch alle anderen.«

»Ich soll das also ganz allein durchziehen?«

»Niemand von Scotland Yard darf davon erfahren«, sagte Hillier.

Lynley verstand die Welt nicht mehr, denn falls sich herausstellen sollte, dass Nicholas ein Mörder war, sollte er anscheinend überhaupt nichts unternehmen. Er sollte Nicholas seinem Vater überlassen oder vielleicht auch dem lieben Gott. Mit dieser Art von Ermittlung wollte Lynley nichts zu tun haben. Aber es handelte sich nicht um einen Gefallen, um den Hillier ihn bat, sondern um eine dienstliche Anweisung.

FLEET STREET
LONDON

Rodney Aronson hatte sich mit fairen und unfairen Methoden bis zu seiner derzeitigen Position bei der *Source* hochgearbeitet, und eine der unfairen Methoden bestand im Heranzüchten einer beeindruckenden Schar von Spitzeln und Informanten. Er befand sich genau da, wo er hingewollt hatte, nämlich in einem imposanten, wenn auch etwas chaotischen Büro, von dem aus er uneingeschränkte Macht ausüben konnte. Was jedoch nicht hieß, dass es nichts mehr gab, worüber er sich beklagen könnte. Er hasste Arroganz, er hasste Heuchelei, er hasste Dummheit. Und ganz besonders und vor allen Dingen hasste er Inkompetenz.

Um an einer Story dranzubleiben, brauchte man kein Genie zu sein. Auch nicht, um sie ein bisschen aufzupeppen. Um an einer Story dranzubleiben, brauchte man drei Dinge: einen guten Riecher, gute Schuhsohlen und Hartnäckigkeit. Um eine Story aufzupeppen, musste man bereit sein, seinen Mitmenschen zuzusetzen, bis sie winselten, und sie notfalls zu zerquetschen. Und wenn Letzteres voraussetzte, dass der Reporter sich ein bisschen aufs Glatteis begab, wo war das Problem? Es ging um die Story, die dabei herauskam, und wenn die groß und sensationell genug war, schnellten die Verkaufszahlen in die Höhe. Hohe Verkaufszahlen bedeuteten hohe Werbeeinnahmen, die wiederum hohe Gewinne bedeuteten, was den scheintoten Peter Ogilvie, den Verleger der *Source*, in Verzückung versetzte. Und Ogilvie musste unter allen Umständen bei Laune gehalten werden. Wenn das einem Kollegen den Ruf oder den Kopf kostete, spielte das keine Rolle.

Zugegeben, bei der Geschichte über Nicholas Faircloughs wundersame Heilung von der Drogensucht waren einem die Füße eingeschlafen. Sie war so sterbenslangweilig, dass man sie anstelle von Betäubungsmitteln in OPs hätte einsetzen können. Aber jetzt sah die Sache auf einmal ganz anders aus. Anscheinend würde Rodney die Kosten für Zed Benjamins erste Fahrt nach Cumbria gar nicht rechtfertigen müssen, egal wie viel Geld der da aus dem Fenster geworfen hatte.

Dieser Gedanke brachte ihn wiederum auf ein ganz anderes Thema: journalistische Dummheit. Rodney konnte nicht begreifen, wie dieser Idiot es zum *zweiten* Mal geschafft hatte, eine Geschichte zu übersehen, die direkt vor seiner Nase lag. Nach fünf weiteren Tagen in Cumbria hatte er nichts weiter zu bieten als zusätzliche Ausschmückungen seines Rührstücks über Nicholas Fairclough – über seine Vergangenheit im Drogensumpf, seine wundersame Rettung und seine Zukunft als Heiliger. Abgesehen davon enthielt die Story überhaupt nichts, was den typischen *Source*-Leser interessierte. Nichts und wieder nichts.

Benjamin hatte ihm zerknirscht erklärt, es gebe einfach nichts, was er seinem Text noch hinzufügen könne, und Rodney wusste, dass er diesen Hornochsen hätte auf der Stelle rauswerfen sollen. Hochkant. Er wusste selbst nicht, warum er es nicht getan hatte, und anfangs hatte er schon befürchtet, er würde allmählich weichherzig. Doch dann hatte einer seiner Spione angerufen und ihm einen wahrhaft pikanten Tipp gegeben, und jetzt dachte Rodney, dass er Benjamin vielleicht gar nicht zu feuern brauchte.

Was der Spion ihm erzählt hatte, war eine Offenbarung gewesen, und da Rodney Aronson Offenbarungen beinahe genauso liebte wie alles, was Kakao enthielt, zitierte er den rothaarigen Hünen in sein Zimmer und genehmigte sich einen Kitkat-Riegel, den er mit einem Espresso aus seiner persönlichen Maschine hinunterspülte. Die Espressomaschine war ein Geschenk von Butterball Betsy, einer verheirateten Fau, die sehr fantasievoll war, wenn es darum ging, ihm eine Freude zu bereiten. Dass die meisten Freuden kulinarischer Natur waren, tat nichts zur Sache.

Rodney hatte den Kitkat-Riegel aufgegessen und war gerade dabei, sich eine zweite Tasse Espresso zu machen, als er hörte, wie Zed ins Zimmer getrampelt kam. Nicht zu fassen, dass der Mann immer noch mit dieser Mütze rumlief, dachte Rodney und seufzte. Wahrscheinlich hatte dieser Trottel schon das zweite Mal mit seinem Kepi auf dem Kopf ganz Cumbria unsicher gemacht und jeden potentiellen Informanten abgeschreckt, dachte Rodney. Er schüttelte resigniert den Kopf. Mit welchem Blödsinn er sich als Chefredakteur der *Source* herumschlagen musste, das ging einfach auf keine Kuhhaut. Rodney beschloss, kein Wort mehr über die Kopfbedeckung zu verlieren. Er hatte Zed Benjamin einmal auf das Problem aufmerksam gemacht, und wenn der Typ nicht auf ihn hören wollte, dann sollte er doch mit seinen spinnerten Marotten untergehen. Entweder er lernte aus seinen Fehlern oder nicht, und Rodney konnte sich sowieso schon denken, was wahrscheinlicher war. Ende der Geschichte.

»Machen Sie die Tür zu«, sagte er zu Benjamin. »Setzen Sie sich. Einen Moment noch.« Er bewunderte den Schaum auf seinem Espresso und schaltete die Maschine aus. Dann ging er mit der Tasse an seinen Schreibtisch und setzte sich. »Der Tod ist sexy«, sagte er. »Ich hatte angenommen, dass Sie da selbst drauf kommen würden, aber anscheinend war das zu viel verlangt. So leid es mit tut, Zedekiah, aber offenbar sind Sie für diesen Job nicht geeignet.«

Zed schaute ihn an. Er betrachtete die Wand. Er blickte zu Boden. Schließlich sagte er: »Der Tod ist sexy.« Er sagte es so langsam, dass Rodney sich fragte, ob sein Verstand sich in einem ähnlichen Zustand befand wie seine Fußbekleidung, denn der Mann trug nicht etwa anständige Schuhe, sondern seltsame Sandalen mit Sohlen aus alten Autoreifen und dazu gestreifte, offenbar aus bunten Wollresten handgestrickte Socken.

»Ich habe Ihnen gesagt, die Story ist nicht sexy genug. Sie

sind ein zweites Mal nach Cumbria gefahren, um dafür zu sorgen, dass sie sexy wird. Dass Ihnen das nicht gelungen ist, kann ich mehr oder weniger verstehen. Aber ich kann nicht verstehen, wie Sie das Ereignis verpennen konnten, das Ihre Story hätte retten können. Sie hätten wie ein geölter Blitz zurückkommen und rufen müssen *Heureka!* oder *Jupiduh!* oder *Jesus, Maria und Josef, ich bin gerettet!* Na ja, Letzteres wohl eher nicht, aber die Sache ist die: Man hat Ihnen die Rettung Ihrer Geschichte auf einem silbernen Tablett serviert – und damit auch gleich die Rechtfertigung für die horrenden Spesen, die Sie gemacht haben –, und Sie kriegen noch nicht mal mit, wenn etwas passiert. Dass ich das alles selbst rausfinden musste, gibt mir schwer zu denken, Zed.«

»Sie wollte immer noch nicht mit mir reden, Rodney. Ich meine, sie hat geredet, aber sie hat mir nichts *gesagt*. Sie findet, sie ist nicht wichtig. Sie ist seine Frau. Sie haben sich kennengelernt, haben sich verliebt, haben geheiratet, sind nach England gekommen, und mehr gibt's zu ihr nicht zu sagen. Mehr war einfach nicht …«

»Ich weiß, dass Sie nicht blöd sind«, fiel Rodney ihm ins Wort, »aber allmählich habe ich den Eindruck, dass Sie taub sind. Der Tod ist sexy, habe ich gesagt. Das haben Sie doch gehört, oder?«

»Äh, ja, hab ich. Und sie ist sehr sexy. Die Ehefrau. Da müsste man schon blind sein …«

»Vergessen Sie die Frau, verdammt. Die ist doch nicht tot, oder?«

»Tot? Äh, nein. Ich meine, ich dachte, das wäre eine Metapher gewesen, Rodney.«

Rodney leerte seine Tasse, um dem jungen Mann nicht den Hals umzudrehen, was er am liebsten getan hätte. Dann sagte er: »Glauben Sie mir, wenn ich anfange, in Scheißmetaphern zu reden, dann werden Sie das merken. Ist Ihnen bekannt, dass der Vetter Ihres Helden das Zeitliche gesegnet hat? Und zwar erst kürzlich? Dass er vor einem Bootshaus ins Wasser gefallen und ertrunken ist? Und dass das Bootshaus dem Vater Ihres Helden gehört?«

»Ertrunken? Während ich da oben war? Unmöglich«, entgegnete Zed. »Sie mögen mich ja für blind halten, Rodney …«

»Da will ich Ihnen nicht widersprechen.«

»… aber das wäre mir mit Sicherheit nicht entgangen. Wann ist er denn gestorben? Und von welchem Vetter ist hier die Rede?«

»Gibt es denn mehr als einen?«

Zed rutschte auf seinem Stuhl herum. »Na ja, nicht dass ich wüsste. Ian Cresswell ist ertrunken?«

»So ist es.«

»War es Mord?«

»Ein Unfall, laut Untersuchungsbericht. Aber darum geht es nicht, denn dieser Todesfall ist hübsch verdächtig, und der Verdacht ist unser täglich Brot. Das war übrigens eine Metapher, falls Ihnen das entgangen sein sollte. Und wir müssen das Eisen schmieden, solange es heiß ist – noch eine Metapher, ich habe gerade einen Höhenflug –, und sehen, was ans Licht kommt, wenn wir auf den Busch klopfen.«

»Das ist ein schiefes Bild«, murmelte Zed.

»Was?«

»Schon gut. Sie wollen also, dass ich das tue? Wenn ich Sie richtig verstanden habe, soll ich andeuten, dass Grund zu der Annahme besteht, dass da jemand nachgeholfen hat. Und dass es sich bei diesem Jemand um Nicholas Fairclough handelt. Ich sehe schon, wie das zusammenpasst: Der ehemalige Junkie wird rückfällig und bringt aus irgendeinem rätselhaften Grund seinen Vetter um die Ecke, und, man höre und staune, liebe Leser, er kommt damit auch noch ungeschoren davon.« Zed schlug sich mit den Händen auf die Schenkel, als wollte er aufstehen und Rodneys Befehl sofort ausführen. Doch stattdessen sagte er: »Die beiden sind aufgewachsen wie Brüder, Rodney.

Das steht in meinem ursprünglichen Artikel. Und sie haben sich nicht gehasst. Aber wenn Sie das wünschen, kann ich es natürlich so darstellen wie eine Kain-und-Abel-Geschichte.«

»Reden Sie nicht in diesem Ton mit mir«, sagte Rodney.

»In welchem Ton?«

»Sie wissen verdammt genau, was ich meine. Ich sollte Ihnen eigentlich einen Arschtritt verpassen, aber ich werde Ihnen stattdessen einen Gefallen tun. Ich werde drei kleine Worte aussprechen, die Sie hoffentlich aufhorchen lassen. Hören Sie zu, Zed? Ich möchte nicht, dass Ihnen das entgeht. Jetzt geht's los: New Scotland Yard.«

Das, so stellte Rodney voller Befriedigung fest, holte Zed Benjamin von seinem hohen Ross. Der Reporter runzelte die Stirn und überlegte. Schließlich sagte er: »Was ist mit New Scotland Yard?«

»Die ermitteln.«

»Die ermitteln wegen eines Ertrunkenen?«

»Ich sage noch etwas viel Besseres. Die schicken einen da rauf, einen mit ganz leisen Sohlen, wenn Sie verstehen, was ich meine. Und es ist keiner, der die Arbeit der örtlichen Polizei unter die Lupe nehmen soll.«

»Es handelt sich also nicht um interne Ermittlungen? Was ist es dann?«

»Ein Sonderauftrag. Streng geheim und unter der Hand. Offenbar soll er sich da oben ein Bild machen, alles doppelt und dreifach überprüfen und anschließend Bericht erstatten.«

»Wieso?«

»Das ist die Story, Zed. Das ist es, was den Tod sexy macht.« Am liebsten hätte Rodney hinzugefügt, dass Zed das selbst hätte herausfinden können, wenn er sich in die Sache reingehängt hätte. Jedenfalls hätte er, Rodney Aronson, das getan, wenn sein Chef ihm eine Geschichte in der Luft zerrissen und sein Job auf dem Spiel gestanden hätte.

»Ich soll also nichts erfinden, um die Story sexy zu machen«, sagte Zed, als müsste das noch klargestellt werden. »Sie meinen also, es ist alles schon da.«

»Bei der *Source*«, psalmodierte Rodney, »brauchen wir nichts zu *er*finden. Wir brauchen die Informationen nur zu *finden*.«

»Darf ich fragen … woher Sie das alles wissen? Das mit Scotland Yard, meine ich. Woher wissen Sie, dass die ermitteln, wenn die Sache streng geheim ist?«

Dies war einer der Momente, in denen väterliche Überlegenheit gefragt war, und Rodney liebte diese Momente. Er stand auf, ging um seinen Schreibtisch herum und platzierte eine ausladende Gesäßhälfte auf der Tischkante. Das war nicht unbedingt bequem, doch Rodney fand, dass diese Position ihn als alten Hasen ausweisen und das, was er Zed zu sagen hatte, unterstreichen würde. »Zedekiah, ich bin in diesem Geschäft, seit ich ein Teenager war. Ich habe da gesessen, wo Sie jetzt sitzen, und ich habe eins gelernt: Wir sind nichts ohne die Informanten, die wir pflegen, und ich habe sie von Edinburgh bis London gepflegt, an jedem Ort gepflegt, an den es mich je verschlagen hat. Vor allem in London, mein Freund. Ich habe Spione an Orten, die von manchen Menschen nicht einmal als Orte wahrgenommen werden. Ich tue ihnen allen immer wieder einen Gefallen, und sie zeigen sich erkenntlich, wann immer sie können.«

Benjamin wirkte angemessen beeindruckt. Ja, er war von Ehrfurcht ergriffen. Er sah sich einem erfahrenen Journalisten gegenüber, dem er nicht das Wasser reichen konnte, und das schien er endlich begriffen zu haben.

Rodney war in seinem Element. »Nicholas Faircloughs Vater hat Beziehungen zur Met. Er ist derjenige, der um die Ermittlung gebeten hat. Kann ich davon ausgehen, dass Sie kapieren, was das bedeutet, Zed?«

»Er glaubt also nicht, dass Ian Cresswell durch einen Unfall ertrunken ist. Und wenn es kein Unfall war, dann haben wir eine Story. Wir haben so oder so eine Story, weil Scotland Yard da oben rumschnüffelt, was die Vermutung nahelegt, dass es da oben nicht mit rechten Dingen zugegangen ist. Und Vermutungen sind das, was wir für eine Story brauchen.«

CHALK FARM
LONDON

Detective Sergeant Barbara Havers hatte ziemlich schlechte Laune, über deren Ursache sie lieber nicht nachdenken wollte. Eigentlich hätte sie dankbar sein sollen, denn immerhin hatte sie ganz in der Nähe von Eton Villas einen Parkplatz gefunden, aber irgendwie konnte sie sich gar nicht darüber freuen, dass sie nicht so einen weiten Fußweg bis zu ihrer Haustür zurücklegen musste. Wie üblich stotterte der Mini noch ein paarmal, nachdem Barbara den Zündschlüssel umgedreht hatte, was sie jedoch nicht einmal registrierte. Regentropfen begannen auf die Windschutzscheibe zu pladdern, doch auch davon nahm sie kaum Notiz. Sie konnte an nichts anderes denken als an das, was sie schon auf der ganzen Fahrt vom Yard bis hierher – bis auf eine kurze Ablenkung – beschäftigt hatte. Zwar sagte ihr eine innere Stimme, dass sie sich ziemlich kindisch aufführte, aber die Stimme war leider nicht laut genug, um die Gedanken zu verscheuchen.

Niemand hatte es bemerkt, dachte Barbara, absolut niemand. Na ja, Detective Superintendent Ardery hatte es bemerkt, doch die zählte nicht, denn die hatte es schließlich angeordnet – auch wenn sie behauptete, es sei lediglich ein Vorschlag gewesen. Nach vier Monaten Dienst unter der neuen Chefin wusste Barbara allerdings, dass die alles registrierte. Schon allein aus Gewohnheit. Sie schien geradezu eine hohe Kunst daraus gemacht zu haben. Alle anderen jedoch waren, als Barbara von ihrem letzten Zahnarzttermin zurück in den Yard gekommen war, weiter ihrer Arbeit nachgegangen, ohne eine Bemerkung zu machen, ohne eine Braue zu heben oder sonst irgendwie zu reagieren.

Barbara redete sich ein, dass ihr das nichts ausmachte, und das stimmte sogar, denn eigentlich war es ihr bei den meisten Kollegen egal, ob sie sie beachteten. Von einem bestimmten Kollegen allerdings wünschte sie durchaus beachtet zu werden, und der Frust darüber, dass er sie nicht beachtet hatte, machte ihr zu schaffen und wollte besänftigt werden, am besten mit etwas Süßem. Ein Schoko-Croissant wäre nicht schlecht, aber die bekam man nur vormittags. Für eine komplette Sachertorte dagegen war es nicht zu spat. Andererseits wusste Barbara, dass sie Wochen brauchen würde, um die Unmengen an Kalorien wieder abzubauen, und deswegen hatte sie auf dem Heimweg nicht an einer Bäckerei gehalten, sondern an einer Boutique auf der Camden High Street. Dort hatte sie sich ein Halstuch und eine Bluse gekauft und darüber jubiliert, dass das überhaupt nicht dem entsprach, wie sie normalerweise auf Stress, Frust oder Angstzustände reagierte. Aber dieses Hochgefühl hatte nur angehalten, bis sie ihren Mini geparkt hatte, denn da war ihr ihre letzte Begegnung mit Thomas Lynley wieder eingefallen.

Nachdem sie am Morgen ihre Aussagen vor Gericht gemacht hatten, war Lynley zurück in den Yard gefahren, und Barbara war zum Zahnarzt gegangen. Erst am späten Nachmittag waren sie sich im Aufzug wieder begegnet. Barbara kam gerade aus der Tiefgarage, und Lynley stieg im Erdgeschoss zu. Sie sah ihm sofort an, dass er in Gedanken versunken war. Als sie am Vormittag vor dem Gerichtssaal Nr. 1 gewartet hatten, war er ebenfalls in sich gekehrt gewesen, aber sie hatte vermutet, dass das mit seiner bevorstehenden Aussage zu tun hatte – vor ein paar Monaten erst war er mit knapper Not in dem Tatfahrzeug dem Tod entronnen. Aber diesmal schien ihn etwas ganz anderes zu beunruhigen, und als er, kaum dass die Aufzugtüren sich geöffnet hatten, im Zimmer von Superintendent Ardery verschwunden war, glaubte Barbara auch zu wissen, was es war.

Lynley glaubte, sie wüsste nicht, was zwischen ihm und Ardery ablief, und sie konnte sich denken, wie er zu dieser Annahme kam. Keiner im Yard ahnte, dass Lynley und Ardery es zwei-, manchmal dreimal pro Woche miteinander trieben, aber keiner im Yard kannte Lynley so gut wie Barbara. Eigentlich konnte sie sich sowieso nicht vorstellen, dass irgendjemand *Lust* haben könnte, mit Superintendent Ardery zu vögeln – das musste ja sein, als würde man mit einer Kobra ins Bett gehen. Andererseits versuchte sie seit vier Monaten sich einzureden, dass Lynley es zumindest verdient hatte, etwas Schönes zu erleben. Seine Frau war vor ihrer eigenen Haustür von einem Zwölfjährigen erschossen worden, danach war er fünf Monate lang allein wie von Sinnen an der Küste von Cornwall entlanggewandert und ziemlich neben der Spur gewesen, als er nach London zurückgekommen war… Wenn er das fragliche Vergnügen brauchte, seine Chefin eine Zeitlang flachzulegen, bitte sehr. Sie konnten beide in große Schwierigkeiten geraten, wenn irgendjemand Wind von der Affäre bekam. Doch es würde ohnehin niemand davon erfahren, weil die beiden sehr diskret vorgingen und Barbara schweigen würde wie ein Grab. Zudem würde Lynley sich garantiert nicht auf Dauer an eine wie Isabelle Ardery binden. Der Mann konnte auf dreihundert Jahre Familiengeschichte zurückblicken, er kannte seine Pflichten, und die hatten nichts zu tun mit einer zeitweiligen Affäre mit einer Frau, an der der Titel Countess of Asherton hängen würde wie ein Mühlstein. Von einem Mann wie ihm wurde erwartet, dass er standesgemäße Nachkommen produzierte, die den Familiennamen in die Zukunft trugen. Das wusste er, und er würde sich entsprechend verhalten.

Trotzdem konnte Barbara sich nicht so recht damit abfinden, dass die beiden ein Verhältnis hatten. Das Wissen darum stand jedes Mal unausgesprochen im Raum, wenn sie mit Lynley zu tun hatte. Sie fand das unerträglich. Nicht die Affäre selbst, sondern die Tatsache, dass er nicht mir ihr darüber redete. Nicht dass sie das von ihm erwartet hätte. Nicht dass sie das wirklich wollte. Nicht dass sie gewusst hätte, was sie sagen sollte, falls er tatsächlich eine Bemerkung darüber machte. Aber sie waren Partner, sie und Lynley, oder zumindest waren sie Partner gewesen, und Partner sollten doch – ja *was* eigentlich?, fragte sie sich. Doch das war eine Frage, die sie sich lieber nicht beantwortete.

Sie öffnete die Fahrertür. Es regnete nicht so stark, dass es sich gelohnt hätte, einen Schirm zu benutzen. Sie schlug ihren Kragen hoch, nahm die Tüte mit ihren neuen Errungenschaften vom Beifahrersitz und eilte nach Hause.

Wie immer warf sie einen Blick zu den Fenstern der Parterrewohnung in dem edwardianischen Haus, hinter dem sie wohnte. Es wurde schon dunkel, und es brannte Licht. Sie sah ihre Nachbarin an der Terrassentür vorbeigehen.

Also gut, dachte sie, sie war bereit, es sich einzugestehen. Sie wollte, dass jemand es bemerkte. Sie hatte stundenlang im Zahnarztstuhl ausgeharrt, und ihre einzige Belohnung war ein knappes Nicken von Isabelle Ardery gewesen, begleitet von der Bemerkung: »Als Nächstes kümmern Sie sich um Ihre Frisur, Sergeant.« Anstatt also dem Weg hinters Haus zu folgen, wo unter einer riesigen Robinie der Bungalow stand, in dem sie wohnte, klopfte Barbara an die Tür der Erdgeschosswohnung. Die Anerkennung einer Neunjährigen war besser als nichts.

Hadiyyah öffnete, obwohl ihre Mutter sie schalt: »Liebes, das sollst du doch nicht tun! Man kann nie wissen, wer draußen steht!«

»Ich bin's nur!«, rief Barbara.

»Barbara, Barbara!«, jauchzte Hadiyyah. »Mummy, es ist Barbara! Sollen wir ihr zeigen, was wir gemacht haben?«

»Natürlich, Liebes. Bitte sie herein.«

Es roch nach frischer Farbe in der Wohnung, und Barbara

sah sofort, was Mutter und Tochter vollbracht hatten. Das Wohnzimmer war frisch gestrichen. Angelina Upman war dabei, der Wohnung ihren Stempel aufzudrücken. Auf dem Sofa lagen neue Kissen, und es gab zwei Vasen mit frischen Schnittblumen: einen kurzen, künstlerisch arrangierten Strauß auf dem Sofatisch und einen großen bunten auf dem Kaminsims.

»Ist das nicht hübsch?« Hadiyyah schaute ihre Mutter so bewundernd an, dass es Barbara die Kehle zuschnürte. »Mummy kennt sich mit so was aus, und es ist gar nicht schwer, stimmt's, Mummy?«

Angelina drückte ihrer Tochter einen Kuss auf den Kopf, dann hob sie zärtlich mit einem Finger ihr Kinn an und sagte: »Du, mein Schatz, bist meine größte Bewunderin, und dafür danke ich dir. Aber ich möchte eine objektivere Meinung hören.« Sie lächelte Barbara an. »Was meinen Sie, Barbara? Ist unsere Arbeit von Erfolg gekrönt?«

»Es soll eine Überraschung sein«, sagte Hadiyyah. »Dad weiß gar nichts davon.«

Sie hatten die ehemals schmutzig weißen Wände hellgrün gestrichen. Es war eine Farbe, die sehr gut zu Angelina passte, was ihr natürlich bewusst war. Gute Wahl, dachte Barbara. Das frühlingshafte Grün ließ die Frau noch attraktiver wirken, als sie es ohnehin schon war: blond, blauäugig, feenhaft.

»Schöne Farbe«, sagte Barbara zu Hadiyyah. »Hast du geholfen, sie auszusuchen?«

»Na ja …« Hadiyyah trat von einem Fuß auf den anderen. Sie schaute zu ihrer Mutter hoch und biss sich auf die Lippe.

»Selbstverständlich«, log Angelina. »Ich habe ihr die endgültige Entscheidung überlassen. Sie würde eine gute Innenarchitektin abgeben, aber da wird ihr Vater noch ein Wörtchen mitzureden haben. Er möchte, dass du mal etwas Naturwissenschaftliches studierst, meine Kleine.«

»Bäh«, machte Hadiyyah. »*Ich* will Tänzerin werden, so, jetzt wisst ihr's.«

Das war Barbara neu, doch es wunderte sie nicht. Sie wusste, dass Angelina angeblich versucht hatte, sich während der vierzehn Monate, die sie aus dem Leben ihrer Tochter verschwunden war, als Profitänzerin zu etablieren. Dass sie nicht allein verschwunden war, hatte man Hadiyyah nicht erzählt.

Angelina lachte. »Tänzerin? Das bleibt aber am besten unter uns.« Zu Barbara sagte sie: »Möchten Sie eine Tasse Tee mit uns trinken, Barbara? Hadiyyah, setz schon mal Wasser auf. Nach der vielen Arbeit müssen wir uns ein bisschen ausruhen.«

»Danke, ich kann nicht bleiben«, sagte Barbara. »Ich bin nur kurz vorbeigekommen, um …«

Barbara wurde bewusst, dass die beiden es auch nicht bemerkt hatten. Endlose Stunden in dem verdammten Zahnarztstuhl und niemandem fiel etwas auf… und das bedeutete … Sie riss sich zusammen. Gott, was war bloß mit ihr los?

Ihr fiel die Tüte ein, die sie in der Hand hielt. »Ich hab mir auf der High Street ein paar Sachen gekauft und wollte mal sehen, ob sie Hadiyyah gefallen, damit ich sie morgen anziehen kann.«

»Au ja!«, rief Hadiyyah. »Zeig mal her! Mummy, Barbara macht sich neuerdings richtig schick. Sie hat sich neue Sachen gekauft und alles. Zuerst wollte sie zu Marks & Spencer gehen, aber das hab ich ihr ausgeredet. Na ja, einen Rock haben wir da gekauft, nicht wahr, Barbara. Das war dann auch alles, weil ich ihr nämlich gesagt hab, dass da nur alte Frauen einkaufen …«

»Das stimmt nicht ganz, mein Schatz«, sagte Angelina.

»Also, *du* sagst doch immer …«

»Ich rede viel dummes Zeug, das du gar nicht beachten solltest. Zeigen Sie mal her, Barbara. Oder ziehen Sie die Sachen doch mal kurz über.«

»Ja, ja, zieh sie an!«, sagte Hadiyyah. »Du *musst* sie anziehen. Du kannst in mein Zimmer gehen …«

»Da herrscht das totale Chaos«, sagte Angelina. »Gehen Sie lieber in unser Schlafzimmer, Barbara. Ich mache inzwischen Tee.«

Und so fand Barbara sich in dem Zimmer wieder, das sie freiwillig nie aufgesucht hätte: im Schlafzimmer von Angelina Upman und Hadiyyahs Vater Taymullah Azhar. Sie machte die Tür zu und atmete tief durch. Sie schloss die Augen. Sie würde das überstehen. Sie brauchte nur die Bluse aus der Tüte zu nehmen, die auszuziehen, die sie anhatte … Sie brauchte ihren Blick nur auf das zu richten, was sich direkt vor ihrer Nase befand.

Was ihr natürlich nicht gelang, auch wenn sie über die Gründe dafür lieber nicht nachdachte. Und sie sah genau das, was zu erwarten war: Spuren von einem Mann und einer Frau, die ein Paar waren und ein gemeinsames Kind hatten. Nicht dass sie versuchten, ein weiteres zu zeugen, dagegen sprach der Streifen Antibabypillen, der auf Angelinas Nachttisch neben einem Radiowecker lag. Aber was die Anwesenheit der Pillen bedeutete, war klar.

Na und?, fragte sich Barbara entnervt. Was zum Teufel hatte sie denn erwartet, und was ging sie das alles überhaupt an? Taymullah Azhar und Angelina Upman schliefen miteinander. Oder besser, sie schliefen *wieder* miteinander, nachdem Angelina plötzlich in Azhars Leben zurückgekehrt war. Dass sie ihn wegen eines anderen verlassen hatte, war offenbar vergeben und vergessen. Und jetzt waren sie alle glücklich und zufrieden. Was sie eigentlich auch sein sollte, dachte Barbara.

Sie knöpfte die Bluse zu und versuchte, ein paar Knitterfalten glattzustreichen. Dann nahm sie das Halstuch aus der Tüte, das sie passend zu der Bluse gekauft hatte, und band es sich ungeschickt um den Hals. Sie trat vor den Spiegel an der Zimmertür und betrachtete sich darin. Es sah grässlich aus. Sie hätte sich doch für die Torte entscheiden sollen, dachte sie. Das wäre billiger und unendlich viel befriedigender gewesen.

»Bist du schon umgezogen, Barbara?«, fragte Hadiyyah durch die geschlossene Tür. »Mummy will wissen, ob du Hilfe brauchst.«

»Nein, nein, schon fertig«, rief Barbara. »Ich komme jetzt raus. Hast du deine Sonnenbrille auf? Mach dich darauf gefasst, dass du geblendet wirst.«

Schweigen empfing sie. Dann sagten Hadiyyah und ihre Mutter wie aus einem Mund: »Gute Wahl, Barbara!« (Angelina) »O nein! Du hast vergessen, was wir über die Gesichtsform und den Halsausschnitt gelernt haben!« (Hadiyyah). Im Ton schierer Verzweiflung fügte Hadiyyah noch hinzu: »Die sollen sich entsprechen, Barbara, hast du das denn schon ganz vergessen?«

Wieder ein Fehlkauf, dachte Barbara. Es hatte durchaus seinen Grund, warum sie die letzten fünfzehn Jahre nichts als bedruckte T-Shirts und Hosen mit Gummizug getragen hatte.

»Hadiyyah!«, ermahnte Angelina ihre Tochter.

»Aber sie sollte Sachen mit rundem Halsausschnitt tragen, und sie hat ...«

»Liebes, sie hat nur das Halstuch nicht richtig gebunden. Man kann denselben Effekt erzielen, indem man das Halstuch rund bindet ... Kommen Sie, Barbara, lassen Sie mich mal machen.«

»Aber die Farbe, Mummy ...«

»... ist perfekt, und es freut mich, dass du das erkannt hast«, sagte Angelina bestimmt. Dann nahm sie Barbara das Halstuch ab und band es ihr mit ein paar unerträglich geschickten Handbewegungen neu. Dabei kam sie Barbara so nah, dass sie ihren Duft wahrnahm: Er erinnerte sie an eine tropische Blume. Und sie hatte die makelloseste Haut, die Barbara je gesehen hatte. »So«, sagte Angelina. »Schauen Sie mal in den Spiegel, Barbara. Sagen Sie mir, was Sie davon halten. Es geht ganz einfach. Ich zeige es Ihnen.«

Barbara ging zurück ins Schlafzimmer, wo immer noch die Pillen lagen, doch diesmal weigerte sie sich hinzusehen. Sie hätte Angelina gern verabscheut – eine Frau, die Mann und Tochter hatte sitzen lassen, um sich über ein Jahr lang mit einem anderen zu amüsieren, was ihr dann auch noch verziehen wurde –, aber es gelang ihr nicht. Wahrscheinlich erklärte das, wie und warum Azhar ihr verziehen hatte.

Sie betrachtete ihr Spiegelbild und musste zugeben: Die Frau wusste, wie man ein Halstuch band. Und jetzt, wo das Halstuch ordentlich saß, erkannte sie, dass es gar nicht zu der Bluse passte. Verflixt und zugenäht, dachte sie, wann würde sie das endlich lernen?

Sie wollte gerade das Schlafzimmer verlassen, als sie hörte, wie die Wohnungstür sich öffnete und Taymullah Azhar hereinkam. Auf keinen Fall wollte sie von ihm in seinem Eheschlafzimmer erwischt werden. Hastig riss sie sich das Halstuch herunter, zog die Bluse aus, stopfte beides in die Plastiktüte und streifte den Pullover über, den sie zur Arbeit angehabt hatte.

Als sie ins Wohnzimmer trat, stand Azhar mit Hadiyyah an der Hand und Angelina im Arm da und bewunderte die frisch gestrichenen Wände. Er drehte sich um, und an seinem verblüfften Gesicht erkannte Barbara, dass weder Hadiyyah noch Angelina ihn über ihre Anwesenheit informiert hatten.

»Hallo Barbara!«, sagte er. »Und? Wie gefällt Ihnen das Gemeinschaftswerk?«

»Ich werde die beiden anheuern, damit sie meine Bude streichen«, sagte sie. »Was die Farben angeht, hatte ich an Lila und Orange gedacht. Glaubst du, das passt zu mir, Hadiyyah?«

»Nein, nein, nein!«, rief Hadiyyah entsetzt.

Ihre Eltern lachten. Barbara lächelte. Sind wir nicht eine glückliche Familie?, dachte sie. Zeit, von der Bühne abzutreten. Sie sagte: »Ich lasse Sie dann mal in Ruhe zu Abend essen.« Und zu Angelina: »Danke für die Hilfe mit dem Halstuch. Ein Riesenunterschied. Wenn Sie mir jeden Morgen beim Anziehen helfen würden, wäre ich alle Probleme los.«

»Jederzeit«, sagte Angelina. »Wirklich.«

Und das meinte sie tatsächlich ernst, verflucht noch mal,

dachte Barbara. Diese Frau brachte sie um den Verstand. Wenn sie sich wie ein Miststück verhalten würde, wäre alles viel einfacher.

Sie verabschiedete sich und ging. Sie wunderte sich, als Azhar ihr folgte, begriff jedoch, dass er sich draußen nur eine Zigarette anstecken wollte.

Er sagte: »Glückwunsch, Barbara.«

Sie blieb stehen, drehte sich um und fragte: »Wozu?«

»Zu Ihren Zähnen. Wie ich sehe, haben Sie sie richten lassen, und das sieht hervorragend aus. Aber ich nehme an, das hören Sie schon den ganzen Tag.«

»Ach so. Ja. Danke. Befehl von meiner Chefin. Na ja, nicht direkt, aber sie hat's mir dringend nahegelegt. Jetzt will sie, dass ich zum Frisör gehe. Keine Ahnung, was danach kommt, wahrscheinlich irgendwas mit Fettabsaugen und Schönheitschirurgie. Wenn die mit mir fertig ist, werd ich mich vor Männern nicht mehr retten können.«

»Sie machen sich darüber lustig, das sollten Sie nicht tun«, sagte Azhar. »Bestimmt haben Angelina und Hadiyyah Ihnen schon gesagt…«

»Nein, haben sie nicht«, fiel Barbara ihm ins Wort. »Aber danke für das Kompliment, Azhar.«

Ironie des Schicksals, dachte sie: ein Kompliment ausgerechnet von dem Mann, von dem sie am allerwenigsten erwartet hätte, dass er ihre Zähne bemerkte, und von dem Mann, von dem sie sich eigentlich keine Aufmerksamkeit erhoffen sollte. Na ja, so oder so, es war nicht so wichtig.

Sie wünschte Taymullah Azhar eine gute Nacht und machte sich mit diesem Selbstbetrug auf den Weg zu ihrem Bungalow.

30. Oktober

BELGRAVIA
LONDON

Nach dem Motto Gefahr erkannt, Gefahr gebannt hatte Lynley die beiden Tage nach dem Gespräch mit Hillier und Fairclough mit Recherchen über den Mann, seine Familie und seine Lebensumstände zugebracht. Er hatte nicht die Absicht, blind in diese verdeckte Ermittlung zu stolpern, und es stellte sich heraus, dass es eine ganze Menge an Informationen über Fairclough gab. Er war nicht als Bernard Fairclough geboren, sondern als Bernie Dexter aus Barrow-in-Furness. Das Licht der Welt hatte er in einem zweistöckigen Reihenhaus in der Blake Street erblickt. Das Domizil der Familie Dexter lag in der Nähe der Eisenbahnlinie, in einer Armeleutegegend.

Wie Bernie Dexter sich in Bernard Fairclough, Baron von Ireleth, verwandelt hatte, war die Art Geschichte, die Sonntagszeitungen als Existenzberechtigung dienten. Im Alter von fünfzehn Jahren hatte Bernie Dexter die Schule abgeschlossen und bei Fairclough Industries als Hilfsarbeiter angefangen, und zwar in der Packerei, wo er acht Stunden täglich verchromte Armaturen in Kisten verpackt hatte. Es war ein Job, der jedem normalen Arbeiter alles an Hoffnung und Ehrgeiz ausgetrieben hätte, aber Bernie Dexter aus der Blake Street war kein normaler Arbeiter. *Er war schon immer dreist*, so hatte seine Frau Valerie ihn in einem Interview charakterisiert, kurz nachdem er zum Ritter geschlagen worden war, und sie musste es wissen, denn sie war eine geborene Fairclough, die Urenkelin des Firmengründers. Sie hatte den Fünfzehnjährigen kennengelernt, als sie selbst achtzehn war und er eine Rolle im Krippenspiel der Firma übernommen hatte. Für sie war die Anwesenheit auf der Weihnachtsfeier eine Pflichtübung, für ihn pures Vergnügen. Forsch nahm er seinen Weihnachtsbonus entgegen und erklärte Valerie mit einem kecken Augenzwinkern, er werde sie heiraten. »Eine echte Schönheit«, sagte er. »Ich werde dafür sorgen, dass du bis an dein Lebensende versorgt bist.« Letzteres verkündete er im Brustton der Überzeugung, als wäre Valerie Fairclough nicht schon durch ihre adelige Geburt lebenslang versorgt.

Und er hatte Wort gehalten, denn er hatte absolut keine Hemmungen, Valeries Vater direkt anzusprechen und ihm zu erklären: »Wenn Sie mir eine Chance geben, kann ich Ihrer Firma zu viel größerem Erfolg verhelfen.« Und das hatte er getan. Natürlich nicht auf einen Schlag, sondern ganz allmählich, und mit der Zeit war es ihm ebenfalls gelungen, Valerie mit seiner beharrlichen Verehrung zu beeindrucken. Außerdem hatte er die junge Frau geschwängert, als diese fünfundzwanzig Jahre alt war, woraufhin die beiden durchgebrannt waren und heimlich geheiratet hatten. Wenig später hatte Bernie ihren Familiennamen angenommen, die Effizienz der Firma verbessert, ihre Produkte modernisiert, darunter – ausgerechnet – eine ganze Serie topmoderner Toiletten, die ihm ein eindrucksvolles Vermögen eingebracht hatten.

Bernies Sohn Nicholas war von Anfang an der Schandfleck im ansonsten perfekten Leben des Bernie Dexter gewesen. Lynley fand stapelweise Informationen über den jungen Mann. Denn immer wenn Nicholas Fairclough wieder einmal auf Abwege geriet, dann tat er das vor den Augen der Öffentlichkeit. Trinkgelage, Schlägereien, Einbrüche, Rowdytum auf Fußballplätzen, Trunkenheit am Steuer, Autodiebstahl, Brandstiftung, Exhibitionismus unter dem Einfluss von Drogen … Der Mann hatte eine Vergangenheit, die sich las wie die Geschichte vom verlorenen Sohn auf Anabolika. Er hatte seinen Verfall vor den Augen Gottes, der Allgemeinheit und vor allem der Presse in Cumbria zelebriert, und die Artikel, die die Lokalblättchen über ihn gebracht hatten, hatten die Aufmerksamkeit der landesweit vertriebenen Boulevardblätter erregt, die ständig auf der Suche waren nach irgendeiner Sensation für ihre Aufmacher. Vor allem wenn die Sensation von einem Spross aus namhaftem Hause verursacht wurde.

Menschen, die ein Leben führten wie Nicholas Fairclough, wurden für gewöhnlich in jungen Jahren vom Tod ereilt, er aber war von der Liebe errettet worden, die ihm in Gestalt einer jungen Argentinierin mit dem eindrucksvollen Namen Alatea Vasquez del Torres begegnet war. Nach einer erneuten Entziehungskur war Nicholas nach Park City in Utah gefahren, um sich wie üblich auf Kosten seines verzweifelten Vaters eine angemessene Reha zu gönnen. Das ehemalige Bergarbeiterstädtchen eignete sich hervorragend für einen Entspannungsurlaub, denn es lag in einem hübschen Tal in den Wasatch Mountains und zog jedes Jahr von November bis April begeisterte Skiläufer an sowie Scharen von jungen Frauen und Männern, die als Servicepersonal eingestellt wurden.

Alatea Vasquez del Torres gehörte zu der letzteren Gruppe, und laut einem besonders reißerischen Artikel haben sich die beiden zum ersten Mal an der Kasse eines Schnellrestaurants in die Augen geblickt. Es kam, wie es kommen musste. Es folgte ein stürmisches Liebeswerben, die standesamtliche Trauung in Salt Lake City, ein letzter Absturz in den Drogensumpf – seltsame Art, eine Hochzeit zu feiern, dachte Lynley. Aber Nicholas erhob sich wie Phoenix aus der Asche und überwand seine Sucht, als seine junge Frau ihn knapp zwei Monate nach der Hochzeit verlassen hatte.

»Ich würde alles für sie tun«, hatte Fairclough später erklärt. »Ich würde für sie sterben. Ihr zuliebe eine Entziehungskur zu machen, war ein Kinderspiel.«

Sie war zu ihm zurückgekehrt, er war clean geblieben, und alle waren glücklich. Das zumindest legten sämtliche Berichte nahe, deren Lynley innerhalb der ersten vierundzwanzig Stunden seiner Nachforschungen über die Familie Fairclough habhaft werden konnte. Falls Nicholas also auf irgendeine Weise in den Tod seines Vetters verwickelt war, wäre das merkwürdig. Denn es war kaum davon auszugehen, dass seine Frau einem Mörder treu zur Seite stehen würde.

Lynley suchte nach Informationen über die anderen Familienmitglieder, aber das wenige, das er fand, ließ sie im Vergleich zu Lord Faircloughs Sohn ziemlich langweilig erscheinen. Eine Schwester geschieden, eine andere eine alte Jungfer, ein Vetter – vermutlich der Tote – der Hüter des Vermögens der Faircloughs, die Frau des Vetters Hausfrau, die beiden Kinder brav … Die Faircloughs waren extrem unterschiedlich, aber auf den ersten Blick wirkten sie alle unbescholten.

Am Ende des zweiten Tages seiner Nachforschungen stand Lynley am Fenster seiner Bibliothek in Eton Terrace und schaute auf die Straße hinaus. Hinter ihm brannte das Gasfeuer im Kamin. Ihm war nicht wohl bei der ganzen Sache, aber er wusste auch nicht, wie er etwas daran ändern sollte. Seine Aufgabe als Polizist war es, Beweise für die Schuld eines Menschen zusammenzutragen, und nicht Beweise für jemandes Unschuld zu sammeln. Wenn der Gerichtsmediziner einen Unfall als Todesursache festgestellt hatte, dann bestand eigentlich kein Grund, die Sache weiterzuverfolgen. Denn Gerichtsmediziner wussten, was sie taten. Sie verfügten über Beweise und Zeugenaussagen, auf die sie ihre Befunde stützten. Dass der Gerichtsmediziner Ian Cresswells Tod auf einen Unfall zurückgeführt hatte – bedauerlich und zur Unzeit wie alle Unfälle –, hätte allen zumindest ein gewisser Trost sein müssen.

Es war interessant, dachte Lynley, dass Bernard Fairclough sich nicht damit abfinden wollte. Dass Fairclough trotz allem immer noch seine Zweifel hatte, legte den Verdacht nahe, dass er mehr wusste, als er bei ihrem Gespräch im Twins Club zugegeben hatte. Was wiederum den Verdacht nahelegte, dass hinter Ian Cresswells Tod mehr steckte, als auf den ersten Blick erkennbar war.

Lynley fragte sich, ob Fairclough Näheres über die Ermittlungsergebnisse im Todesfall seines Neffen wusste. Und er fragte sich, ob Fairclough von sich aus mit einem Polizisten vor Ort geredet hatte.

Lynley wandte sich vom Fenster ab und betrachtete seinen Schreibtisch, auf dem neben seinem Laptop seine Notizen und alle möglichen Computerausdrucke lagen. Vermutlich musste er andere Mittel und Wege finden, um an weitere Informationen über den Tod von Ian Cresswell zu gelangen. Gerade wollte er nach dem Hörer greifen, als das Telefon klingelte. Er überlegte kurz, ob er den Anrufbeantworter anspringen lassen sollte – seit Monaten seine übliche Reaktion, wenn das Telefon läutete –, entschloss sich jedoch, das Gespräch anzunehmen. »Wo in aller Welt steckst du eigentlich, Tommie?«, fragte Isabelle. »Warum kommst du nicht zur Arbeit?«

Er hatte angenommen, Hillier würde sich um dieses Detail kümmern. Da hatte er sich offenbar geirrt.

Er sagte: »Ich muss etwas erledigen, um das Hillier mich gebeten hat. Keine große Sache. Ich dachte, er hätte dir Bescheid gesagt.«

»Hillier? Was für eine Sache?« Isabelle klang überrascht. Er und Hillier verkehrten nicht gerade auf freundschaftlicher Ebene, und wenn es hart auf hart kam, war Lynley sicherlich der Letzte, an den Hillier sich um Hilfe wenden würde.

»Es ist vertraulich«, sagte er zu ihr. »Ich darf nicht darüber …«

»Was geht da vor?«

Er antwortete nicht gleich. Er überlegte, wie er ihr erklären konnte, was er tat, ohne ihr genau zu sagen, was er tat, aber offenbar hielt sie sein Zögern für ein Ausweichmanöver, denn sie sagte schnippisch: »Ah, verstehe. Hat es mit dem zu tun, was neulich vorgefallen ist?«

»Womit?«

»Ich bitte dich. Stell dich nicht dumm. Du weißt genau, wovon ich rede. Das mit Bob. Vor meiner Wohnung. Dass wir uns seitdem nicht mehr gesehen haben …«

»Gott, nein. Es hat überhaupt nichts damit zu tun«, fiel er ihr ins Wort, obwohl er sich insgeheim eingestehen musste, dass er sich da gar nicht so sicher war.

»Wenn nicht, warum gehst du mir dann aus dem Weg?«

»Ich gehe dir nicht aus dem Weg.«

Schweigen. Er fragte sich, wo sie war. Um die Uhrzeit müsste sie eigentlich noch im Yard sein, vermutlich in ihrem Büro. Er stellte sich vor, wie sie an ihrem Schreibtisch saß, den Kopf beim Telefonieren leicht gesenkt, ihr blondes Haar hinter ein Ohr geschoben, so dass ein unscheinbarer, aber modischer Ohrring zu sehen war. Vielleicht hatte sie einen Schuh abgestreift und beugte sich vor, um sich die Wade zu kratzen, während sie überlegte, was sie als Nächstes sagen sollte.

Was sie sagte, überraschte ihn. »Tommy, ich habe es Bob gestern gesagt. Nicht, mit wem genau ich ein Verhältnis habe, denn er würde es, wie gesagt, irgendwann gegen mich verwenden, wenn er den Eindruck hätte, dass ich mein Leben nicht in den Griff bekomme. Aber ich habe ihm gesagt, *dass* ich einen Geliebten habe.«

»Ach?«

»Und ich habe ihm erzählt, dass du gekommen bist, als er mit Sandra da war. Dass ich dich weggeschickt habe, weil ich dachte, die Jungs wären noch nicht so weit… schließlich waren sie zum ersten Mal bei mir in London zu Besuch, und sie müssen sich ja erst mal daran gewöhnen, dass ich in London wohne. Sie müssen sich an die Wohnung gewöhnen und alles, was dazu gehört. Wenn dann auch noch ein Mann da gewesen wäre… Ich habe ihm gesagt, dass ich das für verfrüht hielte und dich gebeten habe zu gehen. Aber er sollte wissen, dass es dich gibt.«

»Ach Isabelle.« Lynley wusste, wie viel Überwindung sie das gekostet hatte: ihrem Exmann, der so viel Macht über ihr Leben hatte, von ihm zu erzählen, und jetzt *ihm* davon zu berichten. Er wusste nur zu gut, was für eine stolze Frau sie war.

»Du fehlst mir, Tommy. Ich möchte, dass zwischen uns wieder alles gut wird.«

»Es ist alles gut zwischen uns.«

»Wirklich?«

»Wirklich.«

Wieder Schweigen. Vielleicht war sie ja zu Hause, dachte er, saß auf der Bettkante in ihrem winzigen Schlafzimmer mit nur einem einzigen Fenster, das sich nicht öffnen ließ, und dem viel zu schmalen Bett, in dem sie unmöglich eine ganze Nacht lang gemeinsam schlafen konnten. Was vielleicht sogar Absicht war, überlegte er.

»Das Leben ist einfach kompliziert«, sagte er. »Aber das ist es immer, nicht wahr?«

»Ab einem gewissen Alter ja. Jeder schleppt so viel Gepäck mit sich rum.« Sie holte tief Luft. »Ich möchte dich heute Abend sehen, Tommy. Kommst du zu mir?« Dann fügte sie zu seinem großen Erstaunen hinzu: »Hast du Zeit?«

Er hätte ihr gern gesagt, dass es keine Frage der Zeit war. Dass es damit zu tun hatte, wie er sich fühlte. Aber auch das war kompliziert. Also sagte er: »Das weiß ich jetzt noch nicht.«

»Wegen dieser Sache, um die Hillier dich gebeten hat. Ich hoffe, dir ist aufgefallen, dass ich nicht darauf bestehe zu erfahren, was da los ist. Und das werde ich auch nicht tun. Das verspreche ich dir. Auch hinterher nicht, und du weißt ja, was das bedeutet, denn ich kenne dich und weiß, wie du hinterher bist. Manchmal denke ich, hinterher könnte ich alles aus dir rauskriegen.«

»Und warum tust du es nicht?«

»Na ja, das wäre irgendwie unfair, meinst du nicht? Außerdem bilde ich mir ein, dass ich nicht so bin. Ich trickse nicht. Jedenfalls nicht viel.«

»Trickst du jetzt?«

»Nur, um dich rumzukriegen, aber wenn ich's zugebe, ist es kein Tricksen mehr, oder?«

Er musste lächeln. Er spürte, wie ihm das Herz aufging, und das lag daran, dass er sie begehrte, obwohl ihre Affäre zu einem unmöglichen Zeitpunkt angefangen hatte, obwohl sie überhaupt nicht zusammenpassten und das auch nie tun würden. Er begehrte sie. Immer noch und trotz allem.

»Es kann aber ziemlich spät werden«, sagte er.

»Das ist egal. Kommst du heute Abend, Tommy?«

»Ja.«

CHELSEA
LONDON

Aber zuerst musste er ein paar Dinge regeln. Das hätte er telefonisch erledigen können, doch er zog es vor, persönlich mit seinen Freunden zu reden, um einschätzen zu können, ob es ihnen widerstrebte, ihm den Gefallen zu tun, um den er sie bitten wollte. Denn sagen würden sie es ihm nie.

Die Tatsache, dass es sich nicht um eine offizielle polizeiliche Ermittlung handelte, behinderte ihn beträchtlich. Er musste ziemlich viel tricksen, um die Sache geheim zu halten.

Natürlich hätte er darauf bestehen können, dass Hillier ihm einen Kollegen zur Seite stellte, aber die einzigen Kollegen, mit denen er bereit war zusammenzuarbeiten, waren für eine heimliche Schnuffeltour in Cumbria kaum zu gebrauchen. Mit seinen eins neunzig und einer Hautfarbe wie extrem starker Tee würde DS Winston Nkata im Lake District auffallen wie ein bunter Hund. Und DS Barbara Havers, die trotz ihrer nervtötenden Angewohnheiten unter normalen Umständen seine erste Wahl wäre… Die Vorstellung, Barbara würde streitlustig und kettenrauchend durch Cumbria trampeln und sich als Naturliebhaberin auf Wanderurlaub ausgeben, war einfach lachhaft. Sie war eine hervorragende Polizistin, aber Fingerspitzengefühl war nicht gerade ihre Stärke. Wäre Helen noch am Leben, wäre sie genau die Richtige für diese Aufgabe gewesen. Und es hätte ihr großen Spaß gemacht. *Tommy, Liebling, wir werden inkognito reisen! Wie aufregend! Von so etwas hab ich schon als Kind geträumt!* Doch Helen war nicht mehr am Leben. Der Gedanke an Helen ließ ihn fluchtartig das Haus verlassen.

Er fuhr über die King's Road nach Chelsea. Es war die direkte Strecke zur Cheyne Row, wenn auch nicht die schnellste, da die enge Straße durch das beliebte Einkaufsviertel führte, wo sich Boutiquen, Schuhgeschäfte, Antiquitätenläden, Pubs und Restaurants aneinanderreihten. Wie immer wimmelte es von Menschen, und ihr Anblick, vor allem ihre Jugend, machte ihn wehmütig, obwohl er gar nicht so recht wusste, warum. Und er hatte auch keine Lust, darüber nachzudenken.

Er parkte in der Lawrence Street in der Nähe des Lordship Place. Dann ging er den Weg zurück, den er gekommen war, aber nicht ganz bis zur Cheyne Row, sondern zum Garteneingang des großen Backsteinhauses, das an der Straßenecke stand.

Der Garten leuchtete in allen Herbstfarben und machte sich bereit für den Winter. Der Rasen war übersät mit Laub, das zusammengeharkt werden musste, und die Blumen in den Beeten am Rand waren längst verblüht, ihre Stängel beugten sich unter der Last der verwelkten Blüten. Die Gartenmöbel aus Korbgeflecht waren mit Schutzhüllen bedeckt. Moos wuchs zwischen den Backsteinen, mit denen der Gartenweg gepflastert war. Lynley folgte dem Weg bis zu den Stufen, die in die

Küche im Souterrain führten, wo schon Licht brannte. Durch die beschlagene Fensterscheibe sah er drinnen jemanden hin und her gehen.

Er klopfte zweimal kräftig, und als der Hund bellte, öffnete er die Tür und sagte: »Ich bin's, Joseph. Ich bin durch den Garten gekommen.«

»Tommy?« Das war nicht die Stimme, die Lynley erwartet hatte, sondern die von Josephs Tochter. »Bist du unter die Klinkenputzer gegangen?«

Sie folgte dem Hund, einem Langhaardackel mit dem unpassenden Namen Peach, zur Tür. Peach bellte und sprang aufgeregt an Lynley hoch. Das Tier war so unerzogen wie immer, der lebende Beweis für das, was Deborah St. James oft genug behauptet hatte: dass sie einen Hund brauchte, den sie auf den Arm nehmen konnte, weil sie unfähig sei, irgendeinem Wesen irgendetwas beizubringen.

»Hallo«, sagte Deborah zu Lynley. »Was für eine angenehme Überraschung!« Sie schob Peach aus dem Weg, umarmte Lynley und hauchte ihm einen Kuss auf die Wange. »Du bleibst zum Essen«, verkündete sie. »Aus allen möglichen Gründen, aber vor allem, weil ich heute koche.«

»Großer Gott. Wo ist denn dein Vater?«

»In Southampton. Der Jahrestag. Diesmal wollte er nicht, dass ich mitfahre. Ich nehme an, weil es der zwanzigste ist.«

»Ah.« Er wusste, dass Deborah nicht mehr zu dem Thema sagen würde. Nicht, weil es sie traurig machte, über den Tod ihrer Mutter zu sprechen, die gestorben war, als Deborah sieben Jahre alt war, sondern seinetwegen, um bei ihm keine schmerzvollen Erinnerungen zu wecken.

»Morgen kommt er wieder zurück«, sagte Deborah. »Aber bis dahin ist der arme Simon leider meinen Kochkünsten ausgeliefert. Bist du hergekommen, um mit ihm zu reden? Er ist oben.«

»Ich möchte mit euch beiden reden. Was kochst du denn?«

»Shepherd's Pie. Aus einer Fertigpackung. Das krieg ich so gerade hin. Außerdem, Kartoffeln sind Kartoffeln, oder? Dazu gibt's Brokkoli nach Mittelmeerart mit Olivenöl und Knoblauch. Und vorher einen Salat, auch mit Olivenöl und Knoblauch. Bleibst du zum Essen? Du musst! Wenn's ungenießbar ist, kannst du ja flunkern und behaupten, es schmeckt wie Ambrosia. Ich merke es dir sowieso an, wenn du lügst. Aber das darfst du ruhig, denn wenn du das Essen lobst, muss Simon es auch tun. Ach ja, und Nachtisch gibt's auch.«

»Dann wird der den Ausschlag geben.«

»Ah. Siehst du, schon hab ich dich bei einer Lüge ertappt! Aber ich spiele mit. Es ist eine französische Tarte. Genauer gesagt, eine Apfel-Birnen-Tarte.«

»Wie kann ich da widerstehen?« Lynley schaute zur Treppe, die nach oben führte. »Ist er…?«

»In seinem Arbeitszimmer. Geh nur rauf. Ich schaue noch mal kurz in den Ofen, dann komme ich nach.«

Im Erdgeschoss ging er den Flur hinunter. Er hörte Simon St. James' Stimme aus dem Arbeitszimmer im vorderen Teil des Hauses. An drei Wänden des Zimmers standen überquellende Bücherregale, die bis zur Decke reichten, an der vierten hingen Deborahs Fotos. Als Lynley eintrat, saß sein Freund am Schreibtisch, und die Art, wie er den Kopf gesenkt hielt und sich beim Telefonieren mit der Hand durchs Haar fuhr, sagte Lynley, dass Simon sich mit irgendeinem Problem herumschlug.

»Ja, das dachte ich auch, David«, sagte St. James gerade. »Und ich glaube es immer noch. Soweit ich das beurteilen kann, ist es die Lösung, die wir suchen… Ja, ja. Das verstehe ich voll und ganz… Ich werde noch mal mit ihr reden… Wie lange genau?… Wann könnten wir sie treffen?… Ja, verstehe.« Er blickte auf, sah Lynley und nickte zum Gruß. »Also gut. Grüß Mutter und die deinen«, sagte er, dann legte er auf. Er hatte also mit seinem ältesten Bruder David gesprochen, dachte Lynley.

St. James erhob sich mühsam, schob sich vom Schreibtisch

weg, um sich darauf abstützen zu können, behindert durch die Beinschiene, die er seit Jahren tragen musste. Er begrüßte Lynley und trat an den Getränkewagen vor dem Fenster. »Ich brauche einen Whiskey«, sagte er zu Lynley. »Doppelt und pur. Du auch?«

»Gern«, sagte Lynley. »Ärger?«

»Mein Bruder David hat in Southampton eine junge Frau kennengelernt, die ihr Kind zur Adoption freigeben will. Ein Notar regelt die ganze Sache.«

»Das sind ja großartige Neuigkeiten, Simon«, sagte Lynley. »Was für ein Glück, nach all den Jahren.«

»Unter normalen Umständen, ja. Es ist ein Geschenk, mit dem wir nicht gerechnet haben.« Er öffnete eine Flasche Lagavulin und schenkte ihnen beiden ein. Lynley hob die Brauen, als St. James ihm ein Glas reichte. »Den haben wir uns verdient«, sagte St. James. »Ich zumindest, und ich nehme an, du ebenfalls.« Er zeigte auf die Ledersessel vor dem offenen Kamin. Sie waren alt und rissig, genau richtig, um hineinzusinken und sich zu betrinken.

»Und wie sind die Umstände?«, fragte Lynley.

St. James schaute zur Tür, um anzudeuten, dass das Gespräch ohne Deborahs Wissen stattfand. »Die Mutter will eine offene Adoption. Und zwar soll nicht nur sie selbst am Leben des Kindes teilnehmen, sondern auch der Vater. Sie ist sechzehn, er ist fünfzehn.«

»Ah. Verstehe.«

»Deborah hat sofort gesagt, sie will kein Kind, das sie mit anderen teilen muss.«

»Klingt doch irgendwie vernünftig, oder?«

»Und vor allem«, fuhr St. James fort, »will sie ihr Kind nicht mit zwei Teenagern teilen. Sie sagt, das wäre, als würden wir nicht ein Kind adoptieren, sondern gleich drei. Außerdem ist da ja noch die Verwandtschaft auf beiden Seiten, die will auch berücksichtigt sein.«

»Also, eigentlich«, sagte Lynley, »kann ich ihre Argumente gut verstehen.«

»Ich auch. Die Situation ist alles andere als ideal. Andererseits scheint es … Na ja, sie hat die Ergebnisse der letzten Tests, und es steht endgültig fest, Tommy. Sie wird kein Kind austragen können.«

Das wusste Lynley. Er wusste es seit über einem Jahr, und anscheinend hatte Deborah ihrem Mann endlich die Wahrheit gesagt, die sie ein ganzes Jahr lang mit sich herumgetragen hatte. *Balancierte Translokation* nannte sich das. Eine Anomalie der Chromosomen. Wenn die beiden also Kinder wollten, blieb ihnen nichts anderes übrig, als sich nach Alternativen umzusehen.

Lynley sagte nichts. Die beiden Männer sinnierten über ihrem Whisky. Das Scharren von Hundefüßen auf Holz kündigte an, dass Peach im Anmarsch war, zweifellos in Begleitung ihres Frauchens. »Deborah hat mich eingeladen, zum Abendessen zu bleiben«, sagte Lynley leise, »aber ich kann mir eine Ausrede einfallen lassen, wenn es heute ungünstig ist.«

»Gott, nein«, erwiderte St. James. »Mir wäre es lieber, du bleibst. Du kennst mich ja. Mir ist alles recht, um ein schwieriges Gespräch mit der Frau, die ich liebe, zu vermeiden.«

»Ich habe uns ein bisschen was zum Knabbern mitgebracht«, verkündete Deborah, als sie das Zimmer betrat. »Käsestangen. Peach hat sich schon eine einverleibt, sie scheinen also sehr lecker zu sein, zumindest für Hundegaumen. Bleib sitzen, Simon, ich hole mir selbst einen Sherry.« Sie stellte den Teller mit den Käsestangen auf die Ottomane, die zwischen den beiden Sesseln stand, scheuchte den Dackel davon weg und ging zum Getränkewagen. »Tommy sagt, er möchte mit uns beiden reden. Ich schätze, es handelt sich entweder um was Geschäftliches oder um eine Ankündigung oder um beides. Und falls es etwas mit dem Healey Elliott zu tun hat, schlage ich vor, dass wir ihm den Wagen auf der Stelle abkaufen.«

»Das kannst du getrost vergessen«, sagte Lynley. »Mit dem Wagen wird man mich beerdigen müssen.«

»Verdammt.« St. James grinste.

»Ich hab's immerhin versucht«, sagte seine Frau. Sie setzte sich neben St. James auf die Sessellehne und sagte zu Lynley: »Also, worum geht's, Tommy?«

Er überlegte, wie er das Thema angehen sollte. Schließlich sagte er: »Ich wollte euch fragen, ob ihr Lust auf einen Herbstausflug in den Lake District hättet.«

CHELSEA
LONDON

Sie bürstete sich immer das Haar, ehe sie ins Bett kam. Manchmal tat er das für sie, und manchmal sah er ihr dabei zu. Ihr Haar war lang und kräftig und kraus und leuchtend rot und überaus widerspenstig, und genau darum liebte er es. Er lag im Bett und schaute ihr zu. Sie stand vor ihrer Kommode, und im Spiegel sah sie, dass er sie beobachtete.

»Bist du sicher, dass du es dir leisten kannst, dir ein paar Tage freizunehmen?«, fragte sie.

»Es ist ja nur für ein paar Tage. Die Frage ist, willst du es denn überhaupt?«

»Du meinst, ich bin keine gute Schauspielerin?« Sie legte ihre Bürste ab und kam zum Bett. Sie trug ein dünnes Baumwollnachthemd, das sie wie üblich auszog, ehe sie zu ihm unter die Decke kroch. Es gefiel ihm, dass sie nackt schlief. Es gefiel ihm, sie neben sich zu spüren, warm und weich, wenn er sich im Schlaf umdrehte. »Helen wäre begeistert gewesen von so einer Aktion«, sagte sie. »Dass Tommy nicht daran gedacht hat…«

»Vielleicht hat er das ja.«

»Hmm. Ja. Auf jeden Fall will ich Tommy helfen, soweit ich kann. Als Aufhänger könnte ich bei Nicholas Fairclough doch etwas in der Art anbringen: ›Nachdem ich in diesem Zeitschriftenartikel über den Formschnittgarten Ihrer Eltern von Ihnen und Ihrem Projekt erfahren habe…‹ Und so weiter und so fort. Das könnte zumindest jemanden interessieren, der einen Dokumentarfilm drehen will. Wenn das nicht wäre, wüsste ich überhaupt nicht, wo und wie ich anfangen sollte. Und wie sieht's bei dir aus?«

»Die Ergebnisse der Obduktion dürften kein Problem darstellen. Die forensischen Daten auch nicht. Was den Rest angeht, bin ich mir nicht so sicher. Die Situation ist ziemlich merkwürdig, egal, wie man das Ganze wendet.« Apropos merkwürdige Situationen, dachte er. Da gab es noch etwas. Er sagte: »David hat angerufen. Ich unterhielt mich gerade mit ihm, als Tommy kam.«

St. James konnte regelrecht spüren, wie sie sich veränderte. Sie holte tief Luft und hielt dann eine ganze Weile den Atem an. Er sagte: »Die junge Frau würde sich gern mit uns treffen, Deborah. Ihre Eltern und der junge Mann würden auch dabei sein. Sie möchte es so, und der Anwalt sagt…«

»Ich kann das nicht«, sagte Deborah. »Ich habe darüber nachgedacht, Simon. Ich hab es aus jedem denkbaren Blickwinkel betrachtet. Ehrlich. Das musst du mir glauben. Aber egal, wie ich es drehe und wende, ich komme immer wieder zu dem Schluss, dass die Nachteile die Vorteile überwiegen.«

»Es ist ungewöhnlich, doch andere Leute kommen damit auch zurecht.«

»Das mag ja sein, aber ich bin nicht andere Leute. Wir müssten ein Kind mit seiner leiblichen Mutter, seinem leiblichen Vater, den leiblichen Großeltern und Gott weiß wem sonst noch alles teilen, und ich *weiß*, dass das alles fortschrittlich und modern ist, doch ich möchte es nicht. Ich kann mich einfach nicht dazu überwinden, so etwas für mich zu akzeptieren.«

»Womöglich verlieren die leiblichen Eltern mit der Zeit das Interesse an dem Kind«, wandte St. James ein. »Sie sind immerhin noch sehr jung.«

Deborah, die neben ihm im Bett saß, schaute ihn fassungslos an. »Sie könnten das *Interesse* verlieren? Wir reden hier von einem Kind, nicht von einem Welpen. Sie werden das Interesse nicht verlieren. Könntest du dir das für dich vorstellen?«

»Nein, aber ich bin auch kein Fünfzehnjähriger. Außerdem würde es Absprachen geben. Die würde der Anwalt ausarbeiten.«

»Nein«, sagte sie. »Bitte frag mich nicht wieder. Ich kann das nicht.«

Er schwieg. Sie hatte sich abgewandt. Ihr Haar fiel ihr über den Rücken bis fast an die Taille. Er berührte eine Strähne, sah, wie sie sich von allein um seinen Finger wickelte. Er sagte: »Würdest du wenigstens noch ein bisschen darüber nachdenken, ehe du eine endgültige Entscheidung triffst? Wie gesagt, die junge Frau würde sich gern mit uns treffen. Das könnten wir wenigstens machen. Vielleicht magst du sie ja. Und den Jungen und die Eltern. Weißt du, die Tatsache, dass sie in Kontakt mit dem Kind bleiben will ... Das ist doch eigentlich nicht schlecht, Deborah.«

»Wie meinst du das?« Sie wandte sich ihm wieder zu.

»Es lässt auf ein gewisses Verantwortungsbewusstsein schließen. Sie will das Kind nicht einfach nur schnellstmöglich loswerden und weiterleben, als sei nichts geschehen. Auf ihre Weise möchte sie für das Kind sorgen, für es da sein, falls es ihr irgendwann Fragen stellen möchte.«

»Fragen können wir genauso gut beantworten. Das weißt du genau. Und warum in aller Welt – wenn sie sich unbedingt um ihr Kind kümmern will – will sie ausgerechnet ein Ehepaar aus London als Adoptiveltern, anstatt ein Paar aus Southampton? Das ergibt doch überhaupt keinen Sinn. Sie ist doch aus Southampton, oder?«

»Ja.«

»Also.«

Er vermutete, dass sie keine weitere Enttäuschung verkraften würde, und er konnte es ihr nicht verübeln. Aber wenn sie nicht weitermachten, wenn sie nicht jeder Gelegenheit nachgingen, die sich ihnen bot, konnte es gut passieren, dass sie eine Chance verpassten, und wenn sie ein Kind wollten, wenn sie wirklich ein Kind haben wollten …

Das war natürlich die Kernfrage. Aber wenn er sie stellte, würde er sich auf ein Minenfeld begeben, und er war lange genug mit Deborah verheiratet, um zu wissen, dass es einige Minenfelder gab, die allzu gefährlich waren. Dennoch fragte er: »Hast du denn eine bessere Idee? Weißt du eine andere Möglichkeit?«

Sie antwortete nicht gleich. Er hatte jedoch das Gefühl, dass sie tatsächlich eine Idee hatte, etwas, das sie sich nicht auszusprechen traute. Als er seine Frage wiederholte, antwortete sie: »Leihmutterschaft.«

»Großer Gott, Deborah, das ist aber …«

»Keine Eispenderin, Simon, eine Leihmutter. Unser Embryo, unser Kind und eine Frau, die bereit ist, es auszutragen. Es wäre nicht ihr Kind. Sie hätte keine Bindung zu ihm. Oder zumindest hätte sie kein Recht dazu.«

Ihn verließ der Mut. Er fragte sich, wie etwas, das für andere Leute das Natürlichste auf der Welt war, sich für sie beide zu einem derartigen Sumpf aus Enttäuschungen, Arztbesuchen, Spezialisten, Prozeduren, Anwälten, Fragen, Antworten und noch mehr Fragen hatte entwickeln können. Und jetzt das? Monate würden vergehen, bis eine Leihmutter gefunden wäre, die dann auf Herz und Nieren überprüft werden müsste, während Deborah Gott weiß welche Medikamente nahm, um Eier heranreifen zu lassen, die dann – was? – geerntet werden konnten, während er mit einem Behälter in der Hand auf die Toilette geschickt wurde, um seinen notwendigen Teil beizusteuern. Und all das, um – vielleicht, wenn sie Glück hatten und nichts schiefging – ein leibliches Kind zu bekommen? Das Ganze erschien ihm fürchterlich kompliziert, auf unmenschliche Weise mechanisiert und nur bedingt erfolgversprechend.

Er atmete tief aus. »Deborah«, sagte er und wusste zugleich, dass sie aus seinem Ton eine Skepsis heraushören würde, die ihr nicht gefiel. Dass es ihm vor allem darum ging, sie zu schützen, würde ihr nicht in den Sinn kommen. Und das war in Ordnung, dachte er, denn sie konnte es nicht ausstehen, dass er sie vor dem Leben zu schützen versuchte, auch wenn sie dazu neigte, sich alles viel zu sehr zu Herzen zu nehmen.

»Ich weiß, was du denkst«, sagte sie leise. »Und das bringt uns in eine ausweglose Situation, nicht wahr?«

»Wir haben nur unterschiedliche Ansichten. Wir nähern uns den Dingen aus verschiedenen Richtungen. Wo einer von uns eine Möglichkeit sieht, sieht der andere nur unüberwindliche Schwierigkeiten.«

Sie dachte darüber nach. Dann sagte sie langsam: »Wie seltsam. Dann kann man wohl nichts machen.«

Sie legte sich hin, kehrte ihm jedoch den Rücken zu. Er schaltete das Licht aus und legte eine Hand auf ihre Hüfte. Sie reagierte nicht.

WANDSWORTH
LONDON

Es war fast Mitternacht, als Lynley eintraf. Obwohl er es ihr versprochen hatte, hätte er besser nach Hause fahren und sich hinlegen sollen. Stattdessen stieg er die Stufen zu Isabelles Wohnung hinunter und schloss die Tür auf.

Sie kam ihm entgegen. Er hatte angenommen, sie sei längst schlafen gegangen, und zuerst sah es auch so aus, als käme sie aus dem Bett. Aber neben dem Sofa in ihrem Wohnzimmer war eine Lampe an, und er sah eine aufgeschlagene Zeitschrift dort liegen, die sie offenbar weggelegt hatte, als sie den Schlüssel im Schloss gehört hatte. Auch ihren Morgenmantel hatte sie auf dem Sofa liegen lassen, und sie kam nackt auf ihn zu, und als er die Tür hinter sich zudrückte, schmiegte sie sich in seine Arme und küsste ihn.

Sie schmeckte nach Zitrone. Einen Moment lang überlegte er, was der Geschmack bedeutete. Konnte es sein, dass sie wieder angefangen hatte zu trinken und ihm das zu verheimlichen versuchte? Aber als seine Hände von ihren Hüften über ihre Taille zu ihren Brüsten wanderten, war ihm das nicht mehr wichtig.

Sie begann, ihn auszuziehen. »Das ist ganz schlecht, weißt du das?«, murmelte sie.

»Was?«

»Dass ich den ganzen Tag an fast nichts anderes denken konnte.« Sein Jackett fiel zu Boden, und sie knöpfte sein Hemd auf. Er beugte sich zu ihr und küsste ihren Nacken, ihre Brüste.

»Das«, sagte er, »ist in deinem Beruf wirklich ganz schlecht.«

»In deinem auch.«

»Aber ich bin disziplinierter.«

»Tatsächlich?«

»Allerdings.«

»Und wenn ich dich hier berühre? So?« Er lächelte. »Wie ist es dann um deine Disziplin bestellt?«

»Dasselbe, fürchte ich, was mit deiner passiert, wenn ich dich hier küsse, und wenn ich mit meiner Zunge … so etwas mache.«

Sie atmete scharf ein. Sie kicherte. »Sie sind ja ein ganz Schlimmer, Herr Inspector. Aber ich bin durchaus in der Lage, Gleiches mit Gleichem zu vergelten.« Sie zog ihm die Hose herunter, machte ihn so nackt, wie sie selber war, und drückte sich aufreizend gegen ihn.

Er spürte, dass sie genauso gierig war wie er. »Ins Schlafzimmer?«, fragte er.

»Nein, heute nicht, Tommy.«

»Also hier?«

»Ja, hier.«

2. November

BRYANBARROW
CUMBRIA

So früh am Nachmittag hatte Zed Benjamin noch einen guten Tisch im Willow & Well ergattern können. Schon seit knapp einer Stunde saß er hier und schaute aus dem Fenster in der Hoffnung, dass etwas passierte. Die Kälte zog durch die Ritzen herein wie ein Vorbote des Todesengels, aber solange er an diesem zugigen Platz hocken blieb, würde niemand etwas gegen die wollene Skimütze sagen, die er auf dem Kopf trug. Die Mütze hatte er sich angeschafft, damit die Leute sich nicht so leicht an ihn erinnerten, denn darunter konnte er sein feuerrotes Haar komplett verschwinden lassen. An seiner Größe konnte er leider nichts ändern, außer sich möglichst krumm zu halten, wenn es nötig war.

Und genau das tat er. Anfangs hatte er sich über sein Bierglas gebeugt, dann war er auf seinem Stuhl nach unten gerutscht, hatte die Beine unterm Tisch ausgestreckt, bis ihm der Hintern eingeschlafen war, hatte sich mal so, mal so hingesetzt, während sich in dem Teil des Dorfes Bryanbarrow, den er durch das Fenster einsehen konnte, nichts Erhellendes ereignete.

Seit drei Tagen war er jetzt in Cumbria, seit drei Tagen suchte er nach etwas, das seine Story über Nicholas Fairclough sexy machte und Rodney Aronson davon abhielt, sie in die Tonne zu treten. Bisher hatte er leider nichts weiter zu Papier gebracht als die ersten fünfzehn Zeilen eines Gedichts, das er allerdings auf keinen Fall erwähnen würde, wenn sein verhasster Chef sich bei ihm meldete. Tag für Tag rief Aronson an, um sich bedeutungsvoll bei Zed zu erkundigen, wie er vorankam, und ihn daran zu erinnern, dass diese Aktion voll und ganz auf seine eigenen Kosten ging. Als könnte er das vergessen, dachte Zed. Als hätte er sich nicht im billigsten Bed & Breakfast einquartiert, das er hatte finden können, als würde er nicht in einem winzigen Dachzimmer in einem der unzähligen Reihenhäuser hausen, die praktisch jede Straße in Windermere säumten, in diesem Fall in der Broad Street, in Fußnähe der öffentlichen Bibliothek. Er musste den Kopf einziehen, um sein Zimmer zu betreten, und praktisch den Limbo tanzen, wenn er sich darin bewegen wollte. Das Klo lag ein Stockwerk tiefer, und die Bude wurde nur durch die Wärme geheizt, die von unten hochstieg. Aber deswegen stimmte eben auch der Preis, und er hatte sofort zugeschlagen. Wie um die zahlreichen Unannehmlichkeiten wettzumachen, setzte ihm die Hauswirtin ein üppiges Frühstück vor, das von Porridge bis hin zu Backpflaumen alles umfasste, was man sich wünschen konnte, so dass Zed seit seiner Ankunft noch keinmal ein Mittagessen gebraucht hatte. Und das war gut so, weil er auf die Weise die Zeit nutzte, um herauszufinden, wer außer ihm selbst im Dorf herumschlich, um etwas über Ian Cresswells Tod in Erfahrung zu bringen. Aber wenn tatsächlich ein Detective von Scotland Yard hier oben in Cumbria war, um zu ermitteln, auf welche Weise der glücklose Vetter von Nicholas Fairclough ertrunken war, so hatte Zed ihn noch nicht aufgespürt. Und solange er ihn nicht zu Gesicht bekam, konnte er *Das neunte Leben* nicht in *Neun Leben und ein Tod* umschreiben, so wie Rodney Aronson es von ihm erwartete.

Natürlich wusste Aronson genau, wer der Detective von Scotland Yard war. Darauf hätte Zed einen Wochenlohn gewettet. Und er würde einen weiteren Wochenlohn darauf verwetten, dass Aronson vorhatte, Zed zu feuern, falls er diesen Detective nicht aufspürte. Oder falls es ihm nicht gelang, seine

Geschichte sexy zu machen. Nur darum ging es bei dieser ganzen Sache: Rodney konnte nicht damit umgehen, dass Zed eine höhere Bildung und künstlerische Ambitionen hatte.

Nicht dass er bisher mit seinen Ambitionen weit gekommen wäre oder in Zukunft weit damit kommen würde. Sicher, Gedichte zu schreiben, war persönlich befriedigend, aber die Poesie verschaffte einem nun mal kein Dach über dem Kopf.

Dieser Gedanke erinnerte Zed an das Dach, das er zur Zeit in London über dem Kopf hatte. Und es erinnerte ihn an die Menschen, die sich unter diesem Dach aufhielten. Und an die Absichten dieser beiden Frauen, vor allem die Absichten seiner Mutter.

Gott sei Dank musste er sich im Moment darüber keine Gedanken machen, dachte Zed. Wenige Tage nach Yaffa Shaws Einzug – der so schnell erfolgt war, dass sogar seine Mutter gestaunt hatte – hatte die junge Frau ihm vor dem Bad aufgelauert, das sie zu teilen gezwungen waren. Verschwörerisch hatte sie ihm zugeraunt: »Keine Sorge, Zed. Okay?« Zed hatte angenommen, sie meinte die vor ihm liegende Reise in den Lake District. Doch dann dämmerte ihm, dass Yaffa über die kupplerischen Absichten seiner Mutter redete.

Zed sagte »Hä?« und fummelte am Gürtel seines Morgenmantels herum. Der Morgenmantel war ihm ebenso wie seine Schlafanzughose zu kurz, und da er nie Pantoffeln fand, die ihm passten, trug er wie üblich am frühen Morgen zwei verschiedene Socken an den Füßen. Er kam sich vor wie ein tapsiger Riese im Vergleich zu Yaffa, die schlank und adrett und in einer Farbe gekleidet war, die ihre Haut- und Augenfarbe betonte.

Yaffa drehte sich um und schaute in Richtung Küche, von wo Geschirrklappern zu hören war. »Hör zu, Zed«, sagte sie leise. »Ich habe einen Freund in Tel Aviv. Er studiert dort Medizin. Du brauchst dir also keine Sorgen zu machen.« Sie schob sich eine Strähne aus dem Gesicht und schaute ihn mit einem spitzbübischen Funkeln in den Augen an. »Das hab ich ihr nicht gesagt«, flüsterte sie. »Auf diese Weise« – sie deutete mit einer Kopfbewegung auf die Tür zu dem Zimmer, das sie bewohnte – »spare ich eine Menge Geld. Und das bedeutet, dass ich nicht so viel arbeiten muss und einen zusätzlichen Kurs an der Uni belegen kann. Und wenn ich das in jedem Semester so machen kann, bin ich eher mit dem Studium fertig, und umso schneller bin ich wieder zu Hause bei Micah.«

»Ah«, sagte Zed.

»Als deine Mutter uns einander vorgestellt hat – also, dich und mich –, da war mir sofort klar, was sie im Schilde führt. Deshalb hab ich meinen Freund lieber nicht erwähnt. Ich brauchte das Zimmer – ich *brauche* ein Zimmer –, und ich bin bereit mitzuspielen, wenn du es auch bist.«

»Was?« Anscheinend war er nicht in der Lage, im Gespräch mit dieser jungen Frau jeweils mehr als ein Wort herauszubringen, und er war sich nicht ganz sicher, was das zu bedeuten hatte.

Sie sagte: »Wir spielen ihr eben ein bisschen Theater vor.«

»Theater?«

»Wir tun so, als würden wir einander mögen. Als würden wir uns ineinander verlieben. Und dann, irgendwann, wenn wir genug davon haben, breche ich dir das Herz. Oder du mir meins. Es spielt eigentlich keine Rolle, aber mit Rücksicht auf deine Mutter würde ich vorschlagen, dass ich dir deins breche. Wahrscheinlich müssen wir irgendwie am Telefon miteinander turteln, während du in Cumbria bist. Je länger wir das durchhalten, umso mehr Geld könnte ich sparen, und du hättest eine Weile Ruhe vor deiner Mutter. Natürlich müssten wir ab und zu auch ein bisschen rumschmusen oder so, aber dafür bräuchtest du nicht mit mir zu schlafen. Denn ich würde mich selbstverständlich weigern, deiner Mutter gegenüber so respektlos zu sein und es zu tun, solange ich unter ihrem Dach wohne und wir nicht verheiratet sind. Also, ich glaube, es könnte funktionieren. Was meinst du?«

Er nickte. »Ich verstehe.« Zwei Wörter. Ein Fortschritt.

»Und?«, fragte sie. »Bist du einverstanden?«

»Ja.« Dann der Durchbruch – vier Wörter: »Wann fangen wir an?«

»Beim Frühstück.«

Als Yaffa ihn dann beim Frühstück bat, ihr von der Geschichte zu erzählen, für die er in Cumbria recherchieren musste, ließ er sich auf das Spiel ein. Zu seiner Überraschung stellte sie sehr kluge Fragen, und seine Mutter warf ihm, beglückt über Yaffas gespieltes Interesse an seinen Angelegenheiten, einen bedeutungsvollen Blick zu. Zum Abschied hatte seine Mutter ihn enthusiastisch umarmt und ihm ins Ohr geflüstert: »Siehst du? *Siehst* du, mein Junge?«, und Yaffa hatte ihm unauffällig einen Zettel in die Jackentasche gesteckt, den er im Zug gelesen hatte: »Warte sechsunddreißig Stunden, dann ruf zu Hause an, und sag deiner Mutter, dass du mich sprechen möchtest. Und während sie unser Gespräch belauscht, geb ich dir meine Handynummer. Viel Erfolg in Cumbria, mein Freund.« Nach exakt sechsunddreißig Stunden hatte er daheim angerufen, und auch diesmal hatte es ihn überrascht, wie viel Spaß ihm das kurze Gespräch mit Yaffa gemacht hatte. Das lag wahrscheinlich daran, dass sie mit offenen Karten spielten. Es gab keinen Druck. Und je weniger Druck man ihm machte, umso besser funktionierte er.

Er wünschte nur, dasselbe gälte für seine verdammte Story. Er wusste nicht, wie er diesen Detective von Scotland Yard ausfindig machen sollte. Er konnte nichts weiter tun, als sich in Bryanbarrow herumzutreiben und abzuwarten, wer an die Tür von Ian Cresswells Haus klopfte, um etwas über den vorzeitigen Tod des Mannes herauszufinden.

Nachdem Zed schon über eine Stunde auf seinem Posten saß und sich an seinem Bierglas festhielt, tat sich plötzlich etwas da draußen. Allerdings nicht an dem alten Herrenhaus, sondern an dem kleinen, halb verfallenen Cottage gleich daneben. Ein Mann und ein halbwüchsiger Junge traten aus der Tür und gingen ein paar Schritte weiter auf den mit Eichenlaub übersäten Dorfrasen zu, in dessen Mitte der Mann eine Fußbank abstellte. Dann setzte er sich auf die Fußbank und sagte irgendetwas zu dem Jungen, der einen alten Schuhkarton und etwas, das aussah wie ein altes Bettlaken, unterm Arm trug. Das Laken legte er dem Mann um die Schultern, anschließend entnahm er dem Schuhkarton eine Schere, einen Kamm und einen Handspiegel. Der Mann nahm seine Tweedmütze vom Kopf und nickte, woraufhin der Junge begann, ihm die Haare zu schneiden.

Das musste George Cowley mit seinem Sohn Daniel sein, dachte Zed. Es kam niemand anders in Frage. Er wusste, dass auch der Tote einen Sohn gehabt hatte, aber da Ian Cresswell tot war, nahm er nicht an, dass dessen Sohn sich auf der Farm aufhielt, und noch weniger, dass er einem Pächter die Haare schnitt. Warum das Ganze mitten auf dem Dorfplatz stattfand, war eine interessante Frage, dachte Zed. Auf jeden Fall machte es das anschließende Saubermachen einfacher.

Zed trank sein Bier aus, das inzwischen warm und schal war. Dann verließ er den Pub und ging auf den Dorfplatz zu. Es war kühl und windig draußen, und es roch nach Holzfeuer und Kuhmist. Hinter der Bryan Beck Farm blökten Schafe, und wie zur Antwort quakten ein paar Enten ungewöhnlich laut vom Bach her, den Zed am Dorfrand rauschen hören, aber nicht sehen konnte.

»Guten Tag.« Zed nickte zum Gruß. »Sie sind Mr. Cowley, wie ich höre.« Das wusste er, weil er sich während der ersten Stunde, die er auf seinem Beobachtungsposten im Pub verbracht hatte, ausführlich mit dem Wirt unterhalten hatte. Der Wirt hielt Zed für einen der zahllosen Wanderer, die regelmäßig in den Lake District kamen, um entweder das zu entdecken, was Wordsworth in seinen Werken beschrieben hatte, oder um die Urtümlichkeit der Gegend zu bestaunen – Letzteres war Beatrix Potter zu verdanken, die mit dem Erlös aus *Peter Rabbit* den Landstrich vor der Bauwut ihrer Zeitgenossen bewahrt hatte. Der Mann hatte Zed begeistert über den »echten Lake District« aufgeklärt und ihn mit reichlich Klatsch über dessen Einwohner versorgt, die großenteils »echte Originale« waren, wie zum Beispiel George Cowley. »Ein absolutes Schlitzohr, der gute alte George«, hatte der Wirt gesagt. »Und nachtragend bis ins Grab. Wenn Typen wie er sich nicht mit irgendeinem anlegen, langweilen sie sich. Sein Junge tut mir aufrichtig leid, denn das Einzige, wofür George sich interessiert, sind seine kleinen Fehden, und das Einzige, was er liebt, ist sein verdammter Köter.« Sein verdammter Köter war ein Border Collie, der George und seinen Sohn bis zur Hecke begleitet hatte, als die beiden auf den Dorfrasen gegangen waren. Auf ein Wort von George hin hatte der Hund sich brav an der Hecke hingelegt. Dort lag er immer noch und verfolgte aufmerksam das Geschehen.

Cowley beäugte Zed ausgesprochen misstrauisch. Sein Sohn hielt die Schere noch hoch, hatte aber aufgehört, seinem Vater die Haare zu schneiden. George drehte sich zu ihm um. »Mach weiter, Dan«, befahl er. So viel zum Thema freundliches Gespräch, dachte Zed.

»Hübsche Farm haben Sie da«, sagte Zed. »Ungewöhnlich, dass sie so mitten im Dorf liegt. So was hab ich noch nie gesehen.«

»Ist nicht meine«, bemerkte George säuerlich.

»Aber Sie bewirtschaften sie doch, oder? Ist das nicht fast so, als würde sie Ihnen gehören?«

George bedachte ihn mit einem verächtlichen Blick. »Wohl kaum. Und was geht das Sie überhaupt an?«

Zed schaute den Sohn an. Der errötete. »Eigentlich nichts«, sagte Zed. »Sieht einfach interessant aus. Das große Haus und die ganze Anlage. Ich interessiere mich für alte Häuser. Das ist ein altes Herrenhaus, nicht wahr? Das große, meine ich.«

Cowley sah ihn finster an. »Kann schon sein. Dan, machst du jetzt weiter oder nicht? Ich hab keine Lust, den ganzen Tag hier in der Kälte rumzusitzen. Wir müssen noch ein paar Sachen erledigen.«

»Es ist elisabethanisch«, sagte Dan zu Zed. »Wir haben früher in dem großen Haus gewohnt.«

»Dan!«

»Sorry.« Der Junge widmete sich wieder dem Haareschneiden. Nach dem Geschick zu urteilen, das er dabei an den Tag legte, machte er das schon seit Jahren.

»Wer sind Sie überhaupt, und warum wollen Sie das alles wissen?«, sagte Cowley zu Zed.

»Wie?«

»Das Haus. Die Farm. Warum fragen Sie danach? Wieso interessieren Sie sich dafür? Haben Sie geschäftlich hier im Dorf zu tun?«

»Äh …« Zed überlegte, auf welche Weise er möglichst viele Informationen bekommen konnte, ohne selbst allzu viel preisgeben zu müssen. »Ich interessiere mich einfach für die Geschichte der Orte, die ich besuche. Der Wirt im Pub hat mir erzählt, das Herrenhaus ist das älteste Gebäude des Dorfs.«

»Da irrt er sich. Das Cottage ist noch hundert Jahre älter.«

»Wirklich? In so einem Haus spukt's wahrscheinlich.«

»Sind Sie deswegen hier? Sind Sie auf der Suche nach Gespenstern? Oder …«, fügte er in scharfem Ton hinzu, »… suchen Sie was ganz anderes?«

Gott, war der Mann misstrauisch, dachte Zed. Womöglich hatte der Typ das Familiensilber in seinem Kamin versteckt und fürchtete, dass Zed gekommen war, um seine Hütte auszubaldowern. »Nein, nein«, sagte er liebenswürdig. »Ich bin nur ein Tourist. Ich wollte Ihnen nicht auf die Nerven gehen.«

»Sie gehen mir nicht auf die Nerven. Ich kann schon auf Dan und mich aufpassen.«

»Selbstverständlich.« Zed bemühte sich um einen munteren

Ton. »Wahrscheinlich kommen nicht viele Leute her, die Sie mit Fragen zu der Farm löchern. Das heißt, vermutlich kommen überhaupt nicht viele Leute hierher, vor allem um diese Jahreszeit, ob sie nun Fragen stellen oder nicht.« Er wand sich innerlich. Er musste unbedingt lernen, ein bisschen subtiler vorzugehen.

»Wenn Sie sich für Geschichte interessieren«, sagte Cowley, »damit kann ich dienen.« Doch dann verschränkte er unter dem Laken, das seine Kleidung vor den abgeschnittenen Haaren schützte, die Arme vor der Brust, wie um zu demonstrieren, dass er nicht vorhatte, irgendetwas von sich zu geben.

»Dad«, sagte Daniel in einem Ton, der Zed dazu veranlasste, sich zu fragen, ob es ein guter Rat oder eine Warnung war.

»Ich hab nichts gesagt«, knurrte Cowley.

»Es ist nur …«

»Sieh einfach zu, dass du fertig wirst.« Cowley wandte sich ab und betrachtete das Herrenhaus hinter der Mauer. Es war aus Stein erbaut, sauber geweißelt bis zu den Schornsteinen, und das Dach sah aus, als wäre es erst kürzlich neu gedeckt worden. »Das«, sagte er, »hätte mir gehören sollen. Aber die haben es mir vor der Nase weggeschnappt, und zwar heimlich, so dass es erst rausgekommen ist, als der Handel perfekt war. Und sehen Sie sich an, was passiert ist, was passieren *musste*. So läuft das nun mal. Und wen wundert's? Aber am Ende muss jeder seinen Preis bezahlen.«

Zed schaute den Mann verwirrt an. Mit »was passiert ist«, so vermutete er, meinte Cowley den Tod von Ian Cresswell, der ja in dem Herrenhaus gewohnt hatte. »Seinen Preis?«, fragte er, während er sich den Kopf darüber zerbrach, was der Mann da faselte.

»Den Preis für seine Sünden«, sagte Daniel leise. »Jeder muss für seine Sünden bezahlen.«

»Ganz genau«, sagte George Cowley. »Er hat für seine Sünden bezahlt, ja, das hat er. Tja, so sieht's aus. Und wenn alles geregelt ist und das Haus wieder zum Verkauf steht, dann werden wir da sein, und diesmal werden wir keinen Fehler machen. Die Bryan Beck Farm ist für uns bestimmt, und wir haben uns nicht ein Lebtag die Butter vom Brot gespart, um sie uns ein zweites Mal vor der Nase wegschnappen zu lassen.«

Daraus schloss Zed, dass Ian Cresswells Sünde darin bestanden hatte, das Haus zu kaufen, ehe George Cowley dazu gekommen war. Was bedeutete – und das war doch eine sehr brauchbare Information –, dass Cowley ein Motiv gehabt hatte, Cresswell umzubringen. Und das wiederum bedeutete, dass es nur eine Frage der Zeit war, bis New Scotland Yard auf der Bildfläche erschien, und er folglich nur zu warten brauchte, bis ihm besagter Detective vor die Linse lief. Dann hätte er die nötigen Zutaten, um seine Story sexy zu machen, und anschließend konnte er nach London zurückfahren und sein normales Leben wieder aufnehmen. Das sah doch alles gar nicht so schlecht aus.

Er sagte: »Ich nehme an, Sie spielen darauf an, dass Mr. Cresswell die Farm gekauft hat.«

Cowley sah ihn an, als hätte er nicht alle Tassen im Schrank. »Die Farm gekauft?«

»Sie sprachen doch von dem Preis für seine Sünden. Daraus habe ich geschlossen, dass der Kauf der Farm eine Sünde war.«

»Pah! Das war nicht in Ordnung, und es hat Dan und mich in die Situation gebracht, in der wir jetzt sind. Aber eine Immobilie zu kaufen ist schließlich keine Sünde.« Die letzten Worte hatte er voller Hohn ausgesprochen, doch er schien den Eindruck zu haben, dass Zed noch immer nicht kapiert hatte. »Sittenlos war das, wie er hier mit seinem arabischen Untermieter zusammengelebt hat. Und was hatten seine Kinder immer noch da zu suchen? Das ist die Frage, die *ich* stelle, aber niemand gibt mir eine Antwort. Also, das gehört sich ebenfalls nicht. Und eins sage ich Ihnen: Es werden noch mehr Leute bezahlen müssen, und nicht zu wenig. Verlassen Sie sich drauf!«

SWARTHMOOR
CUMBRIA

Tim Cresswell hasste die Margaret Fox School, aber er fand sich damit ab, denn so brauchte er nicht auf eine Schule zu gehen, wo man von ihm erwarten würde, dass er Freundschaften schloss, was so ziemlich das Letzte war, was er wollte. Früher hatte er Freunde gehabt, doch die hatten nur hämisch gegrinst, als sie gecheckt hatten, was bei ihm zu Hause ablief. Und jedes Mal, wenn er im Schulflur an ihnen vorbeiging, hatte er sich ihr Getuschel anhören müssen. Tatsache war, dass es ihm am Arsch vorbeiging, ob er je wieder Freunde hatte, denn seine alten Freunde hatten ihn fallen gelassen wie eine heiße Kartoffel, als sein Vater die Familie hatte sitzen lassen, um eine iranische Schwuchtel zu ficken. *Das* hatte sich in kürzester Zeit herumgesprochen, weil seine Mutter zu blöd gewesen war, ihre Empörung für sich zu behalten, vor allem, nachdem sie rausgefunden hatte, dass sie die Arschkarte abgekriegt hatte. Und das hatte sie auf jeden Fall. Es hatte sich nämlich herausgestellt, dass sein Vater schon seit Jahren Männer gefickt hatte, dass er Niamh beschmutzt und erniedrigt und nicht nur ansteckenden Krankheiten, sondern auch dem Gespött und der Verachtung der Leute ausgesetzt hatte. Und sie war es nicht müde geworden, das jedem unter die Nase zu reiben, vor allem ihrem Sohn Tim. Daraufhin hatte Tim ein paar Dinge zerschlagen, ein paar Sachen abgefackelt, ein paar Leute verprügelt, einem Kätzchen die Beine abgehackt – okay, es war schon tot gewesen. Seitdem ging er auf die Margaret Fox School außerhalb von Ulverston, nicht weit von Swarthmoor Hall, wo Mrs. Fox, nach der die Schule benannt war, gewohnt hatte. Hier wollte Tim bleiben. Und damit das klappte, musste er sich gerade gut genug benehmen, um als kooperativ zu gelten, aber nicht so gut, dass man ihn in das System zurückschickte, wo die Normalos die Schulbank drückten.

Die meisten Kinder und Jugendlichen kamen auf das Margaret Fox Internat, weil sie so gestört waren, dass sie nicht bei ihrer Familie bleiben konnten. Es gab allerdings auch externe Schüler, und Niamh Cresswell hatte dafür gesorgt, dass Tim dazugehörte. So waren sein Vater oder Kaveh Mehran gezwungen, ihn jeden Tag von Bryanbarrow nach Ulverston zu fahren und wieder abzuholen, eine Fahrt, die ewig dauerte, ihnen von ihrer gemeinsamen Zeit abging und sie dafür bestrafte, dass sie Niamh gedemütigt hatten. Tim machte das alles mit, weil er dadurch weit weg war von allen, die wussten, was mit der Ehe seiner Eltern passiert war, und das waren so ziemlich alle in Grange-over-Sands.

Aber etwas, was er an der Margaret Fox School auf den Tod nicht ausstehen konnte, waren die bescheuerten AGs. Jeder Schüler musste zusätzlich zum normalen Unterricht drei AGs belegen, je eine aus einem wissenschaftlichen, einem musisch-künstlerischen und einem sportlichen Bereich. Die Philosophie dahinter war, dass die AGs die komplett durchgeknallten Schüler der Margaret Fox School zu halbwegs normalem Verhalten erziehen, sie irgendwie dazu bringen würde, sich so zu benehmen, als könnten sie jenseits der hohen Mauern der Institution funktionieren. Tim hasste die AGs, denn sie zwangen ihn zum Kontakt mit den anderen Schülern, aber er hatte sich drei ausgesucht, bei denen sich der Kontakt auf ein Minimum beschränken ließ. Er hatte sich bei den Wandervögeln, den Zeichnern und den Philatelisten angemeldet, weil alle dort verlangten Aufgaben auch allein erledigt werden konnten. Man brauchte mit niemandem zu reden und sich nur anzuhören, was der jeweilige Lehrer zum Thema zu sagen hatte.

Genau wie jetzt beim wöchentlichen Treffen der Wandervögel. Quincy Arnold gab sein übliches Blabla nach der Nachmittagswanderung zum Besten. Sie waren ein bisschen über den öffentlichen Fußweg von Mansrigg nach Mansrigg Hall und von dort rauf bis zur Town Bank Road getrippelt, wo ein Schulbus sie abgeholt hatte. Echt ein Witz. Aber so wie Q. A. sich darüber ausließ, sollte man meinen, sie hätten gerade das Matterhorn bezwungen. Der große Hit war die Aussicht auf Ben Cragg gewesen – schon lange keinen dermaßen tollen Sandsteinfelsen mehr gesehen, hatte Tim nur höhnisch gedacht –, aber eigentlich waren diese ganzen Nachmittagswanderungen nur die Vorbereitung auf das, was Q. A. das große Abenteuer auf dem Scout Scar nannte. Das besagte Abenteuer sollte im kommenden Frühjahr stattfinden, und bis dahin sollten sie sich schon mal innerlich auf das großartige Ereignis einstellen, bla, bla, bla. Q. A. war der größte Schwätzer von allen, und er konnte regelrecht ausflippen über Sandsteinschichten und – Gott, wie aufregend – Findlinge aus der Glazialzeit. Das alles klang etwa so interessant wie die Idee, sich von einem Blinden die chinesischen Schriftzeichen beibringen zu lassen, aber Tim wusste, dass es sich lohnte, Q. A. ab und zu anzusehen, wenn er da vorne laberte. Allerdings gab er sich dabei stets gelangweilt bis gleichgültig, um nur ja nicht den Eindruck zu erwecken, er sei auf dem Weg der Besserung.

Er musste aufs Klo. Er hätte das draußen erledigen sollen, ehe sie in den Bus gestiegen waren, der sie zurück zur Schule brachte. Aber er hasste es, seinen Schwanz in der Öffentlichkeit rauszuholen, weil man nie wissen konnte, wie die Heinis, mit denen er wandern ging, darauf reagieren würden. Deswegen musste er sich jetzt mit dem Harndrang herumquälen, während Q. A. sich über ihren abenteuerlichen Ausflug ausließ. Als sie endlich auf dem Schulhof hielten, sprang er aus dem Bus und rannte auf die nächste Toilette. Beim Pinkeln sorgte er dafür, dass etwas daneben ging und etwas auf seinem Hosenbein landete. Als er fertig war, betrachtete er sich im Spiegel und kratzte sich einen Pickel auf der Stirn auf. Es blutete ein bisschen – das kam immer gut. Dann ging er sein Handy holen.

Die waren natürlich in der Schule verboten. Die Externen

durften zwar ein Handy mitbringen, mussten es aber jeden Morgen im Vorzimmer des Direktors abgeben, wo es in eine Liste eingetragen wurde. Wenn man es nachmittags wiederhaben wollte, musste man erst zum Schulleiter hoch, sich dort einen Abholzettel ausstellen lassen und damit zum Schulkiosk gehen, wo die Handys in einem Schließfach hinter der Kasse aufbewahrt wurden.

Diesmal war Tim der Letzte, der sein Handy abholte. Als Erstes überprüfte er seinen SMS-Eingang. Nichts. Es kribbelte ihm in den Fingern. Am liebsten hätte er das Handy irgendjemandem an den Kopf geworfen. Er ging den Weg hinunter zu der Stelle, wo er und die anderen Externen nach Schulschluss abgeholt wurden. Natürlich durften sie nur mit Leuten mitfahren, die offiziell bei der Schule eingetragen waren. Bei Tim waren es drei, aber jetzt, wo sein Vater tot war, waren es nur noch zwei, was eigentlich bedeutete, dass es nur noch einer war, denn seine Mutter käme nie im Leben auf die Idee, ihn von der Schule abzuholen. Kaveh war bisher der lästigen Pflicht brav nachgekommen, weil ihm nichts anderes übrig blieb und er noch nicht wusste, wie er sich davon befreien sollte.

Das juckte Tim nicht. Es war ihm egal, wer ihn abholte. Im Moment interessierte ihn nur der Deal, den er mit Toy4You vereinbart hatte, und die Tatsache, dass auf seine letzte Nachricht, die er am Morgen auf dem Weg zur Schule abgeschickt hatte, keine Reaktion gekommen war. Er schrieb eine SMS:

wo bist du?

Einen Augenblick später kam die Antwort: *Hier*

du hast nicht geantwortet

wann?

du weißt was ich meine wir waren uns einig

quatsch

du hast es mir versprochen

geht nicht

wieso

nicht per handy
du hast es versprochen
wir müssen reden

Tim ließ das Handy sinken. Er wollte nicht reden. Er wollte, dass endlich etwas passierte. Er hatte seinen Teil der Vereinbarung eingehalten, und es war nur fair, dass Toy4You den seinen auch einhielt. Es lief immer gleich ab, dachte er grimmig. Jeder versuchte, jeden reinzulegen, und er hatte die Schnauze gestrichen voll davon. Aber was sollte er machen? Er konnte sich was anderes suchen, aber dazu hatte er keine Lust. Es hatte lange genug gedauert, bis er Toy4You gefunden hatte.

Er tippte seine Antwort ein. *Wo?*
selbe Stelle
heute
heute abend
ok

Er klappte das Handy zu und steckte es in seine Hosentasche. Ein dickes Mädchen, dessen Namen er nicht kannte, beobachtete ihn von einer Bank aus. Als ihre Blicke sich begegneten, hob sie ihren Schulrock an. Spreizte die Beine. Sie hatte keine Unterhose an. Er hätte kotzen können. Er suchte sich eine Bank in einiger Entfernung und wartete darauf, dass er abgeholt wurde. Während er überlegte, wie er Kaveh auf der langen Fahrt ärgern konnte, fiel ihm ein, dass er sich die Hose bepisst hatte. Das würde Kaveh richtig auf die Palme bringen, dachte er schadenfroh.

ARNSIDE
CUMBRIA

Alatea Fairclough war immer wieder völlig fasziniert von der Morecambe Bay. So etwas hatte sie zuvor noch nie gesehen. Die Ebbe hatte mehr als dreihundert Quadratkilometer Watt freigelegt. Aber das Watt war so gefährlich, dass sich nur Leichtsinnige, die einheimischen Fischer oder der Wattführer zu Fuß dort hinauswagten. Wer ohne Führer ins Watt ging – und das machten viele Leute –, lief Gefahr, sein irdisches Dasein zu beenden, indem er im Treibsand versank, der sich für das ungeübte Auge in nichts von festem Boden unterschied. Manche blieben auch weit draußen in der Bucht zu lange auf einem Sandhügel stehen, der ihnen sicher erschien, wie eine Art Insel, nur um festzustellen, dass die Flut sie erst vom Festland abschnitt und ihnen dann den Sand unter den Füßen wegspülte. Denn wenn die Flutwellen wie galoppierende Pferde auf das Land zustürmten, wurde alles in kürzester Zeit vom Wasser verschlungen. Genau das fand Alatea so hypnotisierend an den Flutwellen. Sie schienen aus dem Nichts zu kommen, und die Schnelligkeit, mit der sie kamen, sprach von einer Gewalt, die sich der Kontrolle des Menschen entzog. Und doch gab ihr der Gedanke Frieden: dass es eine Macht gab, die der Mensch nicht kontrollieren konnte, und dass sie diese Macht um Trost bitten konnte, wenn sie ihn am dringendsten brauchte.

Sie fand es großartig, dass dieses Haus – ein Geschenk ihres Schwiegervaters zur Hochzeit des einzigen Sohnes – direkt oberhalb des Kent Channel lag, einer vom Meerwasser in die Morecambe-Bucht gegrabenen Vertiefung. In ein warmes Schultertuch gewickelt konnte sie vom Ende des Grundstücks aus zuzusehen, wie die Flut hereinkam. Und sich einbilden, sie verstunde etwas davon, wie die Strudel sich bildeten.

Auch an diesem Novembernachmittag stand sie hier. Die Dunkelheit setzte bereits ein, und eine Wolkenbank im Westen über dem Humphrey Head Point kündigte Regen an, aber das machte ihr nichts aus. Im Gegensatz zu so vielen Menschen in ihrer Wahlheimat freute sie sich immer über den Regen, der Wachstum und Erneuerung versprach. Trotzdem war sie beunruhigt. Der Grund war ihr Mann.

Sie hatte nichts von ihm gehört. Nachdem sie bei Fairclough Industries angerufen und erfahren hatte, dass er nicht zur Arbeit erschienen war, hatte sie versucht, ihn auf seinem Handy zu erreichen. Den Anruf in der Firma hatte sie gegen elf Uhr getätigt, als er eigentlich noch hätte dort sein müssen. Für gewöhnlich fuhr er erst eine Stunde später zu dem Wehrturm-Projekt in Middlebarrow, wo er neuerdings den halben Arbeitstag verbrachte. Anfangs hatte sie angenommen, er sei früher als üblich dorthin aufgebrochen, und hatte es auf seinem Handy versucht. Aber sie hatte nur eine Nachricht hinterlassen können. Das hatte sie jetzt schon dreimal getan. Dass Nicholas sich nicht meldete, beunruhigte sie zutiefst.

Der plötzliche Tod seines Vetters überschattete ihr Leben. Alatea wollte lieber gar nicht darüber nachdenken. Der Tod eines Menschen, den man kannte, erschütterte einen immer, aber Ians Tod und die Umstände seines Todes erfüllten sie mit einer Angst, die sie nur mit allergrößter Mühe verbergen konnte. Dass Ian ertrunken war, hatte die Familie hart getroffen, vor allem Nicholas' Vater. Anfangs war er derart am Boden zerstört gewesen, dass Alatea sich gefragt hatte, was für ein Verhältnis er eigentlich zu Ian gehabt hatte. Doch erst als Bernard angefangen hatte, sich von Nicholas zu distanzieren, hatte Alatea gespürt, dass hinter der Trauer des Alten noch mehr steckte.

Nicholas hatte nichts mit Ians Tod zu tun. Das wusste Alatea aus tausend Gründen, aber vor allem, weil sie ihren Mann kannte. Wegen seiner Vergangenheit hielten die Leute ihn für schwach, was er ganz und gar nicht war. Für sie war er der Fels in der Brandung, und das wäre er auch für viele andere, wenn sie ihm eine Chance gäben. Das Wehrturmprojekt in Middlebarrow hatte Nicholas so stark gemacht.

Heute war er allerdings auch nicht in Middlebarrow gewesen. Denn wenn er dort gewesen wäre, hätte er sein Handy eingeschaltet. Er wusste schließlich, wie wichtig es ihr war, ihn jederzeit erreichen zu können, und er hatte nichts dagegen, dass sie ihn hin und wieder anrief. Anfangs hatte er gefragt: »Vertraust du mir nicht, Allie? Ich meine, wenn ich rückfällig werde, werde ich so oder so rückfällig. Davon wirst du mich mit einem Anruf nicht abhalten können.« Aber das war nicht der Grund, warum sie stets in engem Kontakt mit ihm sein wollte.

Immer, wenn er nicht bei ihr war, fürchtete sie, dass ihm etwas zustoßen könnte. Ein Autounfall, ein Stein, der von dem alten Wehrturm fiel und ihn am Kopf traf, irgendein blöder Unfall… genau wie das, was Ian passiert war. Doch an Ian wollte sie jetzt nicht denken. Sie musste über zu viele andere Dinge nachdenken.

Sie wandte sich vom Anblick der Flut ab, die den Kent Channel wieder füllte. Am oberen Ende der weitläufigen Rasenfläche lag Arnside House. Einen Moment lang durchströmten sie Glücksgefühle beim Betrachten des Anwesens. Das Haus bot ihr eine Aufgabe, auf die sie all ihre Energie lenken konnte, und dafür war sie dankbar. Ob Bernard das gewusst hatte, fragte sie sich, als er es ihnen bei ihrer Rückkehr nach England geschenkt hatte?

»Nach dem Krieg diente es eine Zeitlang als Erholungsheim für Soldaten«, hatte er ihr erklärt, als er einen ersten Rundgang mit ihr gemacht hatte, »und dann war es ungefähr dreißig Jahre lang ein Mädcheninternat. Danach haben zwei Eigentümer es ein bisschen restauriert, um es wieder in seinen ursprünglichen Zustand zu versetzen. Leider hat es zuletzt ein paar Jahre leer gestanden. Trotzdem hat es etwas ganz Besonderes, meine Liebe. Ich finde, das Haus hat es verdient, dass eine Familie darin lebt, dass Kinder darin herumtollen. Ja, mehr noch, es hat jemanden verdient wie dich, der ihm eine persönliche Note verleiht.« Die ganze Zeit hatte seine Hand sanft auf ihrem Rücken gelegen, während er mit ihr durch das Haus gegangen war. Er hatte eine Art, sie anzusehen, die sie ein bisschen irritierte. Manchmal schaute er erst Nicholas, dann sie, dann wieder Nicholas an, als könnte er nicht verstehen, was die beiden miteinander verband, weder, wo es herkam, noch, wie es überdauern sollte.

Aber das störte Alatea nicht. Ihr war nur wichtig, dass Bernard sie akzeptierte, und das tat er. Anscheinend glaubte er sie im Besitz irgendeiner geheimnisvollen Macht, die Nicholas beschützte, vielleicht eine Art Hexerei. Und die Blicke, mit denen er sie von Kopf bis Fuß musterte, sagten ihr, dass er eine ziemlich genaue Vorstellung davon hatte, worin diese Hexerei bestand.

Sie ging über das terrassenförmig angelegte Grundstück auf das Haus zu. Vorsichtig stieg sie ein paar moosbewachsene steinerne Stufen hoch, dann überquerte sie den Rasen zu einem Seiteneingang des Hauses. Sie öffnete die Tür und betrat das Wohnzimmer, dessen blassgelbe Wände selbst an grauen Tagen die Illusion von Sonnenlicht erzeugten.

Dieses Zimmer hatten sie als erstes renoviert. Von seinen Fenstern aus hatte man einen Blick auf die Terrasse, auf den Rasen und auf den Kent Channel. Wenn es dunkel war, konnte man sogar die Lichter von Grange-over-Sands oben auf dem Hügel sehen. Abends saß sie hier mit Nicholas am Kamin, dessen Flammen lange Schatten auf den Fußboden zauberten.

Es war noch ein bisschen früh für ein Feuer, aber sie zündete es trotzdem an, um sich zu trösten und sich zu wärmen. Dann trat sie an den Anrufbeantworter in der Hoffnung, dass ihr Mann eine Nachricht hinterlassen hatte, und als sie sah, dass das rote Lämpchen nicht blinkte, beschloss sie, ihn noch einmal anzurufen. Langsam tippte sie die Nummer ein, so wie man es macht, wenn man hofft, dass eine eben noch besetzte Leitung endlich frei ist. Doch noch bevor sie die komplette Nummer eingegeben hatte, hörte sie seine Schritte im Flur.

Sie hatte weder sein Auto vorfahren hören, noch, wie er das Haus betreten hatte. Aber sie wusste, dass es Nicholas war, ebenso wie sie an seinem leichten Schritt erkannte, in welcher Stimmung er war. Sie ließ das Handy in ihre Tasche gleiten. Als Nicholas nach ihr rief, antwortete sie: »Hier, Liebling!«, und im nächsten Augenblick war er auch schon bei ihr.

Er blieb in der Tür stehen. In dem weichen Licht wirkte er wie ein Engel, wie eine übergroße Putte aus einem Renaissance-Gemälde, das runde Gesicht von blonden Locken eingerahmt. Er sagte: »Du bist eine umwerfend schöne Frau. Ich hoffe, ich habe mich nicht im Haus geirrt.« Dann kam er auf sie zu. Ausnahmsweise trug sie flache Schuhe, so dass sie gleich groß waren: beide fast eins achtzig. So war es leichter für ihn, sie zu küssen, was er leidenschaftlich tat. Er legte die Hände auf ihren Hintern und zog sie an sich. Schließlich sagte er lachend: »Ich fühle mich, als könnte ich Bäume ausreißen!«, und einen schrecklichen Moment lang fürchtete sie, er hätte Drogen genommen. Doch dann zog er die Klammern und Kämme aus ihrem Haar, so dass es ihr auf die Schultern fiel, und begann, ihre Bluse aufzuknöpfen, während er atemlos von »Schwimmern« berichtete, »Millionen, Allie, und die sind topfit und warten nur auf ihren Einsatz. Wann ist noch dein Eisprung?« Er küsste ihren Nacken und öffnete ungeduldig ihren BH. »Ach, vergiss es, es ist mir egal.«

Ihr Körper reagierte, obwohl ihre Gedanken in eine ganz andere Richtung gingen. Sie sank auf den Teppich vor dem Kamin, zog Nicholas mit sich und begann, ihn auszuziehen. Er war kein Mann, der wortlos Liebe machte. »Gott, dich zu fühlen!«, stöhnte er und »Ach, Allie« und »Ja, ja, genauso«, und deshalb bekam sie genau mit, wie seine Erregung sich steigerte.

So wie die ihre. Und obwohl ihre Gedanken wie immer zuerst zu einem anderen Ort wanderten, in eine andere Zeit, zu anderen Männern, landeten sie schließlich bei diesem Mann hier. Ihre Körper verschmolzen miteinander, und sie verschafften einander eine aus purem Genuss geborene Erleichterung, die alles andere unbedeutend erscheinen ließ.

Und das genügte ihr. Nein, für sie war es mehr als genug. Genug war für sie schon, dass Nicholas sie liebte und beschützte. Und dass sie darüber hinaus einen Mann gefunden hatte, mit dem sie sich im Bett so gut verstand, dass alle Erinnerungen und alle Ängste verblassten ... Dass so etwas möglich war, hätte sie sich an jenem Nachmittag an der Kasse einer Cafeteria auf einem Berg in Utah niemals träumen lassen.

Nachdem er am nächsten Tag und die beiden Tage danach wiedergekommen war und bei ihr bezahlt hatte, hatte er sie gefragt, ob er sie am Nachmittag auf einen Kaffee einladen dürfe. Und hinzugefügt, er trinke keinen Alkohol, er habe gerade eine Entziehungskur wegen seiner Crystal-Meth-Sucht hinter sich, er sei Engländer und werde bald nach England zurückkehren und seinen Eltern beweisen, dass er die Teufel, die ihn so lange Jahre geritten hatten, endlich besiegt hatte, dass er ... Er hatte gar nicht bemerkt, dass sich hinter ihm eine lange Schlange gebildet hatte. Sie dagegen schon, und um ihn zum Weitergehen zu bewegen, hatte sie gesagt: »Okay, wir können uns auf einen Kaffee treffen. Unten im Dorf gibt es ein Café, direkt gegenüber dem Skilift. Es heißt ...« Er war ihr ins Wort gefallen: »Ich finde es, keine Sorge.« Und er hatte es gefunden.

Jetzt lagen sie nebeneinander auf dem Teppich vor dem Kaminfeuer. Er sagte: »Du solltest deine Hüften ein bisschen kippen, Allie. Meine kleinen Schwimmer sind topfit, aber abwärts schwimmen sie noch schneller.« Er stützte sich auf einen Ellbogen und schaute sie an. »Ich war in Lancaster«, sagte er. »Hast du versucht, mich anzurufen? Ich hab mein Handy abgeschaltet, weil ich wusste, dass ich dich nicht würde anlügen können.«

»Nicky…« Sie hörte selbst, wie geknickt sie klang. Sie wünschte, sie hätte ihre Enttäuschung verbergen können, aber noch schlimmer wäre es gewesen, sich die Angst einzugestehen, die sie plötzlich überkommen hatte.

»Nein, Liebling, hör zu. Ich musste den Test machen, einfach, um mir Gewissheit zu verschaffen. Ich habe meinen Körper über so viele Jahre regelrecht vergiftet… ich wollte es einfach wissen. Ich meine, hättest du das nicht auch gemacht an meiner Stelle? Zumal, wo immer noch nichts passiert ist?«

Sie drehte sich auch auf die Seite, einen Arm ausgestreckt, so dass sie den Kopf darauf ablegen konnte. Aber sie schaute an ihm vorbei nach draußen. Der Regen hatte eingesetzt und schlug gegen das Erkerfenster. Sie sagte: »Ich bin keine Gebärmaschine, Nicky. Oder wie heißen die Dinger?«

»Brutkasten«, sagte er. »Ich weiß, dass du kein Brutkasten bist. Und so habe ich dich noch nie betrachtet. Aber es ist doch verständlich… Ich meine, wir sind jetzt schon seit zwei Jahren verheiratet… und wir wollen es doch beide unbedingt…« Er streichelte ihr über den Kopf. Ihr Haar war nicht weich und glatt, so dass man mit den Fingern durchfahren konnte. Es war kraus und wild, das Geschenk eines ihrer Vorfahren – von welchem aus dieser unglaublichen Vielfalt an Ethnien, die sich in ihrem Land vermischt hatten, das wusste Gott allein.

»Genau das ist es ja, Nicky«, sagte sie. »In meiner Elternzeitschrift steht, dass schon allein der intensive Kinderwunsch es schwierig machen kann.«

»Das verstehe ich. *Wirklich*, mein Schatz. Aber es könnte ja auch etwas anderes sein, und dann ist es doch besser, man weiß Bescheid, oder? Deswegen hab ich den Test gemacht, und jetzt kannst du…«

»Nein.« Sie schob seine Hand von ihrem Haar weg und setzte sich auf.

»Nicht! Bleib liegen! Sonst…«

Sie sah ihn an. »Bei uns in Argentinien gibt man den Frauen

nicht das Gefühl, dass sie nur zu einem Zweck auf der Welt sind.«

»Aber das denke ich doch gar nicht.«

»Diese Dinge brauchen Zeit. Da, wo ich herkomme, wissen wir das. Und ein Kind muss man lieben, es kann nicht…« Sie zögerte und wandte sich ab. Sie kannte die Wahrheit, die nichts mit dem zu tun hatte, was ihr Körper leistete oder nicht. Und die Wahrheit musste ausgesprochen werden. »Ein Kind«, sagte sie schließlich, »kann nicht dazu dienen, die Anerkennung deines Vaters zu gewinnen, Nicky.«

Ein anderer Mann hätte vielleicht mit Empörung oder Leugnen reagiert, aber so war Nicholas nicht. Und seine unbedingte Ehrlichkeit, so erstaunlich für einen Mann, der jahrelang drogenabhängig gewesen war, war ein Grund, warum sie ihn so sehr liebte. Er sagte: »Da hast du vollkommen recht. Das ist tatsächlich einer der Gründe, warum ich mir ein Kind wünsche. Das bin ich ihm schuldig nach allem, was ich ihm angetan habe. Er sehnt sich nach einem Enkelkind, und da meine Schwestern ihm keins geschenkt haben, kann ich das wenigstens für ihn tun. *Wir* können es für ihn tun.«

»Du siehst also…«

»Aber das ist nicht der einzige Grund, Allie. Ich möchte ein Kind mit dir. Weil ich dich liebe und weil es *uns* gibt.«

»Und wenn ich diese Tests machen lasse und sich herausstellt, dass ich… keine Kinder bekommen kann?« Sie schwieg eine Weile. In der Stille, die eintrat, konnte sie spüren, wie seine Muskeln sich total anspannten. Sie wusste nicht, was das zu bedeuten hatte, und dieses Nichtwissen verursachte ihr ein Kribbeln in den Fingern, so dass sie sich bewegen musste. Sie stand auf.

Er sprang ebenfalls auf. »Glaubst du das denn?«, fragte er.

»Wie soll ich etwas anderes glauben…« Sie zeigte auf den Teppich, wo sie sich vor dem Feuer geliebt hatten. »…wenn all das nur dem Kinderkriegen dient. Deine kleinen Schwimmer, wie du sie nennst, wie fit sie sind und wie schnell, und wie ich mich danach hinlegen soll, damit sie ihre Aufgabe erfüllen können. Was glaubst du wohl, wie ich mich fühle, wenn du darauf bestehst, dass ich zu einem Arzt gehe und die Beine spreize und ihn mit Instrumenten in mir herumfuhrwerken lasse und weiß der Teufel sonst noch alles?«

Sie war immer lauter geworden. Wütend hob sie ihre Sachen auf und zog sich an. »Den ganzen Tag«, sagte sie, »hast du mir so gefehlt. Ich habe mir Sorgen gemacht, als ich dich nicht erreichen konnte und du dich nicht gemeldet hast. Ich sehne mich nach dir, weil ich mit *dir* zusammen sein will, während du …«

»Dasselbe gilt für mich. Das weißt du.«

»Ich weiß überhaupt nichts.«

Sie ließ ihn stehen. Sie eilte durch den langen Flur, durch die Eingangshalle und durch das Esszimmer zur Küche, die auf der anderen Seite des Hauses lag. Sie begann mit den Vorbereitungen für das Abendessen. Eigentlich war es dafür noch viel zu früh, aber sie musste ihre Hände beschäftigen. Sie war gerade dabei, Zwiebeln zu hacken, als Nicholas in die Küche kam. Er hatte sich auch angezogen, sein Hemd allerdings falsch zugeknöpft, so dass es ganz schief hing, und der Anblick machte sie wieder weich. Ohne sie war er ein einsamer kleiner Junge, das wusste sie, genauso wie sie ohne ihn völlig verloren wäre.

»Tut mir leid«, sagte er. »Dass du dir vorkommst wie ein Brutkasten. Das ist wirklich das Letzte, was ich möchte.«

»Ich nehme die Vitaminpräparate«, sagte sie. »Und all die anderen Pillen. Ich messe meine Temperatur. Ich achte auf meine Ernährung. Ich tue alles, was hilft …« Sie brach ab, denn sie hatte angefangen zu weinen. Sie wischte sich mit dem Unterarm die Tränen aus dem Gesicht.

»Allie …« Er fasste sie an den Schultern und drehte sie zu sich um.

Sie umarmten einander und blieben ein paar Minuten so stehen. Schließlich sagte er: »Allein, dich so in den Armen zu halten, erfüllt mich mit Ehrfurcht. Weißt du überhaupt, was für ein Glück ich habe? *Ich* weiß es, Allie.«

Sie nickte und löste sich von ihm. Er nahm ihr Gesicht mit beiden Händen und betrachtete es auf diese für ihn typische Weise. Und wie bei anderen Gelegenheiten hatte sie auch jetzt das Gefühl, dass alles, was sie ihm verschwiegen hatte, offen vor ihm lag und er in ihrem Gesicht lesen konnte wie in einem Buch. Aber er fragte nur: »Verzeihst du mir?«

»Natürlich. Und ich tue, worum du mich gebeten hast. Aber noch nicht. Bitte, Nicky. Lass uns noch ein paar Monate warten.«

Er nickte. Dann sagte er grinsend: »Bis dahin lassen wir die kleinen Schwimmer ein bisschen trainieren, okay? Sorgen wir dafür, dass sie ihren Orientierungssinn ein bisschen schulen.«

Sie lächelte. »Abgemacht.«

»Gut. Und jetzt verrat mir doch mal, warum du so einen Berg Zwiebeln hackst, denn meine Augen brennen wie der Teufel. Was kochst du?«

Sie betrachtete die Zwiebeln. »Keine Ahnung.«

Er lachte. »Du bist verrückt.« Er nahm sich die Post des Tages vor, die säuberlich gestapelt neben dem Küchentelefon auf der Anrichte lag.

Sie hatten sich vertragen und waren wieder vollkommen entspannt. Sie plauderten über dies und das, bis Nicholas den Zettel mit der Nachricht fand, die Alatea notiert und dann total vergessen hatte, vor lauter Bestreben, das Gespräch über Kinder, Ärzte in Lancaster und Nicholas' Erwartungen hinter sich zu bringen.

»Was ist das hier?«, fragte Nicholas und hielt den Zettel hoch, den sie am Morgen aus ihrem Notizheft gerissen hatte.

»Ach. Da hat jemand für dich angerufen. Eine Frau. Es geht um einen Fernsehfilm, über den sie gern mit dir reden würde. Sie ist… Ich glaube, sie hat gesagt, sie ist für die Recherche zuständig.«

Er runzelte die Stirn. »Was denn für ein Film?«

»Alternative Behandlungsmethoden bei Drogenabhängigkeit. Ein Dokumentarfilm, sagt sie. Sie machen Interviews mit Süchtigen und Ärzten und Sozialarbeitern. Ein Kamerateam und jemand – ein Prominenter oder ein Moderator, was weiß ich –, der die Fragen stellt. Ich hab ihr gesagt, dass du wahrscheinlich nicht daran interessiert bist, aber …«

»Wieso?«

»Wieso was?«

»Wieso hast du ihr das gesagt?«

Sie nahm eins ihrer Kochbücher aus dem Regal über der Arbeitsfläche, das Nicholas für sie gebaut hatte, und blätterte darin herum auf der Suche nach einer Idee, was sie mit all den gehackten Zwiebeln machen sollte. »Solche Dinge befriedigen nur das Ego, Nicky«, sagte sie. »Darüber haben wir uns doch ausführlich unterhalten. Das führt zu nichts Gutem, und es rüttelt viel zu viel auf.«

»Ja, ja. Aber es geht nicht um mich, Allie.« Er hielt den Zettel immer noch in der Hand. »Wo kommt die Frau her? Und wo kommen die Leute her, die den Film machen?«

»Das hab ich nicht gefragt. Ich hatte nicht angenommen …« Sie betrachtete den Deckel des Kochbuchs und überlegte, wie sie ihm erklären sollte, was sie meinte. »Nicky«, sagte sie, »mit solchen Dingen musst du vorsichtig sein. Du sagst doch selbst immer, dass du lieber im Hintergrund agierst, hinter den Kulissen. Das ist das Beste.«

»Geld aufzutreiben für das Projekt ist das Beste«, entgegnete er. »Das könnte genau das sein, was wir brauchen, um das Projekt zu verwirklichen.«

»Und wenn nicht?«

»Wie meinst du das?«

»Na ja … dieser Zeitungsmensch, der so oft hier war … Was ist dabei rausgekommen? Nichts. All die Stunden, die du mit ihm verbracht hast, die langen Gespräche, die Führungen. Du hast ihn sogar am Turm mitarbeiten lassen. Und was ist passiert? Nichts. Er verspricht, einen ausführlichen Artikel über dein Projekt zu schreiben. Und? Wieder nichts. Ich möchte nicht schon wieder die Enttäuschung in deinem Gesicht sehen«, sagte sie. Weil man nie wusste, wo das hinführen konnte, würde er jetzt bestimmt denken, aber daran ließ sich nichts ändern.

Sein Gesichtsausdruck änderte sich, aber er sah nicht verkniffen aus. Im Gegenteil, er strahlte sie an, und dieses Strahlen war Ausdruck seiner Liebe. »Allie, mein Schatz«, sagte er. »Mach dir keine Sorgen. Ich weiß, was Tag für Tag für mich auf dem Spiel steht.« Er nahm das Telefon in die Hand. »Es geht nicht um mein Ego. Es geht darum, Leben zu retten. So wie meins gerettet wurde.«

»Du sagst doch immer, ich hätte dir das Leben gerettet.«

»Nein«, erwiderte er. »Du hast mein Leben wieder lebenswert gemacht. Ich möchte wissen, was es mit diesem Film auf sich hat.« Er hielt das Telefon hoch. »Aber ich rufe nur an, wenn du einverstanden bist.«

Sie sah keinen anderen Ausweg. Er bat sie so selten um etwas. Nach allem, was er für sie getan hatte, blieb ihr nichts anderes übrig, als zu sagen: »Also gut, Nicky. Aber sei vorsichtig.«

»Super.« Er las die Nummer von dem Zettel ab, und während er sie eintippte, fragte er: »Wie war noch der Name? Ich kann das nicht lesen.«

Sie schaute über seine Schulter auf den Zettel. »St. James«, sagte sie.

GREAT URSWICK
CUMBRIA

Als die Tore der Margaret Fox School sich öffneten, atmete Manette Fairclough McGhie erleichtert auf. Sie hatte befürchtet, dass Niamh Cresswell vergessen hatte, bei der Schule anzurufen und Bescheid zu geben, dass ihr Sohn heute von jemandem abgeholt wurde, der nicht auf der offiziellen Liste stand. Das wäre zumindest typisch für Niamh gewesen. Sie wusste, dass Manette und Ian sich nahegestanden hatten, was Manette in Niamhs Augen zu einer Post-Scheidungs-Feindin machte. Aber anscheinend war Ians Exfrau zu dem Schluss gekommen, dass die Annehmlichkeit, noch jemanden zu haben, der bereit war, ihren Sohn von der Schule abzuholen, ihr Bedürfnis überwog, sich für alle echte und vermeintliche Schmach zu rächen, die man ihr angetan hatte. Niamh hatte gesagt: »Ich werde es Gracie sagen, damit sie sich keine Sorgen zu machen braucht, wenn Tim nicht zur üblichen Zeit nach Hause kommt«, so dass Manette sich schon fast verpflichtet fühlte, nicht nur Tim, sondern auch Gracie für den Tag zu sich zu nehmen. Heute allerdings wollte sie mit Tim allein reden, denn das Gesicht, das er auf der Beerdigung seines Vaters gemacht hatte, verfolgte Manette bis in ihre Träume. Es würde ihr zehnter Versuch werden, zu dem Sohn ihres verstorbenen Vetters durchzudringen. Sie hatte es beim Totenkaffee versucht. Sie hatte es mit Anrufen versucht. Sie hatte es mit E-Mails versucht. Und jetzt wollte sie es im direkten Gespräch versuchen. Schließlich konnte Tim ihr schlecht aus dem Weg gehen, wenn er bei ihr im Auto saß.

Sie hatte heute früher Feierabend gemacht und noch schnell bei Freddie vorbeigeschaut, um sich zu verabschieden und ihm zu sagen, dass sie später nach Hause kommen würde. »Ich hole Tim ab«, hatte sie gesagt. »Ich dachte, es macht ihm vielleicht Spaß, einen Abend mit uns zu verbringen. Abendessen und dann eine DVD. Du weißt schon. Vielleicht hat er ja auch Lust, über Nacht zu bleiben.« Freddies Antwort hatte sie ziemlich überrascht. Anstatt ein abwesendes »In Ordnung, Manette« zu murmeln, hatte ihr ehemaliger Lebensgefährte ihr sein von einem Sonnenbrand knallrotes Gesicht zugewandt und gesagt: »Ach so, äh…«, und nach weiterem untypischen Gestammel schließlich herausgebracht: »Ich hab heute Abend eine Verabredung, Manette.«

»Oh«, hatte sie geantwortet und sich bemüht, ihre Verblüffung zu verbergen.

»Ich finde, es ist allmählich an der Zeit«, hatte er hinzugefügt. »Wahrscheinlich hätte ich es dir eher sagen sollen, aber ich wusste nicht so richtig, wie ich es rüberbringen sollte.«

Manette gefielen die Gefühle nicht, die das alles in ihr auslöste. Sie rang sich ein Lächeln ab. »Das freut mich für dich, Freddie. Jemand, den ich kenne?«

»Nein, nein, natürlich nicht. Nur eine…«

»Wie habt ihr euch denn kennengelernt?«

Er schob sich von seinem Schreibtisch weg. Auf dem Monitor hinter ihm sah sie ein Diagramm. Sie fragte sich, woran er gerade arbeitete. Wahrscheinlich an der Einnahmen-Überschuss-Rechnung. Er musste auch noch die Gehälter und Prämien ermitteln. Ganz zu schweigen von der schwierigen Aufgabe, nach Ians Tod eine Bilanz zu erstellen. Wann hatte Freddie die Zeit gefunden, eine Frau kennenzulernen? Er sagte: »Darüber möchte ich jetzt nicht reden. Es ist mir irgendwie unangenehm.«

»Ach so. Verstehe.« Manette nickte. Er sah sie ernst an, offenbar gespannt auf ihre Reaktion, deshalb sagte sie leichthin: »Dann bring sie doch einfach mal mit nach Hause. Mal sehen, ob sie mir gefällt. Du wirst ja sicher nicht schon wieder einen Fehler machen wollen.«

»Du warst kein Fehler«, sagte er.

»Hm. Danke, dass du das sagst.« Sie kramte ihre Autoschlüssel aus ihrer Handtasche. »Du bist also noch immer mein bester Freund?«

»Noch immer und für immer.«

Was er nicht aussprach, war etwas, das sie auch so wusste: Sie konnten nicht ewig so weitermachen wie jetzt. Obwohl sie geschieden waren, lebten sie weiter so wie immer, mit dem einzigen Unterschied, dass sie kein gemeinsames Schlafzimmer mehr hatten und nicht mehr miteinander schliefen. Geblieben war die tiefe Freundschaft, die sie schon immer miteinander verbunden hatte und die letztlich die Wurzel des Problems war. Seit dem Tag, an dem sie sich entschlossen hatten, sich scheiden zu lassen, hatte Manette oft gedacht, dass vielleicht alles anders gekommen wäre, wenn sie Kinder gehabt hätten. Dann wäre ihre Beziehung vermutlich nicht an den Punkt gelangt, wo sie nur noch über die Vor- und Nachteile einer selbstreinigenden und selbstdeodorisierenden Toilette hatten reden können – und wie man so ein Produkt am besten vermarktete. Wenn man es so weit kommen ließ, brauchte man sich nicht zu wundern, wenn irgendwann der Zauber weg war. Eine einvernehmliche Scheidung war ihnen als die beste Lösung erschienen.

Ihr war natürlich klar gewesen, dass Freddie irgendwann eine Neue haben würde. Sie selbst hatte auch nicht vor, ewig allein zu bleiben. Sie hatte nur nicht damit gerechnet, dass es so bald passieren würde. Und jetzt fragte sie sich, ob sie insgeheim gehofft hatte, dass es gar nicht passieren würde.

Vorsichtig fuhr sie durch das Tor der Margaret Fox School. Sie war noch nie hier gewesen, aber Niamh hatte ihr erklärt, wo sie Tim finden würde. Es gebe einen beaufsichtigten Wartebereich in der Nähe des Verwaltungsgebäudes, hatte sie gesagt. Manettes Name würde auf einer Liste von Personen stehen, die Tim abholen durften. Sie solle ihren Ausweis mitnehmen. Oder noch besser ihren Pass, falls sie einen habe.

Sie fand Tim ohne Probleme, da die Einfahrt zur Schule

direkt auf das Verwaltungsgebäude zuführte. Der Sohn ihres Vetters saß vornübergebeugt auf einer Bank, seinen Rucksack neben sich auf dem Boden. Er tat das, was nach Manettes Erfahrung die meisten Teenager heutzutage in jeder freien Minute taten – er verschickte eine SMS.

Sie hielt am Bordstein, aber Tim war so auf sein Handy konzentriert, dass er nicht einmal aufblickte. Das gab Manette Gelegenheit, ihn einen Moment lang zu beobachten. Nicht zum ersten Mal staunte sie darüber, welchen Aufwand Tim betrieb, um die Ähnlichkeit mit seinem Vater zu verbergen. Ebenso wie Ian war er spät in die Pubertät gekommen, und er befand sich immer noch mitten in einem Wachstumsschub. Er war also ziemlich klein für sein Alter, und ohne die Schuluniform wirkte er noch kleiner, da er nur unglaublich weite Sachen trug, die ihm um den schmächtigen Körper schlackerten. Selbst seine Baseballmütze schien ihm zu groß zu sein. Seine Haare, die er ewig nicht hatte schneiden lassen, hingen ihm bis über die Augen. Die musste er natürlich besonders verstecken, denn sie waren genauso groß und braun und klar wie die seines Vaters – und sie waren wie diese der perfekte Spiegel seiner Seele.

Manette sah, dass er ärgerlich die Brauen zusammenzog. Offenbar gefiel ihm nicht, was er als Antwort auf seine SMS erhalten hatte. Er riss an seinen Fingern und biss dabei die Zähne so heftig zusammen, dass Manette es nicht mitansehen konnte. Sie sprang aus dem Auto und rief seinen Namen. Er blickte auf. Einen Augenblick lang wirkte er überrascht – Manette hätte gern gedacht freudig überrascht, aber das war sicherlich Wunschdenken –, dann war der finstere Blick wieder da. Er rührte sich nicht von seiner Bank weg.

»Hey, komm schon«, rief sie. »Heute bin ich deine Chauffeuse. Ich brauche deine Hilfe.«

»Ich hab schon was vor«, erwiderte er trotzig und gab eine neue SMS ein – oder tat zumindest so.

»Tja, ich weiß nicht, wie du von hier wegkommen willst«, entgegnete sie, »denn ich bin die Einzige mit einem fahrbaren Untersatz, die dir heute ihre Dienste anbieten wird.«

»Und wo ist Kaveh?«

»Was hat Kaveh denn damit zu tun?«

Tim blickte von seinem Handy auf und schnaubte verächtlich. Das Schnauben galt natürlich ihr, es war seine Art, *blöde Kuh* zu sagen, ohne es auszusprechen. Vierzehnjährige Jungs waren dermaßen leicht zu durchschauen …

»Komm schon, Tim«, sagte sie. »Lass uns fahren. Deine Mutter hat hier angerufen, und die Schule wird dich heute mit niemand anderem fahren lassen.«

Er wusste doch, wie das ablief. Und dass es keinen Zweck hatte, sich zu widersetzen. Er murmelte irgendetwas vor sich hin, raffte sich schließlich auf und schlurfte, den Rucksack hinter sich her ziehend, zum Auto. Dann ließ er sich mit so viel Wucht auf den Beifahrersitz fallen, dass das ganze Auto wackelte. »Immer mit der Ruhe«, sagte Manette. »Und anschnallen bitte.« Sie wartete, bis er ihrer Aufforderung nachkam.

Tim tat ihr leid. Das war alles zu viel für ihn gewesen. Er war im denkbar ungünstigsten Alter gewesen, als sein Vater die Familie verlassen hatte, ganz unabhängig davon, aus welchem Grund das geschehen war. Aber dass sein Vater sich als Homosexueller geoutet hatte und mit seinem Freund zusammengezogen war, hatte Tims ganze Welt auf den Kopf gestellt. Wie sollte er sich in solch einer Situation verhalten, und wie sollte er da seine eigene gerade erwachende Sexualität verstehen? In Manettes Augen war es kein Wunder, dass er verhaltensauffällig geworden war und jetzt die Sonderschule für verhaltensgestörte Kinder und Jugendliche besuchte. Denn er war tatsächlich gestört. Wer wäre das an seiner Stelle nicht?

Vorsichtig fuhr sie vom Schulgelände und bog auf die Straße ein. »Im Handschuhfach liegen CDs«, sagte sie zu Tim. »Du könntest uns ein bisschen Musik auflegen.«

»Du hast sowieso nichts, was mir gefällt.« Er schaute aus dem Fenster.

»Wetten, dass ich doch was hab? Sieh doch einfach mal nach.«

»Ich bin verabredet«, sagte er.

»Mit wem?«

»Mit jemand.«

Wieder dieses verächtliche Schnauben. Er murmelte sich etwas in den Bart. Als sie ihn bat, es zu wiederholen, sagte er: »Vergiss es«, und betrachtete die Landschaft.

Dabei gab es weiß Gott nichts Faszinierendes zu sehen. Zwischen Ulverston und Great Urswick im Süden fuhr man durch eine weite, hügelige Landschaft, vorbei an Äckern, die durch Hecken oder Bruchsteinmauern von der Straße abgeschirmt waren, an Viehweiden, auf denen die allgegenwärtigen Schafe grasten, und an vereinzelten Erlen- und Birkenwäldchen.

Es war keine lange Fahrt. Manette wohnte in Great Urswick und damit näher an der Margaret Fox School als Tims andere Verwandten. Eigentlich, dachte Manette nicht zum ersten Mal, wäre es nur logisch, wenn Tim während der Schulzeit bei ihr wohnen würde, und das hatte sie Ian und Niamh auch vorgeschlagen, kurz nachdem sie den Jungen auf der Schule angemeldet hatten. Doch Niamh hatte nichts davon wissen wollen. Sie müssten auch an Gracie denken, hatte sie gesagt. Das Mädchen wäre untröstlich, wenn sie die Nachmittage ohne ihren Bruder verbringen müsste. Manette vermutete, dass noch etwas ganz anderes dahintersteckte, aber sie hatte nicht insistiert, sondern sich einfach vorgenommen, den Jungen so oft wie möglich zu sich zu holen.

Great Urswick war kaum mehr als eine Ansammlung von Häusern, die an einer Stelle entstanden waren, wo sich zwischen Bardsea und Morecambe mehrere Landstraßen kreuzten. Es gab einen Pub, eine Poststelle, ein Restaurant, zwei Kirchen und eine Grundschule, und das Dorf hatte den Vorteil, dass es an einem kleinen See lag. Die Häuser am Seeufer mit ihren weitläufigen Wassergrundstücken bildeten das Nobelviertel, wie Manette und Freddie sich gern ausdrückten.

Manette hielt vor einem dieser Häuser und sagte zu Tim: »Komm mal mit. Ich zeige dir, wobei ich deine Hilfe brauche.«

»Wieso hilft Freddie dir nicht?«, fragte Tim und machte keine Anstalten, aus dem Auto zu steigen.

»Freddie?« Manette lachte. »Unmöglich. Da müsste er ja erst einmal die Anleitung studieren, und das traue ich ihm nicht zu. Wir machen es folgendermaßen: Ich lese vor, und du baust das Ding auf. Hinterher machen wir uns Hamburger mit Fritten.«

»Aufbauen? Was denn? Das kann ich nicht.«

»O doch, das kannst du. Wart's ab«, entgegnete sie. »Wir müssen hinters Haus gehen. Komm.« Sie ging los, ohne abzuwarten, ob Tim sich abschnallte.

Es handelte sich um ein Zelt. Natürlich hätte sie es selbst aufbauen können, mit oder ohne Hilfe. Aber es ging ihr in erster Linie darum, Tim zu beschäftigen und zum Reden zu bringen oder ihn zumindest dazu zu bringen, dass er etwas lockerer wurde.

Sie packte das Zelt aus und breitete es auf dem Rasen aus. Es war ziemlich groß, eher für eine vierköpfige Familie geeignet als für das, was Manette vorhatte, aber Zelte kaufte man in der Regel nicht im Herbst, und sie hatte sich mit dem zufriedengeben müssen, was im Angebot war. Als sie gerade dabei war, die diversen Heringe und Schnüre zu sortieren, hörte sie Tim ums Haus kommen. »Ah, da bist du ja«, sagte sie. »Möchtest du ein Häppchen essen, ehe wir anfangen?«

Er schüttelte den Kopf. Sein Blick wanderte vom Zelt zu Manette und dann zum See. »Wozu willst du das denn aufbauen?«, fragte er.

»Ach, das ist nur zum Üben«, antwortete sie. »Wenn wir den Dreh erst mal raushaben, fahren wir zum Scout Scar rauf.«

»Und was machen wir da?«

»Na, zelten natürlich. Was denn sonst? Deine Mutter hat mir erzählt, dass du neuerdings da oben wandern gehst, und da ich auch für mein Leben gern in den Bergen wandere, dachte ich, wir könnten mal zusammen losziehen, wenn du fit genug bist.«

»Du gehst doch gar nicht in den Bergen wandern.«

»Hast du eine Ahnung. Ich treibe jede Menge Sport. Und Freddie möchte nicht, dass ich am Straßenrand entlangjogge. Er hat Angst, dass ich irgendwann überfahren werde. Also los, worauf warten wir noch? Willst du wirklich nichts essen? Vanillekekse? Jaffa Cakes? Eine Banane? Toast mit Marmite?«

»Ich hab Nein gesagt!«, fauchte er. »Außerdem hab ich dir gesagt, dass ich 'ne Verabredung hab.«

»Wo?«

»Es ist wichtig. Ich hab versprochen, dass ich komme.«

»Wo?«

»Windermere.«

»*Windermere*? Mit wem zum Teufel triffst du dich denn in Windermere? Weiß deine Mutter davon?« Sie stand auf. »Was ist los, Tim? Hast du irgendwas vor, wovon du lieber die Finger lassen solltest?«

»Was soll das denn heißen?«

»Das weißt du ganz genau. Drogen, Alkohol, irgendwas Unsinniges, das …«

»Nein! Hör zu, ich muss dahin. *Wirklich*!«

Sie hörte die Verzweiflung in seiner Stimme, auch wenn sie keine Ahnung hatte, was der Grund dafür war. Alles, was ihr als Erklärung einfiel, beunruhigte sie. Aber in seinen Augen lag etwas Gequältes, etwas, das sie um Hilfe anflehte. Sie sagte: »Ich kann dich da nicht hinbringen, ohne vorher mit deiner Mutter zu sprechen.« Sie ging in Richtung Haus. »Ich werde sie anrufen und …«

»Nein!«

»Warum nicht? Tim, was ist los?«

»Das interessiert die doch sowieso nicht. Sie weiß nichts

davon. Es spielt keine Rolle. Wenn du sie anrufst… Scheiße, Scheiße, *Scheiße*!« Er trampelte über das ausgebreitete Zelt und ging zum Steg hinunter. Dort lag ein Boot, doch er stieg nicht ein, sondern ließ sich auf die Planken fallen und verbarg das Gesicht in den Händen.

Manette sah, dass er weinte. Es brach ihr das Herz. Sie ging zu ihm und hockte sich neben ihn. »Tim, ich weiß, dass du es im Moment schwer hast. Dass das alles ganz schlimm für dich ist. Aber das geht vorbei. Das verspreche ich dir. Es geht vorbei, weil…«

»Du weißt überhaupt nichts!« Er sprang auf und schubste sie so heftig, dass sie umfiel. »Du weißt einen Scheißdreck!« Er trat auf sie ein. Ein stechender Schmerz fuhr ihr in die Niere. Sie wollte seinen Namen rufen, aber ehe sie dazu kam, trat er wieder zu.

3. November

LAKE WINDERMERE
CUMBRIA

Lynley traf am Nachmittag in Ireleth Hall ein. Vor die Wahl gestellt, entweder zu fliegen, mit dem Auto oder mit dem Zug zu fahren, hatte er sich trotz der Länge der Strecke für das Auto entschieden und den Tag tief in Gedanken versunken in seinem Healey Elliott verbracht.

Er war am Abend zuvor nicht mit Isabelle zusammen gewesen. Sie hatte ihn eingeladen, und er wäre gern zu ihr gefahren, aber er war zu dem Schluss gekommen, dass es besser für sie beide war, wenn er diesmal nicht zu ihr ging. Obwohl sie das Gegenteil beteuert hatte, wusste er, dass sie das Ziel und den Grund seiner Reise in Erfahrung bringen wollte, und er hatte nicht vor, sie darüber aufzuklären. Lynley wollte den Streit vermeiden, den das Gespräch unweigerlich ausgelöst hätte. Isabelle hatte in den Monaten, seit sie zusammen waren, ihren Alkoholkonsum radikal eingeschränkt, und er befürchtete, dass irgendetwas – wie zum Beispiel ein Krach mit ihm – sie wieder zur Flasche greifen lassen könnte.

Darling, ich hatte ja keine Ahnung, dass du Frauen gegenüber so ein Feigling geworden bist, hätte Helen dazu gesagt. Aber so wie er das sah, hatte es nichts mit Feigheit zu tun, sondern mit Lebenserfahrung. Darüber und über sich und Isabelle hatte er fast auf dem ganzen Weg nach Cumbria nachgedacht. Und er hatte sich gefragt, ob sie zusammenpassten.

Die Flügel des großen schmiedeeisernen Tors von Ireleth Hall standen weit offen, als hätte man ihn bereits erwartet. Lynley fuhr im Schatten von steinalten Eichen über den Weg, der sich zum Windermere-See hinunterwand, und hielt schließlich vor einem eindrucksvollen, von grauen Flechten überzogenen steinernen Gebäude mit zahlreichen Giebeln und einem mächtigen Wehrturm, ein Hinweis auf das hohe Alter zumindest eines Teils des Gebäudes. Dreizehntes Jahrhundert, dachte Lynley. Mehr als vierhundert Jahre älter als sein eigener Herrensitz in Cornwall.

Zu beiden Seiten des Gebäudes erstreckten sich weitläufige Rasenflächen mit vereinzelten Eichen, darunter einige der ältesten, die Lynley je gesehen hatte, und Platanen, unter denen Damwild graste.

Lynley stieg aus und atmete tief ein. Die Luft war noch feucht vom Regen. Der See war vom Haus verdeckt, aber von den nach Westen gelegenen Fenstern aus hatte man wahrscheinlich einen fantastischen Blick aufs Wasser und das gegenüberliegende Ufer.

»Da sind Sie ja.«

Lynley drehte sich um, als er Bernard Faircloughs Stimme hörte. Der Mann kam aus einem Garten an der Nordseite des Gebäudes auf ihn zu, der von einer Mauer eingegrenzt wurde. Er begrüßte Lynley, fuhr voller Bewunderung mit der Hand über einen Kotflügel des Healey Elliott, erkundigte sich höflich nach Baujahr und Leistung des Oldtimers und fragte, ob Lynley eine angenehme Fahrt gehabt habe. Nach dem Austausch der Nettigkeiten führte er Lynley ins Haus. Sie betraten eine riesige, eichengetäfelte Eingangshalle, an deren Wänden blankpolierte Brustschilde alter Rüstungen hingen. Ein Feuer brannte in einem offenen Kamin, vor dem zwei Sofas einander gegenüberstanden. Über dem Haus schien eine tiefe Stille zu liegen, die nur vom Knistern des Feuers und dem Ticken einer Standuhr gestört wurde.

Fairclough sprach so leise, als befänden sie sich in einer Kirche oder als fürchtete er, dass jemand mithören könnte, obwohl sie allein waren, soweit Lynley das beurteilen konnte. »Ich musste Valerie mitteilen, warum Sie hier sind«, sagte er. »Wir haben keine Geheimnisse voreinander – wir sind seit mehr als vierzig Jahren verheiratet, und im Übrigen kann ich ihr sowieso nichts vormachen. Sie ist also im Bilde. Sie wird mitspielen, auch wenn sie nicht gerade begeistert davon ist, dass ich diese Sache ins Rollen gebracht habe. Aber sie versteht mich... So gut wie eine Mutter es eben verstehen kann, wenn es um ihr eigenes Kind geht.« Fairclough rückte seine Hornbrille zurecht und überlegte. »Aber sie ist die Einzige, die eingeweiht ist. Für alle anderen sind Sie einfach ein Mitglied aus dem Twins Club, der für ein paar Tage hier zu Besuch ist. Einige wissen über die Sache mit Ihrer Frau Bescheid. Das macht das Ganze... äh... glaubwürdiger. Ich hoffe, Sie haben damit kein Problem?«

Er wirkte nervös. Lynley fragte sich, warum. Weil er hier war? Weil er Polizist war? Oder weil zu befürchten stand, dass er bei seinen Nachforschungen auf etwas Peinliches stieß? Wahrscheinlich kamen alle drei Möglichkeiten in Frage. Auf jeden Fall machte Faircloughs Nervosität ihn neugierig. »Über Helens Tod wurde in allen Zeitungen berichtet«, sagte er. »Ich kann also kaum etwas dran ändern, dass die Umstände ihres Todes allgemein bekannt sind.«

»Gut, gut.« Fairclough rieb sich die Hände, wie um zu sagen: Packen wir's an. Er lächelte. »Ich zeige Ihnen Ihr Zimmer und führe Sie kurz durchs Haus. Für heute Abend habe ich ein Abendessen im kleinen Kreis geplant, nur für uns vier, und morgen können Sie dann vielleicht... Was auch immer Sie vorhaben.«

»Uns vier?«

»Unsere Tochter Mignon wird auch dabei sein. Sie wohnt nicht hier im Haus, denn in ihrem Alter braucht eine Frau ihre eigenen vier Wände. Aber sie wohnt ganz in der Nähe, und sie ist alleinstehend, und da Sie Witwer sind, dachten wir...«

Wenigstens besaß Fairclough den Anstand, in Verlegenheit zu geraten, dachte Lynley.

»... das würde Ihrer Anwesenheit noch etwas mehr Glaubwürdigkeit verleihen. Ich habe mit Mignon nicht direkt über die Sache gesprochen, könnte mir jedoch vorstellen, dass sie Ihnen gegenüber gesprächiger ist, wenn Sie ... ihr ein bisschen Interesse entgegenbringen.«

»Glauben Sie, sie hat etwas zu verbergen?«, fragte Lynley.

»Sie ist mir ein Rätsel«, antwortete Fairclough. »Mir ist es noch nie gelungen, bis zu ihr durchzudringen. Ich hoffe, dass Sie da mehr Glück haben. Kommen Sie. Hier entlang.«

Das Treppenhaus, dessen Wande mit Landschaftsaquarellen geschmückt waren, befand sich im Wehrturm. Sie stiegen ein Stockwerk hoch und betraten einen Korridor, der ebenso wie die Eingangshalle mit Eichenpaneelen getäfelt war, allerdings ohne die großen Fenster. Nur durch ein schmales Bleiglasfenster am Ende des Korridors fiel ein Lichtstreifen, in dem Staubflöckchen tanzten, als wären sie glücklich, der Gefangenschaft in dem persischen Läufer entkommen zu sein.

Sie betraten ein geräumiges Zimmer mit einem Erkerfenster, in dessen Laibung eine Bank eingebaut war. Fairclough führte Lynley an dieses Fenster. »Windermere«, sagte er überflüssigerweise.

Wie Lynley vermutet hatte, lag die Westseite des Hauses zum See hin. Das Gelände war in Terrassen angelegt. Die zwei oberen bestanden aus Rasenflächen, während die unterste, die direkt an den See grenzte, mit Kies bedeckt war. Dort standen verwitterte Tische, Stühle und Liegen. Weit entfernt im Nordosten ragte eine Halbinsel in den See, Rawlinson Nab, wie Fairclough Lynley erklärte. Etwas näher lag die winzige, von ein paar Eschen bewachsene Insel Grass Holme, die im Wasser zu treiben schien, und weiter draußen stach die Insel Grubbins Point wie ein Fingerknöchel aus dem Wasser.

»Wie schön, hier zu wohnen«, bemerkte Lynley. »Außer im

Sommer vielleicht, denn ich könnte mir vorstellen, dass die Gegend dann von Urlaubern überlaufen ist.« Er wusste, dass Cumbria und ganz besonders der Lake District eins der beliebtesten Urlaubsziele Englands waren. Von Juni bis September wurde hier bei jedem Wetter gewandert, geklettert und gezeltet.

»Ehrlich gesagt, wünschte ich, ich könnte öfters hier sein«, sagte Fairclough. »Bei all den Terminen in der Firma in Barrow, bei der Stiftung, mit meinen Anwälten in London und beim Verteidigungsministerium schaffe ich es höchstens einmal im Monat hierher.«

»Verteidigungsministerium?«

Fairclough verzog das Gesicht. »Mein Leben ist vollkommen unromantisch. Ich stelle eine Komposttoilette her, an der die interessiert sind. Wir führen schon seit Monaten Gespräche.«

»Und die Anwälte? Gibt es ein Problem, über das ich Bescheid wissen müsste? Etwas, das mit der Familie zu tun hat? Mit Ian Cresswell?«

»Nein, nein«, sagte Fairclough. »Es handelt sich um Patentanwälte. Dann sind da noch die Anwälte der Stiftung. Das alles hält mich ziemlich auf Trab. Um das Haus hier kümmert sich Valerie. Da sie hier aufgewachsen ist, macht sie das gern.«

»Klingt, als würden Sie sich nicht allzu oft sehen.«

Fairclough lächelte. »Das Geheimnis einer langen, glücklichen Ehe. Ein bisschen ungewöhnlich, aber es funktioniert schon sehr lange. Ah, da kommt Valerie.«

Lynley schaute in den Garten hinaus in der Annahme, Fairclough habe seine Frau dort erblickt, doch der zeigte auf ein Ruderboot auf dem See, das sich dem Ufer näherte. Aufgrund der Entfernung war nicht zu erkennen, ob die rudernde Person männlich oder weiblich war. »Sie fährt zum Bootshaus«, sagte Fairclough. »Am besten, wir gehen gleich hin, dann kann ich Sie einander vorstellen. Bei der Gelegenheit sehen Sie auch, wo Ian … Na ja, Sie wissen schon.«

Als sie ins Freie traten, fiel Lynley auf, dass das Bootshaus vom Haupthaus aus nicht zu sehen war. Vom Südflügel von Ireleth Hall aus führte ein gewundener Weg durch einen Garten. Mahonien, mit der Stechpalme verwandte Sträucher, standen dort so dicht, als wüchsen sie dort schon seit hundert Jahren. Nachdem sie ein Pappelwäldchen durchquert hatten, öffnete sich vor ihnen eine fächerartig angelegte Anlegestelle, neben der sich das Bootshaus erhob: eine verspielte Konstruktion, mit den für die Gegend typischen Schieferplatten, einem Spitzdach und einer einzigen Tür. Fenster gab es keine.

Die Tür stand offen, und Lynley folgte Fairclough hinein. Im Innern des Bootshauses verlief entlang der zum Land gelegenen Giebelwand und der beiden Seitenwände ein gemauerter Anleger, gegen den die Wellen des Sees plätscherten. Ein Motorboot, ein Skullboot und ein uraltes Kanu waren daran vertäut. Fairclough erklärte Lynley, das Skullboot habe Ian Cresswell gehört. Valerie Fairclough hatte das Bootshaus noch nicht erreicht, aber sie konnten sie bereits sehen.

»Ian hat das Skullboot zum Kentern gebracht, als er gestürzt ist«, sagte Fairclough. »Da vorne. Da, wo die beiden Steine fehlen. Wahrscheinlich hat sich einer der Steine gelöst, als er darauf getreten ist. Dann hat er das Gleichgewicht verloren und ist ins Wasser gefallen, und dabei ist auch der andere Stein rausgebrochen.«

»Wo sind sie jetzt?« Lynley ging zu der Stelle und hockte sich hin, um die Stelle genauer zu betrachten. Im Bootshaus gab es kaum Licht. Er würde noch einmal mit einer Taschenlampe herkommen müssen.

»Was meinen Sie?«

»Die Steine, die sich gelöst haben. Wo sind die? Ich würde sie mir gern ansehen.«

»Soweit ich weiß, liegen sie noch im Wasser.«

Lynley blickte auf. »Niemand hat sie herausgeholt, um sie zu untersuchen?« Das war ungewöhnlich. Ein frühzeitiger Tod wie dieser warf alle möglichen Fragen auf. Und eine davon lautete, wie ein Stein sich aus dem Mauerwerk hatte lösen können, egal, wie alt der Anleger sein mochte. Natürlich konnten Alterserscheinungen die Ursache sein. Aber ein Meißel kam auch in Frage.

»Der Gerichtsmediziner hat, wie gesagt, auf Unfall entschieden. Dem Polizisten, der hergerufen wurde, kam alles ziemlich eindeutig vor. Er hat einen Inspector benachrichtigt, der hat sich umgesehen und ist zu demselben Schluss gekommen.«

»Waren Sie hier, als es passiert ist?«

»Nein, ich war in London.«

»War Ihre Frau allein, als sie die Leiche entdeckt hat?«

»Ja.« Er schaute in Richtung See. »Ah, da ist sie.«

Lynley stand auf. Die Frau ruderte mit voller Kraft, und das Ruderboot näherte sich zügig. Kurz vor der Einfahrt zum Bootshaus hob Valerie Fairclough die Ruder aus den Dollen und legte sie auf den Boden des Boots, das mit dem letzten Schwung hineinglitt.

Valerie Fairclough trug Regenkleidung: gelbe Öljacke und -hose, Handschuhe und Gummistiefel. Sie hatte jedoch weder einen Hut noch eine Mütze aufgesetzt, und ihr graues Haar wirkte wie frisch frisiert, obwohl sie über den See gerudert war.

»Was gefangen?«, fragte Fairclough.

Sie drehte sich um, schien jedoch nicht im Mindesten überrascht. »Ach, da bist du ja«, sagte sie. »Nein, ich hatte kein Glück heute. Ich war drei Stunden draußen und habe nur drei armselige kleine Geschöpfe gefangen, die mich so unglücklich angesehen haben, dass ich sie wieder ins Wasser geworfen habe. Sie müssen Thomas Lynley sein. Willkommen in Cumbria.«

»Nennen Sie mich Tommy.« Er streckte ihr seine Hand entgegen. Aber anstatt sie zu nehmen, warf sie ihm die Leine zu.

»Kopfschlag«, sagte sie. »Oder klingt das chinesisch?«

»Für mich nicht.«

»Sie gefallen mir.« Sie reichte ihrem Mann ihre Angelausrüstung: einen Angelkasten, eine Rute und einen Eimer mit Maden. Auf jeden Fall war Valerie Fairclough keine zimperliche Frau, dachte Lynley.

Sie stieg aus dem Boot, während Lynley es vertäute. Sie war unglaublich behände für ihr Alter, und sie war immerhin schon siebenundsechzig, wie Lynley wusste. Sie schüttelte ihm die Hand. »Herzlich willkommen«, sagte sie. »Hat Bernie Sie schon herumgeführt?« Sie zog ihre Regenkleidung aus und hängte Jacke und Hose an der Wand auf, während ihr Mann die Anglerausrüstung unter einer Bank verstaute. Als er sich zu ihr umdrehte, hielt sie ihm eine Wange für einen Kuss hin. »Darling«, sagte sie zur Begrüßung. Dann: »Wann bist du angekommen?« Worauf er erwiderte: »Heute Mittag«, darauf sie: »Du hättest eine Leuchtrakete abschießen sollen.« Ein Zwinkern. »Mignon?«, fragte sie. Darauf er: »Noch nicht. Alles gut?« Und sie: »Allmählich.« Es war, dachte Lynley, der typische Telegrammstil von Paaren, die schon sehr lange zusammen waren.

»Sie haben sich wahrscheinlich gerade angesehen, wo unser Ian ertrunken ist, nehme ich an«, sagte Valerie zu Lynley mit einer Kopfbewegung in Richtung des Skullboots. »Bernie und ich sind uns in der Sache nicht einig, aber das wird er Ihnen schon mitgeteilt haben.«

»Er sagte mir, dass Sie den Toten gefunden haben. Es muss ein Schock für Sie gewesen sein.«

»Ich hatte gar nicht gewusst, dass er mit dem Boot rausgefahren war, ja nicht einmal, dass er überhaupt hier war. Er hatte seinen Wagen ja nicht am Haus geparkt. Als ich ihn fand, lag er schon fast vierundzwanzig Stunden im Wasser, Sie können sich also vorstellen, wie er ausgesehen hat. Trotzdem bin ich froh, dass ich ihn gefunden habe und nicht Mignon. Oder Kaveh. Nicht auszudenken, was dann passiert wäre.«

»Kaveh?«, wiederholte Lynley.

»Ians Lebensgefährte. Er führt hier auf dem Anwesen ein

paar Arbeiten für mich aus. Ich lasse gerade einen Fantasiegarten anlegen, den hat er entworfen. Und jetzt beaufsichtigt er die Arbeiten.«

»Ist er jeden Tag hier?«

»Vielleicht dreimal pro Woche. Er meldet sich nicht bei mir an, und ich kümmere mich nicht darum.« Sie betrachtete Lynley, als versuchte sie zu ergründen, was in seinem Kopf vor sich ging. »Wäre es Ihnen recht, wenn der Gärtner der Mörder wäre?«

Lynley lächelte. »Vielleicht stellt sich ja auch heraus, dass der Gerichtsmediziner recht hatte.«

»Davon bin ich überzeugt.« Sie warf ihrem Mann einen Blick zu. Lynley sah, dass Fairclough konzentriert auf den See hinausschaute. »Es war ein schrecklicher Schlag für uns. Bernie und ich mochten Ian sehr. Wir hätten den Anleger besser in Schuss halten sollen. Er ist ziemlich alt – über hundert Jahre –, und er wurde ständig benutzt. Steine lockern sich mit der Zeit. Sehen Sie hier. Der ist auch locker.«

Sie stieß mit der Fußspitze gegen einen Stein neben der Stelle, wo die anderen beiden herausgefallen waren. Er war tatsächlich locker, genau, wie sie gesagt hatte. Aber das konnte natürlich auch daran liegen, dachte Lynley, dass jemand ihn absichtlich gelockert hatte.

»Wenn ein Unfall passiert, haben wir das Bedürfnis, einen Schuldigen zu finden«, sagte Valerie. »Und dieser Unfall war besonders tragisch, denn jetzt sind zwei Kinder ihrer verrückten Mutter ausgeliefert, und es gibt niemanden mehr, der einen mäßigenden Einfluss ausübt. Doch wenn in diesem Fall irgendjemand Schuld hat, dann bin ich das.«

»Valerie«, sagte ihr Mann.

»Ich bin verantwortlich für Ireleth Hall und das gesamte Anwesen, Bernie. Ich habe versagt. Und jetzt ist dein Neffe tot.«

»Ich mache dich nicht für seinen Tod verantwortlich«, entgegnete ihr Mann.

»Aber vielleicht solltest du das einmal in Erwägung ziehen.«

Sie schauten einander in die Augen, und Bernie wandte sich als Erster ab. Dieser Blick hatte Lynley mehr gesagt, als ihre Worte es getan hatten. Hier gab es tiefe und trübe Gewässer, und das galt nicht nur für den See.

4. November

MILNTHORPE UND ARNSIDE
CUMBRIA

Als sie sich entschlossen hatten, ein paar Tage nach Cumbria zu fahren, um Tommy zu helfen, hatte Deborah St. James sich vorgestellt, dass sie und Simon sich ein Zimmer in einem von wildem Wein überwucherten Hotel nehmen würden, mit fantastischem Blick auf einen der Seen. Sie wäre sogar mit einem Blick auf einen Wasserfall zufrieden gewesen, die es in der Gegend im Überfluss gab. Stattdessen waren sie in einem alten Gasthaus namens Crow & Eagle gelandet, das genau dort lag, wo man ein Gasthaus erwarten würde: an einer Kreuzung von zwei Landstraßen, über die die ganze Nacht Lastwagen rumpelten. Die Kreuzung wiederum lag in der Mitte des Marktfleckens Milnthorpe, und zwar so weit im Süden, dass die Gegend offiziell gar nicht zum Lake District gehörte, und das einzige Gewässer, das der Ort zu bieten hatte, war ein Bach namens Bela, der irgendwo in die Morecambe Bay mündete.

Simon hatte ihren Gesichtsausdruck bemerkt, als sie den Gasthof erblickt hatte, und gesagt: »Tja, wir sind schließlich nicht zu unserem Vergnügen hier, meine Liebe, aber wenn wir die Sache hinter uns gebracht haben, gönnen wir uns ein paar Tage Urlaub.« Dann hatte er grinsend hinzugefügt: »Und zwar in einem Luxushotel mit Blick auf Windermere, mit Kaminfeuer, Scones, Tee und allem, was das Herz begehrt.«

Sie hatte ihn mit zusammengekniffenen Augen angesehen und erwidert: »Ich nehme dich beim Wort.«

»Etwas anderes hätte ich auch nicht von dir erwartet.«

Am Abend ihrer Ankunft hatte sie auf ihrem Handy den Anruf erhalten, auf den sie gewartet hatte. Sie hatte sich mit demselben Spruch gemeldet, den sie an dem Tag bei jedem Anruf aufgesagt hatte, um sich daran zu gewöhnen: »Fotostudio Deborah St. James«, und hatte Simon zugenickt, als der Anrufer sich als Nicholas Fairclough vorgestellt hatte. Sie hatten nicht lange gebraucht, um sich zu verabreden. Er war bereit, sich mit ihr zu treffen und über das Projekt zu reden, dessentwegen sie angerufen hatte. Er hatte gefragt: »Dieser Dokumentarfilm… da geht's doch nicht um mich, oder? Zumindest nicht um mein Privatleben?« Sie hatte ihm versichert, dass es nur um das von ihm ins Leben gerufene Projekt gehe, ehemaligen Drogensüchtigen unter die Arme zu greifen. Sie wolle zunächst ein Vorabinterview mit ihm führen, erklärte sie ihm. Anschließend würde sie einen Bericht für einen Produzenten von Query Productions schreiben, der darüber zu entscheiden habe, ob Faircloughs Initiative in den Dokumentarfilm aufgenommen würde. »Ich mache das bisher alles nur auf Verdacht«, hatte sie ihm erklärt. »Ich habe keine Ahnung, ob Sie am Ende in dem Film auftauchen werden.« Das schien ihn zu erleichtern, denn er hatte lebhaft geantwortet: »Also gut. Wann treffen wir uns?«

Jetzt war sie gerade im Aufbruch, um zu dem Treffen zu fahren. Simon telefonierte derweil mit dem Coroner und erzählte diesem eine Geschichte von einer Vorlesung, die er an der London University halten wolle. Sie fand, dass er wesentlich wortgewandter war als sie. Dass er sich so gut verstellen konnte, gab ihr zu denken. Es war kein angenehmes Gefühl zu wissen, dass der eigene Ehemann so ein geschickter Lügner war, wenn es darauf ankam.

Ihr Handy klingelte, als sie gerade ihre Sachen zusammensuchte. Sie warf einen Blick aufs Display und erkannte die Nummer. Diesmal brauchte sie sich nicht mit »Fotostudio

Deborah St. James« zu melden. Der Anrufer war Simons Bruder David.

Sie wusste sofort, warum David sie anrief. Sie war bereits darauf vorbereitet.

»Ich dachte, du hast vielleicht ein paar Fragen, die ich dir leicht beantworten kann«, sagte David in einem aufmunternden Tonfall. »Das Mädchen möchte dich unbedingt kennenlernen, Deborah. Sie hat sich deine Website angesehen, die Fotos und alles. Simon meinte, du wärst ein bisschen besorgt wegen der großen Entfernung, weil ihr in London wohnt und sie hier in Southampton. Also, unter normalen Umständen hätte sie das auch gar nicht in Erwägung gezogen, aber sie weiß, dass Simon mein Bruder ist, und ihr Vater arbeitet schon seit über zwanzig Jahren hier in der Firma. In der Buchhaltung«, fügte er hastig hinzu. Was bedeuten sollte: *Sie stammt aus einer anständigen Familie*, als glaubte er, das Mädchen könnte schlechte Erbanlagen haben, wenn ihr Vater Hafenarbeiter wäre.

Sie wollten eine Entscheidung von ihr. Das konnte Deborah verstehen. Für David und Simon war diese Art der Adoption die perfekte Lösung eines Problems, mit dem sie und Simon sich seit Jahren herumschlugen. Sie waren es beide gewöhnt, jedes Problem im Leben ohne zu zögern anzupacken. Sie waren nicht wie sie, die ängstlich in die Zukunft blickte und sich ausmalte, wie kompliziert und belastend das Szenario werden könnte, das sie vorschlugen.

Sie sagte: »David, ich weiß es einfach nicht. Ich glaube nicht, dass es funktionieren würde. Ich kann mir nicht vorstellen …«

»Heißt das, du sagst Nein?«

Das war auch so ein Problem. Nein zu sagen, bedeutete nein. Um Aufschub zu bitten bedeutete, keine Position zu beziehen. Warum zum Teufel, fragte sie sich, konnte sie sich nicht zu einer klaren Haltung durchringen? Dass es vielleicht ihre letzte und einzige Chance war, müsste ihr die Sache doch eigentlich erleichtern. Aber sie war wie erstarrt.

Sie versprach, David zurückzurufen, erklärte ihm, sie habe es eilig und müsse sich jetzt auf den Weg nach Arnside machen. Ein schwerer Seufzer sagte ihr, dass ihm das nicht gefiel, doch er protestierte nicht. Simon enthielt sich eines Kommentars, obwohl er sein Gespräch beendet und zweifellos mitbekommen hatte, was sie zu David gesagt hatte. Sie verabschiedeten sich neben ihren beiden Mietwagen und wünschten einander viel Glück. Deborah hatte die kürzere Strecke zurückzulegen. Nicholas Fairclough wohnte am äußersten Ende von Arnside, einem Straßendorf, das sich südwestlich von Milnthorpe an einem Wattstreifen entlangzog, der bis zum Kent Channel reichte. Unten am Ufer standen Angler, allerdings konnte Deborah nicht richtig erkennen, in was die Leute angelten. Vom Auto aus war jedenfalls kein Wasser zu entdecken. Sie sah nur, wo die Gezeiten in der Bucht Mulden in den Sand gespült und Sandbänke errichtet hatten, die Gefahr verhießen.

Nicholas Faircloughs Wohnsitz nannte sich Arnside House. Es lag am Ende einer Straße, die gesäumt war von eindrucksvollen viktorianischen Villen, die zweifellos einmal die Sommerresidenzen von Industriemagnaten aus Manchester, Liverpool und Lancaster gewesen waren. Die meisten Häuser waren umgewandelt worden in teure Eigentumswohnungen mit unverbaubarem Blick auf die Bucht, auf das Eisenbahnviadukt, das über die Bucht nach Grange-over-Sands führte, und auf Grange-over-Sands selbst, das heute hinter einem leichten herbstlichen Nebelschleier verborgen lag.

Im Gegensatz zu den prächtigen Villen war Arnside House ein relativ schlichtes Gebäude mit weiß getünchtem Rauputz. Die Fenster waren von Sandstein eingerahmt, und aus den vielen Giebeln ragten runde Schornsteine, die ebenfalls weiß getüncht waren. Nur die Regenrinnenkästen im Arts-and-Crafts-Stil hoben sich von all der Schlichtheit ab. Im Innern des Hauses erwartete sie eine seltsame Stilmischung aus allen möglichen Epochen von mittelalterlich bis modern.

Nicholas Fairclough öffnete die Tür. Er bat sie in eine eichengetäfelte Eingangshalle, deren Marmorboden mit einem Muster aus Rauten, Kreisen und Quadraten gestaltet war. Er nahm ihr den Mantel ab und führte sie einen Korridor hinunter und an einem großen Raum vorbei, der aussah wie ein mittelalterlicher Bankettsaal. Der Raum befand sich in einem ziemlich bedauernswerten Zustand, soweit Deborah das beurteilen konnte, und wie zur Erklärung sagte Nicholas Fairclough: »Wir restaurieren den alten Kasten Stück für Stück. Dieser Raum wird wohl als Letztes drankommen, denn wir müssen erst jemanden auftreiben, der die außergewöhnliche Tapete wieder hinbekommt. Pfauen und Petunien habe ich sie getauft. Das mit den Pfauen stimmt, aber bei den Petunien bin ich mir nicht so sicher. Kommen Sie, wir können uns im Wohnzimmer unterhalten.«

Das Wohnzimmer war sonnengelb gestrichen, mit einem weißen Stuckfries aus Weißdornbeeren, Vögeln, Rosen und Bucheckern. Jeden anderen Raum hätte dieser opulente Fries dominiert, hier jedoch war der Blickfang der mit türkisfarbenen Kacheln verkleidete offene Kamin. Aber obwohl ein Feuer brannte, bedeutete Nicholas Deborah zu einem der Erkerfenster weiterzugehen und in einem von zwei niedrigen Sesseln Platz zu nehmen. Von hier aus hatte man eine herrliche Aussicht auf die Bucht. Auf einem Tisch zwischen den Sesseln stand ein Kaffeeservice mit drei Tassen, daneben waren diverse Zeitschriften fächerartig angeordnet.

»Ich wollte mich kurz allein mit Ihnen unterhalten, ehe ich meine Frau hole«, sagte Nicholas. »Sie sollen wissen, dass ich bereit bin, ganz offen mit Ihnen zu reden, und dass ich mich freuen würde, wenn in dem Film über mein Projekt berichtet würde. Aber bei Allie werden wir noch ein bisschen Überzeugungsarbeit leisten müssen. Da wollte ich Sie nur schon mal vorwarnen.«

»Verstehe. Können Sie mir ein bisschen über sie sagen…?«

»Sie ist ziemlich verschlossen«, sagte er. »Sie ist Argentinierin und geniert sich für ihr Englisch. Ich finde, ehrlich gesagt, dass sie es perfekt spricht, aber so ist sie nun mal. Außerdem …« Er rieb sich das Kinn. »Außerdem will sie mich beschützen.«

Deborah lächelte. »Dieser Film ist kein Enthüllungsbericht oder so was Ähnliches, Mr. Fairclough. Es sei denn, es stellt sich heraus, dass Sie ehemalige Drogensüchtige für Ihre Zwecke versklaven. Darf ich fragen, warum Sie es nötig haben, dass man Sie beschützt?«

Sie hatte die Frage als Scherz gemeint, aber ihr fiel auf, wie ernst er sie nahm. Er schien in Gedanken mehrere Möglichkeiten durchzugehen, und das fand sie ziemlich verräterisch. Schließlich sagte er: »Ich glaube, es verhält sich folgendermaßen. Sie fürchtet, dass ich irgendwie enttäuscht werde. Und sie macht sich Sorgen, wohin die Enttäuschung führen könnte. Natürlich spricht sie das nicht offen aus, aber schließlich kennt man eine Frau, wenn man eine Weile mit ihr zusammengelebt hat. Wenn Sie verstehen, was ich meine.«

»Wie lange sind Sie denn schon verheiratet?«

»Im März waren es zwei Jahre.«

»Dann stehen Sie sich sehr nahe.«

»Ja, allerdings. Ich werde sie holen, wenn's recht ist. Sie sehen wirklich nicht besonders furchterregend aus.«

Er stand auf und ließ sie allein. Sie schaute sich um. Wer auch immer für die Gestaltung des Wohnzimmers verantwortlich war, besaß Geschmack. Das Mobiliar war im Stil an die Zeit angelehnt, aus der das Haus stammte, und fügte sich harmonisch in das Interieur ein. Neben dem auffälligen offenen Kamin besaß der Raum eine Reihe von schlanken Säulen mit Kapitellen in Form von überquellenden Obstkörben. Diese Säulen rahmten die Erkerfenster ein, bildeten den Abschluss der Sitzbanke in der Kaminecke und trugen einen Sims, der sich unterhalb des Frieses entlangzog. Die Restaurierung dieses Raums allein musste ein Vermögen verschlungen haben, dachte

Deborah. Sie fragte sich, wo ein ehemaliger Junkie so viel Geld aufgetrieben hatte.

Ihr Blick wanderte zu dem niedrigen Tisch vor ihr und zu den Zeitschriften, die neben dem Kaffeeservice lagen. Sie hob sie nacheinander auf: Architektur, Innenarchitektur, Gartenbau. Dann hielt sie plötzlich inne. Eine Zeitschrift trug den Titel *Conception.* Empfängnis.

Deborah hatte diese Zeitschrift schon oft in den Wartezimmern von Gynäkologen liegen sehen, aber darin geblättert hatte sie noch nie. Vielleicht, dachte sie, gab es etwas, das sie und Nicholas Faircloughs Frau verband, und das könnte sich als hilfreich erweisen.

Sie schlug die Zeitschrift auf. Es gab Artikel zu Themen, wie sie in einem solchen Blatt zu erwarten waren: die richtige Ernährung während der Schwangerschaft, Vitaminpräparate für die Zeit vor der Empfängnis, Kindbettdepressionen und damit verbundene Probleme, Interviews mit Hebammen, die Kunst des Stillens. Dann fiel ihr auf, dass im hinteren Teil einige Seiten fehlten. Sie waren herausgerissen worden.

Sie hörte Schritte auf dem Korridor. Schnell legte sie die Zeitschrift auf den Tisch zurück und stand auf. »Alatea Vasquez del Torres Fairclough«, verkündete Nicholas. Dann musste er lachen. »Verzeih mir, es macht mir einfach Spaß, deinen vollen Namen auszusprechen. Allie, das ist Deborah St. James.«

Die Frau, dachte Deborah, sah ziemlich exotisch aus: dunkelhäutig mit fast schwarzen Augen und ausgeprägten Wangenknochen. Krauses, kaffeebraunes Haar, das um ihren Kopf wogte und in dem riesige goldene Ohrringe aufblitzten, wenn sie sich bewegte. Ein eklatanter Gegensatz zu Nicholas Fairclough, ehemaliger Junkie und schwarzes Schaf der Familie.

Alatea kam auf Deborah zu und streckte ihr die Hand entgegen. Sie hatte große Hände mit langen, schmalen Fingern. »Nicky hat mir versichert, dass Sie vollkommen harmlos sind«, sagte sie lächelnd. Sie sprach mit einem starken Akzent. »Er hat Ihnen ja schon erzählt, dass mir die Sache nicht ganz geheuer ist.«

»Was? Meine Harmlosigkeit oder das Projekt?«, fragte Deborah.

»Nehmen wir doch Platz, dann können wir uns in Ruhe unterhalten«, sagte Nicholas hastig, als fürchtete er, seine Frau würde Deborahs Scherz nicht verstehen. »Ich habe Kaffee gemacht, Allie.«

Alatea schenkte ihnen ein. Sie trug goldene Armreifen – passend zu den Ohrringen –, und sie klimperten an ihrem Handgelenk. Sie zögerte kurz, als ihr Blick auf die Zeitschriften fiel, und schaute Deborah an. Deborah schenkte ihr ein, wie sie hoffte, ermunterndes Lächeln.

Alatea sagte: »Ich habe mich über Ihr Filmprojekt gewundert, Ms. St. James.«

»Bitte nennen Sie mich Deborah.«

»Wie Sie wünschen. Das Projekt, das Nicholas hier oben betreibt, ist ziemlich klein. Mich würde interessieren, wie Sie davon erfahren haben.«

Auf die Frage war Deborah vorbereitet. Tommy hatte in Bezug auf die Faircloughs seine Hausaufgaben gemacht und etwas zutage gefördert, was ihr als logische Erklärung dienen konnte. »Ich bin nicht selbst darauf gestoßen«, sagte sie. »Ich fahre einfach dorthin, wo man mich hinschickt, und führe die Vorabrecherchen durch für die Filmemacher von Query Productions. Wie die ausgerechnet auf Sie gekommen sind, Nicholas, weiß ich nicht genau, aber ich glaube, es hatte etwas mit dem Artikel über das Haus Ihrer Eltern zu tun.«

»Dieser Journalist schon wieder«, sagte Nicholas zu seiner Frau. Dann wandte er sich an Deborah: »Jemand hat einen Artikel über Ireleth Hall geschrieben, den Wohnsitz meiner Eltern. Es ist ein historisches Gemauer mit Formschnittgarten am Lake Windermere, das meine Mutter zurückgekauft hat. Sie hat diesem Journalisten von unserem Haus erzählt, und da es sich um ein architektonisch interessantes Objekt handelt, ist er rübergefahren, um es sich anzusehen. Warum, weiß ich auch nicht so genau. Vielleicht wollte er in seinem Artikel auch so etwas erwähnen wie *die Restaurierung historischer Gebäude liegt den Faircloughs im Blut* oder was weiß ich. Dieses Haus hier hat mein Vater uns geschenkt, und einem geschenkten Gaul schaut man nicht ins Maul. Allie und mir wäre ein neueres Haus mit allem modernen Komfort lieber gewesen, nicht wahr, Darling?«

»Es ist ein wunderschönes Haus«, antwortete Alatea. »Ich schätze mich glücklich, dass ich hier wohnen kann.«

»Das liegt daran, dass für dich das Glas immer halbvoll ist«, sagte er. »Was mich wohl zu einem echten Glückspilz macht.«

»Bei einer der ersten Besprechungen in London«, sagte Deborah zu Alatea, »als wir angefangen haben, Ideen zu sammeln, hat einer der Produzenten das Wehrturmprojekt von Middlebarrow ins Gespräch gebracht. Ehrlich gesagt, wusste zuerst keiner, was ein Wehrturm ist, aber einige Leute hatten schon von Ihrem Mann gehört. Wer er ist, meine ich. Und noch ein paar andere Einzelheiten.« Sie ging nicht näher darauf ein, um was für Einzelheiten es sich handelte, denn die waren sowieso allen bekannt.

»Ich brauche also in diesem Film nicht mitzuwirken?«, fragte Alatea. »Es geht um meinen Akzent, wissen Sie …«

Den Deborah durchaus charmant fand.

»Außerdem hat Nicky das ja alles allein gemacht.«

»Wenn du nicht in mein Leben getreten wärst, hätte ich es nicht geschafft«, wandte Nicholas ein.

»Aber das ist ein ganz anderes Thema.« Als sie sich ihm zuwandte, wippte ihre krause Mähne. »Das Wehrturmprojekt … Da geht es um dich und darum, was du erreicht hast und was du ganz allein geleistet hast. Ich unterstütze dich nur im Hintergrund, Nicky.«

»Also, wenn das nicht wichtig ist …« Er verdrehte die Augen. »Sehen Sie, womit ich mich herumplage?«

»Jedenfalls spiele ich für das Projekt keine direkte Rolle, und ich möchte auch keine spielen.«

»Machen Sie sich keine Gedanken«, versuchte Deborah sie zu beruhigen. Hauptsache, Alatea gab ihre Zustimmung, dachte sie. »Und wie gesagt, bisher steht noch gar nicht fest, ob der Beitrag überhaupt in den Film aufgenommen wird. Ich treffe keine Entscheidungen, ich bin nur für die Recherchen zuständig. Ich schreibe einen Bericht, mache ein paar Fotos und schicke alles zusammen nach London. Und die Produzenten entscheiden, was in den Film kommt.«

»Siehst du?«, sagte Nicholas zu seiner Frau. »Alles ganz harmlos.«

Alatea nickte, wirkte jedoch nicht überzeugt. Trotzdem gab sie ihren Segen: »Vielleicht solltest du dann gleich mit Deborah zum Wehrturm fahren und ihr dein Projekt vorstellen, Nicholas. Das wäre doch ein guter Ansatzpunkt.«

ARNSIDE
CUMBRIA

Nachdem ihr Mann mit der rothaarigen Frau weggefahren war, blieb Alatea noch einen Moment vor dem Erkerfenster sitzen und betrachtete die Zeitschriften, die vor ihr auf dem Tisch lagen. Deborah hatte offenbar darin geblättert. Einerseits war daran nichts Merkwürdiges, denn schließlich hatte die Frau hier gewartet, während Nicholas sie, Alatea, geholt hatte. Wer würde da nicht eine oder zwei Zeitschriften aufschlagen, um sich die Zeit zu vertreiben? Andererseits gab es in letzter Zeit kaum etwas, das Alatea nicht nervös machte. Dass *Conception* jetzt obenauf lag, hatte überhaupt nichts zu bedeuten, redete sie sich ein. Die Vorstellung, dass eine Fremde aus der Tatsache, dass eine solche Zeitschrift hier auf dem Tisch lag, ihre

Schlüsse zog, war Alatea zwar ein bisschen peinlich, aber bedeuten musste es nichts. Diese Frau war nicht aus London hergekommen, um sich mit ihr zu unterhalten oder im Labyrinth ihrer persönlichen Geschichte herumzuschnüffeln. Sie war hier, weil sie sich für Nicholas' Projekt interessierte. Und weil er als Sohn des Barons Fairclough of Ireleth nicht irgendwer war.

Anfangs hatte Alatea nichts davon geahnt, dass Nicholas der Sohn eines Barons war, und wenn sie es gewusst hätte, wäre sie vor ihm davongelaufen. Nicholas hatte ihr nur erzählt, dass sein Vater eine Firma besaß, die alles produzierte, was in einem Badezimmer gebraucht wurde, und selbst das hatte er heruntergespielt. Nicht erwähnt hatte er den Adelstitel seines Vaters, dass sein Vater eine Stiftung zur Bekämpfung von Bauchspeicheldrüsenkrebs gegründet hatte, dass er ein berühmter Mann war. Sie hatte erwartet, einen Mann kennenzulernen, der aus Kummer darüber, dass sein Sohn zwanzig Jahre seines Lebens vergeudet hatte, frühzeitig gealtert war – nicht den vor Energie strotzenden Bernard Fairclough. Und es hatte sie ziemlich irritiert, wie Nicholas' Vater sie von oben bis unten ausgiebig gemustert und seinen Blick kurz auf ihrem Busen ruhen gelassen hatte, bevor er meinte: »Herzlich willkommen in der Familie, meine Liebe.«

Sie war es durchaus gewöhnt, dass Männer ihren Busen beglotzten. Das war nicht das Problem gewesen. Das war nur natürlich. So waren Männer nun mal. Aber normalerweise folgte darauf kein Blick, der sagte: *Was will eine Frau wie du mit meinem Sohn?*

Mit diesem Blick hatte jeder in der Familie sie angesehen, dem Nicholas sie vorgestellt hatte. Offenbar waren alle der Meinung, dass sie und Nicholas nicht zusammenpassten, und sosehr sie sich einzureden versuchte, dass ihr Aussehen der Grund für diese Annahme war, so vermutete sie doch, dass mehr dahintersteckte. Sie war Ausländerin, die anderen wussten nichts über sie, und sie und Nicholas hatten sehr schnell geheiratet. Daraus schloss seine Familie offenbar, dass Alatea hinter irgendetwas her war, und das konnte nur das Familienvermögen sein. Vor allem Nicholas' Vetter Ian war dieser Überzeugung gewesen, denn er hatte Bernard Faircloughs Geld verwaltet.

Nicholas' Angehörige kamen gar nicht auf die Idee, dass Alatea ihren Mann lieben könnte. Sie hatte sich alle Mühe gegeben, ihnen zu zeigen, wie sehr sie Nicholas liebte. Sie hatte ihnen nicht den geringsten Grund gegeben, an ihrer Liebe zu Nicholas zu zweifeln, und irgendwann hatte sie den Eindruck gewonnen, sie alle überzeugt zu haben.

Eigentlich wäre das ganze Theater gar nicht nötig gewesen, denn sie liebte ihren Mann tatsächlich. Sie betete ihn an. Und, Herrgott noch mal, sie war bestimmt nicht die erste Frau auf der Welt, die sich in einen Mann verliebt hatte, der weniger attraktiv war als sie. Das passierte jeden Tag. Dass sie also immer wieder so skeptisch angesehen wurde … Das musste aufhören. Sie wusste nur nicht, wie sie das bewerkstelligen sollte.

Alatea wusste, dass sie ihre Ängste irgendwie in den Griff bekommen musste. Es konnte nicht so weitergehen, dass sie bei jedem Pups zusammenzuckte. Es war keine Sünde, das Leben mit Nicholas zu genießen. Sie hatte es nicht darauf angelegt. Es war ihr in den Schoß gefallen. Das musste doch bedeuten, dass dies der richtige Weg für sie war.

Trotzdem lag die Zeitschrift *Conception* jetzt oben auf dem Stapel. Trotzdem hatte die Frau aus London sie so merkwürdig angesehen. Woher sollten sie wissen, wer diese Deborah wirklich war, warum sie hier war, was sie vorhatte? Sie wussten es nicht. Sie mussten es herausfinden. Zumindest glaubte Alatea das.

Sie stellte die Kaffeetassen auf das Tablett und trug es in die Küche. Neben dem Telefon lag immer noch der Zettel, auf dem sie die Nachricht von Deborah St. James notiert hatte. Den Namen der Firma, für die Deborah arbeitete, hatte sie nicht auf den Zettel geschrieben, aber sie hatte ihn zum Glück nicht vergessen. Das war immerhin ein Ansatzpunkt.

Sie ging nach oben. In einem der ehemaligen winzigen Dienstbotenzimmer hatte Alatea ihr Planungsbüro eingerichtet, während am Haus gearbeitet wurde. In dieses Zimmer zog sie sich gern zurück, und hier stand auch ihr Laptop.

Es dauerte ewig, sich von hier aus ins Internet einzuloggen, aber irgendwann klappte es. Eine Zeitlang starrte sie auf den Bildschirm, dann begann sie zu tippen.

BRYANBARROW
CUMBRIA

Es war ganz einfach gewesen, die Schule zu schwänzen. Schließlich würde ihn niemand, der seine fünf Sinne beisammenhatte, in dem Zustand nach Ulverston fahren wollen. Er war einfach im Bett liegen geblieben, hatte sich den Bauch gehalten und gestöhnt, Manette müsse ihm am Abend zuvor irgendwas vorgesetzt haben, das er nicht vertragen hatte. Außerdem hatte er behauptet, er hätte sich im Lauf der Nacht schon zweimal übergeben. Wie erwartet, war Gracie daraufhin zu Kaveh gerannt und hatte gerufen: »Timmy hat gekotzt! Timmy ist krank!« Ein bisschen schlechtes Gewissen hatte er schon gehabt, denn es war nicht zu überhören gewesen, dass er Gracie Angst eingejagt hatte. Die arme Kleine. Natürlich fürchtete sie, dass plötzlich noch einer aus der Familie abkratzen könnte.

Gracie sollte sich endlich mal beruhigen. Jeden Tag starben Leute. Das konnte man nicht verhindern, indem man sie rund um die Uhr betüddelte. Außerdem hatte Gracie, soweit er das beurteilen konnte, im Moment wirklich größere Probleme, als zu fürchten, dass noch jemand aus der Familie sterben könnte. Sie sollte sich lieber den Kopf darüber zerbrechen, was zum

Teufel aus ihr werden sollte, jetzt, wo ihr Vater tot war und ihre Mutter keine Anstalten machte, sie und ihren Bruder zu sich zu nehmen.

Na ja, wenigstens waren sie nicht die Einzigen, die sich fragen mussten, was aus ihnen werden würde, dachte Tim. Denn es war nur eine Frage der Zeit, bis die Familie Kaveh vor die Tür setzen würde. Dann würde er sich eine neue Bleibe suchen müssen und einen neuen Schwanz, von dem er sich ficken lassen konnte. *Dann kannst du wieder dahin verschwinden, wo mein Dad dich aufgegabelt hat, Kaveh, du Arsch.*

Tim konnte den Moment kaum erwarten. Und wie sich herausstellte, war er nicht der Einzige.

Als Kaveh eben mit Gracie zum Auto gegangen war, hatte der alte George Cowley ihm aufgelauert, das hatte Tim von seinem Zimmerfenster aus beobachtet. Cowley sah aus wie ein Penner, aber das tat er immer. Es hatte also nichts weiter zu bedeuten, dass er seine Hosenträger vergessen hatte und ihm das Hemd halb aus der Hose hing. Wahrscheinlich hatte er Kaveh und Gracie gesehen, als er gerade dabei war, sich anzuziehen, und war aus seiner Hütte gerannt, um sich mit Kaveh anzulegen.

Tim konnte nicht hören, was die beiden sagten, aber er konnte sich auch so denken, um was es ging. Denn Cowley hatte sich mit einem Ruck die Hose hochgezogen und sich bedrohlich vor Kaveh aufgebaut. Und das konnte nur eins bedeuten: Cowley wollte wissen, wann Kaveh vorhatte, das Haus zu räumen. Er wollte wissen, wann die Bryan Beck Farm versteigert werden würde.

Gracie hatte ihren Rucksack auf dem Boden abgestellt und wartete darauf, dass Kaveh das Auto aufschloss und sie einsteigen konnte. Ihr Blick wanderte zwischen Kaveh und Cowley hin und her, und Tim sah ihr an, dass sie Angst hatte. Das versetzte ihm einen Stich. Eigentlich müsste er rausgehen und zwischen Cowley und Kaveh gehen oder zumindest Gracie da wegschaffen. Aber wenn er das tat, würde er Kavehs Aufmerksamkeit auf sich ziehen, und der würde dann womöglich auf die Idee kommen, ihn doch noch zur Margaret Fox School zu bringen. Und das war das Letzte, was er gebrauchen konnte, denn er hatte heute etwas Wichtiges zu erledigen.

Tim wandte sich vom Fenster ab und warf sich auf sein Bett. Er wartete darauf, dass Kaveh losfuhr, denn dann würde er endlich allein sein. Als er den Motor aufheulen hörte – Kaveh gab beim Anfahren immer zu viel Gas –, nahm Tim sein Handy und tippte die Nummer ein.

Gestern war alles schiefgegangen. Er war total ausgeflippt bei Manette, und das war schlimm. Zum Glück hatte er sie nicht ernsthaft verletzt. Am liebsten hätte er sie erwürgt, damit sie endlich aufhörte, so bescheuert besorgt um ihn zu sein. Ihm war plötzlich schwarz vor Augen geworden, und er hatte die blöde Kuh auf dem Boden vor ihm nicht mal mehr gesehen. Er war auf die Knie gesunken und hatte nicht sie, sondern den Steg mit den Fäusten bearbeitet, und da hatte das Miststück ihn doch tatsächlich an sich gezogen und versucht, ihn zu trösten. Tim hatte keine Ahnung, wo die Kusine seines Vaters gelernt hatte, die andere Wange auch noch hinzuhalten. So wie die vergeben und vergessen konnte, war stark anzunehmen, dass sie mehr als eine Schraube locker hatte.

Jedenfalls hatte er es nicht mehr nach Windermere geschafft. Tim hatte das Theater mitgespielt und ein bisschen geheult. Irgendwann hatte er sich beruhigt. Dann hatten sie mindestens eine halbe Stunde auf dem Steg gelegen, während Manette ihn in den Armen gehalten und irgendwas gemurmelt hatte von wegen ganz ruhig, es wird alles gut, und wir beide fahren zum Zelten auf den Scout Scar, und wart's nur ab, du wirst schon sehen, und wer weiß, vielleicht kommt dein Daddy ja zurück, als wollte ihn irgendjemand zurückhaben, und vielleicht ändert deine Mum sich ja, was genauso unwahrscheinlich war. Egal, dachte Tim. Wen interessierte das alles schon? Hauptsache, er musste nicht in Great Urswick übernachten, und das hatte er immerhin vermieden.

wo bist du, tippte er in sein Handy. *heute ok.*

Keine Antwort.

konnte nicht, lautete seine zweite SMS. *keine mfg n W.* Den Blödsinn mit Manette und dem Zelt und alles brauchte er nicht zu erwähnen, genauso wenig die Tatsache, dass er von Great Urswick Stunden gebraucht hätte, um nach Windermere zu trampen.

Immer noch keine Antwort. Tim wartete. Allmählich begann er sich zu fühlen, als hätte er tatsächlich etwas Verdorbenes gegessen. Er schluckte den Kloß der Verzweiflung, der ihm im Hals saß. Nein, sagte er sich. Er war nicht verzweifelt. Er war überhaupt nichts.

Er rollte sich vom Bett und warf das Handy auf den Nachttisch. Er klappte seinen Laptop auf und rief seine E-Mails ab. Keine neuen Nachrichten.

Zeit, ein bisschen Druck zu machen, dachte er. Er ließ es sich von keinem bieten, dass eine mit ihm getroffene Abmachung nicht eingehalten wurde. Er hatte seinen Teil erfüllt, und jetzt würde er dafür sorgen, dass der andere ebenfalls Wort hielt.

LAKE WINDERMERE
CUMBRIA

Lynley hatte eine kleine Taschenlampe aus dem Handschuhfach des Healey Elliott geholt und war gerade auf dem Weg zurück zum Bootshaus, um sich alles noch einmal genauer anzusehen, als sein Handy klingelte. Er erkannte Isabelles Nummer auf dem Display. Sie begrüßte ihn mit den Worten: »Tommy, ich brauche dich in London.«

Logischerweise nahm er an, dass es um einen neuen Fall ging, und fragte sie danach.

»Es geht nicht um eine dienstliche Angelegenheit«, antwortete sie. »Es gibt bestimmte Dinge, bei denen ich keinen deiner Kollegen für mich einspannen möchte.«

Er grinste. »Das freut mich. Es würde mir nicht gefallen, dich mit DI Stewart teilen zu müssen.«

»Ich würde es an deiner Stelle nicht darauf ankommen lassen. Wann kommst du wieder?«

Er schaute auf den See hinaus. Er hatte gerade das Pappelwäldchen durchquert und stand auf dem Weg zum Bootshaus, die Sonne schien ihm auf die Schultern. Es würde ein herrlicher Tag werden. Einen Augenblick lang stellte er sich vor, wie es wäre, den Tag mit Isabelle zu verbringen. Er sagte: »Das weiß ich noch nicht. Ich habe gerade erst angefangen.«

»Wie wär's mit einem kurzen Treffen? Du fehlst mir, und das gefällt mir nicht. Denn wenn du mir fehlst, spukst du in meinem Kopf herum, und dann kann ich mich bei der Arbeit nicht richtig konzentrieren.«

»Und ein kurzes Treffen würde dich davon erlösen?«

»Ja. Ich gehe einfach gern mit dir ins Bett.«

»Zumindest bist du geradeheraus.«

»Und daran wird sich auch nichts ändern. Also, hast du Zeit? Ich könnte heute Nachmittag kommen …« Sie unterbrach sich, und er stellte sich vor, wie sie in ihrem Terminkalender nachschaute. Als sie fortfuhr, wusste er, dass er richtig vermutet hatte. »Gegen halb vier«, sagte sie. »Könntest du dich um die Zeit für ein Stündchen freimachen?«

»Ich bin nicht in der Nähe von London.«

»Wirklich nicht? Wo bist du denn?«

»Isabelle …« Er fragte sich, ob das ein Versuch war, ihn reinzulegen. Ihn mit der Aussicht auf Sex abzulenken und ihm dann unverhofft seinen Aufenthaltsort zu entlocken. »Du weißt, dass ich dir das nicht sagen kann.«

»Ich weiß, dass Hillier dich zum Schweigen verpflichtet hat. Ich hätte nicht gedacht, dass das auch für mich gilt. Hätte es auch …« Sie brach ab. »Vergiss es«, sagte sie, woraus er schloss, dass sie hatte fragen wollen: *Hätte das auch für deine Frau gegolten?* Aber das würde sie nicht aussprechen. Sie sprachen nie über Helen, denn über Helen zu sprechen beinhaltete das Risiko, ihre rein sexuelle Beziehung in eine andere Richtung zu lenken, und Isabelle hatte von Anfang an klargestellt, dass sie das nicht wollte. »Jedenfalls finde ich das lächerlich«, sagte sie. »Was glaubt Hillier denn, was ich mit der Information anfangen würde?«

»Das ist garantiert nichts Persönliches«, entgegnete er. »Ich meine, dass er nicht will, dass du eingeweiht wirst. Er will nicht, dass irgendjemand Bescheid weiß. Ehrlich gesagt, bin ich gar nicht auf die Idee gekommen, ihn zu fragen, warum nicht.«

»Dass passt doch überhaupt nicht zu dir. Wolltest du vielleicht aus irgendeinem Grund aus London weg?« Dann fügte sie hastig hinzu: »Ach was, schon gut. Solche Gespräche bringen uns nur in Schwierigkeiten. Ich melde mich wieder, Tommy.«

Sie legte auf. Einen Augenblick lang betrachtete er sein Handy. Dann steckte er es ein und ging zum Bootshaus. Besser, er konzentrierte sich auf das Hier und Jetzt, dachte er. Isabelle hatte recht. Manche Gespräche würden sie nur in Schwierigkeiten bringen.

Er stellte fest, dass das Bootshaus offenbar nie verriegelt wurde. Um die Tageszeit war es drinnen noch dunkler als beim letzten Mal, und er schaltete seine Taschenlampe ein. Es war kühl hier: das Wasser, das alte Gemäuer, die herbstliche Jahreszeit. Und es roch nach feuchtem Holz und Algen. Er ging den Anleger entlang zu der Stelle, wo Ian Cresswells Skullboot vertäut war.

Er kniete sich hin und beleuchtete die Lücke, wo sich die beiden Steine aus dem Gemäuer gelöst hatten. Viel zu sehen war nicht. Mörtel war per se ziemlich rau, und über die vielen Jahre waren Risse entstanden und kleine Partikel herausgebrochen. Wonach er suchte, war ein Hinweis darauf, dass ein Werkzeug zum Einsatz gekommen war, um die Steine zu lockern, eine Spitzhacke vielleicht, ein Schraubenzieher oder ein Brecheisen. Eigentlich kam jedes Werkzeug in Frage. Und jedes Werkzeug hätte Spuren hinterlassen.

Er konnte nichts entdecken. Zur näheren Untersuchung würde man eine bessere Beleuchtung beschaffen müssen, was allerdings schwierig werden würde, wenn er sich weiterhin als Besucher ausgeben sollte. Außerdem mussten die beiden herausgebrochenen Steine aus dem Wasser geholt werden – keine angenehme Vorstellung, denn das Wasser war zwar nicht tief, aber eiskalt.

Er schaltete die Taschenlampe aus und verließ das Bootshaus. Ließ den Blick über den See schweifen. Es war kein einziges Boot draußen, und in der vollkommen glatten Wasseroberfläche spiegelten sich die herbstbunten Bäume und der beinahe wolkenlose Himmel. Er schaute in Richtung des Herrenhauses. Von hier aus war es nicht zu sehen. Man musste den Pfad zurückgehen, und erst unter den Pappeln kam das Haus in Sicht. Allerdings gab es noch eine Stelle, von der aus das Bootshaus zu sehen war, fiel Lynley auf, nämlich vom obersten Stockwerk und vom Dach eines viereckigen Turms aus, der einen kleinen Hügel südlich des Pappelwäldchens überragte. Das war der Zierbau, in dem Mignon Fairclough wohnte. Sie war am Abend zuvor nicht zum Abendessen erschienen. Vielleicht würde sie sich über einen morgendlichen Besuch freuen.

Der Turm war den für die Gegend typischen Wehrtürmen nachempfunden. Solche Gebäude hatten wohlhabende Familien früher errichten lassen, um ihren Wohnsitzen einen historisierenden Anstrich zu verleihen, obwohl das bei Ireleth Hall kaum nötig gewesen war. Trotzdem war der Turm irgendwann errichtet worden, und jetzt stand er da, vier Stockwerke hoch, mit einem zinnenbewehrten Dach, das offenbar begehbar war. Und von dort, sagte sich Lynley, würde man rundherum alles einsehen können – Ireleth Hall, die Zufahrt, die gesamte Parkanlage, den See und das Bootshaus.

Als er an die Tür klopfte, rief eine Frau aufgeregt: »Was denn? *Was denn nun schon wieder?*« Vermutlich hatte er Mignon bei irgendeiner Tätigkeit unterbrochen, und er rief: »Miss Fairclough? Verzeihen Sie. Störe ich?«

Ihre Antwort klang überrascht: »Ach! Ich dachte, es wäre schon wieder meine Mutter.« Im nächsten Augenblick wurde die Tür geöffnet, und vor Lynley stand, gestützt auf einen Rollator, eine von Bernard Fairclough's Zwillingstöchtern. Die Frau war von ebenso kleiner Statur wie ihr Vater. Sie trug mehrere wallende Gewänder übereinander, die ihr das Flair einer Künstlerin verliehen und ihren Körper vollständig verhüllten. Außerdem war sie komplett geschminkt, als hätte sie vor auszugehen. Ihre Frisur wiederum hatte etwas Kindliches: Wie Alice im Wunderland trug sie eine blaue Schleife im Haar, das allerdings nicht blond, sondern hellbraun war.

»Ah, ich nehme an, Sie sind der Londoner«, sagte sie. »Sie schleichen schon den ganzen Morgen hier herum. Ich habe Sie eben schon wieder am Bootshaus gesehen.«

»Ach, Sie haben mich gesehen?« Lynley fragte sich, wie das möglich war. Vier Treppen hoch mit einem Rollator. Und er fragte sich, warum sie ihn beobachtete. »Ich wollte ein bisschen frische Luft schnappen«, sagte er. »Vom Bootshaus aus habe ich den Turm gesehen und beschlossen herzukommen, um mich vorzustellen. Eigentlich hatte ich damit gerechnet, Sie gestern beim Abendessen kennenzulernen.«

»Das ist mir im Moment alles zu viel«, erwiderte sie. »Ich bin vor Kurzem operiert worden und immer noch nicht ganz auf dem Damm.« Sie musterte ihn von Kopf bis Fuß. Lynley rechnete schon damit, dass sie sagen würde: »Ich nehme Sie.« Oder dass sie ihn bitten würde, den Mund aufzumachen, damit sie sein Gebiss begutachten konnte, doch sie sagte nur: »Kommen Sie rein.«

»Störe ich auch nicht?«

»Ich war gerade im Internet, aber das kann warten.« Sie trat zur Seite, um ihn einzulassen.

Das Erdgeschoss bestand aus einem Wohnzimmer und einer Küche. In einer Ecke des Wohnzimmers stand Mignons Computer. Außerdem schien das Erdgeschoss als Lagerraum zu dienen, denn überall stapelten sich Kartons. Zuerst dachte Lynley, Mignon sei dabei umzuziehen, doch dann sah er, dass die Kartons, auf denen eingeschweißte Packzettel klebten, alle an Miss Fairclough adressiert waren.

Der Computer war eingeschaltet, und an der Bildschirmoberfläche erkannte Lynley, dass Mignon gerade dabei gewesen war, E-Mails abzurufen und zu beantworten. Als sie seinen Blick bemerkte, sagte sie: »Virtuelles Leben. Meiner Meinung nach dem wirklichen Leben bei Weitem vorzuziehen.«

»Eine moderne Version der Brieffreundschaft?«

»Gott, nein. Ich habe eine heiße Affäre mit einem Gentleman auf den Seychellen. Zumindest behauptet er, dass er da wohnt. Außerdem sagt er, dass er verheiratet ist und Lehrer ohne Aufstiegsmöglichkeiten. Der arme Mann ist dahin gezogen, weil er Lust auf Abenteuer hatte, und musste leider die Erfahrung machen, dass für ihn Abenteuer nur im Internet zu finden sind.« Ein unaufrichtiges Lächeln huschte über ihr Gesicht. »Aber vielleicht ist das ja auch alles gelogen … Mich zum Beispiel hält er für eine Modedesignerin, die sich gerade auf die Präsentation ihrer nächsten Kollektion vorbereitet. Das letzte Mal war ich eine Missionsärztin, die in Ruanda gute Werke tat, und davor … mal überlegen … Ah ja. Davor war ich eine misshandelte Hausfrau auf der Suche nach jemandem, der mich verstand. Wie gesagt, virtuelles Leben. Alles ist möglich. Die Wahrheit ist uninteressant.«

»Kann dabei nicht der Schuss auch nach hinten losgehen?«

»Das ist ja gerade der Reiz an der Sache. Aber ich bin vorsichtig, und sobald einer ein Treffen in irgendeinem Hafen vorschlägt, breche ich den Kontakt ab.« Sie bewegte sich in Richtung Küche. »Ich sollte Ihnen einen Kaffee anbieten, aber ich fürchte, ich habe nur Instantkaffee. Möchten Sie eine Tasse? Oder lieber Tee? Ich habe nur Beutel, keinen losen Tee. Ich weiß, loser Tee ist besser, aber das ist mir alles zu viel Aufwand.«

»Einen Kaffee nehme ich gern. Ich möchte Ihnen jedoch keine Umstände bereiten.«

»Wirklich nicht? Wie wohlerzogen, das zu sagen.« Sie war in der Küche verschwunden, und er hörte sie mit Geschirr klappern. Lynley nutzte die Gelegenheit, sich ein bisschen umzusehen. Abgesehen davon, dass sich überall Kartons stapelten, stand auf allen verfügbaren Flächen schmutziges Geschirr herum. Die Teller und Tassen schienen schon seit geraumer Zeit dort zu stehen, denn als er eine Tasse anhob, hinterließ sie einen sauberen Kreis in der Staubschicht, die alles andere überzog.

Er trat näher an den Computer. Offenbar hatte Mignon nicht gelogen. *Gott, ich weiß genau, was du meinst*, hatte sie geschrieben. *Manchmal lenkt einen das Leben von den wirklich wichtigen Dingen ab. Wir haben es früher jede Nacht gemacht. Jetzt kann ich froh sein, wenn es einmal im Monat passiert. Trotzdem solltest du mit ihr darüber reden. Wirklich. Na gut, ich sage das, obwohl ich mit James auch nicht darüber rede. Egal. Was ich mir wünsche, wird nicht passieren. Aber schön wär's.*

»Wir sind inzwischen so weit, dass wir uns von unserem erbärmlichen Eheleben erzählen«, sagte Mignon, die plötzlich hinter ihm stand. »Wirklich unglaublich: Es läuft immer gleich ab. Man sollte meinen, dass irgendjemand mal ein bisschen Fantasie entwickeln würde, wenn es um Verführung geht, doch weit gefehlt. Ich habe Wasser aufgesetzt. Gleich gibt's Kaffee. Sie müssen sich Ihre Tasse selber holen.«

Lynley folgte ihr in die Küche. Sie war winzig, aber mit allem Nötigen ausgestattet. Mignon würde allerdings bald einmal abspülen müssen, dachte Lynley. Es waren kaum noch saubere Teller übrig, und die letzte saubere Henkeltasse hatte sie für seinen Kaffee verwendet. Sie selbst trank nichts.

»Würden Sie nicht eine echte Beziehung bevorzugen?«, fragte er.

Sie sah ihn an. »Wie die meiner Eltern?«

Er hob eine Braue. »Die beiden wirken einander sehr zugetan.«

»Aber ja. Das sind sie auch. Die reinsten Turteltauben. Haben sie Ihnen die Nummer vorgeführt?«

»Ich weiß nicht.«

»Na ja, wenn sie die Nummer gestern nicht abgezogen haben, dann kommt das bestimmt heute. Achten Sie auf verschwörerische Blicke. Darin sind sie besonders gut.«

»Alles Schau und nichts dahinter?«

»Das habe ich nicht gesagt. Sie sind einander *zugetan*. Und sie passen zueinander. Ich glaube, es hat damit zu tun, dass mein Vater fast nie hier ist. Das ist für sie beide perfekt. Na ja, zumindest für ihn. Und meine Mutter beklagt sich nicht, und warum sollte sie auch? Solange sie zum Angeln rausfahren, mit Freunden zu Mittag essen, mein Leben organisieren und jede Menge Geld für ihren Garten ausgeben kann, ist sie zufrieden. Und es ist übrigens *ihr* Geld und nicht das meines Vaters, aber das scheint ihm nichts auszumachen, solange er darüber verfügen kann. Das wäre nicht gerade meine Vorstellung von einer Ehe, doch da ich sowieso nicht vorhabe zu heiraten, sollte ich besser auch nicht über die meiner Eltern urteilen, nicht wahr?«

Das Wasser kochte, und der Wasserkocher schaltete sich ab. Mignon machte Lynley eine Tasse Kaffee, stellte sich dabei aber nicht sehr geschickt an. Sie löffelte Kaffeepulver in die Tasse und verstreute dabei die Hälfte auf der Anrichte, goss Wasser darauf und rührte so heftig um, dass der Kaffee überschwappte. Dann schaufelte sie mit demselben Löffel Zucker in die Tasse, ließ wieder Kaffee überschwappen, fügte Milch hinzu, und es schwappte noch einmal. Sie reichte Lynley die Tasse, ohne sie vorher abzuwischen, und sagte: »Sorry, ich bin keine besonders gute Hausfrau.«

»Ich auch nicht«, erwiderte er. »Danke.«

Sie schlurfte ins Wohnzimmer und sagte über ihre Schulter: »Was ist das übrigens für ein Auto?«

»Auto?«

»Das unglaubliche Gefährt, mit dem Sie rumfahren. Ich habe es gesehen, als Sie gestern angekommen sind. Ziemlich schicker Schlitten, aber der säuft bestimmt Sprit wie ein Kamel in der Oase.«

»Das ist ein Healey Elliott«, sagte er.

»Nie gehört.« Sie fand einen Sessel, der nicht unter der Last von Kartons und Zeitschriften ächzte, ließ sich hineinplumpsen und sagte: »Machen Sie sich's bequem. Was im Weg ist, können Sie zur Seite räumen.« Und während er nach einem Sitzplatz suchte, fuhr sie fort: »Was wollten Sie denn nun am Bootshaus? Ich hab Sie auch gestern schon dort gesehen, zusammen mit meinem Vater. Was ist so interessant da unten?«

Er nahm sich vor, bei seinen Nachforschungen mehr Umsicht walten zu lassen. Anscheinend vertrieb sich Mignon, wenn sie nicht gerade im Internet war, die Zeit damit zu beobachten, was auf dem Anwesen vor sich ging. Er sagte: »Ich wollte ein bisschen mit dem Skullboot hinausrudern, aber dann hat meine Faulheit gesiegt.«

»Besser so.« Sie machte eine Kopfbewegung in Richtung See. »Der Letzte, der das Boot benutzt hat, ist ertrunken. Ich dachte schon, Sie wären da unten rumgeschlichen, um sich den Tatort anzusehen.« Sie lachte grimmig.

»Tatort?« Er trank einen Schluck von seinem Kaffee. Er schmeckte scheußlich.

»Mein Vetter Ian. Man hat Ihnen doch sicher davon erzählt.

Oder nicht?« Das meiste von dem, was sie ihm in unverändert unbekümmertem Tonfall erzählte, wusste er bereits. Ihre Leutseligkeit machte ihn nachdenklich. Nach seiner Erfahrung diente eine derart zur Schau getragene Aufrichtigkeit meist dazu, die wichtigsten Informationen zu verbergen.

Für Mignon stand fest, dass Ian Cresswell ermordet worden war. Ihrer Meinung nach kam es selten vor, dass jemand starb, bloß weil jemand anders sich das *wünschte*. Als Lynley daraufhin die Brauen hob, ließ sie sich ausführlicher dazu aus. Ihr Bruder Nicholas habe sein Leben lang im Schatten seines Vetters Ian gestanden. Seit Ian nach dem Tod seiner Mutter aus Kenia gekommen und im Haus eingezogen war, habe es nur noch geheißen Ian hier und Ian da, und warum kannst du nicht so sein wie Ian? Ian war ein Musterschüler in St. Bees gewesen, ein Spitzensportler, der Lieblingsneffe seines Onkels Bernard, der Stern am Himmel der Familie Fairclough, der Goldjunge, der nie etwas hatte falsch machen können.

»Als er seine Familie hat sitzen lassen und mit Kaveh zusammengezogen ist, dachte ich, das würde meinem Vater in Bezug auf unseren lieben Ian endlich die Augen öffnen. Nicky ist es bestimmt genauso gegangen, da bin ich mir sicher. Aber weit gefehlt. Und jetzt arbeitet Kaveh für meine Mutter. Wer soll das wohl arrangiert haben, wenn nicht Ian, hm? Nein, nichts, was der arme Nicky in seinem Leben getan hat, war gut genug, um ihm die Bewunderung seines Vaters einzutragen. Und nichts, was Ian tat, konnte die Liebe meines Vaters zu ihm mindern. Das bringt einen doch zum Nachdenken …«

»Worüber?«

»Über alles Mögliche«, antwortete sie mit einem unschuldigen und zugleich süffisanten Grinsen, das klarstellte, dass sie nicht bereit war, mehr zu dem Thema zu sagen.

»Nicholas hat ihn also ermordet?«, fragte Lynley. »Ich nehme an, er profitiert irgendwie von Ians Tod.«

»Also, was Ersteres angeht, würde ich mich jedenfalls nicht

wundern. Aber ob er von Ians Tod profitiert… das weiß der Himmel.« Ihr Ton ließ auch vermuten, dass sie es Nicholas nicht übel nehmen würde, wenn er Ian Cresswell etwas angetan hätte, und das war neben dem, was sie sonst noch über den Mann gesagt hatte, ein Punkt, mit dem er sich noch genauer befassen würde, dachte Lynley. Ein weiterer Punkt war Ian Cresswells Testament.

Er sagte: »Ziemlich riskante Methode, Ian zu ermorden, meinen Sie nicht?«

»Warum?«

»Soweit ich weiß, fährt Ihre Mutter täglich mit dem Boot raus.«

Mignon richtete sich in ihrem Sessel auf. »Wollen Sie damit andeuten…?«

»Dass der Mordanschlag eigentlich Ihrer Mutter galt – wenn wir davon ausgehen, dass es sich tatsächlich um einen solchen handelt.«

»*Niemand* könnte auch nur das geringste Interesse am Tod meiner Mutter haben«, erklärte Mignon und zählte an ihren Fingern ab, welche Personen dafür in Frage kämen, allen voran natürlich wieder ihr Vater.

Lynley musste an *Hamlet* denken und an die Königin, die zu laut protestierte. Und er musste an reiche Leute denken und daran, was die mit ihrem Geld machten, und dass man mit Geld alles kaufen konnte, von unfreiwilligem Schweigen bis hin zu widerstrebender Kooperation. Aber all das warf natürlich die Frage auf, warum Bernard Fairclough nach London gefahren war und darum gebeten hatte, dass jemand ermittelte, unter welchen Umständen sein Neffe ums Leben gekommen war.

Da hielt sich einer für einen richtigen Schlaumeier, kam ihm in den Sinn. Die Frage war nur, auf wen das zutraf.

GRANGE-OVER-SANDS
CUMBRIA

Manette Fairclough McGhie hatte lange geglaubt, dass es niemanden auf der Welt gab, der geschickter darin war, andere Leute zu manipulieren, als ihre eigene Schwester, aber jetzt war sie sich da nicht mehr so sicher. Mignon hatte einen simplen Unfall in Launchy Gill ausgenutzt, um ihre Eltern dreißig Jahre lang an der Kandare zu halten: ein Sturz auf den glitschigen Steinen unter einem Wasserfall, eine Schädelfraktur – und schon ging die Welt unter. Doch im Vergleich zu Niamh Cresswell war Mignon ein Waisenkind. Mignon nutzte die Schuldgefühle und die Ängste anderer Leute aus, um zu bekommen, was sie wollte. Niamh hingegen benutzte ihre Kinder. Und das, dachte Manette grimmig, musste unbedingt aufhören.

Sie nahm sich einen Tag frei. Sie hatte sogar einen guten Grund, denn nachdem Tim gestern auf sie losgegangen war, tat ihr alles weh. Aber selbst wenn er sie nicht so brutal in die Nieren und den Rücken getreten hätte, hätte sie etwas unternommen. Wenn vierzehnjährige Jungs sich so aufführten, wie Tim es tat, dann gab es dafür einen Grund. Natürlich hatte sie sich schon gedacht, dass hinter Tims Aggressivität und seiner Versetzung auf die Margaret Fox School mehr stecken musste als die Verwirrung des Jungen angesichts der Entscheidungen seines Vaters. Doch sie hatte nicht gewusst, dass es seine nichtsnutzige Mutter war.

Niamh wohnte etwas außerhalb von Grange-over-Sands in einem schicken, modernen, an einem Hang gelegenen Neubaugebiet mit Blick auf die Morecambe Bay. Die Siedlung war offenbar von jemandem entworfen worden, der ein Faible für das Mediterrane hatte: Die Häuser waren alle gleich gestaltet, strahlend weiß mit blauen Türen und Fensterrahmen und identischen Vorgärten mit Kies und ein paar Sträuchern als gestalterischen Elementen. Die Häuser waren unterschiedlich groß, und wie nicht anders zu erwarten, besaß Niamh eins der größten mit der besten Aussicht auf die Bucht und die Vögel, die dort überwinterten. Niamh war dort eingezogen, nachdem Ian die Familie verlassen hatte. Ian hatte Manette nach der Scheidung erzählt, dass Niamh darauf bestanden hatte umzuziehen. Na ja, das war ja weiß Gott verständlich, hatte Manette damals gedacht. Das Haus, in dem sie mit Ian gewohnt hatte, war voller Erinnerungen, und außerdem musste sie sich nach dem Supergau, der sich in ihrer Familie ereignet hatte, um ihre beiden Kinder kümmern. Wahrscheinlich wollte sie einfach eine angenehme Umgebung schaffen, die die drastischen Veränderungen im Leben der Familie etwas erträglicher machte.

Diese Schlussfolgerungen hatte sie gezogen, bevor sie erfahren hatte, dass Tim und Gracie nicht bei ihrer Mutter, sondern bei ihrem Vater und dessen Liebhaber wohnten. Manettes erster Gedanke war gewesen: *Was zum Teufel hat das zu bedeuten?* Aber sie hatte die Frage nicht weiterverfolgt, als Ian ihr erklärt hatte, dass es sein Wunsch gewesen sei, die Kinder zu sich zu nehmen. Nach Ians Tod war sie selbstverständlich davon ausgegangen, dass Niamh die Kinder zu sich holen würde. Und dass sie das offenbar nicht getan hatte, brachte Manette erneut auf die Frage: *Was zum Teufel hat das zu bedeuten?* Und diesmal würde sie dafür sorgen, dass sie eine Antwort bekam.

Niamhs Kombi stand vor dem Haus, und sie machte sofort auf, als Manette an die Haustür klopfte. Ihr erwartungsvoller Gesichtsausdruck verschwand, als sie Manette erblickte. Niamh hatte genug Parfüm aufgelegt, um den stärksten Hengst ins K.o. zu befördern, und sie trug ein fast bis zum Bauchnabel ausgeschnittenes pinkfarbenes Cocktailkleid. Aber allein ihr Gesicht hätte Manette verraten, dass sie jemand ganz anderen erwartet hatte.

»Manette«, sagte Niamh zur Begrüßung, machte jedoch keine Anstalten, von der Tür wegzutreten.

Egal, dachte Manette und trat einen Schritt nach vorne, so

dass Niamh keine andere Wahl blieb, als entweder eine Kollision zu riskieren oder aus dem Weg zu gehen. Sie entschied sich für Letzteres, schloss allerdings nicht die Tür, als sie Manette ins Haus folgte.

Manette ging ins Wohnzimmer, von dessen Panoramafenstern aus man auf die Bucht sah. Sie warf einen flüchtigen Blick auf den Arnside Knott auf der anderen Seite der Bucht und verschwendete einen ebenso flüchtigen Gedanken daran, dass man mit einem starken Teleskop nicht nur die vom Wind gebeutelten Koniferen oben auf dem Hügel erkennen, sondern auch beobachten konnte, was sich weiter unten im Wohnzimmer ihres Bruders Nicholas abspielte.

Sie drehte sich um. Niamh musterte sie mit zusammengekniffenen Augen, aber aus irgendeinem Grund schoss ihr Blick mehrmals in Richtung Küche. Als würde sich dort jemand verstecken, dachte Manette, was allerdings in Anbetracht von Niamhs erwartungsvollem Gesichtsausdruck beim Öffnen der Tür irgendwie keinen Sinn ergab. Deswegen sagte Manette: »Ich könnte einen Kaffee gebrauchen. Darf ich …« Sie ging auf die Küchentür zu.

»Was willst du, Manette?«, fragte Niamh. »Du hättest wenigstens anrufen und mir Bescheid sagen können …«

Aber Manette war bereits in der Küche und stellte den Wasserkessel auf den Herd, als wäre sie hier zu Hause. Auf der Anrichte entdeckte sie den Grund für Niamhs nervöse Blicke. Dort stand ein knallroter Blecheimer, gefüllt mit allen möglichen Gegenständen. Ein schwarzer, wie eine Flagge geformter Aufkleber verkündete in weißer Schrift: *Liebeseimer*. Ein offener Karton, der ebenfalls auf der Anrichte stand, verriet, dass der Eimer eben erst mit der Post geliefert worden war. Man brauchte keinen Doktortitel in Sexualkunde, um zu erraten, dass der Inhalt des Eimers aus einer Auswahl an Spielzeug bestand, mit dessen Hilfe ein Paar ein bisschen Würze in sein Sexualleben zu bringen hoffte. *Sehr* interessant, dachte Manette.

Niamh schob sich an ihr vorbei und verstaute den Liebeseimer wieder in dem Karton. »Also gut«, sagte sie. »Was willst du? Und *ich* werde den Kaffee machen, wenn du nichts dagegen hast.« Sie nahm einen Kaffeekocher aus dem Schrank und knallte ihn auf die Anrichte. Dieselbe Behandlung wurde einer kleinen Packung Kaffee und einer Henkeltasse mit der Aufschrift *Ich war in Blackpool* zuteil.

Manette hielt es für das Beste, gleich zur Sache zu kommen. »Ich bin hier, um mit dir über deine Kinder zu reden«, sagte sie. »Warum wohnen sie immer noch nicht bei dir, Niamh?«

»Ich wüsste nicht, was dich das angeht. Hat Timothy dir gestern irgendwas erzählt?«

»Tim ist gestern mit den Fäusten auf mich losgegangen. Ich denke, wir sind uns einig, dass das kein normales Verhalten für einen Vierzehnjährigen ist.«

»Ah, also darum geht's. Du wolltest ihn doch unbedingt von der Schule abholen. Und Timothy hat sich nicht gefreut? Das tut mir aber leid«, sagte Niamh sarkastisch. Sie löffelte Kaffee in die Kanne und nahm eine Tüte Milch aus dem Kühlschrank. »Aber ich verstehe gar nicht, warum du dich darüber wunderst, Manette. Es hat schließlich einen Grund, dass er auf die Margaret Fox School geht.«

»Und wir beide kennen den Grund«, sagte Manette. »Was zum Teufel hat das alles zu bedeuten?«

»Was das zu bedeuten hat, wie du dich ausdrückst, ist, dass Timothys Verhalten schon seit einiger Zeit nicht *normal* ist. Ich nehme an, du kannst dir denken, warum.«

Gott, dachte Manette, die alte Leier: Tims Geburtstagsparty und der Überraschungsgast. Großartige Gelegenheit, um zu erfahren, dass der Vater jemand anderen liebt, noch dazu einen Mann. Manette hätte Niamh erwürgen können. Wie viel Profit wollte diese Frau noch aus dem schlagen, was Ian und Kaveh ihr angetan hatten? Manette sagte: »Es war nicht Tims Schuld, Niamh. Und versuch nicht, dieses Gespräch auf deine übliche

Tour zu sabotieren«, fügte sie hinzu. »Das mag vielleicht bei Ian funktioniert haben, aber bei mir ist das zwecklos.«

»Ehrlich gesagt habe ich nicht das geringste Bedürfnis, über Ian zu reden, da kannst du also ganz beruhigt sein.«

Das war ja etwas ganz Neues, dachte Manette. Eine interessante Abwechslung, denn seit einem Jahr hatte Niamh gar kein anderes Gesprächsthema gehabt als Ian und das, was er ihr angetan hatte. Nun, sie würde Niamh beim Wort nehmen. Sie war sowieso hergekommen, um über Tim zu reden. »Sehr gut«, sagte sie. »Denn ich habe auch nicht vor, über Ian zu reden.«

»Ach?« Niamh betrachtete ihre perfekt manikürten Fingernägel. »Das ist ja ein Ding. Ich dachte immer, Ian sei eins deiner Lieblingsthemen.«

»*Wie* bitte?«

»Also wirklich, tu doch nicht so verwundert. Du hast vielleicht die ganzen Jahre über versucht, es zu verbergen, aber ich habe von Anfang an gewusst, dass du hinter Ian her warst.«

»*Wie bitte?*«

»Du hast doch immer geglaubt, dass er zu dir kommen würde, wenn er irgendwann genug von mir hätte. Dass er sich stattdessen Kaveh als neuen Lebensgefährten ausgesucht hat, müsste dich doch eigentlich genauso wütend gemacht haben wie mich.«

Großer Gott, dachte Manette. Niamh hatte es auf raffinierte Weise geschafft, von Tim abzulenken. »Hör auf mit dem Blödsinn«, sagte sie. »Ich weiß genau, was du vorhast. Aber es wird nicht funktionieren. Ich bleibe, bis wir über Tim geredet haben. Wir können das jetzt gleich erledigen, oder wir können bis heute Abend Katz und Maus spielen. Doch *irgendetwas*...« Sie warf einen bedeutungsvollen Blick auf den Liebeseimer »... sagt mir, dass du mich gern möglichst bald los wärst. Aber das schaffst du nicht, indem du mich ärgerst.«

Niamh entgegnete nichts darauf. Ihre Rettung war der Wasserkocher, der in dem Moment piepte. Sie füllte die Kaffeekanne mit kochendem Wasser und rührte den Kaffee mit einem Löffel um.

Manette sagte: »Alle Externen gehen nach Schulschluss nach Hause zu ihren Eltern. Aber Tim wohnt immer noch bei Kaveh, nicht bei dir. Was glaubst du, was das mit seinem Seelenzustand macht?«

»Was *was* mit seinem Seelenzustand macht, Manette?« Niamh fuhr herum. »Dass er immer noch bei Ians geliebtem Kaveh wohnt? Oder dass man ihn nach Hause gehen lässt, anstatt ihn einzusperren wie einen Verbrecher?«

»Sein Zuhause ist hier, nicht in Bryanbarrow. Das weißt du ganz genau. Wenn du ihn gestern erlebt hättest... Herrgott noch mal, was ist los mit dir? Tim ist dein Sohn. Warum hast du ihn noch nicht zu dir nach Hause geholt? Warum hast du Gracie nicht zu dir geholt? Bestrafst du die beiden aus irgendeinem Grund? Wieso spielst du mit dem Leben deiner Kinder?«

»Was weißt du denn schon über das Leben meiner Kinder? Was hast du denn je gewusst? Dir ging es doch immer nur um Ian. Ian, Ian, Ian. Der gute, geliebte Ian, der keinem Fairclough je etwas zuleide tun konnte. Selbst dein Vater hat sich auf seine Seite geschlagen, als er mich verlassen hat. Dein *Vater*. Der heilige Ian verlässt dieses Haus Hand in Hand – oder soll ich lieber sagen, Hand am Arsch – mit diesem... diesem... *Araber*, der noch ein halbes Kind ist, und dein Vater rührt keinen Finger. Keiner von euch. Und jetzt arbeitet dieser Araber für deine Mutter, als hätte er nicht mein Leben zerstört. Und du wirfst mir vor, ich würde Spielchen spielen? Du stellst mein Verhalten in Frage, während keiner von euch versucht hat, Ian dazu zu überreden, wieder nach Hause zu kommen, wo er hingehörte, zu seiner Familie, zu seinen Kindern, zu seiner... seiner...« Sie schnappte sich ein Geschirrtuch, denn ihre Augen, die sich mit Tränen gefüllt hatten, drohten überzulaufen und ihr Make-up zu ruinieren. Nachdem sie ihre Tränen getrocknet hatte, warf sie das Geschirrtuch in den Mülleimer, drückte den Kaffeesatz nach unten, wie um einen Schlusspunkt unter ihre letzten Worte zu setzen.

Manette beobachtete sie. Zum ersten Mal wurde ihr einiges klar. Sie sagte: »Du hast überhaupt nicht vor, sie zu dir zu holen, nicht wahr? Du willst die Kinder bei Kaveh lassen. Warum?«

»Trink deinen verdammten Kaffee und hau endlich ab«, fauchte Niamh.

»Erst, wenn wir ein paar Dinge geklärt haben. Erst, wenn ich genau verstanden habe, was du vorhast. Ian ist tot, das Problem kannst du also von der Liste streichen. Jetzt also geht's um Kaveh. Aber Kaveh wird wahrscheinlich nicht sterben, es sei denn, du bringst ihn um…« Manette brach ab. Die beiden Frauen starrten einander an.

Niamh wandte sich als Erste ab. »Geh«, sagte sie. »Mach einfach, dass du wegkommst.«

»Was ist mit Tim? Was ist mit Gracie? Was passiert mit den beiden?«

»Nichts.«

»Was bedeutet, du lässt sie bei Kaveh. Bis jemand dich juristisch oder sonst wie zwingt, sie bei dir aufzunehmen, bleiben sie in Bryanbarrow. Damit Kaveh auch wirklich kapiert, was er angerichtet hat. Diese beiden Kinder, die übrigens an dem, was passiert ist, überhaupt keine Schuld tragen…«

»Sei dir da nicht so sicher.«

»Wie bitte? Willst du etwa behaupten, dass *Tim*… Mein Gott. Du bist ja wirklich nicht bei Trost.«

Es hatte keinen Zweck, das Gespräch weiterzuführen. Manette ließ ihren Kaffee Kaffee sein und ging. Noch ehe sie die Haustür erreichte, hörte sie von draußen Schritte, und gleich darauf rief jemand: »Niamh? Süße? Bist du da?«

Als sie die Tür, die nur angelehnt war, ganz öffnete, stand ein Mann vor ihr, in der Hand einen Strauß Chrysanthemen.

Der Ausdruck freudiger Erwartung in seinem Gesicht wies ihn zweifelsfrei als den Absender des Liebeseimers aus, der gekommen war, um sich mit dem darin enthaltenen Spielzeug zu vergnügen, dachte Manette. Ein feiner Schweißfilm glänzte auf seinen pummeligen Wangen.

»Oh!«, sagte er und schaute sich um, als hätte er sich in der Haustür vertan.

»Komm rein, Charlie«, rief Niamh, die hinter Manette stand. »Meine Schwägerin wollte gerade gehen.«

Charlie. Er kam Manette irgendwie bekannt vor, doch sie konnte sich nicht erinnern, woher. Bis er nervös zum Gruß nickte und sich an ihr vorbei ins Haus schob. Er roch nach Küche und noch irgendetwas anderem. Zuerst dachte Manette an Fish 'n Chips, aber dann fiel ihr ein, dass er der Eigentümer einer der drei chinesischen Imbissbuden am Marktplatz in Milnthorpe war. Sie hatte mehr als einmal auf dem Heimweg von einem Besuch bei Nicholas dort angehalten, um für Freddie etwas zum Essen mitzunehmen. Sie hatte diesen Mann bisher immer nur in Kochkleidung gesehen, die weiße Jacke mit Fett und Sojasoße bespritzt. Und jetzt war er hier, doch was er im Schilde führte, hatte absolut nichts mit Chop Suey und Frühlingsrollen zu tun.

Er sagte gerade zu Niamh: »Du siehst zum Anbeißen aus!«

Sie kicherte. »Das hoffe ich doch. Hast du denn auch Appetit mitgebracht?«

Sie lachten beide. Dann schloss sich die Tür hinter Manette.

Blanke Wut überkam sie. Irgendwie, dachte sie, musste Ians Witwe zur Vernunft gebracht werden. Manette war klug genug zu wissen, dass das außerhalb ihrer Macht stand. Aber sie konnte sehr wohl dafür sorgen, dass sich für Tim und Gracie etwas änderte.

WINDERMERE
CUMBRIA

Die Berichte des Gerichtsmediziners zu beschaffen, war nicht schwierig gewesen, und das lag vor allem an St. James' gutem Ruf als Gerichtssachverständigem. Natürlich wurde seine Sachkenntnis in diesem Fall gar nicht gebraucht, da der Coroner seinen Bericht längst abgegeben hatte, aber ein Anruf und eine Fantasiegeschichte über einen Vortrag für Medizinstudenten hatten ausgereicht, um alle entscheidenden Dokumente in die Hände zu bekommen. Die Unterlagen bestätigten, was Lynley ihm bereits über den Tod von Ian Cresswell berichtet hatte, und sie enthielten darüber hinaus einige zusätzliche, interessante Details. Der Mann hatte einen heftigen Schlag gegen den Kopf erlitten – in der Nähe der linken Schläfe –, der ihm das Bewusstsein geraubt und eine Schädelfraktur verursacht hatte. Die Kopfverletzung hatte Cresswell sich an dem gemauerten Steg zugezogen, und obwohl seine Leiche fast neunzehn Stunden lang im Wasser gelegen hatte, bis sie gefunden wurde, war es – zumindest laut Bericht des Gerichtsmediziners – angeblich möglich gewesen, einen Bezug zwischen der Kopfwunde und der Form des Steins herzustellen, auf den er aufgeschlagen war.

St. James runzelte die Stirn. Er fragte sich, wie das möglich war. Neunzehn Stunden im Wasser waren eine lange Zeit, in der eine Wunde sich normalerweise so stark veränderte, dass man nichts mehr an ihr ablesen konnte, es sei denn, man fertigte eine Rekonstruktion an. Er suchte nach einem entsprechenden Bericht, fand jedoch keinen. Er machte sich eine Notiz und las weiter.

Ian Cresswell war ertrunken, wie die Untersuchung der Lunge ergeben hatte. Hämatome am rechten Bein legten die Vermutung nahe, dass er beim Fallen mit dem Fuß im Schuh des Stemmbretts hängen geblieben war, was das Boot zum Kentern gebracht hatte. Cresswell war so lange unter Wasser gehalten worden, bis sich der Fuß – vielleicht durch die sanften Wellen des Sees – irgendwann gelöst hatte. Erst dann war die Leiche des Mannes an die Oberfläche getrieben.

Der toxikologische Bericht hatte nichts Auffälliges ergeben. Cresswell hatte Alkohol im Blut gehabt, war aber nicht betrunken gewesen. Ansonsten besagte der Bericht des Gerichtsmediziners, dass der Mann vollkommen gesund und für sein Alter – Anfang vierzig – außerordentlich fit gewesen war.

Da es sich um einen nicht beobachteten Tod durch Ertrinken gehandelt hatte, war die Kriminalpolizei eingeschaltet worden. Der Gerichtsmediziner hatte die Leiche begutachtet, und es hatte eine gerichtliche Untersuchung des Todesfalles stattgefunden. Als Zeugen hatten ausgesagt: die Kriminalpolizisten, Valerie Fairclough, der Gerichtsmediziner, der Polizist, der als Erster am Ort des Geschehens eingetroffen war, sowie dessen Kollege, der zur Unterstützung herbeigerufen worden war. Beide waren der Meinung gewesen, dass keine Tatortspezialisten angefordert zu werden brauchten, da es sich um kein Verbrechen handelte. Und am Ende entschied der Coroner dann auf Unfalltod durch Ertrinken.

Soweit St. James das beurteilen konnte, enthielt der Bericht nichts Fragwürdiges. Aber falls Fehler begangen worden waren, dann musste das ganz zu Anfang passiert sein, und zwar durch den Polizisten, der als Erster am Ort des Geschehens eingetroffen war. Also fuhr St. James nach Windermere, um sich mit dem Mann zu unterhalten.

Der Polizist hieß PC William Schlicht, und er holte St. James in Windermere am Bahnhof ab. Er sah aus, dachte St. James, als käme er gerade frisch von der Polizeischule. Das würde auch erklären, warum er einen Kollegen herbeigerufen hatte, der seine Schlussfolgerung bestätigen sollte. Wahrscheinlich war es Schlichts erste Leiche gewesen, und er hatte seine berufliche Laufbahn nicht mit einem groben Schnitzer beginnen wollen. Abgesehen davon war der Tote auf dem Grund und

Boden eines bekannten Industriellen gefunden worden. Das war ein gefundenes Fressen für die örtliche Presse gewesen, und PC Schlicht hatte gewusst, dass aller Augen auf ihn gerichtet sein würden.

Schlicht war schmächtig, aber zugleich drahtig und muskulös, und seine Uniform sah aus, als würde er sie jeden Morgen stärken und bügeln und die Knöpfe an der Jacke polieren. St. James schätzte ihn auf Anfang zwanzig, und der Mann machte auf ihn den Eindruck, als wolle er es allen recht machen. Nicht gerade die beste Charaktereigenschaft für einen Polizisten, dachte St. James. Solche Typen waren leicht zu manipulieren.

»Ah, Sie geben also ein Seminar über forensische Untersuchungsmethoden?«, fragte PC Schlicht, nachdem sie einander begrüßt hatten. Er führte St. James in eine Art Bahnhofscafé, wo auf einem Kühlschrank ein Zettel klebte mit der Aufschrift: *Schreibt euren *#%*# Namen auf eure Butterbrottüte!* Eine uralte Kaffeemaschine verströmte einen Duft, der an Kohlebergwerke aus dem 19. Jahrhundert erinnerte. Schlicht hatte offenbar sein Mittagessen unterbrochen. Der Rest seiner Hähnchenpastete lag noch in einem Plastikbehälter. Daneben stand ein kleinerer Behälter mit Himbeercreme.

St. James brummte irgendetwas Zustimmendes, als Schlicht das Seminar erwähnte. Er hielt hin und wieder Vorlesungen an der University of London. Falls PC Schlicht sich bemüßigt fühlen sollte, Erkundigungen über ihn einzuziehen, so war alles, was er in Bezug auf seinen Besuch in Cumbria behauptete, verifizierbar. Er solle sein Mittagessen getrost fortsetzen, sagte St. James zu PC Schlicht, er wolle lediglich ein paar Details bestätigt haben.

»Jemand wie Sie hätte wahrscheinlich lieber einen interessanteren Fall für so einen Vortrag«, bemerkte Schlicht, stieg mit einem Bein über die Rückenlehne eines Stuhls und setzte sich. Dann nahm er sein Besteck und machte sich über sein Essen her. »Der Fall Cresswell war von Anfang an eine ganz klare Sache.«

»Aber Sie müssen doch zunächst einige Zweifel gehabt haben«, entgegnete St. James. »Schließlich haben Sie einen Kollegen hinzugezogen.«

»Ach so, das.« Schlicht wedelte zustimmend mit seiner Gabel. Dann bestätigte er, was St. James vermutet hatte: Es war sein erster Toter gewesen, er habe sich keinen Schnitzer erlauben wollen, außerdem sei die Familie in der Gegend ziemlich bekannt. »Noch dazu steinreich«, fügte er hinzu, »wenn Sie wissen, was ich meine.« Er grinste, als verlangte der Reichtum der Faircloughs, dass die örtliche Polizei zu ganz bestimmten Schlussfolgerungen gelangte. Als St. James ihn fragend anschaute, sagte er: »Die Reichen haben ihre Eigenheiten, wissen Sie? Die sind nicht wie Sie und ich. Meine Frau zum Beispiel: Wenn die in unserem Bootshaus eine Leiche finden würde – also, nicht dass wir ein Bootshaus hätten –, dann würde die schreien wie am Spieß, die würde komplett durchdrehen, und selbst wenn sie es schaffen würde, bei der Polizei anzurufen, würde am Telefon kein Mensch ein Wort verstehen. Aber die ...« St. James nahm an, dass damit Valerie Fairclough gemeint war. »... war absolut obercool. ›In meinem Bootshaus schwimmt ein Toter im Wasser‹, hat sie zu unserem Wachhabenden gesagt und ihm gleich auch noch unaufgefordert ihre Adresse gegeben, was ziemlich merkwürdig ist. Denn man sollte doch meinen, dass sie unter den Umständen nicht von allein auf so was kommt. Und als ich ankam, hat sie nicht etwa in der Einfahrt auf mich gewartet, und sie ist auch nicht nervös im Garten auf und ab gelaufen, wie man es in einer solchen Situation von einer Frau erwarten würde. O nein. Sie war im Haus, und als sie rauskam, war sie angezogen, als wär sie auf dem Weg zu irgendeinem vornehmen Nachmittagstee, und da hab ich mich natürlich gefragt, was sie in dem Aufzug unten am Bootshaus zu suchen gehabt hatte. Aber ohne dass ich sie danach gefragt hab, hat sie mir sofort erklärt, sie wär zum Bootshaus gegangen, weil sie zum Angeln hatte rausfahren wollen. So feingemacht, wie die war, das muss man sich mal vorstellen. Sie meinte, das würde sie regelmäßig machen – zwei-, drei-, manchmal viermal die Woche. Und zwar zu jeder Tages- und Nachtzeit. Sie wär gern auf dem Wasser, hat sie mir erzählt. Natürlich hätte sie nicht damit gerechnet, einen Toten in ihrem Bootshaus vorzufinden. Aber sie wusste sogar, wer der Tote war: der Neffe ihres Mannes. Dann sind wir zum Bootshaus gegangen, damit ich mir die Leiche ansehen konnte. Wir waren noch nicht weit gekommen, da kam auch schon der Krankenwagen, und wir haben auf die Sanitäter gewartet.«

»Mrs. Fairclough wusste also mit Sicherheit, dass der Mann im Wasser tot war?«

Schlicht, der sich gerade eine weitere Portion von seiner Pastete in den Mund schieben wollte, hielt mitten in der Bewegung inne. »Aber sicher. Der lag ja mit dem Gesicht nach unten im Wasser, und zwar schon ziemlich lange. Aber ihre Kleider. Die sprechen doch auch für sich, oder?«

Als sie am Bootshaus eintrafen, so Schlicht, sei die Situation eindeutig gewesen, so merkwürdig ihm die Kleidung und das Verhalten von Valerie Fairclough auch erschienen sein mochte. Das Skullboot war gekentert, der Tote lag daneben im Wasser, und die fehlenden Steine in dem Anleger erklärten, was vorgefallen war. Aber zur Sicherheit hatte er darum gebeten, dass ein Detective Inspector sich die Sache ansah, und daraufhin war die Kollegin Dankanics gekommen und hatte ihm in seiner Einschätzung der Lage beigepflichtet. Der Rest war mehr oder weniger Routine gewesen: Er hatte den Papierkram erledigt, einen Bericht geschrieben, vor dem Coroner ausgesagt, et cetera.

»Hat DI Dankanics sich mit Ihnen zusammen den Ort des Geschehens angesehen?«

»Ja, natürlich. Wir alle.«

»Alle?«

»Die Sanitäter, Mrs. Fairclough, die Tochter.«

»Die Tochter? Wo war die denn?« Das war allerdings merkwürdig. Das Bootshaus hätte abgesichert werden müssen. Es war absolut ordnungswidrig, dass dies nicht erfolgt war, und St. James fragte sich, worauf diese Ordnungswidrigkeit zurückzuführen sein mochte – auf Schlichts Unerfahrenheit, auf DI Dankanics' Gleichgültigkeit oder auf etwas ganz anderes.

»Ich weiß nicht genau, wo sie sich vorher aufgehalten hat«, sagte Schlicht, »aber der Lärm war ja nicht zu überhören. Der Krankenwagen ist mit eingeschalteter Sirene bis zum Haus gefahren – die Jungs fahren auf ihre Sirene ab, sag ich Ihnen –, und sie ist mit ihrem Rollator runter an den See gekommen.«

»Ist sie behindert?«

»Sieht so aus. Jedenfalls wurde die Leiche zur Obduktion abtransportiert, DI Dankanics und ich haben Zeugenaussagen aufgenommen und …« Er runzelte die Stirn.

»Ja?«

»Tut mir leid. Ich hab vergessen, den Freund zu erwähnen.«

»Freund?«

»Der Tote war 'ne Schwuchtel. Sein Freund hat auf dem Anwesen gearbeitet. Nicht zu dem Zeitpunkt, das nicht, aber er kam, als der Krankenwagen grade wegfuhr. Natürlich wollte er wissen, was passiert war – ist ja nur menschlich, oder? Und Mrs. Fairclough hat ihn zur Seite genommen und es ihm gesagt, und er ist prompt umgekippt.«

»Er ist ohnmächtig geworden?«

»Ist der Länge nach auf den Boden geschlagen. Wir wussten erst nicht, wer er war, und fanden es ziemlich übertrieben, dass ein Typ, der ankommt und erfährt, dass einer ertrunken ist, gleich aus den Latschen kippt. Also hat uns Mrs. Fairclough erklärt, dass er der Gartenarchitekt war und dass der andere – also, der Tote im Bootshaus – sein Partner war. Und mit *Partner* meinte sie Lebensgefährte, wohlgemerkt. Jedenfalls ist der Bursche ziemlich schnell wieder zu sich gekommen, und dann hat er angefangen zu heulen. Meinte, es wäre *seine* Schuld, dass der andere ertrunken war, was uns natürlich hellhörig gemacht hat – also, mich und Dankanics –, aber dann kam raus, dass die zwei sich am Vorabend gestritten hatten. Ian Cresswell wollte heiraten mit großem Fest und allem Drum und Dran, aber der andere fand alles ganz prima, so wie's war. Gott, hat der geheult. Da denkt man sich doch sein Teil, oder? Wenn Sie verstehen, was ich meine.«

St. James verstand nicht, was er meinte, fand allerdings die Informationen, die er bekam, verquerer und verquerer, wie Alice im Wunderland sich ausgedrückt hätte. Er sagte: »Und das Bootshaus selbst …?«

»Hmm?«

»War dort alles in Ordnung? Abgesehen von den fehlenden Steinen natürlich.«

»Nach Aussage von Mrs. Fairclough jedenfalls ja.«

»Und die Boote?«

»Die waren alle drinnen.«

»Wie üblich?«

Schlicht zog die Brauen zusammen. Er hatte seine Pastete aufgegessen und öffnete den Behälter mit der Himbeercreme. »Ich versteh nicht, was Sie meinen.«

»Lagen die Boote immer in der gleichen Anordnung in dem Bootshaus? Oder wurde darauf nicht geachtet?«

Schlichts Lippen kräuselten sich, als wollte er pfeifen, doch er gab keinen Laut von sich. Er antwortete auch nicht gleich, aber trotz seiner ungezwungenen Art zu reden war der Mann nicht dumm, dachte St. James. »Das ist ja ein Ding«, sagte Schlicht. »Dass wir danach nicht gefragt haben. Verflucht, Mr. St. James, ich hoffe, das bedeutet nicht, was ich befürchte.«

Denn wenn auf die Anordnung nicht geachtet wurde, legte das einen Unfall nahe. Alles andere ließ auf einen Mord schließen.

MIDDLEBARROW FARM
CUMBRIA

Das Wehrturmprojekt von Middlebarrow befand sich östlich des Arnside Knott, eines riesigen Hügels, der als Naturschutzgebiet ausgewiesen war. Deborah St. James und Nicholas Fairclough fuhren erst durch Arnside und folgten dann den Schildern nach Silverdale. Während der Fahrt plauderte Nicholas Fairclough freundlich mit Deborah, wie es seine natürliche Art zu sein schien. Er wirkte offen und geradeheraus, ganz und gar nicht wie ein Mensch, der in der Lage war, den kaltblütigen Mord an seinem eigenen Vetter zu planen, falls es denn Mord gewesen war. Natürlich erwähnte er Ian Cresswells Tod mit keinem Wort. Der Tod des Mannes hatte schließlich nichts mit dem zu tun, warum Deborah angeblich den Wehrturm besuchen wollte. Allerdings war sie sich nicht sicher, ob sie es dabei belassen sollte. Sie hatte den Eindruck, dass sie Cresswell auf die eine oder andere Weise ins Gespräch bringen musste.

Leider war das nicht gerade ihre Stärke. Munter drauflos zu plaudern war ihr noch nie leichtgefallen, allerdings hatte sie mit den Jahren dazugelernt, denn es zahlte sich aus, wenn die Personen, die sie fotografierte, sich entspannten. Die dazu notwendige Plauderei war zumindest irgendwie ehrlich. Aber sich für jemanden auszugeben, der sie nicht war, brachte sie in eine Situation, in der sie sich extrem unwohl fühlte.

Zum Glück schien Nicholas nichts davon zu bemerken. Er war viel zu sehr bemüht, ihr zu versichern, wie sehr seine Frau ihn in seinen Bemühungen unterstützte.

»Am Anfang ist sie immer ziemlich reserviert, aber das ändert sich, wenn sie einen besser kennenlernt«, erklärte er Deborah, als sie durch die enge Straße rasten. »So ist sie nun mal. Das dürfen Sie nicht persönlich nehmen. Allie ist erst mal jedem gegenüber misstrauisch. Das hat mit ihrer Familie zu tun.« Er lächelte sie an. Er hatte ein seltsam jungenhaftes Gesicht, wahrscheinlich würde er bis ins hohe Alter jung wirken, dachte Deborah. Manche Menschen hatten in der Hinsicht einfach Glück. »Ihr Vater ist Bürgermeister der Stadt, in der sie geboren wurde. In Argentinien. Er ist schon ewig Bürgermeister, und sie ist aufgewachsen in dem Bewusstsein, ständig im Rampenlicht zu stehen und aufpassen zu müssen, was sie tut. Sie lebt also bis heute mit dem Gefühl, dass irgendjemand sie beobachtet und sie bei … irgendwas erwischt, weiß der Teufel, wobei. Deswegen ist sie anfangs immer so scheu. Man muss ihr Vertrauen erst gewinnen.«

»Sie ist sehr attraktiv«, sagte Deborah. »Ich könnte mir vorstellen, dass das für jemanden, der ständig im Rampenlicht steht, ein Problem ist, vor allem in einer Kleinstadt. Aller Augen sind pausenlos auf sie gerichtet, wissen Sie. Aus welchem Ort in Argentinien stammt Ihre Frau denn?«

»Aus Santa María de irgendwas. Das vergesse ich immer. Ein Städtename, der aus zehn Wörtern besteht. Am Fuß von irgendeinem Gebirge. Tut mir leid. Ich kann mir diese spanischen Namen einfach nicht merken. Sprachen sind mir ein Buch mit sieben Siegeln. Ich kann ja kaum Englisch! Auf jeden Fall mag sie den Ort nicht. Sie sagt, es war wie hinterm Mond zu leben. Wahrscheinlich ein kleines Kaff. Mit fünfzehn ist sie von zu Hause weggelaufen. Später hat sie sich mit ihren Eltern versöhnt, aber sie ist nie dorthin zurückgekehrt.«

»Sie wird ihren Eltern doch fehlen.«

»Dazu kann ich Ihnen nichts sagen«, erwiderte Nicholas. »Aber man würde es doch vermuten, oder?«

»Sie haben ihre Eltern also noch nicht kennengelernt? Sind sie denn nicht zur Hochzeit gekommen?«

»Tja, wir haben in aller Stille geheiratet. Nur Allie und ich im Rathaus von Salt Lake City, einer, der die Trauung vollzogen hat, und zwei Frauen, die wir auf der Straße angesprochen und gefragt hatten, ob sie sich als unsere Trauzeugen zur Verfügung stellen könnten. Danach hat Allie ihren Eltern geschrieben, um ihnen mitzuteilen, dass sie geheiratet hatte, doch sie haben nicht geantwortet. Ich glaube, die sind ziemlich sauer auf sie. Aber sie werden sich bestimmt irgendwann wieder beruhigen, wie alle Eltern. Vor allem …«, er grinste, »… wenn erst mal ein Enkelkind unterwegs ist.«

Deswegen also hatte *Conception* auf dem Tisch gelegen, eine Zeitschrift voller Artikel über Themen rund um das Thema Empfängnis, Schwangerschaft und Geburt. »Sie erwarten ein Kind? Herzlichen …«

»Nein, nein, noch nicht. Aber wir rechnen jeden Moment damit.« Er trommelte mit den Fingern auf das Lenkrad. »Ich bin ein Glückspilz«, sagte er. »Ein echter Glückspilz.« Dann zeigte er auf ein Waldgebiet östlich der Straße, wo Laubbäume in bunten Herbstfarben zwischen grünen Koniferen leuchteten. »Der Middlebarrow Wald«, sagte er. »Von hier aus kann man den Wehrturm sehen.« Er hielt in einer Haltebucht, damit sie in Ruhe schauen konnte.

Der Turm stand auf einer Erhebung, die an die prähistorischen Grabhügel erinnerte, die es überall in England gab. Jenseits des Hügels begann der Wald. Der Turm stand auf einer freien Fläche, so dass man von seinen Fenstern aus jeden Angreifer sehen konnte, der sich aus dem Wald näherte, was in den Jahrhunderten, als die Grenze zwischen Schottland und England sich ständig änderte, an der Tagesordnung gewesen war. Die Angreifer hatten alle dasselbe Ziel. Es handelte sich um Marodeure, die die Rechtlosigkeit der damaligen Zeit ausnutzten und das Grenzgebiet unsicher machten. Sie überfielen die Dörfer, stahlen das Vieh, plünderten die Häuser aus und flohen mit ihrer Beute über die Grenze. Dabei gab es natürlich unweigerlich immer wieder Tote auf beiden Seiten.

Die Wehrtürme waren zum Schutz gegen diese Marodeure errichtet worden. Einige davon waren unzerstörbar, mit meterdicken Mauern und Schießscharten anstatt Fenstern und getrennten Stockwerken für das Vieh, die Bewohner und die

Verteidigungsstellungen. Aber als man die Grenze schließlich festgelegt, Gesetze erlassen und Sheriffs eingesetzt hatte, wurden die Türme nicht mehr gebraucht. Einige wurden abgetragen und das Baumaterial für andere Zwecke benutzt, andere wurden in größere Bauten integriert wie Pfarrhäuser oder Schulen.

Der Wehrturm von Middlebarrow gehörte zu der ersten Kategorie. Er ragte hoch auf, die meisten seiner Fenster waren intakt. In einiger Entfernung standen ein paar alte Bauernhäuser, die Zeugnis davon ablegten, welchem Verwendungszweck einige der Steine aus seinen Mauern zugeführt worden waren. Auf der Wiese zwischen dem Turm und den Bauernhäusern war ein Zeltlager errichtet worden. Es war eine Ansammlung von kleinen Zelten, mehreren behelfsmäßigen Schuppen und einem größeren Zelt für das Zwölf-Schritte-Programm, wie Nicholas Fairclough erklärte. Außerdem diente das große Zelt als Speisesaal.

Nicholas fuhr weiter und bog in eine Straße ein, die zu dem Turm führte. Der Turm, sagte er, stehe auf dem Land eines Bauern aus Middlebarrow. Der Bauer hatte seine Zustimmung zu dem Projekt gegeben, nachdem er begriffen hatte, dass der restaurierte Turm als Touristenattraktion dienen würde und man sogar Ferienwohnungen darin einrichten konnte.

»Er hat sich sogar entschlossen, einen Campingplatz zu bauen«, sagte Nicholas. »Das bringt ihm während der Urlaubssaison ein bisschen Geld ein. Es war übrigens Allies Idee, den Bauern mit ins Boot zu holen. Anfangs hat sie noch bei dem Projekt mitgemacht.«

»Und jetzt nicht mehr?«

»Sie hält sich gern im Hintergrund. Außerdem … na ja, als die ersten Junkies kamen, ist sie lieber zu Hause geblieben.« Sie waren auf der Baustelle angekommen, und Nicholas hielt an. »Aber keine Sorge. Diese Burschen sind viel zu kaputt und viel zu sehr damit beschäftigt, ihr Leben wieder in den Griff zu bekommen, um eine Gefahr für irgendjemanden darzustellen.«

Aber sie waren nicht zu kaputt, um zu arbeiten, stellte Deborah fest. Einer von ihnen war zum Gruppenleiter bestimmt worden, ein Mann, den Nicholas ihr als Dave K vorstellte – »Es ist üblich, keine Nachnamen zu verwenden«, erklärte er ihr –, und sie begriff sofort, dass der Tagesablauf aus Arbeiten, Essen, Zwölf-Schritte-Programm und Schlafen bestand. Dave K hatte einige zusammengerollte Pläne bei sich, die er auf der Motorhaube von Nicholas Fairclough Auto ausrollte. Mit einem Nicken nahm er Deborah zur Kenntnis, dann zündete er sich eine Zigarette an, die er, während er mit Nicholas über das Projekt sprach, als Zeigestock benutzte.

Deborah schlenderte zur Baustelle hinüber. Der Turm war enorm, ein Trumm von einem Gebäude mit Zinnendach, das an eine normannische Burg erinnerte. Auf den ersten Blick hatte sie gar nicht den Eindruck, dass hier größere Restaurierungsarbeiten vonnöten waren, doch als sie um den Turm herumging, sah sie, was im Lauf der Jahrhunderte aus dem Gemäuer geworden war. Jeder hatte sich von den Steinen bedienen können.

Deborah betrachtete das alles mit dem Blick der Fotografin, die Baustelle und auch die Männer, die dort arbeiteten, die meisten im Rentneralter. Sie hatte keine ihrer großen Kameras dabei, nur eine kleine Digitalkamera, sozusagen als Requisit für ihre Rolle als Filmemacherin. Sie nahm die kleine Kamera aus der Tasche und begann zu fotografieren.

Nicholas Fairclough stieß zu ihr. »Ehrlich gesagt sehen Ihre Arbeiter nicht aus, als wären sie kräftig genug, hier viel auszurichten, Mr. Fairclough. Warum sind hier keine jungen Männer?«, fragte sie.

»Weil diese Männer am dringendsten Hilfe brauchen. Hier und jetzt. Wenn niemand sich ihrer annimmt, werden sie in den nächsten Jahren auf der Straße sterben. Ich finde, dass niemand es verdient hat, so zu sterben. Im ganzen Land – auf der ganzen Welt – gibt es Programme für junge Leute, und glauben Sie mir, da kenne ich mich aus, denn ich habe eine Menge davon durchlaufen. Aber für solche Männer wie die hier? Schlafplätze, Sandwiches, warme Suppe, Bibeln, Decken, alles Mögliche gibt es für sie. Aber keine Hoffnung. Die sind noch nicht so weit weggetreten, dass sie nicht in der Lage wären, Mitleid zehn Meter gegen den Wind zu riechen. Wenn man sie so behandelt, besorgen sie sich von dem Geld, das man ihnen gibt, den nächsten Rausch und wünschen einen zum Teufel … Entschuldigen Sie mich einen Moment, ja? Sehen Sie sich ruhig um. Ich muss kurz mit einem der Männer reden.«

Deborah schaute ihm nach, als er behende über den Bauschutt kletterte. »Hey Joe!«, rief er. »Hat der Steinmetz sich schon gemeldet?«

Deborah ging auf das große Zelt zu, über dessen Eingang ein Schild mit der Aufschrift EAT AND MEET hing. Ein bärtiger Mann mit Strickmütze und dicker Jacke – viel zu warm für das Wetter, aber er schien überhaupt kein Körperfett zu haben, das ihn wärmte – war drinnen gerade dabei, das Mittagessen vorzubereiten. Auf Spirituskochern standen große Kochtöpfe, und es duftete nach Fleisch und Kartoffeln. Er sah Deborah, und sein Blick fiel sofort auf die Kamera, die sie in der Hand hielt.

»Hallo«, sagte sie freundlich. »Keine Sorge, ich schaue mich nur ein bisschen um.«

»Das sagen sie alle«, brummte der Mann.

»Kommen viele Besucher her?«

»Am laufenden Band. Der Chef braucht die Kohle.«

»Ah, verstehe. Ich fürchte, ich bin keine potentielle Spenderin.«

»Das war der Letzte auch nicht. Mir ist das egal. Wenn einer mich fragt, ob ich glaub, dass das hier funktioniert, dann sag ich ja.«

Deborah durchquerte das Zelt bis zu dem langen Tisch, auf dem die Kessel mit dem Eintopf standen. »Aber eigentlich glauben Sie das nicht?«

»Das hab ich nicht gesagt. Es spielt keine Rolle, was ich glaube. Ich krieg was zu essen und kann an dem Programm teilnehmen, und das reicht mir. Die Versammlungen gefallen mir besser, als ich gedacht hätte, und das ist schon mal nicht schlecht. Außerdem hab ich hier einen trockenen Schlafplatz.«

»Während der Versammlungen?«, fragte Deborah.

Er sah sie scharf an. Als sie grinste, lachte er in sich hinein. »Wie gesagt, die sind besser, als ich dachte. Es wird ein bisschen viel von Gott gelabert und ein bisschen viel von Akzeptanz, aber damit komm ich klar. Vielleicht hilft's ja. Ich versuch's jedenfalls. Zehn Jahre als Tippelbruder … irgendwann reicht's einfach.«

Aus einer großen Kiste, die auf einem Stuhl stand, nahm der Bärtige Besteck, Blechteller, Plastikgläser und -tassen und Papierservietten und reihte sie auf dem Tisch auf. Deborah half ihm dabei.

»Lehrer«, sagte er leise.

»Wie bitte?«

»Das war ich früher. An einer Mittelschule in Lancaster. Chemie. Da wären Sie nicht draufgekommen, oder?«

»Nein«, antwortete sie ebenso leise.

Er zeigte nach draußen. »Bei uns ist alles vertreten«, sagte er. »Einer war früher Chirurg, einer Physiker, zwei waren Banker und einer Immobilienmakler. Sie brauchen die Servietten nicht so ordentlich zu falten. Wir sind hier nicht im Ritz.«

»Oh, Verzeihung. Macht der Gewohnheit.«

»Wie der Chef«, sagte der Mann. »Man kann seine Herkunft nicht verleugnen.«

Deborah sagte ihm nicht, dass sie aus einer Familie stammte, deren Mitglieder bei Herrschaften »in Stellung gingen«, wie man sich in einem anderen Jahrhundert ausgedrückt hätte. Ihr

Vater arbeitete seit jeher für die Familie St. James und sorgte seit siebzehn Jahren für Simon, während er gleichzeitig so tat, als würde er nichts dergleichen tun. Es war ein schwieriger Balanceakt, und er redete seinen Schwiegersohn tatsächlich immer noch mit Mr. St. James an. Deborah murmelte etwas mehr oder weniger Zustimmendes und sagte: »Sie scheinen ihn zu mögen.«

»Den Chef? Der ist anständig. Ein bisschen zu vertrauensselig, aber grundanständig.«

»Sie glauben, er wird ausgenutzt? Ich meine, von diesen Gentlemen hier.«

»Nein, nein. Die meisten wissen, dass es ihnen hier ganz gut geht, und wer nicht völlig hinüber ist vom Suff oder von Drogen, der bleibt, solange er kann.«

»Von wem dann?«

»Von wem er ausgenutzt wird?« Er schaute sie mit hochgezogenen Brauen an. »Leute kommen her und machen ihm Versprechungen, und er glaubt ihnen. Er ist halt naiv.«

»Es geht also um Geld? Um Spenden?«

»Manchmal. Manche erhoffen sich auch was von ihm.« Schon wieder dieser bedeutungsvolle Blick.

Deborah wurde klar, dass sie in seinen Augen zu der Kategorie von Leuten gehörte, die sich etwas von Nicholas Fairclough erhofften. Und mit dieser Einschätzung lag er ziemlich richtig. Trotzdem fragte sie: »Was denn zum Beispiel?«

»Na ja, er hat immerhin eine interessante Geschichte hinter sich, nicht wahr? Er glaubt, wenn er sie erzählt, könnte ihm das eine Menge Geld für sein Projekt einbringen. Aber so funktioniert es eben nicht immer. Meistens kommt überhaupt nichts dabei raus. Irgend so ein Journalist ist viermal hier gewesen und hat ihm versprochen, seine Story groß rauszubringen, und er dachte, es würde einen warmen Regen geben, sobald die Geschichte gedruckt wird. Aber nichts ist passiert, und wir stehen wieder ganz am Anfang und wissen nicht, wo wir die Mittel auftreiben sollen. Das hab ich gemeint. Ein bisschen naiv.«

Deborah sagte: »Viermal?«

»Hä?«

»Ein Journalist ist viermal hier gewesen, und es ist kein Artikel erschienen? Das ist aber sehr ungewöhnlich. Wenn man bedenkt, wie viel Zeit und Energie da aufgewendet wurde, und am Ende hatte niemand etwas davon. Das muss ja eine herbe Enttäuschung gewesen sein. Welcher Journalist investiert so viel Zeit in eine Story und schreibt sie am Ende doch nicht?«

»Das wüsste ich auch mal gerne. Er hat *behauptet*, er käme von der *Source* in London, aber keiner hat sich seinen Ausweis zeigen lassen, er kann also genauso gut gelogen haben. Wenn Sie *mich* fragen, dann war der hier, um irgendwas Negatives über den Chef rauszufinden und ihn schlechtzumachen. Der war nur auf der Suche nach was, womit er groß rauskommen kann, wenn Sie verstehen, was ich meine. Aber der Chef sieht das nicht so. Sein einziger Kommentar war: ›Die Zeit war noch nicht reif.‹«

»Aber Sie sind anderer Meinung?«

»Ich finde, er sollte sich vorsehen. Doch das tut er nicht, und das wird noch mal zu einem Problem. Wenn nicht jetzt, dann in Zukunft.«

WINDERMERE
CUMBRIA

Yaffa Shaw hatte Zed gesagt, dass er schon etwas mehr Einsatz bringen müsste, als im Willow & Well in Bryanbarrow herumzuhängen und darauf zu warten, dass ihm auf wundersame Weise eine Offenbarung zuteilwerden würde – zum Beispiel in Gestalt eines Scotland-Yard-Detectives mit einer Riesenlupe in der Hand und einer Meerschaumpfeife zwischen den Zähnen. Zed hatte Yaffa angerufen, nachdem er sich notiert hatte, was der alte George Cowley ihm auf dem Dorfplatz erzählt hatte. Unter anderem, dass Cowleys halbwüchsigem Sohn die Schimpftiraden seines Vater ziemlich peinlich gewesen waren. Vielleicht, dachte er, wäre es keine dumme Idee, sich mit Daniel Cowley einmal unter vier Augen zu unterhalten.

Yaffa, die ihre Rolle als Verlobte spielte, weil Zeds Mutter gerade mit ihr im Zimmer war – wann war sie das mal *nicht*, fragte sich Zed –, machte ihn darauf aufmerksam, dass Ian Cresswells Tod George Cowleys Pläne durchaus durchkreuzt haben könnte, anstatt ihm, wie Zed angenommen hatte, einen Vorteil einzubringen.

Zuerst hatte Zed sich aufgeregt. Schließlich war er der investigative Reporter und sie bloß eine Studentin in London, die ihr Studium möglichst schnell hinter sich bringen wollte, um möglichst bald zu ihrem Freund Micah in Tel Aviv zurückkehren zu können. Er sagte: »Da wäre ich mir nicht so sicher, Yaf«, und war zusammengezuckt, als ihm bewusst wurde, dass er ihr einen Spitznamen verpasst hatte. »Äh, sorry, Yaffa«, hatte er hinzugefügt.

»Mir gefällt es«, sagte sie. »Das bringt mich zum Lächeln.« Dann, offenbar zu seiner Mutter, die wahrscheinlich mit großen Augen gefragt hatte, was Yaffa Shaw während eines Telefongesprächs mit ihrem geliebten Sohn zum Lächeln brachte: »Ach, Zed hat mich Yaf genannt. Das fand ich süß.« Und dann zu Zed: »Deine Mum sagt, du bist einfach ein süßer Bengel. Sie sagt, hinter deinem hünenhaften Äußeren verbirgt sich ein Zuckerbursche.«

»O Gott«, stöhnte Zed. »Kannst du sie nicht aus dem Zimmer werfen? Oder soll ich einfach auflegen und wir einigen uns, dass wir für heute unsere Pflicht erfüllt haben?«

»Zed! Hör auf damit!« Sie lachte. Sie hatte, so fand er, ein sehr angenehmes Lachen. Sie sagte zu seiner Mutter: »Er macht Kussgeräusche! Macht er das immer, wenn er mit einer Frau telefoniert? … Nein? Hmmm. Da bin ich ja mal gespannt, was ihm als Nächstes einfällt.«

»Sag ihr, ich hätte dich aufgefordert, dein Höschen auszuziehen oder so was«, sagte Zed.

»Zedekiah Benjamin! Deine Mutter steht direkt neben mir.« Dann: »Er ist sehr ungezogen.« Einen Augenblick später sagte sie in einem ganz anderen Ton zu Zed: »Sie ist weg. Aber sie ist wirklich sehr nett, deine Mum. Neuerdings bringt sie mir abends immer heiße Milch und Kekse, wenn ich in meinem Zimmer sitze und lerne.«

»Sie weiß, was sie will, und sie arbeitet schon seit Jahren daran. Aber dann scheint ja alles gut zu laufen, oder?«

»Ja, alles prima. Micah hat angerufen, und ich habe deiner Mutter von ihm erzählt. Er spielt jetzt meinen Bruder Ari, der ab und zu aus Israel anruft, um sich zu erkundigen, wie seine kleine Schwester mit dem Studium vorankommt.«

»Aha. Okay. Gut.« Und damit hätte das Gespräch beendet sein müssen, denn sie hatten lediglich vereinbart, zweimal täglich in Hörweite seiner Mutter miteinander zu telefonieren.

Doch Yaffa kam noch einmal auf das zurück, was sie zu Beginn des Gesprächs gesagt hatte: »Was, wenn alles ganz anders ist, als es auf den ersten Blick aussieht?«

»Wie bei uns, meinst du?«

»Na ja, ich rede nicht von uns, aber es kann doch sein, oder?«

»Dieser Typ von Scotland Yard …«

»Abgesehen von dem Typen von Scotland Yard. Bisher hast du mir Folgendes erzählt: Ein Mann ist tot, ein anderer Mann will das Haus haben, in dem der Tote gewohnt hat, und noch ein anderer Mann wohnt zusammen mit den Kindern des Toten in ebendiesem Haus. Was schließt du daraus?«

Eigentlich schloss er überhaupt nichts daraus, aber plötzlich wurde ihm bewusst, dass Yaffa ihm gedanklich voraus war. Er sagte: »Äh …«, und räusperte sich.

Sie erlöste ihn von seinem Elend. »Auf jeden Fall ist an der Sache mehr dran, als man auf den ersten Blick erkennt, Zed. Hat der Tote ein Testament hinterlassen?«

»Ein Testament?« Was zum Teufel hatte das mit der Sache zu tun? Was war an einem Testament sexy?

»Ja, ein Testament. Da liegt Potential für einen Konflikt, siehst du das denn nicht? Dieser George Cowley glaubt, dass er das Haus kriegt, weil es jetzt versteigert wird. Aber was ist, wenn er sich irrt? Was ist, wenn das Haus längst abbezahlt ist und Ian Cresswell es jemandem vermacht hat? Oder wenn nicht nur sein Name im Grundbuch steht? Das wäre doch eine Ironie des Schicksals, oder? Dann würde George Cowley nämlich schon wieder in die Röhre kucken. Und die Ironie wäre noch viel größer, wenn der gute alte Cowley etwas mit Ian Cresswells Tod zu tun gehabt hätte, oder?«

Zed musste zugeben, dass sie recht hatte. Und er musste zugeben, dass sie ganz schön clever war und außerdem auf seiner Seite stand. Und deswegen begann er, nachdem sie aufgelegt hatten, der Frage nachzugehen, ob Ian Cresswell ein Testament hinterlassen hatte. Er brauchte nicht lange, um in Erfahrung zu bringen, dass tatsächlich ein Testament existierte, denn Cresswell hatte es klugerweise online registrieren lassen: Eine Kopie des Dokuments lag bei Cresswells Anwalt in Windermere. Eine weitere Kopie – da der Mann tot war – müsste beim zuständigen Gericht zu bekommen sein, aber dort Einsicht in das Testament zu beantragen, würde wertvolle Zeit kosten, ganz abgesehen davon, dass Zed dafür nach York fahren müsste. Also musste er sich die Informationen, die er brauchte, auf andere Weise beschaffen. Und er wusste auch schon, wer ihm dabei helfen könnte, an das Dokument heranzukommen.

»Ein Testament«, sagte Rodney Aronson, als Zed ihn in London anrief. »Sie wollen also einen Blick auf das Testament des Toten werfen. Ich bin gerade in einer Besprechung, Zed. Wir müssen eine Zeitung herstellen. Das wissen Sie doch, oder?«

Zed vermutete, dass sein Chefredakteur außerdem gerade dabei war, einen Schokoriegel zu vernichten, denn er hörte das Papier knistern.

Er sagte: »Die Situation ist komplizierter, als sie aussieht, Rod. Hier gibt's einen Typen, der sich Ian Cresswells Haus unter den Nagel reißen will. Er rechnet damit, dass die Hütte demnächst versteigert wird. Ich finde, der hätte doch auf jeden Fall ein Motiv gehabt, unseren Knaben …«

»Unser *Knabe*, wie Sie sich ausdrücken, ist Nick Fairclough. Die Story, die Sie schreiben, handelt von ihm, wenn ich mich recht erinnere. Und um diese Story sexy zu machen, sind Sie nach Cumbria gefahren, und sexy wird sie durch Scotland Yard. Und das auch nur dann, wenn der Typ von Scotland Yard gegen Fairclough ermittelt. Zed, mein Junge, muss ich die Arbeit für Sie erledigen, oder kriegen Sie das alleine geregelt?«

»Ich kriege das geregelt, keine Sorge. Aber da bisher immer noch kein Detective von Scotland Yard hier aufgetaucht ist …«

»Das ist es, was Sie da oben machen? Sie warten darauf, dass irgendein Detective von Scotland Yard auftaucht? Herrgott noch mal, Zed. Was für ein Reporter sind Sie eigentlich? Ich sag Ihnen eins: Wenn dieser Credwell …«

»Cresswell. Ian Cresswell. Er hat hier ein Haus, und in dem Haus wohnen seine Kinder, zusammen mit irgendeinem Kerl, soweit ich weiß. Wenn dieser Typ also das Haus erbt, oder die Kinder, und …«

»Es interessiert mich einen Scheißdreck, wer das Haus erbt, wem es gehört oder ob es Tango tanzt, wenn keiner kuckt. Und es interessiert mich einen Scheißdreck, ob dieser Cresswell ermordet wurde. Ich will wissen, was Scotland Yard da oben zu suchen hat. Und wenn die nicht hinter Nicholas Fairclough her sind, dann ist Ihre Story tot, und Sie machen, dass Sie auf schnellstem Weg nach London zurückkommen. Haben wir uns verstanden?«

»Ich habe verstanden, aber …«

»Gut. Dann kümmern Sie sich jetzt um Fairclough, und gehen Sie mir nicht auf die Nerven. Oder kommen Sie zurück nach London, hängen Ihren Job an den Nagel und verdienen

Ihre Brötchen mit dem Verfassen von Texten für Grußkarten. Solche, die sich reimen.«

Das war ein Schlag unter die Gürtellinie. Trotzdem sagte Zed: »Okay.«

Also gut, dachte Zed. Er würde sich dem Thema Nicholas Fairclough und Scotland Yard widmen. Aber zuerst wollte er herausfinden, was in dem verfluchten Testament stand, denn sein Bauch sagte ihm, dass dieses Testament für verschiedene Personen in Cumbria von entscheidender Bedeutung war.

MILNTHORPE
CUMBRIA

Lynley traf sich mit St. James in der Hotelbar. Bei ein paar Gläsern mittelmäßigen Portweins gingen sie die Informationen durch, die sie bisher gesammelt hatten. St. James, stellte Lynley fest, war derselben Meinung wie er. Sie mussten die fehlenden Steine des Anlegers bergen, und St. James musste sie untersuchen. Das Bootshaus selbst würde er sich auch gern einmal genauer ansehen, sagte er Lynley, aber er wusste nicht, wie sie das bewerkstelligen sollten, ohne ihre Tarnung aufzugeben.

»Ich schätze, die fliegt irgendwann sowieso auf«, bemerkte Lynley. »Ich weiß wirklich nicht, wie lange ich glaubwürdig den neugierigen Besucher mimen kann. Faircloughs Frau weiß übrigens inzwischen Bescheid. Er hat sie eingeweiht.«

»Das erleichtert die Sache ein wenig.«

»In gewisser Weise, da gebe ich dir recht, Simon. Denn es gibt mehr als einen Grund, warum du dir das Bootshaus ansehen musst.«

»Was meinst du damit?«, fragte Deborah. Sie hatte ihre Digitalkamera auf dem Tisch neben ihrem Portweinglas abgestellt und ein kleines Notizbuch aus ihrer Handtasche genommen. Sie nahm ihre Rolle bei dieser kleinen Ermittlung sehr ernst, dachte Lynley. Er lächelte sie an, dankbar für die Gesellschaft seiner alten Freunde.

»Ian Cresswell ist nicht regelmäßig mit dem Skullboot rausgefahren«, sagte Lynley zu Deborah. »Aber Valerie Fairclough geht mehrmals die Woche rudern. Das Skullboot war zwar an der Stelle vertäut, wo die beiden Steine sich gelockert hatten, allerdings hatte es dort nicht seinen festen Platz. Offenbar vertäut jeder sein Boot dort, wo gerade eine Stelle frei ist.«

»Aber jemand, der gesehen hat, wo das Skullboot vertäut war, hätte die Steine lockern können, während Ian auf dem See war, richtig?«, sagte Deborah.

»Das müsste dann jemand gewesen sein, der auf dem Anwesen wohnt«, sagte St. James. »War Nicholas Fairclough an dem Abend dort?«

»Wenn, dann hat ihn niemand gesehen.« Lynley wandte sich an Deborah. »Was für einen Eindruck hattest du von Fairclough?«

»Ich fand ihn sehr sympathisch. Und seine Frau ist sehr schön, Tommy. Ich glaube, sie könnte einen Mönch dazu bringen, seine Gelübde zu vergessen. Sie müsste dazu nur mit den Wimpern klimpern.«

»Also eine Affäre zwischen ihr und Cresswell?«, überlegte St. James laut. »Und Nicholas hat Cresswell zur Rede gestellt?«

»Unwahrscheinlich, da Cresswell homosexuell war.«

»Oder bisexuell.«

»Und da ist noch etwas«, sagte Deborah. »Oder eigentlich sind es zwei Dinge. Vielleicht sind sie ja auch vollkommen unwichtig, aber wenn ihr möchtet, dass ich von allem berichte, was mir auffällt…«

»Auf jeden Fall«, sagte Lynley.

»Also. Alatea Fairclough hatte eine Ausgabe der Zeitschrift *Conception* auf dem Tisch liegen. Im hinteren Teil waren mehrere Seiten herausgerissen, und wir sollten uns vielleicht diese Ausgabe besorgen und uns ansehen, was das für Seiten sind. Nicholas hat mir erzählt, sie wünschen sich ein Kind.«

St. James räusperte sich. Sein Gesichtsausdruck besagte, dass die Zeitschrift nichts zu bedeuten hatte und dass sie außer Deborah niemandem aufgefallen wäre.

Anscheinend hatte Deborah den Blick ihres Mannes genauso interpretiert, denn sie sagte: »Das hat nichts mit mir zu tun, Simon. Tommy interessiert sich für alles Auffällige, und ich dachte ... Also, ich habe mich gefragt: Was ist, wenn die Drogensucht Nicholas unfruchtbar gemacht hat und Alatea nicht möchte, dass er das erfährt? Vielleicht hat ein Arzt sie darüber informiert, ihn aber nicht. Oder sie hat einen Arzt überredet, Nicholas die Wahrheit vorzuenthalten, weil ihn das sonst in eine schwere Krise stürzen könnte. Was wäre also, wenn Alatea in dieser Situation Ian gebeten hat auszuhelfen – wenn ihr versteht, was ich meine.«

»Damit es in der Familie bleibt?«, fragte Lynley. »Möglich ist alles.«

»Und noch etwas«, sagte Deborah. »Ein Journalist von der *Source* ...«

»Großer Gott.«

»... ist viermal bei ihnen gewesen, angeblich, um einen längeren Artikel über Nicholas zu schreiben. Viermal, und es ist nichts dabei herausgekommen, Tommy. Einer der Männer, die an dem Wehrturmprojekt arbeiten, hat es mir erzählt.«

»Wenn die *Source* einen Reporter hier raufschickt, dann hat irgendeiner Dreck am Stecken«, bemerkt St. James.

Lynley überlegte, wer das sein könnte. Er sagte: »Cresswells Lebensgefährte hat anscheinend seit einiger Zeit auf Ireleth Hall zu tun. Er arbeitet für Valerie. Sein Name ist Kaveh Mehran.«

»PC Schlicht hat mir von dem Mann erzählt«, sagte St. James. »Hat er ein Motiv?«

»Wir müssen uns noch das Testament und die Lebensversicherungspolice ansehen.«

»Sonst noch jemand?«

»Mit einem Motiv?« Lynley berichtete den beiden von seiner Begegnung mit Mignon Fairclough: von ihren Andeutungen über die Ehe ihrer Eltern, die sie später wieder zurückgenommen hatte. »Sie ist eine ziemlich harte Nuss«, sagte er. »Und ich habe den Eindruck, dass sie ihre Eltern mit irgendetwas in der Hand hat. Es wäre also kein Fehler, wenn wir uns Bernard Fairclough selbst einmal vorknöpfen würden.«

»Erpressung? Und Cresswell wusste Bescheid?«

»Sie wohnt auf dem Anwesen, aber nicht im Haus. Und es gibt noch eine zweite Schwester. Die habe ich allerdings noch nicht kennengelernt.«

Er berichtete ihnen, dass Bernard Fairclough ihm ein Video gegeben hatte mit der Bemerkung, falls tatsächlich jemand bei Ians Tod seine Hände im Spiel gehabt habe, dann müsse er sich »etwas sehr Verräterisches ansehen«.

Es handelte sich um ein Video von der Beerdigung, das aufgenommen worden war, um es Ians Vater in Kenia zu schicken, der zu schwach war, um nach England zu kommen und seinem Sohn die letzte Ehre zu erweisen. Fairclough hatte es sich mit Lynley gemeinsam angesehen, und er hatte Lynley auf etwas aufmerksam machen wollen, was in dem Video *fehlte*. Niamh Cresswell, Ians Witwe und Mutter seiner zwei Kinder, war nicht zur Beerdigung erschienen. Fairclough hatte betont, dass sie mindestens ihren armen Kindern zuliebe hätte kommen müssen.

»Er hat mir einiges über Ian Cresswells Ehe erzählt.« Nachdem Lynley ihnen berichtet hatte, was er wusste, sagten St. James und Deborah gleichzeitig: »Ein Motiv, Tommy.«

»Die Hölle selbst kann nicht wüten wie eine verschmähte Frau. Ja. Aber es ist ziemlich unwahrscheinlich, dass Niamh Cresswell um Ireleth Hall herumschleichen könnte, ohne gesehen zu werden, und bisher hat noch niemand erwähnt, dass sie dort gesehen wurde.«

»Trotzdem«, sagte St. James, »müssen wir sie überprüfen. Rache ist ein starkes Motiv.«

»Habgier ebenfalls«, sagte Deborah. »Aber das gilt für alle Todsünden, nicht wahr? Warum heißen sie sonst Todsünden?«

Lynley nickte. »Wir werden also überprüfen müssen, ob sie von Ians Tod profitiert – abgesehen davon, dass sie ihre Rache bekommen hat«, sagte er.

»Und damit wären wir wieder bei dem Testament. Oder bei einer Versicherungspolice«, sagte St. James. »Diese Informationen werden nicht leicht zu bekommen sein, wenn du weiterhin geheim halten willst, warum du dich in Cumbria aufhältst, Tommy.«

»Ja, ich kann das nicht selbst machen, da hast du recht«, sagte Lynley. »Aber es gibt jemanden, der das kann.«

LAKE WINDERMERE
CUMBRIA

Als sie sich schließlich voneinander verabschiedeten, war es für Lynley zu spät, um den geplanten Anruf zu tätigen. Er würde stattdessen Isabelle anrufen. Denn er musste zugeben, dass sie ihm fehlte. Gleichzeitig war er froh, weit weg von ihr zu sein. Das hatte nichts damit zu tun, dass er ihrer überdrüssig geworden wäre. Es hatte damit zu tun, dass er wissen wollte, was er wirklich für sie empfand. Er wusste, dass ihm ihr Körper fehlte. Jetzt musste sich nur noch herausstellen, ob ihm auch alles andere fehlte, was Isabelle Ardery ausmachte.

In Ireleth Hall angekommen, rief er sie von seinem Handy aus an. Er stand neben dem Healey Elliott, gab die Nummer ein und wartete. Wie sehr er sich doch wünschte, sie wäre bei ihm. Er wollte wieder eine Frau haben, mit der er locker und selbstverständlich reden konnte – beim Frühstück, beim Abendessen, abends im Bett vor dem Einschlafen oder wenn einer von ihnen in der Badewanne lag. Zum ersten Mal jedoch wurde ihm bewusst, dass diese Frau nicht mehr ausschließlich Helen sein musste, dass es auch eine andere sein konnte. Und das fühlte sich an wie Verrat an seiner geliebten Frau, die ohne eigenes Verschulden durch einen sinnlosen Akt der Gewalt aus dem Leben gerissen worden war. Aber dass solcherlei Gefühle in ihm aufkamen, bedeutete auch, dass er dabei war, wieder in sein normales Leben zurückzukehren. Und er wusste, dass Helen ihm das gewünscht hätte.

Am anderen Ende der Leitung hörte es auf zu klingeln, er hörte ein leises »Verdammt«, dann ein Krachen, als Isabelles Handy irgendwo aufschlug, dann war es still.

»Isabelle?«, sagte er. »Bist du da?« Er wartete. Nichts. Noch einmal sagte er ihren Namen. Als sie sich nicht meldete, ging er aus der Leitung. Offenbar war die Verbindung unterbrochen worden.

Er gab ihre Nummer noch einmal ein. Es klingelte. Und klingelte. Vielleicht saß sie im Auto und konnte nicht rangehen. Oder sie stand unter der Dusche. Oder sie war mit etwas beschäftigt, das …

»Hallo? Tommy? Hassu grade angerufen?« Dann ein Geräusch, das er nicht hören wollte, etwas, das mit ihrem Handy kollidierte, ein Glas, eine Flasche, es spielte keine Rolle. »Hab grad an dich gedacht, und schwupp! So was nennt man Telepe… Tele… Telepathie!«

»Isabelle …« Mehr brachte Lynley nicht über die Lippen. Er beendete das Gespräch, steckte sein Handy ein und ging auf sein Zimmer.

5. November

CHALK FARM
LONDON

Barbara Havers hatte den Morgen ihres freien Tags dazu genutzt, ihre Mutter zu besuchen, die in einem privaten Pflegeheim in Greenford lebte. Sie war schon seit sieben Wochen nicht mehr dort gewesen, und das schlechte Gewissen drückte sie von Tag zu Tag mehr. Längst hatte sie sich eingestanden, dass sie froh war, wenn die Arbeit sich stapelte, weil sie dann nicht nach Greenford fahren und sich ansehen musste, wie ihre Mutter immer tiefer in der geistigen Umnachtung versank. Doch irgendwann hatten die Schuldgefühle die Oberhand gewonnen, und sie konnte den Besuch in dem Haus mit dem Kieselputz, dem gepflegten Vorgarten und den blütenweißen Gardinen hinter den blitzsauberen Fensterscheiben nicht länger vor sich herschieben. Sie fuhr vom Bahnhof in der Tottenham Court Road mit der Central Line – nicht, weil das schneller ging, sondern weil es länger dauerte.

Sie war eine zu ehrliche Haut, um sich vorzumachen, dass sie mit der U-Bahn fuhr, um Zeit zum Nachdenken zu haben. Am liebsten wollte sie über gar nichts nachdenken, und ihre Mutter war nicht das einzige Thema, das ihr Bauchschmerzen machte. Ein anderes war Thomas Lynley: Wo steckte er, womit befasste er sich, und warum hatte man sie über nichts informiert? Ein weiteres war Isabelle Ardery: Würde sie den Posten des Detective Superintendent tatsächlich bekommen? Und was würde das für Barbaras Zukunft bei Scotland Yard bedeuten oder für ihr Verhältnis zu ihrem Kollegen Thomas Lynley? Dann war da noch das Thema Angelina Upman: Würde sie sich mit der Geliebten ihres Nachbarn und Freundes Taymullah Azhar, dessen Tochter so viel Freude in ihr Leben brachte, anfreunden können?

Nein, die Fahrt mit der U-Bahn war reine Vermeidungsstrategie, so einfach war das. Die U-Bahn bot reichlich und ständig wechselnde Ablenkung, und Ablenkung war genau das, was Barbara brauchte, und sei es nur, um Gesprächsstoff zu haben, wenn sie ihrer Mutter endlich gegenübersaß.

Nicht dass sie mit ihrer Mutter überhaupt noch Gespräche führen konnte. Jedenfalls keine, wie sie zwischen Mutter und Tochter normal waren. Barbara redete, geriet ins Stottern, wartete und sehnte irgendwann nur noch den Moment herbei, an dem sie wieder gehen konnte.

Ihre Mutter hatte sich in Laurence Olivier verliebt, den jungen Laurence Olivier. Sie war völlig hingerissen von Heathcliff und Max de Winter. Sie war sich nicht ganz sicher, wer der Mann war, der im Fernsehen Merle Oberon quälte oder die arme Joan Fontaine sprachlos machte, sie wusste nur, dass sie und dieser gutaussehende Mann füreinander bestimmt waren. Dass der Mann längst tot war, spielte für sie keine Rolle.

Und sie regte sie sich furchtbar auf, wenn nicht *Wuthering Heights* oder *Rebecca* über die Mattscheibe flimmerte. Und so liefen sie in einer Endlosschleife auf dem Fernseher in ihrem Zimmer – dafür hatte Mrs. Florence Magentry gesorgt, um nicht nur ihre eigenen, sondern auch die Nerven der anderen Heimbewohner zu schonen. Man konnte einfach nicht unbegrenzt häufig mitansehen, wie der hinterhältige Larry das bisschen Glück des armen David Niven zerstörte.

Barbara hatte zwei Stunden mit ihrer Mutter verbracht. Es waren qualvolle zwei Stunden gewesen, und danach war sie schrecklich bedrückt nach Hause gefahren. Deswegen hatte sie, als sie Angelina Upman und ihre Tochter Hadiyyah vor der

Haustür getroffen hatte, deren Einladung gerne angenommen, mit in die Wohnung zu kommen und sich anzusehen, »was Mummy gekauft hat«.

Barbara hatte pflichtschuldigst die beiden ultramodernen Lithografien bewundert, die Angelina »fast umsonst, stimmt's, Mummy« von einem Händler auf dem Stables Market erstanden hatte. Die Bilder entsprachen nicht Barbaras Geschmack, aber sie musste zugeben, dass sie sich in Azhars Wohnzimmer gut machten.

»Möchten Sie eine Tasse Tee? Ich sterbe vor Durst, und Sie sehen ein bisschen mitgenommen aus. Anstrengender Tag?«, fragte Angelina.

»Ich war in Greenford.« Mehr sagte Barbara nicht, doch Hadiyyah fügte hinzu: »Da wohnt Barbaras Mum. Sie ist krank, nicht wahr, Barbara?«

Da Barbara keine Lust hatte, über ihre Mutter zu reden, suchte sie krampfhaft nach einem anderen Thema: Haare.

Nachdem Isabelle Ardery sie jetzt schon mehrmals darauf angesprochen hatte, musste Barbara zwingend irgendetwas in puncto Frisur unternehmen. Angelina habe doch neulich einmal einen Frisörladen erwähnt, sagte sie, ob sie ihr den empfehlen …

»Salon!«, fiel Hadiyyah ihr ins Wort. »Das heißt Frisör*salon*, Barbara.«

»Hadiyyah!«, sagte ihre Mutter streng. »Das ist sehr unhöflich.« Zu Barbara sagte sie: »Ja natürlich kann ich Ihnen einen Frisörsalon empfehlen, und zwar den, wo ich selbst hingehe.«

»Meinen Sie, die könnten …?« Barbara war sich nicht einmal sicher, was sie machen lassen sollte. Einen neuen Haarschnitt? Eine andere Farbe? Eine Dauerwelle? Sie schnitt sich schon seit Jahren selbst die Haare, und was dabei herauskam, sah zwar tatsächlich genauso aus, wie man es erwarten würde – nämlich nicht wie eine Frisur, sondern wie mit der Sense barbiert. Es hatte seinen Zweck erfüllt und ihr die Haare aus dem Gesicht gehalten. Aber das reichte nun nicht mehr, zumindest nicht in den Augen von Barbaras Chefin.

»Die machen Ihnen, was Sie wünschen. Die sind sehr gut. Ich kann Ihnen die Telefonnummer geben. Und den Namen meines Frisörs. Er heißt Dusty, und er ist ein fürchterlich eingebildeter Arsch und von sich selbst überzeugt, dass es stinkt. Doch was Haare betrifft, ist er der reinste Künstler. Wenn Sie wollen, kann ich gleich einen Termin für Sie ausmachen und Sie begleiten… Wenn Ihnen das nicht zu aufdringlich erscheint.«

Barbara wusste nicht so recht, was sie davon halten sollte, mit Hilfe von Azhars Lebensgefährtin an der Verbesserung ihrer äußeren Erscheinung zu arbeiten. Bisher hatte Hadiyyah diese Rolle innegehabt.

Angelina schien ihre Unentschlossenheit zu spüren, denn sie sagte: »Also, ich gebe Ihnen schon mal die Nummer, und dann können Sie sich's ja überlegen. Es würde mir Spaß machen, Sie zu begleiten.«

»Wo ist dieser Salon denn überhaupt?«

»In Knightsbridge.«

»Knightsbridge?« Gott, das würde ja ein teurer Spaß werden.

»Das liegt ja nicht auf dem Mond, Barbara«, sagte Hadiyyah.

Ihre Mutter hob den Zeigefinger. »Hadiyyah Khalidah…«

»Schon in Ordnung«, sagte Barbara. »Sie kennt mich einfach zu gut. Wenn Sie mir die Nummer geben, ruf ich gleich da an. Willst du auch mitkommen, Kleine?«, fragte sie Hadiyyah.

»Au ja!«, rief Hadiyyah. »Mummy, ich darf doch mit, oder?«

»Sie auch«, sagte Barbara zu Angelina. »Ich glaub, ich brauch bei dieser Unternehmung alle Unterstützung, die ich kriegen kann.«

Angelina lächelte. Ein hübsches Lächeln, dachte Barbara. Azhar hatte ihr nie erzählt, wie er Angelina kennengelernt hatte, aber vermutlich war es das Lächeln gewesen, das ihm als Erstes an ihr aufgefallen war. Da er ein Mann war, hatte er als

Nächstes ihren Körper erblickt, der schlank und feminin und gepflegt war und in schönen Kleidern steckte. Eine Frau, mit der Barbara nie im Leben würde konkurrieren können.

Sie nahm ihr Handy aus der Tasche, um bei dem Frisör anzurufen, kam jedoch nicht dazu, weil es im selben Augenblick klingelte. Es war Lynley. Die Freude, die sie beim Anblick seiner Handynummer überkam, war ihr unangenehm.

»Der Anruf beim Frisör muss leider noch kurz warten«, sagte sie zu Angelina. »Ich muss erst noch hier drangehen.«

CHALK FARM
LONDON

»Was machen Sie gerade?«, fragte Lynley. »Wo sind Sie? Können Sie reden?«

»Meine Stimmbänder funktionieren noch, falls Sie das meinen«, erwiderte Barbara. »Falls Sie aber wissen wollen, ob es ungefährlich ist … Gott, das hat er die ganze Zeit zu Dustin Hoffman gesagt. Ich glaub, ich hab den Verstand verloren …«

»Barbara, wovon reden Sie da?«

»Laurence Olivier. *Marathon Man.* Fragen Sie mich nicht, warum. Ich bin zu Hause. Mehr oder weniger. Also, ich sitze auf Azhars Terrasse. Ihr Anruf hat mich in letzter Minute davor bewahrt, einen Termin beim Frisör zu machen, um Detective Superintendent Ardery zu gefallen. Ich hatte an eine Lockenmähne im Stil der frühen achtziger Jahre gedacht. Oder vielleicht so eine Vorkriegsfrisur, bei der die Haare an den Seiten zu Würsten aufgerollt werden. Ich hab mich schon immer gefragt, wie die das hingekriegt haben – vielleicht mit Klopapierrollen?«

»Muss ich mich darauf einstellen, dass sich demnächst jedes Telefongespräch mit Ihnen um das Thema Mode dreht?«, fragte Lynley. »Bisher dachte ich immer, Ihr Charme bestünde gerade in Ihrer Gleichgültigkeit gegenüber jeder Art von Modetrend.«

»Die Zeiten sind vorbei, Sir. Was kann ich für Sie tun? Ich geh mal davon aus, dass Sie mich nicht anrufen, um sich zu vergewissern, dass ich mir immer schön die Beine rasiere.«

»Ich möchte, dass Sie für mich etwas überprüfen, aber niemand darf etwas davon mitbekommen. Möglicherweise wird auch ein bisschen Lauferei auf Sie zukommen. Sind Sie bereit, das für mich zu tun? Das heißt, ist es Ihnen möglich?«

»Ich nehm an, das hat mit dem zu tun, was Sie grade treiben. Im Yard zerreißen sich schon alle das Maul darüber, wissen Sie.«

»Worüber?«

»Wo Sie stecken, warum Sie weg sind, wer Sie geschickt hat und so weiter und so fort. Laut vorherrschender Meinung sind Sie grade dabei, irgendeinen Riesenschlamassel zu untersuchen. Korruption innerhalb der Polizei – Sie mit Tarnkappe auf der Jagd nach Leuten, die bündelweise Schmiergeld kassieren oder einem armen Verdächtigen Elektroden an die Eier klemmen. Sie kennen das ja.«

»Und Sie?«

»Was glauben Sie denn? Hillier hat Sie auf einen Fall angesetzt, den er selber nicht mit einem fünf Meter langen Stock anrühren würde. Wenn die Sache in die Hose geht, bleibt die Scheiße an Ihnen hängen, während er immer noch nach Rosen duftet… Stimmt das in etwa?«

»Was Hillier angeht, ja. Es geht aber nur um einen Gefallen, den ich ihm tue.«

»Und mehr dürfen Sie nicht verraten.«

»Vorerst jedenfalls nicht. Sind Sie bereit?«

»Wozu? Ihnen unter die Arme zu greifen?«

»Sie müssen unter dem Radar fliegen. Niemand darf davon erfahren. Vor allem nicht…«

»Superintendent Ardery.«

»Sie könnten Ärger mit ihr bekommen. Langfristig wohl nicht, aber kurzfristig.«

»Wozu bin ich denn auf der Welt?«, seufzte Barbara. »Schießen Sie los.«

CHALK FARM
LONDON

Kaum hatte Lynley den Namen Fairclough ausgesprochen, wusste Barbara Bescheid. Das lag nicht etwa daran, dass sie das Schicksal sämtlicher Titelinhaber Großbritanniens verfolgte, weit gefehlt. Nein, es war dem Umstand geschuldet, dass sie eine leidenschaftliche Leserin der *Source* war. Ja, sie war regelrecht süchtig nach zehn Zentimeter großen Schlagzeilen und herrlich kompromittierenden Fotos, und das schon seit Jahren. Wenn sie an einer Werbetafel vorbeikam, die eine Skandalgeschichte ankündigte, marschierten ihre Füße von ganz allein zum nächsten Kiosk. Sie kaufte sich das Blatt und schwelgte in den schlüpfrigen Details, meist bei einer Tasse Tee und einem getoasteten Teilchen. Deshalb war ihr der Name Fairclough vertraut, und zwar nicht nur wegen des Barons von Ireleth und dessen Firma – über die die Presse jahrelang immer wieder ihren Spott gegossen hatte –, sondern auch wegen des Lotterlebens von Nicholas Fairclough, dem Sprössling des Barons.

Und sie wusste sofort, wo Lynley sich aufhielt: in Cumbria, wo die Familie Fairclough wohnte und die Firma ihren Sitz hatte. Was sie nicht wusste, war, was Hillier mit den Faircloughs zu tun hatte und um welchen Gefallen er Lynley gebeten hatte. Anders ausgedrückt, sie war sich nicht sicher, auf wessen Seite sie stehen würden. Da aber ein Adelstitel im Spiel war, würde es Hillier ähnlich sehen, sich bei dessen Träger einzuschmeicheln. Hillier hatte ein Faible für Adelstitel, vor allem für solche, die höher angesiedelt waren als seiner, und das waren so ziemlich alle.

Also ging es wahrscheinlich um Lord Fairclough und nicht um seinen nichtsnutzigen Sohn, der ebenso wie viele andere reiche junge Leute, die ihr Leben zerstörten, schon oft für Schlagzeilen gesorgt hatte. Doch die Liste der Dinge, über die Lynley Informationen wünschte – darunter ein Testament, eine Versicherungspolice, die *Source*, Bernard Fairclough und die neueste Ausgabe der Zeitschrift *Conception* –, sagte ihr, dass er ein breites Netz ausgeworfen hatte. Mit auf der Liste standen auch ein Mann namens Ian Cresswell, Faircloughs Neffe, sowie – falls ihre Zeit es erlaubte – eine Frau namens Alatea Vasquez del Torres, eine Argentinierin aus Santa María de soundso. Aber nur, wenn ihre Zeit dafür ausreichte, betonte Lynley, denn im Moment gehe es in erster Linie um Fairclough. Fairclough senior, nicht Fairclough junior.

LAKE WINDERMERE
CUMBRIA

Freddies neueste Flamme, eine Frau, die er beim Internet-Dating kennengelernt hatte, war über Nacht geblieben. Eigentlich hielt Manette sich für eine ziemlich moderne Frau, aber das ging doch ein bisschen zu weit. Sicher, ihr Exmann war kein Schuljunge, und er hatte sie auch nicht um ihre Meinung zu dem Thema gebeten. Aber Herrgott noch mal, es war das erste Mal, dass die beiden sich getroffen hatten, und wo würde die Welt noch enden – oder besser, wo würde Freddie enden –, wenn Männer und Frauen einander im Bett ausprobierten? Wenn sie sich erkundeten wie Kinder beim Doktorspielen? Freddie behauptete, es wäre *ihre* Idee gewesen. Die Frau hatte es vorgeschlagen! Laut Freddie hatte sie gesagt: »Es hätte ja wohl keinen Zweck, uns noch mal zu treffen, wenn wir sexuell inkompatibel wären, oder findest du nicht?«

Na ja, Freddie war ein Mann. Wie hätte er denn auf so ein Angebot reagieren sollen? Um ein halbes Jahr Zeit bitten, um sich in aller Keuschheit über alle erdenklichen Themen, von Politik bis hin zu Fingerfertigkeit auszutauschen? Außerdem fand er den Vorschlag gar nicht so dumm. Schließlich hatten sich die Zeiten geändert. Also waren sie nach zwei Glas Wein im Pub nach Hause gekommen und ins Bett gehüpft. Offenbar hatte nicht nur alles reibungslos funktioniert, sondern es hatte ihnen auch noch gefallen, und so hatten sie es noch zweimal getan, so Freddie, und sie war über Nacht geblieben. Und als Manette am Morgen nach unten gekommen war, hatten sie zusammen in der Küche gesessen und Kaffee getrunken. Die Frau hatte nichts anderes angehabt als eins von Freddies Hemden, so dass nicht nur ihre langen Beine, sondern auch ein Teil ihres Hinterns zu sehen war. Wie eine Katze, der die Federn des Kanarienvogels am Maul kleben, sagte sie: »Guten Morgen. Sie sind bestimmt Freddies Ex. Ich bin Holly.«

Holly? Holly! Was war das denn für ein Name? Manette schaute Freddie an – der zumindest den Anstand besaß zu erröten –, schenkte sich eine Tasse Kaffee ein und trat den Rückzug in ihr Zimmer an. Kurz darauf klopfte Freddie an ihre Tür und entschuldigte sich für die peinliche Situation – nicht etwa dafür, dass die Frau über Nacht geblieben war – und versprach, typisch Freddie, demnächst »bei ihnen« zu übernachten. »Es ist einfach alles ziemlich schnell gegangen«, fügte er hinzu. »Das hatte ich so nicht geplant.«

Aber Manette hatte genau gehört, dass er gesagt hatte »bei ihnen«, und so hatte sie endlich begriffen, dass die Zeiten sich geändert hatten und dass Kopulation die moderne Version des Händeschüttelns war. »Soll das heißen, du hast vor, eine nach der anderen auszuprobieren?«, hatte sie gestammelt.

»Na ja, sieht so aus, als würde das heutzutage so laufen.«

Sie hatte versucht, ihm klarzumachen, dass das der reine Wahnsinn war. Sie hatte ihm einen Vortrag über sexuell übertragbare Krankheiten gehalten, über ungewollte Schwangerschaften, über sexuelle Abhängigkeit, über alles, was ihr zu dem Thema eingefallen war. Was sie nicht gesagt hatte, war, dass sie es doch gut hatten, dass es schön war zusammenzuwohnen, denn sie wollte nicht hören, dass er ihr sagte, es sei an der Zeit, getrennte Wege zu gehen. Aber am Ende hatte er sie auf die Stirn geküsst, ihr gesagt, sie solle sich keine Sorgen um ihn machen, ihr eröffnet, dass er am Abend eine weitere Verabredung hatte, weshalb er womöglich aushäusig übernachten würde. Er würde mit seinem eigenen Wagen fahren, sagte er, denn die Frau, mit der er verabredet war, wohnte in Barrow-in-Furness, und sie wollten sich in einem Nachtclub namens Scorpio treffen. Falls sie also noch mit ihm in die Koje wollte – er sagte tatsächlich »in die Koje« –, würden sie zu ihr fahren, weil der Weg bis Great Urswick zu lang war, wenn sie erst einmal füreinander entflammt waren.

»Aber Freddie …!«, stöhnte Manette, mehr gab es dazu nicht zu sagen. Schließlich konnte sie ihm nicht vorwerfen, er sei untreu oder er zerstöre ihre Beziehung oder er handle überstürzt. Sie waren nicht mehr verheiratet, sie hatten so gut wie keine Beziehung mehr, und ihre Scheidung lag schon so lange zurück, dass Freddies Entschluss, sich wieder in den Markt zu stürzen, nicht überstürzt gefallen war. Er war einfach so ein Typ. Und man brauchte ihn nur anzusehen, um zu verstehen, dass die Frauen auf ihn flogen: Er sah frisch und sympathisch und einfach gut aus.

Nein, sie hatte kein Recht, sich zu beklagen, und das wusste sie. Trotzdem trauerte sie um etwas, das sie verloren hatte.

Im Moment gab es Dinge, die wichtiger waren als ihre Probleme mit Freddie, und auch wenn sie das nach der Auseinandersetzung mit Niamh Cresswell nicht gedacht hatte, war sie plötzlich dankbar dafür. Irgendetwas musste unternommen werden. Was Niamh anging, war Manette machtlos, aber bei Tim und Gracie sah das ganz anders aus. Wenn sie einen Berg bewegen musste, um den Kindern zu helfen, dann würde sie genau das tun.

Sie fuhr nach Ireleth Hall. Es war ziemlich wahrscheinlich, dass sie Kaveh Mehran dort antreffen würde, denn er war von Valerie damit beauftragt worden, einen Fantasiegarten für Kinder zu entwerfen und die Umsetzung seines Entwurfs zu beaufsichtigen. Der Garten war für die zukünftigen Kinder von Nicholas und Alatea vorgesehen, und in Anbetracht der Größe des dafür vorgesehen Areals sollte man meinen, dass Valerie mit Dutzenden von Enkelkindern rechnete.

Als Manette in der Einfahrt hielt, sah sie sofort, dass sie Glück hatte. Sie ging um den weitläufigen, skurrilen Formschnittgarten herum zu der Stelle, wo der Fantasiegarten angelegt wurde. Dort traf sie nicht nur Kaveh Mehran an, sondern auch ihren Vater. Bei den beiden stand ein Mann, den Manette nicht kannte, bei dem es sich aber vermutlich um den Grafen handelte, von dem ihre Schwester ihr am Telefon erzählt hatte.

»Witwer«, hatte Mignon verächtlich gesagt. Im Hintergrund hatte Manette das Klappern der Tastatur gehört und daraus geschlossen, dass ihre Schwester wie üblich beim Telefonieren die E-Mails ihrer Internet-Liebhaber beantwortete. »Eigentlich ziemlich offensichtlich, warum Dad ihn aus London hierhergeholt hat. Die Hoffnung stirbt zuletzt. Und jetzt, wo ich die Operation hinter mir und so viel abgenommen habe, glaubt er, ich bin reif für einen Mann. Wie die Prinzessin, die auf den Ritter auf dem weißen Ross wartet. Gott, wie peinlich. Soll er weiterträumen. Mir gefällt mein Leben, wie es ist.«

Manette würde es ihrem Vater glatt zutrauen. Er versuchte schon seit Jahren, Mignon loszuwerden, aber Mignon hatte ihn genau da, wo sie ihn haben wollte, und sie hatte nicht die Absicht, daran etwas zu ändern. Warum Bernard Mignon nicht an die Luft setzte, war Manette schleierhaft. Seit Bernard vor sechs Jahren den Turm für Mignon hatte bauen lassen, hegte Manette allerdings den Verdacht, dass ihre Zwillingsschwester etwas über ihren Vater wusste, was ihn ruinieren könnte, falls sie es ausplauderte. Manette hatte keine Ahnung, was das sein könnte, aber es musste etwas von Bedeutung sein.

Offenbar führte Kaveh Mehran den beiden anderen Männern gerade die Fortschritte der Arbeiten an dem Fantasiegarten vor. Er zeigte auf mit Planen geschützte Holzstapel, auf Steinhaufen, auf Pfosten, zwischen denen Seile gespannt waren. Manette rief von Weitem Hallo und ging auf die Männer zu.

Mignon war nicht ganz bei Trost, dachte Manette, als die drei Männer sich ihr zuwandten. »Der Witwer« aus London wirkte nicht, als wäre er als potentieller Mann für sie herbeigerufen worden. Der Mann war groß, blond, unglaublich attraktiv und auf die typisch dezente, leicht zerknitterte Weise elegant gekleidet, die nach altem Geld roch. Wenn er Witwer und tatsächlich auf der Suche nach Ehefrau Nummer zwei oder zweihundertzweiundzwanzig war, dann würde er auf keinen Fall ihre Schwester erwählen. Die Fähigkeit des Menschen zur Selbsttäuschung kannte keine Grenzen, dachte Manette.

Bernard lächelte Manette an und stellte sie dem blonden Mann vor. Tommy Lynley hieß der Graf, allerdings wurde nicht erwähnt, wo seine Grafschaft lag. Er hatte einen festen Händedruck, eine interessante alte Narbe an der Oberlippe, ein angenehmes Lächeln und dunkelbraune Augen, die nicht zu seinem hellblonden Haar zu passen schienen. Er war geübt im Smalltalk, dachte Manette, und verhalf anderen dazu, sich zu entspannen. Ein herrlicher Tag und ein schöner Ort, sagte er zu ihr. Er selbst sei ursprünglich aus Cornwall, südlich von Penzance, auch eine sehr schöne Gegend, und er sei das erste Mal in Cumbria. Aber nach allem, was er um Ireleth Hall herum gesehen habe, sei er entschlossen, häufiger herzukommen.

Sehr charmant ausgedrückt, dachte Manette. Sehr höflich.

Hätte er dasselbe zu Mignon gesagt, hätte sie garantiert alles Mögliche in die Worte hineingelegt. Manette meinte nur dazu: »Sie sollten mal im Winter herkommen, das würde Sie eines Besseren belehren«, und dann zu Kaveh Mehran: »Ich würde gern kurz mit dir reden, falls du Zeit hast.«

Ihr Vater hatte großen Erfolg als Industrieller, weil er ein untrügliches Gespür für Zwischentöne besaß. Er fragte: »Was ist los, Manette?«, und als sie einen verstohlenen Blick zu Lynley hinüberwarf, fügte er hinzu: »Tommy ist ein guter Freund. Er weiß von der Familientragödie. Gibt es noch etwas …?«

»Niamh«, sagte Manette.

»Was ist mit ihr?«

Erneut ein nervöser Blick in Lynleys Richtung. »Ich glaube nicht, dass du …«

Lynley wollte sich schon entschuldigen, aber Bernard sagte: »Nein, nein, bleiben Sie.« Und zu Manette: »Ich sagte, er ist ein guter Freund. So schlimm kann es ja nicht sein …«

Also gut, dachte Manette, wie du willst. »Niamh hat die Kinder noch immer nicht zu sich genommen«, sagte sie. »Sie wohnen nach wie vor bei Kaveh. Wir müssen etwas unternehmen.«

Bernard schaute stirnrunzelnd zu Kaveh hinüber, dann raunte er Lynley zu: »Es geht um die Witwe meines verstorbenen Neffen.«

»Das ist einfach nicht in Ordnung«, sagte Manette. »Und das weiß sie ganz genau, aber es ist ihr egal. Ich habe gestern mit ihr gesprochen. Sie war aufgedonnert wie eine Zirkuspuppe, und mitten in der Küche stand ein Eimer voll Sexspielzeug. Sie hat einen Liebhaber, der zu ihr kommt, um sich mit ihr zu vergnügen, und da sind Tim und Gracie eben im Weg.«

Bernards Blick huschte erneut zu Kaveh hinüber. »Einfach nicht in Ordnung, Manette?«, sagte der junge Mann. Er war nicht unhöflich, aber sein Ton machte deutlich, dass er Manette falsch verstanden hatte.

Sie sagte: »Herrgott, Kaveh. Du weißt, dass ich nicht über

deine Neigungen rede. Du kannst von mir aus so schwul sein, wie du willst, aber wenn es um Kinder geht …«

»Ich habe kein Interesse an Kindern.«

»Genau das ist der springende Punkt, nicht wahr?«, fauchte Manette, seine Bemerkung absichtlich falsch deutend. »Wer ein *Interesse* an Kindern mitbringt, übernimmt auch Verantwortung für sie. Tim und Gracie gehören in die Obhut der Familie, und was auch immer Kaveh sein mag, Dad, zur Familie gehört er nicht.«

»Manette …« In Bernards Stimme lag ein drohender Unterton. Offenbar gab es Einzelheiten, die er Lynley im Gegensatz zu seinen anfänglichen Beteuerungen lieber vorenthalten würde. Tja, da hatte er einfach Pech, dachte Manette, denn eben noch hatte er sie aufgefordert, in Gegenwart dieses Londoners offen zu sprechen, und genau das hatte sie vor.

Sie sagte: »Ian wollte, dass die Kinder bei ihm in Bryanbarrow wohnten. Das konnte ich verstehen, und ich hatte nichts dagegen, denn auf diese Weise hielt er sie weitgehend von Niamh fern, die etwa so mütterlich ist wie ein weißer Hai. Aber Ian kann nicht gewollt haben, dass die Kinder im Fall seines Todes bei Kaveh bleiben. Das weißt du doch auch, Kaveh.« Dann schaute sie wieder ihren Vater an. »Du musst also mit Niamh reden. Du musst sie in die Pflicht nehmen. Du musst irgendetwas unternehmen. Tim ist vollkommen aus der Bahn geraten, und Gracie braucht jetzt mehr denn je eine Mutter. Wenn Niamh nicht bereit ist, ihre Pflicht als Mutter zu erfüllen, dann muss jemand anders das übernehmen.«

»Ich verstehe, was du meinst«, sagte Bernard. »Wir unterhalten uns später darüber.«

»Nein, das geht nicht, Dad, tut mir leid.« Zu Lynley sagte sie: »Hier geht's ans Eingemachte, und es kommt noch schlimmer. Falls Ihnen das zu viel wird …«

Lynley sagte zu Bernard: »Vielleicht kann ich irgendwie behilflich sein?« Woraufhin etwas zwischen den beiden passierte, irgendeine Art von stummer Verständigung, dachte Manette. Jedenfalls schien ihr Vater plötzlich nichts mehr dagegen zu haben, dass Lynley alles mithörte.

Manette sagte: »Tim ist auf mich losgegangen. Nein, nein, er hat mich nicht verletzt. Ich habe ein paar blaue Flecken abbekommen, aber darum geht es nicht. Wir müssen uns um ihn kümmern – wir müssen die ganze verdammte Situation in den Griff bekommen –, und da Kaveh nicht ewig in dem Haus wohnen bleiben wird, ist es in unser aller Interesse, diesen Punkt zu klären, bevor das Haus verkauft wird. Denn was passiert mit den Kindern, wenn Kaveh ausziehen muss? Ziehen sie mit ihm um? Und wenn, wohin? Das kann nicht so weitergehen. Die Kinder können nicht immer wieder aus ihrer vertrauten Umgebung gerissen werden.«

»Er hat es mir vermacht«, sagte Kaveh. »Ich werde nicht ausziehen.«

Manette fuhr zu ihm herum. »*Was?*«

»Das Haus, Manette. Ich ziehe nicht weg. Er hat mir das Haus vererbt.«

»*Dir*? Warum?«

Mit einer Würde, die Manette bewundern musste, antwortete er: »Weil er mich geliebt hat. Weil er mein Lebensgefährte war und weil es das ist, was Lebensgefährten tun: Sie treffen Vorkehrungen für den Fall, dass einer von ihnen stirbt.«

Schweigen. Ein paar Dohlen krächzten in die Stille hinein. Der Geruch nach verbranntem Laub lag in der Luft, als befände sich das Feuer ganz in der Nähe.

»Männer sorgen in der Regel auch für ihre Kinder«, sagte Manette. »Tim und Gracie hätten eigentlich das Haus erben müssen. Es müsste ihnen gehören, damit sie es verkaufen können, wenn sie später mal Geld brauchen.«

Kaveh wandte sich ab. Seine Kiefermuskeln arbeiteten, als könnte ihm das helfen, sich zu beherrschen. »Ich glaube, für den Fall hat er eine Versicherung abgeschlossen.«

»Wie praktisch. Wessen Idee war das denn, das Haus dir zu vererben und für die Kinder eine Versicherung abzuschließen? Wie *hoch* ist die Versicherung überhaupt? Und wer genau ist der Begünstigte? Denn wenn das Geld an Niamh geht, als Treuhänderin für die Kinder …«

»Manette«, fiel Bernard ihr ins Wort. »Darum geht es jetzt nicht.« Dann fragte er Kaveh: »Werden Sie das Haus behalten oder verkaufen, Kaveh?«

»Ich werde es behalten. Und Tim und Gracie können so lange bei mir wohnen bleiben, bis Niamh bereit ist, sie wieder zu sich zu nehmen. Und falls sie die Kinder überhaupt nicht mehr haben will, hätte Ian gewollt …«

»Nein, nein, nein!« Mehr wollte Manette nicht hören. Die Kinder gehörten in die Obhut der Familie, und Kaveh – ob er Ians Lebensgefährte gewesen war oder nicht – gehörte nun mal nicht zur Familie. »Dad«, sagte sie wütend, »du *musst* … Ian *kann* nicht gewollt haben … Weiß Niamh überhaupt davon?«

»Wovon?«, fragte Kaveh. »Und glaubst du allen Ernstes, dass sie das irgendwie interessiert?«

»Weiß sie, dass du das Haus erbst? Wann hat Ian das eigentlich verfügt?«

Kaveh zögerte, er schien zu überlegen, was er darauf antworten konnte. Manette musste seinen Namen zweimal aussprechen, um ihn zu einer Reaktion zu bewegen. »Ich weiß es nicht«, sagte er.

Bernard und Tommy Lynley tauschten Blicke aus. Manette bemerkte es und wusste sofort, dass die beiden dasselbe dachten wie sie. Kaveh log. Jetzt musste sie nur noch herausfinden, welche ihrer Fragen er mit »Ich weiß es nicht« beantwortet hatte.

»Was genau weißt du nicht?«, fragte sie.

»Ich weiß überhaupt nichts über Niamh. Sie hat das Geld von der Versicherung erhalten, und dabei handelt es sich um eine beträchtliche Summe. Ian hat sie als Begünstigte eingesetzt, damit sie genug Geld hat, um den Kindern ein angenehmes Leben zu ermöglichen. Er glaubte natürlich, dass sie zur Besinnung kommen würde, falls ihm etwas zustieße.«

»Tja, leider ist das nicht passiert. Und es sieht auch nicht so aus, als würde sie in absehbarer Zeit zur Besinnung kommen.«

»Wenn es sein muss, dann bleiben sie eben bei mir. Sie wohnen ja schon da, und es geht ihnen gut.«

Lächerlich anzunehmen, dass es Tim Cresswell gut ging. Es ging ihm schon seit langer Zeit nicht gut. Manette sagte: »Und was soll passieren, wenn du in ein oder zwei Monaten jemand Neues kennenlernst, Kaveh? Wenn dein neuer Liebhaber zu dir zieht? Na? Was dann? Was sollen die Kinder dann tun? Was sollen sie *denken*?«

»Manette«, ermahnte Bernard seine Tochter.

Kaveh war blass geworden, aber er sagte nichts, nur seine Kiefermuskeln arbeiteten, und seine rechte Hand war zur Faust geballt.

Manette sagte: »Niamh wird vor Gericht gehen und das Testament anfechten. Sie wird dafür sorgen, dass die Kinder das Haus bekommen.«

»Manette, es reicht«, sagte ihr Vater seufzend. »Wir haben alle eine Menge Kummer zu verarbeiten, dich mit eingeschlossen.«

»*Warum* spielst du hier den Friedensstifter?«, fuhr sie ihren Vater an. »Er bedeutet uns nichts«, sagte sie mit einer Kopfbewegung in Richtung Kaveh. »Er bedeutet den Kindern nichts. Er ist ein dahergelaufener Kerl, für den Ian sein Leben weggeworfen hat und …«

»Ich sagte, es reicht!«, donnerte Bernard. »Nehmen Sie's ihr nicht übel, Kaveh. Sie meint es nicht so …«

»Sie meint ganz genau, was sie sagt«, entgegnete Kaveh. »Das tun die meisten Menschen.«

Um sich aus dem Sumpf zu befreien, in den sie sich manövriert hatte, sagte Manette lahm: »Also gut. Hör zu. Abgesehen von allem anderen bist du zu jung, um für einen Vierzehnjährigen die Vaterrolle zu übernehmen, Kaveh. Er braucht einen Mann, der älter ist, der mehr Erfahrung hat, einen …«

»Der nicht homosexuell ist«, beendete Kaveh den Satz für sie.

»Das habe ich nicht gesagt. Und ich habe es auch nicht gemeint. Ich wollte sagen, einen aus der Familie.«

»Das hast du bereits mehrfach betont.«

»Es tut mir leid, Kaveh, es geht hier nicht um dich. Es geht um Tim und Gracie. Wir können den Kindern nicht noch mehr zumuten. Tim geht daran zugrunde. Und Gracie wird über kurz oder lang ebenfalls daran zugrunde gehen. Ich muss verhindern, dass ihre Welt noch mehr auseinanderfällt. Ich hoffe, das kannst du verstehen.«

»Lass die Dinge, wie sie sind, Manette«, sagte ihr Vater. »Im Moment haben wir andere Sorgen.«

»Und *was* sollte das sein?«

Er sagte nichts. Aber schon wieder tauschte er verstohlene Blicke mit seinem Londoner Freund aus, und zum ersten Mal fragte sich Manette, was hier eigentlich vor sich ging. Auf keinen Fall war der Mann hier, um wie ein Galan aus dem achtzehnten Jahrhundert das Herz ihrer hinterlistigen Schwester zu erobern und mit ihrem Geld seinen maroden Familiensitz in Cornwall instand zu setzen. Und dass ihr Vater darauf bestanden hatte, ihn das ganze Gespräch zwischen ihr und Kaveh mithören zu lassen, legte den Verdacht nahe, dass das stille Wasser, als das dieser Mann sich ausgab, so tief war, dass Nessie darin schwimmen konnte. Okay, davon durfte sie sich jetzt nicht beirren lassen. Sie durfte sich von gar nichts beirren lassen. Sie würde etwas für die Kinder ihres Vetters tun, und wenn ihr Vater nicht bereit war, mit ihr an einem Strang zu ziehen, dann würde es jemand anders tun. Und sie wusste auch schon, wer.

Sie hob die Hände und seufzte. »Also gut.« Zu Lynley sagte sie: »Tut mir leid, dass Sie sich das alles anhören mussten.«

Er nickte höflich. Aber sein Gesichtsausdruck verriet ihr, dass all die neuen Informationen ihm durchaus willkommen waren.

AUF DEM WEG VON BRYANBARROW NACH WINDERMERE CUMBRIA

Der Tag zuvor war ein Reinfall gewesen. Nachdem Tim zwei Stunden lang an der Straße gestanden hatte, hatte er es aufgegeben, nach Windermere zu trampen. Aber heute würde er sein Ziel erreichen.

Kurz bevor er den langen Fußmarsch von Bryanbarrow durch das Lyth Valley angetreten hatte – der anstrengendste Teil seines Ausflugs –, hatte es angefangen zu regnen. Bestimmt würde ihn niemand mitnehmen, denn die Straße war kaum befahren, und wenn hin und wieder ein Bauer auf einem Traktor vorbeituckerte, war der so langsam und fuhr so eine kurze Strecke, dass er zu Fuß mindestens genauso schnell vorankam. Aber mit dem Regen hatte er nicht gerechnet. Das war ziemlich dumm, weil er nur ein T-Shirt und darüber ein Flanellhemd und darüber ein Sweatshirt mit Kapuze trug, und nichts davon war wasserdicht. Außerdem trug er Sportschuhe, die zwar noch nicht durchnässt, aber bis an die Knöchel voll Schlamm waren, weil der Straßenrand wie immer um diese beknackte Jahreszeit völlig aufgeweicht war. Seine Jeans wurden mit jedem Schritt, den er durch den Regen lief, schwerer. Und da sie ihm viel zu groß waren, musste er sie dauernd hochziehen, damit sie ihm nicht vom Hintern rutschten.

Unten im Tal angekommen, gelang es ihm tatsächlich, ein Auto anzuhalten, ein Lichtblick an diesem verkackten Tag. Es war ein Bauer in einem Land Rover, dessen Kotflügel komplett mit Schlamm beschmiert waren. Der Bauer öffnete die Beifahrertür und sagte: »Steig ein, mein Junge. Du siehst ja aus, als wärst du in den Straßengraben gefallen. Wo willst du denn hin?«

Tim sagte Newby Bridge – was in der entgegengesetzten Richtung lag –, denn es kam ihm irgendwie merkwürdig vor, wie der Typ ihn musterte. Außerdem wollte er nicht, dass man seine Spur verfolgen konnte. Wenn alles wie geplant ablief, wenn sein Name und sein Bild in der Zeitung erschienen und dieser Typ ihn erkannte, dann sollte er, wenn er bei der Polizei anrief, sagen: »Ich erinnere mich an den Jungen. Der hat gesagt, er wollte nach Newby Bridge.«

Der Bauer sagte: »Ach so, Newby Bridge«, und fuhr los. Er sagte, er könne ihn bis Winster mitnehmen, und dann wollte er natürlich wissen, warum Tim nicht in der Schule war. »Heute ist doch ein Schultag, oder? Hast wohl geschwänzt?«

Tim war es gewöhnt, dass Erwachsene dauernd irgendwelche Fragen nach Dingen stellten, die sie einen Scheißdreck angingen. Und jedes Mal würde er denen am liebsten die Augen auskratzen. Einem anderen Erwachsenen würden sie solche Fragen nie stellen – »Warum sind Sie heute nicht bei der Arbeit wie jeder anständige Mensch?« –, aber einem Jugendlichen konnten sie mit jedem Mist kommen. Er hatte mit der Frage gerechnet und sagte: »Kucken Sie mal auf die Uhr. Die Schule ist für heute schon aus.«

»Für meine drei nicht«, sagte der Farmer. »Auf welche Schule gehst du denn?«

Herrgott, dachte Tim. Welche Schule er besuchte, ging den Alten genauso viel an, wie wann er zuletzt geschissen hatte. Er sagte: »Hier in der Gegend. Margaret Fox. In der Nähe von Ulverston.« Wahrscheinlich hatte der Typ noch nie von der Schule gehört. »'ne unabhängige Schule. 'n Internat, aber ich bin Externer.«

»Und was ist mit deinen Händen passiert?«, wollte der Bauer wissen.

Tim biss die Zähne zusammen. »Hab mich geschnitten. Muss 'n bisschen besser aufpassen.«

»Geschnitten? Das sieht aber nicht so aus, als hättest du dich …«

»Hören Sie, halten Sie einfach hier an«, sagte Tim. »Sie können mich hier aussteigen lassen.«

»Wir sind aber noch lange nicht in Winster, Junge.« Das stimmte sogar. Sie waren kaum anderthalb Kilometer weit gekommen.

»Lassen Sie mich einfach hier raus, okay?«, sagte Tim so ruhig, wie er nur konnte. Er wollte auf keinen Fall zu aggressiv werden, das war allzu verräterisch. Aber er wusste, wenn der Alte nicht auf der Stelle anhielt, dann würde was Schlimmes passieren.

Der Bauer zuckte die Achseln. Er fuhr an den Straßenrand. Er schaute Tim lange und durchdringend an, wahrscheinlich, um sich sein Gesicht einzuprägen, dachte Tim. Wenn die nächsten Nachrichten im Radio kamen, würde er jeden Raubüberfall oder böswilligen Vandalismus Tim anhängen. Okay, das Risiko musste er eingehen. Besser, als noch länger bei dem Typen im Auto zu sitzen.

»Pass auf dich auf, Junge«, sagte der Bauer, ehe Tim die Tür mit voller Wucht zuknallte.

»Leck mich«, murmelte Tim, als der Land Rover weiterfuhr. Wütend biss er sich in den Handrücken.

Beim nächsten Mal hatte er mehr Glück. Ein deutsches Paar nahm ihn mit bis Crook, wo sie abbogen, weil sie irgendein scheißvornehmes Hotel gebucht hatten. Sie sprachen ziemlich gut Englisch, aber das Einzige, was sie zu ihm sagten, war »Ach, der viele Regen hier in Cumbria«, und wenn sie miteinander redeten, und das taten sie die meiste Zeit, sprachen sie natürlich Deutsch, in kurzen, abgehackten Sätzen und, so schien es ihm, über irgendjemanden namens Heidi.

Kurz hinter der Crook Road hielt ein Lastwagenfahrer. Der

Typ fuhr bis nach Keswick, er könne Tim bis nach Windermere mitnehmen, sagte er, kein Problem.

Ein Problem war allerdings, dass der Fahrer es für nötig hielt, Tim einen Vortrag über die Gefahren des Trampens zu halten. Ob seine Eltern wüssten, dass er allein unterwegs war und zu Fremden ins Auto stieg? Du kennst mich ja nicht mal, sagte er. Ich könnte Sutcliffe sein. Oder Brady. Ich könnte ein Kinderschänder sein, der dir an die Wäsche will. Verstehst du, was ich meine?

Tim ertrug das alles, ohne dem Typen eine in die Fresse zu hauen, was er am liebsten getan hätte. Er nickte, sagte: »Ja, sicher«, und als sie endlich in Windermere waren, sagte er: »Lassen Sie mich da an der Bibliothek aussteigen.« Der Fahrer tat ihm den Gefallen, aber nicht, ohne noch einmal zu betonen, was Tim für ein Glück hatte, dass er sich nicht für zwölfjährige Jungs interessierte. Und weil das wirklich zu viel war, sagte Tim ihm, dass er vierzehn sei, nicht zwölf. Der Lastwagenfahrer lachte laut und erwiderte: »Nie im Leben! Und was versteckst du da überhaupt unter deinen weiten Sachen? Wahrscheinlich bist du in Wirklichkeit ein Mädchen, ha ha!« Woraufhin Tim die Beifahrertür zugeknallt hatte.

Er war restlos am Ende mit seiner Geduld. Am liebsten wäre er in die Bibliothek marschiert und hätte sämtliche Bücher aus den Regalen gerissen. Aber das würde ihm überhaupt nichts nützen. Also biss er sich so lange in die Fingerknöchel, bis er Blut schmeckte, und das beruhigte ihn ein bisschen. Er atmete tief durch und machte sich auf den Weg ins Geschäftsviertel.

Selbst um diese Jahreszeit gab es Touristen in Windermere. Es war natürlich längst nicht so schlimm wie im Sommer, wo man auf Schritt und Tritt von irgendeinem mit Rucksack und Wanderstab bewaffneten Touristen über den Haufen gerannt wurde. Im Sommer fuhr kein Einheimischer, der halbwegs bei Trost war, in die Stadt, weil die Straßen dann hoffnungslos verstopft waren. Jetzt war es nicht so voll hier, und die paar hartgesottenen Naturfreaks, die bei dem Wetter hier herumtrotteten, sahen mit den dunkelgrünen Regencapes, die sie über ihren Rucksäcken trugen, aus, als hätten sie riesige Buckel. Tim ging an ihnen vorbei Richtung Geschäftszentrum, wohin die Touristen sich nicht verirrten, weil sie dort nichts zu suchen hatten.

Tim dagegen hatte einen guten Grund, dort hinzugehen, und der hieß *Shots!*. Es handelte sich um ein Fotolabor, wie er bei seinem einzigen Besuch in Windermere herausgefunden hatte. Der Laden hatte sich darauf spezialisiert, Landschaftsaufnahmen von Profi-Fotografen, die zu jeder Jahreszeit in den Lake District kamen, in Postergröße zu drucken.

Im Schaufenster waren Kostproben dessen, was *Shots!* zu bieten hatte. Im Laden selbst hingen Porträtfotos an den Wänden, in einem Regal hinter dem Tresen waren Digitalkameras aufgereiht, und in einer Ecke stand eine Vitrine mit antiken Kameras. Ein Mann kam aus dem Zimmer hinter dem Tresen, als Tim eintrat. Der Mann trug einen weißen Laborkittel mit dem gestickten Logo von *Shots!* und einem Namensschild auf der linken Brust. Als ihre Blicke sich begegneten, entfernte der Mann hastig das Namensschild von seinem Kittel und steckte es in die Tasche.

Nicht zum ersten Mal dachte Tim, wie normal Toy4You aussah. Ganz anders als man erwarten würde, mit ordentlich frisiertem braunen Haar, rosigen Wangen und Nickelbrille. Er hatte ein angenehmes Lächeln, das er sofort aufsetzte. Aber er sagte zu Tim: »Das ist ein schlechter Zeitpunkt.«

»Ich hab dir ’ne SMS geschickt«, sagte Tim. »Du hast nicht geantwortet.«

»Ich hab keine SMS von dir bekommen«, antwortete Toy4You. »Bist du sicher, dass du sie an die richtige Adresse geschickt hast?« Dabei schaute er Tim direkt in die Augen, und deswegen wusste Tim, dass er log, denn er hatte es früher genauso gemacht, bis er kapiert hatte, wie verräterisch es war, jemanden so anzustieren.

Tim sagte: »Warum hast du mir nicht geantwortet? Wir hatten eine Abmachung. Wir *haben* eine Abmachung. Ich hab meinen Teil eingehalten. Du nicht.«

Der Mann warf einen Blick zur Tür. Er hoffte wohl, dass ein Kunde reinkam und er das Gespräch beenden konnte, denn er wollte genauso wenig wie Tim, dass jemand mitbekam, was sie miteinander zu bereden hatten. Aber es kam keiner, er würde also reden müssen, denn sonst würde er schon sehen, was Tim hier im Laden anstellte – zum Beispiel die Vitrine mit den antiken Kameras umwerfen.

»Ich hab gesagt…«

»Das, was du willst, ist zu riskant«, fiel Toy4You ihm ins Wort. »Ich habe darüber nachgedacht. Es geht einfach nicht.«

Tim spürte, wie die blanke Wut in ihm hochstieg. Ihm wurde so heiß, als würde er von innen verbrennen, und er atmete schnell und heftig, weil er nicht wusste, wie er sonst dagegen ankommen sollte. »Wir haben eine verdammte *Abmachung*. Meinst du etwa, das hätte ich vergessen?« Er ballte die Fäuste und schaute sich um. »Hast du überhaupt eine Ahnung, was ich tun kann, wenn du die Abmachung nicht einhältst?«

Toy4You zog eine Schublade am Ende des Tresens auf. Tim erstarrte, denn er dachte, er würde eine Pistole herausholen, so würde es jedenfalls im Kino gehen. Stattdessen nahm er eine Schachtel Zigaretten aus der Schublade. Zündete sich eine an. Musterte Tim ziemlich lange. Schließlich sagte er: »Also gut. Wenn du es unbedingt willst. Aber dann brauche ich mehr von dir, als du mir schon gegeben hast. Nur so lohnt es sich für mich. Risiko gegen Risiko.«

Tim öffnete den Mund, um etwas zu sagen, brachte aber kein Wort heraus. Er hatte schon alles getan. *Alles.* Und jetzt sollte er noch mehr tun? Er sagte das Einzige, was ihm einfiel: »Du hast es mir versprochen.«

Toy4You verzog das Gesicht wie einer, der eine vollgeschissene Windel auf dem Fahrersitz seines Autos entdeckt. »Was faselst du da von wegen ›du hast es mir versprochen‹? Sind wir hier im Kindergarten, oder was? Du gibst mir deinen Schokoriegel, dafür lass ich dich mit meinem Dreirad fahren? Aber dann ess ich den Schokoriegel auf, und du kuckst in die Röhre?«

»Wir haben eine Abmachung«, sagte Tim. »Du warst einverstanden. Das ist unfair.«

Toy4You nahm einen tiefen Zug von seiner Zigarette und schaute Tim dabei mit zusammengekniffenen Augen an. Er sagte: »Ich hab's mir anders überlegt. Das kommt vor. Das Risiko ist mir zu hoch. Wenn du unbedingt willst, dass es passiert, mach's doch selbst.«

Tim sah, wie ein roter Vorhang zwischen ihm und Toy4You fiel. Er wusste, was das bedeutete: Er musste handeln, und Toy4You würde nicht die Polizei rufen, um ihn davon abzuhalten. Andererseits wäre es damit natürlich aus zwischen ihnen, und Tim hatte absolut keine Lust, noch mal ganz von vorne anzufangen und sich jemand anderen zu suchen. Die Tage und Wochen, die das dauern würde – unmöglich. Also sagte er: »Ich schwöre bei Gott, ich verrate alles. Und anschließend … Nein, vorher bring ich dich um, und dann verrat ich alles. Ich schwör's dir. Ich sag, es war Notwehr.«

Toy4You hob gelangweilt eine Braue. »Bei der fetten Spur, die du auf deinem Computer hinterlassen hast? Das glaube ich kaum, Kumpel.« Er warf einen Blick auf eine Wanduhr hinter dem Tresen. »So, und jetzt wird's Zeit, dass du dich verziehst.«

»Ich bleibe.« Tims Stimme zitterte. Die Wut raubte ihm fast den Atem. »Ich verrat es jedem, der hier reinkommt. Wenn du mich rauswirfst, warte ich auf dem Parkplatz. Ich erzähl's jedem, der an deinem Laden vorbeigeht. Wenn du die Bullen rufst, erzähl ich's denen ebenfalls. Du meinst wohl, ich bluffe nur. Glaubst du etwa, ich hätte jetzt noch vor irgendwas Angst?«

Toy4You antwortete nicht sofort. Es wurde so still, dass das

Geräusch des Sekundenzeigers der Wanduhr klang, als würde der Hahn einer Pistole gespannt. Immer und immer wieder. Schließlich sagte der Mann: »Ganz ruhig. Also gut. Du hast mich in der Hand, aber das gilt auch umgekehrt, auch wenn du's noch immer nicht kapiert hast. Wie gesagt, du gehst kein Risiko ein. Nur ich. Also musst du dafür sorgen, dass es sich für mich noch ein bisschen mehr lohnt. Das ist alles.«

Tim sagte nichts. Am liebsten wäre er über den Tresen gesprungen und hätte das Arschloch zu Brei geschlagen. Doch er rührte sich nicht von der Stelle.

Toy4You sagte: »Was kostet es dich schon zu tun, was ich von dir verlange – eine Stunde? Zwei? Drei? Wenn du unbedingt willst, dass ich meinen Teil einhalte, musst du dich schon ein bisschen ins Zeug legen. Wenn nicht, ruf die Bullen an. Aber wenn du das tust, musst du denen Beweise liefern, und wir wissen ja beide, wohin das führen würde. Du hast ein Handy, auf dem SMS gespeichert sind. Du hast einen Computer, auf dem E-Mails gespeichert sind. Die Bullen werden sich das alles genau ansehen, und dann werden sie rauskriegen, was mit dir los ist. Wir sitzen beide in der Tinte, also sollten wir einander lieber helfen, anstatt uns gegenseitig vor die Lokomotive zu stoßen, oder?«

Sie starrten einander an. Tim spürte, wie von seiner Wut und Verzweiflung nur noch Hoffnungslosigkeit übrig blieb. Er wollte der Wahrheit nicht ins Gesicht sehen, und die lautete, dass Toy4You recht hatte, das ließ sich nicht leugnen. Also sagte er schließlich tonlos: »Was?«

Toy4You lächelte kurz. »Diesmal nicht allein.«

Tim drehte sich der Magen um. »Wann?«

Wieder lächelte der Mann, diesmal triumphierend. »Bald, mein Freund. Ich schicke dir eine SMS. Mach dich einfach bereit. Diesmal gehen wir aufs Ganze. Kapiert?«

»Ja«, sagte Tim, denn es blieb ihm nichts anderes übrig.

LAKE WINDERMERE
CUMBRIA

Nachdem Manette gegangen war, sagte Lynley zu Bernard Fairclough, sie müssten miteinander reden. Fairclough nickte, offenbar hatte er damit gerechnet, aber obwohl es angefangen hatte zu regnen, sagte er: »Zuerst möchte ich Ihnen noch den Formschnittgarten zeigen.«

Lynley widersprach nicht, denn er vermutete, dass Fairclough die Zeit brauchte, um sich für das bevorstehende Gespräch zu wappnen. Sie betraten den Garten durch einen Torbogen in einer von Flechten überzogenen Steinmauer. Fairclough plauderte über das Anwesen. Er wirkte ziemlich entspannt, aber zweifellos hatte er schon zahllose Besucher hierhergeführt und ihnen voller Stolz gezeigt, wie viel Liebe und Mühe seine Frau in den Garten gesteckt hatte, um ihm seine alte Pracht zurückzugeben.

Lynley hörte kommentarlos zu. Er fand den Garten auf seltsame Weise schön. Im Allgemeinen bevorzugte er natürlich gewachsene Sträucher, doch hier waren Buchsbaum, Ilex, Myrte und Eiben zu bizarren Gebilden zurechtgeschnitten, einige davon waren fast zehn Meter hoch. Es gab Würfel, Pyramiden, Spiralen, doppelte Spiralen, Pilze, Bögen, Fässer und Kegel. Mit Kies aus gebleichtem Sandstein bestreute Wege führten zwischen den Gebilden hindurch, und die Zwischenräume waren mit Parterren aus winzigen Buchsbaumsträuchern ausgefüllt. In diesen Parterren bildeten die gelben Blüten der Kapuzinerkresse einen hübschen Kontrast zu violetten Stiefmütterchen.

Der Garten sei über zweihundert Jahre alt, und Valerie habe davon geträumt, ihn zu restaurieren, seit sie Ireleth Hall geerbt hatte, erklärte Bernard Fairclough. Anhand von Fotos von Anfang des zwanzigsten Jahrhunderts und mit der Unterstützung zweier Gärtner habe sie sich in jahrelanger Arbeit ihren Traum erfüllt. »Großartig, nicht wahr?«, sagte Fairclough voller Bewunderung. »Meine Frau ist einfach unglaublich.«

Lynley war beeindruckt. Das wäre zweifellos jedem so gegangen. Aber irgendetwas in Faircloughs Ton stimmte nicht, und Lynley sagte zu ihm: »Wollen wir hier reden oder lieber woanders?«

Fairclough, dem klar zu sein schien, dass kein Weg mehr an dem Gespräch vorbeiführte, erwiderte: »Kommen Sie mit. Valerie ist zu Mignon gegangen, es wird eine Weile dauern, bis sie zurückkommt. Wir können uns in der Bibliothek unterhalten.«

Die Bezeichnung war irreführend, denn in dem Raum gab es kein einziges Buch. Es handelte sich um ein kleines, gemütliches Zimmer gleich neben der großen Eingangshalle, mit Wandvertäfelungen aus dunklem Holz und Porträts längst verstorbener Faircloughs. In der Mitte stand ein Schreibtisch, und vor einem reich verzierten offenen Kamin waren zwei Sessel angeordnet. Ein Kohlefeuer war vorbereitet, und auf dem Kaminsims standen antike Keramikvasen. Fairclough zündete das Feuer an, denn es war kühl in dem Zimmer. Dann öffnete er die schweren Vorhänge. Der Regen hatte zugenommen und schlug gegen die bleiverglasten Fenster.

Fairclough bot Lynley einen Drink an, den dieser in Anbetracht der frühen Stunde ablehnte. Fairclough schenkte sich einen Sherry ein. Er deutete auf die Sessel, und sie nahmen Platz. »Sie bekommen mehr schmutzige Wäsche zu sehen, als ich erwartet hatte«, sagte er zu Lynley. »Das tut mir leid.«

»In jeder Familie gibt es schmutzige Wäsche«, erwiderte Lynley. »Auch in meiner.«

»Nicht so schmutzige wie in meiner, darauf möchte ich wetten.«

Lynley zuckte die Achseln. Dann stellte er die unumgängliche Frage: »Wollen Sie, dass ich mit meinen Ermittlungen fortfahre, Bernard?«

»Warum fragen Sie?«

Lynley legte die Fingerspitzen aneinander, stützte das Kinn darauf und schaute nachdenklich ins Kaminfeuer. Von Kerzenstummeln entzündet, kam es langsam in Fahrt. Bald würde es angenehm warm im Zimmer sein. Er sagte: »Wenn der Coroner auf Unfall entschieden hat, möchten Sie es vielleicht gern dabei belassen.«

»Und jemanden mit Mord davonkommen lassen?«

»Meiner Erfahrung nach kommt letztlich niemand mit etwas davon.«

»Was haben Sie entdeckt?«

»Es geht nicht um das, was ich entdeckt habe. Das ist bisher ohnehin ziemlich wenig, da mir aufgrund der Scharade, die wir hier spielen, gewissermaßen die Hände gebunden sind. Es geht eher um das, was ich entdecken könnte, und das ist ein Mordmotiv. Was ich sagen will, ist: Es könnte sich durchaus um einen Unfall handeln, aber wenn ich weiterermittle, könnte es sein, dass Sie Dinge über Ihren Sohn, Ihre Töchter, selbst über Ihre Frau erfahren, die Sie vielleicht lieber nicht wissen wollen, egal, auf welche Weise Ihr Neffe gestorben ist. Das bringen polizeiliche Ermittlungen so mit sich.«

Fairclough schien darüber nachzudenken. Wie Lynley schaute er eine Weile in die Flammen, dann betrachtete er die Keramikvasen auf dem Kaminsims. Lynley fiel auf, dass eine davon einmal zerbrochen und wieder zusammengeklebt worden war. Das war wohl schon lange her, dachte er, denn die Scherben waren ungeschickt zusammengesetzt worden, nicht so perfekt wie es mit modernen Klebern möglich war, die die Bruchstellen unsichtbar machten.

Lynley sagte: »Andererseits könnte es sich tatsächlich um Mord handeln. Und der Täter könnte jemand sein, den Sie lieben. Wollen Sie sich dieser Möglichkeit stellen?«

Fairclough sah ihn an. Er sagte nichts, aber Lynley sah ihm an, dass er über etwas nachdachte.

»Überlegen Sie es sich gut«, sagte Lynley. »Sie wollten wissen, ob Nicholas irgendetwas mit dem Tod seines Vetters zu tun hat. Deswegen sind Sie nach London gekommen. Doch was ist, wenn nicht Nicholas, sondern jemand anders in die Sache verwickelt ist? Ein anderes Mitglied Ihrer Familie? Und was ist, wenn der Mordanschlag gar nicht Ian galt? Möchten Sie auch das erfahren?«

Sie wussten beide, wem der Mordanschlag sonst gegolten hätte, und Fairclough sagte, ohne zu zögern: »Niemand hätte einen Grund, Valerie etwas zuleide zu tun. Sie ist der Mittelpunkt, um den sich unsere Welt hier dreht. Meine und ihre.« Er zeigte nach draußen, woraus Lynley schloss, dass er seine Kinder meinte, und eins davon im Besonderen.

»Bernard«, sagte Lynley. »Wir müssen auch Mignon überprüfen, es geht nicht anders. Sie hat Zugang zum Bootshaus. Und zwar jeden Tag.«

»Auf keinen Fall Mignon«, entgegnete Fairclough. »Sie hätte Ian nie etwas antun können, und ihrer Mutter schon zweimal nicht.«

»Warum nicht?«

»Sie ist kränklich, Tommy. Und das war sie schon immer. Sie hat als Kind eine Kopfverletzung erlitten und seitdem … Na ja, sie ist behindert. Ihre Knie, die Operationen … Egal … Sie wäre jedenfalls nicht dazu in der Lage gewesen.«

»Wenn sie irgendwie dazu in der Lage gewesen wäre«, sagte Lynley, »hätte sie denn ein Motiv gehabt? Gibt es etwas, das ich über Mignons Beziehung zu ihrer Mutter wissen sollte? Oder über ihre Beziehung zu ihrem Vetter? Haben die beiden sich nahegestanden? Waren sie Feinde?«

»Anders ausgedrückt: Hätte sie einen Grund gehabt, sich Ians Tod zu wünschen?«

»Das ist meine Frage.«

Fairclough nahm seine Brille ab und rieb sich die Augen. »Ian hat mich in Finanzdingen beraten, wie Sie wissen. Er war für alle meine finanziellen Angelegenheiten verantwortlich. Das war sein Job. Er war sehr gut darin, und ich brauchte ihn.«

»Verstehe«, sagte Lynley.

»Eine Zeitlang – vielleicht drei Jahre – hat er von mir verlangt, dass ich die monatlichen Zahlungen an Mignon einstelle. Er hat nie begriffen, dass das Mädchen einfach nicht arbeiten kann. Das konnte sie noch nie. Doch Ian meinte, ich würde sie durch meine Unterhaltszahlungen nur in Abhängigkeit halten, und sie könnte ganz gut für sich selbst sorgen. Das Thema war ein Zankapfel zwischen uns. Kein großer, und wir stritten uns nur ein-, zweimal im Jahr darüber. Aber ich hatte nie die Absicht… Ich konnte es einfach nicht. Wenn ein Kind eine schlimme Verletzung davonträgt… Wenn Sie irgendwann mal Kinder haben, werden Sie das verstehen, Tommy.«

»Weiß Mignon, dass Ian von Ihnen verlangt hat, die Unterhaltszahlungen einzustellen?«

Fairclough nickte widerstrebend. »Er hat mit ihr darüber gesprochen. Als ich mich geweigert habe, ist er zu ihr gegangen. Er hat ihr vorgeworfen, sie würde ihrem Vater ›auf der Tasche liegen‹. Mignon hat's mir erzählt. Sie fühlte sich natürlich gekränkt. Sie hat mir gesagt, ich könnte die Zahlungen an sie sofort einstellen. Sie hat mich sogar darum gebeten.«

»Ich schätze, sie wusste genau, dass Sie es nicht tun würden.«

»Sie ist meine Tochter«, sagte Fairclough.

»Und Ihre anderen Kinder? Hatte Manette einen Grund, Ians Tod zu wünschen?«

»Manette hat Ian geliebt. Ich glaube, es gab eine Zeit, da hätte sie ihn gern geheiratet. Das war natürlich lange, bevor Kaveh aufgetaucht ist.«

»Und wie stand er zu ihr?«

Fairclough trank seinen Sherry aus und stand auf, um sich nachzuschenken. Er hielt die Flasche hoch und sah Lynley fragend an. Der lehnte erneut ab. »Er mochte Manette«, sagte Fairclough. »Aber mehr auch nicht.«

»Sie ist geschieden, nicht wahr?«

»Ja. Ihr Exmann arbeitet für mich. Freddie McGhie. Sie übrigens auch.«

»Könnte es einen Grund geben, warum Freddie McGhie Ians Tod gewünscht hätte? Sie haben mir gesagt, dass Sie noch keinen Nachfolger als Firmenleiter bei Fairclough Industries bestimmt haben. Wer käme dafür in Frage, jetzt wo Ian nicht mehr da ist?«

Fairclough schaute ihn an, sagte jedoch nichts. Lynley hatte den Eindruck, dass sie sich einem Thema näherten, an das Fairclough lieber nicht rühren wollte. Er hob eine Braue. Fairclough räusperte sich. »Wie gesagt. Ich habe mich noch nicht entschieden. Manette oder Freddie könnten übernehmen. Beide arbeiten für mich, seit sie ins Berufsleben eingestiegen sind. Vor allem Freddie wäre ein geeigneter Kandidat, auch wenn Manette sich von ihm hat scheiden lassen. Er kennt jede Abteilung, und er hat in jeder einzelnen gearbeitet. Eigentlich würde ich jemanden aus der Familie bevorzugen, genau wie Valerie, aber wenn niemand über die entsprechende Erfahrung und Einstellung verfügt, wäre es nur logisch, dass Freddie die Zügel übernimmt.«

»Würden Sie Ihren Sohn Nicholas als Nachfolger in Erwägung ziehen?«

»Das wäre der reine Wahnsinn, bei seiner Vorgeschichte. Aber er gibt sich große Mühe, mir zu beweisen, dass er sein altes Leben endgültig hinter sich gelassen hat.«

»Was hat Ian davon gehalten?«

»Er war davon überzeugt, dass Nick scheitern würde. Aber Nick hatte mir geschworen, er sei ein anderer Mensch geworden, und ich wollte ihm eine Chance geben. Er arbeitet sich von der Pike auf nach oben. Dafür bewundere ich ihn.«

»Ist das eine Abmachung zwischen Ihnen?«

»Ganz und gar nicht. Es war allein seine Idee. Ich nehme an, dass Alatea ihm dazu geraten hat.«

»Es wäre also denkbar, dass er irgendwann die Firma übernimmt?«

»Alles ist möglich«, antwortete Fairclough. »Wie gesagt, es ist noch keine Entscheidung gefallen.«

»Aber Sie müssen es zumindest in Erwägung gezogen haben. Warum sonst hätten Sie mich hierherbitten sollen, damit ich Nicholas unter die Lupe nehme?«

Fairclough schwieg. Das reichte Lynley als Antwort. Schließlich war Nicholas sein Sohn. Und normalerweise wurde ein Geschäft vom Vater auf den Sohn vererbt und nicht auf den Neffen.

»Sonst noch jemand mit einem Motiv, Ian umzubringen?«, fuhr Lynley fort. »Fällt Ihnen noch irgendjemand ein, der mit Ian ein Hühnchen zu rupfen, ein gemeinsames Geheimnis, eine Sache zu klären hatte?«

»Nein, niemand.« Fairclough nippte an seinem Sherry und schaute Lynley dabei über das Glas hinweg an.

Lynley war sich ganz sicher, dass der Mann log, aber er wusste nicht, warum. Außerdem hatte er das Gefühl, dass sie immer noch nicht zu dem eigentlichen Grund für seine Anwesenheit in Ireleth Hall vorgedrungen waren. Lynley sagte: »Bernard, bis auf diejenigen, die keinen Zugang zum Bootshaus haben, stehen alle unter Verdacht. Sie werden eine Entscheidung fällen müssen, wenn Sie die Wahrheit wissen wollen, wie auch immer die lauten mag.«

»Was für eine Entscheidung?«

»Wenn Sie dieser Sache wirklich auf den Grund gehen wollen, werden Sie mich als das akzeptieren müssen, was ich bin.«

»Und was sind Sie?«

»Polizist.«

FLEET STREET
LONDON

Barbara Havers ging in einen Pub in der Nähe der Fleet Street, der zu Hochzeiten des Zeitungsgeschäfts, als noch alle angesehenen Zeitungen und Boulevardblätter ihre Zentrale in der Gegend gehabt hatten, der Treffpunkt aller Journalisten gewesen war. Die Zeiten hatten sich geändert, und die Canary Wharf-Bürotürme hatten mehr als ein Zeitungshaus in den Osten der Stadt gelockt. Aber nicht alle waren den Sirenengesängen von niedrigen Mieten gefolgt, und vor allem ein Verlag war stur geblieben, entschlossen, dicht am Geschehen auszuharren. Das war die *Source*, und Barbara wartete in dem Pub auf ihren Informanten bei der *Source*. Sie hatte den Mann angerufen und um ein Treffen gebeten. Als er sich geziert hatte, hatte sie ihm ein Mittagessen in Aussicht gestellt. Er hatte immer noch gezögert, bis sie den Namen Lynley fallen gelassen hatte. Das hatte ihn hellhörig gemacht. »Wie geht es ihm?«, hatte er gefragt, offenbar in der Hoffnung auf ein saftiges Häppchen für die Leser der Sparte *Persönliche Tragödien und ihre Folgen*. Es würde nicht für eine Schlagzeile reichen, aber wenn die Einzelheiten interessant waren, wäre es vielleicht etwas für die Seite drei.

Sie hatte geantwortet: »Am Telefon sag ich überhaupt nichts. Können wir uns sehen?«

Das hatte funktioniert. Es widerstrebte ihr, Lynley auf diese Weise zu benutzen – na ja, eigentlich widerstrebte es ihr grundsätzlich, ihn zu benutzen –, aber da er derjenige war, der sie um Informationen gebeten hatte, fiel das ihrer Meinung nach so gerade noch unter die Rubrik »zwischen Freunden erlaubt«.

Isabelle Ardery war ein härterer Brocken gewesen. Als sie im Yard angerufen und um den freien Tag gebeten hatte, der ihr zustand, war ihre Chefin sofort misstrauisch geworden. »Warum?«, hatte sie gefragt. »Wo fahren Sie hin?« Aber da Barbara damit gerechnet hatte, dass die Ardery das größte Problem sein würde, war sie vorbereitet gewesen.

»Zum Frisör«, hatte sie geantwortet. »Zu einem Salon in Knightsbridge.«

»Sie brauchen also nur diesen einen Tag«, hatte Ardery nachgehakt.

»Vorerst«, hatte Barbara geantwortet.

»Was soll das denn heißen, Sergeant?« Schon wieder dieses Misstrauen. Die Ardery würde lernen müssen, sich zu beherrschen, wenn sie nicht wollte, dass man ihr ihre Paranoia anmerkte, dachte Barbara.

»Seien Sie gnädig, Chefin«, sagte sie. »Wenn ich nachher nicht mehr in den Spiegel schauen mag, muss ich wohl oder übel jemanden auftreiben, der das wieder in Ordnung bringt. Ich melde mich. Ich muss sowieso Überstunden abfeiern.«

Das war die Wahrheit, und das wusste die Ardery. Außerdem hatte sie ihr persönlich den Befehl erteilt, ihre äußere Erscheinung aufzupeppen. Und so hatte ihre Chefin widerwillig zugestimmt, allerdings hinzugefügt: »Nicht mehr als zwei Tage«, damit Barbara nicht vergaß, wer von ihnen beiden das Sagen hatte.

Auf dem Weg zum Pub hatte Barbara bereits einen von Lynleys Aufträgen erledigt und die neueste Ausgabe von *Conception* gekauft. Ausfindig gemacht hatte sie die Zeitschrift in einem Bahnhofsbuchladen, der alle erdenklichen Presseerzeugnisse führte, und zwar im U-Bahnhof King's Cross, der praktischerweise sowieso auf ihrem Weg von Chalk Farm ins Zentrum lag. Es war also ein Klacks gewesen, wenn man davon absah, dass sie den abschätzigen Blick des jungen Mannes hatte über sich ergehen lassen müssen, der die Kasse bediente. An seinen Augen und dem kaum merklichen Zucken der Mundwinkel hatte sie genau ablesen können, was er dachte: *Empfängnis? Du? Da lachen ja die Hühner.* Am liebsten hätte sie ihn an seinem weißen Hemd gepackt und über den Tresen gezogen, aber der Schmutzrand am Kragen hatte sie davon abgehalten. Jemandem, dessen persönliche Hygiene nicht einmal dazu ausreichte, dass er seine Klamotten wusch, musste man nicht unbedingt so nahe kommen, hatte sie sich gesagt.

Während sie im Pub auf ihren Informanten wartete, blätterte sie in der Zeitschrift. Sie fragte sich, wo die all die perfekten Säuglinge für ihre Fotos auftrieben und all die frischgebackenen Mütter, die rosig und ausgeruht aussahen und nicht wie echte Mütter mit eingefallenen Wangen und dunklen Ringen unter den Augen vom permanenten Schlafmangel. Sie hatte sich eine Ofenkartoffel mit Chili con carne bestellt, die sie sich gerade zu Gemüte führte, als ihr Kontaktmann von der *Source* auftauchte.

Mitchell Corsico betrat den Pub in seiner üblichen Aufmachung. Er trug stets einen Stetsonhut, Jeans und Cowboystiefel, und diesmal hatte er sogar eine Lederjacke mit Fransen an. Gott, dachte Barbara, wahrscheinlich würde er sich als Nächstes Lederchaps und einen Revolvergurt zulegen. Als er sie sah, nickte er ihr kurz zu und ging an den Tresen, um seine Bestellung aufzugeben. Er warf einen Blick auf die Speisekarte, legte sie weg und sagte dem Wirt, was er haben wollte. Er bezahlte sogar für sein Essen, was Barbara für ein positives Zeichen hielt, bis er an ihren Tisch kam und sagte: »Zwölf Pfund vierzig.«

Sie fragte: »Verflucht, was haben Sie sich denn bestellt?«

»Hatte ich ein Limit?«

Grummelnd kramte sie ihr Portemonnaie aus der Tasche und schob das Geld über den Tisch, während er sich auf seinen Stuhl setzte, als würde er auf ein Pferd steigen. »Wo haben Sie denn Jolly Jumper gelassen?«, fragte sie.

»Hä?«

»Vergessen Sie's.«

»Das ist ungesund«, bemerkte er mit einem Blick auf ihr Essen.

»Was haben Sie denn bestellt?«

»Okay, nicht so wichtig. Was gibt's?«

»Sie müssen mir einen Gefallen tun.«

Sie sah Argwohn in seinen Augen aufflackern, und sie konnte es ihm nicht verdenken. Normalerweise bat Corsico die Polizei um Informationen, nicht umgekehrt. Aber in seinem Blick lag auch ein bisschen Hoffnung, denn im Yard war man überhaupt nicht gut auf ihn zu sprechen. Vor knapp einem Jahr hatte er die Polizei auf der Jagd nach einem Serienmörder begleitet, und bei der Gelegenheit hatte er sich nicht besonders beliebt gemacht.

Trotzdem war er vorsichtig. »Ich weiß nicht«, sagte er. »Mal sehen. Was brauchen Sie denn?«

»Einen Namen.«

Er hielt sich zurück.

»Ein Reporter der *Source* hat sich in Cumbria umgesehen. Ich muss wissen, wer das ist und warum er da raufgeschickt wurde.« Als Corsico daraufhin in seine Jackentasche langte, sagte sie hastig: »Wir sind noch nicht bei den Gefälligkeiten, Mitch. Geben Sie Jolly Jumper noch nicht die Zügel, wenn Sie verstehen, was ich meine.«

»Ah, ein Pferd.«

»Ja, genau wie Silver. Hü hott. Hätte eigentlich gedacht, dass Sie sich damit auskennen. Also, wer ist da raufgefahren? Und warum?«

Er überlegte. Nachdem sein Essen gekommen war – Roastbeef und Pasteten mit allen möglichen Gemüsebeilagen, was er garantiert nur dann bestellte, wenn er nicht selbst dafür bezahlen musste, dachte Barbara –, sagte er: »Erst will ich wissen, was für mich dabei rausspringt.«

»Das hängt vom Wert Ihrer Informationen ab.«

»So funktioniert das nicht«, sagte er.

»Normalerweise nicht. Aber die Zeiten ändern sich. 'ne neue Chefin, die mir auf die Finger kuckt. Ich muss vorsichtig sein.«

»Ein Exklusiv-Interview mit DI Lynley, und wir sind im Geschäft.«

»Ha! Ganz schwierig.«

Er stand auf. Barbara wusste, dass das reine Show war, denn er würde auf keinen Fall sein Roastbeef mit Pasteten unangerührt stehen lassen. Doch sie ließ sich auf das Spiel ein und sagte: »Also gut. Ich werde sehen, was sich machen lässt… Wer wurde nach Cumbria geschickt?«

Wie erwartet erzählte er ihr alles, was er wusste: Zedekiah Benjamin, der eine Story über Nicholas Fairclough geschrieben hatte. Der Chefredakteur hatte den Reporter abblitzen lassen, der daraufhin erneut nach Cumbria gefahren war, um aus seiner Story etwas zu machen, was zur *Source* passte. Der Mann war inzwischen dreimal in Cumbria gewesen – vielleicht auch viermal –, um seine Story aufzumotzen, aber anscheinend kam er nicht richtig aus der Hüfte. Bis zu dem Tag, an dem Ian Cresswell ertrunken war, hatte er nichts von Bedeutung ausgegraben.

Das war allerdings interessant, dachte Barbara. Sie erkundigte sich nach Zedekiah Benjamins Reisedaten und erfuhr, dass er zweimal vor Ian Cresswells Tod nach Cumbria gefahren war. Beim zweiten Mal war er genau drei Tage vor Cresswells Ableben mit eingezogenem Schwanz nach London zurückgekehrt, ohne die schlüpfrigen Details, die sein Chefredakteur von ihm verlangte.

Sie fragte: »Was passiert mit diesem Kerl, wenn es ihm nicht gelingt, seine Geschichte sexy zu machen?«

Corsico fuhr sich mit dem Finger quer über den Hals und zeigte anschließend mit dem Daumen über seine Schulter, für den Fall, dass Barbara nicht geschnallt hatte, was er meinte. Sie nickte. »Wissen Sie, wo er da oben abgestiegen ist?«, fragte sie.

Corsico verneinte, fügte jedoch hinzu, dass es nicht besonders schwierig sein dürfte, Benjamin ausfindig zu machen, falls er um irgendjemandes Haus schlich.

»Warum nicht?«, fragte Barbara.

Weil er zwei Meter groß war und flammenrote Haare hatte, lautete die Antwort.

»So«, sagte Corsico und zückte seinen Notizblock. »Und jetzt sind Sie dran.«

»Das müssen wir verschieben«, erwiderte sie.

ARNSIDE KNOTT
CUMBRIA

Es begann zu regnen. Aber Alatea war darauf eingestellt. Als sie zu ihrem Spaziergang aufgebrochen war, hatte sie die dicken schwarzen Wolken über Humphrey Head gesehen, die über die Morecambe Bay auf Arnside zutrieben. Sie hatte damit gerechnet, dass der Regen bald einsetzen würde, allerdings nicht damit, dass der Schauer sich zu einem Unwetter auswuchs.

Sie war auf halbem Weg zu ihrem Ziel, als der Wolkenbruch losging. Sie hätte umkehren können, aber das tat sie nicht, denn sie wollte unbedingt auf den höchsten Punkt des Arnside Knott steigen, komme, was wolle. Grimmig sagte sie sich, dass sie da oben vom Blitz getroffen werden könnte, und in dem Moment fand sie die Vorstellung, dass ihr Leben auf diese Weise enden könnte, gar nicht so schlimm. Es wäre ruck, zuck vorbei. Schluss, aus. Es wäre eine Art der absoluten Gewissheit in einer Situation, in der die fehlende Gewissheit sie zerfraß.

Der Regen ließ nach, als sie den letzten Teil des Anstiegs in Angriff nahm. Auf dem Abhang um sie herum grasten braunrote schottische Hochlandrinder. Alateas Füße suchten Halt in dem Sandsteingeröll, und sie hielt sich beim Klettern an den krummen, windzerzausten Koniferen fest, die hier wuchsen. Oben angekommen, war sie weniger außer Atem als die letzten Male, die sie hier heraufgestiegen war. Wahrscheinlich, dachte sie, würde sie schon bald fit genug sein, um den Arnside Knott hochzujoggen.

Von hier oben aus konnte sie alles sehen: ein Dreiviertelkreispanorama von Peel Island Castle, von hier aus nur als kleiner Punkt erkennbar, bis zu den Hügeln an der Morecambe Bay mit den Fischerdörfern, die sich an der Küste aufreihten. Es war ein Ausblick auf einen endlosen Horizont und trügerische Gewässer. Was einem leider nicht geboten wurde, war ein Blick in die Zukunft, und Alatea war trotz des schlechten Wetters hier heraufgekommen, um vor etwas wegzulaufen, dem sie doch nicht ewig entfliehen konnte.

Sie hatte Nicholas einen Teil von dem erzählt, was sie in Erfahrung gebracht hatte, aber nicht alles. »Die Frau ist gar kein Location-Scout, sondern freiberufliche Fotografin«, hatte sie ihm erklärt. Sie war furchtbar nervös gewesen und hatte ein Glas Sherry getrunken, um sich zu beruhigen. »Komm, sieh dir das an, Nicholas. Sie hat sogar eine Webseite.«

Es war ziemlich einfach gewesen, alles über Deborah St. James herauszufinden, was sie hatte wissen müssen. Das Internet war eine Fundgrube für Informationen aller Art, und man brauchte kein Genie zu sein, um sich daraus zu bedienen. Man wählte eine Suchmaschine, gab einen Namen ein und fertig. In der heutigen Welt konnte man davonlaufen, aber man konnte sich nicht verstecken.

Deborah St. James versuchte nicht einmal, sich zu verstecken. *Was möchten Sie fotografiert haben?* lautete das Motto ihrer Webseite, und man konnte verschiedene Links anklicken, um sich ihre Arbeiten anzusehen. Sie war Kunstfotografin, wenn man das denn so nannte. Sie machte die Art Fotos, die in Kunstgalerien verkauft wurden: Landschaftsaufnahmen, Porträts, Stillleben, Sportszenen, Schnappschüsse von Alltagsszenen auf der Straße. Sie arbeitete hauptsächlich in Schwarzweiß, hatte bereits mehrere Ausstellungen gehabt und bei Fotowettbewerben Preise gewonnen. Sie war zweifellos gut in ihrem Beruf, aber sie war auf keinen Fall Location-Scout für die Filmgesellschaft Query Productions.

Eine Filmgesellschaft dieses Namens existierte gar nicht. Auch das hatte Alatea herausgefunden. Doch das hatte sie ihrem Mann nicht gesagt, denn sie konnte sich schon denken, wohin das führen würde. Es würde eine logische Frage aufwerfen, und Nicholas würde sie natürlich stellen: Was machte Deborah St. James dann hier? Alatea wollte nicht, dass er diese Frage stellte. Das würde nämlich bedeuten, dass sie sich Gedanken über eine mögliche Antwort machen müssten. *Was möchten Sie fotografiert haben?* sagte alles. Die Frage, mit der sie sich auseinandersetzen mussten, lautete: Was hatte Deborah St. James vor mit den Fotos, die sie hier machte?

Aber das Thema war zu heikel, um es mit ihrem Mann zu erörtern, und deshalb hatte Alatea gesagt: »Es macht mich nervös, dass sie hier herumläuft, Nickie. Irgendetwas an ihr gefällt mir nicht.«

Sie hatten im Bett gelegen, und er hatte sich auf die Seite gedreht, den Kopf in eine Hand gestützt und sie stirnrunzelnd angesehen. Ohne seine Brille konnte er sie nur verschwommen sehen, dennoch hatte er sie eindringlich gemustert, und was er in ihrem Gesicht zu sehen meinte, hatte ihm ein Lächeln entlockt. »Weil sie Fotografin ist oder weil sie eine Frau ist?«, hatte er gefragt. »Dann lass mich dir eins sagen, geliebte Gattin: Falls Letzteres der Fall ist, kannst du dich beruhigen – über dieses Thema brauchst du dir niemals Gedanken zu machen.« Dann hatte er sich über sie hergemacht, um ihr zu beweisen, dass er es ernst meinte, und sie hatte es zugelassen. Sie hatte es sogar gewollt, nichts konnte sie so gut von ihren dunklen Gedanken ablenken wie Sex mit Nicholas. Aber hinterher waren die Sorgen und die Angst wiedergekommen wie die Flut in die Morecambe Bay. Es gab kein Entrinnen, und sie fürchtete, in der schnell steigenden Flut zu ertrinken.

Er hatte es gespürt. Sie konnte ihm einfach nichts vormachen. Zwar wusste er ihre Anspannung nicht zu deuten, doch er spürte sie. »Warum machst du dich so verrückt deswegen?«, hatte er gefragt. »Sie ist freiberufliche Fotografin, und solche Leute werden angeheuert, um für ihre Auftraggeber Fotos zu machen. Deswegen ist sie hier.« Er rückte zurück in seine Hälfte des Betts. »Ich glaube, wir brauchen eine Auszeit«, sagte er liebevoll. »Wir arbeiten schon viel zu lange viel zu viel. Du ackerst von morgens bis abends, damit die Restaurierungsarbeiten hier am Haus vorangehen, und ich rase jeden Tag zwischen dem Turm und Barrow hin und her.« Er lächelte sie reumütig an. »Süchtige sind egoistische Mistkerle, Allie. Und ich bin ein Musterbeispiel.«

Sie fragte: »Warum brauchst du das?«

»Eine Auszeit? Dich? Sex mit dir?« Er grinste. »Ich hoffe, die letzte Frage war überflüssig ...«

»Dein Vater«, sagte sie. »Warum musst du dich ihm beweisen?«

»Weil ich ihm jahrelang das Leben zur Hölle gemacht habe«, antwortete er überrascht. »Und meiner Mutter ebenfalls.«

»Du kannst die Vergangenheit nicht neu schreiben, Nickie.«

»Aber ich kann etwas wiedergutmachen. Ich habe ihnen Jahre ihres Lebens geraubt, und die möchte ich ihnen zurückgeben, wenn ich kann. Würdest du das an meiner Stelle nicht auch versuchen?«

»Jeder«, sagte sie, »sollte sein Leben nach seinen eigenen Vorstellungen gestalten. Du tust jedoch etwas anderes. Du versuchst, den Vorstellungen von jemand anderem gerecht zu werden.«

Er blinzelte, und einen ganz kurzen Moment lang hatte er gekränkt gewirkt. »In dem Punkt werden wir uns wohl nicht einigen können«, sagte er. »Warte einfach ab, wie die Dinge sich entwickeln, wie sich alles ändert für mich, für dich, für die Familie.«

»Deine Familie ...«

»Nein, ich rede nicht von meiner Familie«, war er ihr ins Wort gefallen. »Ich rede von unserer Familie. Von deiner und meiner. Von der Familie, die wir beide gründen werden. Von da an wird alles besser werden, du wirst schon sehen.«

Am nächsten Morgen hatte sie einen erneuten Anlauf gemacht, aber diesmal versuchte sie es über einen Umweg. »Geh heute nicht zur Arbeit«, sagte sie. »Bleib bei mir. Fahr nicht zum Turm.«

Seine Antwort »Was für ein verführerischer Vorschlag« hatte ihr Hoffnung gemacht, doch dann hatte er hinzugefügt: »Aber ich muss zur Arbeit, Allie. Ich habe mir schon einen Tag freigenommen.«

»Nickie, du bist der Sohn des Chefs! Wenn du dir keinen Tag freinehmen kannst …«

»Ich bin Fließbandarbeiter in der Versandabteilung. Irgendwann werde ich vielleicht wieder der Sohn des Chefs sein. Aber noch bin ich das nicht.«

Und so waren sie wieder da, wo sie angefangen hatten. Alatea wusste, dass sie so nicht weiterkamen. Und jetzt musste sie sich dazu auch noch mit Query Productions auseinandersetzen, beziehungsweise mit der Tatsache, dass diese Gesellschaft gar nicht existierte. Das konnte nur eins bedeuten: Dass diese Fotografin nach Cumbria gekommen war, hatte nichts mit Nicholas' Projekt zu tun, und auch nichts mit seiner Absicht, sich mit seinen Eltern auszusöhnen und ein neues Leben zu beginnen. Was wiederum bedeutete, dass es nur eine Erklärung für die Anwesenheit der Frau gab. *Was wollen Sie fotografiert haben?* sagte alles.

Der Abstieg vom Arnside Knott kostete Alatea mehr Zeit als der Aufstieg. Die Geröllfelder waren glitschig nach dem Regen. Sie lief Gefahr, auf den losen Gesteinsbrocken auszurutschen und den Abhang hinunterzufallen. Auch der von Herbstlaub übersäte Boden unter den Kastanien weiter unten war gefährlich, zumal es schnell dunkel wurde. Und so war Vorsicht ihr einziger Gedanke auf dem Heimweg. Und derselbe Gedanke veranlasste sie, kaum zu Hause angekommen, nach dem Telefon zu greifen.

Seit sie diese Nummer zum ersten Mal gewählt hatte, trug sie sie immer bei sich. Es widerstrebte ihr zutiefst zu tun, was sie tun musste, aber sie sah keine andere Möglichkeit. Sie nahm die Visitenkarte aus ihrer Tasche, holte mehrmals tief Luft, gab die Ziffern ein und wartete auf das Freizeichen. Als auf der anderen Seite abgenommen wurde, stellte sie die einzige Frage, die für sie jetzt noch eine Rolle spielte.

»Ich möchte nicht drängen, aber … haben Sie über mein Angebot nachgedacht?«

»Ja.«

»Und?«

»Wir sollten uns treffen, um noch einmal darüber zu reden.«

»Und das bedeutet?«

»Bleibt es bei der Summe? War das ernst gemeint?«

»Ja, ja, natürlich war das ernst gemeint.«

»Ich denke, dann werde ich Ihren Auftrag ausführen können.«

MILNTHORPE
CUMBRIA

Lynley hatte die beiden in einem Restaurant namens Fresh Taste in der Church Street in Milnthorpe aufgespürt, wo sie »ein absolut langweiliges Curry« gegessen hatten, wie Deborah sich ausdrückte. St. James fügte hinzu: »Wir hatten die Wahl zwischen dem hier, einem China-Imbiss oder Pizza. Ich war für Pizza, wurde aber überstimmt.«

Nach dem Essen hatten sie sich einen Limoncello bestellt, der ihnen in sehr großen Gläsern serviert wurde, was mindestens ebenso verwunderlich war wie die Tatsache, dass ein indisches Lokal diesen italienischen Likör überhaupt ausschenkte. »Nach neun Uhr abends findet es Simon ganz lustig, wenn ich ein bisschen beschwipst bin«, war Deborahs Kommentar zur Größe der Gläser. »Dann werde ich nämlich zu Wachs in seinen geschickten Händen. Allerdings bezweifle ich, dass er sich schon überlegt hat, wie er mich ins Hotel schaffen soll, wenn ich mein Glas austrinke.«

»Ganz einfach: in einem Einkaufskorb«, sagte St. James. Er zeigte auf einen Tisch, an dem niemand saß, und Lynley holte sich dort einen Stuhl.

»Und?«, fragte St. James.

Lynley wusste, dass sein Freund nicht wissen wollte, ob er ihm etwas zu trinken oder zu essen bestellen sollte. »Ich fange an, Motive zu entdecken. Und zwar unter fast jedem Stein, den ich umdrehe.« Er zählte sie an den Fingern ab: eine Versicherungspolice mit Niamh Cresswell als Begünstigter, ein Testament, das Kaveh Mehran zum Erben von Haus und Grundstück bestimmte, die mögliche Einstellung der Unterhaltszahlungen an Mignon Fairclough, die Aussicht auf den höchsten Posten in der Firma Fairclough Industries für Manette oder Freddie McGhie oder womöglich auch für Nicholas Fairclough, und nicht zuletzt Niamh Cresswells Rachegelüste. »Außerdem stimmt irgendetwas nicht mit Cresswells Sohn Tim. Er ist externer Schüler an einem Internat namens Margaret Fox School, einer Sonderschule für Jugendliche mit schweren Problemen. So viel habe ich durch einen Anruf in Erfahrung gebracht, aber mehr wollte mir niemand über den Jungen sagen.«

»*Mit schweren Problemen* kann ja alles Mögliche heißen«, meinte St. James.

»Richtig.« Lynley berichtete den beiden, dass Niamh Cresswell ihre Kinder kurzerhand dem Vater überlassen habe und sie jetzt bei dessen Lebensgefährten lebten. »Die Schwester, Manette McGhie, war heute Nachmittag bei Fairclough und hat sich fürchterlich aufgeregt deswegen.«

»Absolut verständlich«, sagte Deborah. »Das ist ja auch wirklich schrecklich.«

»Ja, das stimmt. Die Einzigen, die bisher kein Motiv zu haben scheinen, sind Fairclough selbst und seine Frau. Allerdings«, fügte Lynley nachdenklich hinzu, »habe ich den Eindruck, dass Fairclough mir etwas verheimlicht. Deswegen habe ich Barbara gebeten, sich ein bisschen umzuhören, was er in London so treibt.«

»Aber warum sollte er dich bitten, die Sache zu untersuchen, wenn er etwas zu verbergen hätte?«, gab Deborah zu bedenken.

»Tja, das ist die Frage, nicht wahr?«, sagte Lynley. »Warum sollte jemand, der mit einem Mord davongekommen ist, die Polizei bitten, den Fall noch einmal genauer unter die Lupe zu nehmen?«

»Apropos ...« Er habe mit dem Coroner gesprochen, berichtete St. James. Offenbar sei bei der Obduktion kein Test ausgelassen worden. Er habe die Berichte gelesen und sich die Röntgenaufnahmen angesehen, auf denen klar zu sehen war, dass Ian Cresswell eine Schädelfraktur erlitten hatte. Wie Lynley wisse, gebe eine Schädelfraktur in der Regel keine Auskunft über den Gegenstand, mit dem sie herbeigeführt wurde. Entweder platze der Schädel wie eine Eierschale, oder es stelle sich ein quer verlaufender halbkreisförmiger Bruch an der Oberfläche ein. In jedem Fall aber müsse man alle Gegenstände untersuchen, die die Schädelfraktur verursacht haben könnten.

»Und?«, fragte Lynley.

Und die entsprechende Untersuchung sei erfolgt, antwortete St. James. Neben den beiden herausgebrochenen Steinen am Anleger habe man Blut nachgewiesen. Und das stamme laut DNS-Analyse von Ian Cresswell. Außerdem habe man Haare, Hautpartikel und Fasern gefunden – laut Laborbericht ebenfalls von Ian Cresswell.

»Ich habe mit den Männern gesprochen, die die ersten Ermittlungen für den Coroner durchgeführt haben«, fuhr St. James fort. »Der eine war ein ehemaliger Polizist aus Barrow-in-Furness und der andere ein Rettungssanitäter, der sich nebenher mit diesem Job ein Zubrot verdient. Sie hatten beide den Eindruck, dass es sich nicht um Mord, sondern um einen Unfall handelte, haben aber sicherheitshalber alle Alibis überprüft.«

St. James nahm einen Notizblock aus seiner Brusttasche und zählte die Alibis wie zuvor Lynley an den Fingern ab: Kaveh Mehran war zu Hause gewesen, was Cresswells Kinder hätten bestätigen können, aber man hatte sie nicht befragt, um sie nicht noch mehr zu traumatisieren; Valerie Fairclough war zu Hause gewesen – sie war gegen siebzehn Uhr vom Angeln zurückgekommen und hatte das Haus erst am nächsten Morgen wieder verlassen, um mit den Gärtnern zu sprechen, die im Formschnittgarten arbeiteten; Mignon Fairclough war ebenfalls zu Hause gewesen und hatte E-Mails abgerufen und verschickt, was jedoch kein hieb-und stichfestes Alibi war, da jeder, der Zugang zu ihrem Computer habe und ihr Passwort kenne, das für sie habe tun können; Niamh Cresswell hatte im Auto gesessen – sie hatte die Kinder zu Ian gebracht und war dann nach Grange-over-Sands zurückgefahren, wofür es jedoch keine Zeugen gab.

»Was bedeutet, dass sowohl Niamh als auch Mignon für einen bestimmten Zeitraum kein Alibi haben«, unterbrach ihn Lynley.

»So ist es.« St. James fuhr fort: Manette und Freddie McGhie waren beide den ganzen Abend zu Hause gewesen; Nicholas und seine Frau Alatea waren ebenfalls zu Hause gewesen; Lord Fairclough war in London gewesen, beim Abendessen mit einem Vorstandsmitglied seiner Stiftung, einer Frau namens Vivienne Tully, die Faircloughs Angaben bestätigt hatte. »Unser Hauptproblem ist also nach wie vor«, schloss er, »die Art und Weise, wie der Mann ums Leben gekommen ist.«

»Richtig«, stimmte Lynley ihm zu. »Wenn jemand die Steine manipuliert hat, kann das zu jedwedem Zeitpunkt erfolgt sein. Wir sind also wieder bei der Frage, wer Zugang zum Bootshaus hat, was bedeutet, dass fast alle in Frage kommen.«

»Wir müssen uns den Anleger noch einmal genauer ansehen und die Steine aus dem Wasser holen. Oder wir akzeptieren, dass es ein Unfall war, und legen den Fall zu den Akten. Falls Fairclough Gewissheit haben will, schlage ich Ersteres vor.«

»Das will er.«

»Das heißt also, wir müssen mit starken Scheinwerfern ins Bootshaus, und wir brauchen jemanden, der die Steine für uns aus dem See holt.«

»Wenn es mir nicht gelingt, Fairclough dazu zu überreden, eine Ermittlung offiziell zu beantragen, werden wir das wohl selbst übernehmen müssen«, sagte Lynley.

»Hast du eine Ahnung, warum er sich nicht in die Karten kucken lässt?«

Lynley schüttelte den Kopf. »Es hat mit seinem Sohn zu tun, aber ich weiß nicht was – abgesehen vom Naheliegenden natürlich.«

»Und das wäre?«

»Na ja, ich kann mir nicht vorstellen, dass er seinen einzigen Sohn wissen lassen möchte, dass er ihn des Mordes verdächtigt. Schließlich hat der junge Mann ein neues Leben angefangen. Und anscheinend wurde er zu Hause mit offenen Armen empfangen.«

»Und er hat ein Alibi, wie du sagst.«

»Er war mit seiner Frau zusammen«, sagte Lynley.

Deborah hatte bisher nur zugehört, aber als das Gespräch auf Nicholas Fairclough zurückkam, hatte sie einen Stapel Papiere aus ihrer Tasche genommen. »Barbara hat mir die Seiten aus der Zeitschrift *Conception* zugefaxt, Tommy«, sagte sie. »Sie hat die Zeitschrift per Eilpost aufgegeben, aber bis sie hier eintrifft…« Deborah reichte ihm die Seiten.

»Steht da was Relevantes drin?« Lynley sah, dass es sich vor allem um Anzeigen handelte, sowohl private als auch geschäftliche.

»Es passt zu Nicholas' Aussage, dass sie sich ein Kind wünschen«, sagte sie.

Lynley warf St. James einen kurzen Blick zu. Er wusste, dass sein Freund dasselbe dachte wie er: Wie objektiv konnte Deborah sein, wenn sie und Nicholas' Frau dasselbe Problem hatten?

Deborah war der kurze Blickkontakt zwischen den beiden nicht entgangen. »Also wirklich«, sagte sie. »Habt ihr nicht gelernt, dass man in Gegenwart eines Verdächtigen keine Miene verzieht?«

Lynley lächelte. »Sorry. Macht der Gewohnheit. Bitte fahr fort.«

Sie schnaubte verächtlich, kam seiner Bitte aber nach. »Seht euch das an und bedenkt dabei, dass Alatea – oder jemand anders – diese Seiten aus der Zeitschrift herausgerissen hat.«

»Falls es jemand anders war, könnte das eine wichtige Rolle spielen«, bemerkte St. James.

»Ich halte es aber für ziemlich unwahrscheinlich. Seht mal. Hier wird für so ziemlich alles geworben, was mit dem Thema Fortpflanzung zu tun hat. Es gibt Anzeigen von Anwälten, die sich auf Adoptionen spezialisiert haben, Werbeanzeigen von Samenbanken, Anzeigen von lesbischen Paaren, die nach einem Samenspender suchen, von Adoptionsagenturen, von Anwälten die sich auf Leihmutterschaft spezialisiert haben. Anzeigen, in denen Studentinnen gesucht werden, die bereit sind, Eier zu spenden, und nach Studenten, die bereit sind, gegen ein Entgelt regelmäßig Samen zu spenden. Dank der modernen Wissenschaft hat sich das zu einem richtigen Industriezweig entwickelt.«

Deborah hatte immer leidenschaftlicher gesprochen, und Lynley fragte sich, was das zu bedeuten hatte, vor allem in Bezug auf Nicholas Fairclough und dessen Frau. Er sagte: »Seine

Frau zu beschützen ist für einen Mann sehr wichtig, Deb. Gut möglich, dass Fairclough die Zeitschrift gesehen und diese Seiten herausgerissen hat, um Alatea zu ersparen, dass sie sie sieht.«

»Vielleicht«, sagte sie. »Aber das bedeutet nicht, dass Alatea nichts von den Seiten weiß.«

»Einverstanden. Und was soll das mit Ian Cresswells Tod zu tun haben?«

»Das weiß ich noch nicht. Aber wenn du jede Möglichkeit überprüfen willst, dann musst du auch diese hier in Betracht ziehen.«

Wieder schaute Lynley St. James an. »Sie hat recht«, sagte St. James.

Deborah wirkte überrascht. Die Tatsache, dass ihr Mann ständig und zu ihrem großen Verdruss versuchte, sie vor Schmerz zu bewahren, war ein alter Streitpunkt zwischen ihnen, was darauf zurückzuführen war, dass er sie erstens seit ihrem siebten Lebensjahr kannte und dass er zweitens elf Jahre älter war als sie. Sie sagte: »Ich glaube, ich muss noch mal mit Alatea reden, Tommy. Ich könnte mich mit ihr anfreunden. Das wäre doch ziemlich einfach, wenn sie dasselbe Problem hat wie ich. Nur eine Frau kann sich vorstellen, wie das ist, glaub mir.«

Diesmal vermied es Lynley, seinen Freund anzusehen. Er wusste, wie Deborah reagieren würde, wenn es den Anschein hatte, als würde er ihren Mann um Erlaubnis fragen, wie ein Gentleman aus einem viktorianischen Roman. »Du hast recht«, sagte er. »Sprich noch einmal mit ihr. Mal sehen, was du sonst noch über sie in Erfahrung bringen kannst.« Er fügte nicht hinzu, sie solle auf sich aufpassen. Das würde St. James übernehmen.

6. November

BRYANBARROW
CUMBRIA

Zu Zed Benjamins freudiger Überraschung entpuppte sich Yaffa Shaw als echtes Juwel. Es war nicht nur unterhaltsam, mit ihr zu telefonieren, sie leistete ihm auch unschätzbar wertvolle Unterstützung bei seinen Bemühungen. Er wusste nicht, wie, aber sie hatte es tatsächlich geschafft, einen Blick in Ian Cresswells Testament zu werfen. Sie hatte am Tag zuvor ihre Vorlesungen geschwänzt und war stattdessen nach York gefahren, zum Nachlassgericht gegangen und hatte dort einen Angestellten derart bezirzt, dass er ihr einen kurzen Blick auf das Testament gestattet hatte, und mehr hatte sie nicht gebraucht. Die Kleine hatte offenbar ein fotografisches Gedächtnis. Sie hatte ihm am Telefon alle Hinterlassenschaften aufgezählt und ihm damit eine Fahrt nach York und stundenlanges Warten erspart. Sie war einfach großartig.

Er sagte: »Ich bete dich an.«

Sie antwortete: »Huch, ich werd ja ganz rot«, und zu seiner Mutter, die natürlich mal wieder neben ihr stand, sagte sie: »Ihr Sohn bringt mich tatsächlich zum Erröten, Mrs. B.« Dann machte sie ein paar Küsschengeräusche ins Telefon.

Vor lauter Begeisterung über ihre Entdeckung vergaß sich Zed und tat es ihr nach. Dann riss er sich zusammen. Und erinnerte sich an Micah, der in Tel Aviv auf Yaffa wartete. War das Leben nicht voller Ironie?, dachte er.

Nach einem angemessenen Austausch von Liebesbeteuerungen beendeten sie das Gespräch, und Zed dachte über die neuen Informationen nach. Entgegen Rodney Aronsons Anweisungen, nach dem Detective von Scotland Yard Ausschau zu halten, entschloss er sich zu einem Angriff auf die Flanke der gegnerischen Armee. Aber er würde sich nicht mit George Cowley darüber unterhalten, was der über das Haus wusste, sondern er würde sich dessen Sohn vorknöpfen.

Und so fuhr er schon am frühen Morgen nach Bryanbarrow Village. Da der Pub, von dessen Fenstern aus man die Bryan Beck Farm so gut im Blick hatte, noch nicht geöffnet war, parkte Zed am Rand des Dorfrasens und wartete im Auto.

Natürlich regnete es. Bei dem Wetter hier oben war es ein Wunder, dass der Lake District kein Sumpfgebiet war. Endlich tauchte der Junge auf. Zed vermutete, dass er in Windermere zur Schule ging, und das bedeutete entweder, dass sein Vater ihn hinbrachte, oder dass er mit dem Schulbus fuhr. Das spielte aber keine Rolle, denn Zed hatte in jedem Fall die Absicht, mit ihm zu reden. Er würde ihn entweder auf dem Weg ins Schulgebäude abfangen oder auf dem Weg zur Schulbushaltestelle, die sich garantiert nicht in diesem gottverlassenen Nest hier befand.

Daniel stapfte über den Rasen und bog auf die Straße, die aus dem Dorf hinausführte, den Kopf gesenkt und die Schuhe und Hosenbeine bereits voll Matsch. Also der Schulbus. Zed gab ihm zehn Minuten Vorsprung, denn er nahm an, dass der Junge zur Landstraße unterwegs war, die durch das Lyth Valley führte. Ein ziemlich weiter Fußmarsch.

Als er neben Daniel hielt, war der schon bis auf die Haut durchnässt, denn wie die meisten Jungs in seinem Alter würde er eher tot umfallen, als sich irgendwo mit einem Schirm blicken zu lassen. Das wäre sozialer Selbstmord. Als jemand, der während der eigenen Schulzeit täglich einen Spießrutenlauf absolviert hatte, konnte Zed den Jungen voll und ganz verstehen.

Er kurbelte sein Fenster herunter. »Kann ich dich irgendwohin mitnehmen?«

Daniel schaute ihn an. Zog die Brauen zusammen. Sah sich nach rechts und links um, während der Regen auf ihn niederprasselte. Schließlich sagte er: »Ich erinnere mich an Sie. Sind Sie ein Perverser oder was? Denn wenn Sie mich anrühren …«

»Entspann dich«, sagte Zed. »Heute ist dein Glückstag, heute steh ich auf Mädchen. Morgen wär's vielleicht schon wieder gefährlich. Komm, steig ein.«

Daniel verdrehte die Augen über Zeds blöden Witz, öffnete jedoch die Tür und ließ sich tropfnass, wie er war, auf den Beifahrersitz fallen. »Sorry«, sagte er, als er sah, dass er das ganze Auto nass machte.

»Kein Problem.«

Zed fuhr langsam, denn er war entschlossen, alles aus dem Jungen herauszubekommen, was der wusste. Um seine Fahrweise zu rechtfertigen, stierte er auf die Straße und mimte den dummen Städter, der permanent Angst hatte, mit einem Schaf oder einem Kobold zu kollidieren.

Daniel fragte: »Was machen Sie überhaupt hier oben?«

Zed hatte bereits einen Aufhänger, den Daniel ihm selbst unbeabsichtigterweise geliefert hatte: »Du scheinst dich um das Lokalkolorit zu sorgen.«

»Hä?« Der Junge sah ihn verständnislos an.

»Angst vor Perversen.«

»Ist doch klar«, antwortete Daniel achselzuckend. »Von denen wimmelt's hier oben.«

»Na ja, hier gibt's doch eigentlich genug Schafe«, sagte Zed mit einem Augenzwinkern. »Aber vor einem Perversen ist wohl niemand gefeit.«

Der Junge bedachte ihn mit einem dieser für Jugendliche typischen Blicken, die *Du bist ein Vollidiot* viel eloquenter sagten, als Worte das könnten.

Zed sagte: »Sollte ein Witz sein. Ist noch zu früh am Morgen. Wo willst du denn hin?«

»Zur Landstraße. Da hält der Schulbus.«

»Und wo gehst du zur Schule?«

»In Windermere.«

»Ich kann dich hinbringen, wenn du willst. Ich fahre sowieso in die Richtung.«

Der Junge sah ihn argwöhnisch an. Vielleicht war er ja doch an einen Perversen geraten. »Was wollen Sie überhaupt?«, fragte er. »Sie haben mir gar nicht gesagt, warum Sie schon wieder hier sind. Was soll das?«

Ein neunmalkluges Bürschchen, dachte Zed. »Verdammt, entspann dich«, sagte er. »Ich lass dich raus, wo du willst. Möchtest du jetzt gleich aussteigen?«

Daniel betrachtete den strömenden Regen. »Aber lassen Sie bloß die Finger von mir«, sagte er. »Ich verpass Ihnen sonst eine in den Adamsapfel, und denken Sie ja nicht, dass ich mich nicht trau. Ich weiß, wie das geht. Mein Vater hat's mir beigebracht, und es funktioniert, glauben Sie mir. Besser als ein Tritt in die Eier. Viel besser.«

»Toller Trick«, sagte Zed. Er musste das Gespräch auf das von ihm gewünschte Thema bringen, bevor sie die Landstraße erreichten und bevor der Junge ausflippte. »Dein Vater scheint sich Sorgen um dich zu machen«, sagte er.

»Allerdings. Bei uns nebenan wohnen schließlich zwei Perverse. Die tun so, als würden sie bloß zusammenwohnen, aber wir wissen genau, was da abläuft. Mein Dad sagt, bei solchen Typen kann man gar nicht vorsichtig genug sein. Und jetzt ist es noch schlimmer.«

»Wieso schlimmer?« Hallelujah, dachte Zed.

»Weil einer von den beiden tot ist, und jetzt sucht der andere sich bestimmt jemand Neues.«

Die Information stammte offenbar von jemandem, der sich auskannte, dachte Zed. »Verstehe«, sagte er. »Könnte aber auch sein, dass der andere wegzieht, oder?«

»Darauf wartet mein Dad ja auch«, sagte Daniel. »Er will das Haus nämlich kaufen.«

»Was, das ganze Anwesen mit Schafen und allem Drum und Dran?«

»Ganz genau«, sagte Daniel. Er schob sich eine nasse Strähne aus der Stirn und begann zu plaudern. Jetzt wo nicht länger die Rede von den Perversen war, wie er sie nannte, war er sichtlich entspannter, denn er drehte die Heizung auf tropische Temperaturen hoch und kramte eine Banane aus seinem Rucksack, die er sich einverleibte. Er erzählte Zed, dass sein Vater das Haus hauptsächlich kaufen wolle, um es ihm, Daniel, später zu vererben. Was total bescheuert war, fand Daniel, denn er wolle eher tot umfallen, als Schafzüchter werden. Er werde bei der erstbesten Gelegenheit aus dem Lake District abhauen und zur Royal Airforce gehen. Die machten hier oben Übungsflüge, ob Zed das schon bemerkt habe? Geile Flugzeuge, die im Tiefflug durch das Tal donnerten, ganz plötzlich kamen die angerast, wenn man irgendwo langlief, und das war echt voll cool.

»Das hab ich meinem Dad schon tausendmal erklärt«, sagte Daniel. »Aber er meint, er könnte mich zu Hause behalten, wenn er diesen bescheuerten alten Kasten kauft.«

Er möge seinen Dad wirklich sehr, sagte Daniel, doch so leben wie er wolle er nicht. Seine eigene Mutter sei davongelaufen, weil sie es hier in dem Kaff nicht ausgehalten habe. Trotzdem wolle sein Vater es immer noch nicht kapieren.

»Ich sag ihm immer, er soll das machen, was er gut kann. Ich find, das gilt für jeden.«

Da musste er dem Jungen recht geben, dachte Zed. »Und was ist das?«, fragte er.

Daniel zögerte. Zed schaute ihn kurz an. Der Junge wirkte ziemlich verlegen. Das könnte der entscheidende Augenblick sein, dachte Zed. Der Junge würde gleich gestehen, dass George Cowley gut darin war, Typen, die in einem Haus wohnten, das er kaufen wollte, um die Ecke zu bringen. Zed würde die Story seines Lebens bekommen.

»Puppenstubenmöbel«, murmelte Daniel.

»Wie bitte?«

»Er baut Möbel für Puppenhäuser. Wissen Sie nicht, was das ist?«

Verfluchter Mist, dachte Zed.

»Und er ist verdammt gut«, fuhr Daniel fort. »Klingt bescheuert, ich weiß, aber das macht er nun mal. Er verkauft das Zeug übers Internet. Ich sag ihm immer, er soll sich voll darauf konzentrieren, anstatt bei den blöden Schafen im Dreck rumzustapfen. Er sagt, es ist ein Hobby, und ich soll endlich lernen, was der Unterschied ist zwischen einem Hobby und einer Arbeit, mit der man seinen Lebensunterhalt verdient.« Daniel schüttelte den Kopf. »Er hat sich nun mal auf das beknackte Haus versteift.«

Ach?, dachte Zed. Und was würde Cowley tun, wenn er erfuhr, dass Ian Cresswell das Haus Kaveh Mehran vererbt hatte?

Daniel zeigte auf eine riesige Eiche hinter einer Steinmauer. Dort könne Zed ihn aussteigen lassen, sagte er. Und danke fürs Mitnehmen.

Zed hielt an, und Daniel stieg aus. Im selben Augenblick klingelte Zeds Handy. Ein Blick aufs Display sagte ihm, dass der Anruf aus London kam. Von Rodney Aronson. So früh am Tag war Rodney doch normalerweise noch gar nicht im Büro, das ließ also nichts Gutes ahnen. Zum Glück konnte Zed nach seinem Gespräch mit Daniel Cowley endlich Fortschritte vermelden.

»Seien Sie auf der Hut«, sagte Rodney ohne Vorrede.

»Wieso? Was ist passiert?«

»Scotland Yard weiß, dass Sie sich da oben rumtreiben. Also ziehen Sie den Kopf ein. Und behalten Sie Nick Fairclough im Auge. In dessen Nähe werden Sie nämlich auch denjenigen finden, der da raufgeschickt wurde, um Ian Cresswells Tod zu untersuchen.«

BARROW-IN-FURNESS
CUMBRIA

Manette wollte sich nicht mit der Tatsache auseinandersetzen, dass ihr Exmann in der vergangenen Nacht nicht nach Hause gekommen war. Noch weniger aber damit, welche Gefühle das bei ihr auslöste. Aber es fiel ihr schwer, das durchzuhalten.

Sie hatten im Lauf der Jahre lang und breit über ihre gescheiterte Ehe diskutiert, über alles, was mit ihnen passiert war, was hätte passieren können und was zweifellos passieren würde, wenn sie nichts änderten. Am Ende waren sie zu dem Schluss gekommen, dass ihnen die Romantik abhandengekommen war, dass sie sich zu sehr auf die Arbeit konzentriert hatten und dass ihr Leben keine Überraschungen mehr bereitgehalten hatte. Sie waren zu Eheleuten geworden, die ihren Terminkalender konsultieren mussten, um sich zum Geschlechtsverkehr zu verabreden, in dessen Verlauf sie einander jahrelang Gefühle vorgespielt hatten, die sie längst nicht mehr füreinander empfanden. Nach zahllosen, endlosen Gesprächen waren sie sich einig gewesen, dass Freundschaft auf lange Sicht sowieso wichtiger war als Leidenschaft, und hatten sich entschlossen, als Freunde zusammenwohnen zu bleiben, denn letztlich waren sie immer noch gern zusammen, und welches Paar konnte das nach über zwanzig Jahren noch von sich behaupten?

Aber jetzt war Freddie über Nacht ausgeblieben. Und wenn er zu Hause war, pfiff er neuerdings vor sich hin, bevor er morgens zur Arbeit ging. Schlimmer noch, er hatte sich angewöhnt, unter der Dusche zu *singen* – und zwar immer dasselbe verdammte Lied, und das trieb Manette die Wände hoch. Es war dieses Lied aus *Die Elenden*, mit dem die Bevölkerung zu den Waffen gerufen wurde, und Manette sagte sich, wenn sie die Zeile »Das Blut der Märtyrer wird Frankreichs Erde tränken!« noch ein einziges Mal hören musste, würde sie den Badezimmerboden mit Freddies Blut tränken.

Oder vielleicht auch nicht. Sie wäre nie in der Lage, Freddie auch nur ein einziges Haar zu krümmen.

Sie fuhr zur Arbeit und ging zu ihm ins Büro. Er hatte sein Jackett abgelegt und saß in seinem frischgebügelten weißen Hemd und der roten Krawatte über einen Riesenberg Computerausdrucke gebeugt. Er arbeitete sich in die Bücher ein, um vorbereitet zu sein, falls ihr Vater ihm Ians Job anbot. Was er tun würde, wenn er vernünftig war.

Sie blieb im Türrahmen stehen. »Und? Wie war's im Scorpio?«

Freddie blickte auf. An seinem Gesichtsausdruck erkannte sie, dass er keine Ahnung hatte, wovon sie redete.

»Der Nachtclub«, sagte sie. »Wo du mit deiner neuesten Flamme verabredet warst.«

»Ah!«, sagte er. »Das *Scorpio*!« Er legte den Computerausdruck weg, den er gerade studiert hatte. »Wir sind gar nicht reingegangen. Wir haben uns vor der Tür getroffen.«

»Großer Gott, Freddie. Ihr seid schnurstracks ins Bett gegangen? Du bist ja ein ganz Schlimmer!«

Er errötete. Manette fragte sich, ab wann ihr nicht mehr aufgefallen war, wie schnell Freddie rot anlief. Dann lachte er. »Nein, nein. Aber die Leute, die da reingingen, waren alle höchstens neunzehn und angezogen, als wären sie der Rocky Horror Picture Show entsprungen. Wir sind stattdessen zu einem Italiener gegangen. Ich hatte Rigatoni *puttanesca*. Besonders gut war's nicht. Bisschen viel Putta und dafür zu wenig Nesca.« Er grinste über den albernen Witz, und rührend ehrlich, wie er war, fügte er hinzu: »Das war nicht von mir. Das kam von Sarah.«

»Ah, sie heißt also Sarah?« Wenigstens ein richtiger Name und keine modische Abkürzung, dachte Manette. »Und?«, fragte sie, obwohl sie es eigentlich gar nicht so genau wissen wollte. »Gibt's grausige Details? Da sich in meinem Leben nichts ereignet, wie du weißt, freue ich mich immer über erheiternde Erlebnisberichte.« Sie betrat das Zimmer und setzte sich provokativ in den Stuhl vor seinem Schreibtisch.

Er errötete erneut. Diesmal noch tiefer. »Sei nicht so neugierig«, sagte er.

»Aber ihr habt's getan, oder?«

»Getan? Was soll das denn heißen?«

Sie legte den Kopf schief und sah ihn bedeutungsvoll an. »Freddie …«

»Also gut, ja. Ich meine, ich hab dir doch erklärt, wie das heutzutage läuft. Wenn Leute sich zu einem Date treffen. Also ja, wir haben's *getan.*«

»Mehr als einmal?« Sie ärgerte sich über sich selbst, doch plötzlich musste sie es einfach wissen. Und der Grund, warum sie es wissen musste, war, dass sie und Freddie in all den Jahren, in denen sie zusammen gewesen waren – selbst ganz am Anfang, als sie zwanzig Jahre alt und ein halbes Jahr lang vollkommen verrückt aufeinander gewesen waren –, nie häufiger als einmal innerhalb von vierundzwanzig Stunden übereinander hergefallen waren.

Freddie war ganz der schockierte Gentleman. »Mein Gott, Manette«, sagte er. »Es gibt Dinge …«

»Also ja. Mehr als einmal. Öfter als mit Holly? Schützt du dich überhaupt, Freddie?«

»Ich würde das Thema jetzt gern beenden«, sagte Freddie.

»Und was ist heute Abend? Triffst du dich heute Abend wieder mit einer anderen?«

»Nein, heute Abend treffe ich mich wieder mit Sarah.«

Manette schlug die Beine übereinander. Sie wünschte, sie hätte eine Zigarette. Sie hatte geraucht, als sie jung war, und hatte seit Jahren nicht mehr an Zigaretten gedacht, aber plötzlich hätte sie gern etwas gehabt, um ihre Hände zu beschäftigen. Sie nahm den Behälter mit den Büroklammern vom Schreibtisch und begann, damit zu spielen. »Ich finde das interessant«, sagte sie. »Da ihr es schon getan, sozusagen hinter euch gebracht habt, was steht als Nächstes an? Familienfotos? Oder diskutiert ihr über Erbkrankheiten und darüber, wer wessen Namen annimmt?«

Er sah sie seltsam an. Wahrscheinlich dachte er über ihre Bemerkung nach und legte sich eine Antwort zurecht. Aber ehe er aussprechen konnte, was er garantiert sagen würde – »Warum regst du dich eigentlich auf? Wir sind schon seit Ewigkeiten geschieden, wir waren uns einig, dass wir als Freunde zusammenleben wollten, und obendrein habe ich nie ein Keuschheitsgelöbnis abgelegt« –, kam sie ihm zuvor: »Also, kommst du denn heute Abend nach Hause, oder übernachtest du wieder bei Sarah?«

Er zuckte die Achseln. »Das weiß ich noch nicht«, sagte er.

»Natürlich. Wie auch? Tut mir leid. Ich hoffe, du bringst sie mal mit. Ich würde sie gern kennenlernen. Sag mir einfach vorher Bescheid, damit ich nicht mit nacktem Hintern am Frühstückstisch erscheine.«

»Klar. Kein Problem. Das neulich war eine ziemlich spontane Geschichte gewesen. Das mit Holly, meine ich. Da wusste ich noch nicht, wie diese Dinge heutzutage ablaufen. Aber jetzt, wo ich … na ja … man arrangiert sich. Und irgendwann muss man sich halt erklären …«

Diesmal war Manette verdattert. Es passte nicht zu Freddie, so herumzustottern. »Was ist los?«, fragte sie. »Gott, Freddie, du hast doch nicht etwa irgendwas … irgendwas Verrücktes angestellt, oder?« Sie wusste selbst nicht, was sie sich darunter vorstellte, aber Verrücktheiten passten einfach nicht zu Freddie. Er war geradlinig, offen und ehrlich.

»Nein, nein«, erwiderte er. »Es ist nur so … ich hab ihr noch nicht … Also, ich hab ihr nichts von dir erzählt.«

»Wie bitte? Du hast ihr nicht gesagt, dass du geschieden bist?«

»Doch, das weiß sie natürlich. Aber ich hab ihr nicht gesagt, dass wir … na ja, dass wir immer noch unter einem Dach wohnen.«

»Holly wusste es doch. Sie schien kein Problem damit zu haben. Heutzutage wohnen viele Leute in WGs.«

»Ja, sicher. Aber Sarah … Bei ihr war es irgendwie anders. Ich wollte das Risiko einfach nicht eingehen.« Er nahm die Computerausdrucke und legte sie zu einem ordentlichen Stapel zusammen. »Ich bin schon lange aus der Übung, Manette, das weißt du ja wohl. Bei den Frauen, die ich kennenlerne, lasse ich mich einfach von meinem Gefühl leiten.«

»Davon bin ich überzeugt«, entgegnete Manette schnippisch.

Eigentlich war sie zu ihm gegangen, um mit ihm über Tim und Gracie zu reden und über das Gespräch mit ihrem Vater. Doch jetzt schien es ihr auf einmal nicht mehr der rechte Moment. Und Freddie hatte ja eben gerade gesagt, dass man sich am besten auf sein Gefühl verlassen sollte. Sie stand auf.

»Dann erwarte ich dich also heute Abend nicht«, sagte sie. »Pass auf dich auf, okay? Es würde mir leidtun, wenn … ich weiß nicht … wenn dir etwas passieren würde.« Ehe er etwas darauf erwidern konnte, verließ sie das Zimmer und machte sich auf die Suche nach ihrem Bruder. Freddie führte sein Leben und sie das ihre, sagte sie sich, und es wurde allmählich Zeit, dass sie es Freddie gleichtat und ein bisschen Farbe in ihr Leben brachte. Allerdings wusste sie noch nicht so recht, wie sie das anstellen sollte. Sich in die unbekannte Welt des Internet-Dating zu stürzen, konnte sie sich jedenfalls nicht vorstellen. Mit einem wildfremden Mann ins Bett gehen, um festzustellen, ob man zusammenpasste? Sie schüttelte sich. Da konnte sie sich ja gleich einem Serienmörder an den Hals werfen, dachte sie. Oder vielleicht hatte sie auch zu viele Krimis im Fernsehen gesehen.

Sie fand Nicholas in der Versandabteilung, in die er sich mittlerweile hochgearbeitet hatte. Vorher hatte er ein halbes Jahr lang Spülkästen, Kloschüsseln und Waschbecken in ihrem tönernen Rohzustand mit Glasur überzogen und sie dann in den riesigen Brennofen geschoben. In der Halle mit dem Brennofen herrschten unerträgliche Hitze und ohrenbetäubender Lärm, aber Nicholas hatte die Etappe erfolgreich durchlaufen. Eigentlich hatte er sich in allen Abteilungen der Firma bewährt, in denen er in den vergangenen zwei Jahren gearbeitet hatte.

Manette wusste, dass er sich vorgenommen hatte, sich in der Firma von der Pike auf hochzuarbeiten. Sie konnte nicht umhin, ihn dafür zu bewundern, auch wenn die Gründe für seine Entscheidung sie ein bisschen beunruhigten. Er nahm doch nicht etwa an, dass ein paar Jahre des Herumwerkelns bei Fairclough Industries mehr zählten als die Jahrzehnte, die sie und Freddie schon in der Firma arbeiteten? Er rechnete doch wohl nicht damit, zum Geschäftsführer ernannt zu werden, wenn sein Vater eines Tages abtrat? Der Gedanke war einfach lächerlich.

Nicholas war gerade dabei, eine Sendung Waschbecken zu überprüfen. Weil das große Tor an der Rampe offen stand, war es kalt in der Halle. Und es war laut, da aus riesigen Lautsprechern Musik von Santana dröhnte, als könnte das den Anwesenden einheizen.

Manette ging auf ihren Bruder zu. Er blickte auf und nickte zum Gruß. Sie musste gegen die Musik anbrüllen, um ihn zu fragen, ob sie kurz reden könnten. »Es dauert noch eine Weile, bis ich Pause habe«, antwortete er.

»Herrgott noch mal, Nick«, schrie sie verärgert. »Du wirst schon nicht gleich gefeuert, wenn du deine Arbeit mal fünf Minuten lang unterbrichst.«

»Ich muss erst die Ladung hier abfertigen. Er wartet darauf.« Mit *er* war der Lastwagenfahrer gemeint, der herumstand und rauchte und nicht gerade den Eindruck machte, als hätte er es furchtbar eilig loszufahren.

»Ich muss mit dir reden«, insistierte sie. »Es ist wichtig. Frag um Erlaubnis, wenn du es für nötig hältst. Oder soll ich das für dich tun?«

Der Vorgesetzte ihres Bruders kam sowieso gerade an. Er schob sich den Hut in den Nacken, grüßte sie mit »Tag, Mrs. McGhie«, was ihr einen Stich versetzte, obwohl sie ja tatsächlich so hieß. Sie sagte: »Kann ich kurz mit Nicholas reden, Mr. Perkins? Es ist ziemlich wichtig. Eine Familienangelegenheit.« Letzteres fügte sie hinzu, um den Mann daran zu erinnern – als wäre das nötig –, wer Nicholas war.

Mr. Perkins warf einen Blick auf den Lastwagen, registrierte den untätigen Fahrer, sagte: »Okay, fünf Minuten, Nick«, und verschwand.

Manette ging voraus hinter die Halle, wo es nicht so laut war. Das war offenbar die heimliche Raucherecke, erkennbar an den zahllosen Kippen, die den Boden übersäten. Sie würde mit Freddie darüber reden. Dann überlegte sie es sich anders und nahm sich vor, sich selbst darum zu kümmern.

»Es geht um Tim und Gracie«, sagte sie zu ihrem Bruder und beschrieb ihm die ganze Situation: Niamhs Absichten, Kavehs Verantwortlichkeiten, die Haltung ihres Vaters, Tims Schwierigkeiten, Gracies Bedürfnisse. »Wir müssen unbedingt etwas unternehmen, Nick«, schloss sie. »Und zwar möglichst bald. Ich möchte nicht wissen, was Tim noch alles anstellt, wenn wir noch lange warten. Er ist vollkommen aus dem Lot.«

Ihr Bruder zog sich die Arbeitshandschuhe aus. Dann nahm er eine Tube Handcreme aus der Tasche und cremte sich die Hände damit ein. Das tat er für Alatea, dachte Manette. Alatea war eine Frau, für die ein Mann darauf achtete, dass seine Hände weich waren. »Wäre es nicht eigentlich Niamhs Aufgabe, sich darum zu kümmern, dass es ihren Kindern gutgeht?«

»Unter normalen Umständen ja, ist doch klar. Normalerweise sorgen Mütter für ihre Kinder. Aber Niamh benimmt sich nicht wie eine normale Mutter, und das tut sie nicht mehr, seit Ian sie verlassen hat, wie du sehr wohl weißt.« Manette sah zu, wie ihr Bruder die Creme in seine Haut einmassierte. »Jemand muss eingreifen. Ob du's glaubst oder nicht, sie hat allen Ernstes vor, die Kinder bei Kaveh Mehran zu lassen.«

»Der Mann ist doch in Ordnung. Ich mag ihn. Du etwa nicht?«

»Es geht nicht darum, ob ich ihn *mag*. Herrgott noch mal, Nick, er gehört noch nicht mal zur Familie. Hör zu, ich bin wirklich ein aufgeschlossener Mensch, und als Ian noch lebte und die Kinder bei ihm waren, hatte ich kein Problem damit. Da hab ich mir gesagt, besser, sie wohnen in einem Haushalt, wo es noch Liebe gibt, als bei Niamh, die von morgens bis abends Zeter und Mordio schreit. Aber es funktioniert nicht, und Tim ...«

»Na ja, das dauert halt seine Zeit«, fiel Nick ihr ins Wort. »So lange ist Ian doch noch gar nicht tot, dass wir jetzt schon sagen könnten, was das Beste für die Kinder ist.«

»Da magst du ja recht haben, aber bis wir das wissen, sollten sie bei jemandem aus der Familie sein. Wenn nicht bei ihrer Mutter, dann eben bei einem von uns. Nick, ich weiß, dass ihr euch nicht grün wart, du und Ian. Er ist ziemlich hart mit dir umgesprungen, er hat dir nicht getraut, und er wollte sogar Dad ausreden, dass er dir traute. Aber einer von uns muss diesen Kindern Sicherheit geben, eine Familie und ...«

»Das könnten doch Mum und Dad machen, oder? Die haben ja weiß Gott genug Platz in Ireleth Hall.«

»Ich habe mit Dad gesprochen, ohne dass es etwas gebracht hätte.« Manette verspürte immer stärker das Bedürfnis, ihrem Bruder ihren Willen aufzuzwingen. Eigentlich hätte das ganz einfach sein müssen, denn Nicholas zu irgendetwas zu überreden war schon immer ein Kinderspiel gewesen. Sie sagte: »Hör zu, ich weiß, was du dir vorgenommen hast, und ich bewundere dich dafür. Das tut Dad auch. Das tun wir alle. Na ja, Mignon vielleicht nicht, aber das solltest du nicht persönlich nehmen, denn die interessiert sich sowieso nur für sich selbst.«

Er grinste. Er kannte Mignon genauso gut wie sie.

»Es wäre ein weiteres Plus auf deinem Weg zur Rehabilitation, Nick«, sagte sie. »Wenn du das tätest – wenn du die Kinder zu dir nimmst –, würde das deine Position stärken. Es wäre ein Zeichen für deinen Einsatzwillen, für deine Bereitschaft, Verantwortung zu übernehmen. Im Übrigen wohnst du näher an der Margaret Fox School als Kaveh, und du könntest Tim bequem auf dem Weg zur Arbeit zur Schule bringen.«

»Du wohnst doch noch viel näher an der Margaret Fox School«, sagte er. »Wieso nimmst du die Kinder also nicht zu dir?«

»Nick...« Manette blieb nichts anderes übrig, als ihm die Wahrheit zu sagen. Sie brachte es so knapp wie möglich hinter sich, erzählte ihm von Freddies Internet-Dates, dass es dabei anscheinend neuerdings darauf ankam, so schnell wie möglich miteinander ins Bett zu gehen, so dass man jeden Morgen mit einer anderen Fremden am Frühstückstisch rechnen musste. So etwas konnte man Kindern ja wohl kaum zumuten, oder?

Nicholas schaute sie die ganze Zeit aufmerksam an. »Das tut mir leid«, sagte er, als sie geendet hatte. Und damit sie verstand, was genau ihm leidtat, fügte er hinzu: »Ich weiß, was Freddie dir bedeutet, Manette, auch wenn du es selbst nicht immer weißt.«

Sie wandte sich ab, denn sie kämpfte mit den Tränen. »Wie auch immer... Du siehst also...«

»Ich muss wieder an die Arbeit.« Er nahm sie in die Arme und küsste sie auf die Schläfe. »Ich muss erst mit Allie darüber reden, okay? Irgendwas liegt ihr auf dem Magen, ich weiß nicht, was es ist. Sie hat's mir noch nicht gesagt, aber sie rückt schon noch damit heraus. Wir haben keine Geheimnisse voreinander. Also gib mir ein bisschen Zeit, einverstanden? Jedenfalls sage ich noch nicht Nein, was Tim und Gracie angeht.«

ARNSIDE
CUMBRIA

Er hatte keine Ahnung vom Angeln, aber das spielte keine Rolle. Er brauchte keinen Fisch zu fangen, er musste es nur so aussehen lassen, als würde er angeln. Also hatte Zed sich von seiner Hauswirtin eine Angel geliehen, was die alte Frau zum Anlass genommen hatte, ihm einen Vortrag über ihren verstorbenen Mann zu halten und darüber, wie viele Stunden er mit seiner Angel auf irgendwelchen Seen und Flüssen vergeudet hatte. Dann hatte sie ihm noch einen Angelkasten gegeben sowie eine Regenjacke und ein Paar Gummistiefel, alles so winzig, dass es ihm nichts nützte, und einen Angelhocker. Zum Schluss hatte sie ihm viel Glück gewünscht. Ihr Mann, sagte sie, habe so gut wie nie Glück gehabt. In fünfundzwanzig Jahren habe er gerade einmal fünfzehn Fische gefangen. Sie könne es beweisen, denn sie habe genau aufgeschrieben, wann ihr Mann aus dem Haus gegangen und ohne einen Fisch zurückgekehrt war. Vielleicht habe er ja eine Geliebte gehabt, meinte sie, denn wenn man sich die Sache genau überlege …

Zed hatte sich hastig bei der Frau bedankt und war nach Arnside gefahren, wo Gott sei Dank gerade Flut herrschte. Er hatte sich einen Platz an der Ufermauer gesucht, direkt unterhalb von Nicholas Faircloughs Haus, und seine Angel ausgeworfen. Dabei hatte er noch nicht einmal einen Köder am Haken befestigt, denn das Letzte, was er gebrauchen konnte, war, dass tatsächlich ein Fisch anbiss und er irgendetwas damit anstellen musste. Zum Beispiel anfassen.

Jetzt wo Scotland Yard wusste, dass er in der Gegend war, musste er Vorsicht walten lassen. Wenn die ihn erst einmal entdeckt hatten – wer auch immer sie sein mochten –, würde das seine Arbeit extrem erschweren. Er musste unbedingt herausfinden, wer sie waren – er ging jedenfalls davon aus, dass es mindestens zwei Polizisten waren, denn im Fernsehen arbeiteten sie ja auch immer in Teams.

Zed rechnete damit, dass sie irgendwann bei Nicholas auftauchen würden, und dann würde er zur Stelle sein.

Der Angelhocker war eine großartige Idee gewesen. So konnte er an seinem Platz an der Ufermauer abwechselnd stehen und sich ausruhen. Lange Zeit tat sich nichts Verdächtiges bei Nicholas Faircloughs Haus, doch dann trat Alatea Fairclough plötzlich aus der Tür.

Sie kam direkt auf ihn zu, und er konnte nichts anderes denken als verdammt, verdammt, verdammt. Er würde auffliegen, ehe er irgendetwas Brauchbares in Erfahrung gebracht hatte, was wirklich kein Wunder war bei dem Pech, das er in letzter Zeit hatte. Die Frau blieb jedoch mitten auf dem Rasen stehen und schaute auf die Bucht hinaus. Wahrscheinlich dachte sie an all die Menschen, die in dieser Bucht den Tod gefunden hatten, wie diese armen Chinesen – mehr als fünfzig, die im Dunkeln von der einsetzenden Flut überrascht worden waren und auf Rettung gehofft hatten, die nicht kam. Oder wie der Mann, der mit seinem Sohn bei einsetzender Flut in eine Nebelbank geraten war und vollkommen die Orientierung verloren hatte, während überall um ihn herum Nebelhörner ertönten. In Anbetracht all dessen war die Morecambe Bay wahrscheinlich ein schrecklich deprimierender Ort, sagte sich Zed, und Alatea Fairclough wirkte so deprimiert wie nur etwas.

Verdammt, dachte er, sie hatte doch nicht etwa vor, in dieses tückische Wasser zu gehen? Denn dann würde er sie retten müssen, und das würde für sie beide den sicheren Tod bedeuten.

Er war zu weit weg, um es zu hören, aber anscheinend klingelte Alateas Handy, denn sie nahm es aus ihrer Jackentasche und klappte es auf. Sie redete mit jemandem. Begann dabei, auf und ab zu gehen. Schließlich schaute sie auf ihre Armbanduhr, die er selbst auf die Entfernung glitzern sah. Dann schaute sie sich um, als fürchtete sie, beobachtet zu werden, und Zed zog den Kopf ein.

Gott, war sie schön, dachte er. Wie war sie bloß hier am Arsch der Welt gelandet? Eine Frau wie sie war doch gemacht für den Laufsteg oder wenigstens für einen von diesen Dessous-Katalogen von Victoria's Secret, in denen Models mit üppigen Brüsten in hauchzarten BHs und dazu passenden Höschen posierten, lauter zarte Haut und straffe Schenkel und …

Zed riss sich zusammen. Was zum Teufel war mit ihm los? Man hätte meinen können, er sei ein richtiger Chauvi. Das war nicht nur den Frauen im Allgemeinen gegenüber unfair, sondern vor allem Yaffa gegenüber, die ihn von London aus unterstützte, die seine verrückte Mutter ertrug und … Andererseits, warum sollte er Rücksicht auf Yaffa nehmen, wo doch Micah in Tel Aviv auf sie wartete und Medizin studierte wie ein guter Sohn, der Zed überhaupt nicht war?

Er schlug sich mit der Hand an die Stirn. Dann riskierte er einen Blick hinüber zu Alatea Fairclough. Offenbar hatte sie ihr Telefongespräch beendet, denn sie war auf dem Weg zurück ins Haus.

Das war also der Höhepunkt seines Tages. Großartig, dachte Zed. Wieder ein vertaner Tag in Cumbria. Er blieb noch zwei Stunden auf seinem Posten und tat so, als angelte er. Schließlich packte er seine Sachen und überlegte, was er als Nächstes tun könnte.

Aber als er auf dem Weg zu seinem Auto war, wendete sich das Blatt. Er hatte gerade das Ende der Ufermauer erreicht, die Nicholas Faircloughs Grundstück einfasste, als ein Wagen in die Einfahrt einbog.

Am Steuer saß eine Frau. Sie schien sich hier auszukennen. Schnell schlich Zed den Weg zurück, den er gekommen war.

Die Frau hatte rotes Haar, genau wie er. Sie trug Jeans, Stiefel und einen dicken, moosgrünen Pullover. Er hielt sie für eine Freundin von Alatea und rechnete damit, dass sie auf direktem

Weg zur Haustür gehen würde. Aber das tat sie nicht, vielmehr schlich sie ums Haus herum wie eine dilettantische Einbrecherin. Dann zückte sie eine Kamera und begann zu fotografieren.

Schließlich ging sie zur Haustür und klingelte. Sie schaute sich um, als rechnete sie damit, dass sich jemand – wie Zed – im Gebüsch versteckte. Sie nahm ihr Handy aus der Tasche und schien nachzusehen, ob eine SMS angekommen war. Dann ging die Tür auf, und ohne viele Worte zu verlieren, bat Alatea die Frau ins Haus.

Aber Alatea wirkte alles andere als erfreut, stellte Zed fest. Und überglücklich stellte er fest, dass das Warten sich gelohnt hatte. Er hatte die Neuigkeit, die er brauchte, die Information, die seine Geschichte sexy machen würde. Denn jetzt wusste er, wen Scotland Yard aus London hergeschickt hatte.

ARNSIDE
CUMBRIA

Als Alatea die Tür aufmachte, sah Deborah das Entsetzen in ihren Augen. Es war, als hätte sie den Leibhaftigen erblickt, dachte Deborah bestürzt und wusste nicht, was sie sagen sollte. »Mr. Fairclough scheint nicht zu Hause zu sein«, brachte sie schließlich hervor. »Aber ich muss nicht unbedingt mit ihm sprechen.«

Das machte alles noch schlimmer. »Was wollen Sie?«, fragte Alatea schroff. Sie schaute über Deborahs Schulter, als rechnete sie damit, dass ein Angreifer um die Hausecke gerannt kam. »Nickie ist bei der Arbeit.« Sie warf einen Blick auf ihre Armbanduhr, ein goldenes, mit Strasssteinen besetztes Schmuckstück, das an jeder anderen Frau lächerlich gewirkt hätte. »Das heißt, inzwischen ist er wahrscheinlich auf dem Weg zu seinem Turmprojekt.«

»Kein Problem«, erwiderte Deborah frohgemut. »Ich habe

draußen ein paar Fotos gemacht, um dem Produzenten eine Vorstellung von der Kulisse zu geben – damit er sich überlegen kann, wo er die Interviews führen will. Der Rasen würde sich sehr gut eignen, vor allem bei Flut. Aber hier oben muss man natürlich immer damit rechnen, dass es in Strömen regnet, nicht wahr? Deswegen würde ich gern ein paar Innenaufnahmen machen. Wäre das möglich? Ich möchte Ihnen natürlich keine Unannehmlichkeiten bereiten. Es dauert auch nicht lange. Ich mache nur ein paar Schnappschüsse.«

Alatea schluckte. Sie rührte sich keinen Millimeter von der Tür weg.

»Nur eine Viertelstunde.« Deborah bemühte sich um einen heiteren Ton, der besagte: Von mir hast du nichts zu befürchten. »Ich interessiere mich in erster Linie für das Wohnzimmer. Da ist das Licht gut, und der Raum würde einen guten Hintergrund abgeben.«

Äußerst widerstrebend ließ Alatea Deborah eintreten. Die Frau war dermaßen angespannt, dass Deborah sich fragte, ob sie womöglich einen Liebhaber im Schrank versteckt hatte.

Sie durchquerten die Eingangshalle. Alatea öffnete die doppelflügelige Schiebetür, durch die sie in einen Flur gelangten, dessen Wände mit dunklen Holzpaneelen verkleidet waren. Durch mehrere bleiverglaste Fenster mit einem hübschen Muster aus roten Tulpen und grünen Blättern fiel nur wenig Licht.

Das Haus sei wirklich eindrucksvoll, sagte sie zu Alatea. Ob schon Fotoreportagen darüber in Zeitschriften erschienen seien? Die Arts-and-Crafts-Bewegung sei so schlicht und sympathisch gewesen, nicht wahr? Ob Alatea an einem Dokumentarfilm über die Restaurationsarbeiten interessiert sei? Und ob schon jemand von einer der zahllosen Fernsehsendungen an sie herangetreten sei, die über historische Häuser in England berichteten? Auf alle ihre Fragen erhielt sie einsilbige Antworten. Sich mit dieser Frau anzufreunden würde kein leichtes Unterfangen werden, sagte sich Deborah.

Im Wohnzimmer angekommen, versuchte sie es mit einem anderen Thema. Wie es Alatea in England gefalle? Es sei doch sicher völlig anders als in Argentinien?

Alatea schaute Deborah verblüfft an. »Woher wissen Sie, dass ich Argentinierin bin?«

»Ihr Mann hat es mir erzählt.« Am liebsten hätte Deborah hinzugefügt: Warum fragen Sie? Ist das ein Problem? Doch sie beherrschte sich. Sie ließ ihren Blick durch den Raum schweifen. Sie musste Alatea zu dem Erkerfenster locken, wo die Zeitschriften lagen. Deborah machte ein paar Aufnahmen von Stellen, die sich für ein Interview eigneten, und näherte sich dabei unauffällig dem Erkerfenster.

Aber als sie dort ankam, bemerkte sie sofort, dass die Zeitschrift *Conception* nicht mehr auf dem Tisch lag. Das würde die Sache etwas komplizierter, jedoch nicht unmöglich machen. Deborah schoss ein Foto von den beiden Sesseln und dem niedrigen Tisch vor dem Erkerfenster und stellte die Blende so ein, dass auch die Aussicht zu sehen war, die man vom Fenster aus hatte. Beiläufig sagte sie: »Wir haben übrigens etwas gemeinsam, Mrs. Fairclough.« Sie blickte von ihrer Kamera auf und lächelte Alatea an.

Die stand an der Tür, als wollte sie jeden Augenblick die Flucht ergreifen. Höflich erwiderte sie Deborahs Lächeln, sah sie jedoch zweifelnd an. Offenbar hatte sie keine Ahnung, was sie mit Deborah gemeinsam haben könnte, abgesehen davon, dass sie beide Frauen waren und sich zufällig im selben Zimmer ihres Hauses aufhielten.

Deborah sagte: »Wir wünschen uns beide ein Kind. Ihr Mann hat es mir erzählt. Ihm war aufgefallen, dass ich die Zeitschrift *Conception* auf Ihrem Tisch gesehen hatte. Ich lese sie schon ewig«, log sie. »Na ja, seit fünf Jahren. Seit Simon – mein Mann – und ich versuchen, ein Baby zu bekommen.«

Alatea sagte nichts dazu, aber Deborah sah, wie sie schluckte und wie ihr Blick zu dem Tisch wanderte, auf dem die Zeitschrift gelegen hatte. Deborah fragte sich, ob Alatea oder Nicholas das Heft weggenommen hatte. Und sie fragte sich, ob Nicholas sich genauso große Sorgen um den Seelenzustand seiner Frau machte, wie Simon um sie besorgt war.

Während sie eine weitere Aufnahme machte, sagte sie: »Anfangs haben wir uns einfach darauf verlassen, dass die Natur es schon richten würde. Dann haben wir es mit dem Eisprungkalender versucht, mit der Temperaturmethode, mit Mondphasen.« Sie rang sich ein Lachen ab. Es fiel ihr nicht leicht, solche Dinge einer Fremden anzuvertrauen, aber sie wusste, wie wichtig es war, Vertrauen aufzubauen, und zudem hatte sie das Gefühl, dass ihr Geständnis tröstend wirken könnte. »Und dann haben wir uns untersuchen lassen, was Simon alles andere als angenehm fand, das kann ich Ihnen flüstern. Und schließlich die endlosen Diskussionen über Alternativen, Besuche bei Spezialisten.« Sie ließ ihre Kamera sinken und zuckte die Achseln. »Es hat sich herausgestellt, dass ich kein Kind werde austragen können. Konstruktionsfehler. Jetzt denken wir über eine Adoption nach. Ich würde eine Leihmutter bevorzugen, doch davon will Simon nichts wissen.«

Die Argentinierin hielt sich immer noch auf Distanz. Deborah fiel auf, dass sie etwas blasser wirkte und dass sie ihre eleganten Hände immer wieder zu Fäusten ballte. In ihren Augen glänzten unvergossene Tränen.

Deborah begriff, was in der Frau vorging. Jahrelang hatte sie sich genauso gefühlt. »Verzeihen Sie«, sagte sie hastig. »Es tut mir leid. Wie gesagt, ich habe bei meinem ersten Besuch die Zeitschrift hier liegen sehen. Ihr Mann hat mir gesagt, dass Sie versuchen, schwanger zu werden. Dass Sie seit zwei Jahren verheiratet sind und… Mrs. Fairclough, es tut mir wirklich leid. Ich wollte Sie nicht verletzen. Bitte, setzen Sie sich doch.«

Alatea setzte sich, aber nicht dahin, wo Deborah es gern gehabt hätte, sondern auf die Bank neben dem offenen Kamin. Ihr krauses Haar glänzte im Licht, das durch das Bleiglasfenster fiel. Deborah ging zu ihr, achtete jedoch darauf, eine gewisse Distanz zu wahren. »Es ist schwer, ich weiß. Ich hatte sechs Fehlgeburten, bis ich erfahren habe, was mit meinem Körper nicht stimmt. Vielleicht kann man irgendwann etwas daran machen, bei all der Forschung, die auf dem Gebiet betrieben wird, aber bis dahin bin ich bestimmt zu alt.«

Eine Träne lief über Alateas Wange. Sie änderte ihre Körperhaltung, als könnte das verhindern, dass sie vor einer Fremden noch mehr Tränen vergoss.

»Merkwürdig, nicht wahr«, sagte Deborah, »dass etwas für die einen das Natürlichste auf der Welt und für die anderen ein Ding der Unmöglichkeit sein soll.«

Deborah hoffte die ganze Zeit, dass Alatea nicht nur mit Tränen reagierte, sondern irgendwie zu erkennen gab, dass es ihr ähnlich erging. Aber sie tat es nicht. Deborah hätte jetzt noch darauf eingehen können, *warum* sie sich so dringend ein Kind wünschte. Es hatte teilweise damit zu tun, dass ihr Mann behindert war – er selbst bezeichnete sich als *Krüppel* –, und teilweise damit, dass diese Behinderung sein Selbstwertgefühl als Mann beeinträchtigte. Doch über dieses Thema wollte sie eigentlich nicht mit Alatea Fairclough reden. Es fiel ihr schwer genug, sich das alles selbst einzugestehen.

Deswegen schnitt sie ein ganz neues Thema an. »Ich glaube, dass dieses Zimmer besser geeignet ist für ein gefilmtes Interview als alles, was ich draußen gesehen habe. Und da, wo Sie gerade sitzen, ist das Licht besonders gut. Wenn es Ihnen nichts ausmacht, würde ich gern ein Foto von Ihnen machen, um dem Produzenten zu zeigen …«

»Nein!« Alatea sprang auf.

Deborah wich einen Schritt zurück. »Es ist für …«

»Nein! Nein! Sagen Sie mir, wer Sie sind!«, schrie Alatea. »Sagen Sie mir, warum Sie wirklich hier sind! Sagen Sie es mir endlich!«

7. November

BRYANBARROW
CUMBRIA

Hoffentlich Toy4You, dachte Tim, als sein Handy klingelte, denn er hatte das Warten satt. Aber es war die bescheuerte Manette. Benahm sich, als hätte er ihr überhaupt nichts getan. Sagte, es gehe um das Campingabenteuer. Sie nannte es tatsächlich *Abenteuer*, als würden sie nach Afrika fahren oder so was, und nicht auf die Viehweide von irgendeinem Bauern, zwischen Massen von Urlaubern aus Manchester. »Ich dachte, wir legen mal einen Termin fest«, sagte sie fröhlich. »Wir sollten nicht mehr allzu lange warten. Regen ist nicht so schlimm. Wenn es allerdings anfängt zu schneien, ist es vorbei. Was meinst du?«

»Lass mich einfach in Ruhe!«, fauchte er.

»Tim …«, sagte sie in diesem geduldigen Ton, den Erwachsene anschlugen, wenn sie fanden, dass er aggressiv wurde, was meistens der Fall war.

»Hör zu«, sagte er. »Vergiss es einfach. Und hör auf, so zu tun, als wär ich dir wichtig.«

»Aber du bist mir wichtig, Tim. Du bist uns allen wichtig. Meine Güte, Tim, du bist …«

»Erzähl mir keinen Scheiß! Der Einzige, für den du dich jemals interessiert hast, war mein Vater. Glaub ja nicht, ich wüsste das nicht! *Alle* haben sich nur für diesen perversen Dreckskerl interessiert, und jetzt ist er tot, und ich bin froh darüber. Also lasst mich endlich alle in Frieden!«

»Du weißt nicht, was du da redest.«

»O doch.«

»Nein, tust du nicht. Du hast deinen Vater geliebt. Er hat dir wehgetan, das weiß ich, aber was er getan hat, hatte nichts mit dir zu tun, mein Lieber.« Sie wartete auf eine Antwort, doch die Genugtuung würde er ihr nicht geben. »Tim«, fuhr sie fort. »Was passiert ist, tut mir leid. Aber er hätte es nicht getan, wenn er eine andere Möglichkeit gesehen hätte. Eines Tages wirst du es verstehen. Wirklich. Da bin ich mir ganz sicher.«

»Du hast doch keine blasse Ahnung.«

»Ich weiß, dass das alles schwer für dich ist, Tim. Das ist ganz normal. Aber dein Vater hat dich geliebt. Wir alle haben dich lieb. Wir möchten, dass es dir …«

»Halt die Klappe!«, schrie er. »Lasst mich endlich in Frieden!«

Zitternd vor Wut trennte er die Verbindung. Es war ihr ekelhaft sanfter, mütterlicher Ton. Der Scheißdreck, den sie ihm verzapfte. Sein ganzes, beschissenes Leben.

Er warf sein Handy aufs Bett. Sein ganzer Körper war zum Bersten angespannt. Er brauchte frische Luft. Er beugte sich zum Fenster vor und riss es auf. Draußen war es eiskalt, aber das war ihm egal.

George und Dan Cowley kamen gerade aus ihrem Cottage. Sie unterhielten sich, die Köpfe gesenkt, als hätten sie irgendwas Gott weiß wie Wichtiges zu bereden. Sie gingen auf Georges Schrotthaufen von Auto zu, einen schlammverkrusteten alten Land Rover, an dessen Reifen jede Menge Schafscheiße klebte.

George öffnete die Fahrertür und stieg ein, aber anstatt um das Auto herumzugehen und auf der anderen Seite einzusteigen, hockte Dan sich hin und betrachtete Kupplung, Gas- und das Bremspedal sowie die Füße seines Vaters. George sagte irgendwas, gestikulierte und trat auf den Pedalen rum. Dann stieg er aus, und Dan stieg ein. Trat auf den Pedalen rum, während George nickte, gestikulierte und noch nachdrücklicher nickte.

Dann ließ Dan den Motor an, während sein Vater weiter auf ihn einredete. George schlug die Tür zu, und Dan kurbelte das Fenster runter. Der Wagen war so geparkt, dass Dan nicht erst zurücksetzen musste, um loszufahren. George gestikulierte wie wild, anscheinend bedeutete er Dan, er solle eine Runde um den dreieckigen Dorfplatz drehen. Dan fuhr los. Der Wagen hoppelte und schlingerte. George rannte schreiend und mit den Armen fuchtelnd neben dem Auto her, bis Dan den Motor abwürgte.

George sagte etwas ins offene Fenster und langte hinein. Tim dachte, er würde Dan eine ordentliche Kopfnuss verpassen, aber stattdessen zauste er ihm das Haar und lachte, und Dan lachte auch. Er ließ den Motor wieder an. Sie gingen das Ganze noch mal von vorne durch. Diesmal blieb George stehen und rief Dan aufmunternd etwas zu. Dan schaffte tatsächlich eine Runde um den Platz, und George stieß triumphierend eine Faust in die Luft.

Tim wandte sich vom Fenster ab. Vollidioten, dachte er. Zwei Pfeifen. Wie der Vater, so der Sohn. Dan würde genauso enden wie sein Alter und irgendwo in Schafscheiße rumwaten. Er war ein Versager. Ein verdammter Scheißversager. Er war ein derartiger Versager, dass er zerquetscht gehörte, und das würde Tim am liebsten sofort erledigen. Jetzt gleich. Auf der Stelle. Mit einer Pistole oder einem Messer oder einem Knüppel aus dem Haus rennen und sich auf ihn stürzen, bloß dass er keine einzige Waffe hatte, wo er doch so dringend eine brauchte …

Tim rannte aus seinem Zimmer. Er hörte Gracie und Kaveh miteinander reden und ging in die Richtung, aus der die Stimmen kamen. Sie waren in Kavehs Arbeitszimmer im obersten Stock. Der Blödmann saß am Zeichentisch und arbeitete an irgendwas, und Gracie, diese dumme Göre, hockte auf dem

Boden und spielte mit ihrer Puppe, wiegte sie in den Armen und redete tatsächlich mit ihr wie mit einem echten Baby, so was Bescheuertes. Es wurde wirklich Zeit, dass er seiner Schwester mal Verstand einbläute …

Gracie kreischte wie am Spieß, als er ihr die Puppe aus den Armen riss. »Verdammte, dämliche Pute!«, schrie er, schlug die Puppe gegen den Zeichentisch, riss ihr Arme und Beine aus und schleuderte sie zu Boden. »Werd endlich erwachsen, du arme Irre!«, schrie er und stürmte aus dem Zimmer.

Er rannte die Treppe runter und aus dem Haus, und hinter sich hörte er Gracie weinen, was ihm eigentlich Genugtuung hätte bereiten müssen, aber das tat es nicht. Dann hörte er Kaveh nach ihm rufen, hörte, wie Kaveh hinter ihm hergerannt kam, ausgerechnet Kaveh, der an allem schuld war.

George und Daniel Cowley standen neben dem Land Rover, und Tim ging extra so dicht an ihnen vorbei, dass er diesen Blindgänger von Daniel aus dem Weg schubsen konnte. »Was fällt dir ein?«, schrie George.

»Fick dich!«, brüllte Tim. Er brauchte etwas, er musste irgendetwas finden, denn es kochte in ihm, sein Blut kochte, und er wusste, wenn er nichts fand, würde sein Kopf explodieren, sein Blut und sein Gehirn würden rausspritzen, was ihm eigentlich egal wäre, doch so wollte er nicht enden. Und die ganze Zeit hörte er Kaveh rufen, er solle stehen bleiben, er solle warten, aber das wäre das Allerletzte, was er tun würde: auf Kaveh Mehran warten.

Er lief um den Pub herum und durch einen Garten bis zum Bach. Ein paar Enten dümpelten auf dem Wasser, und am anderen Ufer watschelten noch ein paar Enten durch das Gras auf der Suche nach Schnecken oder was zum Teufel die Viecher fraßen. Am liebsten hätte er denen allen den Hals umgedreht oder sie mit den Füßen totgetreten, egal, Hauptsache, er spürte irgendwas *sterben*.

Im nächsten Moment war er auch schon im Wasser. Die Enten flüchteten. Er versuchte, sie zu packen zu kriegen. Von überall her war Geschrei zu hören, und plötzlich merkte er, dass es teilweise aus seinem eigenen Mund kam, und dann wurde er gepackt. Starke Arme umschlangen ihn, und eine Stimme sagte dicht an seinem Ohr: »Nein, tu das nicht. Das willst du doch gar nicht. Es wird alles gut.«

Verdammt, das war diese Schwuchtel, dieser Perverse. Er hatte Tim umklammert und hielt ihn in den Armen, berührte ihn mit seinen Drecksfingern.

»Hau ab!«, schrie Tim. Er wehrte sich, aber Kaveh hielt ihn nur noch fester.

»Tim! Hör auf!«, rief Kaveh. »Du willst das doch gar nicht. Komm hier weg. Schnell.«

Sie rangen im Wasser miteinander, bis es Tim gelang, sich zu befreien, und Kaveh rückwärts ins Wasser fiel. Er landete auf dem Hintern, saß bis zum Bauch im Wasser und hatte Mühe, sich aufzurappeln. Und Tim triumphierte innerlich, denn das war es, was er wollte, dieses Arschloch am Boden sehen. Er wollte es ihm zeigen, ihm beweisen …

»Ich bin kein Arschficker!«, brüllte er. »Rühr mich nie wieder an, kapiert? Such dir einen anderen!«

Kaveh schaute ihn an. Er keuchte, und Tim keuchte auch, und dann änderte sich Kavehs Gesichtsausdruck, doch was sich darin spiegelte, war nicht das, was Tim sehen wollte, nämlich Verletzung, Verzweiflung, Zerstörung.

Kaveh sagte: »Natürlich bist du das nicht, Tim. Hast du das etwa gedacht?«

»Halt die Schnauze!«, schrie Tim und rannte davon.

GREAT URSWICK
CUMBRIA

Manette hatte es geschafft, das Zelt allein aufzubauen. Es war nicht ganz einfach gewesen, und sie hatte sich nicht sonderlich geschickt angestellt, so dass zu befürchten war, dass das Zelt irgendwann über ihr zusammenklappen würde. Trotzdem kroch sie hinein, setzte sich wie ein Buddha in die Öffnung und schaute auf den See hinaus.

Freddie hatte an die Badezimmertür geklopft und gesagt, er müsse mit ihr reden. Sie hatte gefragt, ob er ein paar Minuten warten könne, sie sei gerade dabei … bei irgendetwas eben. Selbstverständlich könne er warten, hatte er hastig geantwortet, als wäre das, was sie gerade im Badezimmer tat, das Letzte, was er wissen wollte, was ja eigentlich auch verständlich war. Manche Dinge waren wirklich zu intim.

Dabei hatte sie gar nichts getan. Sie hatte nur Zeit totgeschlagen. Schon am Vormittag, als sie sich am Kaffeeautomaten begegnet waren, hatte sie gespürt, dass Freddie irgendetwas auf den Nägeln brannte. Sie war aus ihrem Zimmer gekommen, er von draußen. Da er dasselbe anhatte wie am Abend zuvor, wusste sie sofort, dass er die Nacht bei Sarah verbracht hatte. Ein schlaues Luder, diese Sarah, dachte Manette. Hatte sofort erkannt, was für ein Goldstück sie sich da geangelt hatte.

Und als Freddie gesagt hatte, er müsse mit ihr reden, hatte sie mit dem Schlimmsten gerechnet. Dass er glaubte, in Sarah die Richtige gefunden zu haben. Dass er vorhatte, sie am Abend mitzubringen, dass sie bei ihnen einziehen würde. Und Manette hatte sich gefragt, wie sie wohl damit zurechtkommen würde.

Es würde ihnen nichts anderes übrig bleiben, als das Haus zu verkaufen und getrennter Wege zu gehen. Doch das wollte sie nicht, denn sie liebte dieses Haus. Das heißt, sie hing gar nicht so sehr an dem Haus selbst, das zugegebenermaßen ziemlich klein und schäbig war, sondern an diesem speziellen Ort, der schon seit Jahren ihre Zuflucht war. Dass sie ihn womöglich würde verlassen müssen, stimmte sie traurig.

Wahrscheinlich ging es sowieso immer nur um Wurzeln, die man irgendwo geschlagen hatte, und die Angst davor, sie auszureißen, weil nicht alle Pflanzen das überlebten, und Manette wusste nicht, wie es sich anfühlen würde, wenn sie gezwungen wäre, von hier fortzugehen. Von dem Haus und dem alten Ruderboot vorne am Steg, mit dem sie jederzeit auf den See hinausfahren und den Sonnenaufgang genießen oder im Regen sitzen konnte.

Es hatte nichts mit Freddie zu tun, sagte sie sich. Und auch nicht mit Sarah oder irgendeiner anderen Frau, für die Freddie sich irgendwann entschied. Und letztlich war sie es ja gewesen, die die Diskussion darüber entfacht hatte, dass ihnen die Liebe abhandengekommen war.

Manette konnte sich nicht mehr erinnern, wie Freddie sie angesehen hatte, als sie das Thema zum ersten Mal zur Sprache gebracht hatte. Hatte er ihr widersprochen? Sie wusste es nicht mehr. Er war immer so verdammt gefügig. Da hätte es sie nicht wundern sollen, dass er einfach so hingenommen hatte, ihre Ehe sei mausetot. Damals war sie erleichtert darüber gewesen. Aber jetzt wusste sie überhaupt nicht mehr, warum in aller Welt sie damals so erleichtert gewesen war. Was hatte sie denn von einer Ehe erwartet? Drama und Leidenschaft und wilden Sex jede Nacht? Wie sollte man so etwas durchhalten? Und wer wollte das denn überhaupt?

»Ihr lasst euch *scheiden*?«, hatte Mignon ungläubig gesagt. »Du und Freddie? Ehe du dich zu diesem Schritt entschließt, solltest du dich vielleicht mal gründlich umsehen…«

Es war nicht darum gegangen, Freddie gegen einen anderen Mann einzutauschen. Das interessierte Manette nicht. Es war darum gegangen, realistisch zu sein, sich ihr Leben anzusehen und sich zu fragen, ob es das war, was sie auf Dauer wollte. Sie waren gute Freunde gewesen, die ab und zu sich ein bisschen unter der Bettdecke vergnügten, und das hatte ihr nicht gereicht. So hatte das nicht weitergehen können, das war ihnen beiden klar gewesen. Also hatten sie die logischen Konsequenzen gezogen, und sie hatten sich beide befreit gefühlt. Oder nicht?

»Ach hier bist du! Was machst du denn hier draußen, Kleine?«

Sie riss sich aus ihren Gedanken. Freddie stand mit zwei Henkeltassen vor ihr. Er hockte sich hin und reichte ihr eine Tasse. Sie wollte hinauskrabbeln, aber er sagte: »Nein, bleib da. Ich bin schon seit Jahren nicht mehr in einem Zelt gewesen.« Er kroch ins Zelt und setzte sich neben sie. »Das wird aber nicht lange halten, fürchte ich«, sagte er mit einer Kinnbewegung in Richtung der schiefen Zeltstange.

»Ja, ich weiß. Ein Windstoß, und alles bricht zusammen. Aber es ist ein guter Platz zum Nachdenken, und ich wollte es mal ausprobieren.«

»Überhaupt nicht nötig«, sagte er. Er saß im Schneidersitz neben ihr, und ihr fiel auf, dass er noch genauso beweglich war wie sie: Seine Knie berührten beide den Boden, nicht wie bei manchen Leuten, deren Knie in der Position nach oben zeigten, weil sie viel zu steif waren.

Sie trank einen Schluck von der Hühnerbouillon, die er ihr mitgebracht hatte. Interessant. Als wäre sie krank. »Nicht nötig?«, wiederholte sie.

»Zelten«, sagte er. »Für den Fall der Fälle ins Zelt umzuziehen.«

Sie runzelte die Stirn. »Wovon redest du, Freddie?«

Er legte den Kopf schief. In seinen braunen Augen lag ein Funkeln, an dem sie erkannte, dass er sie auf den Arm nahm. »Na ja, du weißt schon, neulich diese Sache mit Holly. Das war ein einmaliger Ausrutscher. Wird nicht wieder vorkommen.«

»Soll das heißen, du gibst es auf?«

»Das Internet-Dating? Um Gottes willen, nein.« Und dann

errötete er. »Ich meine, das macht mir ziemlich viel Spaß. Ich hatte ja keine Ahnung, dass die Frauen so … so direkt geworden sind, seit ich nicht mehr in Aktion bin. Nicht dass ich je in Aktion gewesen wäre.«

»Vielen Dank auch.«

»Nein, nein, so war das nicht gemeint. Ich meinte, du und ich, na ja, wir waren so jung, als wir uns kennengelernt haben … Du warst meine Allererste, weißt du. Meine Erste und meine Einzige. Und jetzt zu erleben, was so alles los ist in der Welt … Das ist echt ein Aha-Erlebnis, das kann ich dir sagen. Na ja, du wirst es ja demnächst selbst erleben.«

»Ich weiß nicht, ob ich das möchte«, sagte sie.

»Ach so.« Er schwieg. Nippte an seiner Bouillon. Es gefiel ihr, dass er nie laut schlürfte. Sie konnte lautes Schlürfen nicht ausstehen. »Na ja.«

»Zurück zu dir«, sagte sie. »Ich will dir nicht verbieten, Frauen mit nach Hause zu bringen, Freddie. Keine Sorge. Es wäre nur nett, wenn du mir vorher Bescheid sagen könntest. Ein kurzer Anruf, wenn sie sich die Nase pudern geht. Aber auch das ist keine Verpflichtung.«

»Das weiß ich«, sagte er. »Wer welche Rechte hat und so weiter. Ich weiß auch, wie ich mich fühlen würde, wenn ich morgens in die Küche käme und da säße ein Typ am Frühstückstisch. Irgendwie komisch. Also werde ich mich mit den Frauen woanders treffen, nicht hier zu Hause.«

»Wie mit Sarah.«

»Wie mit Sarah.«

Manette versuchte, etwas aus seinem Ton herauszuhören, aber es gelang ihr nicht. Sie fragte sich, ob ihr das je bei ihm gelungen war. Merkwürdiger Gedanke – konnte man überhaupt jemals behaupten, seinen Ehemann zu kennen? Dann fiel ihr ein, dass Freddie schon lange nicht mehr ihr Ehemann war.

Eine Weile gaben sie sich der abendlichen Stille hin, die nur unterbrochen wurde vom Geschrei einiger Enten, die über sie hinwegflogen. Schließlich fragte Freddie: »Wo kommt das Zelt überhaupt her? Das ist doch neu, oder?«

Sie erzählte ihm von ihren Plänen: dass sie mit Tim ein paar Tage in die Berge fahren wollte, um auf den Scout's Scar zu wandern. »Aber er ist nicht gerade begeistert von meinem Vorschlag.«

»Der arme Junge«, sagte Freddie. »Dem hat das Leben wirklich übel mitgespielt.«

Allerdings, dachte Manette.

Auf dem See waren Schwäne aufgetaucht. Majestätisch und still glitten sie scheinbar ohne Anstrengung über das Wasser. Manette schaute ihnen zu und spürte, dass Freddie neben ihr das ebenfalls tat. Nach einer Weile sagte Freddie nachdenklich: »Manette, ich habe angefangen, mich in Ians Buchhaltungsprogramm einzuarbeiten.«

»Ja, ich weiß.«

»Hm. Ja. Mir ist da etwas aufgefallen. Eigentlich sind mir mehrere Dinge aufgefallen, und ich weiß noch nicht so recht, was ich von alldem halten soll. Ehrlich gesagt, bin ich mir nicht mal sicher, dass es sich um etwas Wichtiges handelt, aber trotzdem möchte ich der Sache auf den Grund gehen.«

»Worum geht es denn?«

Freddie schaute sie an. Er schien zu zögern. Dann sagte er: »Wusstest du, dass dein Vater alles finanziert, was mit Arnside House zu tun hat?«

»Er hat das Haus Nicholas und Alatea zur Hochzeit geschenkt.«

»Ja, sicher. Aber er kommt auch für die gesamten Restaurationskosten auf. Und die sind beträchtlich. Hast du eine Ahnung, warum er das tut?«

Sie schüttelte den Kopf. »Ist das denn wichtig? Dad hat doch Geld genug.«

»Stimmt. Ian hat deinen Vater garantiert dazu gedrängt, Nicholas das Geld nur als Kredit zur Verfügung zu stellen, und sei es zinslos und rückzahlbar in hundert Jahren. Und wie ich Ian kenne, hat er das alles irgendwo dokumentiert. Und denk doch bloß mal an Nicks Vergangenheit. Einem Junkie so viel Geld in die Hand zu drücken, das ist doch …«

»Ich glaube kaum, dass Dad ihm das Geld in die Hand gedrückt hat, Freddie. Wahrscheinlich bezahlt er einfach die Rechnungen. Außerdem ist Nick kein Junkie, sondern ein Exjunkie.«

»Ian hätte nicht gesagt *Ex*junkie. Nicht bei Nicks Geschichte.«

»Kann sein. Trotzdem … Nicholas wird irgendetwas von Dad erben. Vielleicht haben sie sich ja darauf geeinigt, dass Dad ihm sein Erbe schon jetzt auszahlt, damit Dad sich mit ihm daran freuen kann.«

Freddie wirkte nicht überzeugt. »Wusstest du, dass dein Vater Mignon seit Jahren Unterhalt zahlt?«

»Was bleibt ihm denn anderes übrig? Seit dem Sturz in Launchy Gill hat sie ihn doch in der Hand. Man sollte meinen, Dad hätte sie geschubst. Wahrscheinlich hätte er es tun sollen.«

»Die monatlichen Unterhaltszahlungen sind neuerdings gestiegen.«

»Anpassung an die gestiegenen Lebenshaltungskosten?«

»Was hat sie denn schon für Lebenshaltungskosten? Und er hat den Unterhalt nicht nur erhöht, er hat ihn verdoppelt. Das hätte Ian niemals zugelassen. Dagegen hätte er protestiert. Wahrscheinlich hat er sogar versucht, deinen Vater dazu zu überreden, dass er die Unterhaltszahlungen ganz einstellt.«

Manette überlegte. Sie wusste, dass Freddie recht hatte. Aber einige Dinge, die Mignon betrafen, hatte er noch nie verstanden. »Sie hatte doch vor Kurzem diese Operation«, sagte sie. »Die Kosten dafür hat der National Health Service bestimmt nicht übernommen. Also muss jemand anders die Operation bezahlt haben, und das kann ja wohl nur Dad gewesen sein.«

»Dann hätte er das Geld aber direkt an die Klinik überwiesen.«

»Vielleicht hat er es an Mignon überwiesen, damit sie die Rechnung selbst bezahlen konnte.«

»Aber warum überweist er ihr diese Summe jeden Monat? Warum zahlt er ihr überhaupt immer noch Unterhalt?«

Manette schüttelte den Kopf. Die Wahrheit war: Sie wusste es nicht.

Sie schwiegen eine Weile. Als Freddie schließlich seufzte, wusste sie, dass noch etwas auf sie zukam. Sie fragte ihn danach. Er holte tief Luft.

»Was ist eigentlich aus Vivienne Tully geworden?«, fragte er.

Sie schaute ihn an, doch er betrachtete weiterhin die Schwäne auf dem See. Sie sagte: »Ich habe keine Ahnung. Warum?«

»Weil auch sie seit acht Jahren regelmäßige Zahlungen erhält.«

»Warum das denn?«

»Wenn ich das wüsste. Aber dein Vater wirft seit Jahren allen möglichen Leuten viel Geld hinterher, Manette. Und ich glaube, Ian war der Einzige, der davon wusste.«

AUF DEM WEG VON CHALK FARM
NACH MARYLEBONE
LONDON

Barbara Havers gönnte sich gerade einen kleinen Imbiss, als Angelina Upman und ihre Tochter an ihre Tür klopften. Der Imbiss bestand aus einem Blaubeer-Pop-Tart und einer Portion Cottage Cheese – jede Mahlzeit sollte mindestens drei Nährstoffgruppen enthalten, und in dieser Kombi waren immerhin zwei vertreten. Barbara stopfte sich schnell den letzten Bissen des Gebäcks in den Mund, ehe sie die Tür aufmachte, denn sie wollte sich von Hadiyyah nicht beim Verzehren eines Pop-Tart erwischen lassen.

Außerdem rauchte sie beim Essen, und Hadiyyah entdeckte augenblicklich die Zigarette, die in einem Aschenbecher auf dem Tisch vor sich hinqualmte. Sie bedachte Barbara mit einem tadelnden Blick, verschränkte die Arme vor der Brust und tippte mit dem Fuß auf den Boden, sagte jedoch nichts. Dann schaute sie ihre Mutter an, eine tugendhafte Nichtraucherin, als wollte sie sagen: »Siehst du, mit was ich mich hier herumplagen muss?«

Angelina sagte: »Wir haben gute und schlechte Nachrichten. Dürfen wir reinkommen?«

O Gott, nein, dachte Barbara. Bisher war es ihr gelungen, Angelina von ihrer Bude fernzuhalten, und eigentlich hätte das so bleiben sollen. Sie hatte ihr Schlafsofa nicht eingeklappt, sie hatte das Geschirr nicht gespült, und über ihrer Spüle hingen an einer behelfsmäßigen Wäscheleine fünf Unterhosen zum Trocknen auf. Aber sie konnte ja schlecht in die Novemberkälte hinaustreten und sich anhören, was Angelina und ihre Tochter von ihr wollten.

Also trat sie zur Seite und sagte: »Ich wollte gerade mit dem Hausputz anfangen« – eine derart himmelschreiende Lüge, dass sie ihr beinahe im Hals stecken geblieben wäre.

Hadiyyah sah sie zweifelnd an, doch Angelina kannte Barbara noch nicht gut genug, um zu wissen, dass für Barbara ein Hausputz etwa so verlockend war wie ein Besuch beim Zahnarzt.

Barbara sagte: »Kaffee? Tee? Ich kann ein paar Tassen spülen.« In dem Berg aus schmutzigem Geschirr und Besteck befanden sich immerhin zehn Henkeltassen.

»Nein, nein, wir können nicht lange bleiben«, sagte Angelina. »Aber ich wollte Ihnen wenigstens wegen Dusty Bescheid sagen.«

Wie bitte …?, fragte sich Barbara, bis ihr einfiel, dass das der

Name des Frisörs in Knightsbridge war, der dazu ausersehen war, ihr eine neue Frisur zu verpassen. »Ah, ja«, sagte sie und drückte eilig die Zigarette aus, die immer noch im Aschenbecher qualmte.

»Ich habe Ihnen einen Termin bei ihm besorgt«, verkündete Angelina. »Aber der ist leider erst in einem Monat. Dusty ist immer restlos ausgebucht. So ist das nun mal bei erfolgreichen Friseuren, da stehen die Kundinnen Schlange.«

»Das kann ich mir vorstellen«, sagte Barbara, als hätte sie eine Ahnung von so etwas. »Mist. Tja, da hab ich wohl Pech gehabt.«

»Pech gehabt?«, wiederholte Hadiyyah. »Du musst unbedingt da hingehen, Barbara. Er ist der Beste. Du wirst staunen, wie schön er dir die Haare schneidet.«

»Das glaub ich dir aufs Wort, Kleine«, sagte Barbara, »aber ich hab meiner Chefin gesagt, dass ich einen freien Tag brauche, um zum Frisör zu gehen, und ich kann mir weder einen ganzen Monat freinehmen, noch ohne neue Frisur zur Arbeit erscheinen. Also …« Sie schaute Angelina an. »Kennen Sie vielleicht noch jemanden, den Sie mir empfehlen können?«

Angelina machte ein nachdenkliches Gesicht. Hob eine perfekt manikürte Hand und legte sie an ihre Wange. »Wissen Sie was, ich glaube, da lässt sich was machen. Vielleicht nicht bei Dusty, aber in seinem Salon. Er hat immer Leute da, die noch in der Ausbildung sind und unbedingt bei ihm lernen wollen … Vielleicht kann einer von denen Ihnen die Haare schneiden. Wenn ich mitkomme, kann ich Dusty bitten, zwischendurch mal einen Blick darauf zu werfen. Was halten Sie davon?«

In Anbetracht dessen, dass sie sich seit zwanzig Jahren die Haare in der Dusche absäbelte, konnte alles, was halbwegs professionell war, nur besser sein. Trotzdem fand Barbara es angebracht, sich ein bisschen skeptisch zu geben. »Hmm«, sagte sie. »Ich weiß nicht … Was meinen Sie? Das ist nämlich wichtig, weil meine Chefin die Angelegenheit sehr ernst nimmt.«

»Das haut bestimmt hin«, versicherte ihr Angelina. »Es ist immerhin einer der besten Frisörsalons, die nehmen nicht jeden als Lehrling an … Soll ich mich also darum kümmern?«

»Ja, Barbara«, zwitscherte Hadiyyah. »Bitte sag Ja. Vielleicht können wir nachher noch alle zusammen zum Tee in ein Café gehen. Wir machen uns fein und setzen uns Hüte auf und nehmen schicke Handtaschen mit und …«

»Ich glaube, heutzutage trägt niemand mehr einen Hut zum Tee«, fiel Angelina ihr ins Wort. Offenbar hatte sie das Entsetzen in Barbaras Gesicht gesehen. »Also, was meinen Sie, Barbara?«

Barbara hatte wirklich keine andere Wahl, denn in zwei Tagen musste sie wohl oder übel mit einer neuen Frisur zur Arbeit erscheinen, und wenn sie keinen Profi an ihren Kopf ließ, musste sie die Sache selbst in die Hand nehmen, was diesmal nicht in Frage kam. Sie sagte: »Klingt gut«, woraufhin Angelina fragte, ob sie ihr Telefon benutzen könne, dann würde sie den Anruf gleich erledigen, bevor wieder etwas dazwischenkomme.

Als Hadiyyah quer durch das Zimmer flitzte, um das Telefon hinter dem verstaubten Fernseher hervorzuholen, fiel Barbara zum ersten Mal auf, dass das Mädchen nicht wie üblich zwei lange, ordentlich geflochtene Zöpfe hatte, sondern ihr Haar offen trug, aus dem Gesicht gehalten von einem hübschen Haarreif.

Während Angelina mit dem Salon telefonierte, machte Barbara Hadiyyah ein Kompliment zu ihrem schönen Haar. Hadiyyah strahlte. Ihre Mummy habe ihr das Haar gebürstet, sagte sie. Ihr Daddy habe ihr immer nur Zöpfe geflochten, aber so habe sie ihr Haar immer getragen, bevor ihre Mummy nach Kanada gegangen war.

Barbara fragte sich, ob Hadiyyah das Haar schon seit Angelinas Rückkehr offen trug. Gott, wenn dem so war, was sagte es dann über sie aus, dass es ihr eben erst aufgefallen war? Darüber wollte sie lieber nicht intensiver nachdenken, denn die Antwort konnte nur lauten, dass ihre Aufmerksamkeit in den letzten vier Monaten vor allem Angelina gegolten hatte oder, schlimmer noch, Angelina und Taymullah Azhar.

»Sehr gut. Perfekt«, sagte Angelina gerade. »Wir werden pünktlich da sein. Und Sie sind sich ganz sicher, dass Cedric …«

Cedric?, dachte Barbara.

»… seine Sache gut machen wird? … Sehr schön … Ja, danke. Bis dann.« Sie legte auf. »Heute Nachmittag um drei«, verkündete sie. »Dusty hat versprochen, sich Ihren Kopf anzusehen und die Frisur mit seinem Lehrling abzusprechen. Kümmern Sie sich einfach nicht um sein albernes Stargehabe, und nehmen Sie das alles nicht persönlich. Und hinterher gehen wir zum Tee in ein Café, wie Hadiyyah vorgeschlagen hat. Und zwar werden wir richtig vornehm mit dem Taxi zum Dorchester fahren. Ich lade Sie ein.«

»Wir gehen zum Tee ins Hotel Dorchester?«, quiekte Hadiyyah aufgeregt und schlug sich die Hände vor die Brust. »Au ja! Du musst Ja sagen, Barbara!«

Barbaras Bedürfnis, zum Tee ins Dorchester zu gehen, war etwa so groß wie ihr Bedürfnis, Drillinge in die Welt zu setzen. Aber Hadiyyah sah sie so hoffnungsvoll an, und Angelina hatte sich wirklich große Mühe gegeben. Wie konnte sie also Nein sagen?

»Tee im Dorchester, alles klar«, sagte sie, während sie sich fragte, was in drei Teufels Namen sie anziehen und wie sie das alles überleben sollte.

Nachdem der Plan besiegelt war, verabschiedete Barbara ihre Freundinnen, zog sich halbwegs gepflegt an und fuhr zum Twins Club. Sie hielt es für ziemlich wahrscheinlich, dass Lord Fairclough in seinem Club abstieg, wenn er in London war. Und sollte das der Fall sein, gab es dort garantiert jemanden, der aus dem Nähkästchen plaudern konnte.

Da Barbara noch nie einen privaten Club betreten hatte, war sie sich nicht ganz sicher, was sie erwartete. Sie rechnete mit von Zigarrenrauch geschwängerter Luft, alten Männern, die in persischen Pantoffeln umherschlurften, dem Klackern von Billardkugeln als Geräuschkulisse, mit ledernen Sesseln vor einem offenen Kamin und zerlesenen alten Ausgaben der Satire-Zeitschrift *Punch* auf niedrigen Beistelltischen.

Womit sie nicht gerechnet hatte, war die alte Frau, die auf ihr Klingeln hin die Tür öffnete. Die Frau sah aus, als würde sie schon hier arbeiten, seit der Club gegründet worden war. Ihr Gesicht war nicht faltig, sondern runzlig, ihre Haut erinnerte an Pergamentpapier, und ihre Augen waren trüb. Und anscheinend hatte sie ihr Gebiss vergessen. Oder sie besaß ganz einfach keins. Auch eine Möglichkeit, Diät zu halten, dachte Barbara.

Sie mochte vielleicht zweitausend Jahre alt sein, aber sie war auf Draht. Sie musterte Barbara von oben bis unten und sagte dann völlig unbeeindruckt: »Zutritt für Nichtmitglieder nur in Begleitung eines Mitglieds, meine Liebe.« Ihre Stimme klang wie die einer wesentlich jüngeren Frau, was Barbara so verblüffte, dass sie sich beherrschen musste, um sich nicht nach einem Bauchredner umzusehen, der sich irgendwo versteckt hielt.

»Ich wollte mich um eine Mitgliedschaft bewerben«, sagte Barbara in der Hoffnung, wenigstens einen Fuß in die Tür zu bekommen. Hinter der Frau konnte sie dunkel getäfelte Wände und diverse Gemälde sehen, aber mehr auch nicht.

»Das ist ein Herrenclub«, klärte die Alte sie auf. »Frauen ist der Zutritt nur in Begleitung eines männlichen Mitglieds gestattet. Übrigens nur zum Speisesaal. Und zu den Toiletten natürlich.«

Tja, so kam sie nicht weiter, dachte Barbara, also nickte sie und sagte: »Da wär dann noch was anderes.« Sie zog ihren Scotland-Yard-Ausweis aus der Tasche. »Ich hätte da ein paar

Fragen zu einem Ihrer Mitglieder. Wenn Sie mich jetzt eintreten lassen würden?«

»Eben haben Sie gesagt, Sie wollten sich um eine Mitgliedschaft bewerben«, entgegnete die Frau. »Was wollen Sie denn nun? Mitglied werden oder Fragen stellen?«

»Eigentlich beides. Aber da das mit der Mitgliedschaft ja nun nichts wird, werd ich mich auf die Fragen beschränken. Ich würde es aber vorziehen, sie nicht hier vor der Tür zu stellen.« Sie trat einen Schritt vor.

Normalerweise funktionierte das, diesmal jedoch nicht. Die alte Dame ließ sich nicht beirren. »Was für Fragen?«, wollte sie wissen.

»Ich muss sie demjenigen stellen, der für den Club zuständig ist«, sagte Barbara. »Wenn Sie ihm Bescheid sagen könnten? Ich warte dann in der Eingangshalle. Oder wo auch immer Sie Polizisten warten lassen.«

»Hier gibt es keinen Geschäftsführer. Es gibt einen Vorstand, und der setzt sich aus Mitgliedern zusammen, und wenn Sie sich mit einem von ihnen unterhalten wollen, dann müssen Sie nächsten Monat wiederkommen, wenn der Vorstand tagt.«

»Tut mir leid, aber das geht nicht«, erwiderte Barbara. »Es geht um polizeiliche Ermittlungen.«

»Und hier geht es um Clubregeln«, entgegnete die Frau. »Soll ich den Anwalt des Clubs anrufen und ihn herbitten? Denn das ist die einzige Möglichkeit, wie Sie durch diese Tür kommen werden, meine Liebe, wenn Sie mich nicht über den Haufen rennen wollen.«

Verdammt, dachte Barbara, die Alte hatte wirklich Stacheldraht auf den Zähnen.

»Hören Sie«, sagte Barbara. »Ich habe ein paar ernste Fragen über eins Ihrer Mitglieder, und zwar in einem Fall, bei dem es sich um Mord handeln könnte.«

»Verstehe.« Die Frau legte den Kopf schief und überlegte. Ihr dichtes Haar war schlohweiß. Barbara vermutete, dass sie eine Perücke trug. In dem Alter hatte niemand mehr einen so kräftigen Haarwuchs. Das gab's einfach nicht. Nicht mal bei der Queen Mum. »Tja, meine Liebe«, sagte die Frau, »wenn aus *könnte sich um Mord handeln* irgendwann *es handelt sich um Mord* wird, dann reden wir weiter.«

Damit machte sie einen Schritt zurück und schloss die Tür. Barbara stand draußen und musste sich eingestehen, dass sie eine Schlacht verloren hatte, weil sie ein verflixtes Hilfsverb benutzt hatte.

Fluchend kramte sie eine Packung Players aus ihrer Tasche. Sie zündete sich eine an und überlegte, wie sie weiter vorgehen sollte. Es musste jemanden geben, der in diesem Club arbeitete, jemanden, der Informationen zu bieten hatte: ein Koch, ein Kellner, eine Putzfrau. Die alte Schachtel konnte unmöglich alles selber machen. Sie ging die Eingangsstufen wieder hinunter und betrachtete das Gebäude. Es war verriegelt und verrammelt, eine Festung, die die Privatsphäre ihrer Mitglieder schützte.

Barbara schaute sich um. Vielleicht gab es noch eine andere Möglichkeit. Ein Laden mit einer neugierigen Verkäuferin, die durchs Fenster genau beobachtete, wie die gutbetuchten Herren vorfuhren und in ihren Club gingen? Eine Floristin, die regelmäßig Blumen lieferte? Ein Tabakhändler, bei dem die Mitglieder ihre Zigarren und ihren Schnupftabak kauften? Aber das Einzige, was sie entdecken konnte, war ein Taxistand auf der anderen Straßenseite, nicht weit vom BBC-Gebäude entfernt.

Ein Taxistand war besser als nichts. Taxifahrer hatten ihre Lieblingsstrecken. Die wussten, wo sie die besten Kunden aufgabeln konnten. Einen Taxistand gab es nur da, wo es sich lohnte. Und in dieser Straße hier lohnte es sich vielleicht nicht nur wegen der BBC, sondern auch wegen des Twins Club.

Barbara ging über den Platz, um ein bisschen zu plaudern. Die ersten drei Fahrer konnten ihr nichts sagen. Beim vierten hatte sie Glück. Er kannte Lord Fairclough. Er kannte »die meisten feinen Pinkel«. Er plaudere gern mit ihnen, weil er ihnen damit auf die Nerven ging, und es mache ihm Spaß zu testen, wie lange es dauerte, bis sie ihm sagten, er solle die Klappe halten. Aber Fairclough sei einem Schwätzchen nie abgeneigt, wenn er allein war. Wenn er in Begleitung war, sehe das allerdings schon wieder ganz anders aus.

Barbara wurde hellhörig. Ob er jemand Bestimmten meine, fragte sie.

Ja, sagte der Fahrer, es sei immer dieselbe.

Seine Frau?, fragte Barbara.

Der Mann lachte laut.

Ob er noch wisse, wo er die beiden hingefahren habe?

Der Fahrer grinste. Er tippte sich an die Stirn, der Ort, wo er seine Informationen speicherte. Er sagte, natürlich wisse er das noch, denn es sei immer dieselbe Adresse. Außerdem, fügte er mit einem Augenzwinkern hinzu, sei die Frau ziemlich jung.

Das wurde ja immer besser, dachte Barbara. Bernard Fairclough und eine junge Frau, die sich nach einem Stelldichein im Club immer zur selben Adresse fahren ließen. Sie fragte den Mann, ob er sie jetzt gleich zu dieser Adresse bringen könne.

Er schaute zu der Schlange aus Taxis vor seinem Wagen, und Barbara wusste, was das bedeutete. Wenn er jetzt einen Passagier aufnahm und losfuhr, würde er tierischen Ärger bekommen. Sie sagte, sie würde warten, bis er an der Reihe war. Dann zeigte sie ihm ihren Ausweis. Polizeiliche Ermittlungen, erklärte sie.

»Können Sie bezahlen?«, fragte er, und als sie nickte, sagte er: »Dann steigen Sie ein, Süße.«

AUF DEM WEG VON MILNTHORPE NACH LAKE WINDERMERE CUMBRIA

»Verstehst du denn nicht, was das bedeutet, Simon?«

Wenn Deborah ihm diese Frage stellte, wusste St. James, dass er auf der Hut sein musste. Denn dann hatte sie sich längst etwas in den Kopf gesetzt, was sie von ihm bestätigt haben wollte, und in diesem Fall konnte dieses Etwas sie in eine gefährliche Situation bringen. Er sagte: »Ehrlich gesagt, nein, Liebling. Alatea Fairclough ist also völlig außer sich geraten, als du dich mit ihr unterhalten hast, aus Grunden, die uns nicht ganz klar sind, die aber sicherlich nichts mit Ian Cresswells Tod zu tun haben. Am besten, du rufst ihren Mann an, sagst ihm, es ist etwas dazwischengekommen und du musst nach London zurück.«

»Ohne zu erfahren, was er von mir will?«, fragte Deborah ungläubig und sah ihn misstrauisch an. Wie jede Ehefrau kannte sie die Schwachstellen ihres Mannes. Und sie wusste, dass seine größte Schwachstelle sie selbst war. »Warum in aller Welt sollte ich das tun?«

»Du hast selbst gesagt, sie weiß, dass du nicht die bist, als die du dich ausgegeben hast. Du kannst doch nicht annehmen, dass sie Nicholas nichts davon erzählt hat. Wenn er dich angerufen und gesagt hat, er möchte gern mit dir reden – das hat er doch getan, oder? –, dann wird er von dir wissen wollen, warum seine Frau so außer sich war, nachdem du gegangen warst.«

»Darüber würdest *du* mit mir reden wollen. *Er* will vielleicht über ganz andere Dinge mit mir reden. Und ich werde nie erfahren, welche Dinge das sind – es sei denn, ich rufe ihn zurück und verabrede mich mit ihm.«

Sie standen auf dem Parkplatz des Crow & Eagle neben St. James' Mietwagen, und er musste los, weil er mit Lynley in

Ireleth Hall verabredet war. Er war noch nicht wirklich spät dran, aber wenn dieses Gespräch noch länger dauerte, würde es knapp werden. Deborah war ihm nach draußen gefolgt, weil sie im Gegensatz zu ihm das Gespräch noch nicht als beendet betrachtete. Sie hatte ihren Mantel an, was ein schlechtes Zeichen war. Andererseits hatte sie weder ihre Handtasche noch ihre Kamera mit nach unten gebracht, was ihn hoffen ließ.

Deborah hatte ihm haarklein von ihrem Treffen mit Alatea Fairclough berichtet, und er war der Meinung, dass sie sich aus der Sache zurückziehen sollte, da ihre Tarnung aufgeflogen war. Deborah dagegen ließ nicht locker.

St. James erinnerte sie daran, dass ein Reporter der *Source* ebenfalls in der Gegend herumgeschnüffelt habe, und wenn jetzt auch noch eine Fotografin auftauchte, die sich unter falschen Vorgaben Zugang zu ihrem Haus verschaffte, sei es ja wohl verständlich, dass Alatea Faircloughs Nerven blank lagen. Was die Frau denn Deborahs Meinung nach zu verbergen habe? Einen Nazi in der Familie?

Dummes Zeug, sagte Deborah.

Dummes Zeug? St. James enthielt sich eines Kommentars und wartete ab.

»Ich glaube, das hat irgendwas mit dieser Zeitschrift zu tun, Simon. Alatea hatte kein Problem – okay, sie war vielleicht ein bisschen nervös, aber mehr nicht –, bis ich die Zeitschrift *Conception* erwähnt habe. Dabei habe ich nur versucht, ein bisschen Nähe herzustellen, hab ihr ein bisschen von unseren Problemen mit dem Schwangerwerden erzählt, das war alles. Und da ist sie komplett ausgeflippt und …«

»Deborah, das sind wir doch alles schon durchgegangen«, entgegnete er geduldig.

»Ich habe ihr gesagt, dass ich freiberufliche Fotografin bin. Ich habe ihr erklärt, was das bedeutet. Ich habe ihr erzählt, die Firma Query Productions hätte mich angeheuert, eine Start-up-Firma, die bisher noch keinen Film produziert hat. All das ist mir mitten in dem ganzen Stress eingefallen, denn als Nächstes wird sie in Erfahrung bringen, dass es gar keine Firma namens Query Productions gibt, wie wir beide sehr wohl wissen. Wenn ich das geschafft habe, dann werde ich auch mit Nicholas Fairclough fertigwerden.«

»Du befindest dich in einer ganz schlechten Position«, sagte St. James, die Hand bereits auf dem Griff der Fahrertür. »Du solltest die Finger davon lassen.« Er verbot ihr nicht, an der Sache dranzubleiben. Er sagte nicht, dass er sich wünschte, sie würde nichts weiter unternehmen. Die Erfahrung hatte ihn gelehrt, dass er sie damit nur auf die Palme brachte, deshalb versuchte er, sie auf sanfte Weise umzustimmen. Letztendlich hatte er einfach nur schreckliche Angst, sie zu verlieren, aber das konnte er ihr nicht sagen. Denn darauf würde sie nur kontern, was er für einen Quatsch rede, er werde sie nicht verlieren. Woraufhin er sie an Helens Tod erinnern würde und an den Krater, den ihr Tod in Lynleys Leben gerissen hatte. Doch Helens Tod war ein Thema, das er nicht anrühren wollte. Er würde es nicht ertragen, darüber zu reden, und er wusste, dass sich daran nie etwas ändern würde.

»Ich kann auf mich aufpassen«, sagte sie. »Was kann er denn schon tun? Mich von einer Klippe stoßen? Mir eins überbraten? Irgendetwas stimmt nicht mit Alatea, und ich stehe kurz davor herauszufinden, was das ist. Wenn es sich um etwas von Bedeutung handelt und Ian Cresswell dahintergekommen ist … Verstehst du, was ich meine?«

Das Problem war, dass er nur zu gut verstand, was sie meinte. Aber das konnte er ihr nicht sagen, denn das würde nur zu einer Schlussfolgerung führen, die er vermeiden wollte. Also sagte er stattdessen: »Ich bin bald wieder zurück. Dann reden wir weiter, einverstanden?«

Dieser Blick. Gott, war die Frau stur. Sie wandte sich ab und ging ins Gasthaus zurück. Doch damit war die Sache noch lange nicht aus der Welt, das war ihm klar. Er wünschte, er hätte die Geistesgegenwart besessen, ihre Autoschlüssel mitzunehmen.

Ihm blieb nichts anderes übrig, als nach Ireleth Hall zu fahren, denn alle Vorkehrungen waren bereits getroffen. Valerie würde bei Mignon im Turm sein und ihre Tochter ablenken und von den Fenstern fernhalten. Lynley und Lord Fairclough erwarteten ihn mit den Lampen, die sie aufgetrieben hatten, um das Innere des Bootshauses auszuleuchten.

St. James brauchte nicht lange für den Weg und fand Ireleth Hall ohne Probleme. Das Tor stand offen, und er fuhr die Auffahrt hoch. In der Ferne grasten Damhirsche, die hin und wieder die Köpfe hoben, um zu wittern. St. James war beeindruckt von der hügeligen Parklandschaft mit den prächtigen Eichen, Platanen, Buchen und Birkenwäldchen inmitten ausgedehnter Rasenflächen.

Lynley und Bernard Fairclough traten aus dem Haus, als St. James hielt, und Lynley stellte die beiden Männer einander vor. Fairclough ging voraus zum Bootshaus, unter dem Arm ein paar große Handtücher. Er erklärte, sie hätten den Strom von der Außenbeleuchtung abgezapft, ein paar Lampen aufgestellt und für alle Fälle zusätzlich mehrere starke Taschenlampen besorgt.

Der See lag spiegelglatt da, und die Stille hier draußen wurde nur unterbrochen von Vogelgezwitscher und dem entfernten Geräusch eines Motorboots, das irgendwo auf dem Wasser herumkurvte. Die Tür zum Bootshaus stand offen, und St. James fiel auf, dass sie über kein Schloss verfügte. Zweifellos hatte Lynley das bereits gesehen und seine Schlüsse daraus gezogen.

Im Innern waren mehrere Baustrahler so aufgestellt worden, dass sie die Stelle beleuchteten, wo Ian Cresswell ins Wasser gestürzt war. Die Strahler warfen lange Schatten in alle Richtungen außer auf die Stelle, die sie untersuchen mussten, deswegen schalteten Lynley und Fairclough ihre Taschenlampen ein, um die verschatteten Bereiche auszuleuchten.

An einer Wand stand eine Werkbank, die, dem strengen Geruch nach zu urteilen, wahrscheinlich dazu diente, Fische auszunehmen. Und dazu brauchte man Werkzeug, dachte St. James, darum würden sie sich auch noch kümmern müssen. Vier Boote waren im Bootshaus vertäut: Ian Cresswells Skullboot, ein Ruderboot, ein Motorboot und ein Kanu. Das Ruderboot gehöre Valerie Fairclough, erklärte man ihm. Die anderen Boote wurden von allen Mitgliedern der Familie hin und wieder benutzt.

Vorsichtig näherte sich St. James der Stelle, wo die Steine herausgebrochen waren. Er bat um eine Taschenlampe.

Er sah gleich, wie leicht sich jemand eine Schädelfraktur hatte zuziehen können, der hier gestürzt war. Die Steine waren grob behauen von der Art, wie sie häufig in Cumbria für Gemäuer benutzt wurden. Es handelte sich um Schiefer mit Graniteinsprengseln, und sie wurden durch Mörtel in Position gehalten. Aber der Mörtel war alt und an einigen Stellen brüchig. Es wäre kein Problem gewesen, die Steine zu lockern. Sie hätten sich allerdings auch ganz von allein gelockert haben können, schließlich stiegen hier ewig lange schon Menschen aus ihren Booten.

St. James suchte nach Spuren, die auf die Verwendung eines Brecheisens hinweisen könnten. Der Mörtel war jedoch in derart schlechtem Zustand, dass sich nur sehr schwer würde feststellen lassen, ob eine Beschädigung auf das Alter des Gemäuers oder auf die Anwendung eines Werkzeugs zurückzuführen war. Eine glänzende Stelle wäre ein Hinweis auf den Einsatz eines Werkzeugs gewesen, aber St. James konnte keine solche Stelle finden.

Nachdem er den Bereich, wo die Steine fehlten, Zentimeter um Zentimeter abgesucht hatte, erhob er sich.

»Und? Was meinen Sie?«, fragte Fairclough.

»Nichts zu sehen.«

»Sind Sie sich ganz sicher?« Fairclough wirkte erleichtert.

»Nicht die geringste Spur von Manipulation. Wir könnten natürlich noch stärkere Lampen einsetzen und alles noch einmal mit der Lupe absuchen. Dass man es für einen Unfall gehalten hat, leuchtet mir indes durchaus ein. Bisher jedenfalls.«

Fairclough schaute Lynley an. »Bisher?«

»Dass am Mörtel keine Spuren zu entdecken sind«, erklärte ihm Lynley, »heißt nicht, dass es keine Spuren an den fehlenden Steinen gibt.« Er bedachte seinen Freund mit einem schiefen Blick. »Ich hatte eigentlich gehofft, darum herumzukommen.«

St. James grinste. »Ich auch. Aber ich stelle fest, dass behindert zu sein auch Vorteile hat.«

Lynley reichte Fairclough seine Taschenlampe und zog sich bis auf die Unterhose aus. Dann verzog er das Gesicht und ließ sich ins Wasser gleiten. »Verflucht«, murmelte er, als das Wasser ihm bis zur Taille reichte. Offenbar hatte er Boden unter den Füßen, denn er fügte hinzu: »Zum Glück ist es nicht tief.«

»Das spielt sowieso keine Rolle«, sagte St. James. »Jetzt kommt der beste Teil, Tommy. Die Steine sind bestimmt leicht zu finden, denn es sind die einzigen ohne Algen.«

»Ich weiß«, knurrte Lynley.

Er tauchte unter. St. James hatte recht, es war ganz einfach. Lynley fand die gesuchten Steine ohne Probleme, holte sie aus dem Wasser und legte sie auf den Anleger. Er blieb jedoch im Wasser. »Da ist noch etwas. Können Sie Ihre Taschenlampe auf diese Stelle hier richten?«, sagte er zu Fairclough und tauchte erneut unter.

Während Fairclough die von Lynley angegebene Stelle beleuchtete, untersuchte St. James die Steine. Er war gerade zu dem Schluss gekommen, dass sie keine Hieb- oder Kratzspuren aufwiesen, als Lynley wieder auftauchte und etwas auf den Anleger knallte. Dann hievte er sich aus dem Wasser und begann zitternd, sich abzutrocknen.

St. James betrachtete den Gegenstand, den Lynley aus dem

Wasser geholt hatte. Fairclough fragte: »Was haben Sie denn da gefunden?«

Es war ein Filetiermesser, das man zum Ausnehmen von Fischen benutzte. Es hatte eine dünne, knapp fünfundzwanzig Zentimeter lange Klinge. Und es hatte nicht lange im Wasser gelegen.

MILNTHORPE
CUMBRIA

Deborah fragte sich, was zum Teufel ihr nach Simons Meinung passieren konnte, wenn sie Nicholas Fairclough zurückrief. Die Konfrontation mit Alatea hatte sie absolut souverän gemeistert, und dasselbe gedachte sie zu tun, wenn sie sich mit Nicholas traf.

Als sie ihn anrief, bat er um ein Treffen. Er fragte sie, ob sie noch mehr Informationen von ihm brauche, und sagte, er wisse, dass Filmemacher immer an Bildern interessiert seien, die ihr Thema illustrierten, und da gebe es ja jede Menge Möglichkeiten. Er schlug vor, mit ihr nach Barrow-in-Furness zu fahren und ihr einige Gegenden zu zeigen, wo Obdachlose nächtigten. Das könnte einen wichtigen Aspekt zum Gesamtbild beitragen.

Deborah war einverstanden. Das war eine zusätzliche Gelegenheit, Informationen auszugraben, und das war es doch, worum Tommy sie gebeten hatte. Wo sie sich treffen sollten, fragte sie Nicholas.

Er würde sie an ihrem Gasthaus abholen, sagte er.

Sie sah darin keine Gefahr. Schließlich hatte sie ihr Handy, und Simon und Tommy waren beide in der Nähe. Sie hinterließ ihrem Mann einen Zettel mit Nicholas Faircloughs Handynummer und ging nach draußen.

Zwanzig Minuten nach ihrem Gespräch fuhr Nicholas in einem alten Hillman vor. Deborah hatte vor dem Gasthaus auf ihn gewartet, und als er vorschlug, noch irgendwo einen Kaffee zu trinken, ehe sie nach Barrow-in-Furness aufbrachen, hatte sie nichts dagegen.

Sie fuhren nach Milnthorpe, das einen hübschen Marktplatz besaß. An der einen Seite des Platzes erhob sich auf einer kleinen Anhöhe eine Kirche, während sich an zwei der anderen drei Seiten Läden, Restaurants und Cafés aneinanderreihten. Neben einem Schnellimbiss namens Milnthorpe Chippy, der alles im Angebot hatte, was sich frittieren ließ, befand sich ein kleines Café, das Nicholas ansteuerte. Kurz bevor sie es erreichten, rief Nicholas plötzlich: »Niamh! Niamh!« Eine Frau, die gerade aus einem China-Imbiss trat, drehte sich um.

Die Frau war klein und zierlich und kam Deborah in Anbetracht der Tageszeit übertrieben aufgedonnert vor, denn sie trug Stilettos und ein kurzes Cocktailkleid, das ihre wohlgeformten Beine zur Geltung brachte. Das tiefe Dekolletee gab den Blick auf üppige Brüste frei, bei deren Form offenbar künstlich nachgeholfen worden war. In der Tür hinter ihr stand ein Mann, der eine Schürze mit dem Logo des China-Imbiss trug. Offensichtlich hatten die beiden irgendetwas miteinander zu tun, wie Deborah aus dem schmachtenden Blick schloss, mit dem der Mann der Frau in die Augen schaute, als sie sich noch einmal umdrehte, um ihm etwas zu sagen.

»Wenn Sie mich kurz entschuldigen würden?«, sagte Nicholas zu Deborah und lief zu der Frau hinüber. Die wirkte alles andere als erfreut über die Begegnung, denn sie bedachte ihn mit einem eisigen Blick. Sie sagte etwas zu dem Mann in der Schürze, der daraufhin erst sie, dann Nicholas musterte und dann in dem Imbiss verschwand.

Nicholas sagte etwas zu der Frau, die ihm schweigend zuhörte, während Deborah sich langsam den beiden näherte in der Hoffnung, etwas von dem Gespräch aufzuschnappen.

»… geht dich nichts an«, sagte Niamh gerade. »Und Manette ebenso wenig.«

»Natürlich nicht.« Nicholas klang freundlich und umgänglich. »Aber sie gehören nun mal zur Familie, Niamh, und du wirst verstehen, dass sie sich Sorgen macht. Und ich auch.«

»Sie gehören zur Familie?«, sagte Niamh sarkastisch. »Dass ich nicht lache. Was habt ihr denn unternommen, als er abgehauen ist? Gehörten sie auch zu eurer Familie, als er unsere zerstört hat?«

Nicholas schien peinlich berührt. »Ich wüsste nicht, wie wir das hätten verhindern können.«

»Ach nein? Dann will ich dir mal auf die Sprünge helfen. Dein verdammter Vater hätte ihm androhen können, dass er ihn aus der Firma wirft, wenn er nicht zur Vernunft kommt! Dein verdammter Vater hätte ihm sagen können, wenn du das tust, bin ich fertig mit dir! Und ihr anderen hättet dasselbe tun können. Aber das habt ihr nicht, weil Ian euch alle unter Kontrolle …«

»Das stimmt nicht«, fiel Nicholas ihr ins Wort.

»Keiner von euch hat es je gewagt, sich mit ihm anzulegen. *Keiner!*«

»Hör zu, ich will mich nicht darüber streiten. Wir sind in mancher Hinsicht einfach unterschiedlicher Meinung, das ist alles. Ich wollte dir nur sagen, dass es Tim wirklich dreckig geht und …«

»Glaubst du etwa, das wüsste ich nicht? Ich, die ich eine Schule für ihn finden musste, wo seine Mitschüler nicht mit dem Finger auf ihn zeigen, weil sein Vater es heimlich mit einem Scheißaraber getrieben hat? Ich weiß, dass es ihm dreckig geht, und ich werde mich darum kümmern. Haltet euch gefälligst aus unserem Leben raus! Das habt ihr ja auch getan, als Ian noch gelebt hat!«

Damit drehte sie sich um und stöckelte auf die Autos zu, die am Straßenrand geparkt standen. Nicholas blieb einen Moment lang nachdenklich stehen, ehe er zu Deborah zurückkehrte.

»Verzeihen Sie. Familienangelegenheiten.«

»Ah«, sagte sie. »War das eine Verwandte von Ihnen?«

»Die Frau meines Vetters. Er ist vor Kurzem ertrunken, und es fällt ihr schwer… mit dem Verlust umzugehen. Sie hat zwei Kinder.«

»Das tut mir leid. Wollen wir…?« Sie zeigte auf das Café. »Oder wäre Ihnen ein andermal lieber?«

»Nein, nein«, sagte er. »Ich möchte wirklich mit Ihnen reden. Diese Sache mit Barrow war, ehrlich gesagt, ein Vorwand, weil ich Sie unbedingt sehen wollte.«

Deborah war klar, dass sein Bedürfnis, sie zu sehen, nichts mit ihrem Charme zu tun hatte, und so wappnete sie sich für das, was kommen würde. Als er sie angerufen und um ein Treffen gebeten hatte, war sie davon ausgegangen, Alatea hätte ihm nicht die Wahrheit über ihr Gespräch mit Deborah gesagt, aber da hatte sie sich offenbar getäuscht.

Sie folgte ihm in das Café, bestellte sich eine Tasse Kaffee und ein Stück Kuchen und bemühte sich, vollkommen entspannt zu wirken.

Erst nachdem die Kellnerin ihre Bestellungen gebracht hatte, kam er auf Alatea zu sprechen. »Ich weiß nicht, wie ich das Thema anschneiden soll«, sagte er, »und daher werde ich einfach ganz direkt sein. Sie müssen sich von meiner Frau fernhalten, wenn das mit dem Dokumentarfilm etwas werden soll. Das gilt auch für die Filmleute, das müssen Sie denen sagen.«

Deborah setzte ein verblüfftes Gesicht auf. »Ihre Frau?«, sagte sie und fügte hinzu, als würde ihr allmählich dämmern, worauf er anspielte: »Ich habe sie gestern aus der Fassung gebracht, und sie hat Ihnen davon erzählt, nicht wahr? Ehrlich gesagt hatte ich gehofft, sie würde es für sich behalten. Es tut mir sehr leid, Mr. Fairclough. Es war wirklich nicht meine Absicht, Alatea zu verstimmen. Ziemlich ungeschickt von mir, muss ich zugeben. Es war diese Zeitschrift, nicht wahr?«

Zu ihrer Überraschung fragte er ziemlich schroff: »Welche Zeitschrift?«

Merkwürdige Reaktion, dachte Deborah. »*Conception*«, sagte sie. Am liebsten hätte sie gefragt: Gibt es denn noch eine andere Zeitschrift, die ich mir ansehen sollte? Sie überlegte krampfhaft, welche anderen Zeitschriften auf dem Tisch gelegen hatten, aber diese eine hatte sie so sehr interessiert, dass sie die anderen gar nicht weiter beachtet hatte.

Nicholas sagte: »Ach die. Nein, nein, das ist nicht… Ach, vergessen Sie's.«

Was sie natürlich nicht konnte. Sie entschloss sich, ganz direkt vorzugehen. »Mr. Fairclough«, sagte sie, »stimmt irgendetwas nicht? Wollen Sie mir irgendetwas mitteilen? Oder mich etwas fragen? Kann ich Sie in irgendeiner Weise beruhigen…?«

Er befingerte den Henkel seiner Kaffeetasse und seufzte. »Es gibt Dinge, über die Alatea partout nicht sprechen will, und dazu gehört unter anderem ihre Vergangenheit. Ich weiß, dass Sie nicht hergekommen sind, um die Vergangenheit meiner Frau zu erforschen, aber genau das befürchtet sie.«

»Verstehe«, sagte Deborah. »Hm, das einzige Thema des Films ist Ihr Wehrturm-Projekt. Aber in dem Zusammenhang könnten natürlich Dinge über Sie erwähnt werden… Sind Sie ganz sicher, dass Ihre Frau nicht einfach um Sie besorgt ist? Dass sie um Ihren Ruf fürchtet?«

Er lachte spöttisch. »Ich habe mir selbst so viel geschadet, als ich Drogen genommen habe, da kann kein Film noch größeren Schaden anrichten. Nein, es geht darum, womit Alatea sich durchgeschlagen hat, bevor wir uns kennengelernt haben. Ich verstehe überhaupt nicht, warum sie sich so darüber aufregt. Es war vollkommen harmlos. Ich meine, es ist ja nicht so, als hätte sie Pornos gedreht oder so etwas Ähnliches.«

Deborah nickte ernst. Sie sah Nicholas mitfühlend an, sagte jedoch nichts. Sie hatte den Eindruck, dass er ganz kurz davorstand, das Geheimnis auszuplaudern. Er brauchte nur noch einen ganz kleinen Schubs.

Schließlich sagte sie nachdenklich: »Sie haben sich in Utah kennengelernt, nicht wahr? Ich habe ein paar Jahre in den USA studiert. In Santa Barbara. Kennen Sie die Stadt? Das ist ein sehr teures Pflaster, und ich … Na ja, ich hatte sehr wenig Geld, und es gibt immer Möglichkeiten, sich etwas nebenbei zu verdienen …« Sie überließ es seiner Fantasie, womit sie sich über Wasser gehalten hatte. In Wahrheit hatte sie sich ausschließlich auf ihr Studium konzentriert, aber das konnte er unmöglich wissen.

Er schürzte die Lippen, vielleicht überlegte er, wie viel er ihr anvertrauen konnte. Er trank einen Schluck Kaffee, stellte seine Tasse ab und sagte: »Bei ihr waren es Dessous.«

»Dessous?«

»Alatea hat als Dessous-Model gearbeitet. Für Kataloge. Und für Werbeanzeigen in Zeitschriften.«

Deborah lächelte. »Und sie möchte nicht, dass ich davon erfahre? Aber das ist doch nichts Ehrenrühriges, Mr. Fairclough. Und ehrlich gesagt, sie hat die Figur dafür, sie ist eine schöne Frau und …«

»Sexy Dessous«, sagte er. Er ließ einen Augenblick verstreichen, vielleicht, um Deborah Zeit zu geben, sich über die Bedeutung dieser Information klarzuwerden. »Es ging um Kataloge für Leute mit einem speziellen Geschmack, verstehen Sie? Anzeigen in ganz bestimmten Zeitschriften. Es war nicht … sie waren nicht … Ich meine, es ging da nicht gerade um Edelmode. Heute ist ihr das alles unglaublich peinlich, und sie hat Angst, dass jemand davon erfahren und sie demütigen könnte.«

»Verstehe. Also, da können Sie Ihre Frau wirklich beruhigen. Ich interessiere mich nicht im Geringsten für ihre Vergangenheit.« Sie schaute aus dem Fenster, das zum Marktplatz hin gelegen war. Dort herrschte Hochbetrieb, und vor einem dunkelgrünen Imbisswagen mit der weißen Aufschrift *Sue's Hot Food*

Bar hatte sich eine Schlange gebildet. An mehreren Campingtischen saßen Leute und ließen sich die dampfenden Gerichte schmecken, die Sue auf Pappteller schaufelte.

»Ich dachte, dass ich sie auf die Zeitschrift *Conception* angesprochen habe, hätte Ihre Frau so aus dem Häuschen gebracht«, sagte Deborah. »Aber da habe ich wohl von mir auf andere geschlossen. Ich hätte das Thema nicht anschneiden sollen. Richten Sie ihr doch bitte aus, dass es mir leidtut.«

»Nein, das war es nicht«, entgegnete Nicholas. »Sie wünscht sich ein Kind, das ist richtig, doch eigentlich bin ich im Moment derjenige, der dauernd davon anfängt, und das macht sie ein bisschen empfindlich. Das Problem ist diese Geschichte mit den Dessous und ihre Angst, dass die Fotos irgendwann irgendwo auftauchen könnten.«

Er schaute aus dem Fenster und betrachtete den Imbissstand und die Tische davor, und plötzlich änderte sich sein Gesichtsausdruck. Sein Blick wurde eisig, und er sagte: »Bitte entschuldigen Sie mich einen Moment.« Ehe Deborah etwas erwidern konnte, war er schon draußen.

Er ging auf einen Mann zu, der an einem der Tische saß und aß. Der Mann zog den Kopf ein, offenbar in der vergeblichen Hoffnung, dass Nicholas ihn nicht sehen würde. Als Nicholas ihn an der Schulter packte, stand er auf.

Der Mann war ein Hüne, mindestens zwei Meter groß. Beim Aufstehen stieß er mit dem Kopf an den Sonnenschirm, der über dem Tisch aufgespannt war, so dass ihm seine Mütze herunterrutschte und sein feuerrotes Haar zum Vorschein kam.

Deborah nahm ihre Kamera aus der Tasche, während der Mann vom Tisch wegtrat und sich anhörte, was Nicholas ihm zu sagen hatte. Nicholas schien vor Wut zu kochen. Der Mann zuckte die Achseln.

Deborah hob ihre Kamera und begann, die beiden miteinander streitenden Männer zu fotografieren.

KENSINGTON
LONDON

Barbara Havers kam sich vor wie ein Glückspilz, als das Taxi von Portland Place nur bis Rutland Gate, südlich von Hyde Park fuhr. Genauso gut hätte die Adresse in Wapping oder noch weiter draußen liegen können. Zwar hätte Lynley ihr die Fahrtkosten sicherlich erstattet, aber sie hätte gar nicht genug Bares dabei gehabt, um eine längere Fahrt zu bezahlen, und sie bezweifelte, dass der Fahrer einen Zungenkuss als Entgelt akzeptiert hätte. An all das hatte sie gar nicht gedacht, als sie frohgemut in das Taxi gestiegen war, aber sie hatte erleichtert aufgeatmet, als der Fahrer in Richtung Westen gefahren und schließlich kurz hinter dem Hochhaus der Hyde Park Barracks links abgebogen war.

Er zeigte auf eine imposante weiße Stadtvilla. Die vielen Klingelschilder neben dem Eingang ließen erkennen, dass das Haus in Eigentumswohnungen umgewandelt worden war. Barbara stieg aus und bezahlte den Fahrer, der ihr noch mit einem Augenzwinkern erzählte, dass das Paar jedes Mal hier ausgestiegen sei und dass offenbar beide einen Hausschlüssel besaßen, wie er beobachtet hatte.

Nachdem das Taxi weggefahren war, überlegte Barbara, wie sie weiter vorgehen sollte.

Wohnungen bedeutete, dass sie den Namen des entsprechenden Eigentümers erst in Erfahrung bringen musste. Sie zündete sich eine Zigarette an und ging vor dem Haus auf und ab. Das Nikotin, sagte sie sich, würde sie auf Ideen bringen. Eine Zigarettenlänge reichte aus.

Sie trat an die Haustür und betrachtete die Klingelschilder, auf denen, wie es typisch war für London, keine Namen, sondern Nummern standen. Aber an einer Klingel stand *Portier*, ein richtiger Glücksfall, denn nicht in vielen Wohnhäusern gab es einen Portier. Es war ein Service, der die Wohnungen in dem Gebäude aufwertete, jedoch auch eine Stange Geld kostete.

Eine männliche Stimme erkundigte sich nach ihrem Begehr. Sie erklärte dem Portier, sie wolle sich nach einer Wohnung erkundigen, von der sie gehört habe, dass sie demnächst verkauft werde. Ob er kurz Zeit habe?

Der Mann wirkte nicht gerade begeistert, ließ sich jedoch erweichen. Er betätigte den Türöffner und sagte ihr, sein Büro liege im hinteren Teil des Gebäudes, am Ende des Flurs.

Es war vollkommen still im Haus, abgesehen von den gedämpften Verkehrsgeräuschen von der Kensington Road, die am Ende der Straße Rutland Gate querte. Lautlos ging sie über den verschossenen türkischen Läufer, der auf dem Marmorboden lag. In der Eingangshalle lagen sich die Türen zu zwei Wohnungen gegenüber, und unter einem großen Spiegel mit vergoldetem Rahmen stand ein Tisch mit Sortierfächern für die Post. Sie warf einen kurzen Blick auf die Fächer, aber ebenso wie die Klingelschilder waren sie lediglich mit Nummern versehen.

Hinter dem Treppenhaus und dem Aufzug fand sie schließlich eine Tür mit der Aufschrift *Portier*. Barbara klopfte. Der Mann, der ihr öffnete, sah aus wie ein Rentner, und er trug eine Uniform, die ihm am Hals zu eng und am Bauch zu weit war. Er musterte Barbara von oben bis unten und bedachte sie dann mit einem Blick, der besagte, falls sie die Absicht hatte, in diesem Gebäude eine Wohnung zu kaufen, dann solle sie sich auf eine Verhandlungsbasis gefasst machen, die sie aus ihren roten Sportschuhen hauen würde.

»Ich weiß nichts von einer Wohnung, die verkauft werden soll«, sagte er ohne Umschweife.

»Es handelt sich um eine Art Präventivschlag, wenn Sie verstehen, was ich meine. Darf ich …?« Sie zeigte auf sein Büro und schenkte ihm ein liebenswürdiges Lächeln. »Ich werde Sie nicht lange aufhalten.«

Er trat von der Tür zurück und neigte den Kopf in Richtung seines Schreibtischs in einer Ecke des Zimmers. Er hatte es sich hier richtig gemütlich gemacht, dachte Barbara, halb Büro, halb Wohnzimmer komplett mit Fernseher. Gerade lief ein alter Film, in dem Sandra Dee und Troy Donahue sich als Jugendliche in den Armen lagen, eine verbotene Liebe, untermalt von der berühmten Filmmusik. Es dauerte einen Moment, bis ihr der Titel des Films einfiel. *Summer Place*, genau. Herzschmerz und Verzweiflung. Was gab es Schöneres? Gebt mir die Kugel, dachte Barbara.

Der Portier folgte ihrem Blick und schaltete den Fernseher hastig aus, vielleicht, weil er das Gefühl hatte, dass der Film zu viel über ihn aussagte. Dann setzte er sich hinter seinen Schreibtisch. Barbara musste stehen, aber das hatte er wohl beabsichtigt.

Barbara bedankte sich, wie sie fand, angemessen für die Bereitschaft des Portiers, mit ihr zu reden. Sie stellte ein paar Fragen zum Gebäude, Fragen, die einem potentiellen Käufer in den Sinn kommen würden, bevor er sein sauer verdientes Geld für eine hoffnungslos überteuerte Immobilie in Kensington ausgab. Baujahr, Gesamtzustand, Probleme mit Heizung, Wasserleitungen, Lüftung, Probleme zwischen den Bewohnern, unerwünschte Personen im Haus, das Viertel selbst, Lärmbelästigung, Angebot an Kneipen, Restaurants, Märkten, kleinen Läden und so weiter und so fort. Nachdem sie alles abgefragt hatte, was ihr einfiel, und sich seine Antworten in ihrem kleinen Notizbuch mit Spiralbindung aufgeschrieben hatte, warf sie ihren Köder aus: »Großartig. Vielen herzlichen Dank. Das stimmt fast alles mit dem überein, was Bernard mir erzählt hat.«

Er biss an. »Bernard? Ist das Ihr Immobilienmakler? Wie gesagt, ich weiß nichts von einer Wohnung, die verkauft wird.«

»Nein, nein, Bernard Fairclough. Er hat mir erzählt, eine Bekannte von ihm wohnt hier, und die hat ihm gesagt … Mir fällt nicht mehr ein, wie sie hieß …«

»Das muss Vivienne Tully sein«, sagte er. »Sie wohnt in

Nummer sechs. Aber ich glaube nicht, dass sie ihre Wohnung verkauft. Die ist doch viel zu praktisch für sie.«

»Ah, ja«, sagte Barbara. »Nicht Viviennes Wohnung. Ich dachte erst, es würde ihre sein, und war schon ganz aufgeregt, aber Bernie...« Ein schlauer Einfall, ihn *Bernie* zu nennen, dachte sie. »...meinte, sie fühlt sich sehr wohl hier im Haus.«

»Ja, das kann ich bestätigen«, sagte der Portier. »Eine sehr nette Frau, möchte ich meinen. Denkt Weihnachten immer an mich, und das kann ich nicht von allen hier behaupten.« Er schaute kurz zum Fernseher hinüber und schluckte. Barbara sah, dass auf einem Tischchen neben einem Sessel ein Teller mit Bohnen auf Toast wartete. Zweifellos wollte er sich nicht nur seinem Abendessen, sondern auch Sandra, Troy und ihrer verbotenen Liebe widmen. Sie konnte es ihm nicht verdenken. Leidenschaftliche und verbotene Liebe machten das Leben doch erst interessant...

LAKE WINDERMERE
CUMBRIA

Lynley trank gerade einen Aperitif mit Valerie und Bernard Fairclough, als Mignon plötzlich vor ihnen stand. Sie saßen in einem Zimmer, das Valerie als Salon bezeichnet hatte, wo ein Kohlefeuer im Kamin brannte und die Kälte vertrieb. Da keiner von ihnen gehört hatte, wie Mignon ins Haus gekommen war, waren sie alle ziemlich überrascht, als die Tür aufflog.

Mignon schob ihren Rollator vor sich her. Es hatte wieder angefangen zu regnen, aber Mignon hatte sich ohne Regenmantel auf den Weg gemacht – und zwar mit voller Absicht, wie Lynley vermutete. Ihre Haare klebten ihr am Kopf, aus ihrem Alice-im-Wunderland-Haarband lief ihr das Wasser über die Stirn in die Augen, und ihre Kleider und Schuhe waren vollkommen durchnässt. Wahrscheinlich hatte sie sich für diesen dramatischen Auftritt eine ganze Weile in den strömenden Regen gestellt. Bei ihrem Anblick sprang ihre Mutter entsetzt auf. Lynley erhob sich höflich.

»Mignon!«, rief Valerie aus. »Warum hast du denn keinen Schirm mitgenommen?«

»Ich kann ja wohl schlecht einen Schirm halten, wenn ich dieses Ding hier benutze«, erwiderte Mignon und verwies auf ihren Rollator.

»Ein Regenmantel hätte auch ausgereicht«, sagte ihr Vater. Lynley fiel auf, dass er nicht aufgestanden war. Anscheinend durchschaute er Mignons Masche.

»Daran hab ich nicht gedacht«, sagte Mignon.

»Komm«, sagte Valerie, »setz dich ans Feuer, Liebes. Ich hole dir ein Handtuch.«

»Lass nur«, entgegnete Mignon. »Ich gehe gleich wieder zurück. Ihr esst doch gleich zu Abend, oder? Da ich für heute nicht eingeladen bin, möchte ich euch nicht unnötig stören.«

»Du brauchst doch keine Einladung«, sagte Valerie. »Du bist hier immer willkommen. Aber da du lieber … wegen …« Es war klar, dass sie in Lynleys Gegenwart nicht mehr sagen wollte.

Mignon dagegen schon. »Ich wurde wegen Adipositas operiert, Thomas. Ich war fett wie eine Kuh. Sie machen sich keine Vorstellung. Das Fett, das ich über zwanzig Jahre mit mir rumgeschleppt habe, hat mir die Knie ruiniert. Die werden als Nächstes ersetzt. Dann bin ich wieder so gut wie neu, und dann kommt bestimmt bald ein netter Mann vorbei und erlöst meine Eltern von meiner Last. Das hoffen sie zumindest.«

Sie durchquerte das Zimmer und setzte sich in den Sessel, den ihre Mutter ihr angeboten hatte. »Ich könnte einen Sherry vertragen«, sagte sie zu ihrem Vater. Dann wandte sie sich an Lynley: »Anfangs dachte ich, deswegen wären Sie hier. Dumm von mir, ich weiß, aber Sie dürfen nicht vergessen, wer mein Vater ist. Der führt immer etwas im Schilde. Als ich Sie gesehen habe, wusste ich sofort, dass Sie Teil eines seiner Pläne sind. Ich habe mich nur in der Natur des Plans geirrt und gedacht, Sie wären meinetwegen gekommen.«

»Also wirklich, Mignon«, sagte ihre Mutter.

»Ich glaube, ich hätte jetzt doch gern ein Handtuch.« Es schien Mignon zu gefallen, ihre Mutter springen zu lassen, denn sie lächelte voller Genugtuung, als Valerie aus dem Zimmer eilte. Ihr Vater hatte sich immer noch nicht gerührt, und sie sagte zu ihm: »Bekomme ich denn nun einen Sherry, Dad?«

Bernard, dachte Lynley, sah aus, als wäre er drauf und dran, etwas zu sagen, was er später bedauern würde. Unter anderen Umständen hätte Lynley abgewartet, um zu erfahren, um was es sich handelte, aber sein Anstandsgefühl gewann die Oberhand. Er stellte sein Glas auf einem Beistelltisch ab und machte Anstalten, sich zu erheben. »Bleiben Sie sitzen, ich mache das schon«, sagte Bernard.

»Gib mir einen großen«, sagte Mignon. »Ich hatte gerade ein aufregendes Liebesintermezzo mit Mr. Seychellen und würde mich gern volllaufen lassen, sozusagen statt der Zigarette danach.«

Fairclough sah seine Tochter so unverhohlen angewidert an, dass Mignon lachte.

»Ist dir das peinlich?«, fragte sie. »Ach, das tut mir aber leid.«

Ihr Vater füllte ein großes Glas mit Sherry. Die Menge, dachte Lynley, würde durchaus für einen Vollrausch ausreichen, falls die Frau das Glas austrank, und sie schien tatsächlich die Absicht zu haben.

Als Fairclough seiner Tochter das Glas reichte, kam Valerie mit dem Handtuch. Sie ging zu Mignon und trocknete ihr zärtlich das Haar. Lynley rechnete damit, dass Mignon ihre Mutter ärgerlich wegstoßen würde, aber das tat sie nicht. Im Gegenteil, sie ließ sich genüsslich Haare, Gesicht und Hals abtrocknen.

Sie sagte: »Meine Mutter kommt mich nie besuchen, wussten Sie das, Thomas? Also, sie kommt schon rüber, um mir mein Essen zu bringen – wie die Schlossherrin, die den Armen Almosen bringt –, aber einfach so zum Plaudern? Das ist seit Jahren nicht mehr passiert. Und als sie heute plötzlich dastand, war ich völlig von den Socken. Ich dachte, was kann die Gute nur wollen?«

Valerie ließ das Handtuch sinken. Sie schaute ihren Mann an. Er sagte nichts. Sie schienen sich beide für irgendeinen Angriff zu wappnen, und Lynley fragte sich, wie in aller Welt sie sich ihrer eigenen Tochter gegenüber in diese Position gebracht hatten.

Mignon trank einen ordentlichen Schluck Sherry. Sie hielt das Glas mit beiden Händen wie ein Priester den Kelch. »Sehen Sie, meine Mutter und ich haben uns einfach nichts zu sagen«, fuhr sie fort. »Sie interessiert sich nicht für mein Leben, und ich interessiere mich nicht für ihres, glauben Sie mir. Da gibt es dann nicht viel Gesprächsstoff. Man tauscht sich übers Wetter aus und dann? Worüber soll man noch reden? Abgesehen von ihrem langweiligen Formschnittgarten und ihrem noch langweiligeren Fantasiegarten?«

Endlich griff ihr Vater ein. »Mignon, bist du gekommen, um mit uns zu Abend zu essen, oder hat dein Besuch einen anderen Grund?«

»Treib mich nicht in eine Enge«, sagte Mignon. »Du wirst es bereuen.«

»Darling«, sagte ihre Mutter.

»Ich bitte dich. Falls es einen *Darling* in der Familie gibt, wissen wir doch beide, dass ich das nicht bin.«

»Das stimmt nicht.«

»Gott.« Mignon verdrehte die Augen. »Es heißt immer nur Nicholas hier, Nicholas dort, seit dem Tag, an dem er geboren wurde, glauben Sie mir, Thomas. Endlich der ersehnte Sohn! Aber deswegen bin ich nicht hier. Ich will über diesen erbärmlichen kleinen Krüppel reden.«

Lynley verstand nicht gleich, was sie meinte. Er dachte natürlich an St. James, der behindert war seit einem Unfall, den er, Lynley, verursacht hatte. Den Mann, mit dem er seit der Schulzeit befreundet war, als *erbärmlich* und *klein* zu bezeichnen, war indes so unpassend, dass er glaubte, Mignon redete von jemand ganz anderem. Sie belehrte ihn eines Besseren, als sie fortfuhr.

»Meine Mutter ist nicht so lange bei mir geblieben, wie sie es Ihrem Auftrag gemäß hätte tun sollen. Und nachdem sie weg war, habe ich mich gefragt, was sie bei mir gewollt hatte, und es war wirklich nicht schwer, das zu erraten. Ich habe euch alle vom Bootshaus raufkommen sehen. Dich, Dad, Sie, Thomas, und diesen Krüppel. Und mit den nassen Haaren und dem Handtuch um die Schultern sah Thomas ganz so aus, als wäre er ins Wasser gefallen. Aber nicht der Krüppel. Der war trocken. So wie du, Dad.« Sie trank noch einen kräftigen Schluck Sherry, dann fuhr sie fort: »Das Handtuch sagte mir, dass Thomas nicht aus Versehen ausgerutscht und ins Wasser gefallen war. Seine Kleider waren nämlich trocken. Das bedeutet, dass er absichtlich ins Wasser gesprungen ist. Da die Badesaison längst vorbei ist, muss er also einen anderen Grund dafür gehabt haben. Und ich nehme an, dass der Grund etwas mit Ian zu tun hat. Na, wie bin ich?«

Lynley spürte, dass Fairclough ihn ansah. Valerie schaute abwechselnd ihre Tochter und ihren Mann an. Lynley sagte nichts. Er wollte Fairclough die Entscheidung überlassen, ob er die Vermutungen seiner Tochter bestätigen oder bestreiten wollte. Er selbst hielt es für klüger, die Karten auf den Tisch zu legen, was die Gründe für seine Anwesenheit in Ireleth Hall anging, anstatt weiterhin eine Scharade zu spielen.

Aber Fairclough sagte nichts. Offenbar interpretierte sie sein Schweigen als Bestätigung. »Du glaubst also nicht, dass Ians Tod ein Unfall war, hab ich recht, Dad? Das war jedenfalls das Erste, was ich dachte, als ich euch drei vom See raufkommen sah. Ich habe übrigens nur wenige Sekunden gebraucht, um im Internet rauszufinden, wer unser Besucher in Wirklichkeit ist. Hättest du mir seine Identität vorenthalten wollen, hättest du dir besser ein Pseudonym für ihn ausgedacht, Dad.«

»Niemand hat dir irgendetwas vorenthalten, Mignon«, sagte Fairclough. »Tommy ist hier als mein Gast. Die Tatsache, dass er außerdem Polizist ist, hat nichts ...«

»Er ist Detective«, fiel sie ihm ins Wort, »und zwar bei Scotland Yard, Dad, und ich gehe davon aus, dass du das weißt. Du hast ihn hierher eingeladen, und jetzt schleicht er zusammen mit diesem anderen Typen hier auf dem Gelände herum – also, ich kann immer noch zwei und zwei zusammenzählen.« Sie änderte ihre Sitzposition und schaute Lynley an. Ihre Mutter war einen Schritt zurückgetreten und stand stumm da, das Handtuch in der Hand. »Sie führen also hier still und heimlich eine kleine Ermittlung durch. Im Auftrag von ...? Doch nicht von Dad, oder?«

»Mignon«, sagte Fairclough.

»Denn das würde bedeuten, dass Dad unschuldig ist«, fuhr sie unbeirrt fort. »Und das halte ich, ehrlich gesagt, für ziemlich unwahrscheinlich.«

»Mignon!«, stieß Valerie hervor. »Wie kannst du so etwas sagen!«

»Dad hätte einen guten Grund gehabt, unseren lieben Ian um die Ecke zu bringen, stimmt's, Dad?«

Fairclough antwortete seiner Tochter nicht. Sein Blick verriet nichts. Entweder er war solche Konfrontationen mit ihr gewöhnt, oder er wusste, dass sie nicht mehr preisgeben würde. Einen Moment lang herrschte angespannte Stille. Der Wind fegte irgendetwas gegen die Fenster des kleinen Salons. Valerie zuckte zusammen.

»Aber das gilt auch für mich«, sagte Mignon schließlich. »Nicht wahr, Dad?« Sie lehnte sich in ihrem Sessel zurück, es war nicht zu übersehen, dass sie die Situation genoss. Sie schaute ihren Vater an und sagte zu Lynley: »Dad weiß nicht, dass ich weiß, dass Ian meine Unterhaltszahlungen einstellen wollte, Thomas. Unser guter Ian hat immer über den Büchern gebrütet und nach Möglichkeiten gesucht, Kosten einzusparen. Tja, und ich verursache nun mal ziemlich hohe Kosten. Allein der Turm hat ein Vermögen verschlungen, und seine Instandhaltung ist nicht gerade billig. Plus mein monatlicher Unterhalt. Und wie Sie mit Ihrem detektivischen Spürsinn herausgefunden haben werden, macht es mir Spaß, Geld auszugeben. Im Vergleich zu dem, was Dad über die Jahre mit der Firma verdient hat, brauche ich gar nicht viel. Doch Ian fand, dass ich selbst das bisschen nicht verdient hatte. Ich muss meinem Vater zugutehalten, dass er Ian nie beigepflichtet hat. Aber wir wissen beide – Dad und ich –, dass er es sich jederzeit hätte anders überlegen und seine Zahlungen an mich hätte einstellen können. Habe ich recht, Dad?«

Fairclough saß da mit versteinerter Miene. Valerie verfolgte das Geschehen sehr aufmerksam. Das war aufschlussreicher für Lynley als alle Informationen, die sie ihm freiwillig gegeben hätte.

»Valerie«, sagte Bernard schließlich, ohne den Blick von seiner Tochter abzuwenden. »Ich glaube, es ist Zeit fürs Abendessen, meinst du nicht auch? Mignon möchte jetzt gehen.«

Mignon lächelte. Sie kippte ihren Sherry und sagte spitz: »Ich glaube, ich brauche Hilfe auf dem Weg dorthin, Dad.«

»Ich bin überzeugt, dass du das sehr gut alleine schaffst«, entgegnete ihr Vater.

8. November

AUF DEM WEG VON CHALK FARM
NACH VICTORIA
LONDON

Barbara schrie auf, als sie sich im Spiegel sah. Sie war am frühen Morgen schlaftrunken ins Bad gestolpert und hatte ganz vergessen, dass ihr Erscheinungsbild sich vollkommen verändert hatte. Ihr blieb fast das Herz stehen, und sie fuhr herum, bereit, es mit der Frau aufzunehmen, die sie in einem Winkel des Spiegels entdeckt hatte. Es dauerte nur wenige Sekunden, aber sie fühlte sich wie eine Idiotin, als sie zur Besinnung kam und alle Ereignisse des Vortags über ihr zusammenschlugen wie eine heiße Welle aus Scham und etwas anderem, das sie nicht genau definieren konnte.

Nachdem sie das Haus aufgesucht hatte, in dem Vivienne Tully wohnte, hatte sie Angelina Upman auf dem Handy angerufen und ihr gesagt, sie sei gerade in Kensington, und es sehe so aus, als müsse sie diesen Frisörtermin absagen, da der Weg nach Chalk Farm einfach zu weit sei. Aber Angelina hatte entgegnet, von Kensington nach Knightsbridge sei es ja nur ein Katzensprung. Sie würden sich eben gleich dort treffen, anstatt gemeinsam hinzufahren. Dann war Hadiyyah plötzlich in der Leitung gewesen, anscheinend hatte sie ihrer Mutter das Handy aus der Hand gerissen. »Du *kannst* das nicht absagen, Barbara. Außerdem hast du doch den Befehl von deiner Chefin, oder? Und es tut ja auch nicht weh!« Dann hatte sie in verschwörerischem Ton hinzugefügt: »Und hinterher gehen wir zum Tee ins Dorchester. Mummy sagt, da ist einer, der die ganze Zeit Klavier spielt, und ein Kellner geht rum mit einem silbernen Tablett voll Sandwiches, und es gibt frische Scones, die noch warm sind, und ganz leckeren Kuchen.«

Barbara ließ sich widerstrebend darauf ein. Also gut, sie würden sich in Knightsbridge treffen. Was würde sie nicht alles tun, um Sandwiches auf einem Silbertablett serviert zu bekommen…

Ein Pop-Psychologe, dachte Barbara, hätte das große Ereignis im Frisörsalon als Erfahrung bezeichnet, an der man wächst. Angelinas Beschreibung von Dusty hatte sich als vollkommen zutreffend erwiesen. Nachdem Barbara im Stuhl eines seiner Lehrlinge Platz genommen hatte, war er herübergekommen und hatte nach einem kurzen Blick auf ihren Kopf theatralisch gestöhnt: »O Gott! Aus welchem Jahrhundert stammen Sie denn?« Er war dünn, sah gut aus, hatte in Spitzen abstehende Haare und eine für November ungewöhnlich gesunde Bräune, die er sich nur in einem Solarium erworben haben konnte. Ehe Barbara auf seine Bemerkung hatte kontern können, hatte er seinen Lehrling angewiesen: »Kürzen, Strähnchen mit einszweiundachtzig und vierundsechzig. Und ich werde mir Ihr Werk ansehen, wenn es fertig ist.« Dann hatte er zu Barbara gesagt: »Also wirklich, so lange, wie Sie schon damit rumlaufen, hätten Sie auch noch die sechs Wochen warten können, dann hätte ich das selbst übernommen. Womit in aller Welt waschen Sie sich die Haare, wenn man fragen darf?«

»*Fairy Liquid.*«

»Sie belieben zu scherzen. Aber ich nehme an, Sie kaufen das Zeug im Supermarkt, oder?«

»Wo sollte ich mir denn wohl sonst mein Shampoo kaufen?«

Er hatte entsetzt die Augen verdreht. »Gott.« Dann hatte er zu Angelina gesagt: »Sie sehen bezaubernd aus, wie immer«, hatte ihr ein Küsschen auf die Wange gehaucht und Barbara seinem Lehrling überlassen. Hadiyyah hatte er gänzlich ignoriert.

Es hatte eine Ewigkeit gedauert, und es war die Hölle gewesen, und als Dustys Lehrling mit Barbara fertig war, hatte sie einen modischen Kurzhaarschnitt mit blonden und rötlichen Strähnchen. Der Lehrling – nicht Cedric, sondern eine junge Frau aus Essex, die trotz ihrer vier Lippenpiercings und der Schultertattoos sehr sympathisch war – hatte ihr dringend vom Gebrauch ihres vertrauten *Fairy Liquid* abgeraten und ihr stattdessen eine Flasche eines sündhaft teuren Elixirs aufgeschwatzt, dessen »Pflegeformel … mehr Leuchtkraft, bis zu sieben Wochen Farbschutz und perfekte Kämmbarkeit« versprach – und dazu einen spannenderen Freundeskreis.

Mit Grausen hatte Barbara die Rechnung bezahlt und sich gefragt, wie es möglich war, dass Frauen regelmäßig so viel Kohle für etwas zum Fenster hinauswarfen, das sie genauso gut selbst in der Dusche erledigen konnten.

Beim Duschen am nächsten Morgen hatte sie sich den Kopf mit Frischhaltefolie umwickelt, um ihre teure Frisur vor dem Wasser zu schützen. Als sie später in einer weiten Flanellhose mit Gummizug und einem ausgebeulten Kapuzen-Sweatshirt an der Anrichte stand und sich einen Erdbeer-Pop-Tart toastete, hatte sie plötzlich Hadiyyas Stimme gehört, und gleich darauf hatte das Mädchen auch schon an Barbaras Tür geklopft.

»Bist du da? Bist du da?«, rief Hadiyyah aufgeregt. »Ich habe Daddy mitgebracht, damit er sich deine neue Frisur ansehen kann!«

»O nein«, flüsterte Barbara. Sie war noch nicht bereit, jemandem unter die Augen zu treten, am allerwenigsten Taymullah Azhar, dessen Stimme sie durch die Tür hörte, auch wenn sie nicht verstehen konnte, was er sagte. Sie hielt den Atem an und wartete in der Hoffnung, Hadiyyah würde annehmen, dass sie schon zur Arbeit gefahren war. Was natürlich Unsinn war, denn es war noch nicht einmal acht Uhr, und selbst wenn Hadiyyah Barbaras Gewohnheiten nicht genau kennen würde, hätte sie ihren Mini sehen müssen, der vor dem Haus stand. Es blieb ihr also nichts anderes übrig, als die Tür aufzumachen.

»Siehst du, Dad? Siehst du?«, rief Hadiyyah. »Mummy und ich waren gestern mit Barbara bei Mummys Frisör. Sieht Barbara nicht hübsch aus? Alle im Dorchester haben sie angekuckt.«

»Ah, ja«, sagte Azhar. Barbara wäre am liebsten im Erdboden versunken.

Sie sagte: »Mal was anderes, was? Bin heute Morgen fast in Ohnmacht gefallen vor Schreck, als ich in den Spiegel gekuckt hab.«

»Es sieht keineswegs erschreckend aus«, entgegnete Azhar ernst.

»Okay. Na ja. Ich wollte auch nur sagen, dass ich mich selbst nicht wiedererkannt hab.«

»*Ich* finde, dass Barbara *ganz* hübsch aussieht«, sagte Hadiyyah zu ihrem Vater. »Und Mummy findet das auch. Mummy sagt, die neue Frisur macht, dass Barbaras Gesicht strahlt und ihre Augen leuchten. Barbara hat nämlich *ganz* schöne Augen, sagt Mummy, und die sollte sie betonen. Dusty hat Barbara gesagt, sie soll sich den Pony rauswachsen lassen, damit …«

»*Khushi*«, schnitt Azhar ihr liebevoll das Wort ab, »ihr habt das sehr gut gemacht, du und deine Mutter. Aber jetzt lassen wir Barbara in Ruhe frühstücken und machen uns auf den Weg.« Er schaute Barbara lange und ernst an. Dann sagte er: »Die Frisur steht Ihnen gut«, legte seiner Tochter zärtlich eine Hand auf die Schulter und bugsierte sie in Richtung Haustür.

Hadiyyah hüpfte unermüdlich plappernd den ganzen Weg bis zum Haus neben ihrem Vater her. Barbara schaute ihnen nach. Seit sie ihn kannte, war Azhar ein ernster Typ gewesen, doch diesmal war er ihr noch bedrückter vorgekommen als gewöhnlich. Sie konnte es sich nicht erklären, aber da Angelina zurzeit arbeitslos war, hatte es womöglich damit zu tun, dass er für die Rechnung aus dem Dorchester würde aufkommen müssen. Angelina hatte an nichts gespart und als Erstes Champagner bestellt, um auf Barbaras wundersame Verwandlung anzustoßen.

Nachdenklich machte Barbara die Tür zu. Wenn sie Azhar in eine unangenehme Lage gebracht hatte, dann musste sie unbedingt etwas unternehmen, auch wenn sie nicht so recht wusste, was das sein könnte, außer dass sie ihm ein paar Pfund zusteckte, die er wahrscheinlich sowieso nicht annehmen würde.

Nachdem sie ihr Frühstück beendet hatte, bereitete sie sich mental auf den Tag vor, der sie erwartete. Obwohl sie offiziell heute freihatte, stand ein Besuch bei Scotland Yard auf dem Plan, und das bedeutete, dass sie sich auf einiges an Sticheleien seitens ihrer Kollegen würde gefasst machen müssen, wenn diese ihre neue Frisur erblickten.

Normalerweise hätte sie das Unvermeidliche noch ein bisschen hinausschieben können, aber Lynley brauchte nun mal Informationen, an die sie nirgendwo so gut herankam wie im Yard, und so blieb ihr nichts anderes übrig, als sich in die Victoria Street zu begeben und sich dort so unauffällig wie möglich zu verhalten.

Sie hatte einen Namen – Vivienne Tully –, aber viel mehr auch nicht. Nach ihrem Gespräch mit dem Portier hatte sie noch ein paar wenige Informationen sammeln können. Ein paar an Vivienne Tully adressierte Briefe in einem der Postfächer in der Eingangshalle hatten ihr bestätigt, dass die junge Frau in Apartment Nr. 6 wohnte, das sich im dritten Stock befand, wie Barbara nach einem kurzen Sprint die Treppe hoch festgestellt hatte. Es handelte sich um die einzige Wohnung auf dieser Etage, aber als Barbara an die Tür geklopft hatte, hatte sie lediglich in Erfahrung gebracht, dass Vivienne Tully eine Putzfrau beschäftigte, die auch die Tür öffnete, falls jemand sich bemerkbar machte, während sie mit Staubsauger und Schrubber hantierte. Die Frage nach Ms. Tullys Aufenthaltsort hatte Barbara nichts weiter eingebracht als die Erkenntnis, dass die Putzfrau so gut wie gar kein Englisch sprach. Dem Akzent nach zu urteilen stammte sie irgendwie aus dem Baltikum, und unter Zuhilfenahme einer Zeitschrift, die auf einem kleinen Tisch lag, und mehrmaligem Zeigen auf eine Standuhr hatte sie eine kleine Pantomime aufgeführt, aus der Barbara geschlossen hatte, dass Vivienne Tully entweder Tänzerin beim Königlichen Ballett war oder mit einer Freundin namens Bianca zu einer Aufführung des Königlichen Balletts oder zum Ballettunterricht gegangen war. Auf jeden Fall war klar: Vivienne Tully war nicht zu Hause und wurde frühestens in zwei Stunden zurückerwartet. Wegen des Frisörtermins hatte Barbara natürlich nicht auf die Dame warten können, und so war Vivienne Tully, als Barbara nach Knightsbridge geeilt war, ein unbeschriebenes Blatt geblieben.

Um das Blatt zu füllen, würde Barbara einen Abstecher in den Yard machen, und wenn sie schon mal dabei war, konnte sie auch gleich nachsehen, was sie über Ian Cresswell, Bernard Fairclough und diese Argentinierin in Erfahrung bringen konnte, die Lynley erwähnt hatte, Alatea Vasquez del Torres. Sie ließ ihren Mini an und fuhr in Richtung Westminster und hoffte inständig, dass sie in den Korridoren von New Scotland Yard möglichst wenigen ihrer Kollegen über den Weg laufen würde.

Anfangs hatte sie, was ihre diesbezüglichen Ängste anging, einigermaßen Glück. Die einzigen Personen, denen sie begegnete, waren Winston Nkata und die Abteilungssekretärin Dorothea Harriman. Dorothea, schon immer der Inbegriff der Eleganz und Expertin in allen Mode- und Kosmetikfragen, blieb in ihren Zwölf-Zentimeter-Stilettos wie angewurzelt stehen und rief aus: »Großartig, Detective Sergeant! *Absolut* großartig! Wer hat Ihnen denn diese schicke Frisur verpasst?« Sie berührte Barbaras Haare mit ihren schlanken Fingern. »Und dieser Glanz. Traumhaft. Unser Detective Superintendent Ardery wird ganz entzückt sein, warten Sie's ab.«

Abzuwarten war das Letzte, wonach Barbara der Sinn stand. »Danke, Dee«, sagte sie. »Mal was anderes, was?«

»*Anders* ist gar kein Ausdruck!«, erwiderte Dorothea. »Sie müssen mir unbedingt den Namen des Frisörs verraten. Würden Sie das tun?«

»Na klar«, sagte Barbara. »Warum denn nicht?«

»Also, manche Frauen würden das nie tun, wissen Sie. Man schützt sich halt vor der Konkurrenz…« Sie trat einen Schritt zurück und betrachtete das Meisterwerk mit einem Seufzer. »Da werd ich ganz grün vor Neid.«

Darüber, dass Dorothea Harriman sie um ihre Frisur beneiden könnte, hätte Barbara am liebsten schallend gelacht, ebenso wie über die Vorstellung, sie könnte sich mit Hilfe der von oben verordneten Runderneuerung einen Mann angeln. Aber sie beherrschte sich und nannte Dorothea den Namen des Frisörs und die Adresse des Salons in Knightsbridge. Der Salon war garantiert nach Dorotheas Geschmack, dachte Barbara, die vermutete, dass die Sekretärin viel Zeit in Knightsbridge verbrachte und dort einen Großteil ihrer Gehalts ausgab.

Winston Nkatas Reaktion fiel weniger überschwänglich aus, und dafür war Barbara dankbar. »Sieht gut aus, Barb«, sagte er. »Hat die Chefin dich schon gesehen?«

»Ich hatte eigentlich gehofft, ihr aus dem Weg zu gehen. Also, falls du sie siehst, ich bin nicht hier, okay? Ich muss nur mal eben an den Polizeicomputer und ein paar Sachen überprüfen.«

»DI Lynley?«

»Nicht weitersagen!«

Nkata versprach, ihr so gut es ging Deckung zu geben, aber man konnte natürlich nie wissen, wann Isabelle Ardery irgendwo auftauchte. »Am besten legst du dir schon mal irgendeine passende Geschichte zurecht«, riet er Barbara. »Es passt ihr nämlich gar nicht in den Kram, dass der Inspector abgehauen ist, ohne ihr zu verraten, wohin.«

Barbaras Augen wurden schmal. Sie fragte sich, was Nkata über Lynley und Isabelle Ardery wusste. Doch Nkatas Gesichtsausdruck verriet nichts, und obwohl das bei ihm die Regel war, neigte Barbara zu der Annahme, dass seine Bemerkung sich nur auf das Offensichtliche bezog: Lynley gehörte zu Arderys Team, und sie war sauer darüber, dass Hillier ihn für einen Fall abgezogen hatte, der außerhalb ihrer Zuständigkeit lag.

Barbara suchte sich einen unauffälligen Platz, wo sie sich in den Polizeicomputer einloggen konnte. Als Erstes sammelte sie alle verfügbaren Informationen über Vivienne Tully, was ziemlich einfach war. Die Frau war in Wellington, Neuseeland geboren, war in Auckland zur Schule gegangen und hatte auch dort studiert und später an der London School of Economics einen hervorragenden Abschluss gemacht. Sie war Hauptgeschäftsführerin bei Precision Gardening, einer Firma, die Gartenwerkzeug herstellte – kein besonders glamouröser Job, dachte Barbara –, und sie saß im Aufsichtsrat der Fairclough Foundation. Kurz darauf stieß Barbara auf eine weitere Verbindung zu Bernard Fairclough. Mit Anfang zwanzig war Vivienne Tully Bernard Faircloughs Chefsekretärin bei Fairclough Industries in Barrow-in-Furness gewesen. Nachdem sie bei Fairclough Industries aufgehört und bevor sie bei Precision Gardening angefangen hatte, war sie als freiberufliche Wirtschaftsberaterin tätig gewesen, was in der modernen Geschäftswelt, so vermutete Barbara, entweder heißen konnte, dass sie versucht hatte, eine eigene Firma auf die Beine zu stellen, oder dass sie vier Jahre lang arbeitslos gewesen war. Derzeit war sie dreiunddreißig Jahre alt, und auf einem Foto hatte sie modisch struppiges Haar, war eher jungenhaft gekleidet und wirkte außerordentlich intelligent. Ihr Blick besagte, dass sie Schwächlinge unerträglich fand. Und in Anbetracht ihrer Herkunft und ihrer Bildung besagte er, dass sie eine vollkommen unabhängige Frau war.

Über Lord Fairclough konnte Barbara nichts Merkwürdiges entdecken. Umso mehr Merkwürdiges fand sie über seinen missratenen Sohn, denn Nicholas Fairclough war nicht gerade auf dem Pfad der Tugend gewandelt, und in seinem Vorstrafenregister fand sie Autounfälle, Verhaftungen wegen Trunkenheit am Steuer, vereitelte Einbrüche, Ladendiebstähle und Hehlerei. Aber inzwischen führte er anscheinend ein beinahe asketisches Leben. Er hatte alle seine Strafen verbüßt und sich seit dem Tag seiner Hochzeit nichts mehr zuschulden kommen lassen.

Was Barbara zu Alatea Vasquez del Torres brachte, der Frau mit dem komplizierten Namen. Abgesehen von dem Namen hatte Barbara sich in ihrem eselsohrigen Notizheft ihren Herkunftsort notiert, nämlich »Santa María de irgendwas«, was sich als wenig aufschlussreich erwies, denn es gab zahllose Orte in Lateinamerika, die mit Santa María de … anfingen. Das würde kein Zuckerschlecken werden, sagte sie sich.

Sie überlegte gerade, wie sie vorgehen sollte, als Ardery sie entdeckte. Dorothea Harriman hatte bedauerlicherweise ihrer Chefin gegenüber von Barbaras neuer Frisur geschwärmt und dabei nicht daran gedacht, sich eine nette Lüge auszudenken bezüglich der Frage, wo sie Barbara mit ihrer neuen Frisur außerhalb von Scotland Yard gesichtet haben könnte. Und so war Isabelle Ardery in die Bibliothek im zwölften Stock gekommen, wohin Barbara sich zurückgezogen hatte, um heimlich und in Ruhe den Polizeicomputer zu durchforsten.

»Ach, hier stecken Sie.« Ardery hatte sich angeschlichen wie eine Katze, und Barbara hätte schwören können, dass sie vor Genugtuung schnurrte.

»Hallo Chefin«, sagte Barbara und nickte zum Gruß. »Hab immer noch frei«, fügte sie hinzu, für den Fall, dass Isabelle Ardery vorhatte, ihr irgendeinen dienstlichen Auftrag zu erteilen.

Aber Ardery schien nichts dergleichen im Sinn zu haben. Sie sagte: »Als Erstes möchte ich mir Ihre neue Frisur ansehen.«

In Anbetracht des Tons ihrer Chefin wollte Barbara lieber nicht wissen, was als Zweites kommen würde. Sie stand auf, um sich begutachten zu lassen.

Ardery nickte. »Das ist ja tatsächlich ein Haarschnitt«, sagte sie. »Man könnte es sogar als Frisur bezeichnen.«

Bei dem Preis, den sie dafür hingeblättert hatte, sollte man es als Haarpracht bezeichnen, dachte Barbara. Sie wartete.

Ardery ging um sie herum. Nickte. »Die Haare. Die Zähne. Sehr gut. Es freut mich zu sehen, dass Sie Anweisungen befolgen können, wenn man Ihnen Feuer unterm Hintern macht, Sergeant.«

»Stets zu Diensten«, sagte Barbara.

»Was Ihre Kleidung angeht…«

»Ich bin im Urlaub, Chefin«, fiel Barbara ihr ins Wort, um ihre Aufmachung zu erklären: Trainingshose, T-Shirt mit dem Aufdruck *Finish Your Beer… Children in China are Sober*, rote, knöchelhohe Turnschuhe und Donkeyjacke.

»Auch im Urlaub repräsentieren Sie Scotland Yard, Barbara«, sagte Ardery. »Sobald Sie dieses Gebäude betreten…« Plötzlich fiel ihr Blick auf Barbaras zerfleddertes Notizheft. »Was machen Sie hier eigentlich?«, wollte sie wissen.

»Ich brauchte nur ein paar Informationen.«

»Dass Sie diese Informationen hier suchen, lässt darauf schließen, dass es sich um eine Polizeiangelegenheit handelt.« Isabelle Ardery kam einen Schritt näher, so dass sie den Bildschirm besser sehen konnte. »Argentinien?«, fragte sie.

»Urlaub«, antwortete Barbara leichthin.

Ardery ergriff die Maus und scrollte erst eine, dann noch eine Seite zurück. »Haben Sie neuerdings ein Faible für die Jungfrau Maria?«, fragte sie, als sie all die Orte sah, die mit Santa María de… anfingen. »Wo soll die Reise denn hingehen? In ein Skigebiet? Ans Meer? In den Dschungel vielleicht?«

»Ach, ich sammle erst mal Ideen«, sagte Barbara.

Isabelle fuhr zu ihr herum. »Verkaufen Sie mich nicht für

dumm, Sergeant. Wenn Sie nach Urlaubsangeboten suchen würden, dann brauchten Sie das nicht hier im Yard zu tun. Da Sie aber nun einmal hier an diesem Computer sitzen und da Sie sich ein paar Tage freigenommen haben, nehme ich an, dass Sie für Inspector Lynley Informationen sammeln. Habe ich recht?«

Barbara seufzte. »Ja.«

»Verstehe.« Arderys Augen wurden schmal. »Dann stehen Sie also mit ihm in Kontakt?«

»Na ja … mehr oder weniger.«

»Regelmäßig?«

»Ich weiß nicht, was Sie damit meinen«, sagte Barbara. Sie fragte sich, worauf zum Teufel die Ardery hinauswollte. Schließlich hatte sie nichts mit Lynley. Und falls die Ardery irgendetwas in der Richtung annahm, war sie wirklich nicht ganz bei Trost.

»Wo ist er, Sergeant?«, fragte Isabelle Ardery ganz direkt. »Sie wissen es, nicht wahr?«

Barbara zögerte. Die Wahrheit war, dass sie es wusste. Die Wahrheit war aber auch, dass Lynley es ihr nicht gesagt hatte. Sie war durch den Namen Bernard Fairclough darauf gekommen. Also antwortete sie: »Er hat es mir nicht gesagt, Chefin.«

Aber Ardery hatte bereits ihre eigenen Schlüsse gezogen. Sie sagte: »Verstehe«, und das in einem Ton, der Barbara sagte, dass sie sich etwas anderes zusammenreimte als die Wahrheit. »Danke Sergeant«, fügte Ardery hinzu. »Vielen Dank.«

Dann ging sie. Barbara hätte hinter ihr herrufen können, ehe sie die Tür der Bibliothek erreichte. Sie hätte alles klarstellen können. Doch sie entschied sich dagegen. Und sie fragte sich auch nicht, warum sie ihre Chefin etwas glauben ließ, was absolut nicht stimmte.

Sie machte sich wieder an die Arbeit. Alatea Vasquez del Torres, dachte sie. Ihre Identität galt es zu ermitteln. Das war im Moment das Problem, und nicht Isabelle Ardery.

MILNTHORPE
CUMBRIA

St. James musste der Tatsache ins Auge sehen, dass seine Frau schlicht und einfach Angst hatte. Angst, dass er sie beide in eine Zukunft katapultieren wollte, die zu viele Unwägbarkeiten mit sich brachte. Widerstrebend hatte er zugeben müssen, dass sie nicht ganz unrecht hatte. Bei einer offenen Adoption nahmen sie nicht nur ein Kind in ihr Leben auf, sondern auch eine leibliche Mutter, einen leiblichen Vater, leibliche Großeltern auf beiden Seiten, und der Himmel wusste, wen sonst noch alles. Es war nicht einfach damit getan, dass man von einer Sozialarbeiterin einen Säugling entgegennahm. Klar hoffte man, dass das Kind später einmal nicht das Bedürfnis entwickelte, seine leibliche Familie ausfindig zu machen, und sich von einem abwandte. In dieser Hinsicht hatte Deborah vollkommen recht. Aber er hatte ebenfalls recht: Egal, auf welche Weise man zu Eltern wurde, eine Erfolgsgarantie gab es nie.

Sein Bruder drängte ihn, endlich eine Entscheidung zu treffen. Dieses junge Mädchen in Southampton könne nicht ewig warten, hatte David gesagt. Es gab noch mehr interessierte Paare. »Komm schon, Simon. Ja oder nein. Das passt doch überhaupt nicht zu dir, dich vor einer Entscheidung zu drücken.«

Also hatte St. James noch einmal mit Deborah gesprochen. Und auch diesmal war sie unnachgiebig geblieben. Eine Viertelstunde lange hatten sie über alle Aspekte diskutiert, dann war er zu einem Spaziergang aufgebrochen. Sie waren nicht im Streit auseinandergegangen, doch nach der hitzigen Auseinandersetzung mussten sie sich beide erst einmal beruhigen.

Vom Crow & Eagle aus ging er in Richtung Arnside, auf der Straße, die am Fluss Bela entlang und schließlich am Watt von Milnthorpe Sands vorbeiführte. Er versuchte, an nichts zu denken, sondern nur die regenfeuchte Luft einzuatmen. Er musste sich das Thema Adoption endgültig aus dem Kopf schlagen.

Wenn er es nicht tat – und wenn Deborah es nicht tat –, würde es ihre Ehe vergiften.

Diese verdammte Zeitschrift hatte alles nur noch schlimmer gemacht. Barbara hatte ihnen die gewünschte Ausgabe geschickt, und Deborah hatte sie von vorne bis hinten gelesen. Ein bestimmter Artikel hatte sie von der Leihmuttermethode überzeugt: sein Sperma, ihr Ei, eine Petrischale und eine Leihmutter eben. Sie hatte einen Bericht über eine Frau gelesen, die aus lauter Altruismus gegenüber anderen Frauen sechs fremde Kinder ausgetragen hatte. »Es wäre unser Kind«, hatte sie immer wieder gesagt. »Deins und meins.« Ja und nein, dachte er. Auch diese Möglichkeit barg Gefahren.

Es war ein sonniger Tag, nachdem es die ganze Nacht wie aus Eimern geschüttet hatte. Die Luft war sauber und klar, und am Himmel türmten sich herrliche Gebirge aus grauen Kumuluswolken. Draußen im Watt suchten die Nachzügler der Vogelschwärme, die den Winter in Afrika oder dem Mittelmeerraum verbrachten, immer noch nach Ringelwürmern, Krebsen und Muscheln. St. James sah Regenpfeifer und Strandläufer in dem Gewimmel, aber die anderen Vögel hätte er nicht benennen können. Eine Zeitlang beobachtete er sie und beneidete sie um ihr einfaches Leben. Dann drehte er sich um und ging zurück in den Ort.

Als er das Gasthaus erreichte, fuhr Lynley gerade auf den Parkplatz. St. James ging seinem Freund entgegen, der aus dem Healey Elliott stieg. Einen Moment lang betrachteten sie voller Bewunderung die gefällige Linienführung und die schöne Lackierung des Wagens. Dann sagte St. James: »Aber ich nehme nicht an, dass du hergekommen bist, um dich an meinem Neid auf dein Auto zu weiden.«

»Mir ist jede Gelegenheit willkommen, dich auf dem Gebiet der modernen Beförderungsmittel alt aussehen zu lassen. Aber in diesem Fall muss ich dir recht geben. Ich bin gekommen, um mit dir zu reden.«

»Dafür hast du eine ziemlich lange Fahrt auf dich genommen. Ein Anruf hätte genügt.«

»Hm, ja. Aber meine Tarnung ist teilweise aufgeflogen. Ich hatte das Gefühl, es wäre nicht verkehrt, mich ein bisschen rar zu machen.« Er berichtete St. James von seiner Begegnung mit Valerie, Bernard und Mignon Fairclough. »Mignon weiß also, dass Scotland Yard an der Sache dran ist, und wird dafür sorgen, dass alle anderen es ebenfalls erfahren.«

»Das könnte doch auch sein Gutes haben.«

»Ja, so hätte ich es am liebsten von Anfang an gehalten.«

»Trotzdem bist du beunruhigt?«

»Ja.«

»Warum?«

»Weil Fairclough Fairclough ist und weil Hillier Hillier ist und weil Hillier die verdammte Gabe besitzt, mich für seine Zwecke zu benutzen.«

St. James wartete. Er kannte die Geschichte von Lynleys Verhältnis zu seinem Chef. Dazu gehörte mindestens ein Versuch, ein lange zurückliegendes Verbrechen zu vertuschen. Er würde es Hillier durchaus zutrauen, Lynley erneut auf ähnliche Weise zu benutzen, wenn »einer der Ihren« – wozu Hillier zweifellos Fairclough, Lynley und sich selbst zählte – ein ernstes Problem hatte, das er unter den Teppich zu kehren wünschte; und Lynley sollte den Besen führen. Alles war möglich, das wussten sie beide.

Lynley sagte: »Vielleicht ist das Ganze ja auch eine Vernebelungsaktion.«

»Welcher Teil davon?«

»Dass Fairclough mich gebeten hat, den Tod von Ian Cresswell zu untersuchen. So etwas in der Art hat Mignon jedenfalls gestern Abend angedeutet. Sie hat mir durch die Blume zu verstehen gegeben, dass ich mich auf den konzentrieren soll, der mich angeheuert hat. Ich hatte tatsächlich schon selbst daran gedacht, den Gedanken aber wieder verworfen.«

»Warum?«

»Weil es einfach keinen Sinn ergibt, Simon.« Lynley lehnte sich an den Healey Elliott und verschränkte die Arme vor der Brust. »Ich könnte mir vorstellen, dass er Scotland Yard um Hilfe bitten würde, wenn ein Mord verübt worden wäre, man ihn für den Täter hielte und er seinen Namen reinwaschen wollte. Oder wenn man eines seiner Kinder für den Täter hielte und Bernard dessen oder deren Namen reinwaschen wollte. Aber Ian Cresswells Tod galt von Anfang an als Unfall. Warum also sollte er jemanden herbitten, der die Sache noch einmal untersucht, wenn er schuldig ist oder wenn er befürchtet, dass jemand aus seiner Familie schuldig sein könnte?«

»Das würde eher darauf schließen lassen, dass Mignon den Nebel streut, meinst du nicht?«

»Und es würde erklären, warum sie gestern Abend versucht hat, die Aufmerksamkeit auf ihren Vater zu lenken. Offenbar wollte Cresswell Bernard überreden, dass er ihr den Unterhalt streicht.« Lynley klärte St. James über das Arrangement zwischen Vater und Tochter auf. »Damit war sie garantiert nicht einverstanden. Und da Cresswell die Bücher geführt hat und über Bernards Transaktionen im Bilde war, wäre es durchaus möglich, dass er noch jemandem den Unterhalt streichen wollte.«

»Dem Sohn?«

»Das wäre doch naheliegend, oder? Bei Nicholas' Geschichte hat Cresswell Bernard wahrscheinlich geraten, ihm nicht einen Penny anzuvertrauen, was ja durchaus verständlich ist. Nicholas Fairclough mag ja vielleicht ein Exjunkie sein, aber es ist ja bekannt, dass Süchtige nie wirklich geheilt werden. Jeder Tag ist für sie eine neue Herausforderung.«

Was dieses Thema anging, kannte Lynley sich aus, weil sein eigener Bruder betroffen war, das wusste St. James. »Und? Hat Fairclough seinem Sohn Geld gegeben?«

»Das muss ich noch überprüfen. Die Information bekomme ich über die andere Tochter und deren Mann.«

St. James wandte sich ab. Aus der offenen Hintertür des Hotels drangen Lärm und Gerüche: das Klappern von Töpfen und Pfannen und der Geruch nach gebratenem Speck und verbranntem Toastbrot. »Was ist mit Valerie, Tommy?«

»Du meinst, ob sie als Mörderin in Frage kommt?«

»Ian Cresswell war nicht blutsverwandt mit ihr. Er war der Neffe ihres Mannes, und er stellte eine potentielle Gefahr für ihre Kinder dar. Wenn er Mignon die Unterhaltszahlungen streichen wollte und nicht daran glaubte, dass Nicholas dauerhaft clean war, dann hätte er Bernard Fairclough unter Umständen dazu bringen können, dass er seine Kinder nicht länger finanziell unterstützte. Und Valerie Fairclough hat sich laut Aussage von Constable Schlicht an dem Abend äußerst merkwürdig verhalten: wie aus dem Ei gepellt, vollkommen ruhig, ein Anruf bei der Polizei und die lapidare Aussage: In meinem Bootshaus schwimmt ein Toter.«

»Stimmt«, räumte Lynley ein. »Aber der Anschlag könnte auch ihr gegolten haben.«

»Wo wäre das Motiv?«

»Mignon sagt, ihr Vater ist fast nie da. Meistens hält er sich in London auf. Havers kümmert sich darum. Falls mit der Ehe der Faircloughs jedoch irgendetwas nicht stimmt, könnte Bernard doch Gründe haben, sich seine Frau vom Hals zu schaffen.«

»Und warum lässt er sich nicht einfach scheiden?«

»Wegen der Firma. Er leitet Fairclough Industries seit Ewigkeiten, und er würde sicher eine enorme Abfindung bekommen, falls das vertraglich so geregelt ist – es sei denn, es gibt irgendeinen Ehevertrag, von dem wir noch nichts wissen. Aber noch gehört die Firma ihr, und ich nehme an, dass sie jedwede Entscheidung, die die Firma betrifft, beeinflussen kann, wenn sie will.«

»Ein Grund mehr, warum sie Ians Tod gewünscht haben könnte, Tommy, falls er auf Entscheidungen gedrungen hat, die ihr nicht gefielen.«

»Möglich. Aber wäre es aus ihrer Sicht nicht sinnvoller gewesen, dafür zu sorgen, dass Ian gefeuert wurde? Warum hätte sie ihn umbringen sollen, wenn sie die Macht besaß, ihn einfach an die Luft zu setzen?«

»Also gut, was haben wir?« St. James erinnerte Lynley daran, dass das Filetiermesser, das sie aus dem Wasser geborgen hatten, keinen einzigen Kratzer aufwies und auf den ersten Blick vollkommen harmlos aussah. Auch an den Steinen, die sie aus dem Wasser geholt hatten, waren keine Kratzspuren zu erkennen, die darauf hingedeutet hätten, dass jemand sie herausgelöst hatte. Sie konnten Constable Schlicht noch einmal zum Bootshaus bitten und auch die an der Untersuchung beteiligten Tatortspezialisten, doch dazu müssten sie erst den Coroner überreden, den Fall wieder aufzurollen. Nur hatten sie ihm so gut wie nichts zu bieten, was ihn dazu animieren könnte, Ian Cresswells Tod noch einmal zu untersuchen.

»Wir müssen uns alle Beteiligten noch einmal vornehmen«, sagte Lynley.

»Was bedeutet, dass ich dir nicht länger von Nutzen bin«, sagte St. James.

Ehe Lynley darauf antworten konnte, klingelte sein Handy. Er warf einen Blick aufs Display. »Das ist Havers. Vielleicht kann sie uns auf die Sprünge helfen.« Er klappte das Handy auf und sagte: »Sagen Sie mir, dass Sie etwas Entscheidendes zutage gefördert haben, Sergeant, denn wir rennen hier in eine Sackgasse nach der anderen.«

ARNSIDE
CUMBRIA

Alatea war früh nach draußen gegangen, um Blumenzwiebeln zu pflanzen, denn sie wollte ihrem Mann aus dem Weg gehen. Sie hatte die halbe Nacht wachgelegen, geplagt von unruhigen Gedanken, und beim ersten Morgengrauen war sie aus dem Bett geschlüpft und in den Garten geschlichen.

Auch Nicholas hatte schlecht geschlafen. Irgendetwas stimmte ganz und gar nicht.

Das war ihr zum ersten Mal beim Essen am Abend zuvor bewusst geworden. Nicholas hatte lustlos in seinem Essen herumgestochert, hatte sein Fleisch kleingeschnitten und auf dem Teller hin und her geschoben, die Kartoffelscheiben säuberlich gestapelt wie Pokerchips. Auf ihre Frage hin, was ihn bedrücke, hatte er nur vage gelächelt und geantwortet: »Hab heute einfach keinen richtigen Appetit.« Schließlich hatte er seinen Teller von sich geschoben, war in den Salon gegangen, hatte sich kurz auf die Bank am offenen Kamin gesetzt, war wieder aufgesprungen und im Zimmer auf und ab gegangen wie ein Tiger im Käfig.

Als sie sich schlafen gelegt hatten, war es noch schlimmer gewesen. Ängstlich hatte sie sich ihm zugewandt, ihm eine Hand auf die Brust gelegt und gefragt: »Nicky, was ist los? Sprich mit mir.« Dabei fürchtete sie in Wirklichkeit seine Antwort mehr als ihre eigenen rastlosen Gedanken und wohin sie gingen, wenn sie ihnen freien Lauf ließ. »Nichts«, hatte Nicholas geantwortet. »Wirklich, Liebling, es ist nichts. Ich bin einfach nur müde. Und vielleicht ein bisschen mit den Nerven runter.« Und als er den entsetzten Blick bemerkt hatte, den sie nicht hatte unterdrücken können, hatte er hinzugefügt: »Mach dir keine *Sorgen*, Allie«, womit er ihr hatte versichern wollen, dass, was auch immer ihm auf der Seele lag, nichts mit seiner Drogenvergangenheit zu tun hatte. Das hatte sie auch gar nicht angenommen, aber sie hatte mitgespielt und gesagt: »Vielleicht solltest du mal mit jemandem reden, Nicky. Du weißt doch, wie das ist«, und er hatte genickt. Dann hatte er sie liebevoll angesehen, und plötzlich war ihr klar geworden, dass das, was ihn bedrückte, nur mit ihr zu tun haben konnte.

Sie hatten nicht miteinander geschlafen. Auch das war untypisch für Nicholas, denn sie hatte sich ihm genähert, und nicht umgekehrt, dabei mochte er es so sehr, wenn sie die Initiative ergriff. Denn er war kein Trottel und wusste genau, wie ungleich sie wirkten, zumindest in den Augen derjenigen, die die Welt nach Äußerlichkeiten beurteilten. Deswegen hatte ihn die Tatsache, dass sie ihn genauso häufig begehrte wie er sie, immer fasziniert. Dass er auf ihre Annäherungsversuche nicht reagiert hatte, war auch ein Zeichen. Das war noch nie vorgekommen.

Was Alatea schon am frühen Morgen in den Garten getrieben hatte, war also zum einen das Bedürfnis, sich zu beschäftigen und von den schrecklichen Möglichkeiten abzulenken, die ihr in der Nacht alle eingefallen waren. Zum anderen hatte sie Nicholas einfach nicht sehen wollen, denn das, was ihn bedrückte, würde über kurz oder lang ans Licht kommen, und damit, so fürchtete sie, würde sie nicht fertigwerden.

Es mussten mehrere tausend Zwiebeln in den Boden. Sie wollte über den ganzen Rasen verteilt Sternhyazinthen pflanzen, damit der ganze Hang sich zu Beginn des Frühjahrs in ein Meer aus Grün und Blau verwandelte, und das war eine Menge Arbeit, genau das, was sie jetzt brauchte. Natürlich würde sie an einem einzigen Vormittag nicht fertig werden, aber es war schon mal ein Anfang. Sie ging mit Schaufel und Spaten zu Werke, und die Stunden vergingen wie im Flug. Als sie sich ganz sicher war, dass ihr Mann das Haus verlassen hatte und zur Arbeit aufgebrochen war, legte sie das Gartenwerkzeug weg, richtete sich auf und rieb sich den schmerzenden Rücken.

Erst kurz bevor sie das Haus erreichte, sah sie Nicholas' Auto in der Einfahrt stehen. Ihr Blick wanderte zum Haus, und die Angst kroch ihr in den Nacken.

Sie ging hinein. Er war in der Küche, saß an dem großen Eichentisch, tief in Gedanken versunken. Vor ihm standen die Kaffeekanne, eine Tasse und die Zuckerdose. Aber die Kaffeetasse schien unangerührt, und der Kaffee in der Kanne war längst kalt geworden.

Er war gar nicht für die Arbeit gekleidet, fiel ihr auf, sondern hatte sich nur den Morgenmantel, den sie ihm zum Geburtstag geschenkt hatte, über den Schlafanzug gezogen. Er saß mit nackten Füßen am Tisch, und die Kälte der Bodenfliesen schien ihm nicht das Geringste auszumachen. Das alles passte überhaupt nicht zu Nicholas, am allerwenigsten die Tatsache, dass er nicht zur Arbeit gegangen war.

Alatea wusste nicht, wie sie sich verhalten sollte. Sie griff ihr Gespräch vom Abend wieder auf. »Nicky«, sagte sie. »Wieso bist du denn noch zu Hause? Bist du krank?«

»Nein, ich musste nur nachdenken.« Als er sich zu ihr umdrehte, sah sie, dass seine Augen blutunterlaufen waren. Ein eisiger Schauder kroch ihr die Arme hoch und legte sich um ihr Herz. »Und hier kann ich das am besten«, fügte er hinzu.

Es widerstrebte ihr, die logische Frage zu stellen, aber sie nicht zu stellen, wäre allzu verräterisch gewesen. »Worüber musst du denn nachdenken? Was ist los?«

Er antwortete nicht gleich, sondern wandte sich ab. Sie schaute ihn unverwandt an. Er schien über ihre Frage nachzudenken und darüber, welche Antwort er ihr geben sollte. Dann sagte er: »Manette ist bei mir gewesen. In der Firma.«

»Gibt es Probleme in der Firma?«

»Nein, es geht um Tim und Gracie. Sie möchte, dass wir die Kinder zu uns nehmen.«

»Zu uns nehmen? Wie meinst du das?«

Er erklärte es ihr. Sie hörte ihm zu und hörte doch nichts, denn sie war viel zu sehr damit beschäftigt, seinen Ton zu interpretieren. Er redete von seinem Vetter Ian, von Ians Frau Niamh und von Ians Kindern. Alatea kannte sie natürlich alle, aber sie hatte nicht gewusst, wie Niamh zu ihren Kindern stand. Unvorstellbar, dass Niamh ihre eigenen Kinder auf diese Weise benutzen würde, wie Schachfiguren in einem Spiel, das längst beendet sein müsste. Bei dem Gedanken an Tim und Gracie kamen ihr fast die Tränen, und sie war entschlossen, etwas für die beiden zu tun, ebenso wie Nicholas es offenbar wollte. Doch dass ihm das den Schlaf raubte und ihn regelrecht krank machte? Er verschwieg ihr irgendetwas.

»Manette und Freddie sollten die Kinder zu sich nehmen«, sagte Nicholas. »Ich wäre mit Tims Problemen restlos überfordert, aber die beiden könnten damit umgehen. Manette würde mit der Zeit an Tim herankommen, ganz bestimmt. Sie gibt niemanden so schnell auf.«

»Das Problem ist also schon gelöst?«, fragte Alatea hoffnungsvoll.

»Manette und Freddie sind leider getrennt, was die Sache kompliziert macht«, sagte Nicholas. »Ihre derzeitige Lebenssituation ist eher merkwürdig und instabil.« Er füllte seine halbleere Tasse mit kaltem Kaffee, tat einen gehäuften Löffel Zucker hinein und rührte eine Weile schweigend um. »Und das ist sehr schade«, fuhr er schließlich fort, »denn die beiden gehören zusammen. Ich kann überhaupt nicht verstehen, warum sie sich getrennt haben. Aber sie haben nie Kinder bekommen, und vielleicht hat das die Ehe irgendwann zerstört.«

Gott, das war der entscheidende Punkt, dachte Alatea. Darauf lief es letztlich hinaus. Sie hatte schon immer geahnt, dass es so kommen würde, wenn nicht mit Nicholas, dann mit einem anderen.

»Vielleicht wollten sie ja keine Kinder«, sagte sie. »Manche Leute wollen lieber kinderlos bleiben.«

»Manche Leute ja, aber nicht Manette.« Er schaute sie an. Er wirkte verhärmt. Alatea sah ihm an, dass er ihr nicht die Wahrheit sagte. Sicher, Tim und Gracie brauchten dringend ein stabiles Zuhause, aber das war es nicht, was Nicholas bedrückte.

»Das ist nicht alles, stimmt's?«, sagte sie und zog sich einen Stuhl heran. »Ich finde, du solltest mir alles erzählen, Nicky.«

Lange Zeit war es eine Stärke ihrer Beziehung gewesen, dass Nicholas ihr von Anfang an immer alles erzählt hatte. Er selbst hatte darauf bestanden, weil er bis dahin in einer Lügenwelt gelebt hatte, einer Welt, in der er immerzu und auf jede erdenkliche Weise nur darauf aus gewesen war, seinen Drogenkonsum zu verbergen. Wenn er ihr jetzt nicht alles sagte, dann würde das ihrer Ehe mehr schaden als das, was er ihr bis jetzt verschwiegen hatte, wie schlimm es auch sein mochte.

»Ich glaube, mein Vater denkt, ich hätte Ian umgebracht«, stieß Nicholas schließlich hervor.

Das war so meilenweit entfernt von dem, was Alatea erwartet hatte, dass es ihr die Sprache verschlug. Und was sie hätte sagen können, würde ihr auf Englisch nicht gelingen.

»Jemand von Scotland Yard ist hier, um die Umstände von Ians Tod zu untersuchen. In Anbetracht dessen, dass der Coroner seinen Tod als Unfall eingestuft hat, kann es nur einen Grund für die Anwesenheit von Scotland Yard geben. Mein Vater hat Beziehungen, die er spielen lassen kann, wenn es darauf ankommt, und ich nehme an, dass er genau das getan hat.«

»Unmöglich.« Alatea hatte einen trockenen Mund. Am liebsten hätte sie Nicholas' Kaffee ausgetrunken, aber sie beherrschte sich, weil sie am ganzen Körper zitterte und viel zu viel Angst hatte, dass Nicholas es bemerkte. »Woher weißt du das, Nicky?«

»Dieser Journalist.«

»Was? Meinst du diesen Mann, der vor Kurzem hier bei uns war? Der angeblich einen Artikel über dich schreiben wollte?«

Nicholas nickte. »Er ist wieder da. Er hat's mir erzählt. Jemand von Scotland Yard ist hier. Den Rest hab ich mir selbst zusammengereimt: Die sind hinter mir her.«

»Hat er das wirklich gesagt? Hat dieser Journalist das behauptet?«

»Nicht direkt. Aber wenn man bedenkt, was sich hier in letzter Zeit alles abspielt, ist es doch wohl offensichtlich.«

Irgendetwas sagte er ihr immer noch nicht, das sah Alatea ihm an. »Das glaube ich nicht«, entgegnete sie. »Du? Warum in aller Welt hättest du Ian etwas antun sollen? Und wieso sollte dein Vater auf so eine Idee kommen?«

Er zuckte die Achseln. Sie sah, dass ein Kampf in ihm tobte, den er ihr nicht offenbaren konnte. Verzweifelt überlegte sie, was es sein mochte und was es für sie beide bedeuten könnte. Er war zutiefst deprimiert oder zutiefst bedrückt oder zutiefst … irgendetwas.

Sie sagte: »Ich finde, du solltest mit deinem Vater reden. Und zwar auf der Stelle. Dieser Journalist meint es nicht gut mit dir, Nicky. Und jetzt taucht auch noch diese Frau hier auf, die behauptet, sie würde für eine Filmgesellschaft arbeiten, die gar nicht existiert … Du musst sofort mit deinem Vater sprechen. Du musst der Wahrheit auf den Grund gehen. Es ist die einzige Möglichkeit, Nicky.«

Er hob den Kopf. Seine Augen waren mit Tränen gefüllt. Ihr blieb fast das Herz stehen vor Liebe zu diesem Mann, dieser gequälten Seele, so gequält wie ihre eigene. »Also, ich habe mich auf jeden Fall dagegen entschieden, an diesem Dokumentarfilm mitzuwirken. Das habe ich dieser Frau übrigens bereits mitgeteilt, wir haben also eine Sorge weniger.« Er bemühte sich mit wenig Erfolg, sich ein Lächeln abzuringen. Es war ein schwacher Versuch, sie ein bisschen aufzumuntern, ihr zu sagen, dass alles gut werden würde.

Sie wussten beide, dass es eine Lüge war. Aber sie waren beide nicht bereit, sich das einzugestehen, ebenso wenig wie alles andere.

MILNTHORPE
CUMBRIA

»Man würde einen ziemlich großen Briefumschlag brauchen, um es ganz draufzukriegen«, verkündete Havers übers Handy. »Andererseits gibt's vermutlich irgendeine spanische Abkürzung für den Namen.« Sie meinte den Namen der Stadt in Argentinien, die am ehesten als Alatea Vasquez del Torres' Heimatort in Frage kam. »Santa María de la Cruz, de los Ángeles y de los Santos«, sagte sie. »Ein Kaff, das sich den Schutz sämtlicher Heiligen gesichert hat. Liegt wahrscheinlich in einem Erdbebengebiet, und die Einwohner hoffen, dass sie im Ernstfall vom lieben Gott persönlich gerettet werden.«

Lynley hörte, wie sie an einer Zigarette zog. Kein Wunder. Havers rauchte ohne Unterlass. Dann war sie also nicht im Yard. Und wenn doch, dann rief sie ihn aus dem Treppenhaus an, wo sie hin und wieder heimlich eine Zigarettenpause machte. »Was lässt Sie vermuten, dass es der richtige Ort ist, Barbara?«, fragte er. Dann sagte er zu St. James, der neben ihm am Healey Elliott lehnte: »Sie ist Alatea Fairclough auf der Spur.«

»Mit wem reden Sie, Sir?«, fragte Barbara irritiert. »Ich kann Dreiergespräche nicht ausstehen.«

»St. James ist hier. Ich schalte auf Lauthören, wenn ich rausfinde, wie das geht.«

»Das kriegen Sie sowieso nicht hin. Geben Sie das Ding lieber Simon, Sir.«

»Havers, ich bin kein kompletter …«

»Sir«, sagte sie mit einer Engelsgeduld. Es hatte keinen Zweck. Er reichte St. James das Handy. Der drückte zwei, drei Tasten, und schon ertönte Havers' Stimme auf dem Parkplatz des Crow & Eagle.

»Der Bürgermeister«, sagte Havers. »Ich weiß, das ist ein Schuss ins Blaue, aber der Bürgermeister heißt Ésteban Vega de Vasquez, und seine Frau heißt Dominga Padilla del Torres de Vasquez. Ein interessantes Puzzlespiel, dachte ich. Auf jeden Fall stimmen ein paar von den Nachnamen mit denen von Alatea überein.«

»Das ist aber ziemlich weit hergeholt, Barbara.«

»Haben Sie das im Internet gefunden?«, wollte St. James wissen.

»Ja, und zwar nach stundenlanger Suche. Und weil alles auf Spanisch ist, hab ich auch nur geraten, dass der Typ der Bürgermeister ist. Er könnte genauso gut der örtliche Hundefänger sein, aber auf der Seite war ein Foto von ihm, und ich konnte mir nicht vorstellen, warum der Hundefänger irgendeinem die Rathausschlüssel übergeben sollte. Na ja, außer vielleicht an Barbara Woodhouse.«

»Die ist tot«, bemerkte Lynley.

»Egal. Auf der Homepage ist also ein Foto von ihm im Bürgermeisterstaat, auf dem er zusammen mit seiner Frau und noch jemand posiert. Was unter dem Foto stand, konnte ich natürlich nicht lesen, weil's auf Spanisch war und *una cerveza por favor* alles ist, was ich auf Spanisch verstehe. Aber die Namen standen da, Ésteban und Dominga und so weiter. Das ist bisher unsere beste Spur, das Einzige, was auch nur halbwegs in Frage kommt.«

»Wir brauchen einen Übersetzer«, sagte Lynley.

»Was ist mit Ihnen, Simon? Ist Spanisch eins Ihrer vielen Talente?«

»Ich beherrsche leider nur Französisch«, sagte St. James. »Na ja, Latein auch, aber das wird uns auch nicht weiterhelfen.«

»Also, wir brauchen jedenfalls einen Übersetzer. Und wir brauchen einen, der uns erklärt, wie das bei denen da drüben mit den Nachnamen funktioniert, denn ich hab keine Ahnung und weiß auch nicht, wie ich's rauskriegen soll.«

»Es hat irgendetwas mit den Vorfahren zu tun«, sagte Lynley.

»Ja, so weit war ich auch schon. Aber was? Hängen sie einfach immer weiter alle Namen aneinander? Also, da möchte ich jedenfalls keinen Reisepassantrag ausfüllen müssen, falls Sie verstehen, was ich meine.«

Lynley dachte über das Sprachproblem nach und überlegte, wer ihnen als Übersetzer dienen könnte. Natürlich gab es Leute im Yard, aber er wusste nicht, wie viele Leute er noch einweihen konnte, ohne dass Isabelle ihm auf die Schliche kam.

»Was ist mit Alatea Fairclough selbst?«, fragte er. »Wie passt sie in das Szenario dieses Ortes? Ich nehme an, Sie gehen davon aus, dass sie die Tochter des Bürgermeisters ist?«

»Ganz und gar nicht, Sir«, sagte Havers. »Der Bürgermeister und seine Frau haben fünf Söhne.« Sie zog geräuschvoll an ihrer Zigarette und blies den Rauch in ihr Handy. Im Hintergrund war Papierrascheln zu hören, sie blätterte also in ihrem Notizheft. »Carlos, Miguel, Ángel, Santiago und Diego«, fuhr sie fort. »Ich nehme jedenfalls an, dass es fünf Söhne sind, aber so wie die ihre Namen aneinanderhängen, könnte es sich natürlich auch um einen einzigen handeln.«

»Und wie passt Alatea da hinein?«

»So wie ich das sehe, könnte sie die Frau von einem der Söhne sein.«

»Eine Ehefrau auf der Flucht?«

»Klingt doch plausibel, oder?«

»Könnte sie nicht auch eine Verwandte sein?«, fragte St. James. »Eine Nichte, eine Kusine?«

»Auch möglich.«

»Haben Sie diese Möglichkeit überprüft?«

»Bisher noch nicht, kann ich aber machen. Leider kann ich nicht sehr tief in die Materie eindringen, weil das Zeug alles auf Spanisch ist, wie gesagt«, erinnerte sie ihn. »Im Yard gibt's natürlich ein Übersetzungsprogramm. Sie wissen schon: irgendwo gut im Computer versteckt, wo Leute wie wir, die es tatsächlich brauchen könnten, es unmöglich finden. Ich könnte mal mit Winston reden, der kriegt bestimmt raus, wie das geht. Soll ich das machen?«

Lynley überlegte. Erneut fragte er sich, wie Isabelle Ardery reagieren würde, falls sie herausbekam, dass er ein weiteres Mitglied ihres Teams für seine Zwecke abgeworben hatte. Die Situation würde wahrscheinlich für alle Beteiligten unerfreulich ausfallen. Es musste eine andere Möglichkeit geben, die spanischen Texte übersetzen zu lassen. Warum es ihn überhaupt beschäftigte, wie Isabelle Ardery reagieren könnte, darüber wollte er lieber nicht weiter nachdenken. Früher hätte es ihn nicht im Geringsten interessiert, was ein Vorgesetzter über seine Vorgehensweise zu sagen hatte. Die Tatsache, dass er sich diesmal den Kopf darüber zerbrach, brachte ihn an den Rand eines Abgrunds, an den er sich in der derzeitigen Situation nicht heranwagen konnte.

»Es muss eine andere Möglichkeit geben, Barbara«, sagte Lynley. »Ich kann Winston nicht auch noch einweihen, dazu bin ich nicht befugt.«

Havers machte ihn nicht darauf aufmerksam, dass er auch nicht befugt gewesen war, sie einzuweihen, sondern sagte nur: »Hm … Ich könnte Azhar fragen.«

»Ihren Nachbarn? Spricht der Spanisch?«

»Das nicht, aber er kann fast alles andere«, antwortete Havers. »Er kann bestimmt jemanden an der Uni für mich organisieren, der Spanisch spricht, einen Professor oder einen Studenten. Schlimmstenfalls kann ich immer noch einen Spaziergang zum Camden Lock Market machen, mich unter die Touristen mischen – falls um diese Jahreszeit welche da sind –, die Ohren spitzen und ein spanischsprechendes Individuum ins nächste Internetcafé zerren, um mir das Zeug übersetzen zu lassen. Ich meine, es gibt Mittel und Wege, Sir. Wozu brauchen wir Winston?«

»Fragen Sie Azhar«, sagte Lynley und fügte hinzu: »Falls es Sie nicht in eine unangenehme Lage bringt.«

»Warum sollte mich das in eine unangenehme Lage bringen?«, fragte sie argwöhnisch.

Lynley antwortete nicht. Es gab Dinge, über die er und Havers nicht diskutierten, und dazu gehörte Barbaras Beziehung zu Taymullah Azhar. »Sonst noch etwas?«, fragte er.

»Bernard Fairclough. Er hat einen Schlüssel zu der Wohnung einer Frau namens Vivienne Tully. Ich war da, hab sie aber bisher noch nicht erwischt. Auf einem Foto, das ich aufgetrieben hab, sieht sie eher jung aus. Kleidet sich modisch, gute Haut, gute Figur, freche Frisur. Der Alptraum jeder Ehefrau, würd ich sagen. Bisher weiß ich nur, dass sie mal für ihn gearbeitet hat. Jetzt hat sie einen anderen Job in London, und sie steht auf Ballett, denn da war sie gestern Abend. Sie war entweder beim Ballettunterricht, oder sie hat sich eine Ballettaufführung angesehen. So genau weiß ich das leider nicht. Die Putzfrau sprach kein Englisch, und wir mussten uns mit Händen und Füßen verständigen. Ist Ihnen eigentlich schon mal aufgefallen, Sir, wie viele Leute in London heutzutage kein Englisch sprechen? Oder Ihnen, Simon? Ich komm mir allmählich so vor, als würd ich in der verdammten Lobby der Vereinten Nationen wohnen.«

»Fairclough hat einen Schlüssel zur Wohnung dieser Frau?«

»Romantisch, oder? Ich fahr heute noch mal nach Kensington und werd ihr ein bisschen auf den Zahn fühlen. Cresswells Testament muss ich mir auch noch vornehmen, dazu bin ich noch nicht gekommen.«

Das sei kein Problem, sagte Lynley. Sie seien bereits im Besitz der wichtigsten Informationen zu dem Thema. Es gebe eine Lebensversicherung, und die Witwe sei die Begünstigte. Und laut Aussage von Cresswells Lebensgefährten habe dieser das Haus geerbt. Es wäre jedoch sehr hilfreich, fuhr Lynley fort, wenn Havers diese Angaben auf ihren Wahrheitsgehalt überprüfen könne. Außerdem würde ihn interessieren, wann genau das Testament verfasst wurde. Ob sie sich darum kümmern könne?

Sie könne und sie werde, versicherte sie ihm. »Was ist mit den Kindern?«

»Cresswell ist offenbar davon ausgegangen, dass die von der Lebensversicherung profitieren. Was allerdings nicht der Fall zu sein scheint.«

Havers pfiff durch die Zähne. »Es lohnt sich immer, der Spur des Geldes zu folgen.«

»Genau.«

»Apropos«, sagte sie. »Dieser Typ von der *Source* – sind Sie dem schon über den Weg gelaufen?«

»Noch nicht«, sagte Lynley. »Warum?«

»Weil der auch nicht ganz koscher ist. Der war nämlich schon mehrmals da oben, und zwar zum ersten Mal drei Tage *bevor* Ian Cresswell ertrunken ist. So wie der unter Druck steht, seine Story aufzupeppen, könnte er doch auf die Idee kommen, einen Mord zu begehen.«

»Wir werden dem nachgehen«, sagte Lynley. »Aber um Cresswell umzubringen, hätte er unbemerkt aufs Grundstück gelangen, ins Bootshaus eindringen, die Steine lockern und wieder verschwinden müssen. Sagten Sie nicht, der Mann ist auffällig groß?«

»Fast zwei Meter. Eine Schnapsidee also?«

»Zumindest äußerst zweifelhaft, allerdings müssen wir im Moment alle Möglichkeiten in Betracht ziehen.« Lynley überlegte, wie wahrscheinlich es war, dass ein zwei Meter großer rothaariger Reporter den scharfen Augen von Mignon Fairclough entging. Das hätte nur in einer mondlosen Nacht passieren können, dachte er.

»Tja, wir haben also alle Hände voll zu tun«, sagte er. Aber bevor er das Gespräch beendete, musste er noch eine Frage stellen, auch wenn er nicht wusste, warum sie ihm auf den Nägeln brannte. »Schaffen Sie das eigentlich alles ohne Wissen von Superintendent Ardery? Glaubt sie immer noch, Sie seien in Urlaub? Sie sind ihr doch nicht in die Arme gelaufen, oder?«

Das Schweigen am anderen Ende der Leitung war ihm Antwort genug. Er wich St. James' Blick aus und sagte: »Verdammt. Das macht alles komplizierter, als es ohnehin schon ist. Für Sie, meine ich. Tut mir leid, Barbara.«

»Die Chefin ist ein bisschen verspannt«, sagte sie leichthin. »Aber Sie kennen mich ja, Sir. Das bin ich gewöhnt.«

MILNTHORPE
CUMBRIA

Deborah konnte es überhaupt nicht leiden, mit ihrem Mann uneins zu sein. Das hatte einerseits mit dem großen Altersunterschied zwischen ihnen zu tun und andererseits mit seiner Behinderung und allem, was damit zusammenhing. Aber vor allem hatte es mit ihren unterschiedlichen Charakteren und ihrer unterschiedlichen Weltsicht zu tun. Simon ging Probleme mit Logik und bemerkenswerter Distanziertheit an, weshalb es nahezu unmöglich war, sich mit ihm zu streiten. Im Gegensatz zu ihm ließ sie sich nämlich von ihren Gefühlen leiten, und Schlachten zwischen Armeen unter dem Kommando von Kopf und Herz wurden immer von den Armeen gewonnen, deren Anführer der Kopf war. Häufig blieb ihr nichts anderes übrig, als ein Gespräch mit dem sinnlosen Satz zu beenden: *Das verstehst du nicht.*

Nachdem Simon gegangen war, setzte sie sich aufs Bett und tat, was getan werden musste. Sie rief seinen Bruder David an und teilte ihm ihre *gemeinsame* Entscheidung mit, wie sie sich ausdrückte. »Trotzdem bin ich dir sehr dankbar dafür, dass du dich so für uns eingesetzt hast, David«, sagte sie, und sie meinte es ernst. »Aber ich kann mich einfach nicht an den Gedanken gewöhnen, ein Kind mit seinen leiblichen Eltern zu teilen. Das ist der Grund, warum wir uns dagegen entschieden haben.«

Sie spürte, dass David enttäuscht war, und der Rest der Familie würde wahrscheinlich ebenfalls enttäuscht sein. Doch Simons Angehörige standen auch nicht vor der Frage, ob sie sich auf ein solches Abenteuer voller Unwägbarkeiten einlassen sollten. »Weißt du, Deborah«, hatte David geantwortet, »egal, auf welche Weise man sich auf ein Leben als Eltern einlässt, es ist immer ein Lotteriespiel.« Worauf sie entgegnet hatte: »Ja, das weiß ich doch. Trotzdem bleibt die Antwort dieselbe. Die Komplikationen, die das alles mit sich bringen würde… Ich könnte einfach nicht damit umgehen.«

Es war also vorbei. In ein, zwei Tagen würde die schwangere junge Frau mit einem anderen adoptionswilligen Paar in Verhandlungen treten. Deborah war froh, dass sie die Entscheidung getroffen hatte, und gleichzeitig war sie untröstlich. Simon würde alles andere als erfreut sein, aber sie sah einfach keine andere Möglichkeit. Sie mussten sich etwas anderes überlegen.

Sie wusste, dass Simon die Vorstellung, eine Leihmutter anzuheuern, zutiefst widerstrebte. Eigentlich hatte sie gedacht, dass diese Lösung ihm als Wissenschaftler entgegenkommen würde. Doch er hatte die Wunder der modernen Medizin schlichtweg als »entmenschlichend« bezeichnet. Sich in einer Arztpraxis mit einem sterilen Reagenzglas auf der Toilette einzuschließen, um seinen Anteil beizusteuern… Dann mussten noch ihre Eizellen geerntet werden, ein Eingriff, der nicht ungefährlich war. Und schließlich musste die richtige Leihmutter gefunden und die ganze Schwangerschaft über betreut werden.

Wer soll das sein?, hatte Simon vernünftigerweise gefragt. Und wie erfährt man alles über die Person, was man wissen will?

Die Leihmutter sei nur ein Uterus, den sie mieten würden, hatte Deborah ihm erklärt.

»Wenn du im Ernst glaubst, dass es damit getan ist«, hatte Simon geantwortet, »dann bist du sträflich naiv. Wir mieten schließlich kein leeres Zimmer in ihrem Haus, um darin vorübergehend ein paar Möbel zu lagern, Deborah. Es geht um neues Leben, das in ihrem Körper wachsen wird. Anscheinend gehst du davon aus, dass sie das in keiner Weise berührt.«

»Wir werden einen Vertrag machen, Herrgott noch mal. Hier in der Zeitschrift ist ein Artikel…«

»Diese Zeitschrift solltest du schleunigst in den Mülleimer werfen.«

Aber Deborah hatte die Zeitschrift nicht weggeworfen. Sie hatte David angerufen, und anschließend hatte sie sich die Ausgabe von *Conception* vorgenommen, die Barbara Havers ihnen per Übernachtexpress geschickt hatte. Sie hatte die Fotos betrachtet, auf denen die sechsmalige Leihmutter mit den glücklichen Familien abgebildet war, denen sie zu Nachwuchs verholfen hatte. Sie hatte den Artikel noch einmal gelesen. Dann hatte sie die Werbeanzeigen im hinteren Teil der Zeitschrift studiert.

Alles, was mit Fortpflanzung zu tun hatte, war in einer Art Preisliste aufgeführt, stellte sie fest, aber abgesehen von dem Artikel im Heft gab es keine Anzeigen zum Thema Leihmutterschaft. Nachdem sie bei einer Rechtsberatungsstelle angerufen hatte, deren Nummer am Schluss des Artikels angegeben war, wusste sie auch, warum. Sich als Leihmutter anzubieten, war illegal. Eine Frau, die als Leihmutter in Frage kam, musste man sich selbst suchen. Am besten eine Verwandte, erklärte man ihr. Haben Sie vielleicht eine Schwester, Madam? Eine Kusine? Es komme auch vor, dass Mütter ein Kind für ihre Töchter austrugen. Wie alt ihre Mutter sei?

Gott, alles war so kompliziert, dachte Deborah. Sie hatte keine Schwester, ihre Mutter war tot, sie war das einzige Kind zweier Einzelkinder. Simons Schwester käme vielleicht in Frage, aber sie konnte sich beim besten Willen nicht vorstellen, dass die verrückte Sidney – die derzeit mit einem Söldner liiert war – ihren Eine-Million-Dollar-Körper zur Verfügung stellen würde, um ihrem Bruder zu einem Kind zu verhelfen. Geschwisterliebe hatte ihre Grenzen, und Deborah glaubte zu wissen, wo sie endete.

In dieser Angelegenheit war der Gesetzgeber nicht ihr Freund. Alles andere, wofür im Zusammenhang mit Fortpflanzung geworben wurde, war offenbar legal – von Kliniken, in denen man gegen Geld Eizellen spenden konnte, bis hin zu lesbischen Paaren, die nach einem Samenspender suchten. Es gab sogar Anzeigen von Gruppen, die potentielle Ei- bzw. Samenspender von ihrem Vorhaben abzubringen trachteten, sowie Beratungsstellen für Spender, Empfänger und alle anderen Beteiligten. Außerdem existierte ein telefonischer Hilfsdienst, bei dem man sich über Ärzte, Krankenschwestern, Kliniken und Hebammen informieren konnte. Die Angebote und Möglichkeiten waren so zahlreich, dass Deborah sich nicht gewundert hätte, wenn sie unter den Kleinanzeigen eine entdeckt hätte, die nur ein Wort enthielt, nämlich HILFE!

Dieser Gedanke erinnerte sie daran, wie sie überhaupt auf die Zeitschrift aufmerksam geworden war und warum sie Barbara gebeten hatte, ihr diese Ausgabe zu schicken: Weil Alatea genau diese Seiten, die Deborah jetzt den Seelenfrieden raubten, herausgerissen hatte. Nachdem diese Anzeigen sie selbst in einen derartigen inneren Aufruhr versetzt hatten, konnte sie sich schon viel besser vorstellen, was in Alatea vorgegangen sein könnte. Was, wenn Alatea ebenfalls wusste, dass sie nie ein Kind würde austragen können? Was, wenn sie sich bisher noch nicht getraut hatte, ihrem Mann dies zu sagen? Was, wenn sie genauso wie Deborah in Erwägung zog, nach einer Leihmutter zu suchen? Alatea lebte in England, weit weg von ihrer Heimat, weit weg von Freundinnen oder Verwandten, die sich erbieten könnten, ihr diesen Liebesdienst zu erweisen … Gab es eine Frau, an die sie sich wenden konnte? Eine Frau, die bereit wäre, das Kind von Alatea und Nicholas Fairclough auszutragen?

Deborah dachte darüber nach. Verglich Alateas Situation mit ihrer eigenen. Sie hatte Sidney St. James, auch wenn sie als Kandidatin schwerlich in Frage kam. Aber wen hatte Alatea?

Es gab eine Möglichkeit, dachte sie, eine, die zu dem passen würde, was im Bootshaus von Ireleth Hall vorgefallen war. Sie musste unbedingt mit Simon darüber reden. Und mit Tommy.

Sie sprang auf. Simon war schon vor einer ganzen Weile zu seinem Spaziergang aufgebrochen. Auf dem Weg die Treppe hinunter gab sie Simons Nummer in ihr Handy ein. Er unterhalte sich mit Tommy auf dem Parkplatz, sagte er ihr. Sie wollten gerade aufbrechen …

Sie bat ihn zu warten und Tommy ebenfalls. Sie wolle mit ihnen beiden sprechen.

Dann wurde sie jedoch von Nicholas Fairclough aufgehalten. Er war der Letzte, mit dem sie in der Eingangshalle des Crow & Eagle gerechnet hatte, aber offenbar hatte er auf sie gewartet. Als er sie erblickte, stand er auf und kam ihr entgegen. »Dachte ich mir, dass ich Sie hier finden würde«, sagte er. Es klang, als hätte sie versucht, sich vor ihm zu verstecken, und sie machte ihn darauf aufmerksam.

»Verstehe«, entgegnete er. »Unter aller Augen lässt es sich am besten verstecken.«

Sie runzelte die Stirn. Er wirkte völlig verändert. Sein sonst so engelhaftes Gesicht wirkte verhärmt, und er war unrasiert. Dunkle Ringe unter seinen Augen deuteten darauf hin, dass er kaum geschlafen hatte. Und von seiner Freundlichkeit und Liebenswürdigkeit war keine Spur mehr übrig.

»Hören Sie«, sagte er ohne Umschweife. »Ich weiß, wer Sie in Wirklichkeit sind. Und Sie sollen eins wissen: Ich habe Ian nichts getan. Ich hätte ihm nie ein Haar krümmen können. Die Tatsache, dass mein Vater das Gegenteil befürchtet, sagt Ihnen etwas über den Zustand unserer Familie, aber sonst gar nichts. Und Sie …« Er stieß mit dem Finger nach ihr, ohne sie jedoch zu berühren. »… machen gefälligst, dass Sie von hier verschwinden. Kehren Sie nach London zurück. Hier gibt es nichts für Sie zu erfahren. Ihre verdammten Ermittlungen sind beendet. Und lassen Sie meine Frau in Frieden, kapiert?«

»Sind Sie ...«

»Scheren Sie sich zum Teufel!« Er machte einen Schritt zurück, dann drehte er sich auf dem Absatz um und ließ sie stehen.

Deborah stand da wie erstarrt. Das Herz schlug ihr bis zum Hals, und das Blut rauschte ihr in den Ohren. Für diesen Auftritt gab es nur eine Erklärung. Aus unerfindlichen Gründen hielt Nicholas Fairclough sie für den Scotland-Yard-Detective, der nach Cumbria gekommen war, um den Tod seines Vetters zu untersuchen.

Es gab nur eine Möglichkeit, wie er zu diesem Schluss gelangt sein konnte, und die hatte sie mit ihrer Digitalkamera festgehalten.

MILNTHORPE
CUMBRIA

Kurz nach seiner flüchtigen Begegnung mit Nicholas Fairclough auf dem Marktplatz am Tag zuvor hatte Zed Benjamin sich hinter einem der vielen Stände verdrückt, so dass er von dem Café aus, wo Nicholas Fairclough sich mit der Frau von Scotland Yard getroffen hatte, nicht zu sehen war. Nachdem Fairclough das Café verlassen hatte, brauchte er nicht lange zu warten, bis auch die Frau herauskam, und es war ein Kinderspiel gewesen, ihr zum Crow & Eagle zu folgen. Am nächsten Morgen hatte Zed in aller Frühe in der Filiale der NatWest Posten bezogen und stundenlang hinter dem Geldautomaten gestanden, das Hotel beobachtet und darauf gewartet, dass die Frau herauskam. Die Aktion hatte ihm reichlich misstrauische

Blicke von Bankkunden und ungehaltene Worte von Leuten beschert, die den Geldautomaten benutzen wollten. Eine alte Frau hatte ihn ziemlich unsanft weggeschubst und gezetert: »Weg da, du Mistkerl, sonst ruf ich die Polizei … Deine Sorte kenn ich!« Die Lage war also brenzlig geworden, und er hatte nur noch hoffen können, dass die Frau von Scotland Yard sich bald blicken ließ, wenn er nicht wegen verdächtigen Herumlungerns verhaftet werden wollte.

Am Morgen hatte er wie immer mit Yaffa telefoniert, und das Gespräch ging ihm nicht mehr aus dem Kopf. Sie hatte seine Kussgeräusche nicht erwidert, weil seine Mutter nicht in der Nähe gewesen war und die Notwendigkeit, ihr das verliebte Paar vorzuspielen, sich erübrigt hatte. Außerdem gab es anscheinend neuerdings Probleme mit Micah in Tel Aviv, der es leid war, Yaffas Bruder Ari zu spielen. In einem Gespräch mit Micah hatte Yaffa Zed als *attraktiv* bezeichnet. Micah habe nicht besonders erfreut reagiert, trotz all ihrer Beteuerungen, dass es nichts zu bedeuten habe. Und während Zed noch darüber nachdachte, dass sie im Zusammenhang mit ihm das Wort *attraktiv* benutzt hatte, hatte sie ihm erklärt, sie müsse sich wahrscheinlich ein anderes Zimmer suchen, denn Micah sei *total aus dem Häuschen*. Sie fürchte, hatte sie Zed erklärt, dass Micah vor lauter Sorge, dass sie ihn nicht mehr liebte, sein Studium vernachlässigen könnte. Und das könne sich ein Medizinstudent nun wirklich nicht leisten. Aber er wisse ja sicherlich, was Eifersucht mit Männern mache …

In Wirklichkeit hatte Zed keine Ahnung, was Eifersucht mit Männern machte, denn bisher hatte er sich noch nie auf eine Beziehung mit einer Frau eingelassen.

Yaffa hatte ihm erklärt, sie glaube, sie könne ihren Verlobten noch eine Zeitlang beschwichtigen, allerdings nicht mehr lange. Dann würde sie entweder umziehen oder nach Tel Aviv zurückkehren müssen.

Zed hatte nicht gewusst, was er dazu sagen sollte. Er konnte sie kaum anflehen, noch zu bleiben. Ja, er wusste nicht einmal, wie er überhaupt auf die Idee kam, sie anzuflehen, damit sie blieb. Und doch hatte ihm am Ende des Gesprächs genau das auf der Zunge gelegen und nicht etwa ein gutgelauntes *Gute Reise!* Und das hatte ihn doch sehr gewundert.

Aber sie hatte sowieso aufgelegt, ehe er dazu gekommen war, das eine oder das andere auszusprechen. Am liebsten hätte er noch einmal angerufen, um ihr zu sagen, dass sie ihm schrecklich fehlen würde, damit sie seine Sprachlosigkeit nicht dahingehend interpretierte, dass es ihm egal wäre, wenn sie nach Israel zurückkehrte. Die Telefongespräche mit ihr gefielen ihm so sehr, dass er ihnen regelrecht entgegenfieberte, ja, er hatte das Gefühl, dass sie genau die Frau war, die … Nein, so weit durfte er nicht denken. Was für eine Schande, dachte er. Er würde sich damit abfinden müssen, dass sie wie Romeo und Julia waren, und fertig.

Zed war so vertieft in seine Gedanken an Yaffa und Micah und die Ironie des Schicksals, das ihn über die perfekte Frau stolpern ließ, die nur dummerweise mit einem anderen verlobt war, dass er, als Nick Fairclough das Hotel Crow & Eagle betrat, nicht sofort begriff, was für eine wichtige Beobachtung er da gerade machte. Er dachte lediglich, ach, da kommt ja Nick Fairclough, schob sich die Mütze ein bisschen tiefer ins Gesicht und zog die Schultern ein, um weniger aufzufallen. Erst als Nick Fairclough kurz darauf wieder aus dem Hotel stürmte, noch dazu mit versteinerter Miene, zählte Zed zwei und zwei zusammen, und das ergab: Fairclough plus Scotland-Yard-Detective gleich wichtiges Ereignis.

Dann kam die Polizistin aus dem Hotel. Sie telefonierte auf ihrem Handy. Eine Polizistin, die auf ihrem Handy telefonierte, bedeutete, dass neue Entwicklungen stattfanden. Fairclough war gegangen, und die Polizistin folgte ihm. Zed musste den beiden folgen.

Sein Auto stand ganz in der Nähe, und er rannte los, als die rothaarige Frau um das Hotel herumging, zweifellos zu ihrem Auto. Er ließ den Motor an und wartete darauf, dass sie auftauchte. Sie würde nirgendwo hinfahren, ohne dass er ihr auf den Fersen blieb.

Er zählte die Sekunden. Aus den Sekunden wurden Minuten. Was war passiert? Hatte sie Probleme mit dem Auto? Einen Platten? Wo zum Teufel steckte sie …?

Schließlich fuhr ein Wagen vom hinter dem Hotel gelegenen Parkplatz, aber es war kein Mietwagen, und die Frau saß nicht am Steuer. Es war ein kupferfarbener, sündhaft teurer Oldtimer, und am Steuer saß ein Typ, der vollkommen entspannt wirkte, um nicht zu sagen gutbetucht, denn wie sonst hätte er sich einen solchen Schlitten leisten können? Ein Hotelgast, schloss Zed scharfsinnig. Der Typ fuhr in Richtung Norden.

Etwa drei Minuten später fuhr wieder ein Auto vom Hotelparkplatz, und Zed legte den ersten Gang ein. Aber auch diesmal saß ein Mann am Steuer, ein Typ mit grimmiger Miene und schwarzem Haar, der sich den Kopf rieb, als versuchte er, eine Migräne loszuwerden.

Dann endlich sah er die Frau. Aber sie kam zu Fuß. Diesmal sprach sie nicht in ihr Handy, und sie wirkte ernst und entschlossen. Zuerst dachte Zed, sie wollte zum Marktplatz, wo es reichlich Cafés gab, in denen man sich mit jemandem treffen konnte. Aber stattdessen ging sie zurück ins Hotel.

Zed traf seine Entscheidung im Bruchteil einer Sekunde. Er schaltete den Motor aus und rannte hinter ihr her. Er konnte sie bis ans Ende der Welt verfolgen, sagte er sich, oder aber er konnte den Stier jetzt bei den Hörnern packen und ein Tänzchen mit ihm wagen.

Entschlossen betrat er das Hotel.

MILNTHORPE
CUMBRIA

Deborah war so wütend auf Simon, dass sie das Gefühl hatte, sie könnte gleich platzen.

Als sie mit der Kamera in der Hand auf den Parkplatz gekommen war, hatte sie Simon im Gespräch mit Tommy angetroffen. Dass Tommy da war, hatte sie als großen Glücksfall empfunden, denn der würde auf ihrer Seite stehen, und sie brauchte unbedingt einen Verbündeten.

Sie hatte den beiden ganz kurz geschildert, was vorgefallen war: dass Nicholas Fairclough ihr im Hotel aufgelauert hatte, dass er über die Anwesenheit eines Detectives von Scotland Yard informiert war, der Ian Cresswells Tod untersuchte, dass er ausgerechnet sie, Deborah, für den Detective hielt, der in seinem Leben herumschnüffelte. »Es gibt nur eine Möglichkeit, wie er auf die Idee gekommen sein kann«, sagte sie und hielt den beiden Männern das Foto unter die Nase, das sie am Tag zuvor geschossen hatte: Es zeigte einen großen, rothaarigen Mann, der sich auf dem Marktplatz mit Nicholas Fairclough unterhielt.

»Danach«, sagte sie, »wollte Nicholas plötzlich nichts mehr mit mir zu tun haben. Wir hatten vor, nach Barrow zu fahren, aber auf einmal war er dazu nicht mehr bereit. Und jetzt eben war er völlig außer sich… Es ist doch klar, was das bedeutet, oder?«

Tommy betrachtete das Foto. »Das ist der Journalist von der *Source*«, sagte er. »Barbara hat ihn mir beschrieben. Groß, rothaarig. Ich kann mir nicht vorstellen, dass zwei Männer, auf die diese Beschreibung passt, hier in Cumbria herumschleichen und sich für Nicholas Fairclough interessieren.«

Das wird ja immer besser, hatte Deborah gedacht. »Tommy, wir können diesen Mann benutzen«, sagte sie. »Irgendetwas stimmt doch nicht mit diesen Leuten hier, und er hat Wind davon bekommen, sonst wäre er nicht hergekommen. Ich nehme

Kontakt mit ihm auf. Dann wird er denken, er hätte einen direkten Draht zur Polizei. Wir können …«

»Deborah«, hatte Simon gesagt. Es war sein Ton, der sie wahnsinnig machte, dieser Ton, der sagte, wir müssen sie beruhigen.

»Ich weiß nicht, Deb«, hatte Tommy gesagt und weggesehen. Sie fragte sich, ob er über das nachdachte, was sie eben gesagt hatte, oder ob er überlegte, wie er vom Parkplatz verschwinden konnte, bevor sie und Simon sich in die Wolle gerieten. Denn niemand kannte Simon so gut wie Tommy. Er wusste genau, was *Deborah* bedeutete, wenn Simon ihren Namen in diesem Ton aussprach. Zugegeben, manchmal hatte Simon ja recht, wenn er sich um sie sorgte, aber diesmal sah sie überhaupt keine Veranlassung dazu.

»Das ist doch *die* Gelegenheit für uns, Tommy«, hatte sie gesagt.

Worauf er entgegnet hatte: »Barbara hat mir mitgeteilt, dass der Journalist drei Tage vor Cresswells Tod schon einmal hier war, Deb. Er wurde hierhergeschickt, um eine Geschichte über Nicholas Fairclough ein bisschen aufzupeppen.«

»Und?«

»Das ist doch offensichtlich, Deborah«, hatte Simon sich eingeschaltet. »Es besteht durchaus die Möglichkeit, dass der Mann …«

»Also, ihr könnt doch nicht allen Ernstes annehmen, dass er, um seiner Story ein bisschen Pfeffer zu verleihen, auf die Idee gekommen ist, einen Verwandten seiner Hauptfigur um die Ecke zu bringen. Das ist doch vollkommen absurd.« Als beide gleichzeitig ansetzten, etwas darauf zu entgegnen, hatte sie abwehrend eine Hand gehoben. »Nein. Moment. Hört mir zu. Ich habe über diese Sache nachgedacht. Es gibt einiges, was ihr nicht wisst. Und zwar über Nicholas Faircloughs Frau.«

Zum Glück kannten die beiden weder Alatea noch Nicholas Fairclough.

»Barbara ist gerade dabei, Alatea Fairclough zu überprüfen, Deb«, sagte Tommy.

»Das mag ja sein«, entgegnete sie, »aber sie weiß nicht alles.« Dann berichtete sie, was Alatea Fairclough zu verbergen hatte. »Nicholas sagt, es müssen irgendwo Fotos von ihr existieren. Sie hat mal eine Zeitlang als Model gearbeitet, aber sie möchte nicht, dass jemand davon erfährt. Nicholas hat sie natürlich alles erzählt, sonst weiß jedoch niemand in der Familie davon. Nicholas hat von ›sexy Dessous‹ gesprochen, und ich denke, wir wissen alle, was damit gemeint ist.«

»Und zwar?«, fragte Simon. Er bedachte sie mit diesem *Blick* – ernst und wissend und sorgenvoll.

Verflixt und zugenäht, dachte Deborah. »Das kann alles von Lack und Leder für die Sado-Maso-Szene bis hin zu Pornografie bedeuten, Simon. Da sind wir uns doch sicher einig, oder?«

»Da hast du natürlich recht«, sagte Tommy. »Barbara kümmert sich darum, Deb. Die kriegt das schon hin.«

»Aber das ist noch nicht alles, Tommy.« Deborah wusste, dass Simon nicht begeistert sein würde, wenn sie das Thema anschnitt, doch es musste sein, denn es hatte garantiert etwas mit Ian Cresswell zu tun. »Es geht um das Thema Leihmutterschaft.«

Daraufhin war Simon tatsächlich erblasst. Wahrscheinlich dachte er, sie wolle dieses äußerst sensible und persönliche Thema, das für Streit und Kummer zwischen ihnen sorgte, aufbringen, solange Tommy dabei war und als Schiedsrichter fungieren konnte. »Nicht das«, sagte sie zu ihm. »Ich halte es für möglich, dass Alatea kein Kind austragen kann. Oder dass sie sonst irgendwelche Probleme damit hat, schwanger zu werden. Ich glaube jedenfalls, dass sie auf der Suche nach einer Leihmutter ist und dass es sich bei der Leihmutter um Ian Cresswells Frau Niamh handeln könnte.«

Simon und Tommy sahen einander an. Aber sie hatten Niamh Cresswell noch nie gesehen, und deswegen erklärte

Deborah es ihnen: Nicholas Fairclough wünschte sich ein Kind, Alatea besaß eine Ausgabe der Zeitschrift *Conception*, aus der die Seiten mit den Anzeigen herausgerissen waren, Niamh Cresswell, die ihren Mann verloren hatte und auf der Suche nach einem Neuen war, hatte sich offensichtlich diversen Schönheitsoperationen unterzogen. »Brustvergrößerung wird nicht von der Krankenkasse bezahlt«, sagte Deborah. »Irgendwie muss sie das also finanzieren. Und für Alatea ein Kind auszutragen, wäre die perfekte Lösung. Es ist zwar verboten, sich gegen Bezahlung als Leihmutter zur Verfügung zu stellen, aber da es sich um eine Familienangelegenheit handelt, wird niemand erfahren, ob Geld im Spiel war. Nicholas und Alatea werden es bestimmt niemandem auf die Nase binden. Niamh kriegt also das Kind der beiden, übergibt es ihnen, erhält ein hübsches Sümmchen dafür, und das war's.«

Simon und Tommy schwiegen. Tommy betrachtete seine Schuhe. Als Nächstes würden sie ihr erklären, sie sei nicht ganz bei Trost – Gott, wie gut sie die beiden kannte –, aber sie kam ihnen zuvor. »Oder vielleicht ist es ja noch viel besser. Vielleicht weiß Nicholas Faiclough ja gar nichts von der Vereinbarung, und Alatea hat vor, die ganze Schwangerschaft vorzutäuschen. Sie ist ziemlich groß, und bei ihrer Figur ist es gut möglich, dass sie erst ganz spät einen dicken Bauch bekommt. Niamh verschwindet für ein paar Monate, und kurz vor der Geburt fährt Alatea zu ihr. Sie denken sich irgendeinen Vorwand aus und …«

»Gott, Deborah.« Simon rieb sich die Stirn, während Tommy von einem Fuß auf den anderen trat.

Tommy trug immer Lobbs-Schuhe, dachte Deborah. Die mussten ein Vermögen gekostet haben, aber die hielten natürlich auch ewig, und wahrscheinlich besaß er die, die er anhatte, schon seit er fünfundzwanzig war. Sie hatten natürlich keinerlei Schrammen. Charlie Denton, Tommys Butler oder Kammerdiener oder Stallmeister oder was auch immer der Mann in

Tommys Leben darstellte, würde schon dafür sorgen, dass die Schuhe makellos blieben. Aber sie waren eingetragen und bequem, wie zwei alte Freunde...

Sie merkte, dass Simon mit ihr redete, und plötzlich wurde ihr bewusst, dass sie absichtlich die Ohren zugeklappt hatte. Er dachte bestimmt, dass das alles mit ihr zu tun hatte, mit ihnen beiden, mit der Diskussion um das bescheuerte Thema offene Adoption, denn er konnte ja nicht ahnen, dass dieses Thema für sie längst beendet war, und deswegen entschloss sie sich kurzerhand, ihn jetzt gleich darüber aufzuklären.

»Ich habe übrigens David angerufen«, sagte sie. »Ich habe ihm abgesagt. Endgültig. Ich kann damit nicht umgehen, Simon.«

Simons Kiefermuskeln bewegten sich. Das war alles.

Deborah wandte sich an Tommy. »Nehmen wir also mal an, Ian Cresswell hat irgendwie von dem Arrangement erfahren. Er protestiert. Er sagt, dass es schon genug gibt, woran ihre Kinder zu knabbern haben, und er findet, man kann ihnen nicht auch noch zumuten, dass ihre Mutter ein Kind für die Frau des Vetters ihres Vaters austrägt. Er ist davon überzeugt, dass das zu viel Verwirrung stiftet, und spricht ein Machtwort.«

»Die beiden sind geschieden«, gab Tommy vorsichtig zu bedenken.

»Seit wann bedeutet das, dass zwei Menschen aufhören, einander zu kontrollieren? Nehmen wir mal an, er geht zu Nicholas. Er redet auf ihn ein. Nicholas weiß Bescheid oder auch nicht, egal, auf jeden Fall nützt all sein Reden nichts, und er kündigt an, dass er mit Nicholas' Vater sprechen wird. Aber dass Bernard Fairclough in die Sache hineingezogen wird, ist das Allerletzte, was alle Beteiligten wollen. Er hat Nicholas von Anfang an für einen Versager gehalten. Und jetzt das, ein Streit, der die Familie entzweit...«

»Es reicht«, fiel Simon ihr ins Wort. »Ich meine es ernst. Es reicht.«

Sein väterlich strenger Ton traf sie wie ein elektrischer Schlag. Sie sah ihn entgeistert an. »Was hast du gerade zu mir gesagt?«

»Man braucht nicht Freud zu sein, um zu verstehen, wo das alles herkommt, Deborah.«

Blanke Wut überkam sie. Sie öffnete den Mund, um etwas zu entgegnen, doch er kam ihr zuvor.

»Das sind doch Hirngespinste. Es wird Zeit, dass wir nach London zurückkehren.« Er wandte sich an Lynley. »Ich habe getan, was ich konnte, und wenn wir das Bootshaus nicht noch einmal unter die Lupe nehmen wollen, würde ich sagen, dass Ian Cresswells Tod genau das war, als was er bisher erschienen ist.«

Dass er sie so abservieren würde … Zum ersten Mal in ihrem Leben hätte Deborah ihrem Mann am liebsten eine gescheuert. *Zügle dich, Deborah, zügle dich,* hätte ihr Vater gesagt, doch ihr Vater war auch noch nie so wenig ernst genommen worden von dem Mann, der vor ihr stand. Gott, er war unerträglich, dachte sie. Total aufgeblasen. Und dermaßen selbstgerecht. Er war immer so selbstsicher, so von sich überzeugt, kehrte immer den verdammten Wissenschaftler heraus, dabei hatten manche Dinge weder etwas mit Wissenschaft zu tun noch mit Forensik, Mikroskopen, Blutflecken, Computeranalysen, Diagrammen, Kurven, dieser verblüffenden Maschinerie, mit der man von einem einzelnen Wollfaden auf den Hersteller und das Schaf und die Farm auf den Hebriden schließen konnte, auf der das Schaf geboren war. Sie hätte laut schreien können. Ihm die Augen auskratzen, ihn …

»Sie hat nicht ganz unrecht, Simon«, sagte Tommy.

Simon schaute seinen alten Freund an, als hätte der den Verstand verloren.

»Ich bezweifle nicht, dass es zwischen Nicholas und seinem Vetter böses Blut gegeben hat«, sagte Lynley. »Und mit Bernard stimmt auch irgendetwas nicht.«

»Einverstanden«, sagte Simon. »Aber die Vorstellung, dass

Ian Cresswells Witwe …« Mit einer Handbewegung wischte er die Implikation weg.

Dann sagte Tommy: »Aber wenn das, was du sagst, stimmt, Deb, dann ist es zu gefährlich.«

»Aber …«

»Du hast gute Arbeit geleistet, Simon hat allerdings recht. Ihr solltet nach London zurückfahren. Ab jetzt übernehme ich. Ich kann nicht zulassen, dass du dich in Gefahr begibst. Das weißt du.«

Er meinte viel mehr als das, und das wussten sie alle drei. Sie und Tommy waren einmal ein Paar gewesen, und selbst wenn nicht, würde er niemals zulassen, dass sie sich auch nur in die Nähe einer Gefahr begab, die dazu führen konnte, dass Simon sie verlor, so wie Tommy seine Frau verloren hatte.

»Es ist nicht gefährlich«, sagte sie tonlos. »Das weißt du genau, Tommy.«

»Wenn es um Mord geht, ist immer Gefahr im Spiel.«

Nach diesen Worten hatte er sich umgedreht und sie mit Simon allein auf dem Parkplatz stehen gelassen.

»Es tut mir leid, Deborah«, hatte Simon gesagt. »Ich weiß, dass du nur helfen willst.«

»Ach ja, weißt du das?«, hatte sie verbittert geantwortet. »Tu doch nicht so, als wolltest du mich nicht bestrafen.«

»Bestrafen? Für was denn?« Er tat tatsächlich so, als wäre er *überrascht.*

»Weil ich David abgesagt habe. Weil ich unser kleines Problem nicht mit dem Wörtchen *Ja* gelöst habe. Das wolltest du doch, eine schnelle Lösung. Ohne auch nur einen einzigen Gedanken daran zu verschwenden, wie es mir damit gehen würde, wenn mich in Zukunft sämtliche leiblichen Angehörigen unseres Kindes andauernd beobachten würden, um zu sehen, was für eine *Mummy* ich bin …« Vor lauter Wut standen ihr die Tränen in den Augen.

»Das hat nichts mit deinem Anruf bei David zu tun«, sagte

Simon. »Wenn du dich entschieden hast, dann akzeptiere ich das. Was soll ich sonst tun? Ich hätte mir vielleicht etwas anderes gewünscht, aber …«

»Und nur das zählt. Es ist das, was immer zählt. Deine Wünsche. Nicht meine. Denn wenn ich mich mit meinen Wünschen durchsetzen würde, dann würde das Machtverhältnis sich umkehren, und das wollen wir doch nicht, oder?«

Er wollte sie in den Arm nehmen, aber sie wich vor ihm zurück. »Geh und tu deine Arbeit«, sagte sie. »Wir haben schon genug gesagt.«

Er wartete einen Moment ab. Er schaute sie an, aber sie konnte seinen Blick nicht erwidern. Sie hätte es nicht ertragen, den Schmerz in seinen Augen zu sehen und zu wissen, wie weit dieser Schmerz in die Vergangenheit zurückreichte.

Schließlich sagte er: »Wir reden später weiter.« Dann ging er zu seinem Wagen. Einen Augenblick später war er fort, irgendwohin gefahren, wo er etwas zu tun hatte. Was auch immer das sein mochte. Es interessierte Deborah nicht im Geringsten.

Sie riss sich aus ihren Gedanken und ging um das Hotel herum. Kaum hatte sie die Eingangshalle betreten, hörte sie jemanden hinter sich rufen: »Moment, warten Sie! Wir beide müssen miteinander reden!« Als sie sich umdrehte, kam ausgerechnet der rothaarige Hüne durch die Tür. Ehe sie dazu kam, etwas zu erwidern, fuhr er fort: »Ihre Tarnung ist aufgeflogen. Das kann morgen auf der Titelseite der *Source* erscheinen, oder wir können einen Deal aushandeln. Sie haben die Wahl.«

»Was für ein Deal?«, fragte Deborah.

»Die Art Deal, die dafür sorgt, dass wir beide bekommen, was wir wollen.«

GREAT URSWICK
CUMBRIA

Simon hatte recht, dachte Lynley: Deborah durfte sich nicht länger an den Ermittlungen beteiligen. Sie wussten nicht, womit sie es zu tun hatten, und alles, was Deborah in Gefahr brachte, war inakzeptabel.

Er hätte die beiden nie um ihre Hilfe bitten dürfen. Aber anfangs hatte es ausgesehen wie ein ziemlich einfacher Fall, der mit ihrer Hilfe in ein, zwei Tagen lösbar wäre. Das hatte sich leider als Irrtum erwiesen, und jetzt musste er ein paar Dinge klären, ehe Deborah etwas tat, was sie alle bereuen würden.

Nachdem Lynley sich in Milnthorpe von seinen Freunden verabschiedet hatte, fuhr er erst nach Norden, bog nach einer Weile in Richtung Westen ab und folgte der Straße, die sich zu der Landzunge hinunterwand, an deren Spitze Barrow-in-Furness lag. Aber Barrow war diesmal nicht sein Ziel. Er wollte sich mit Manette Fairclough unter vier Augen unterhalten, und das bedeutete, dass er sich nach Great Urswick begeben musste.

Die Strecke führte ihn durch die hügelige viktorianische Küstenstadt Grange-over-Sands, an der Flussmündung entlang, wo die dort überwinternden Vögel eine lebende Landschaft im Watt bildeten und im ständigen Wettstreit um die Nahrung lagen, die hier im Überfluss zu finden war, da sie durch jede Flut wieder aufgefüllt wurde.

Hinter Grange-over-Sands lag auf der einen Seite der Straße das graue, trügerisch ruhige Meer und auf der anderen grünes Weideland, hier und da unterbrochen von einer Reihe kleiner Ferienhäuser, die in der wärmeren Jahreszeit von Urlaubern bevölkert waren. Das war das südliche Cumbria, nicht das Seenland, das John Ruskin und William Wordsworth so geliebt hatten. Hier lebten Menschen, die hart arbeiteten und von der Hand in den Mund lebten. Seit Generationen wagten sich die Fischer hinaus in die trügerischen Sandbänke der Bucht, früher mit Pferdekarren, heute mit Traktoren, und immer lauerte Lebensgefahr, wenn sie im Treibsand eine falsche Entscheidung trafen. Und wenn die Flut kam, gab es keine Rettung, dann konnte man nur warten, bis ihre Leichen angespült wurden, was manchmal geschah, manchmal aber auch nicht.

In Bardsea bog er von der Küste ins Landesinnere ab. Die Landschaft hier hatte nichts mit den schroffen Felsen und den mit Schiefer übersäten Geröllhalden des Seengebiets gemeinsam. Dieser Teil von Cumbria erinnerte eher an die flache Sumpflandschaft des Nationalparks »The Broads« in Norfolk. Man ließ die Dörfer schnell hinter sich und gelangte dann in eine flache, vom Wind gepeitschte Landschaft, die hauptsächlich aus Weideland bestand.

Das Haus, in dem Manette wohnte, stand an einem kleinen See, auf dem Schwäne dümpelten und dessen Ufer mit Schilf bewachsen waren. Als Lynley zwei Autos in der Einfahrt sah, freute er sich. Manettes Exmann war offenbar ebenfalls zu Hause. Er würde also zwei Fliegen mit einer Klappe schlagen können.

Er klingelte. Ein Mann öffnete. Vermutlich Freddie McGhie, dachte Lynley. Gutaussehend, gut gekleidet, dunkles Haar, dunkle Augen. Helen hätte ihn als »geschniegelt und gestriegelt« bezeichnet, was aus ihrem Mund ein Kompliment gewesen wäre, denn er wirkte absolut gepflegt. Obwohl er Freizeitkleidung trug, sah er aus, als wäre er einer Werbeanzeige in der Zeitschrift *Country Life* entsprungen.

Lynley stellte sich vor. »Ah ja. Bernards Gast aus London. Manette hat mir von Ihnen erzählt.« Er wirkte liebenswürdig, aber in seinen Worten klang auch Verwunderung mit. Schließlich gab es keinen offensichtlichen Grund, warum Bernard Faircloughs Londoner Gast nach Great Urswick kommen und an Freddie McGhies Tür klopfen sollte.

Lynley sagte, er würde gern mit Manette sprechen, falls sie zu Hause sei.

McGhie schaute zur Straße hinüber, als suchte er nach der Antwort auf eine Frage, die Lynley gar nicht gestellt hatte. Dann, als wäre ihm wieder eingefallen, was sich gehört, sagte er: »Äh, ja, natürlich. Sie hatte nur nichts davon erwähnt, dass …«

Dass was?, fragte sich Lynley. Er wartete höflich auf eine Erklärung.

»Ach, egal«, sagte McGhie. »Kommen Sie herein, ich rufe sie.«

Er führte Lynley in ein Wohnzimmer, von dem aus man einen schönen Blick auf den Garten und den See hatte. Mitten im Wohnzimmer stand ein Laufband. Es war ein hochmodernes Gerät mit Bildschirm, auf dem sich alle möglichen Werte ablesen ließen, mit Knöpfen und reichlich technischem Schnickschnack. Um Platz für das Gerät sowie eine Gummimatte für Dehnübungen zu schaffen, waren die meisten Möbel an einer Wand zusammengerückt und gestapelt worden. »Äh, sorry«, murmelte McGhie. »Daran hab ich ja gar nicht gedacht. Gehen wir doch lieber in die Küche. Hier entlang bitte.«

Er führte Lynley in die Küche, ging zurück in den Hausflur und rief nach Manette. Als Lynley Freddie die Treppe hochgehen hörte, öffnete sich die Terrassentür, und Manette kam in die Küche. Zum ersten Mal wurde Lynley bewusst, dass sie ihrer Schwester nicht im Geringsten ähnlich sah. Sie war ebenso hochgewachsen und feingliedrig wie ihre Mutter, aber das Haar hatte sie leider von ihrem Vater geerbt. Es war so schütter, dass man ihre Kopfhaut sehen konnte, trotz des Kurzhaarschnitts und der Dauerwelle. Sie trug Sportkleidung und Laufschuhe, woraus Lynley schloss, dass sie diejenige war, die in Anbetracht des unbeständigen Wetters in der Gegend das Laufband im Wohnzimmer benutzte. »Ach Gott!«, rief sie aus, als sie Lynley gewahrte. »Guten Tag.« Dann schaute sie zu der Tür, durch die sie gekommen war, denn sie hörte ihren Exmann nach ihr rufen.

»Bitte, entschuldigen Sie mich einen Augenblick«, sagte sie und verschwand im Hausflur. »Ich bin hier unten, Freddie!«, rief sie. »Ich war draußen laufen.« Worauf McGhie antwortete: »Was?«, dann konnte Lynley nicht mehr viel verstehen, weil sie sich leise unterhielten. Er hörte ihn sagen »Soll ich …?« und »Kann ich machen«, konnte aber nicht ausmachen, worauf sich das jeweils bezog. Im nächsten Augenblick kamen sie beide in die Küche. »Was für eine nette Überraschung«, sagte Manette mit einem ironischen Unterton zu Lynley. »Hat mein Vater Sie aus irgendeinem Grund vorbeigeschickt?«

»Ich wollte mich mit Ihnen beiden unterhalten«, erwiderte Lynley.

Die beiden tauschten einen kurzen Blick aus. Es war allerhöchste Zeit, dass mit offenen Karten gespielt wurde, dachte Lynley. Mignon hatte sich nicht täuschen lassen, und von den anderen würde auch niemand auf das alberne Spiel hereinfallen.

Er zückte seinen Dienstausweis und reichte ihn Manette. Ihre Augen wurden schmal. Sie gab den Ausweis an McGhie weiter und fragte: »Was hat das zu bedeuten? Ich kann mir nicht vorstellen, dass Scotland Yard Sie hergeschickt hat, weil die Toiletten in Ihrem Gebäude renoviert werden und Sie unser Toilettenschüsselsortiment testen sollen. Was meinst du, Freddie?«

McGhie war leicht errötet, aber Lynley nahm nicht an, dass das etwas mit der Erwähnung von Toilettenschüsseln zu tun hatte. Er sagte zu seiner Exfrau: »Ich dachte schon …«, und zuckte die Achseln, eine dieser typischen Du-weißt-schon-Gesten, mit denen sich Paare, die sich schon lange kennen, wortlos verständigen.

Manette lachte laut auf. »Danke für das Kompliment, Freddie«, sagte sie. »Aber ich glaube, der Inspector steht auf jüngere Modelle.«

»Red keinen Unsinn. Du bist doch erst zweiundvierzig«, sagte Freddie.

»Frauenjahre sind wie Hundejahre, Freddie. In den Augen eines Mannes gehe ich eher auf die achtzig zu… Was kann ich für Sie tun, Inspector?«

Lynley sagte: »Ihr Vater hat mich gebeten, die Umstände von Ian Cresswells Tod zu untersuchen.«

»So was hatte ich mir schon gedacht«, sagte Manette zu McGhie, dann setzte sie sich an den Küchentisch. Sie nahm eine Banane aus dem Obstkorb, der auf dem Tisch stand, und begann sie zu schälen. »Das wird Mignon aber gar nicht gefallen.« Mit dem Fuß zog sie einen Stuhl unter dem Tisch hervor. »Setzen Sie sich«, sagte sie zu Lynley und bedeutete auch McGhie, sich einen Stuhl zu nehmen.

Zuerst dachte Lynley, mit dieser Geste wolle sie ihm ihre Bereitschaft zur Kooperation signalisieren, doch von diesem Irrtum befreite sie ihn umgehend. »Falls mein Vater annimmt, ich würde mit dem Finger auf irgendjemanden zeigen, dann können Sie ihm ausrichten, dass er schiefgewickelt ist«, sagte sie. »Von uns hat er keine Unterstützung zu erwarten. Ich kann es nicht fassen, dass er es fertigbringt, seiner eigenen Familie so etwas anzutun.«

»Er möchte sich vor allem vergewissern, dass die örtliche Polizei die nötige Sorgfalt hat walten lassen«, sagte Lynley. »Das kommt häufiger vor, als man meinen sollte.«

»Und wie hat man sich das vorzustellen?«, fragte Manette. »Jemand kommt nach London und bittet darum, dass Scotland Yard einen Fall noch einmal aufrollt, der bereits abgeschlossen wurde? Einfach so? Also, ich bitte Sie, Inspector. Für wie dumm halten Sie mich eigentlich?«

»Was hat Bernard denn auf die Idee gebracht?«, wollte McGhie wissen. »Für den Coroner war der Fall absolut eindeutig.«

»Dad hat seinen Einfluss geltend gemacht«, sagte Manette. »Der Himmel weiß, wie er das hingekriegt hat, aber ich wette, er kennt jemanden, der einen kennt, der bereit ist, ein paar

Strippen zu ziehen oder ein hübsches Sümmchen für den Witwen- und Waisenfonds zu spenden. So laufen solche Dinge. Ich vermute, er will wissen, ob Nick etwas mit Ians Tod zu tun hat, egal, was der Coroner gesagt hat. Weiß der Kuckuck, wie Nick das angestellt haben soll, doch bei seiner Vergangenheit ist wahrscheinlich alles denkbar.« Sie schaute Lynley an. »Habe ich recht? Sie sind hier, um zu sehen, ob ich Ihnen helfen kann, meinem Bruder die Daumenschrauben anzulegen.«

»Ganz und gar nicht«, antwortete Lynley. »Ich möchte mir nur ein eindeutiges Bild machen.«

»Was zum Teufel soll das denn heißen?«

»Das soll heißen, dass mancher Todesfall zu einem allzu günstigen Zeitpunkt eintritt. Auf so etwas achtet ein Coroner nicht unbedingt. Zumindest nicht, wenn die Umstände für sich sprechen.«

»Deswegen sind Sie also hier? Sie wollen feststellen, wie günstig der Zeitpunkt von Ians Tod war? Und wem Ians Tod nützlich war? Mir jedenfalls hat sein Tod nichts genützt, das kann ich Ihnen gleich sagen. Dir, Freddie? Hat dir Ians Tod genützt?«

»Manette, wenn Scotland Yard …«

»Verdammt!«, fiel sie ihm ins Wort. »Wenn Scotland Yard den Fall untersucht, dann hat mein Vater wahrscheinlich einiges springen lassen. Die Mittel für einen neuen Büroflügel, was weiß ich. Du bist doch gerade dabei, die Bücher durchzusehen, Freddie. Du findest es bestimmt raus, wenn du lange genug suchst. Irgendeine Zahlungsanweisung, für die es keine Erklärung gibt. Eine größere als die anderen, für die es keine Erklärung gibt.«

»Es gibt also Unregelmäßigkeiten in der Buchführung der Firma Ihres Schwiegervaters?«, erkundigte Lynley sich bei McGhie.

»Nein, das war ein Scherz«, sagte Manette. Dann schaute sie ihren Exmann an und fügte mit einem warnenden Unterton hinzu: »Stimmt's, Freddie?«

Freddie sagte: »Ex.«

»Wie bitte?«

»Mein Exschwiegervater.«

»Ja, selbstverständlich«, sagte Lynley.

»Was spielt das für eine Rolle?«, fauchte Manette. »Ian ist ertrunken, der Coroner sagt, es war ein Unfall, und wenn es *kein* Unfall war, dann muss man sich eben fragen, wer von seinem Tod profitiert hat, und das war ich jedenfalls nicht. Aber wenn ich mich recht erinnere, gibt es jemanden, der sehr wohl von Ians Tod profitiert hat, und das ist Kaveh Mehran.«

McGhie runzelte die Stirn. »Wie meinst du das?«

»Ach, das habe ich dir noch gar nicht erzählt: Kaveh ist jetzt der alleinige Eigentümer des Guts.«

»Soll das ein Witz sein?«

»Ganz und gar nicht. Ian hat es ihm vererbt. Das behauptet Kaveh zumindest. Aber ich nehme an, dass er die Wahrheit sagt, denn das lässt sich ja sehr leicht überprüfen.«

»Wir sind dabei, alles zu überprüfen, Mrs. McGhie«, sagte Lynley.

»Aber Sie glauben nicht, dass Kaveh Ian umgebracht hat, oder?«, fragte McGhie.

»Niemand hat ihn umgebracht«, sagte Manette. »Sein Tod mag vielleicht jemandem gelegen gekommen sein, doch es war ein Unfall, Freddie. Man sollte dieses Bootshaus abreißen, ehe es von allein zusammenkracht. Es wundert mich, dass meine Mutter nicht ausgerutscht und ertrunken ist. Die ist doch viel öfter im Bootshaus.«

McGhie sagte nichts, aber sein Gesichtsausdruck veränderte sich kaum merklich, indem sein Kiefer sich senkte, ohne dass sich sein Mund öffnete. Irgendetwas war ihm aufgefallen, etwas, das er womöglich preisgeben würde, wenn man ein bisschen nachhalf.

Lynley sagte: »Mr. McGhie?«

McGhies Hand lag auf dem Tisch, und seine Finger krümmten sich zu einer lockeren Faust. Er beobachtete Manette, und Lynley nahm an, dass er überlegte, was passieren würde, wenn er aussprach, was er wusste.

Schweigen war stets von unschätzbarem Wert. Es hatte eine ähnliche Wirkung auf die Leute, wie wenn man sie im Verhörzimmer allein ließ. Anspannung war der große Gleichmacher unter den Menschen. Die meisten konnten nicht damit umgehen, vor allem, wenn sie die tickende Bombe, die sie enthielt, ganz leicht entschärfen konnten. Lynley wartete. Manette schaute ihrem Exmann in die Augen. Anscheinend sah sie etwas darin, was sie nicht zur Kenntnis nehmen wollte, denn sie sagte: »Wir wissen überhaupt nichts, Freddie.«

»Das stimmt«, antwortete er. »Aber wir können Vermutungen anstellen.« Und dann begann er ohne Umschweife zu erzählen. Manette versuchte, ihn davon abzuhalten, doch er machte ihr seinen Standpunkt klar: Falls sich tatsächlich jemand am Steg im Bootshaus zu schaffen gemacht hatte, um Ian Cresswell oder womöglich sogar Manettes Mutter Schaden zuzufügen, dann musste alles ans Tageslicht kommen.

So wie Freddie die Sache sah, hatte Bernard Fairclough in den vergangenen Jahren ein Vermögen verschleudert: Er hatte Nicholas' teure Entzugskuren in Luxuskliniken bezahlt, die Park- und Gartenanlagen in Ireleth Hall wiederherstellen lassen, das Haus für Nicholas und Alatea gekauft, als die Immobilienpreise hoch waren. Er hatte die Renovierung des Hauses finanziert, um es für die beiden bewohnbar zu machen, den historisierenden Turm für Mignon errichten lassen. Er hatte die Operationen bezahlt, mit der Mignon sich von dem Fettpanzer befreien ließ, den sie sich über die Jahre angefressen hatte, ebenso wie die anschließenden Schönheitsoperationen, durch die ihre überdehnte Haut gestrafft wurde …

»Ian hat zwar die Schecks ausgestellt, aber er wird auch versucht haben, Bernard davon abzubringen«, fuhr McGhie fort. »Denn dieser Unsinn lief teilweise schon seit Jahren. Soweit ich das bisher überblicke, hat Bernard ohne Sinn und Verstand mit dem Geld nur so um sich geworfen. Als hätte er sich einfach nicht bremsen können. Oder er fühlte sich aus irgendeinem Grund verpflichtet. Also, all die Überweisungen zu tätigen, meine ich.«

»Und das über Jahre?«, stellte Lynley noch einmal klar.

»Na ja, Nick war über viele Jahre hinweg ein Problem, und dann war da noch …«

»Freddie. Das reicht«, unterbrach ihn Manette gereizt.

»Er muss alles erfahren«, sagte Freddie. »Tut mir leid, Liebling, aber wenn Vivienne irgendetwas damit zu tun hat, dann müssen wir darüber reden.«

»Vivienne Tully?«, fragte Lynley.

»Sie wissen von ihr?«

»Ich lerne dazu.«

»Wissen Sie, wo sie ist?«, fragte Manette. »Weiß mein Vater, wo sie ist?«

»Na, das muss er ja wohl, oder?«, meinte McGhie. »Es sei denn, Ian hat ihr monatlich Geld überwiesen, ohne dass dein Vater davon wusste. Aber warum in Gottes Namen hätte Ian das tun sollen?«

»Weil sie über ihn Bescheid wusste. Weil sie wusste, was er vor Niamh und dem Rest der Familie geheim gehalten hat. Sie hat ihn erpresst, Freddie.«

»Ach, komm, das glaubst du doch selbst nicht. Es gibt nur einen Grund für die Unterhaltszahlungen an Vivienne, und wir beide wissen, welcher das ist.«

Die beiden hatten ganz vergessen, dass er mit am Tisch saß, dachte Lynley, so eifrig waren sie darum bemüht, einander ihre jeweilige Sichtweise darzulegen über Ian Cresswell, über Vivienne Tully und über das Geld, das Cresswell regelmäßig an alle möglichen Leute überwiesen hatte, entweder im Auftrag von Bernard Fairclough oder ohne dessen Wissen.

Freddie McGhie berichtete Lynley, dass auch Vivienne

Tully – eine ehemalige Angestellte bei Fairclough Industries, wie Lynley bereits wusste – jahrelang monatliche Zuwendungen erhalten hatte, obwohl sie während dieser Zeit nicht mehr in der Firma beschäftigt gewesen war. Und dieses Geld hatte nichts zu tun mit Gewinnbeteiligung oder einer Betriebsrente, fügte Freddie hinzu.

»Es könnte demnach alles Mögliche bedeuten«, schloss er. »Vielleicht wollte Bernard eine Anzeige wegen sexueller Belästigung verhindern oder wegen gesetzeswidriger Kündigung…« Er schaute seine Exfrau an, als erwartete er, dass sie seine Vermutungen bestätigte.

»Oder mein Vater hat nichts davon gewusst«, sagte sie. »Du hast doch selbst gesagt, dass Ian womöglich die ganze Zeit die Bücher frisiert hat.«

All diese Informationen bestärkten Lynley darin, dass Ian Cresswell nicht durch einen Unfall ums Leben gekommen war. Aber wem der Anschlag gegolten hatte, konnte er immer noch nicht sagen.

Er bedankte sich bei Manette und Freddie McGhie und verabschiedete sich. Manette schien ziemlich aufgebracht über Freddies Enthüllungen, und Lynley würde sich nicht wundern, wenn sie ihrem Exmann ordentlich die Hölle heißmachte.

Als er gerade in den Healey Elliott steigen wollte, klingelte sein Handy. Wahrscheinlich Havers, dachte er. Mit neuen Informationen. Doch dann sah er Isabelles Nummer auf dem Display.

»Hallo«, sagte er. »Was für eine angenehme Ablenkung.«

»Wir müssen reden, Thomas«, erwiderte sie.

Selbst wenn sie nicht *Thomas* gesagt hätte, hätte er an ihrem Ton erkannt, dass dies nicht die Frau war, deren sanfte Rundungen und warmen Körper seine Hände kannten und genossen. Das war seine Chefin, und sie war stinksauer. Allerdings war sie auch stocknüchtern, das hörte er ebenfalls an ihrer Stimme.

Er sagte: »Selbstverständlich. Wo bist du?«

»Da, wo du sein solltest. Im Dienst.«

»Ich bin im Dienst, Isabelle.«

»Mehr oder weniger. Aber darum geht es nicht.«

Er brauchte nicht lange auf eine Erklärung zu warten.

»Wie kommt es, dass du Barbara Havers Informationen anvertraust, die du mir vorenthältst? Was glaubst du, was ich mit den Informationen getan hätte? Was hätte ich tun können? Zu Hillier ins Zimmer marschieren und trällern: Ätschibätsch, ich weiß Bescheid?«

»Barbara führt ein paar Recherchen für mich durch, Isabelle, das ist alles.«

»Du hast mich belogen, stimmt's?«

»In welcher Hinsicht?«

»Als du behauptet hast, die Sache sei streng geheim. Es kann sich ja wohl kaum um eine geheime Aktion handeln, wenn ein Trampel wie Sergeant Havers mitmischt.«

»Barbara kennt nur ein paar Namen. Es gab einige Dinge, die ich nicht von hier aus klären konnte, deswegen habe ich sie um Hilfe gebeten. Sie stellt für mich Nachforschungen an.«

»Ich bitte dich, Tommy, ich bin schließlich nicht blöd. Ich weiß genau, wie nahe ihr beide euch steht. Barbara würde sich für dich vierteilen lassen. Wenn du ihr sagst, die Sache ist geheim, würde sie sich eher die Zunge abbeißen, als mir gegenüber etwas auszuplaudern. Das hat mit Bob zu tun, stimmt's?«

Bob? Lynley überlegte. Er hatte keine Ahnung, wovon sie redete. Dann fügte sie hinzu: »Bob, seine Frau, die Zwillinge. Du bestrafst mich, weil ich im Gegensatz zu dir Verpflichtungen habe, die uns hin und wieder in die Quere kommen.«

»Redest du von dem Abend, als ich bei dir war?«, fragte er. »Als sie alle da waren? Mein Gott, Isabelle! Das ist längst vergessen. Ich hege keinen …«

»Keinen Groll? Nein, natürlich nicht. Dazu bist du viel zu wohlerzogen.«

»Wirklich Isabelle, du regst dich völlig unnötig auf. Es ist alles genauso, wie ich es dir gesagt habe. Hillier möchte nicht, dass diese Sache im Yard bekannt wird, und ich habe mich daran gehalten.«

»Es hat etwas mit Vertrauen zu tun, weißt du. Und ich rede nicht nur von dieser Sache. Ich rede auch von unserer Situation im Allgemeinen. Du könntest mich ruinieren, Tommy. Ein Wort von dir, und ich bin erledigt. Schluss, aus. Wie soll ich dir vertrauen, wenn du mir nicht vertraust? Herrgott, was tue ich mir bloß an?«

»Du ereiferst dich wegen nichts und wieder nichts, das tust du dir an. Was könnte ich denn wohl tun?«

»Ich brauche mich doch nur danebenzubenehmen, nicht zu tun, was du von mir erwartest. Oder du stellst irgendwann fest, dass ich doch nicht die Frau bin, die du …«

»Und dann was? Dann gehe ich zu Hillier und eröffne ihm, dass ich seit vier Monaten, einem halben Jahr oder wie lange auch immer schon mit meiner Chefin ins Bett gehe? Meinst du das?«

»Du könntest mich ruinieren. Ich habe diese Macht nicht über dich. Du brauchst den Job nicht, verdammt, du *willst* ihn ja nicht mal! Wir begegnen uns nicht auf Augenhöhe, und das ist das Schlimmste von allem. Wenn man bedenkt, dass jetzt auch kein Vertrauen mehr da ist, was bleibt uns dann noch?«

»Was meinst du damit, dass kein Vertrauen mehr da ist? Das ist doch lächerlich. Es ist vollkommen absurd.« Und dann fragte er, weil er sich plötzlich ganz sicher war, dass er sich anfangs geirrt hatte: »Hast du getrunken?«

Stille. Es war das Schlimmste, was er sie fragen konnte. Er wünschte, er könnte die Frage zurücknehmen.

»Danke, Tommy«, sagte sie leise. Dann legte sie auf. Er schaute hinaus auf den See von Great Urswick, auf dessen spiegelglattem Wasser eine Schwanenfamilie friedlich dahinglitt.

LAKE WINDERMERE
CUMBRIA

Nachdem der Detective gegangen war, fuhr Manette nach Ireleth Hall. Sie parkte in der Einfahrt und ging auf direktem Weg zu Mignons Turm. Freddie hatte ihr erklärt, er habe keine andere Wahl gehabt, als alle Karten offenzulegen, und dass sie, falls Ians Tod wirklich kein Unfall gewesen war, der Sache auf den Grund gehen müssten. Außerdem sehe er immer deutlicher, dass es noch eine ganze Reihe weiterer Dinge gebe, die sie demnächst würden klären müssen. Gut und schön, hatte sie ihm geantwortet, das sei genau das, was sie vorhabe.

Wie immer war Mignon zu Hause. Leider war sie nicht wie üblich allein, sondern in Gesellschaft ihres Masseurs, eines ernsten Chinesen, der dreimal pro Woche kam, um ihr den Kopf und die Füße zu massieren – jeweils eine Stunde. Sie saß mit geschlossenen Augen in einem Sessel, während ihre Füße behandelt wurden: Druckpunkte, Massage, was auch immer dazu gehörte. Manette wusste es nicht, und es interessierte sie auch nicht. Aber da sie ihre Zwillingsschwester kannte, ließ sie sich in einen Sessel fallen und wartete, denn nur so konnte sie mit Mignons Kooperation rechnen. Wenn sie ihr Vergnügen unterbrach, würde sie es bitter bereuen.

Es dauerte eine geschlagene halbe Stunde. Ab und zu murmelte Mignon »Ah, tut das gut!« oder »Ja!« oder »Links ein bisschen mehr Druck bitte«. Der ernste Chinese tat, wie ihm geheißen. Manette fragte sich, was er wohl tun würde, wenn ihre Schwester ihn bitten würde, an ihren Zehen zu nuckeln.

Schließlich wickelte der Masseur Mignons Füße in ein warmes Handtuch. Sie seufzte wohlig und sagte: »Schon fertig? Das kam mir vor wie fünf Minuten.« Langsam öffnete sie die Augen und schenkte dem Mann ein strahlendes Lächeln. »Sie sind ein Magier, Mr. Zhao«, murmelte sie. »Sie wissen ja, wohin Sie die Rechnung schicken müssen.«

Mr. Zhao packte seine Sachen zusammen. Öle und Salben und was er sonst noch dabeihatte. Im nächsten Augenblick war er auch schon verschwunden, so lautlos wie ein peinlicher Gedanke.

Mignon reckte und streckte sich in ihrem Sessel wie eine zufriedene Katze. Dann wickelte sie ihre Füße aus, ging zum Fenster und streckte sich noch ein bisschen. Sie beugte sich vor, bis ihre Fingerspitzen ihre Zehen berührten, und machte Gymnastikübungen, um ihre Taille und ihre Hüften zu lockern. Gleich macht sie auch noch Hampelmannsprünge, dachte Manette. Zum Beweis, wie raffiniert sie ihre Eltern zum Narren hielt.

»Ich weiß nicht, wie du dich selbst erträgst«, bemerkte Manette.

»Ich leide Höllenqualen«, antwortete Mignon mit einem durchtriebenen Grinsen. Wenn es so etwas gab wie schadenfrohes Leiden, dachte Manette, dann lag genau das im Gesichtsausdruck ihrer Schwester. »Du ahnst ja gar nicht, was ich durchmache.« Sie schlenderte zu der Ecke hinüber, wo ihr Computer stand, wobei sie den Rollator hinter sich her zog, für den Fall, dass ihr Vater oder ihre Mutter zufällig hereinschneien sollte. Sie setzte sich an ihren Schreibtisch, drückte ein paar Tasten und las etwas auf dem Bildschirm, wahrscheinlich eine E-Mail. »Ach Gott«, sagte sie. »Der Typ geht mir allmählich auf die Nerven. Wir haben jetzt das Stadium erreicht, wo wir die Unmöglichkeit unserer Liebe erkennen, und wenn die Männer erst mal so weit sind, ist nur noch Heulen und Zähneknirschen angesagt. Dann wird's langweilig.« Sie seufzte. »Dabei hatte ich so große Hoffnungen in ihn gesetzt. Es sah wirklich so aus, als könnte ich mich mindestens ein Jahr lang mit ihm amüsieren, vor allem, als er angefangen hat, mir Fotos von seinem Geschlechtsteil zu schicken. Aber was soll ich sagen? Wenn sie fallen, dann fallen sie tief.« Sie tippte etwas ein und murmelte: »Ciao, Süßer. Schade, schade, das Leben ist ungerecht, und so weiter und so fort.«

»Ich will mit dir reden«, sagte Manette.

»Das habe ich mir schon gedacht. Es sieht dir nicht ähnlich, einfach so vorbeizukommen. Zumindest hast du das schon ewig nicht mehr getan. Das bedrückt mich, weißt du. Wir haben uns doch früher so nahgestanden, du und ich.«

»Merkwürdig«, antwortete Manette, »daran kann ich mich gar nicht erinnern.«

»Ach, das wundert mich nicht. Als du Freddie kennengelernt hast, hat sich für dich alles nur noch um ihn gedreht und um die Frage, wie du den armen Mann in den Hafen der Ehe locken konntest. Natürlich war er ein Notnagel, aber das konnte er ja nicht wissen. Es sei denn, du hast in der Erregung hin und weder den falschen Namen gestöhnt. Oder hast du das etwa getan? Ist es deswegen aus zwischen dir und Freddie?«

Manette biss nicht an. »Dad ist dabei, sich finanziell zu ruinieren. Ich weiß, dass er deinen Unterhalt erhöht hat. Darüber will ich mit dir reden.«

»Ah, die wirtschaftliche Lage«, sagte Mignon. »Immer diese Schwankungen.«

»Spar dir den Sarkasmus. Kloschüsseln und Waschbecken werden immer gebraucht, so oder so. Aber es dürfte dich interessieren, dass Freddie seit Ians Tod dabei ist, die Bücher zu überprüfen. Wir wissen, was Dad dir jeden Monat zahlt. Das muss aufhören.«

»Ach ja? Und warum? Hast du Angst, dass ich alles Geld verschleudere, bis nichts mehr für dich übrig ist?«

»Ich glaube, ich habe mich deutlich genug ausgedrückt, Mignon. Ich weiß, dass Dad deine Unterhaltszahlungen erhöht hat – es steht schwarz auf weiß in den Büchern. Das ist lächerlich. Du brauchst das Geld überhaupt nicht. Du bist rundherum versorgt. Du musst ihn von dieser Pflicht entbinden.«

»Hast du auch schon mit Nick geredet, dem Augenstern unseres Vaters, seit er das Licht der Welt erblickt hat?«

»Herrgott noch mal, ich war ebenso wenig der heiß ersehnte

Sohn wie du! Kannst du eigentlich an nichts anderes denken? Willst du bis in alle Ewigkeit darüber lamentieren, dass Dad dich nicht genug geliebt hat? Seit Nick auf der Welt ist, bist du eifersüchtig auf ihn.«

»Während du nicht mal weißt, wie man Eifersucht schreibt?« Mignon kam zurück in den Wohnbereich, suchte sich ihren Weg zwischen all den Kisten und Kartons mit Dingen, die sie online bestellt hatte, und setzte sich wieder in ihren Sessel. »Ich weiß meine Eifersucht, wie du es nennst, wenigstens gewinnbringend zu nutzen.«

»Wovon redest du?« Manette bemerkte die Falle zu spät.

Mignon lächelte wie eine erfolgreiche schwarze Witwe, die auf das Männchen wartet. »Von Ian natürlich. Du hast immer nur Ian geliebt, und alle haben es gewusst. Und jahrelang haben alle hinter deinem Rücken getuschelt. Freddie war nur ein Ersatz, und auch das haben alle gewusst, der arme Freddie eingeschlossen. Der Mann ist ein Heiliger. Oder sonst was.«

»Dummes Zeug.«

»Was? Dass er ein Heiliger ist? Oder dass er sonst was ist? Dass du Ian geliebt hast oder dass Freddie es gewusst hat? Also, du wirst doch wohl nicht bestreiten, dass du Ian geliebt hast, Manette. Gott, es muss dich vollkommen umgehauen haben, als Niamh aufgekreuzt ist. Wahrscheinlich bist du selbst jetzt noch davon überzeugt, dass dieses Miststück Ian in die Arme von Männern getrieben hat.«

»Wenn du dein Gedächtnis ein bisschen bemühst«, sagte Manette ruhig, obwohl sie innerlich kochte, »wirst du auf einen kleinen Fehler in deiner Rechnung stoßen.«

»Und der wäre?«

»Als Ian sich für Niamh entschieden hat, war ich bereits mit Freddie verheiratet.«

»Wir sollten uns nicht an belanglosen Details aufhalten«, sagte Mignon. »Du wolltest Ian schließlich nicht *heiraten*. Du wolltest nur ein bisschen mit ihm … na ja, heimlich pimpern.«

»Das ist absolut lächerlich.«

»Wie du meinst.« Mignon gähnte. »War's das dann? Ich würde mich nämlich gern ein bisschen hinlegen. So eine Massage ist ganz schön anstrengend. Wenn es also weiter nichts gibt...«

»Hör auf, Dad auszunehmen. Ich schwöre dir, Mignon, wenn du nicht...«

»Also wirklich, ich bitte dich. Ich nehme mir nur, was mir zusteht. Das machen doch alle. Ich weiß gar nicht, warum du es nicht auch tust.«

»Alle? Wie Vivienne Tully zum Beispiel?«

Mignons Gesicht versteinerte, aber nur so lange, wie es dauerte, bis ihr eine passende Antwort einfiel: »Wenn du etwas über Vivienne wissen willst, musst du dich an Dad wenden.«

»Was weißt du über sie?«

»Was ich weiß, spielt keine Rolle. Es geht um das, was Ian gewusst hat, Schätzchen. Wie gesagt: Die Leute nehmen sich, was ihnen zusteht. Das wusste Ian besser als jeder andere. Wahrscheinlich hat er sich selbst auch ordentlich bedient. Würde mich jedenfalls nicht wundern. Es wäre ein Kinderspiel für ihn gewesen. Schließlich hatte er den Geldbeutel in der Hand, da hätte er doch nur reinzugreifen brauchen. Aber dann wird Dad ihm auf die Schliche gekommen sein. Mit solchen Tricksereien kommt man nicht ewig davon. Irgendwann fliegt alles auf, und dann ist Schluss mit lustig.«

»Klingt wie eine Warnung, die du selbst beherzigen solltest«, sagte Manette.

Mignon lächelte. »Ach was, ich bin die berühmte Ausnahme von der Regel.«

LAKE WINDERMERE
CUMBRIA

Was Mignon gesagt hatte, enthielt tatsächlich ein Körnchen Wahrheit. Manette war einmal in Ian verliebt gewesen, aber es war eine Jungmädchenschwärmerei gewesen, ohne Tiefe und ohne Aussicht auf Erfüllung, trotz der sehnsüchtigen Blicke, die sie ihm beim Abendessen mit der Familie zugeworfen hatte, und trotz der verzweifelten Briefe, die sie ihm in die Hand gedrückt hatte, wenn er am Ende der Semesterferien zurück an die Uni fuhr.

Leider hatte Ian ihre Gefühle nicht erwidert. Sicher, er hatte Manette gemocht, doch dann war der schreckliche, unvergessliche Augenblick gekommen, als er sie beiseitegenommen, ihr den Schuhkarton mit all ihren ungeöffneten Briefen gegeben und gesagt hatte: »Bitte, Manette, verbrenn die Briefe. Ich weiß, was sie enthalten, aber es geht einfach nicht.« Er hatte es nicht lieblos gesagt, denn das war nicht seine Art gewesen, trotzdem war es unmissverständlich gewesen.

Tja, irgendwann kommt man über alles weg, hatte Manette sich schließlich gesagt. Doch jetzt fragte sie sich, ob das vielleicht für manche Frauen nicht galt. Sie machte sich auf die Suche nach ihrem Vater und fand ihn unten auf dem Rasen in der Nähe des Sees. Er telefonierte gerade auf seinem Handy, den Kopf konzentriert geneigt. Sie überlegte, ob sie sich anschleichen sollte, um zu hören, was er sagte, aber gerade in dem Moment beendete er sein Gespräch. Er drehte sich um und wollte gerade in Richtung Haus gehen, als er sie auf sich zukommen sah.

Manette versuchte, seinen Gesichtsausdruck zu interpretieren. Es war merkwürdig, dass er zum Telefonieren nach draußen gegangen war. Natürlich war es möglich, dass er einen Spaziergang gemacht und einen Anruf erhalten hatte, aber das bezweifelte sie, denn für ihren Geschmack hatte er sein Handy allzu hastig in seiner Tasche verschwinden lassen.

»Warum hast du das alles zugelassen?«, fragte sie ihn, als sie bei ihm war. Ebenso wie ihre Mutter war sie größer als er.

»Was meinst du mit alles?«, wollte Fairclough wissen.

»Freddie hat Ians Bücher. Er hat die Kalkulationstabellen ausgedruckt. Er hat die Kalkulationsprogramme. Du musst doch damit gerechnet haben, dass er nach Ians Tod Ordnung schaffen würde.«

»Ich glaube, es geht ihm darum, seine Kompetenz unter Beweis zu stellen. Er will die Firmenleitung übernehmen.«

»Das ist nicht seine Art, Dad. Er würde die Firma leiten, wenn du ihn darum bitten würdest, aber mehr auch nicht. Freddie führt nichts im Schilde.«

»Bist du sicher?«

»Ich kenne Freddie.«

»Wir glauben immer, wir würden unsere Ehepartner kennen. Aber in Wirklichkeit kennen wir sie nicht gut genug.«

»Ich hoffe, du willst damit nicht sagen, dass du Freddie irgendetwas unterstellst. Das lasse ich nicht zu.«

Bernard deutete ein Lächeln an. »Keine Sorge. Ich halte Freddie für einen anständigen Kerl.«

»Das ist er auch.«

»Dass ihr euch habt scheiden lassen… Ich habe es nie verstanden. Nick und Mignon…« Er machte eine vage Geste in Richtung des Turms. »… haben ihre Dämonen, aber ich dachte immer, du wärst anders. Ich habe mich gefreut, als ihr geheiratet habt, du und Freddie. Sie hat eine gute Wahl getroffen, dachte ich. Dass deine Ehe kaputtgeht, dass ihr euch trennt, das war… Du hast sehr wenige Fehler gemacht in deinem Leben, Manette, aber Freddie gehen zu lassen war einer davon.«

»So was kommt vor«, antwortete sie knapp.

»Wenn wir es zulassen«, entgegnete ihr Vater.

Das war wirklich die Höhe, dachte Manette. »So wie du Vivienne Tully zugelassen hast?«, fragte sie.

Bernard wich ihrem Blick nicht aus. Manette wusste, was

sich in seinem Innern abspielte. Er ging blitzschnell alle Möglichkeiten durch, die seine Tochter auf diese Frage gebracht haben könnten. Und er fragte sich, wie viel genau Manette wusste.

»Vivienne Tully ist Vergangenheit«, sagte er schließlich. »Sie ist schon lange fort.«

Er warf seine Angel sehr vorsichtig aus. Aber in diesem trüben Gewässer konnte sie ebenso gut fischen. »Die Vergangenheit ist nie so weit weg, wie wir es gerne hätten. Irgendwie holt sie uns immer wieder ein. So wie Vivienne zu dir zurückgekommen ist.«

»Ich weiß nicht, was du meinst.«

»Ich meine, dass Ian ihr seit Jahren Geld überwiesen hat. Und zwar monatlich. Doch das wirst du ja wissen.«

Er runzelte die Stirn. »Nein, davon weiß ich nichts.«

Manette versuchte, in ihn hineinzusehen. Auf seinem Gesicht schimmerte ein feiner Schweißfilm, und sie hätte sich gewünscht, dass das etwas über ihn verriet und über das, was er möglicherweise getan hatte. Sie sagte: »Ich glaube dir nicht. Zwischen dir und Vivienne Tully ist immer irgendwas gewesen.«

»Vivienne gehörte zu etwas in meiner Vergangenheit, das ich zugelassen habe.«

»Was soll das denn heißen?«

»Dass es einen Moment gegeben hat, in dem ich menschlich versagt habe.«

»Verstehe«, sagte Manette.

»Nicht alles«, entgegnete ihr Vater. »Ich habe Vivienne begehrt, und sie hat meine Gefühle erwidert. Aber keiner von uns beiden hatte je die Absicht …«

»Ach, das behaupten doch alle.« Manette wunderte sich über ihre eigene Verbitterung. Schließlich hatte ihr Vater nur zugegeben, was sie schon seit Jahren vermutete: dass er eine Affäre mit einer jungen Frau gehabt hatte. Was ging das sie an, seine

Tochter? Es bedeutete nichts und war zugleich immens wichtig, und das Schlimme war, dass Manette nicht begriff, warum.

»Es war keine *Absicht*«, sagte Fairclough. »Man gerät in so etwas hinein. Irgendwie hat man das dumme Gefühl, dass das Leben einem mehr bieten müsste, und wenn man diesen Gedanken erst einmal zulässt, dann …«

»Du und Vivienne Tully. Ich will dich nicht verletzen, aber ehrlich gesagt, kann ich mir nicht vorstellen, dass sie hätte mit dir schlafen wollen.«

»Das hat sie nicht.«

»Sie hat nicht mit dir geschlafen? Also wirklich!«

»Nein, das meine ich nicht.« Fairclough schaute zum Haus hinüber, dann wandte er sich ab. Am See entlang verlief ein Weg, der zum Wald hinaufführte. »Komm, wir machen einen Spaziergang«, sagte er. »Ich werde versuchen, es dir zu erklären.«

»Ich will keine Erklärung.«

»Nein. Aber du bist bedrückt. Und das hat teilweise mit mir zu tun. Komm mit, Manette.« Er nahm ihren Arm, und sie spürte den Druck seiner Finger durch ihren Wollpullover. Am liebsten hätte sie sich losgerissen und wäre gegangen und hätte sich endgültig von ihm verabschiedet. Sie hatte keine Lust, jetzt mit dem Mistkerl spazieren zu gehen und sich seine Lügenmärchen über Vivienne Tully anzuhören.

Er sagte: »Kinder wollen nichts über die Sexualität ihrer Eltern wissen. Das ist ganz normal.«

»Wenn es mit Mum zu tun hat …«

»Gott, nein. Deine Mutter hat nie … Egal. Es hat mit mir zu tun. Ich habe Vivienne begehrt wegen ihrer Jugend, ihrer Unverbrauchtheit.«

»Ich will das nicht …«

»Du hast das Thema aufgebracht, meine Liebe. Jetzt musst du dir auch anhören, was ich dazu zu sagen habe. Ich habe Vivienne nie verführt. Hattest du das angenommen?« Er schaute sie an, doch Manette hielt den Blick auf den mit Kies bedeckten Pfad geheftet, folgte seinen Windungen vom See zum Wald hinauf. »Ich bin kein primitiver Schürzenjäger, Manette«, sagte Fairclough. »Ich habe sie angesprochen. Damals arbeitete sie seit ungefähr zwei Monaten für mich. Ich war ganz offen zu ihr, genauso offen, wie ich deiner Mutter gegenüber war, als ich sie kennengelernt habe. Eine Ehe kam für uns nicht in Frage, ich habe nicht einmal einen Gedanken daran verschwendet. Also habe ich ihr gesagt, ich hätte sie gern als Geliebte, ein diskretes Arrangement, von dem niemand erfahren würde, etwas, das ihre Karriere in keiner Weise behindern würde, denn ich wusste ja, wie viel Wert sie auf ihre berufliche Laufbahn legte. Sie besaß einen klugen Kopf und hatte eine großartige Zukunft vor sich. Und ich habe nicht erwartet, dass sie ihre Fähigkeiten ein Leben lang in Barrow-in-Furness vergeuden oder ihre ehrgeizigen Pläne aufgeben würde, nur weil ich mit ihr ins Bett gehen wollte.«

»Ich will das alles nicht hören«, sagte Manette unwirsch. Ihr Hals schmerzte so sehr, dass sie die Worte kaum herausbrachte.

»Du hast mich auf Vivienne angesprochen, und jetzt wirst du mir zuhören. Sie hat sich Bedenkzeit ausgebeten. Zwei Wochen lang hat sie über meinen Vorschlag nachgedacht. Dann ist sie zu mir gekommen und hat mir ihrerseits einen Vorschlag gemacht. Sie würde mich als Liebhaber ausprobieren, sagte sie. Sie meinte, sie hätte nie gedacht, dass sie einmal jemandes Geliebte sein würde, erst recht nicht die Geliebte eines Mannes, der älter war als ihr Vater. Das fand sie ziemlich geschmacklos, wie sie sich ausdrückte, denn sie gehörte nicht zu den Frauen, die Geld sexy finden. Sie fühlte sich von jungen Männern angezogen, Männern in ihrem Alter, und sie konnte sich nicht vorstellen, mit mir ins Bett zu gehen. Sie konnte sich nicht vorstellen, dass ich sie erregen könnte. Doch wenn ich sie als Liebhaber zufriedenstellte, womit sie, offen gesagt, nicht rechnete, dann würde sie sich auf das Arrangement einlassen. Wenn ich sie nicht zufriedenstellte, würde es – in ihren Worten – kein böses Blut zwischen uns geben.«

»Mein Gott. Sie hätte dich anzeigen können. Das hätte dich Hunderttausende von Pfund kosten können. Sexuelle Belästigung …«

»Das wusste ich. Aber das ist das, was ich meinte, als ich eben sagte, dass es einfach über einen kommt. Wer das nicht erlebt hat, kann das nicht verstehen. Man redet sich die Dinge schön, und plötzlich kommt einem alles vollkommen vernünftig vor, selbst einer Angestellten einen solchen Vorschlag zu machen und dann ihren Gegenvorschlag anzunehmen.« Vom See her war ein leichter Wind aufgekommen. Manette fröstelte. Ihr Vater legte ihr einen Arm um die Taille und sagte: »Es wird bald regnen.« Eine Weile gingen sie schweigend weiter, dann fuhr er fort: »Eine Zeitlang haben wir zwei verschiedene Rollen gespielt, Vivienne und ich. In der Firma waren wir Chef und Chefsekretärin, und es gab nicht das geringste Anzeichen dafür, dass sich irgendetwas zwischen uns abspielte. Und bei anderen Gelegenheiten waren wir ein Mann und seine Geliebte, wobei das korrekte Verhalten, das wir in der Firma an den Tag legten, den Reiz ausmachte für das, was nachts passierte. Irgendwann hatte sie dann genug davon. Sie konnte sich beruflich verbessern, und ich war nicht so dumm, sie aufzuhalten. Ich musste sie gehen lassen, und das habe ich getan, so wie ich es von Anfang an versprochen hatte, und ihr alles Gute gewünscht.«

»Wo ist sie jetzt?«

»Ich habe keine Ahnung. Sie hat eine Stelle in London angenommen, aber das ist schon einige Zeit her. Wahrscheinlich hat sie danach noch weiter Karriere gemacht.«

»Und was ist mit Mum? Wie konntest du ihr das …«

»Deine Mutter hat nie davon erfahren, Manette.«

»Aber Mignon weiß Bescheid, stimmt's?«

Fairclough schaute zum See hinunter. Ein paar Enten flogen in V-Formation über sie hinweg, kurvten über den See und kamen wieder zurück. Schließlich antwortete er: »Ja, sie weiß davon. Mir ist rätselhaft, wie sie es herausgefunden hat. Ich wundere mich sowieso, woher sie immer alles weiß.«

»Deswegen hat sie es geschafft …«

»Ja.«

»Und Ian? Wieso hat er Vivienne regelmäßig Geld überwiesen?«

Fairclough schüttelte den Kopf, dann schaute er seine Tochter an. »Gott ist mein Zeuge, Manette: Ich weiß es nicht. Wenn Ian Vivienne Geld überwiesen hat, dann kann ich mir nur vorstellen, dass er es getan hat, um mich vor irgendetwas zu schützen. Wahrscheinlich hat sie Kontakt zu ihm aufgenommen, ihm mit irgendetwas gedroht … Ich weiß es einfach nicht.«

»Vielleicht hat sie gedroht, es Mum zu erzählen. So wie Mignon. Das tut sie doch, oder? Sie droht dir, es Mum zu erzählen, wenn du ihr nicht gibst, was sie will. Was würde Mum denn tun, wenn sie davon erführe?«

Als Fairclough sie anschaute, fand Manette zum ersten Mal, dass ihr Vater alt aussah. Ja, er wirkte regelrecht zerbrechlich. »Deine Mutter wäre am Boden zerstört, meine Liebe«, sagte er. »Nach all den Jahren würde ich ihr das gern ersparen.«

BRYANBARROW
CUMBRIA

Tim konnte Gracie vom Fenster aus sehen. Sie sprang auf ihrem Trampolin rum. Sie war jetzt schon über eine Stunde da draußen und voller Konzentration bei der Sache. Manchmal fiel sie auf den Hintern, aber sie stand jedes Mal wieder auf und setzte ihre Sprungübungen fort.

Vorher hatte Tim sie im Garten hinter dem Haus gesehen. Sie hatte ein Loch gegraben, und neben ihr hatte ein mit einer roten Schleife zugebundener Karton gestanden. Als das Loch tief und breit genug war, hatte sie den Karton hineingestellt und mit Erde bedeckt. Dann hatte sie die übrig gebliebene Erde mit einem Eimer überall im Garten verteilt, obwohl solche Sorgfalt völlig überflüssig war. Aber bevor sie die Erde verteilt hatte, war sie niedergekniet und hatte die Arme vor der Brust gekreuzt: rechte Faust an die linke Schulter und linke Faust an die rechte Schulter. Das hatte Tim an die Haltung von den steinernen Engeln auf alten viktorianischen Friedhöfen erinnert, und da war ihm auf einmal klar geworden, was seine Schwester da draußen getan hatte: Sie hatte ihre Puppe Bella beerdigt.

Man hätte Bella reparieren können. Tim hatte sie ziemlich gründlich kaputt gemacht, aber man hätte die Arme und Beine wieder annähen können. Doch davon hatte Gracie nichts wissen wollen, genauso wie sie nichts von Tim hatte wissen wollen, als er zu ihr gegangen war. Nachdem er aus dem Bach geklettert war, hatte er sich trockene Sachen angezogen, war in Gracies Zimmer gegangen und hatte ihr angeboten, ihr die Haare zu kämmen und zu flechten. Aber sie hatte nur gesagt: »Rühr mich nicht an! Und Bella auch nicht!« Sie hatte nicht mal traurig geklungen, nur resigniert.

Nachdem sie die Puppe beerdigt hatte, war sie zum Trampolin gegangen. Und seitdem sprang sie darauf herum. Tim wollte, dass sie damit aufhörte, wusste aber nicht, wie er sie dazu bringen konnte. Er überlegte, ob er seine Mutter anrufen sollte, verwarf den Gedanken jedoch so schnell, wie er ihm gekommen war. Er wusste, was sie sagen würde: »Sie hört schon wieder auf, wenn sie müde ist. Ich werde nicht extra nach Bryanbarrow fahren, um deine Schwester vom Trampolin zu zerren. Wenn es dich dermaßen stört, sag Kaveh, er soll sie ins Haus rufen… Der spielt doch so gern den Papa«, würde sie noch hämisch hinzufügen. Und dann würde sie zu Wilcox gehen, diesem Wichser, um es sich von einem *richtigen Mann* besorgen zu lassen. Genauso sah sie das. Charlie Wilcox wollte sie bumsen, also war er ein richtiger Mann. Und jeder, der sie nicht bumsen wollte, wie Tims Vater zum Beispiel, war in ihren Augen ein Arschloch. Und das stimmte ja sogar, dachte Tim. Sein Vater war ein Arschloch gewesen, und Kaveh war ebenfalls ein Arschloch, und allmählich wurde Tim klar, dass er von lauter Arschlöchern umgeben war.

Nachdem er versucht hatte, die Enten im Bach zu erwischen, war er nach Hause gekommen. Kaveh war hinter ihm hergelaufen und hatte versucht, mit ihm zu reden, aber mit dem Typen wollte er nichts zu tun haben. Schlimm genug, dass der Wichser ihn mit seinen ekelhaften Pfoten angepackt hatte. Auch noch mit ihm reden zu müssen … das wäre das Allerletzte.

Vielleicht konnte Kaveh jedoch Gracie überreden, von dem Trampolin runterzukommen, dachte Tim. Vielleicht konnte er sie sogar dazu überreden, Tim die Puppe ausgraben zu lassen. Dann könnte er sie zum Reparieren nach Windermere bringen. Gracie mochte Kaveh, weil sie eben so war. Sie mochte jeden. Sie würde auf Kaveh hören. Kaveh hatte ihr schließlich nichts getan – außer dass er ihre Familie zerstört hatte, natürlich.

Aber dazu würde Tim mit Kaveh reden müssen. Er würde nach unten gehen und ihm sagen müssen, dass Gracie draußen auf dem Trampolin herumsprang. Wahrscheinlich würde Kaveh sagen, dass es vollkommen in Ordnung war, auf einem Trampolin herumzuspringen, dass die Dinger schließlich dazu da waren, immerhin hätten sie Gracie extra so ein Teil gekauft, weil ihr das Trampolinspringen so viel Spaß machte. Dann würde Tim ihm erklären müssen, dass sie jetzt schon über eine Stunde auf dem Trampolin rumhopste, weil sie kreuzunglücklich war. Und Kaveh würde natürlich antworten: Tja, und wir wissen ja beide, warum sie so unglücklich ist, nicht wahr?

Tim hatte das nicht gewollt. Das war ja das Problem. Er

hatte Gracie nicht zum Weinen bringen wollen. Gracie war der einzige Mensch, der ihm etwas bedeutete. Sie war ihm in dem Moment einfach in die Quere gekommen. Er hatte überhaupt nicht nachgedacht, als er sich Bella geschnappt und ihr die Arme und Beine ausgerissen hatte. Er hatte einfach irgendetwas tun müssen, weil er innerlich so gekocht hatte. Aber wie sollte Gracie das verstehen, wenn sie nicht innerlich kochte? Sie sah nur die Gemeinheit, mit der er Bella geschnappt und zerrissen hatte.

Gracie hatte aufgehört zu springen. Tim sah, dass sie schwer atmete. Und dann entdeckte er etwas Neues an Gracie, das ihm einen Schrecken einjagte. Sie bekam Brüste! Er sah genau, wie sie sich unter ihrem Pullover abzeichneten.

Das machte ihn so traurig, dass sich ihm der Blick verschleierte, und als er wieder klar sehen konnte, hatte Gracie wieder angefangen zu springen. Diesmal beobachtete er ihre kleinen Brüste. Er musste sich unbedingt um Gracie kümmern.

Seine Mutter anzurufen wäre völlig zwecklos, dachte er zum zweiten Mal. Dass Gracie Brüste bekam, bedeutete, dass ihre Mum irgendetwas unternehmen musste, zum Beispiel mit ihr in die Stadt fahren und einen Baby-BH kaufen oder was auch immer Mädchen trugen, wenn das mit den Brüsten losging. Das war etwas ganz anderes als die Sache mit dem Trampolin. Aber Niamh würde dazu dasselbe sagen, was sie zu allem sagte: Soll Kaveh sich doch darum kümmern.

Es lief alles auf dasselbe hinaus: Egal, was in den nächsten Jahren auf Gracie zukam, mit der Unterstützung ihrer Mum konnte sie nicht rechnen, denn es bestand kein Zweifel daran, dass in Niamh Cresswells Lebensplanung die Kinder, die sie mit ihrem nichtsnutzigen Ehemann gezeugt hatte, nicht vorkamen. Also mussten entweder Tim oder Kaveh Gracie beim Erwachsenwerden beistehen. Oder sie mussten es gemeinsam tun.

Tim verließ sein Zimmer. Kaveh war irgendwo im Haus, und am besten sagte er ihm jetzt gleich, dass sie mit Gracie nach Windermere fahren mussten, um ihr zu besorgen, was sie brauchte. Wenn sie es nicht taten, würden die Jungs in der Schule sie aufziehen. Und irgendwann würden auch die Mädchen damit anfangen. Aber Tim würde nicht zulassen, dass die anderen Kinder seine Schwester herumschubsten.

Als er die Treppe hinunterging, hörte er Kaveh reden. Seine Stimme kam aus dem Kaminzimmer. Die Tür stand einen Spaltbreit offen, und Licht fiel in den Flur. Tim hörte, wie mit einem Schürhaken im Kamin herumgestochert wurde.

»... habe ich eigentlich nicht vor«, sagte Kaveh höflich zu jemandem.

»Sie haben doch nicht etwa vor zu bleiben, jetzt, wo Cresswell tot ist.« Tim erkannte George Cowleys Stimme. Und er wusste sofort, worüber die beiden sprachen: über die Bryan Beck Farm. Offenbar witterte George Cowley seine Chance, das Gutshaus zu kaufen.

»Doch, das habe ich vor«, sagte Kaveh.

»Ach, Sie wollen wohl Schafe züchten?« Die Vorstellung schien Cowley zu amüsieren. Wahrscheinlich stellte er sich gerade vor, wie Kaveh in pinkfarbenen Gummistiefeln und einer fliederfarbenen Regenjacke zwischen den Schafen herumhüpfte.

»Ich hatte gehofft, Sie würden das Land weiterhin pachten«, sagte Kaveh. »Das war doch bisher eine gute Lösung. Ich wüsste nicht, warum es das nicht auch in Zukunft sein sollte. Abgesehen davon würde das Land ziemlich viel einbringen, falls es einmal zum Verkauf kommen sollte.«

»Und Sie glauben wohl, ich hätte sowieso nicht genug Geld, um es zu kaufen, was? Können *Sie* es sich denn etwa leisten? Das ganze Anwesen wird in ein paar Monaten versteigert, und dann werde ich mit meinem Geld bereitstehen.«

»Ich fürchte, da täuschen Sie sich«, entgegnete Kaveh.

»Was soll das heißen? Wollen Sie etwa behaupten, er hätte Ihnen das Haus vermacht?«

»Genau das hat er getan.«

Einen Moment lang war es still. Offenbar musste Cowley die Neuigkeit erst einmal verdauen. Schließlich sagte er: »Sie wollen mich verarschen.«

»Ganz und gar nicht.«

»Ach nein? Und wovon wollen Sie die Erbschaftssteuern bezahlen?«

»Zerbrechen Sie sich mal nicht meinen Kopf, Mr. Cowley«, sagte Kaveh.

Wieder war es still. Tim fragte sich, was in George Cowley vorging. Und zum ersten Mal fragte er sich, ob Kaveh Mehran etwas mit dem Tod seines Vaters zu tun hatte. Es war doch ein Unfall gewesen, oder? Alle hatten das gesagt, selbst der Coroner. Aber auf einmal kam Tim das alles gar nicht mehr so eindeutig vor. Und das Nächste, was Kaveh sagte, machte die Sache noch komplizierter.

»Meine Familie wird ebenfalls hier einziehen, und gemeinsam …«

»Familie?«, schnaubte Cowley. »Was versteht denn wohl Ihresgleichen unter Familie?«

Kaveh antwortete nicht sofort. Dann sagte er betont förmlich: »Meine Eltern und meine Ehefrau werden aus Manchester hierherziehen.«

Der Boden schien unter Tims Füßen zu schwanken. Alles, was er zu wissen geglaubt hatte, wurde in einen Strudel gesogen, in dem Wörter plötzlich einen ganz anderen Sinn erhielten. Tim verstand überhaupt nichts mehr.

»Ihre Ehefrau«, sagte Cowley tonlos.

»Meine Ehefrau, ja.« Dann waren Schritte zu hören. Vielleicht ging Kaveh ans Fenster. Oder an den Schreibtisch. Oder vielleicht hatte er sich vor dem Kaminsims aufgebaut wie einer, der wusste, dass er alle Trümpfe in der Hand hält. »Ich werde nächsten Monat heiraten.«

»Ah, ja«, sagte Cowley. »Und ist Ihre Zukünftige über Ihr kleines Arrangement hier oben im Bilde?«

»Arrangement? Ich verstehe nicht, was Sie meinen.«

»Sie wissen ganz genau, was ich meine, Sie kleine Schwuchtel. Das ganze Dorf weiß, was zwischen Ihnen und Cresswell abgelaufen ist.«

»Wenn Sie meinen, das ganze Dorf weiß, dass ich bei Ian Cresswell zur Miete gewohnt habe, da haben Sie selbstverständlich recht. Was sonst gibt es da zu wissen?«

»Wollen Sie mir etwa erzählen ...«

»Ich will Ihnen erzählen, dass ich nächsten Monat heirate, dass meine Frau und meine Eltern hierherziehen werden und dass wir alle zusammen, einschließlich der Kinder, die wir demnächst bekommen, hier wohnen werden. Falls daran irgendetwas unverständlich sein sollte, kann ich Ihnen auch nicht helfen.«

»Und was ist mit den Kindern? Glauben Sie etwa, die verraten Ihrer zukünftigen *Ehefrau* nicht, was mit Ihnen los ist?«

»Reden Sie von Tim und Gracie, Mr. Cowley?«

»Sie wissen verdammt gut, von wem ich rede!«

»Abgesehen davon, dass meine Verlobte kein Englisch spricht und sowieso kein Wort von dem verstehen würde, was die beiden ihr sagen, gibt es überhaupt nichts zu ›verraten‹. Außerdem ziehen Tim und Gracie wieder zu ihrer Mutter, das ist alles bereits geklärt.«

»Das war's dann also?«

»Ich fürchte, ja.«

»Sie sind ein ganz schlaues Kerlchen, was? Wahrscheinlich haben Sie das alles von Anfang an geplant.«

Tim bekam nicht mehr mit, was Kaveh darauf antwortete. Er hatte genug gehört. Er stolperte in die Küche und von dort nach draußen.

LAKE WINDERMERE
CUMBRIA

Es gab noch eine letzte Möglichkeit in Bezug auf Ian Cresswells Tod durch Ertrinken, der St. James nachgehen wollte. Sie war ein bisschen heikel, aber sie musste abgeklärt werden. Und dazu brauchte er ein simples Sportgerät.

Seltsamerweise gab es weder in Milnthorpe noch in Arnside einen Angelladen, so dass er nach Grange-over-Sands fahren musste, wo er sein Glück im Lancasters versuchte, einem Kaufhaus, das alles von Babykleidung bis hin zu Gartenwerkzeug im Angebot hatte. Die Geschäftsphilosophie schien in der Annahme zu bestehen, dass nicht gebraucht wurde, was hier nicht erworben werden konnte. Da in diesem Teil der Welt das Angeln eine wichtige Rolle spielte, hatte das Geschäft natürlich ein Filetiermesser im Angebot, das genauso aussah wie das, was Lynley im Bootshaus von Ireleth Hall aus dem Wasser geholt hatte.

St. James kaufte es, verständigte Lynley über Handy und teilte ihm mit, dass er auf dem Weg nach Ireleth Hall sei. Dann rief er Deborah an, aber die ging nicht ans Telefon, was ihn nicht wunderte, da sie sauer auf ihn war und wahrscheinlich auf dem Display seine Nummer gesehen hatte.

Im Prinzip war er selbst im Moment auch nicht besonders gut auf sie zu sprechen. Er liebte seine Frau sehr, doch wenn sie sich in einem wichtigen Punkt einfach nicht einigen konnten, brachte ihn das manchmal derart zur Verzweiflung, dass das ihre ganze Ehe in Frage stellte. Meistens verflog die Verzweiflung schnell wieder, und wenn er später, nachdem sie sich beide wieder beruhigt hatten, darüber nachdachte, musste er selber lachen. Dann fragte er sich, wie es möglich gewesen war, dass sie sich so in die Wolle geraten waren. Dinge, die an einem Tag von entscheidender Bedeutung zu sein schienen, entpuppten sich am nächsten Tag als Bagatellen. Aber diesmal sah die Sache anders aus.

An einem anderen Tag hätte er die abwechslungsreiche Strecke durch das Lyth Valley genommen, diesmal entschied er sich für die direkte Route nach Windermere und raste über die Schnellstraße, die ihn ans Ende des Sees führte, wo Endmoränen bei Newby Bridge Zeugnis von Gletschern der letzten Eiszeit ablegten. Und dann lag der See vor ihm: ein breites, spiegelblankes, blaugraues Band, in dem sich die herbstlichen Farben der Bäume am Ufer spiegelten.

Ireleth Hall lag ganz in der Nähe, gleich hinter dem Fell Foot Park mit seinen Rundwanderwegen, von denen aus man einen fantastischen Blick auf den See und die umgebenden Hänge hatte, die im Frühjahr übersät waren mit Narzissen und mannshohen Rhododendronbüschen. Die Straße führte durch einen Tunnel aus Baumkronen, die teils rostrot und ockerfarben und teils bereits kahl waren.

Das Tor von Ireleth Hall war geschlossen, aber versteckt unter dem Efeu, der die Begrenzungsmauer umrankte, befand sich eine Klingel. St. James stieg aus seinem Mietwagen und klingelte. Im selben Moment hielt Lynley hinter ihm in seinem Healey Elliott.

Das vereinfachte die Sache. Als sich aus dem Lautsprecher der Gegensprechanlage eine Stimme meldete, sagte Lynley über St. James' Schulter hinweg knapp: »Thomas Lynley hier«, und schon schwang das Tor wie in einem Horrorfilm quietschend auf und hinter ihnen wieder zu.

Sie gingen direkt zum Bootshaus. Dies sei, erklärte St. James seinem Freund, das Einzige, was er noch überprüfen könne.

Lynley antwortete, er habe absolut nichts dagegen, den Fall abzuschließen und so bald wie möglich nach London zurückzukehren. Als St. James ihn fragend ansah, sagte er: »Meine Chefin ist ziemlich sauer.«

»Ach?«

»Es gefällt ihr nicht, dass Hillier mich hierhergeschickt hat.«

»Nicht gut.«

»Nein, gar nicht gut.«

Mehr wurde nicht zu dem Thema gesagt, aber St. James machte sich so seine Gedanken über Lynleys Verhältnis zu Isabelle Ardery. Lynley hatte ihn einmal zusammen mit Ardery aufgesucht, um mit ihm über einen alten Fall zu reden, an dem sie gemeinsam gearbeitet hatten, und St. James hatte durchaus mitbekommen, dass es zwischen den beiden geknistert hatte. Doch ein Verhältnis mit einer Vorgesetzten war gefährlich. In Lynleys Fall wäre ein Verhältnis mit jeder Frau im Yard gefährlich.

Auf dem Weg zum Bootshaus berichtete Lynley seinem alten Freund von dem Gespräch mit Manette und deren Exmann und davon, was die beiden ihm von den Überweisungen erzählt hatten, die Ian Cresswell monatlich getätigt hatte. Das war entweder in Bernard Faircloughs Auftrag geschehen oder ohne dessen Wissen, sagte Lynley. Auf jeden Fall müsse Cresswell über Informationen verfügt haben, die ihm gefährlich werden konnten.

»Letztendlich scheint es mal wieder ums Geld zu gehen«, sagte Lynley.

»Das tut es doch in den meisten Fällen, oder?«, bemerkte St. James.

Diesmal brauchten sie keine zusätzliche Lampe, denn für das, was St. James im Bootshaus vorhatte, reichte das Tageslicht aus, das von der Wasseroberfläche reflektiert wurde. St. James wollte die Steine untersuchen, aus denen der Steg gemauert war. Wenn sich außer den beiden Steinen, die Lynley aus dem Wasser geholt hatte, noch mehr Steine gelockert hatten, dann musste das, was Ian Cresswell zugestoßen war, reiner Zufall gewesen sein.

Das Skullboot war da, aber nicht das Ruderboot. Anscheinend war Valerie draußen auf dem See. St. James ging zu der Stelle, an der ihr Boot vertäut gewesen war. Es schien ihm vernünftig, dort als Erstes nachzusehen.

Mühsam ging er auf die Knie. »Geht schon«, sagte er, als Lynley ihm behilflich sein wollte, dann arbeitete er sich vorsichtig auf allen vieren vor. Alles wirkte stabil, bis er den fünften großen Stein erreichte, der so locker saß wie der Schneidezahn eines Fünfjährigen. Auch der sechste und siebte Stein waren locker. Die nächsten vier saßen fest, während Nummer zwölf kaum noch Halt hatte. Dem zwölften Stein rückte St. James mit dem Filetiermesser zuleibe, das er in Grange-over-Sands gekauft hatte. Den Mörtel herauszukratzen, bis der Stein so locker saß, dass er bei der geringsten Berührung ins Wasser fallen würde, war ganz einfach. Die Klinge ließ sich problemlos in den Zwischenraum schieben, und nachdem St. James ein bisschen damit herumgeruckelt hatte, reichte eine leichte Berührung mit dem Fuß – Lynley stellte seinen zur Verfügung –, um den Stein ins Wasser zu befördern. Man konnte sich gut vorstellen, was mit jemandem passieren würde, der aus einem Boot stieg und mit seinem ganzen Gewicht auf einen solchen Stein trat. Die Frage war, ob die anderen lockeren Steine, die St. James nicht mit dem Messer bearbeitet hatte, ebenfalls ins Wasser fallen würden, wenn Lynley einen Fuß daraufsetzte. Einer fiel hinein, drei nicht. Lynley seufzte, schüttelte den Kopf und sagte: »Ich bin offen für Vorschläge. Falls meine Rückkehr nach London einer davon ist, werde ich nicht widersprechen.«

»Wir brauchen direktes Licht.«

»Wozu?«

»Nicht hier drin. Komm mit.«

Sie verließen das Bootshaus. St. James hielt das Filetiermesser hoch. Sie betrachteten es beide, doch um zu sehen, worauf es ankam, brauchte man kein Mikroskop in einem forensischen Labor: Vom Lösen des Mörtels war die Klinge völlig zerkratzt und eingekerbt. Das Messer dagegen, das Lynley aus dem Wasser geholt hatte, hatte keinerlei Gebrauchsspuren aufgewiesen.

»Ah, verstehe«, sagte Lynley.

»Ich denke, damit haben wir Klarheit, Tommy. Es wird Zeit,

dass Deborah und ich nach London zurückkehren. Ich will nicht behaupten, dass diese Steine nicht auf andere Weise gelockert worden sein könnten, aber die Tatsache, dass das Messer, das du aus dem Wasser geholt hast, keine Kratzspuren aufweist, legt meiner Meinung nach den Schluss nahe, dass es sich bei Ian Cresswells Tod um einen Unfall gehandelt hat. Es sei denn, die Steine wurden mit Hilfe eines anderen Werkzeugs gelockert. Und falls du nicht vorhast, jeden beweglichen Gegenstand auf dem Grundstück ins Labor zu schaffen …«

»Muss ich einen anderen Weg einschlagen«, beendete Lynley den Satz für ihn. »Oder ich schließe den Fall ab und fahre nach London zurück.«

»Es sei denn, Barbara Havers liefert dir noch irgendetwas. Und es ist ja nicht einmal ein schlechtes Ergebnis, oder? Es ist immerhin ein Ergebnis.«

»Da hast du recht.«

Eine Weile schauten sie schweigend auf den See hinaus. Ein Boot mit einer geschickten Ruderin näherte sich. Valerie Fairclough hatte Anglerkleidung an, aber offenbar kein Glück gehabt. Als sie nahe genug war, hielt sie ihnen ihren leeren Eimer hin und rief gutgelaunt: »Zum Glück hungern wir hier nicht. In den letzten Tagen hab ich überhaupt nichts gefangen.«

»Am Steg im Bootshaus sind noch mehr Steine locker«, rief Lynley. »Und ein paar haben wir zusätzlich gelockert. Seien Sie vorsichtig beim Aussteigen. Wir helfen Ihnen.«

Sie gingen zurück ins Bootshaus. Das Boot glitt hinein, und Valerie vertäute es genau an der Stelle, wo die Steine locker waren. »Sie haben die allerschlimmste Stelle erwischt«, sagte Lynley. »Lag das Boot hier, als Sie losgefahren sind?«

»Ja«, sagte Valerie. »Mir ist gar nichts aufgefallen. Ist es wirklich so schlimm?«

»Die halten nicht mehr lange.«

»Wie die anderen?«

»Wie die anderen.«

Sie entspannte sich. Sie lächelte nicht, aber ihre Erleichterung war deutlich spürbar, dachte St. James, und er wusste, dass es Lynley, der Valerie Fairclough ihre Angelausrüstung abnahm, auch nicht entgangen war. Lynley stellte das Angelzeug ab und reichte dann Valerie Fairclough eine Hand, um ihr beim Aussteigen zu helfen. Dann stellte er die beiden einander vor.

»Sie haben Ian Cresswells Leiche gefunden, wie ich höre«, sagte St. James.

»Ja, das ist richtig.« Valerie nahm die Baseballmütze ab, die ihr feines, graues Haar bedeckt hatte.

»Und Sie haben auch die Polizei verständigt«, fuhr St. James fort.

»Ganz recht.«

»Ich hätte dazu einige Fragen«, sagte St. James. »Wollten Sie gerade ins Haus gehen? Dürfen wir mitkommen?«

Valerie warf Lynley einen kurzen Blick zu. Sie wirkte nicht argwöhnisch, das würde sie sich nicht anmerken lassen. Aber wahrscheinlich fragte sie sich, warum Lynleys Freund, ein Gerichtssachverständiger aus London, mit ihr reden wollte, und sie wusste garantiert, dass es nicht um ihr derzeitiges Pech beim Angeln gehen dürfte.

»Selbstverständlich«, sagte sie huldvoll. Ein kurzes Flackern in ihren blauen Augen verriet jedoch, dass es ihr durchaus nicht recht war.

Sie machten sich auf den Weg. Nach einer Weile fragte St. James: »Sind Sie an dem Tag auch zum Angeln rausgefahren?«

»An dem Tag, als ich ihn gefunden habe? Nein.«

»Weswegen sind Sie dann im Bootshaus gewesen?«

»Ich habe einen Spaziergang gemacht. Das tue ich fast jeden Nachmittag. Wenn der Winter erst einmal angefangen hat, verbringe ich viel mehr Zeit im Haus, als mir lieb ist, deswegen versuche ich, so viel wie möglich draußen zu sein, solange das Wetter es noch zulässt.«

»Auf dem Anwesen? Im Wald? Auf den Felsen?«

»Ich bin hier geboren und aufgewachsen, Mr. St. James. Ich gehe überall hin, wo es mir gefällt.«

»Und an dem Tag?«

Valerie Fairclough schaute Lynley an. »Würden Sie mir das erklären?«, was eine höfliche Art und Weise war zu fragen, was es zu bedeuten hatte, dass sein Freund sie einem Verhör unterzog.

»Es ist eher mein Interesse als das von Mr. Lynley«, sagte St. James. »Ich habe mit Constable Schlicht über den Tag gesprochen, an dem Ian Cresswells Leiche gefunden wurde. Er hat mir zwei merkwürdige Dinge über den Anruf bei der Polizei erzählt, und seitdem versuche ich, mir einen Reim darauf zu machen. Das heißt, eigentlich bezog sich nur eine seiner Bemerkungen auf den Anruf. Die andere bezog sich auf Sie.«

Jetzt konnte Valerie Fairclough ihren Argwohn nicht länger verbergen. Sie blieb stehen und fuhr sich mit den Händen über ihre Hosenbeine, eine Geste, mit der sie sich zu beruhigen versuchte, so schien es St. James. Lynley, der es ebenfalls bemerkt hatte, warf ihm einen Blick zu, der besagte, er solle nicht lockerlassen.

»Und was hat der Constable Ihnen gesagt?«, wollte Valerie wissen.

»Er hat mit dem Mann in der Telefonzentrale gesprochen, der Ihren Anruf entgegengenommen hat. Und der meinte, die Person, die angerufen hat, sei in Anbetracht der Umstände erstaunlich gelassen gewesen.«

»Verstehe.« Valerie war nach wie vor freundlich, aber ihr abruptes Stehenbleiben ließ darauf schließen, dass es Dinge im Zusammenhang mit Cresswells Tod gab, von denen sie nicht wollte, dass St. James und Lynley sie erfuhren. Und eins davon, dachte St. James, hatte mit dem Turm zu tun, den die Faircloughs für ihre Tochter hatten errichten lassen.

»›In meinem Bootshaus schwimmt ein Toter‹, so haben Sie sich offenbar ausgedrückt«, sagte St. James.

Sie wandte sich ab. Ein leichtes Zucken in ihrem Gesicht erinnerte Lynley an das Kräuseln der Wasseroberfläche hinter ihnen. Irgendetwas hatte sie einen Moment lang aus der Fassung gebracht. Sie hob eine Hand und schob sich eine Strähne aus der Stirn. Die Baseballmütze hatte sie nicht wieder aufgesetzt. Das Sonnenlicht fiel auf ihr Gesicht und hob ihre feinen Fältchen hervor, Altersspuren, die sie offenbar in Schach zu halten versuchte.

»Niemand kann sagen, wie er in einer solchen Situation reagieren wird«, sagte sie.

»Da gebe ich Ihnen recht. Aber das zweite merkwürdige Detail jenes Tages ist die Kleidung, die Sie trugen, als Sie die Polizei und den Krankenwagen in der Einfahrt erwarteten. Sie waren nicht für einen Spaziergang gekleidet, erst recht nicht für einen Spaziergang im Herbst.«

Lynley, der verstand, worauf St. James hinauswollte, sagte: »Sie sehen also, dass sich mehrere Möglichkeiten anbieten.« Er ließ ihr einen Augenblick Zeit zum Nachdenken, ehe er fortfuhr: »Sie waren gar nicht im Bootshaus, nicht wahr? Sie haben weder die Leiche gefunden noch den Anruf bei der Polizei getätigt.«

»Ich habe doch meinen Namen genannt, als ich angerufen habe«, erwiderte Valerie steif. Aber sie war nicht dumm. Sie musste wissen, dass zumindest dieser Teil des Spiels aus war.

»Jeder kann am Telefon irgendeinen Namen nennen«, bemerkte St. James.

»Vielleicht sollten Sie endlich die Wahrheit sagen«, fügte Lynley hinzu. »Es geht um Ihre Tochter, nicht wahr? Ich nehme an, Mignon hat den Toten gefunden und dann bei der Polizei angerufen. Von ihrem Turm aus kann sie das Bootshaus sehen. Wenn sie auf dem Dach des Turms steht, kann sie wahrscheinlich sowohl die Tür des Bootshauses als auch die Boote sehen, die ein und aus fahren. Die eigentliche Frage, die wir beantworten müssen, lautet also, ob auch sie einen Grund gehabt hätte, Ian Cresswell in den Tod zu schicken. Denn sie hat doch sicherlich gewusst, dass er an dem Abend auf den See hinausgerudert ist, nicht wahr?«

Valerie hob die Augen zum Himmel. St. James fühlte sich unwillkürlich an eine Pietà-Darstellung erinnert und musste daran denken, was die Mutterschaft für eine Frau bedeutete. Es hörte nicht auf, wenn die Kinder erwachsen wurden. Es ging weiter, bis entweder die Mutter oder die Kinder starben. Valerie sagte: »Keins von meinen Kindern …« Sie brach ab und schaute erst St. James und dann Lynley an. »Meine Kinder sind in jeder Hinsicht unschuldig.«

St. James sagte: »Wir haben ein Filetiermesser im Wasser gefunden.« Er zeigte ihr das Messer, mit dem er die Steine gelockert hatte. »Natürlich nicht dieses, aber ein ganz ähnliches.«

»Das wird das Messer gewesen sein, das ich vor ein paar Wochen verloren habe«, sagte sie. »Ich war dabei, eine ziemlich große Forelle zu säubern, dabei ist es mir ins Wasser gefallen.«

»Wirklich?«, fragte Lynley.

»Wirklich«, antwortete sie. »Ich bin eben manchmal ungeschickt.«

Lynley und St. James sahen einander an. Es war klar, dass Valerie log, denn der Arbeitstisch zum Ausnehmen der Fische stand viel zu weit weg. Das Messer hätte schon schwimmen müssen, um unter Ian Cresswells Boot zu gelangen.

KENSINGTON
LONDON

In natura sah Vivienne Tully genauso aus wie auf den Fotos, die Barbara von ihr im Internet gefunden hatte. Vivienne war genauso alt wie Barbara, aber sie hätten nicht unterschiedlicher sein können. Wahrscheinlich träumte Isabelle Ardery davon, dass Barbara irgendwann so aussah wie Vivienne: schlanker Körper, elegant gekleidet einschließlich aller erforderlichen Accessoires, topmodische Frisur und perfektes Make-up. Schon allein aus Prinzip konnte Barbara die Frau auf den ersten Blick nicht ausstehen.

Sie hatte sich entschlossen, bei ihrem nächsten Besuch in der Rutland Gate nicht als Interessentin an einer Immobilie aufzutreten, sondern als Sergeant Havers. Sie hatte die Klingel für Apartment Nr. 6 gedrückt, und Vivienne Tully – oder wer auch immer – hatte, ohne weiter nachzufragen, den Türöffner betätigt. Daraus schloss Barbara, dass Vivienne Besuch erwartete, denn kaum jemand würde die Haustür öffnen, ohne sich zu erkundigen, was derjenige wollte, der geklingelt hatte. Auf diese Weise wurden Leute ausgeraubt. Wenn nicht sogar ermordet.

Der Besuch, den Vivienne Tully erwartete, war eine Immobilienmaklerin, wie Barbara ziemlich schnell feststellte. Nachdem sie sie einmal von oben bis unten gemustert hatte, fragte Vivienne entgeistert: »*Sie* sind von Foxtons?« Da Barbara jedoch nicht wegen eines Schönheitswettbewerbs gekommen war, beschloss sie, die Bemerkung nicht als Beleidigung aufzufassen. Und sie verzichtete auch darauf, sich als die erwartete Person auszugeben, denn Vivienne Tully würde nie im Leben glauben, dass eine Immobilienmaklerin in roten Turnschuhen, einer orangefarbenen Cordhose und einer marineblauen Donkeyjacke an ihre Tür klopfen würde.

Also sagte sie: »Detective Sergeant Havers, New Scotland Yard. Ich muss mit Ihnen reden.«

Zu Barbaras Verwunderung zeigte Vivienne sich nicht im Mindesten schockiert. »Kommen Sie rein«, sagte sie. »Aber ich fürchte, ich habe nicht viel Zeit. Ich habe gleich einen Termin.«

»Mit Foxtons. Schon klar. Sie verkaufen?« Barbara sah sich um, während Vivienne die Tür schloss. Die Wohnung war traumhaft schön: hohe Decken, aufwendiger Stuck, Perserteppiche auf Parkettboden, geschmackvolle Antiquitäten, ein offener Kamin mit marmornem Sims. Sie musste ein Vermögen gekostet haben und würde jetzt das Doppelte oder Dreifache einbringen. Das Merkwürdige war, dass keinerlei persönliche Gegenstände zu sehen waren. Vielleicht konnte man einige ausgewählte Stücke deutschen Porzellans als persönlich bezeichnen, dachte Barbara, aber die Sammlung antiker Bücher in einem Bücherschrank sah nicht gerade so aus, als wäre sie als Lesestoff für regnerische Tage gedacht.

»Ich gehe nach Neuseeland«, sagte Vivienne. »Zeit, in die Heimat zurückzukehren.«

»Sie sind in Neuseeland geboren?«, fragte Barbara, obwohl sie die Antwort bereits kannte. Vivienne hatte keinen erkennbaren Akzent und hätte ohne Weiteres lügen können.

Aber das tat sie nicht. »Ja, in Wellington«, sagte sie. »Meine Eltern leben dort. Sie werden allmählich alt und hätten mich gern in ihrer Nähe.«

»Sie sind also schon eine Weile in England?«

»Darf ich fragen, warum Sie das wissen wollen, Sergeant Havers? Und womit ich Ihnen behilflich sein kann?«

»Indem Sie mir von Ihrer Beziehung zu Bernard Fairclough erzählen. Das wäre schon mal ein Anfang.«

Viviennes Gesichtsausdruck blieb vollkommen liebenswürdig. »Ich glaube nicht, dass Sie das etwas angeht. Um was genau geht es eigentlich?«

»Um den Tod von Ian Cresswell. Ich nehme an, dass Sie ihn gekannt haben, da Sie eine Zeitlang gleichzeitig mit ihm bei Fairclough Industries gearbeitet haben.«

»Wäre es dann nicht logisch, mich zu fragen, was für ein Verhältnis ich zu Ian Cresswell hatte?«

»Dazu wäre ich als Nächstes gekommen. Im Moment interessiert mich eher der Fairclough-Ansatz.« Barbara ließ ihren Blick durch die Wohnung schweifen und nickte anerkennend. »Hübsche Hütte. Darf ich Platz nehmen?« Ohne auf eine Antwort zu warten, ging sie zu einem Sessel, stellte ihre Tasche daneben auf den Boden und ließ sich in die Polster sinken. Sie fuhr mit der Hand über den kostbaren Bezugsstoff. Verflixt und zugenäht – sollte das etwa Seide sein? Offensichtlich kaufte Vivienne Tully ihr Mobiliar nicht bei IKEA.

»Ich sagte ja bereits, dass ich einen Termin …«

»Dass Sie einen Termin mit jemand von Foxtons haben. Schon kapiert. Keine Sorge, das kann ich mir schon noch merken. Wahrscheinlich wäre es Ihnen ganz lieb, wenn ich wieder weg bin, bevor Ihr Immobilienfritze hier aufkreuzt, richtig?«

Vivienne war nicht dumm. Sie wusste, dass sie Barbara ein paar Informationen würde bieten müssen, damit sie sich verdrückte. Sie setzte sich auf ein kleines Sofa. »Ich habe eine Zeitlang bei Fairclough Industries gearbeitet, wie Sie bereits erwähnten. Und zwar als Bernard Faircloughs Chefsekretärin. Es war meine erste Arbeitsstelle nach meinem Abschluss an der London School of Economics. Nach ein paar Jahren habe ich die Stelle gewechselt.«

»Jemand wie Sie ist auf dem Arbeitsmarkt ziemlich umtriebig, das ist mir klar«, sagte Barbara. »Aber nach Ihrer Zeit bei Fairclough Industries und einem kurzem Intermezzo als freiberufliche Wirtschaftsberaterin haben Sie bei dieser Gartenbaufirma angefangen und sind bis heute dort geblieben.«

»Na und? Ich wollte die Sicherheit eines festen Arbeitsplatzes, und die hat Precision Gardening mir geboten. Ich bin in der Firma aufgestiegen, ich war die richtige Person am richtigen Ort zu einer Zeit, als Chancengleichheit großgeschrieben wurde. Als Geschäftsführerin habe ich dort jedoch auch nicht sofort angefangen, Sergeant.«

»Aber den Kontakt zu Fairclough haben Sie immer beibehalten.«

»Ich reiße keine Brücken hinter mir ab. Kontakte zu halten hat sich für mich als nützlich erwiesen. Bernard hat mich gebeten, im Aufsichtsrat der Fairclough Stiftung mitzuwirken. Warum hätte ich das ablehnen sollen?«

»Wie ist er denn auf die Idee gekommen?«

»Wie meinen Sie das? Das ist doch nichts Schlimmes. Er hat mich gefragt, und ich habe Ja gesagt. Es geht schließlich um eine gute Sache.«

»Und er hat Sie gefragt, weil …«

»Ich nehme an, meine Arbeit in Barrow hat ihn davon überzeugt, dass ich auch in anderen Positionen zu gebrauchen war. Als ich damals bei Fairclough Industries aufgehört habe …«

»Warum eigentlich?«

»Warum ich dort aufgehört habe?«

»Bei Fairclough Industries hätten Sie doch auch Karriere machen können.«

»Waren Sie schon mal länger in Barrow, Sergeant Havers? Nein? Also, mir hat es dort nicht gefallen. Und als sich mir dann die Gelegenheit bot, nach London zurückzukommen, habe ich nicht lange gezögert. So läuft das eben. Auf eine Position, wie sie mir dort angeboten wurde, hätte ich in Barrow Jahre warten müssen, selbst wenn es mich gereizt hätte, dort zu bleiben, was nicht der Fall war, glauben Sie mir.«

»Und jetzt leben Sie in Lord Faircloughs Wohnung.«

Vivienne änderte ihre Haltung ein wenig und richtete sich noch mehr auf, sofern das möglich war. »Was auch immer Sie glauben mögen, es entspricht nicht den Tatsachen.«

»Diese Wohnung gehört also nicht Fairclough? Warum hat er dann einen Schlüssel? Ich dachte, er kommt ab und zu vorbei, um sich zu vergewissern, dass Sie die Hütte in Ordnung halten. Wie Vermieter das halt so machen.«

»Was hat das alles mit Ian Cresswell zu tun, der ja angeblich der Grund Ihres Besuchs ist?«

»Das weiß ich noch nicht so genau«, antwortete Barbara leichthin. »Wollen Sie mir vielleicht die Sache mit dem Schlüssel erklären? Vor allem, wenn Fairclough die Hütte nicht mal gehört, wie ich angenommen hatte. Schöne Wohnung übrigens. Muss Sie 'ne Stange Geld gekostet haben. So was hütet man doch wie seinen Augapfel, oder? Und Sie werden ja sicherlich Ihre Wohnungsschlüssel nicht wahllos verteilen, sondern sie nur Personen Ihres Vertrauens überlassen, nicht wahr?«

»Das geht Sie wirklich nichts an.«

»Wo übernachtet unser guter Bernard dann, wenn er in London ist? Ich habe im Twins Club nachgefragt, aber die haben keine Übernachtungsgäste. Außer der alten Schachtel, die den Türdienst macht, lassen die keine Frau über die Türschwelle, die nicht in Begleitung eines männlichen Clubmitglieds erscheint. Ich habe gehört, dass Sie dort am Arm von Lord Fairclough ein und aus gehen. Mittagessen, Abendessen, Cocktails. Anschließend fahren Sie zusammen im Taxi weg, und das Taxi bringt Sie jedes Mal hierher. Manchmal schließen Sie die Haustür auf, manchmal schließt er die Haustür auf, und zwar mit seinem eigenen Schlüssel. Dann kommen Sie hier rauf in diesen … na ja … Palast und danach … Also, wo bettet Fairclough seinen alternden Körper, wenn er in London ist? Das ist die große Frage.«

Vivienne stand auf. Das musste sie auch, dachte Barbara, denn es dauerte nicht mehr lange, dann würde sie ihren ungebetenen Gast hinauswerfen. Aber bis dahin wollte Barbara so viel wie möglich aus ihr herausquetschen. Sie sah, dass Vivienne große Mühe hatte, die Contenance zu wahren, und das bereitete Barbara eine ungeheure Genugtuung. Es tat doch einfach ausgesprochen gut, jemanden, der so verdammt perfekt war, zu piesacken.

»Nein, das ist nicht die große Frage«, sagte Vivienne Tully. »Die große Frage ist, wie lange Sie brauchen, um zur Tür zu gehen, die ich für Sie öffnen und hinter Ihnen wieder schließen werde. Unser Gespräch ist beendet.«

»Tja«, sagte Barbara, »ich werde wohl freiwillig zur Tür gehen müssen.«

»Ich kann Sie auch dort hinzerren.«

»Und riskieren, dass ich kreische und um mich schlage, so dass die Nachbarn es hören? Ich werde einen Aufstand machen, der Ihnen mehr Aufmerksamkeit beschert, als Ihnen wahrscheinlich lieb ist.«

»Ich möchte, dass Sie gehen, Sergeant. Ich tue nichts Verbotenes und wüsste nicht, was meine Mahlzeiten oder Cocktails mit Bernard Fairclough mit Ian Cresswell zu tun hätten, es sei denn, Bernard hat Ian die Rechnungen gegeben und Ian hat sie nicht bezahlt. Aber deswegen wird er wohl kaum den Tod gefunden haben, oder?«

»Wäre das typisch gewesen für Ian? Hat er mit dem Geld des Barons gegeizt?«

»Das weiß ich nicht. Seit ich vor Jahren bei Fairclough Industries aufgehört habe, hatte ich keinen Kontakt mehr mit Ian. Ist das alles, was Sie wissen wollten? Wie gesagt, ich habe einen Termin.«

»Die Sache mit dem Schlüssel ist immer noch nicht geklärt.«

Vivienne lächelte freudlos. »Ich wünsche Ihnen viel Erfolg bei der Aufklärung dieses Details.« Sie ging zur Wohnungstür und hielt sie auf. »Wenn Sie also jetzt bitte gehen würden?«

Barbara blieb nichts anderes übrig, als der Aufforderung nachzukommen. Mehr würde sie aus Vivienne nicht herauskriegen, und die Tatsache, dass Vivienne sich nicht über einen Besuch von Scotland Yard gewundert hatte – ganz zu schweigen davon, dass sie das fast Unmögliche fertiggebracht und während des ganzen Gesprächs kein falsches Wort von sich gegeben hatte –, sagte Barbara, dass ihr Gegenüber nicht so schnell aus der Fassung zu bringen war. Sie würde sich also etwas anderes einfallen lassen müssen.

Anstatt mit dem Aufzug zu fahren, ging sie die Treppe hinunter. Als sie aus dem Treppenhaus trat, sah sie den Portier, der gerade dabei war, die Post, die durch den Schlitz in der

Eingangstür geworfen worden war, aufzuheben und zu verteilen. Er hörte sie und drehte sich um.

»Ach, Sie schon wieder«, sagte er. »Haben wohl die Hoffnung noch nicht aufgegeben, was?«

Barbara trat neben ihn an den Tisch, um besser sehen zu können. Ein unterschriebenes Schuldanerkenntnis wäre jetzt genau das Richtige gewesen, am besten in Vivienne Tullys Postfach oder, besser noch, Barbara direkt ausgehändigt, damit sie es an Lynley weiterreichen konnte. Den Absendern nach zu urteilen – British Telecommunications, Thames Water, Television Licencing und so weiter – schien es sich jedoch um ganz normale Post zu handeln.

Sie sagte: »Ich hab bei Foxtons angerufen. Zufällig wird Apartment Nummer 6 demnächst verkauft. Da hab ich mir gedacht, ich seh's mir mal eben an.«

»Miss Tully verkauft?«, fragte der Portier. »Davon hab ich ja noch gar nichts gehört. Wirklich seltsam, denn normalerweise sagen die Leute mir so was, weil dann jedes Mal ein einziges Kommen und Gehen ist.«

»Vielleicht war's ja 'ne spontane Entscheidung«, sagte Barbara.

»Wahrscheinlich. Aber dass die mal verkaufen würde, das hätt' ich nie gedacht. Vor allem in ihrer Situation. Es ist nicht leicht, 'ne schöne Wohnung in der Nähe einer guten Schule zu finden.«

Barbara wurde hellhörig. »Schule?«, fragte sie. »Welche Schule meinen Sie denn?«

9. November

WINDERMERE
CUMBRIA

Zed Benjamin stellte fest, dass er sich jeden Tag auf sein morgendliches Telefongespräch mit Yaffa Shaw freute, und allmählich fragte er sich, ob so eine wirkliche Partnerschaft zwischen einem Mann und einer Frau aussah. Und wenn dem so war, warum er bisher jede Beziehung gemieden hatte wie der Teufel das Weihwasser.

Als Yaffa an den Apparat ging, gab sie ihm gleich zu verstehen, dass seine Mutter in der Nähe war: »Zed, mein Herzblatt, du ahnst ja nicht, wie sehr du mir fehlst!« Dann machte sie noch für alle Fälle ein paar Kussgeräusche.

Wahrscheinlich platzte seine Mutter vor Glück, dachte Zed. »Du fehlst mir auch«, sagte er, ohne darüber nachzudenken, welche Konsequenzen ein solches Geständnis haben könnte, denn eigentlich hätte ein amüsiertes »Danke« für das Beschwindeln seiner Mutter vollkommen ausgereicht. »Und wenn ich in London wäre, würde ich's dir beweisen, dass dir Hören und Sehen vergeht!«

»Ich werde dich beim Wort nehmen, wenn du wiederkommst«, sagte sie.

»Das hoffe ich«, sagte Zed.

Sie lachte. »Du Schlingel.« Dann sagte sie zu seiner Mutter: »Mama Benjamin, unser Zed ist mal wieder richtig frech.«

»›Mama Benjamin‹?«

»Sie besteht darauf«, sagte Yaffa, und ehe er etwas darauf

erwidern konnte, fuhr sie fort: »Erzähl mir, was du herausgefunden hast, mein Schatz. Du bist doch vorangekommen mit deiner Geschichte, oder? Das höre ich dir regelrecht an.«

In Wirklichkeit, das musste Zed sich eingestehen, war *das* der eigentliche Grund für seinen Anruf. Er wollte sich wie jeder verliebte Mann vor der Frau produzieren, die so tat, als wäre er die Liebe ihres Lebens. Er sagte: »Ich habe die betreffende Person von Scotland Yard gefunden.«

»Wirklich? Das ist ja großartig, Zed. Ich wusste, dass du es schaffen würdest. Hast du denn schon deinen Chefredakteur angerufen, um ihm die gute Nachricht mitzuteilen? Und kommst du jetzt endlich nach Hause?«

»Nein, noch nicht. Und Rod hab ich auch noch nicht angerufen. Bevor ich mit ihm rede, will ich die Story unter Dach und Fach haben, damit ich sie ihm druckreif übergeben kann. Ich habe mit der Polizistin gesprochen. Wir machen das gemeinsam.«

»Meine Güte, Zed«, stieß Yaffa hervor. »Das ist ja unglaublich!«

»Sie wird mir helfen, ohne dass sie es weiß. Sie weiß nur von einer Story, aber am Ende werden es zwei sein, und eine davon handelt von ihr.«

»Wie heißt sie denn?«

»Detective Sergeant Cotter. Vorname Deb. Ich habe mir ihre Unterstützung gesichert. Es geht ihr übrigens vor allem um die Ehefrau, Alatea Fairclough. An Nick Fairclough ist sie überhaupt nicht interessiert. Na ja, anfangs war sie das schon, aber dann hat sich rausgestellt, dass mit der Ehefrau irgendwas ganz und gar nicht stimmt. Ich muss gestehen, dass ich das von Anfang an gerochen habe. Es ist einfach vollkommen unglaubwürdig, dass ein Typ wie Nick Fairclough eine Frau wie Alatea abkriegt.«

»Ach?« Yaffa wirkte interessiert. »Warum denn?«

»Er ist in Ordnung, keine Frage, aber sie … Sie ist einfach

umwerfend, Yaffa. Ich habe in meinem ganzen Leben noch nie so eine Frau gesehen.«

Stille am anderen Ende der Leitung. Als Zed schließlich ein leises »Ach so« hörte, hätte er sich am liebsten geohrfeigt. Wie hatte er nur so blöd daherreden können. »Natürlich ist sie überhaupt nicht mein Typ«, fügte er hastig hinzu. »Kühl und distanziert. Die Sorte Frau, die einen Mann nach ihrer Pfeife tanzen lässt, wenn du verstehst, was ich meine. Die reinste schwarze Witwe. Und du weißt ja, was eine schwarze Witwe tut, oder?«

»Sie lockt Männchen an, um sich von ihnen begatten zu lassen, wenn ich mich recht erinnere«, antwortete sie.

»Äh, ja, natürlich. Aber nachdem das Männchen sie zufriedengestellt hat, verspeist sie es. Also wirklich, mich schüttelt's bei dem Gedanken, Yaffa. Sie ist wunderschön. Trotzdem ist irgendetwas an ihr total merkwürdig, das spüre ich genau.«

Das schien Yaffa zu trösten, dachte Zed, auch wenn er sich gleichzeitig fragte, wieso sie eigentlich Trost brauchte, wo sie doch ihren bescheuerten Micah in Tel Aviv hatte, diesen Medizinstudenten und zukünftigen Nobelpreisträger. »Du solltest vorsichtig sein«, sagte sie. »Sie könnte dir gefährlich werden.«

»Da brauchst du dir keine Sorgen zu machen«, entgegnete er. »Außerdem stehe ich ja unter dem Schutz der Polizistin von Scotland Yard.«

»Noch eine Frau.« Hatte das etwa traurig geklungen?

»Eine Rothaarige, so wie ich. Aber ich steh auf dunkle Typen.«

»Solche wie Alatea?«

»Nein«, sagte er. »Kein bisschen wie diese Alatea. Und diese Polizistin, Yaffa, die hat jede Menge Informationen für mich. Und sie gibt sie mir im Austausch dafür, dass ich meine Geschichte noch ein paar Tage zurückhalte.«

»Und was willst du deinem Chefredakteur sagen? Wie lange kannst du den denn noch hinhalten?«

»Das ist kein Problem. Wenn ich Rod von dem Deal erzähle, den ich mit Scotland Yard habe, dann wird der gleich handzahm. Das ist genau nach seinem Geschmack.«

»Pass auf dich auf.«

»Mach ich.«

Yaffa legte auf. Verdattert betrachtete Zed sein Handy. Dann zuckte er die Achseln und steckte es in die Tasche. Erst auf dem Weg zum Frühstücksraum fiel ihm auf, dass Yaffa sich nicht wie üblich mit Kussgeräuschen verabschiedet hatte. Und erst als er sich mit einer Portion wässrigem Rührei an den Tisch setzte, wurde ihm bewusst, dass er wünschte, sie hätte es getan.

MILNTHORPE
CUMBRIA

Sie hatten einen schrecklichen Abend miteinander verbracht, und Deborah wusste, dass Simon böse auf sie war. Sie hatten im Crow & Eagle zu Abend gegessen, einem Restaurant, das nicht einmal einen einzigen Stern verdient hatte. Während des Essens hatte Simon fast nichts zum Thema offene Adoption gesagt, nur ein leises: »Es wäre mir lieber gewesen, wenn du mit dem Anruf bei David noch etwas gewartet hättest.« Gemeint war natürlich, dass sie hätte warten sollen, bis es ihm gelungen wäre, sie zu etwas zu überreden, was sie von Anfang an nicht gewollt hatte.

Zunächst hatte Deborah nichts auf seine Bemerkung geantwortet, sondern sich mit ihm über andere Dinge unterhalten. Erst als sie auf ihrem Zimmer waren, hatte sie das Thema noch einmal zur Sprache gebracht. »Es tut mir leid, dass du mit meiner Entscheidung unzufrieden bist, Simon. Aber du hast mir gesagt, die junge Frau wollte endlich Bescheid wissen.« Daraufhin hatte er sie mit seinen graublauen Augen gemustert, wie es seine Art war, und gesagt: »Darum geht es doch nicht, oder?«

Es war die Art Bemerkung, die sie entweder tieftraurig oder fuchsteufelswild machen konnte, je nachdem, welcher Aspekt ihrer Beziehung zu Simon gerade überwog. Sie konnte sie als Ehefrau eines geliebten Mannes auffassen, den sie unabsichtlich verletzt hatte. Oder sie konnte sie als das Kind auffassen, das in seinem Haus, unter seinem wachsamen Blick, aufgewachsen war, und den Unterton väterlicher Enttäuschung heraushören. Sie wusste, dass es Ersteres war, aber sie empfand Letzteres. Und manchmal tat es einfach gut, seinen Gefühlen freien Lauf zu lassen.

Sie sagte: »Weißt du was? Ich finde es unerträglich, wenn du so mit mir redest.«

Er hatte sie verblüfft angesehen, was sie noch mehr auf die Palme gebracht hatte. Und dann hatte er gefragt: »Wenn ich wie mit dir rede?«

»Das weißt du ganz genau. Du bist nicht mein Vater!«

»Das ist mir vollkommen bewusst, Deborah, glaub mir.«

Und da war ihr der Kragen geplatzt. Er ließ sich einfach nicht provozieren, weil das nicht in sein Selbstbild passte. Das hatte sie schon immer in den Wahnsinn getrieben. Sie konnte sich nicht erinnern, dass es jemals anders gewesen wäre.

Von da an hatte eins das andere ergeben. War es anfangs darum gegangen, wie sie die ganze Sache mit der jungen Frau in Southampton eigenmächtig abgeblasen hatte, hatten sie sich später darüber gestritten, wie oft sie angeblich schon froh gewesen war, dass er sich in ihr Leben eingemischt hatte. Denn mit ihrer verdammten Sturheit, betonte Simon, habe sie sich immer wieder selbst in Gefahr gebracht.

Das heißt, so hatte Simon sich natürlich nicht ausgedrückt, das war nicht sein Stil. Er hatte gesagt: »Es kommt vor, dass du eine Situation nicht klar erfasst und auch nicht bereit bist, dich belehren zu lassen.« Dann hatte er eine Braue gehoben und hinzugefügt: »Das musst du zugeben.« Womit er darauf angespielt hatte, dass sie sich darauf versteift hatte, für die Ermittlung sei es von entscheidender Bedeutung, dass Alatea im Besitz einer Zeitschrift namens *Conception* war.

»Tommy hat mich gebeten …«

»Ah ja, Tommy. Er hat gesagt, dass deine Aufgabe hier erledigt ist und dass du dich in Gefahr bringst, falls du weitermachst.«

»Wer oder was sollte mir denn gefährlich werden? Das ist doch vollkommen absurd.«

»Da gebe ich dir recht«, erwiderte er. »Fakt ist jedoch, dass wir hier fertig sind, Deborah. Wir müssen zurück nach London. Ich werde mich darum kümmern.«

Damit hatte er das Maß vollgemacht, was ihm natürlich bewusst gewesen war. Er hatte das Zimmer verlassen, um die nötigen Vorkehrungen für ihre Abreise zu treffen, und als er zurückkam, hatte sie ihm die kalte Schulter gezeigt und kein Wort mehr mit ihm gesprochen.

Am nächsten Morgen hatte er gepackt. Aber anstatt ebenfalls ihre Sachen zu packen, hatte sie ihm erklärt, sie werde in Cumbria bleiben. »Die Sache ist für mich noch nicht beendet«, sagte sie, und als er entgegnete: »Wirklich nicht?«, wusste sie, dass er nicht nur die Ermittlungen im Fall Ian Cresswells meinte.

»Ich möchte das hier zu Ende bringen«, sagte sie. »Kannst du nicht wenigstens versuchen zu verstehen, dass mir das wichtig ist? Ich weiß einfach, dass es irgendeine Verbindung zu dieser Frau gibt …«

Das war ein Fehler gewesen. Wenn sie Alatea Fairclough erwähnte, würde das Simon nur in seiner Überzeugung bestärken, dass Deborah sich von ihren eigenen Wünschen blenden ließ. »Dann sehen wir uns in London«, hatte er ruhig entgegnet. »Wann auch immer du zurückkommst.« Er schenkte ihr ein halbherziges Lächeln, das sich anfühlte wie ein Pfeil, der ihr Herz durchbohrte. »Waidmanns Heil.«

Deborah hätte ihm erzählen können, was sie mit diesem Journalisten von der *Source* vereinbart hatte. Aber wenn sie das getan hätte, wäre herausgekommen, dass sie und Zed Benjamin die weiteren Ermittlungen gemeinsam durchführen wollten. Das hätte Simon unterbunden, indem er sich an Tommy gewandt hätte. Dadurch, dass sie Simon die Wahrheit vorenthielt, verhinderte sie, dass Tommys Identität als Scotland Yard Detective aufflog. Auf diese Weise sorgte sie dafür, dass er mehr Zeit hatte, den Dingen auf den Grund zu gehen. Wenn Simon nicht einsehen konnte, dass sie jetzt eine entscheidende Rolle bei den Ermittlungen spielte, dann konnte sie daran nichts ändern.

Während Deborah und Simon sich in der Pension in Milnthorpe voneinander verabschiedeten, hatte Zed Benjamin bereits seinen Posten auf der Straße nach Arnside bezogen, von dem aus er sehen konnte, wer bei den Faircloughs aus und ein ging. Sobald Alatea das Haus verließ, würde er Deborah eine SMS schicken. *Los* bedeutete, dass Alatea mit dem Auto irgendwohin unterwegs war, *MT* bedeutete, dass sie auf dem Weg nach Milnthorpe war.

Das war das Schöne an Arnside, hatten Deborah und Zed Benjamin am Vortag festgestellt: Es gab zwar mehrere schmale Straßen, die auf die andere Seite des Arnside Knott und zu den dahinterliegenden Dörfern führten, aber wenn man schnell aus dem Dorf hinauswollte, kam nur eine Straße in Frage, nämlich die nach Milnthorpe. Und diese Straße führte am Crow & Eagle vorbei.

Als die SMS kam, war Simon bereits seit einer halben Stunde weg. Aufgeregt las Deborah die Nachricht: *Los MT* stand da.

Die Sachen, die sie brauchen würde, hatte sie bereits zusammengepackt. In weniger als einer Minute war Deborah unten und postierte sich so am Eingang der Pension, dass sie die Straße im Blick hatte. Durch das Fenster in der Tür sah sie Alatea Fairclough vorbeifahren und nach rechts Richtung A6 abbiegen. Kurz darauf folgte Zed Benjamin. Deborah stieg ein, als er am Straßenrand hielt.

»Nach Süden«, sagte sie.

»Alles klar. Nick ist kurz nach ihr aufgebrochen. Er wirkte ziemlich niedergeschlagen. Ich nehme an, er ist in die Firma gefahren und leistet seinen Beitrag dazu, das Land mit ausreichend Klos zu versorgen.«

»Was meinen Sie? Hätte einer von uns beiden ihm folgen sollen?«

Er schüttelte den Kopf. »Nein. Ich glaube, Sie haben recht. Die kleine Argentinierin ist der Schlüssel zu allem.«

LANCASTER
LANCASHIRE

Der Mann war riesig, dachte Deborah. Er passte nur so gerade in sein Auto. Er war nicht fett, einfach hünenhaft. Sein Sitz war bis zum Anschlag nach hinten geschoben, und dennoch stieß er mit den Knien ans Lenkrad. Aber trotz seiner Größe wirkte er in keiner Weise einschüchternd. Im Gegenteil, er wirkte seltsam sanft, was ihm in seinem Beruf wahrscheinlich eher hinderlich war.

Sie wollte gerade eine Bemerkung dazu machen, als er, den Blick auf Alateas Auto geheftet, unvermittelt sagte: »Ich hätte Sie nie im Leben für eine Polizistin gehalten. Und ich wäre auch nie draufgekommen, wenn ich nicht zufällig gesehen hätte, wie Sie um das Haus der Fairclough herumgeschlichen sind.«

»Und womit genau habe ich mich verraten, wenn ich fragen darf?«

»Für solche Dinge habe ich einen Riecher.« Er tippte sich mit dem Finger an die Nase. »Das bringt mein Job so mit sich, wenn Sie verstehen, was ich meine.«

»Wie meinen Sie das?«

»Na ja«, sagte er, »als Journalist darf man sich nicht vom Schein trügen lassen. Investigativer Journalismus erfordert mehr, als am Schreibtisch zu sitzen und darauf zu warten, dass irgendjemandes Erzfeind anruft und einem eine Story serviert, mit der man eine Regierung zu Fall bringt. Da muss man schon ein bisschen gewieft sein, einen guten Jagdinstinkt besitzen.«

Deborah konnte nicht widerstehen. »Investigativer Journalismus«, wiederholte sie nachdenklich. »Ist es das, was Sie bei der *Source* machen? Dieses Blatt bringt aber nur selten investigative Artikel über die Regierung, oder? Wenn überhaupt.«

»Na ja, das war halt ein Beispiel«, erwiderte er.

»Ach so.«

»Hören Sie, das ist ein Job wie jeder andere«, erwiderte er auf ihren ironischen Unterton. »Eigentlich bin ich Dichter, und die Poesie ist nach wie vor eine brotlose Kunst.«

»Allerdings«, sagte Deborah.

»Hören Sie, ich weiß, die *Source* ist ein Käseblatt, aber mit irgendwas muss ich schließlich meine Brötchen verdienen, Sergeant Cotter. Ich nehme an, Ihr Job ist auch nicht viel besser, oder? Unter Pflastersteinen nicht den Strand, sondern den Abschaum der Gesellschaft suchen zu müssen.«

Ein ziemlich schiefes Bild. Ein bisschen merkwürdig für einen Dichter, dachte Deborah. »Tja, so kann man das auch sehen«, sagte sie.

»Alles hat seine guten und seine schlechten Seiten.«

Alatea nahm die Abfahrt nach Lancaster. In der Stadt würden sie aufpassen müssen, dass sie sie nicht entdeckte. Sie ließen sich zurückfallen, bis fünf Autos zwischen ihnen waren.

Es war nicht zu übersehen, dass Alatea sich auskannte und wusste, wo sie hinwollte. Im Zentrum von Lancaster bog sie auf den Parkplatz eines niedrigen Backsteinbaus. Deborah und Zed Benjamin fuhren weiter. Zed hielt an der nächsten Straßenecke, und Deborah drehte sich um. Im selben Augenblick kam Alatea auch schon um die Ecke und ging in das Gebäude hinein.

»Wir müssen herausfinden, was da drin ist«, sagte Deborah. In Anbetracht seiner Größe würde Zed das allerdings nicht schaffen, ohne aufzufallen. Deborah stieg aus. »Warten Sie hier«, sagte sie und rannte auf die andere Straßenseite, wo die parkenden Autos ihr ein wenig Sichtschutz boten.

Sie näherte sich dem Gebäude, bis sie die Schrift über dem Eingang lesen konnte. *Kent-Howath Foundation for Disabled Veterans* stand da. Ein Heim für Soldaten, die im Krieg verwundet worden waren.

Alatea war Argentinierin. Der Falklandkrieg, dachte Deborah. War es möglich, dass ein argentinischer Soldat irgendwie in diesem Heim gelandet war? Jemand, den Alatea besuchte?

Sie überlegte gerade, welche anderen Kriege in Frage kamen – die Golfkriege am ehesten –, als Alatea aus dem Gebäude trat. Sie war nicht allein, in ihrer Begleitung war aber auch kein kriegsversehrter Veteran, sondern eine Frau, so groß wie Alatea, wenngleich viel kräftiger gebaut. Die Frau hatte einen langen, buntgemusterten Rock, einen weiten Pullover und Stiefel an. Ihr langes, graumeliertes Haar, das sie offen trug, war einmal so dunkel gewesen wie Alateas. Ein Haarreif hielt es ihr aus dem Gesicht.

In ein offensichtlich ernstes Gespräch vertieft, gingen die beiden Frauen zum Parkplatz hinter dem Gebäude. Deborah eilte zurück zu Zeds Auto und stieg ein. »Sie wird gleich weiterfahren. Eine Frau ist bei ihr.«

Zed ließ den Motor an. »Was ist das für ein Gebäude?«, fragte er.

»Ein Heim für Kriegsinvaliden.«

»Was wollte sie denn da?«

»Keine Ahnung. Wie gesagt, sie ist mit einer Frau zusammen wieder rausgekommen. Es könnte natürlich eine Soldatin sein, aber soweit ich das sehen konnte, ist sie keine Invalidin.

Da kommen sie. Schnell.« Deborah warf sich Zed an den Hals in der Hoffnung, dass es so aussah, als wären sie ein Pärchen in leidenschaftlicher Umarmung. Als sie über Zeds Schulter hinweg sah, wie Alateas Auto auf die Straße einbog, ließ sie ihn wieder los. Er war puterrot angelaufen. »Tut mir leid«, sagte sie. »Mir ist nichts Besseres eingefallen.«

»Kein Problem … äh …«, stammelte er. Dann fuhr er los und heftete sich wieder an Alateas Fersen.

Es herrschte dichter Verkehr, aber es gelang Zed, Alateas Auto im Auge zu behalten. Sie fuhr aus dem Stadtzentrum hinaus, bis eine Anhöhe mit einer Reihe großer, moderner Gebäude in Sicht kam.

»Sie fährt zur Uni«, sagte Zed. »Das bringt uns bestimmt nicht weiter.«

Da war Deborah ganz anderer Meinung. Wenn Alatea mit einer Freundin oder Bekannten zur Universität von Lancaster fuhr, dann hatte sie dafür sicherlich einen Grund. Deborah konnte sich auch schon denken, was für ein Grund das war, und der hatte nichts mit dem Erwerb von höherer Bildung zu tun.

Es würde allerdings nicht leicht sein, Alatea unbemerkt über den Campus zu folgen. Der Verkehr zur Uni wurde über eine Nebenstraße geleitet, wo Deborah und Zed feststellten, dass das Parken nur in dafür ausgewiesenen Parkbuchten erlaubt war, die kaum die Möglichkeit boten, sich zu verstecken. Offenbar war die Universität ohne einen Gedanken daran errichtet worden, dass man mal jemanden beschatten musste.

Als Alatea in eine dieser Parkbuchten einbog, bat Deborah Zed, sie aussteigen zu lassen. Das gefiel Zed ganz und gar nicht, schließlich lautete der Plan, dass sie Alatea gemeinsam beschatten würden. Er habe nichts in der Hand, was ihm die Kooperation von Scotland Yard sichere, argumentierte er.

»Hören Sie«, sagte Deborah. »Wir können hier nicht zu zweit hinter den beiden herlaufen. Parken Sie irgendwo anders, dann rufen Sie mich auf dem Handy an, und ich sage Ihnen, wo ich bin. Es ist das Einzige, was wir machen können.«

Er wirkte nicht überzeugt, aber daran ließ sich nichts ändern. Sie war nicht hier, um ihm zu beweisen, dass sie vertrauenswürdig war. Sie war hier, um die Wahrheit über Alatea Fairclough ans Tageslicht zu befördern. Zed hielt an, und ehe er protestieren konnte, war Deborah schon aus dem Wagen gesprungen. »Rufen Sie mich an!«, sagte sie, dann eilte sie los.

Zed war natürlich klar, dass Alatea ihn auf keinen Fall entdecken durfte, sonst würde die Verfolgungsaktion sofort auffliegen. Deborah durfte sich natürlich auch nicht sehen lassen, aber sie war längst nicht so auffällig wie er.

Den beiden zu folgen erwies sich als leichter, als Deborah erwartet hatte. Sie hatte Glück: Es begann zu regnen. Und zwar so plötzlich und heftig, dass man einen Schirm brauchte. Eine ideale Tarnung. Deborah fischte ihren Knirps aus ihrer Handtasche, spannte ihn auf und hielt ihn erleichtert über ihr kupferrotes Haar.

Sie folgte den beiden Frauen in gebührender Entfernung. Um diese Tageszeit wimmelte es auf dem Campus von Studenten, und das war ein Segen. Und es war ebenfalls ein Segen, dass die Uni, anders als die alten Universitäten, aus einem einzigen großen Komplex bestand, der deutlich sichtbar außerhalb der Stadt auf einem Hügel stand.

Alatea und ihre Begleiterin gingen zusammen unter einem Schirm und waren ins Gespräch vertieft. Alatea hatte sich bei der anderen Frau untergehakt. Als sie einmal stolperte, fing die andere sie auf. Die beiden schienen Freundinnen zu sein.

Sie bewegten sich schnell und zielstrebig, offenbar kannten sie sich hier aus, dachte Deborah aufgeregt.

Ihr Handy klingelte. »Wir sind auf einem Weg, der quer über den Campus führt«, sagte sie hastig.

»Deb?«

Es war Tommy. Deborah wand sich innerlich und verfluchte

sich dafür, dass sie sich gemeldet hatte, ohne aufs Display zu sehen. »Ah, Tommy«, sagte sie. »Ich dachte, es wäre jemand anders.«

»Das hab ich gemerkt. Wo bist du?«

»Warum willst du das wissen?«

»Weil ich dich kenne. Ich habe gestern auf dem Parkplatz dein Gesicht gesehen. Du tust etwas, wovon wir dich gebeten haben, es sein zu lassen, hab ich recht?«

»Simon ist nicht mein Vater, Tommy. Ist er bei dir?«

»Er hat sich mit mir in Newby Bridge zum Kaffee verabredet. Deb, was hast du vor? Wo bist du? Wessen Anruf erwartest du?«

Deborah überlegte, ob sie ihn anlügen sollte, und fragte sich gleichzeitig, ob sie es überhaupt fertigbringen würde, Tommy zu belügen. Sie seufzte. »Ich bin an der Uni in Lancaster.«

»An der Uni in Lancaster? Was machst du denn da?«

»Ich verfolge Alatea Fairclough. Sie ist in Begleitung einer Frau hier, die sie in einem Heim für Kriegsinvaliden abgeholt hat. Ich möchte wissen, wo die beiden hingehen.« Um ihm keine Zeit zu lassen, darüber nachzudenken, was das zu bedeuten hatte, fuhr sie hastig fort: »Die ganze Sache hat mit Alatea Fairclough zu tun. Irgendwas stimmt da nicht, Tommy. Ich weiß, dass du das auch spürst.«

»Das Einzige, was ich spüre, ist, dass du drauf und dran bist, dir großen Ärger einzuhandeln, Alatea Fairclough hin oder her.«

»Wie soll ich mir Ärger einhandeln, indem ich den beiden folge? Die wissen ja nicht mal, dass ich hinter ihnen her bin. Und selbst wenn sie es merken …« Sie zögerte. Wenn sie ihm mehr erzählte, würde er es wahrscheinlich Simon weitersagen.

Aber er war ein schlauer Fuchs. »Du hast meine andere Frage noch nicht beantwortet, Deb. Wer soll dich anrufen?«

»Der Journalist.«

»Der Reporter von der *Source*? Bist du denn von allen guten Geistern verlassen, Deb? Da kann Gott weiß was passieren!«

»Es kann nichts Schlimmeres passieren, als dass mein Konterfei auf der Titelseite der *Source* erscheint mit der Unterschrift ›Detective Sergeant Cotter‹. Und das ist nicht gefährlich, sondern lustig, Tommy.«

Er schwieg einen Moment. Deborah sah, dass die beiden Frauen offenbar ihr Ziel erreicht hatten, ein hoher Betonkasten im gesichtslosen Stil der sechziger Jahre. Deborah blieb stehen, um ihnen Zeit zu lassen, das Gebäude zu betreten und in den Fahrstuhl zu steigen. Tommy sagte: »Deb, hast du eigentlich eine Ahnung, wie es Simon gehen würde, wenn dir etwas zustieße? Denn ich weiß es, glaub mir.«

Sie ging weiter. Vor dem Eingang zu dem Gebäude blieb sie erneut stehen und sagte liebevoll: »Ach, Tommy.« Er entgegnete nichts. Sie wusste, was es ihn gekostet hatte, ihr diese Frage zu stellen. Sie sagte: »Mach dir keine Sorgen. Mir passiert schon nichts. Jetzt, wo der Journalist mich für eine Polizistin hält, brauchst du nicht zu fürchten, dass er dir auf die Spur kommt und die *Source* davon erfährt. Und für mich ist diese kleine Scharade auch ein Schutz: Er wird der Gans, die ihm goldene Eier legt, kein Haar krümmen, und er wird auch nicht zulassen, dass jemand anders es tut.«

Sie hörte ihn seufzen. »Sei vorsichtig«, sagte er.

»Na klar«, antwortete sie. »Und bitte: kein Wort zu Simon.«

»Wenn er mich fragt …«

»Das wird er nicht.« Sie legte auf.

Sofort klingelte ihr Handy erneut. »Mit wem zum Teufel telefonieren Sie?«, wollte Zed Benjamin wissen. »Ich versuche die ganze Zeit, Sie zu erreichen! Wo stecken Sie, verdammt?«

Deborah sagte ihm die Wahrheit. Sie habe mit einem DI von Scotland Yard telefoniert. Sie stehe gerade vor dem … George Childress Centre und werde jetzt hineingehen, um herauszufinden, was in diesem Gebäude untergebracht sei. Sie riet ihm ab, zu ihr zu kommen, da er einfach zu auffällig sei.

Das schien er einzusehen. »Also gut. Rufen Sie mich an, sobald Sie irgendetwas in Erfahrung gebracht haben. Und versuchen Sie nicht, mich reinzulegen, sonst stehen Sie morgen in der Zeitung, und Ihre ganze verdeckte Ermittlung fliegt auf.«

»Alles klar.«

Sie klappte ihr Handy zu und betrat das Gebäude. In der Eingangshalle gab es vier Aufzüge und einen Wachmann. An dem Wachmann würde sie nicht vorbeikommen, das brauchte sie gar nicht erst zu versuchen. Sie sah sich um. Zwischen zwei dahinsiechenden Bambuspflanzen in Kübeln entdeckte sie eine verglaste Anschlagtafel. Sie ging näher, um die Aushänge zu lesen.

Das Gebäude beherbergte alle möglichen Büros, Behandlungsräume und Labors und gehörte offenbar zur Fakultät für Wissenschaft und Technik, was ihr ein triumphierendes »Ja!« entlockte. Fieberhaft suchte sie nach etwas, von dem sie intuitiv wusste, dass es da war. Und sie wurde fündig: Ebenfalls untergebracht in dem Gebäude war das Institut für Reproduktionsmedizin. Sie hatte die ganze Zeit recht gehabt. Und Simon hatte sich geirrt.

NEWBY BRIDGE
CUMBRIA

Nachdem Lynley das Gespräch beendet hatte, schaute er seinen Freund an. St. James hatte ihn während des Gesprächs mit Deborah beobachtet. Lynley kannte kaum jemanden, der so gut zwischen den Zeilen lesen konnte wie St. James – auch wenn er diesmal nicht viel hatte zwischen den Zeilen lesen müssen. Lynley hatte dafür gesorgt, dass St. James genau mitbekam, wo Deborah war und mit wem sie sich zusammengetan hatte, ohne sie direkt zu verraten.

»Diese Frau bringt mich zur Verzweiflung«, bemerkte St. James.

Lynley hob ratlos die Schultern. »Tun das nicht alle Frauen?«

St. James seufzte. »Ich hätte ein Machtwort sprechen sollen.«

»Herrgott noch mal, Simon, sie ist erwachsen. Du kannst sie schlecht mit Gewalt nach London zerren.«

»Genau das hat sie mir auch gesagt.« St. James rieb sich die Stirn. Er sah aus, als hätte er die ganze Nacht nicht geschlafen. »Leider sind wir mit zwei Mietwagen hier, sonst hätte ich sie einfach vor die Wahl stellen können: Komm mit zum Flughafen oder sieh zu, wie du nach Hause kommst.«

»Ich bezweifle, dass das gut angekommen wäre. Und du weißt, wie sie darauf reagiert hätte.«

»Allerdings. Das ist es ja gerade. Ich kenne meine Frau.«

»Danke, dass du hergekommen bist, Simon. Dass du mir geholfen hast.«

»Ich hätte dir lieber mit einem eindeutigen Befund gedient. Aber egal, wie ich es drehe und wende, ich komme immer wieder zu demselben Schluss: dass es ein unglücklicher Unfall war.«

»Trotz der vielen Motive? Jeder hier scheint eins zu haben. Mignon, Freddie McGhie, Nick Fairclough, Kaveh Mehran. Weiß der Himmel, wer sonst noch.«

»Ja, trotzdem«, sagte St. James.

»Und nicht das perfekte Verbrechen?«

St. James betrachtete die Hainbuchenhecke vor dem Fenster, die in prächtigen Herbstfarben erstrahlte, während er über Lynleys Frage nachdachte. Sie hatten sich zum Kaffee in der Nähe von Newby Bridge in einem etwas heruntergekommenen viktorianischen Hotel getroffen. Helen hätte begeistert ausgerufen *Wie wunderbar dekadent, Tommy*, um die hässlichen Teppiche, die Staubschicht auf den Hirschgeweihen an den Wänden und die durchgesessenen Sofas und Sessel zu entschuldigen. Einen Moment lang fehlte sie Lynley so sehr, dass ihm fast der Atem stockte. Er atmete tief durch, wie er es gelernt hatte. Alles geht vorbei, dachte er. Auch das.

St. James wandte sich wieder vom Fenster ab. »Natürlich hat es früher einmal perfekte Verbrechen gegeben. Aber heutzutage ist es nahezu unmöglich, ein perfektes Verbrechen zu begehen. Die Forensik ist zu weit fortgeschritten, Tommy. Heute gibt es Möglichkeiten zur Spurensicherung, die noch vor fünf Jahren absolut undenkbar waren. In der heutigen Zeit wäre ein Verbrechen vielleicht dann perfekt, wenn niemand auf die Idee käme, dass überhaupt ein Verbrechen begangen wurde.«

»Aber trifft nicht genau das in diesem Fall zu?«

»Nicht, nachdem bereits eine polizeiliche Untersuchung durchgeführt wurde. Nicht, nachdem Bernard Fairclough extra nach London gefahren ist, um dich zu bitten, dir den Fall noch einmal anzusehen. Das perfekte Verbrechen der Gegenwart ist eines, bei dem niemand auch nur auf die Idee käme, dass es sich um ein solches handelt. Es gibt keine polizeilichen Ermittlungen, der Hausarzt stellt den Totenschein aus, die Leiche wird innerhalb von achtundvierzig Stunden im Krematorium verbrannt und fertig. In unserem Fall jedoch wurde jede Spur überprüft, ohne dass etwas darauf hindeuten würde, dass Ian Cresswells Tod etwas anderes als ein Unfall war.«

»Und wenn nicht Ian, sondern Valerie das Opfer sein sollte?«

»Das würde am Ergebnis nichts ändern.« St. James trank einen Schluck Kaffee. »Wenn das ein Mordanschlag war, Tommy, und wenn eigentlich Valerie aus dem Weg geschafft werden sollte, dann hätte es dazu viel einfachere Möglichkeiten gegeben, das musst du doch zugeben. Alle wussten, dass nicht nur Valerie, sondern auch Ian regelmäßig im Bootshaus war. Warum riskieren, dass er ums Leben kommt, wenn eigentlich sie sterben soll? Und wo ist das Motiv? Und selbst wenn es ein Motiv gibt, wirst du es mit Hilfe forensischer Untersuchungen auch nicht herausfinden.«

»Also haben wir eigentlich gar keinen Fall.«

»So wie ich die Sache sehe, nein.« St. James lächelte bedauernd. »Und deswegen sage ich dir, was ich – wenn auch ohne

Erfolg – schon zu Deborah gesagt habe: Es ist Zeit, nach London zurückzukehren.«

»Und was ist mit einer Verbrechensabsicht?«

»Was ist das?«

»Man *wünscht* einem anderen den Tod. Man *hofft*, dass er stirbt. Irgendwann *plant* man sogar einen Mord. Aber ehe man den Plan in die Tat umsetzen kann, kommt einem ein Unfall zuvor. Das vorgesehene Opfer stirbt. Könnten wir es mit so etwas zu tun haben?«

»Natürlich. Aber selbst wenn – man kann in diesem Fall von keiner Schuld reden, und niemand verhält sich so, als würde er sich schuldig fühlen.«

Lynley nickte nachdenklich. »Trotzdem …«

»Was?«

»Ich werde das Gefühl nicht los …« Lynleys Handy klingelte. Er warf einen Blick aufs Display und sagte zu St. James: »Havers.«

»Vielleicht hat sie ja Neuigkeiten.«

»Ich hoffe es.« Lynley nahm das Gespräch an und sagte: »Erzählen Sie mir etwas Neues, Sergeant. Ich bin dankbar für alles.«

CHALK FARM
LONDON

Barbara hatte Lynley von zu Hause aus angerufen. Lange vor dem Morgengrauen war sie noch einmal in den Yard gefahren, um dort in der umfangreichen Datenbank zu recherchieren, und so schnell wie möglich wieder nach Hause zurückgekehrt, um nur ja nicht ihrer Chefin über den Weg zu laufen. Sie hatte schon reichlich Kaffee intus, und inzwischen war sie so aufgeputscht von all dem Koffein, dass sie wahrscheinlich tagelang keinen Schlaf finden würde. Außerdem rauchte sie wie ein Schlot, und sie hatte das Gefühl, als würde ihr gleich der Kopf platzen.

»Es gibt ein Kind, Inspector«, sagte sie zu Lynley. »Das könnte wichtig sein. Andererseits hat es vielleicht auch gar nichts zu bedeuten. Aber Vivienne Tully hat eine achtjährige Tochter namens Bianca. Und ich glaube, sie hatte damit gerechnet, dass ich irgendwann an ihre Tür klopfen würde. In ihrer ganzen Wohnung gab es überhaupt nichts Persönliches, und sie ist auch nicht vor Schreck in Ohnmacht gefallen, als ich ihr gesagt habe, ich käme von Scotland Yard. Das mit dem Kind hab ich auch nur rausgefunden, weil ich mich mit dem Portier in dem Haus angefreundet hab. Wir werden uns demnächst verloben.«

»Sie sind also reingekommen.«

»Meine Talente kennen keine Grenzen, Sir. Ich lebe, um Sie zu beeindrucken.« Barbara berichtete Lynley, was sie von Vivienne erfahren hatte – über ihre Schulbildung, ihren beruflichen Werdegang und ihre Absicht, nach Neuseeland zurückzukehren, wo sie geboren war. »Was Fairclough angeht, hat sie nichts abgestritten: Sie kennt ihn, ist Vorstandsmitglied seiner Stiftung, trifft sich regelmäßig mit ihm zum Essen, zum Beispiel im Twins Club. Aber als ich sie gefragt hab, warum der Mann einen Wohnungsschlüssel von ihr hat, da hat sie dichtgemacht.«

»Diese Tochter. Könnte die von Fairclough sein?«

»Möglich. Aber genauso gut könnte sie von seinem Sohn sein oder von Ian Cresswell oder vom Premierminister oder dem Prince of Wales. Oder sie ist das Ergebnis einer durchzechten Nacht, was weiß ich. Jedenfalls arbeitet diese Vivienne schon seit Jahren nicht mehr für Fairclough, und sie hat bei Fairclough Industries aufgehört, lange bevor sie ihre Tochter hatte. Schwer vorstellbar, dass die beiden eine Fernbeziehung haben oder hatten, aus der dieses Kind stammt, meinen Sie nicht?«

»Vielleicht ist das Kind ja nicht das Ergebnis einer langjährigen Beziehung, sondern wurde gezeugt, als Vivienne zufällig wieder in Faircloughs Leben auftauchte.«

»Wie hab ich mir das denn vorzustellen? Die beiden treffen sich zufällig in einem Aufzug, fallen übereinander her, und das Ergebnis ist Bianca? Tja, möglich ist natürlich alles.«

»Er hat eine Stiftung eingerichtet«, sagte Lynley. »Er brauchte Vorstandsmitglieder, und sie ist eins davon.«

»Das kann es nicht sein. Die Stiftung gab es schon, da war Bianca noch auf der Himmelswiese. Und überhaupt: Einen Posten als Vorstandsmitglied einer Stiftung zu akzeptieren ist eine Sache, aber sich auf eine Beziehung mit Fairclough einzulassen und die auch noch über längere Zeit *beizubehalten*, das ist was ganz anderes. Warum sollte Vivienne das tun? Der Mann könnte ihr Großvater sein. Ich habe Fotos von ihm gesehen, und glauben Sie mir, die passt zu ihm wie die Faust aufs Auge. Die würde sich doch bestimmt eher für einen Mann in ihrem Alter interessieren, vorzugsweise einen, der unverheiratet ist. Eine Affäre mit einem verheirateten Mann führt im Allgemeinen nirgendwohin, und außerdem wirkt sie viel zu clever, um sich auf so was einzulassen.«

»Aber Sie müssen zugeben, Sergeant, dass die Menschen nicht immer kluge Entscheidungen treffen.«

Barbara hörte eine Stimme im Hintergrund. Lynley befriedigte ihre Neugier: »Simon sagt gerade, dass Geld täglich Menschen dazu bringt, unvernünftige Entscheidungen zu treffen.«

»Okay, gebongt. Aber wenn das Kind von Fairclough ist und wenn der seit weiß der Teufel wie lange schon die Tully flachlegt, warum bittet er dann Scotland Yard, den Tod seines Neffen noch einmal zu untersuchen, wenn der Coroner die Sache bereits als Unfall eingestuft hat? Er musste doch damit rechnen, dass jeder Beteiligte unter die Lupe genommen würde, ihn selbst eingeschlossen. Warum zum Teufel sollte er so ein Risiko eingehen?«

»Wenn dieser Aspekt seines Privatlebens mit Cresswells Tod nichts zu tun hat, verlässt er sich vielleicht auf meine Diskretion.«

»*Wenn* er nichts mit Cresswells Tod zu tun hat«, sagte Barbara. »Und wenn doch, dann erklärt das jedenfalls, warum Hillier ausgerechnet Sie für den Job ausersehen hat, nicht wahr? Der Graf, der den Baron deckt. Ja, das würde Hillier gefallen.«

»Das will ich nicht bestreiten. Es wäre nicht das erste Mal, dass er so etwas tut. Sonst noch etwas?«, fragte Lynley.

»Ja. Ich war fleißig. Kaveh sagt die Wahrheit über die Erbschaft. Cresswell hat ihm das Haus tatsächlich vermacht. Interessant ist, wann er das getan hat. Achtung, jetzt kommt's: Er hat das Testament eine Woche vor seinem Tod unterschrieben.«

»Das ist allerdings aufschlussreich«, sagte Lynley. »Andererseits kann man sich kaum vorstellen, dass jemand dumm genug ist, gleich eine Woche später den Betreffenden aus dem Weg zu räumen.«

»Richtig«, gab Havers zu.

»Sonst noch etwas?«

»Tja, zu unchristlichen Zeiten im Einsatz zu sein, bringt außerdem den Vorteil mit sich, dass man Leute in anderen Teilen der Welt anrufen kann, weil die garantiert noch nicht im Bett liegen.«

»Zum Beispiel in Argentinien?«, riet Lynley.

»Sie haben's erfasst. Ich hab's geschafft, den Bürgermeister von *Santa María* und so weiter anzurufen. Zuerst hab ich's in seinem Büro versucht, aber da hatte ich eine Frau am Apparat, die immer nur *quién* und *qué* sagte, während ich geschrien hab ›Verdammt noch mal, stellen Sie mich zu Ihrem Bürgermeister durch‹, bis mir klar wurde, dass ich die Putzfrau an der Strippe hatte. Also hab ich ihn zu Hause angerufen, und das war nicht einfach, das kann ich Ihnen sagen.«

»Ich bewundere Sie, Barbara. Was haben Sie in Erfahrung gebracht?«

»Dass in ganz Argentinien niemand Englisch spricht. Oder dass zumindest alle so tun, als könnten sie kein Englisch. Aber irgendwann ist es mir gelungen, mit einer Frau zu telefonieren, von der ich *glaube*, dass sie Dominga Padilla del Torres de Vasquez heißt. Ich hab den Namen mehrmals wiederholt, und wenn sie nicht *quién* gesagt hat, hat sie *sí* gesagt. Als ich dann Alateas Namen genannt hab, kam ein Redeschwall, aus dem ich immer wieder *dónde*, *Dios mío* und *gracias* rausgehört hab. Woraus ich schließe, dass die Frau weiß, wer Alatea ist. Jetzt brauch ich nur noch jemanden, der mit ihr reden kann.«

»Kümmern Sie sich darum?«

»Wie gesagt, ich denke, dass Azhar irgendeinen an der Uni kennt, der Spanisch spricht.«

»Im Yard gibt es bestimmt auch jemanden, Barbara.«

»Davon bin ich überzeugt. Aber wenn ich anfange, im Yard rumzufragen, macht die Chefin mich zur Schnecke. Sie hat mich schon gefragt…«

»Ich habe mit ihr gesprochen, Barbara. Sie weiß, wo ich bin. Haben Sie es ihr gesagt?«

Barbara fühlte sich zutiefst gekränkt. Dass er ihr nach all den Jahren der Zusammenarbeit so etwas zutraute, war die Höhe. »Nein, das hab ich nicht, verdammt.« Und das war die Wahrheit. Dass sie es Isabelle Ardery hatte selbst herausfinden lassen, ohne absichtlich eine falsche Spur zu legen, war schließlich nicht ihr Problem.

Lynley schwieg. Plötzlich beschlich Barbara das ungute Gefühl, dass sie auf die Frage »sie oder ich« zusteuerten. Das war das Letzte, was sie wollte, denn wenn Lynley sich entscheiden müsste, ob er ihr oder der Chefin glaubte, war es ziemlich unwahrscheinlich, dass er einen Streit mit seiner Geliebten riskieren würde. Schließlich war er ein Mann.

Also beeilte sie sich, das Schweigen zu beenden. »Ich werd mal mit Azhar reden. Wenn er einen kennt, der Spanisch spricht, kommen wir bei Alatea Fairclough einen Schritt weiter.«

»Da ist übrigens noch etwas«, sagte Lynley und berichtete ihr von Alateas Job als Dessous-Model, bevor sie Mrs. Fairclough wurde. »Nick hat Deborah erzählt, dass es sich um ›sexy‹ Unterwäsche handelte und dass sie sich jetzt für die Bilder schämt und fürchtet, jemand könnte sie entdecken. Da sexy Unterwäsche höchstens für eine Nonne peinlich wäre oder für eine Frau, die vorhat, in die königliche Familie einzuheiraten, nehmen wir an, dass es sich eher um Pornografie handelt.«

»Okay, ich werd versuchen, darüber was in Erfahrung zu bringen«, sagte Barbara.

Während sie noch ein bisschen Smalltalk machten, versuchte Barbara, seinen Ton einzuschätzen. Glaubte er ihr, was sie ihm über Isabelle Ardery erzählt hatte? Oder glaubte er ihr nicht? Und spielte es überhaupt eine Rolle, was er glaubte? Als er auflegte, hatte sie keine Antworten auf ihre Fragen. Aber ihre Fragen gefielen ihr auch nicht.

CHALK FARM
LONDON

Laute Stimmen drangen aus der Erdgeschosswohnung des Vorderhauses, als Barbara näher kam. »Ich werde mir das nicht bieten lassen, Angelina, darauf kannst du dich verlassen!«, ertönte die unverwechselbare Stimme von Taymullah Azhar. Barbara erstarrte. Dann schrie Angelina Upman: »Willst du mir etwa *drohen*?«, worauf Azhar brüllte: »Das *fragst* du mich noch? Die Angelegenheit ist für mich erledigt.«

Barbara wollte gerade das Weite suchen, als Azhar aus der Tür stürmte, sein Gesicht so dunkel, wie sie es noch nie gesehen hatte. Als er sie sah, hielt er kurz inne, dann eilte er in Richtung Steeles Road davon.

Im nächsten Augenblick kam Angelina Upman aus dem

Haus, als wollte sie Azhar nachlaufen. Sie blieb stehen und drückte sich eine Faust vor den Mund, als sie Barbara bemerkte. Ihre Blicke begegneten sich. Dann drehte Angelina sich um und verschwand wieder im Haus.

Barbara saß in der Patsche. Angelina hatte mit ihr Freundschaft geschlossen. Barbara konnte sich schlecht verdrücken, ohne zu fragen, ob ihre Nachbarin Hilfe brauchte. Obwohl es von den Optionen, die sie blitzschnell durchging, diejenige war, die ihr am wenigsten zusagte, fasste sie sich ein Herz und klopfte an die Terrassentür.

Als Angelina öffnete, sagte Barbara: »Verzeihung. Ich war eigentlich gekommen, um Azhar etwas zu fragen…« Sie fuhr sich mit einer Hand durchs Haar, das sich immer noch fremd anfühlte, weil es jetzt ordentlich frisiert war. Sie sagte: »Ach, verflixt, tut mir furchtbar leid, dass ich den Streit mitbekommen hab. Aber ich hab fast nichts gehört. Ich bin eigentlich gekommen, weil ich Azhar um einen Gefallen bitten wollte.«

Angelina ließ die Schultern hängen. »Tut mir leid, Barbara. Wir hätten nicht so laut werden dürfen. Ich habe ein Thema angesprochen, an das ich normalerweise nicht rühren darf. Es gibt Dinge, über die man mit Hari einfach nicht reden kann.«

»Reizthemen?«

»Ja, ja, Sie wissen schon.« Sie seufzte. »Aber er wird sich schon wieder beruhigen. Das tut er immer.«

»Kann ich irgendwas für Sie tun?«

»Wenn Ihnen die Unordnung nichts ausmacht, können Sie eine Tasse Tee mit mir trinken.« Sie grinste. »Oder besser ein Glas Gin, das könnte ich jetzt gut gebrauchen.«

»Ich nehme lieber Tee«, sagte Barbara. »Heben Sie mir einen Schluck Gin fürs nächste Mal auf.«

Als sie die Wohnung betrat, sah Barbara, was Angelina mit Unordnung gemeint hatte. Anscheinend hatten Angelina und Azhar sich bei ihrem Streit mit Gegenständen beworfen. Das schien Barbara so untypisch für Azhar, dass sie Angelina entgeistert anschaute und sich fragte, ob sie allein die Sachen zerdeppert hatte. Auf dem Boden lagen zerfledderte Zeitschriften, eine zerbrochene Porzellanfigur, eine Stehlampe und in einer großen Pfütze die Scherben einer Vase zwischen zerknickten Blumen.

»Ich kann Ihnen auch beim Aufräumen helfen«, sagte Barbara.

»Zuerst der Tee«, erwiderte Angelina.

In der Küche war alles beim Alten. Angelina goss den Tee auf und stellte die Kanne auf einen kleinen Tisch unter einem hohen Fenster, durch das das Sonnenlicht hereinfiel. »Gott sei Dank ist Hadiyyah in der Schule«, sagte sie. »Sie hätte es bestimmt mit der Angst zu tun bekommen. Ich glaube nicht, dass sie Hari schon einmal so erlebt hat.«

Woraus Barbara offenbar schließen sollte, dass Angelina »Hari« sehr wohl »schon einmal so erlebt« hatte. »Wie gesagt, ich wollte ihn um einen Gefallen bitten«, bemerkte sie.

»Hari? Worum geht es denn?«

Barbara erklärte es ihr. Angelina nippte graziös an ihrem Tee. Sie hatte schöne Hände und ebenmäßige Fingernägel. »Er kennt bestimmt jemanden«, sagte sie. »Und er wird Ihnen helfen, da bin ich mir ganz sicher. Er mag Sie sehr, Barbara. Und das hier…«, sie blickte sich im Zimmer um, »… ist nur das Ergebnis von einem Zusammenprall zweier ähnlicher Charaktere. Wir vertragen uns auch wieder. Das tun wir eigentlich immer.«

»Gut zu wissen.«

Angelina trank noch einen Schluck Tee. »Wirklich dumm, wie man sich um nichts und wieder nichts streiten kann, nicht wahr? Einer macht eine Bemerkung, ein Wort ergibt das andere, und ehe man sich's versieht, fliegen die Fetzen. Wirklich lächerlich.«

Barbara wusste nicht, was sie dazu sagen sollte. Sie hatte noch nie in einer Beziehung gelebt, und wahrscheinlich würde sich daran auch in Zukunft nichts ändern. Und sich mit einem

Lebensgefährten streiten? Mit Sachen nach ihm werfen? Die Aussicht, dass sie so etwas erleben würde, war ziemlich gering. Trotzdem murmelte sie: »Ja, das ist die Hölle«, und hoffte, dass das Thema damit erledigt war.

»Sie wissen sicher von Haris Frau«, sagte Angelina. »Dass er sich von ihr getrennt hat, dass es aber nie zu einer Scheidung gekommen ist? Das hat er Ihnen doch bestimmt erzählt, oder?«

Barbara gefiel nicht, welche Richtung das Gespräch nahm. »Hm. Na ja. Äh ... mehr oder weniger.«

»Er hat sich meinetwegen von ihr getrennt. Ich war damals noch Studentin. Nicht seine, natürlich, die Naturwissenschaften liegen mir nicht. Wir haben uns beim Mittagessen kennengelernt. Die Cafeteria war brechend voll, und er hat gefragt, ob er sich zu mir an den Tisch setzen könne. Mir gefiel seine ernste, nachdenkliche Art. Und das Selbstbewusstsein, das er ausstrahlte, und dass er nicht unter dem Druck stand, andauernd vor Geist sprühende Bemerkungen zu machen. Er war bodenständig. Das hat mich angezogen.«

»Das kann ich verstehen.« Denn es war genau das, was Barbara an ihm mochte. So hatte sie Taymullah Azhar von Anfang an erlebt.

»Ich wollte nicht, dass er sich von seiner Frau trennt. Ich habe ihn geliebt – ich liebe ihn wirklich –, aber die Ehe eines Mannes zu zerstören ... So eine Frau bin ich nicht. Aber dann kam Hadiyyah. Als Hari erfuhr, dass ich schwanger war, bestand er darauf, mit mir zusammenzuziehen. Natürlich hätte ich abtreiben können. Aber sie war *unser* Kind, wissen Sie, und ich hätte es nicht ertragen ...« Sie beugte sich vor und berührte kurz Barbaras Hand. »Können Sie sich eine Welt ohne Hadiyyah vorstellen?«

Es war eine einfache Frage, auf die es eine einfache Antwort gab. »Nein«, sagte Barbara.

»Jedenfalls möchte ich schon lange, dass sie ihre Halbgeschwister kennenlernt. Aber Hari will nichts davon wissen.«

»Und darüber haben Sie sich gestritten?«

»Ja, und zwar nicht zum ersten Mal. Es ist das einzige Thema, über das wir regelmäßig aneinandergeraten. Seine Antwort lautet immer gleich: ›Das kommt nicht in Frage.‹ Als hätte er über das Leben aller anderen zu bestimmen. Wenn er so etwas sagt, bringt mich das auf die Palme. Auch wenn er sagt, dass Hadiyyah kein Geschwisterchen mehr haben soll. Er sagt immer: ›Ich habe drei Kinder, und ich werde kein viertes in die Welt setzen.‹«

»Vielleicht überlegt er sich's ja noch anders.«

»Das kann ich mir nicht vorstellen.«

»Und wenn Sie es heimlich machen?«

»Sie meinen, mit Hadiyyah ihre Halbgeschwister besuchen?« Angelina schüttelte den Kopf. »Ich habe keine Ahnung, wo sie wohnen. Ich weiß nicht mal, wie sie heißen und wer ihre Mutter ist. Womöglich ist sie mit ihren Kindern längst nach Pakistan zurückgegangen.«

»Manche Frauen werden ja auch ganz zufällig schwanger. Aber das wäre ein bisschen gemein, oder?«

»Das würde er mir nie verzeihen. Und er hat mir bereits eine Menge verziehen.«

Barbara dachte schon, Angelina würde ihr jetzt auch noch die Gründe dafür enthüllen, warum sie für ein paar Monate nach Kanada verschwunden war. Aber stattdessen sagte sie: »Ich liebe Hari von ganzem Herzen, wissen Sie. Aber manchmal hasse ich ihn auch total.« Sie musste über die Widersprüchlichkeit ihrer Bemerkung lächeln. Dann zuckte sie die Achseln. »Warten Sie eine Stunde, dann können Sie ihn auf seinem Handy anrufen. Egal, um was es geht, Hari wird Ihnen helfen.«

»Ich brauche jemanden, der fließend Spanisch spricht.«

»Das ist bestimmt kein Problem.«

LAKE WINDERMERE
CUMBRIA

Manette hatte den Verdacht, dass ihr Vater ihr nicht die Wahrheit über Vivienne Tully gesagt hatte. Aber sie hatte nicht den Mut besessen, weiter nachzuhaken. Natürlich war es albern, doch sie hatte sich vor ihrem Vater keine Blöße geben wollen. Es war nicht zum Aushalten: Irgendwie war sie immer noch das kleine Mädchen, das glaubte, wenn sie sich nur genug Mühe gab, könnte sie sich in den Sohn verwandeln, den Bernard Fairclough sich so sehnlich gewünscht hatte. Ein großer Junge weint nicht, und deswegen ließ sie sich jetzt auch zu keinem Gefühlsausbruch provozieren.

Aber das Thema war noch nicht vom Tisch. Wenn Ian über Jahre hinweg Geld an Vivienne Tully überwiesen hatte, dann blieb Manette nichts anderes übrig, als der Sache auf den Grund zu gehen. Schon allein aus Rücksicht auf ihre Mutter. Schließlich gehörte Valerie die Firma Fairclough Industries. Sie hatte sie geerbt. Bernard mochte das Unternehmen über Jahrzehnte hinweg erfolgreich geleitet haben, doch es war ein Familienbetrieb mit einem kleinen, aber mächtigen Vorstand. Und Vorstandsvorsitzende war Valerie, und nicht Bernard. Denn Valeries Vater war nicht dumm gewesen. Dass aus Bernie Dexter Bernard Fairclough geworden war, bedeutete noch lange nicht, dass er Fairclough-Blut in den Adern hatte. Und Valeries Vater hätte nie im Leben zugelassen, dass die Firma in die Hände eines Mannes fiel, der nicht als Fairclough geboren war.

Manette hatte das alles mit Freddie beredet. Zum Glück war er am Abend nicht mit Sarah verabredet gewesen, sondern hatte nur lange mit ihr telefoniert. Zähneknirschend hatte Manette durch die Tür gehört, wie er mit ihr geplaudert und gescherzt hatte, und als ihr davon schließlich der Kiefer wehtat und das Gespräch immer noch nicht beendet war, hatte sie sich auf dem Laufband ausgetobt, bis ihr T-Shirt nassgeschwitzt war. Endlich kam Freddie ins Wohnzimmer, die Wangen und sein linkes Ohr gerötet, woraus sie hätte schließen können, dass er Telefonsex gehabt hatte, hätte sie nicht gewusst, dass das nicht zu ihm passte.

Sie hatte sich noch fünf Minuten länger abgekämpft, um es wie ein ganz normales Training aussehen zu lassen, woraufhin Freddie den Daumen hochgereckt hatte, um seiner Bewunderung für ihre Kondition Ausdruck zu verleihen, und in die Küche gegangen war. Dort hatte sie ihn über einem Kreuzworträtsel brütend vorgefunden.

»Gehst du heute Abend nicht aus?«, fragte sie ihn.

»Wir legen ein Päuschen ein«, sagte er.

»Ach, macht der alte Schlawiner etwa schlapp?«

Freddie errötete. »Nein, nein, der ist topfit.«

»Freddie McGhie, also wirklich!«

Freddie sah sie mit großen Augen an, dann fiel bei ihm der Groschen. »Gott o Gott, so hab ich das nicht gemeint.« Er lachte. »Wir haben uns entschlossen …«

»Du und die Lady, oder du und der alte Schlawiner?«

»*Sarah* und ich haben uns entschlossen, es ein bisschen langsamer angehen zu lassen. Eine Beziehung sollte schließlich mehr beinhalten, als sich gegenseitig die Kleider vom Leib zu reißen.«

»Freut mich, das zu hören«, sagte Manette, ohne nachzudenken.

»Das freut dich? Wieso?«

»Ach, weil … äh …«, stotterte sie. »Na ja, ich möchte nicht, dass du einen Fehler machst. Dass du etwas tust, was du hinterher bereust.«

Er schaute sie an. Sie spürte, wie ihr die Hitze ins Gesicht stieg. Sie musste unbedingt das Thema wechseln, und ihr Gespräch mit ihrem Vater am Vortag war jetzt genau das richtige.

Freddie hörte sehr aufmerksam zu, wie es seine Art war. Als

sie geendet hatte, sagte er: »Ich glaube, es wird Zeit, dass wir beide mal mit ihm reden, Manette.«

Manette war ihm so dankbar, dass sie sich über sich selbst wunderte. Sie wusste, dass sie, wenn sie Informationen von ihrem Vater haben wollten, nur eine Option hatten: Sie mussten ihre Mutter ins Spiel bringen und sie über die abfließenden Gelder informieren.

Am späten Vormittag fuhren Manette und Freddie nach Ireleth Hall. Kurz nachdem sie aufgebrochen waren, begann es zu regnen. Es war Spätherbst, und es schüttete wie aus Eimern. In einem Monat würde es in Cumbria den ersten Schnee geben. In Great Urswick würden sie auch ein bisschen Schnee abbekommen, aber weiter oben im Norden würden die steilen, engen Pässe bis zum Frühjahr unbefahrbar sein.

Als Freddie vor der großen Eingangstür von Ireleth Hall hielt, sagte Manette: »Ich danke dir, Freddie.«

»Hä?«, fragte er verblüfft.

»Dafür, dass du mitgekommen bist.«

»Ach was. Das stehen wir doch gemeinsam durch.« Und ehe sie etwas darauf erwidern konnte, war er schon ausgestiegen und kam auf die andere Seite, um ihr die Tür aufzuhalten. »Lass uns den Stier bei den Hörnern packen, bevor uns der Mut verlässt. Falls es unangenehm wird, können wir immer noch deine Schwester anrufen und um eine nette kleine Vorstellung bitten.«

Manette lachte. Freddie kannte ihre Familie. Na ja, das war auch nicht anders zu erwarten, schließlich gehörte er schon sein halbes Leben lang dazu. Ohne über die Konsequenzen nachzudenken, fragte sie: »Warum in aller Welt haben wir beide uns eigentlich scheiden lassen, Freddie?«

»Weil einer von uns es einfach nicht gelernt hat, die Zahnpastatube nach dem Gebrauch ordentlich wieder zuzuschrauben, wenn ich mich recht erinnere«, erwiderte er leichthin.

Ohne anzuklopfen betraten sie die große Eingangshalle, in

der sie eine herbstliche Kühle empfing, da in dem riesigen Kamin kein Feuer brannte. Das Hallo, das Manette rief, hallte von den Wänden wider.

Sie hörten Schritte im Flur im ersten Stock, und gleich darauf kam Valerie die Treppe herunter. »Was für eine nette Überraschung!«, sagte sie lächelnd. »Und sogar zusammen!« Letzteres sprach sie so erwartungsvoll aus, als rechnete sie damit, dass die beiden gekommen waren, um ihre große Versöhnung zu verkünden. Da konnte Valerie lange warten, dachte Manette. Aber ihre Mutter wusste ja nichts von Freddies erfolgreichem Eintritt in die Welt des Internet-Dating.

Zugleich sagte sich Manette, dass Valeries Fehldeutung der Situation ihnen im Moment sehr nützlich sein könnte. Sie nahm Freddies Hand und sagte: »Wir wollten kurz mit dir und Dad reden. Ist er da?«

Valerie strahlte. »Ach du je. Bestimmt ist er da. Ich sehe mal, wo er steckt. Freddie, mein Lieber, könntest du in der Zwischenzeit ein Feuer machen? Wollen wir uns hier unten zusammensetzen, oder würdet ihr lieber …«

»Hier ist prima«, sagte Manette und schaute Freddie an. »Nicht wahr, Freddie?«

Wie immer lief Freddie rot an, was das Ganze absolut überzeugend machte, dachte Manette. Nachdem Valerie gegangen war, sagte er: »Also wirklich …« Worauf Manette antwortete: »Danke, dass du mitgespielt hast.« Dann hob sie seine Hand und drückte ihm einen Kuss auf die Finger. »Du bist ein Goldstück. Komm, wir kümmern uns um das Feuer. Sieh mal nach, ob der Abzug offen ist.«

Als Valerie und Bernard nach unten kamen, prasselte ein Feuer im Kamin, und Manette und Freddie standen davor und wärmten sich den Rücken. An den Gesichtern ihrer Eltern, die freudige Erwartung ausstrahlten, sah Manette, dass sie über den Grund ihres Besuchs gesprochen hatten. Das wunderte sie nicht, denn beide hatten Freddie schon damals, als sie ihn zum ersten Mal mit nach Hause gebracht hatte, sofort ins Herz geschlossen.

Ihr Vater fragte, ob sie Kaffee wollten. Ihre Mutter bot ihnen Teegebäck aus einer Bäckerei in Windermere an. Manette und Freddie lehnten höflich ab. »Aber setzen wir uns doch«, sagte Manette und bugsierte Freddie zu einem der Sofas vor dem Kamin. Ihre Eltern nahmen auf dem anderen Sofa Platz, allerdings interessanterweise so dicht an der Kante, als müssten sie jederzeit bereit sein, die Flucht zu ergreifen – oder eine Flasche Schampus zu holen. Die Hoffnung stirbt immer zuletzt, dachte Manette.

Sie sagte: »Freddie?«

Er schaute erst ihren Vater, dann ihre Mutter an und sagte: »Bernard, Valerie, es geht um Ian und die Bücher der Firma.«

Es war nicht zu übersehen, wie Bernard der Schreck in die Glieder fuhr. Er sah seine Frau so entgeistert an, als vermutete er, Valerie und seine Tochter hätten ihn gemeinsam hereingelegt, während Valerie verwirrt schwieg. Manette wusste nicht, ob Freddie das bemerkt hatte, doch es spielte auch keine Rolle, denn er ging sofort in die Offensive: »Ich weiß, dass das nicht allen gefallen wird, aber wir müssen uns bei Mignons Unterhaltszahlungen etwas einfallen lassen. Oder noch besser, die Zahlungen ganz einstellen. Und wir müssen die Sache mit Vivienne Tully klären. Das Geld, das in das Haus von Nick und Alatea geflossen ist, zusammen mit dem Geld, das Mignon und Vivienne monatlich zufließt, und dem Geld, das der Fantasiegarten hier in Ireleth Hall verschlingt… Ich würde euch gern sagen, dass Fairclough Industries ein dickes Polster besitzt, aber wir müssen unbedingt irgendwo Abstriche machen. Und zwar so bald wie möglich.«

Das war so typisch Freddie, dachte Manette. Er war ernst und ehrlich und vollkommen arglos.

Sie wartete auf die Reaktion ihres Vaters. Ebenso wie Freddie. Ebenso wie Valerie. Das Feuer knisterte und knackte, und ein dickes Scheit rollte vom Rost. Bernard nutzte die Gelegenheit, um Zeit zu gewinnen. Er stand auf, nahm die Kaminzange vom Haken und kümmerte sich um das Problem, während die anderen ihm zusahen.

Als er sich ihnen wieder zuwandte, sagte Valerie: »Erklär mir, was das für Geld ist, das jeden Monat an Vivienne Tully geht.« Sie schaute dabei jedoch nicht Freddie, sondern Bernard an.

»Tja«, sagte Freddie liebenswürdig. »Es ist ein bisschen sonderbar. Sie bekommt seit Jahren monatliche Zuwendungen, die sich stufenweise erhöhen. Bisher habe ich Ians Buchführung noch nicht komplett durchgearbeitet, aber soweit ich das bisher beurteilen kann, hat Vivienne vor Jahren eine große Summe erhalten, und zwar per telegrafischer Überweisung auf ein Konto. Dann ist ein paar Jahre lang kein Geld geflossen, und schließlich haben die monatlichen Überweisungen angefangen.«

»Wann war das?«, fragte Valerie ruhig.

»Vor ungefähr achteinhalb Jahren. Also, ich weiß ja, dass sie im Vorstand der Stiftung sitzt, Bernard …«

»Wie bitte?« Valerie schaute ihren Mann an und sagte seinen Namen, während Freddie fortfuhr: »Aber das ist ein ehrenamtlicher Posten. Natürlich bekommen ehrenamtliche Mitarbeiter ihre Auslagen erstattet, darüber hinaus jedoch keine weiteren Zuwendungen. Aber der Betrag, den sie erhält, übersteigt bei Weitem alle vorstellbaren Auslagen – es sei denn«, fügte er lachend hinzu, und für dieses unschuldige Lachen hätte Manette ihn küssen können, »sie diniert jeden Abend mit potentiellen Spendern und schickt deren Kinder zusätzlich auf Privatschulen. Und da das nicht der Fall ist …«

»Ich habe schon verstanden«, sagte Valerie. »Du auch, Bernard? Oder ist es eher so, dass du ohnehin über alles im Bilde bist?«

Bernard schaute Manette an. Natürlich würde er gern wissen, was sie Freddie erzählt hatte und welches Spiel sie jetzt mit ihm trieben. Er würde sich verraten fühlen. Er hatte ihr am Vortag im Vertrauen einiges erzählt. Tja, dachte Manette, wenn er ihr wirklich alles anvertraut hätte, dann hätte sie die Wahrheit vielleicht für sich behalten. Aber das hatte er nicht getan. Er hatte ihr gerade so viel erzählt, wie nötig war, um sie zu beruhigen. Das hatte er zumindest angenommen.

Und ebenso wie am Vortag versuchte Bernard, sich dumm zu stellen: »Ich habe keine Ahnung, warum Ian Vivienne Geld überwiesen hat. Vielleicht fühlte er sich verpflichtet...« Er geriet ins Stocken. »Vielleicht war das seine Art, mich zu schützen.«

»Und wovor genau?«, wollte Valerie wissen. »Soweit ich mich erinnere, hat Vivienne eine besser bezahlte Stelle bei einer Londoner Firma angenommen. Sie wurde nicht entlassen. Oder doch? Gibt es etwas, wovon ich nichts weiß?« Dann fragte sie Freddie: »Über welche Summe reden wir hier eigentlich?«

Freddie nannte sie ihr. Und er nannte ihr den Namen der Bank. Valeries Lippen öffneten sich leicht. Sie durchbohrte Bernard mit ihrem Blick. Er wandte sich ab.

Valerie sagte: »Was soll ich deiner Meinung nach daraus schließen, Bernard?«

Bernard schwieg.

»Soll ich annehmen, dass sie Ian aus irgendeinem Grund erpresst hat?«, fragte sie. »Vielleicht hat er ja die Bilanzen gefälscht, und sie hat es herausgefunden, und daraufhin hat er sie an seinem Gewinn beteiligt? Oder vielleicht hat sie ihm angeboten, sich zu verziehen und Niamh nichts über seine sexuellen Neigungen zu verraten, solange er sie bezahlt... obwohl das natürlich nicht erklären würde, warum er ihr weiterhin Geld überwiesen hat, nachdem er sich von Niamh getrennt hat und mit Kaveh zusammengezogen ist, nicht wahr, Darling? Also bleiben wir doch bei der ersten Möglichkeit. Freddie, gibt es irgendwelche Hinweise darauf, dass Ian die Bilanzen manipuliert hat?«

»Tja, wenn, dann nur insofern, als auch die Zahlungen an Mignon gestiegen sind. Aber in seine eigene Tasche hat er kein…«

»*Mignon*?«

»Genau. Die monatlichen Überweisungen an sie sind drastisch gestiegen«, sagte Freddie. »Das Problem ist, dass die Erhöhung gar nichts mit gestiegenen Ausgaben zu tun hat, soweit ich das beurteilen kann. Okay, da war diese Operation, doch um die zu bezahlen, hätte eine Überweisung gereicht. Und in Anbetracht der Tatsache, dass sie hier auf dem Familiensitz wohnt, hat sie ja kaum laufende Kosten, oder? Ich weiß, sie bestellt sich alles Mögliche im Internet, aber wie viel Geld kann sie da schon ausgeben? … Na ja, andererseits könnte jemand, der in der Hinsicht eine Sucht entwickelt, auf diese Weise ein Vermögen verschleudern. Trotzdem…«

Freddie plapperte nur so drauflos. Manette wusste, dass es eine Reaktion auf die Anspannung zwischen ihren Eltern war, die er genau spürte. Eigentlich hätte ihm klar sein müssen, dass sie sich auf gefährliches Terrain begeben hatten, als sie ihre Eltern über die Zahlungen an Mignon und Vivienne informiert hatten, aber in seiner Naivität hatte Freddie nicht geahnt, dass es sich um ein Minenfeld handelte.

Nachdem Freddie geendet hatte, herrschte einen Moment lang Schweigen. Valerie schaute Bernard an. Bernard fuhr sich mit der Hand über den Kopf. Schließlich sagte er: »Das hätte ich dir nicht zugetraut.«

»Was?«, fragte Manette.

»Das weißt du genau. Ich hatte immer gedacht, zwischen uns bestünde ein Vertrauensverhältnis. Aber da habe ich mich wohl getäuscht.«

»Moment«, sagte Freddie hastig, »das hat nichts mit Manette zu tun, Bernard.« Dann nahm er Manettes Hand und erklärte mit einer Bestimmtheit, die sie überraschte: »In Anbetracht der Umstände sind ihre Sorgen vollkommen berechtigt. Und sie weiß nur von den Zahlungen, weil ich ihr davon erzählt habe. Fairclough Industries ist ein Familienunternehmen …«

»Und du gehörst nicht zur Familie«, fauchte Bernard. »Du hast einmal dazugehört, aber dann hast du es dir anders überlegt. Und wenn du glaubst …«

»Rede nicht in dem Ton mit Freddie!«, fiel Manette ihm ins Wort. »Du kannst froh sein, dass du ihn hast. Wir können *alle* froh sein, dass wir ihn haben. Unter denen, die in der Firma einen verantwortungsvollen Posten bekleiden, scheint er der einzige Ehrliche zu sein.«

»Dich eingeschlossen?«, fragte ihr Vater.

»Ich glaube nicht, dass das eine Rolle spielt«, antwortete sie, »denn auf jeden Fall schließt es dich ein.« Vielleicht, dachte sie, hätte sie letztendlich alles für sich behalten, schon allein, um ihre Mutter zu schonen, aber was ihr Vater eben zu Freddie gesagt hatte, war einfach zu viel – auch wenn sie sich nicht fragte, warum es sie derart auf die Palme brachte, denn eigentlich hatte ihr Vater nur die Wahrheit gesagt: Freddy gehörte nicht mehr zur Familie. Dafür hatte sie selbst gesorgt. Sie wandte sich an ihre Mutter: »Ich glaube, Dad hat dir etwas zu sagen, etwas über ihn und Vivienne Tully.«

»Das ist mir nicht entgangen, Manette«, sagte Valerie. »Freddie, stell die Zahlungen sofort ein. Nimm Kontakt zu ihr über die Bank auf, an die die Zahlungen gehen. Die sollen sie davon in Kenntnis setzen, dass ich das entschieden habe.«

Bernard sagte: »Das ist nicht …«

»Es interessiert mich nicht, was es ist und was nicht«, schnitt Valerie ihm das Wort ab. »Und dich sollte es ebenso wenig interessieren. Oder möchtest du mir gern erklären, warum du die Zahlungen gern fortsetzen würdest?«

Bernard wirkte gequält. Unter anderen Umständen hätte sie

Mitleid mit ihm gehabt, dachte Manette. Aber Männer waren doch wirklich verdammte Mistkerle. Sie wartete darauf, dass ihr Vater versuchen würde, sich aus der Situation herauszulügen in der Hoffnung, dass sie nichts über ihr Gespräch verraten würde, in dem er ihr seine Affäre mit Vivienne Tully gestanden hatte.

Aber wie immer hatte Bernard Fairclough das Glück auf seiner Seite. Denn in dem Augenblick ging die Tür auf, und der Wind fegte herein. Als Manette sich umdrehte, weil sie glaubte, sie und Freddie hätten die Tür nicht richtig zugemacht, stürmte ihr Bruder Nicholas in die Eingangshalle.

LANCASTER
LANCASHIRE

Deborah sagte sich, dass sie unbedingt mit der Frau sprechen musste, die in Alateas Begleitung war. Denn wenn sie richtiglag mit ihrer Vermutung, dass alles mit Alateas Schwierigkeiten tun hatte, ein Kind zu bekommen, dann würde Alatea garantiert nicht gerne darüber reden wollen. Vor allem nicht mit einer Frau, die ihr die Unwahrheit über den Grund ihres Aufenthalts in Cumbria gesagt hatte. Und ebenso wenig würde Alatea einem Klatschreporter ihr Herz ausschütten. Wenn sie also den Grund für Alateas merkwürdiges Verhalten herausfinden wollten, dann mussten sie sich an Alateas Begleiterin halten.

Sie rief Zed auf dem Handy an.

»Das wird aber auch höchste Zeit«, fauchte er. »Wo zum Teufel stecken Sie? Was ist los? Wir haben eine Abmachung, und wenn Sie …«

»Sie sind in eins der Gebäude gegangen«, sagte sie.

»Na, das hilft uns ja enorm viel weiter«, schnaubte er. »Wahrscheinlich nimmt sie einfach an irgendeinem Seminar teil. Zusammen mit ihrer Freundin.«

»Ich muss mit ihr reden, Zed.«

»Ach, ich dachte, das hätten Sie bereits vergeblich versucht.«

»Ich rede nicht von Alatea. Die wird ebenso wenig mit mir reden wie mit Ihnen. Ich meine die Frau, mit der sie aus dem Invalidenheim gekommen ist. Mit der will ich reden.«

»Wieso?«

Jetzt wurde es kompliziert. »Die beiden scheinen sich ganz gut zu kennen. Sie haben sich auf dem ganzen Weg ziemlich angeregt unterhalten. Sie wirkten wie Freundinnen, und Freundinnen vertrauen einander Geheimnisse an.«

»Und Freundinnen wissen ein Geheimnis zu hüten.«

»Natürlich. Aber ich habe schon öfter festgestellt, dass die Leute außerhalb von London einen Heidenrespekt vor Scotland Yard haben. Hier draußen braucht man nur mit dem Dienstausweis zu wedeln, und schon sind die Leute bereit, einem ihre Geheimnisse zu offenbaren.«

»Dasselbe gilt für Reporter«, bemerkte Zed.

Sollte das ein Scherz sein?, fragte sich Deborah. Wahrscheinlich nicht. »Verstehe«, sagte sie.

»Dann …«

»Ich glaube, ich allein wirke weniger bedrohlich.«

»Inwiefern?«

»Das ist doch klar. Erstens wären wir in der Überzahl: zwei Fremde, die eine Frau auf ihre Freundschaft mit einer anderen Frau ansprechen. Zweitens … Also, Sie müssen schon zugeben, Zed, dass Sie mit Ihrer Größe ziemlich einschüchternd wirken.«

»Ich bin sanft wie ein Lamm. Das wird sie schnell genug merken.«

»Mag sein. Aber vergessen Sie nicht, wer wir sind. Sie wird verlangen, dass wir uns ausweisen. Stellen Sie sich das mal vor. Ich zeige ihr meinen Ausweis, Sie zeigen ihr Ihren – wie wird sie reagieren, wenn sie mitkriegt, dass Scotland Yard und die

Source gemeinsame Sache machen? Es würde nicht funktionieren. Ich muss unbedingt unter vier Augen mit der Frau reden. Ich werde Ihnen berichten, was sie mir erzählt, und dann sehen wir weiter.«

»Und woher soll ich wissen, dass Sie das auch tun? Dass Sie mich nicht reinlegen?«

»Damit Sie als Nächstes auf der Titelseite der *Source* einen Artikel darüber bringen, dass Scotland Yard hier oben verdeckt ermittelt? Glauben Sie mir, Zed, mir ist nicht danach zumute, mit Ihnen Spielchen zu treiben.«

Er schwieg. Deborah hatte sich in sicherer Entfernung von dem Gebäude postiert, denn sie wollte nicht von den beiden Frauen gesehen werden, wenn sie herauskamen. Es schien ihr das Beste zu sein, zu dem Invalidenheim zurückzukehren und dort auf Alatea und ihre Begleiterin zu warten. Das konnte natürlich Stunden dauern, was bedeutete, dass sie ziemlich lange in Zeds Auto würden hocken müssen, aber sie hatte keine andere Wahl.

Sie erklärte ihm jedoch, falls er einen besseren Vorschlag habe, solle er damit nicht hinter dem Berg halten.

Zum Glück hatte er keinen anderen Vorschlag. Er war nicht dumm. Ihm war klar, dass eine Konfrontation mit den beiden Frauen hier auf dem Campus der University of Lancaster zu nichts führen würde. Zumindest oberflächlich betrachtet, hatten die Frauen nichts getan, was sie in irgendeiner Weise verdächtig erscheinen ließ. Auf die Frage »Sieh mal einer an, was machen Sie beide denn hier?« würden sie mit Sicherheit ein »Das geht sie überhaupt nichts an!« als Antwort erhalten.

Zed sah das ein, aber er machte Deborah deutlich, dass es ihm trotzdem nicht gefiel. Herumzusitzen und zu warten, erklärte er ihr, sei nicht sein Stil. Das passe nicht zu einem Journalisten. Ein Journalist bekomme seine Story, indem er Informationen ausgrub und Leute zur Rede stellte. Das gehöre zum Alltag des investigativen Journalismus.

Obwohl Deborah am liebsten verächtlich geschnaubt hätte, nickte sie verständnisvoll. Richtig, selbstverständlich, sie verstehe ihn ja. Aber im Moment wüssten sie nicht einmal den Namen der Frau, mit der Alatea hergekommen war, und ohne den Namen könnten sie auch nichts ausgraben.

Endlich gelang es ihr, Zed zu überzeugen. Er sagte, er werde sie dort wieder aufgabeln, wo sie ausgestiegen war. Dann würden sie zum Invalidenheim fahren und dort warten, bis Alatea und ihre Begleiterin zurückkamen. Und während sie warteten, könnten sie sich einen Plan für ihr weiteres Vorgehen zurechtlegen, darauf bestehe er, fügte er hinzu, denn er werde sich auf keinen Fall diese Story durch die Lappen gehen lassen, bloß weil sie ein falsches Spiel mit ihm spiele.

»Keine Sorge, Zed«, sagte Deborah. »Sie könnten mich in große Schwierigkeiten bringen, wenn ich mich nicht an unsere Abmachung hielte.«

Er lachte in sich hinein. »Daran erkennt man einen guten Reporter.«

»Ja«, sagte sie. »Das ist mir inzwischen klar geworden.«

Sie beendeten das Gespräch. Deborah wartete noch ein paar Minuten, um zu sehen, ob Alatea und ihre Begleiterin das Gebäude wieder verließen. Das passierte nicht. Soweit Deborah aus den Aushängen in der Eingangshalle hatte schließen können, befanden sich in dem Gebäude nur Büros und Labors und keine Vorlesungssäle. Das bedeutete, dass Alatea und ihre Begleiterin wahrscheinlich nicht an irgendeinem Seminar teilnahmen, wie Zed vermutete. Und da das Institut für Reproduktionsmedizin in dem Gebäude untergebracht war, glaubte Deborah, dass sie bald wissen würden, was Alatea zu verbergen hatte.

VICTORIA
LONDON

Barbara Havers musste noch einmal in den Yard. Sie brauchte Winston Nkatas Hilfe, und die bekam sie nur in der Victoria Street, es sei denn, sie konnte ihn überreden, sich für ein paar Stunden mit ihr an einem Ort zu treffen, wo sie Zugang zum Internet hatten. Aber bei sich zu Hause hatte sie keinen Internetanschluss. Ja, sie besaß nicht einmal einen Laptop und hatte auch noch nie das Bedürfnis dazu verspürt, da sie fand, dass die Leute nur ihre Zeit an den Dingern verplemperten. Die Welt der unbegrenzten Informationen war nicht ihre Sache. Das Leben war doch viel übersichtlicher gewesen, als Geräte nichts weiter als einen Knopf zum Ein- und Ausschalten besaßen und als das Tastentelefon und die Fernbedienung das Äußerste an moderner Technologie dargestellt hatten. Damals hatte man ein paar Anrufe getätigt und sich die Informationen, die man brauchte, von anderen zutragen lassen.

Heutzutage sah das alles ganz anders aus. Heutzutage lief ein Ermittler sich nicht mehr die Hacken ab, sondern brachte seinen Kopf zum Qualmen. Und inzwischen fand sie sich, wenn auch widerstrebend, tatsächlich einigermaßen im Internet zurecht, während Winston sich regelrecht zum Experten auf dem Gebiet gemausert hatte. Die Frage lautete: Wie fand man ein bestimmtes Model, das für sexy Dessous warb? Winston würde die Antwort wissen.

Natürlich könnte sie ihn einfach anrufen, aber das wäre nicht dasselbe. Sie musste sehen, was auf dem Bildschirm erschien, wenn er sich durch das Web klickte.

Also fuhr sie in den Yard. Von der Eingangshalle aus rief sie ihn an und bat ihn, sich mir ihr in der Bibliothek zu treffen. Es handle sich um eine Nacht- und Nebelaktion, von der die Chefin nichts wissen dürfe.

»Barb …«, sagte er.

Sie wusste genau, was es bedeutete, wenn Winston diesen Ton anschlug. Aber sie wusste auch, wie sie seine Bedenken ausräumen konnte.

»Lynley braucht ein paar Informationen«, sagte sie. Für Lynley würde Winnie alles tun, das wusste sie. »Du kannst dich doch für eine Weile loseisen, oder? Es dauert auch nicht lange.«

»Was hast du vor?«

»Pornos kucken.«

»Auf einem Computer hier im Yard? Bist du verrückt geworden?«

»Befehl von Hillier«, sagte sie. »Echt mal, Winnie, glaubst du im Ernst, ich mach das zum Vergnügen? Lynley ist da einer Sache auf der Spur. Wahrscheinlich nichts weiter als irgendeine fette Kuh, die für Reizwäsche wirbt.«

Er sagte, er werde in die Bibliothek kommen, fügte jedoch hinzu – und das war typisch Winnie –, dass er, sollte er der Chefin über den Weg laufen und sie ihn fragen, was er vorhabe, die Wahrheit sagen werde.

»Versuch wenigstens, ihr aus dem Weg zu gehen, okay?«, sagte Barbara. »Lynley hat schon Ärger bekommen, weil sie spitzgekriegt hat, dass er mich in die Sache reingezogen hat. Wenn sie dahinterkommt, dass ich auch noch deine Hilfe in Anspruch nehme, dreht sie ihm den Hals um.«

Das überzeugte ihn, wie sie gehofft hatte. Er würde Ardery so gut es ging aus dem Weg gehen.

Als Barbara in der Bibliothek eintraf, wartete Winston bereits auf sie. Eine Begegnung mit Isabelle Ardery hatte er erfolgreich vermieden, dafür war er Dorothea Harriman über den Weg gelaufen, und das war keine gute Nachricht. Die Sekretärin der Abteilung schien über einen siebten Sinn zu verfügen, der sie wahrscheinlich befähigte, Winstons Absichten an seinen Schnürsenkeln abzulesen. Tja, daran ließ sich jetzt nichts mehr ändern.

Sie machten sich an die Arbeit. Winstons flinke Finger flogen über die Tastatur. Nachdem Barbara ihm Alatea Faircloughs unaussprechlichen Geburtsnamen buchstabiert hatte, war er nicht mehr zu bremsen. Ein Fenster nach dem anderen öffnete sich auf dem Bildschirm, und Barbara versuchte gar nicht erst, Schritt zu halten. Winston erklärte ihr nicht, was er tat oder wohin die Reise ins Netz ging. Er warf jeweils einen kurzen Blick auf die Bilder, die auftauchten, traf irgendeine Entscheidung und hackte wieder in die Tasten. Er würde einen guten Ermittler für Computerkriminalität abgeben, dachte Barbara. Das wollte sie ihm gerade sagen, als ein wütendes »Sergeant Havers und Sergeant Nkata« ihr sagte, dass Dorothea Harriman nicht dichtgehalten und Isabelle Ardery sie entdeckt hatte.

Nkata drehte sich um. Er erstarrte. Barbara starrte ihre Chefin ausdruckslos an. Was hatte die Ardery eigentlich? Ging es um Lynley und darum, dass er seine nächtlichen Pflichten bei ihr nicht erfüllte? Oder wurmte es sie nur, dass sie nicht alles unter Kontrolle hatte?

Winston stand langsam auf und schaute Barbara an. Sie sagte: »Ich hab mir Winston für ein paar Sekunden ausgeliehen, Chefin. Ich brauch unbedingt ein paar Informationen, und er kennt sich mit dem Internet viel besser aus als ich.«

Isabelle Ardery musterte sie von oben bis unten und las den Spruch auf Barbaras T-Shirt, der deutlich zu sehen war, da sie ihre Jacke über die Stuhllehne gehängt hatte. Er lautete: *Christus ist für unsere Sünden gestorben – enttäuschen wir ihn nicht.*

»Ihr Urlaub ist beendet, Sergeant Havers«, sagte Ardery. »Ich erwarte Sie in einer Stunde zurück zum Dienst, und zwar ordentlich gekleidet.«

Barbara entgegnete: »Bei allem Respekt, Chefin …«

»Treiben Sie es nicht zu weit, Barbara«, fiel Ardery ihr ins Wort. »Vielleicht stehen Ihnen noch weitere sechs Tage oder vielleicht auch sechs Wochen Urlaub zu, aber es scheint mir ziemlich offensichtlich, dass Sie keinen Urlaub machen. Also sehen Sie zu, dass Sie wieder zur Arbeit erscheinen.«

»Ich wollte nur sagen …«

»Sergeant Havers!«, bellte Ardery. »Entscheiden Sie sich!«

»Chefin«, sagte Barbara hastig, »ich schaffe es nicht in einer Stunde, nach Hause zu fahren, mich umzuziehen und wieder hier zu sein. Das ist schlichtweg unmöglich. Außerdem muss ich noch zur London University. Wenn Sie mir noch diesen einen Tag lassen … Ich schwöre, ich bin in dreißig Sekunden hier raus, und morgen erscheine ich pünktlich und tipptopp zum Dienst.« Dann fügte sie hinzu: »Ich hab Winston gezwungen, mir zu helfen, Chefin. Also lassen Sie es bitte nicht an ihm aus.«

»Es?«, fauchte Ardery. »Was genau meinen Sie mit *es*, Sergeant Havers?«

Barbara hörte Winston stöhnen, aber zum Glück so leise, dass die Ardery es nicht mitbekam. Barbara sagte: »Ich weiß nicht … einfach … na ja … Stress im Job und so weiter.«

»*Und so weiter*?« Isabelles Augen funkelten vor Wut, und Barbara wäre am liebsten im Erdboden versunken.

»Nichts, Chefin«, murmelte sie, obwohl sie am liebsten gesagt hätte *Na ja, ohne Lynley im Bett.* »Ich hab nichts Konkretes gemeint. War nur so dahingesagt.«

»Ach ja? Reizen Sie mich nicht noch weiter mit Ihren Sprüchen, Sergeant. Beenden Sie, was auch immer Sie hier machen, und dann verschwinden Sie. Und wenn Sie morgen früh nicht pünktlich zum Dienst erscheinen, können Sie ab morgen Nachmittag in Usbekistan den Verkehr regeln. Habe ich mich deutlich genug ausgedrückt?«

»Mehr als deutlich, Chefin«, sagte Barbara.

»Und Sie«, sagte Ardery zu Nkata, »kommen mit mir.«

»Keine Spur von Reizwäsche«, sagte Nkata zu Barbara und fügte so leise, dass Ardery es nicht hörte, hinzu: »Überprüfen Sie mal Raul Montenegro.«

Barbara wartete, bis Ardery und Nkata die Bibliothek verlassen hatten. Innerlich fluchte sie über ihr Pech mit Ardery. Sie würde sich in Zukunft hundertfünfzig Prozent korrekt verhalten müssen, wenn sie nicht wollte, dass ihre Chefin sie auf den Mond katapultierte.

Sie setzte sich an den Computer und betrachtete den Bildschirm. Schon wieder alles auf Spanisch, stellte sie zähneknirschend fest, aber nach einer Weile entdeckte sie den Namen, den Winston ihr genannt hatte. *Raul Montenegro.* Also gut, dachte Barbara, dann wollen wir mal.

LAKE WINDERMERE
CUMBRIA

Im Laufe der Jahre hatte Manette ihren kleinen Bruder in allen möglichen Zuständen erlebt, von stocknüchtern bis halb bewusstlos. Sie hatte ihn reumütig erlebt, sie hatte ihn ernst, manipulierend, traurig, aufgeregt, ängstlich, freudig erregt und paranoid erlebt. Aber sie hatte ihn noch nie so wütend erlebt wie jetzt, als er in die Eingangshalle von Ireleth Hall gestürmt kam und die Tür hinter sich zuknallte.

Sein Auftritt war beeindruckend, und alle starrten ihn mit offenem Mund an.

»Nicky, was ist passiert?«, fragte Valerie.

»Alles in Ordnung?«, fragte Bernard. »Wo ist Alatea? Ist Alatea etwas zugestoßen?«

»Nein, Alatea geht es gut«, antwortete Nicholas schroff. »Ich will mit dir über Scotland Yard reden. Das wird dir doch nichts ausmachen, oder? Oder dir, Manette? Oder Freddie? Ich nehme an, ihr seid alle im Bilde.«

Manette schaute ihren Vater an. Sie hatte nicht vor, darauf irgendetwas zu erwidern, und sie drückte Freddies Hand, damit er den Mund hielt. Sie spürte, dass er sie ansah, aber er sagte nichts, sondern verschränkte nur seine Finger mit ihren.

Bernard sagte: »Ich weiß nicht, wovon du redest, Nick. Setz dich. Du siehst ja furchtbar aus. Hast du nicht geschlafen?«

»Tu bloß nicht so, als würdest du dir Sorgen um mich machen«, fauchte Nicholas. »Du hast jemanden von London herbeordert, der gegen mich ermittelt, und tu bloß nicht so, als wüsstest du nichts davon.« Er baute sich direkt vor seinem Vater auf: »Was zum Teufel hast du dir dabei gedacht? Hast du etwa angenommen, ich würde davon nichts mitbekommen? Glaubst du vielleicht, die Drogen und der Alkohol haben mir dermaßen das Gehirn aufgeweicht, dass ich mich nicht fragen würde ... Herrgott noch mal, ich sollte dir wirklich den Hals umdrehen. Das wäre doch ein Leichtes für mich, oder? Offenbar bin ich so ein kaltblütiger Mörder, dass es auf eine Leiche mehr oder weniger im Bootshaus auch nicht mehr ankommt.«

»Nicholas!« Valerie war aufgesprungen. »Hör auf!«

»Ach, du steckst also mit ihm unter einer Decke?«, höhnte er. »Ich hätte nicht gedacht ...«

»*Ich* habe das alles veranlasst«, sagte Valerie.

Er verstummte. Manette war so schockiert, dass sich ihr der Magen zusammenzog. Aber schon bald folgte Verwirrung auf den Schock.

»Valerie«, sagte Bernard. »Das ist nicht nötig.«

»Ich fürchte doch.« Dann sagte sie zu Nicholas: »Die Polizei ist auf meinen Wunsch hier. Dein Vater hat das auf meinen Wunsch hin veranlasst. Es war nicht seine Idee. Hast du das verstanden? Er ist nach London gefahren, weil er jemanden bei Scotland Yard kennt. Doch es war weder seine Idee noch Manettes ...« Sie zeigte auf Manette, die händchenhaltend mit Freddie auf dem Sofa saß. »... noch Mignons. Ich allein bin dafür verantwortlich.«

Nicholas wirkte wie jemand, dem gerade eine tödliche Wunde zugefügt worden war. Endlich fand er seine Stimme wieder: »Meine eigene Mutter. Glaubst du wirklich ... Traust du mir allen Ernstes zu ...?«

»Es ist nicht ganz so, wie du denkst«, sagte Valerie.

»… dass ich Ian umgebracht habe?« Er schlug mit der Faust auf den Kaminsims. »Glaubst du das? Hältst du mich für fähig, einen Mord zu begehen? Was ist eigentlich mit dir los?«

»Nick. Es reicht«, sagte Bernard. »Schließlich hast du eine Vergangenheit …«

»Ich kenne meine Vergangenheit, verflucht noch mal. Nur zu gut. Du brauchst mich nicht daran zu erinnern. Aber ich kann mich nicht erinnern, jemals die Hand gegen irgendjemanden erhoben zu haben.«

»Niemand«, sagte Valerie, »hat die Hand gegen Ian erhoben. So ist er nicht gestorben.«

»Warum zum Teufel …«

»Valerie«, sagte Bernard. »Das macht alles nur noch schlimmer.«

»Schlimmer kann es nicht mehr werden«, sagte Nicholas. »Es sei denn, es gibt einen anderen Grund, warum meine Mutter sich an Scotland Yard gewendet hat. Das versuchst du doch gerade, mir weiszumachen, oder? Ermittelt Scotland Yard etwa gegen Manette? Oder gegen Mignon? Oder gegen Fred? Oder tanzt der immer noch nach Manettes Pfeife?«

»Wag es nicht, so über Freddie zu reden«, sagte Manette. »Und ja, Scotland Yard war auch bei uns. Und wir haben von der ganzen Sache erst erfahren, als man uns einen Scotland-Yard-Ausweis unter die Nase gehalten hat.«

»Na, immerhin«, sagte Nicholas. Dann wandte er sich an seine Mutter: »Hast du überhaupt eine Ahnung – irgendeinen blassen Schimmer …«

»Es tut mir leid«, sagte sie. »Ich habe dich verletzt, und das tut mir wirklich leid. Aber es gibt Dinge, die wichtiger sind als …«

»Ach ja? Was denn zum Beispiel?«, schrie er. Dann plötzlich schien ihm ein Licht aufzugehen. »Geht es um die Firma? Darum, wer was erbt? Wer die Firma übernimmt?«

»Nicholas, bitte. Es gibt auch noch andere Dinge, die …«

»Glaubst du etwa, dass mich das interessiert? Glaubst du, deswegen bin ich zurückgekommen? Es interessiert mich einen feuchten Kehricht, wer die Firma leitet. Übergib sie Manette. Oder Freddie. Oder irgendeinem dahergelaufenen Idioten. Kannst du dir vorstellen, was das alles mit Alatea macht? Dass jemand in unser Haus kommt und überall herumschnüffelt und sich ausgibt als … als … Diese Polizistin, die du herbestellt hast, hat uns von Anfang an belogen, Mum. Kapierst du das? Sie hat uns irgendeine alberne Geschichte aufgetischt, warum sie hier ist, und sie hat Allie in Angst und Schrecken versetzt. Allie glaubt … Gott, ich weiß ja nicht mal, was sie glaubt, aber sie ist vollkommen außer sich, und sie denkt, ich hätte … Siehst du denn nicht, was du angerichtet hast? Meine eigene Frau … Wenn sie mich verlässt …«

»Sie?«, fragte Bernard. »*Sie* ist zu euch gekommen? Wovon redest du, Nick?«

»Wovon zum Teufel soll ich schon reden? Von eurer verdammten Polizistin von Scotland Yard!«

»Es ist ein Mann«, sagte Valerie. »Nicholas, es ist ein Mann, keine Frau. Wir wissen nichts von …«

»Natürlich nicht, Mum, alles klar.«

»Sie sagt die Wahrheit«, schaltete sich Manette ein.

»Er hat jemanden mitgebracht«, fügte Bernard hinzu. »Aber auch das ist ein Mann, Nick. Ein forensischer Gutachter. Wenn eine Frau bei euch gewesen ist, um mit Alatea zu reden, dann hat das nichts mit Scotland Yard zu tun.«

Nicholas erbleichte. Blitzschnell ging er alle Möglichkeiten durch, das sah Manette ihm deutlich an.

Dann murmelte er: »Montenegro.«

»Wer?«, fragte Bernard.

Aber so schnell, wie Nicholas gekommen war, so plötzlich war er verschwunden.

LANCASTER
LANCASHIRE

Während Deborah mit Zed Benjamin im Auto saß und darauf wartete, dass Alatea und ihre Begleiterin zum Invalidenheim zurückkehrten, klingelte ihr Handy. Sie vermutete, dass es Simon war, und überlegte schon, ob sie das Gespräch annehmen oder es auf die Mailbox umleiten lassen sollte, um nicht in Gegenwart des Journalisten ein »offizielles« Gespräch vortäuschen zu müssen, aber ein Blick aufs Display sagte ihr, dass es Tommy war. Damit würde sie umgehen können, sagte sie sich.

»Mein Chef«, sagte sie zu Zed, dann nahm sie das Gespräch entgegen. »Inspector Lynley, hallo.«

»Wie förmlich.«

»Aber selbstverständlich«, erwiderte sie fröhlich, ohne den Blick von dem Invalidenheim abzuwenden. Sie spürte, dass Zed sie anschaute.

»Ich habe mich mit Simon getroffen«, sagte Lynley.

»Damit hatte ich gerechnet.«

»Er ist auf uns beide nicht besonders gut zu sprechen. Auf mich nicht, weil ich dich in die Sache mit hineingezogen habe, und auf dich nicht, weil du gegen seinen Willen weiterermittelst. Wo steckst du überhaupt?«

»In Lancaster.«

»Was in aller Welt machst du denn in Lancaster? Und wie bist du dahin gekommen?«

»Wie meinen Sie das?«

»Deborah, was soll das? Simon hat mich von eurem Hotel aus angerufen.«

»Sie sagten doch, Sie hätten sich getroffen.«

»Das war später. Er ist zum Hotel zurückgefahren. Du warst weg, aber dein Mietwagen stand noch da. Er macht sich ziemliche Sorgen.«

»Aber nicht genug, um mich anzurufen.«

»Herrgott noch mal, Deb. Jetzt sei nicht so streng mit dem Mann. Er weiß, dass du wütend auf ihn bist und sowieso nicht rangehen würdest, wenn sein Name auf dem Display erscheint. Also, was machst du in Lancaster? Und wie bist du dahin gekommen?«

Sie hatte nicht vor, Zed Benjamin zu erwähnen. »Alatea Fairclough ist hier. Sie hat sich mit einer Frau getroffen und ist mir ihr zur Uni gefahren. Jetzt warte ich darauf, dass die beiden wieder auftauchen, weil ich mit ihr reden will. Nicht mit Alatea, mit der anderen.«

»Deb.« Sie hörte ihm an, dass er nicht so recht wusste, wie er mit der Situation umgehen sollte. Sollte er an ihre Vernunft appellieren? Auf ihre Zeit als Liebespaar anspielen? Er befand sich ihr gegenüber in einer interessanten Position, dachte sie.

Er sagte: »Simon möchte, dass du mit ihm nach London zurückkehrst. Er macht sich Sorgen.«

»Das wäre im Moment eine unkluge Entscheidung. Ich bin hier etwas Wichtigem auf der Spur.«

»Genau deswegen macht er sich ja solche Sorgen. Du bist schon einmal einem Mörder verdammt nah gekommen.«

Guernsey, dachte sie. So wie Humphrey Bogart und Ingrid Bergman ihr Paris hatten, würden Simon und sie immer ihr Guernsey haben. Okay, sie hatte etwas abbekommen. Aber sie hatte es überlebt. Sie war nicht einmal ansatzweise in Lebensgefahr gewesen. Und die jetzige Situation war weiß Gott nicht mit damals vergleichbar, als sie in einem Erdloch gehockt hatte und jemand eine Handgranate aus dem Krieg in der Hand gehalten hatte. Sie sagte: »Sie sind also nicht derselben Meinung wie die Forensiker?«

»Wovon redest du? Über Simons Schlussfolgerungen bezüglich der Geschehnisse im Bootshaus?« Das Telefongespräch gestaltete sich zunehmend verwirrend für Lynley, dachte Deborah. »Gegen die wissenschaftlichen Erkenntnisse zur Todesursache lässt sich schwerlich argumentieren, Deb.«

»Aber man kann die Dinge so oder so betrachten«, sagte sie.

»Da gebe ich dir recht. Und offenbar hegst du irgendeinen Verdacht gegen Alatea Fairclough. Ich habe übrigens Barbara Havers auf sie angesetzt.«

»Sie sehen also …«

»Wie gesagt, ich gebe dir recht. Aber ehrlich gesagt, mache ich mir Sorgen um Simon.«

»Sie glauben, dass er sich irrt?«

»Nicht notwendigerweise. Er macht sich viel zu große Sorgen um dich, und das macht einen manchmal blind für Dinge, die direkt vor einem liegen. Trotz allem kann ich nicht zulassen, dass du …«

»Was meinen Sie mit zulassen?«

»Das war dumm ausgedrückt. So kommen wir nicht weiter. Was soll ich sagen – ich kenne dich. Aber versprich mir wenigstens, dass du auf dich aufpasst.«

»Selbstverständlich. Und Sie?«

»Es gibt hier noch ein paar lose Enden, die ich verknoten muss. Du rufst mich doch an, falls irgendetwas ist, oder?«

»Auf jeden Fall, Inspector.« Sie beendete das Gespräch. Sie schaute Zed Benjamin an, um zu sehen, ob er Verdacht geschöpft hatte. Er war dabei, so tief wie möglich in seinen Sitz zu rutschen, und deutete mit dem Kinn zu dem Invalidenheim. Alatea und ihre Begleiterin fuhren gerade auf den Parkplatz.

Deborah und Zed blieben, wo sie waren. Weniger als eine Minute später kam Alateas Begleiterin um die Ecke und ging zurück ins Gebäude. Kurz darauf bog Alatea vom Parkplatz in die Straße ein und fuhr in Richtung Arnside, wie Deborah erleichtert feststellte. Zeit herauszufinden, was die andere Frau wusste, dachte sie.

»Ich mache mich auf den Weg«, sagte sie zu Zed.

»Ich gebe Ihnen eine Viertelstunde, dann rufe ich Sie auf dem Handy an«, sagte Zed.

»Das können Sie gern tun. Aber Sie brauchen sich keine Sorgen zu machen, dass ich verschwinden könnte, denn ich bin darauf angewiesen, dass Sie mich mit zurück nach Milnthorpe nehmen.«

Zed brummelte vor sich hin. Er sagte, er werde sich in der Zwischenzeit ein bisschen die Füße vertreten, die ihm in den zwei Stunden, die sie in dem engen Auto gewartet hatten, fast eingeschlafen waren. Sie sagte, sie würde ihn auf dem Handy anrufen, falls er sich zu weit von dem Invalidenheim entfernte.

»Oh, da machen Sie sich mal keine Sorgen«, entgegnete Zed. »Ich werde mich ganz in Ihrer Nähe aufhalten.«

Daran zweifelte Deborah nicht im Geringsten. Der Mann würde sich im Gebüsch verstecken und am Fenster lauschen, wenn er könnte. Aber den Kompromiss musste sie eingehen, sagte sich Deborah, stieg aus, eilte über die Straße und betrat das Gebäude.

Sie entschied sich dafür, ganz direkt vorzugehen, denn ohne Polizeiausweis blieb ihr sowieso nichts anderes übrig. Sie trat an den Empfangstresen, setzte ihr charmantestes Lächeln auf und sagte zu dem Mann hinter dem Tresen, offenbar selbst ein ehemaliger Soldat, sie habe gerade eine Frau in das Gebäude gehen sehen, »groß, braunes, im Nacken zusammengebundenes Haar, langer Rock, Stiefel…?« Sie sei sich ganz sicher, dass es sich bei der Frau um eine Klassenkameradin ihrer älteren Schwester handle, und sie würde so gern ein paar Worte mit ihr wechseln. Sie sei sich natürlich darüber im Klaren, dass es eine verrückte Bitte war, womöglich sei die Frau ja jemand ganz anderes. Andererseits…

»Sie meinen bestimmt Lucy«, sagte der alte Mann. Er trug eine Militäruniform, die ihm an seinem feisten Körper klebte. »Sie ist unsere Sozialarbeiterin. Veranstaltet Spiele und Gymnastik und leitet Freizeitgruppen. Geht im Dezember mit uns zum Krippenspiel.«

»Lucy, ja genau! So hieß sie tatsächlich«, rief Deborah aus.

»Wäre es vielleicht möglich…« Sie sah den Mann hoffnungsvoll an.

»Einer hübschen Frau kann man doch keinen Wunsch abschlagen«, sagte er. »Woher haben Sie bloß das schöne Haar?«

»Von meiner Großmutter väterlicherseits«, antwortete Deborah.

»Sie sind ein Glückspilz. Ich hab schon immer was übriggehabt für einen Rotschopf.« Er nahm den Telefonhörer ab und gab eine Nummer ein. Einen Augenblick später sagte er: »Hier fragt eine schöne Frau nach Ihnen, Darling«, und lauschte. Dann: »Nein, eine andere. Sie scheinen ja neuerdings sehr beliebt zu sein!« Er lachte über etwas, was die Frau zu ihm gesagt hatte, dann legte er auf und sagte Deborah, Lucy würde gleich da sein.

»Es ist mir echt peinlich«, sagte Deborah. »Aber ich kann mich einfach nicht mehr an Lucys Nachnamen erinnern.«

»Keverne«, sagte der Mann. »Lucy Keverne. So hat sie damals geheißen, und so heißt sie immer noch, denn sie ist nicht verheiratet. Hat nicht mal einen Freund. Ich versuch's immer wieder bei ihr, aber sie sagt, ich bin ihr zu jung.«

Deborah tat die Vorstellung grinsend ab, so wie es von ihr erwartet wurde, und setzte sich gegenüber dem Tresen auf eine hölzerne Wartebank. Sie überlegte, was in aller Welt sie zu Lucy Keverne sagen sollte, doch sie hatte nicht viel Zeit, um darüber nachzudenken, denn kaum eine Minute später betrat die Frau, die sie in Alatea Faircloughs Begleitung gesehen hatte, die Eingangshalle. Verständlicherweise sah sie Deborah etwas verdattert an. Wahrscheinlich passierte es nicht häufig, dass Wildfremde sie auf ihrer Arbeitsstelle besuchten.

Aus der Nähe sah Deborah, dass die Frau jünger war, als sie aus der Entfernung angenommen hatte. Trotz der feinen grauen Strähnen in ihrem Haar sah man an ihrem Gesicht, dass sie noch keine dreißig war. Sie trug eine modische Brille, die ihre hübschen Wangenknochen betonte. Außerdem trug sie ein modernes Hörgerät, wie Deborah auffiel. Hätte sie ihr langes Haar offen getragen, wären die feinen Kabel, die in ihren Ohren verschwanden, überhaupt nicht aufgefallen.

Sie legte den Kopf schief und fragte: »Was kann ich für Sie tun?« Dann streckte sie die Hand aus und fügte hinzu: »Lucy Keverne.«

»Können wir irgendwo ungestört reden?«, fragte Deborah. »Es geht um eine Privatangelegenheit.«

Lucy Keverne runzelte die Stirn. »Eine Privatangelegenheit? Falls Sie hier sind, um einen Heimplatz für einen Verwandten zu beantragen, bin ich die falsche Person.«

»Nein, nein, darum geht es nicht. Es hat mit der Universität in Lancaster zu tun«, sagte Deborah. Es war ein Schuss ins Blaue, doch offenbar hatte sie ins Schwarze getroffen.

»Wer sind Sie?« Lucy klang leicht beunruhigt. »Wer hat Sie hergeschickt?«

»Können wir uns irgendwo ungestört unterhalten?«, fragte Deborah noch einmal. »Haben Sie vielleicht ein Büro?«

Lucy Keverne schaute kurz zu dem Mann am Empfangstresen hinüber, während sie überlegte. Schließlich sagte sie: »Also gut, kommen Sie mit.« Sie führte Deborah in einen Wintergarten, von dem aus man in einen unerwartet großen Garten schaute. Mehrere alte Männer saßen dort über ihre Zeitung gebeugt, und zwei spielten an einem niedrigen Tisch Cribbage.

Sie gingen in den Garten hinaus. »Von wem haben Sie meinen Namen?«, wollte Lucy wissen.

»Ist das wichtig?«, fragte Deborah. »Ich brauche Hilfe, und ich dachte, die könnte ich von Ihnen bekommen.«

»Sie müssen sich schon ein bisschen genauer ausdrücken.«

»Natürlich«, sagte Deborah. »Ich möchte mich gern mit Ihnen über Fortpflanzung unterhalten. Ich versuche schon seit Jahren, ein Kind zu bekommen. Jetzt hat sich herausgestellt, dass ich nicht schwanger werden kann.«

»Das tut mir leid. Das muss sehr schwer für Sie sein. Aber wie kommen Sie auf die Idee, dass ich Ihnen helfen könnte?«

»Weil Sie mit einer anderen Frau zum George Childress Centre gegangen sind. Ich habe Sie gesehen und bin Ihnen gefolgt in der Hoffnung, mit Ihnen reden zu können.«

Lucys Augen wurden schmal. Wahrscheinlich überlegte sie, wie gefährlich Deborah ihr werden konnte. Bisher verständigten sie sich mit einer Art von Code, alles war vollkommen legal. Aber es war eine Gratwanderung, und ein einziger Schritt konnte sie in die Illegalität führen.

»Wir waren zu zweit«, sagte Lucy. »Warum sind Sie mir gefolgt und nicht der anderen Frau?«

»Ich hab's drauf ankommen lassen.«

»Weil ich Ihnen fruchtbarer vorkam?«

»Nein, entspannter. Weniger verzweifelt. Nach ein paar Jahren kennt man die Blicke. Den Gesichtsausdruck. Irgendwie gierig. Das kriegt man bei einer anderen Frau mit, es ist wie ein biologischer Code. Ich weiß nicht, wie ich es anders ausdrücken soll. Wer es nicht erlebt hat, sieht es nicht. Ich weiß, wovon ich spreche.«

»Okay, gut möglich. Aber ich weiß trotzdem nicht, was Sie von mir wollen.«

Die Wahrheit, dachte Deborah. Aber sie wusste nicht, wie sie es anstellen sollte. Noch einmal versuchte sie es mit einem Teil ihrer eigenen Wahrheit. »Ich suche nach einer Leihmutter«, sagte sie. »Und ich glaube, Sie können mir helfen, eine zu finden.«

Lucy musterte Deborah. Sie waren einem Weg gefolgt, der zu einer großen Urne am Ende des Gartens führte. Jetzt blieb Lucy stehen und verschränkte die Arme vor der Brust. »Sie haben sich wohl nicht sehr intensiv mit dem Thema beschäftigt, nicht wahr?«

»Offensichtlich nicht.«

»Also, dann rate ich Ihnen, es zu tun. Es gibt Eispenderinnen, Samenspender, Leihmutterschaft mit dem Ei der biologischen Mutter und dem Samen eines Spenders, mit dem Ei der

Leihmutter und dem Samen des biologischen Vaters und so weiter. Wenn Sie sich auf die eine oder andere Weise für diesen Weg entscheiden, müssen Sie als Erstes verstehen, wie das alles funktioniert. Und Sie müssen sich mit den juristischen Implikationen beschäftigen.«

Deborah nickte. »Sind Sie … Können Sie … Ich weiß nicht recht, wie ich es formulieren soll … Aber welche Rolle übernehmen Sie in der Regel?«

»Ich bin Eispenderin«, sagte Lucy.

Deborah erschauderte. Was für ein unpersönlicher, klinischer Ausdruck. Aber sie hatte gefragt, welche Rolle Lucy *in der Regel* übernahm. Vielleicht war sie ja auch offen für andere Rollen. »Und was ist mit Leihmutterschaft?«

»Das habe ich bisher noch nie gemacht.«

»Bisher? Diese Frau, mit der Sie zur Uni gefahren sind, die hat Sie also gefragt …?«

Lucy antwortete nicht sofort. Sie musterte Deborah, als versuchte sie, sie einzuschätzen. »Ich bin nicht bereit, über die Frau zu sprechen. Es handelt sich um eine sehr vertrauliche Angelegenheit. Das werden Sie sicherlich verstehen.«

»Selbstverständlich.« Deborah dachte, jetzt wäre ein bisschen verzweifeltes Händeringen angebracht, was ihr durchaus nicht schwerfiel. »Ich bin in mehreren Kliniken gewesen. Und da habe ich erfahren, dass man, was Leihmutterschaft angeht, ganz auf sich selbst gestellt ist. Also, wenn es darum geht, eine Leihmutter zu finden.«

»Ja«, sagte Lucy. »So ist es tatsächlich.«

»Man hat mir geraten, mich an eine Freundin, eine Schwester, an eine Kusine oder sogar an meine eigene Mutter zu wenden. Aber wo soll ich anfangen? Was soll ich tun? Ich kann doch schlecht jedes Gespräch mit einer gebärfähigen Frau anfangen mit: ›Würdest du in Erwägung ziehen, ein Kind für mich auszutragen?‹« Plötzlich war die Verzweiflung, die sie für Lucy Keverne hatte spielen wollen, ganz echt. Sie blinzelte, um ihre Tränen zurückzuhalten. »Tut mir leid. Verzeihen Sie.«

Das rührte Lucy Keverne offenbar, denn sie legte Deborah eine Hand auf den Arm und zog sie zu einer Bank an einem Teich, dessen Oberfläche mit Herbstlaub bedeckt war. Sie sagte: »Es ist ein idiotisches Gesetz. Es soll verhindern, dass Frauen aus Profitgier Kinder austragen. Es soll Frauen schützen. Natürlich wurde das Gesetz von Männern gemacht. Das finde ich, ehrlich gesagt, ziemlich ironisch: dass Männer Gesetze für Frauen machen. Als hätten die eine Ahnung, was gut für uns ist, wo sie doch im Allgemeinen selbst unser größtes Problem sind.«

»Darf ich fragen ...« Deborah kramte in ihrer Tasche nach einem Taschentuch. »Sie sagten, Sie sind Eispenderin ... Aber wenn Sie jemanden kennen würden ... Eine Frau, die Ihnen nahesteht ... Eine Frau, die verzweifelt ist ... Würden Sie ...« Wie sollte sie einer völlig Fremden eine solche Frage stellen, dachte Deborah.

Lucy Keverne wirkte nicht argwöhnisch, doch sie zögerte mit einer Antwort. Offenbar, dachte Deborah, waren sie in ihrem Gespräch an einem Punkt angelangt, der Lucys Verhältnis zu Alatea Fairclough berührte. Lucy selbst hatte die Möglichkeiten bereits aufgezählt: Entweder brauchte Alatea Lucy als Eispenderin oder als Leihmutter. Eine andere Möglichkeit sah Deborah nicht. Bestimmt hatten die beiden Frauen im George Childress Centre an der Uni von Lancaster keinen gemeinsamen Bekannten besucht.

»Wie gesagt, ich bin Eispenderin«, sagte Lucy. »Zu mehr wäre ich nicht bereit.«

»Sie würden sich also nicht als Leihmutter zur Verfügung stellen?«, fragte Deborah.

»Nein, tut mir leid. Das würde ich ... emotional nicht verkraften, wenn Sie verstehen, was ich meine. Ich glaube nicht, dass ich das könnte.«

»Aber kennen Sie vielleicht jemanden? Eine Frau, mit der ich reden könnte? Eine Frau, die ...?«

Lucy betrachtete ihre Stiefel. Sie waren schön, dachte Deborah, wahrscheinlich italienisch. Aber nicht teuer. »Sie könnten sich mal die Kleinanzeigen in der Zeitschrift *Conception* ansehen«, sagte Lucy schließlich.

»Sie meinen, Leihmütter werben in dieser Zeitschrift für sich?«

»Gott, nein. Das ist ja alles illegal. Aber manchmal ... Auf diese Weise finden Sie vielleicht eine Eispenderin. Und eine Frau, die bereit ist, ihre Eier zu spenden, ist vielleicht auch zu mehr bereit. Oder sie kennt eine Frau, die Ihnen helfen kann.«

»Die ein Kind für mich austragen würde.«

»Ja.«

»Das ist bestimmt ... unglaublich teuer.«

»Nicht teurer, als selbst ein Kind zur Welt zu bringen, abgesehen von einer In-Vitro-Befruchtung. Eine Leihmutter darf nicht viel mehr dafür verlangen. Alles andere würde gegen das Gesetz verstoßen.«

»Man muss also eine Frau finden, die außergewöhnlich viel Mitgefühl aufbringt«, sagte Deborah. »Die bereit ist, eine Schwangerschaft auf sich zu nehmen und sich dann von dem Kind zu trennen. Das müsste aber eine ganz außergewöhnliche Person sein.«

»Ja, das haben Sie vollkommen recht.« Lucy Keverne stand auf und reichte Deborah die Hand. »Ich hoffe, ich habe Ihnen weiterhelfen können.«

In gewisser Weise hatte sie das, dachte Deborah. Aber andererseits hatte sie auch wieder nicht viel erfahren. Sie stand auf und bedankte sich. Immerhin wusste sie jetzt mehr als vorher. Was das alles mit dem Tod von Ian Cresswell zu tun hatte – oder ob es überhaupt etwas damit zu tun hatte –, wusste sie jedoch immer noch nicht.

VICTORIA
LONDON

Der Name Raul Montenegro brachte Barbara Havers ein paar Schritte weiter. Sie fand ein Foto von dem Mann und dazu einen Artikel, der natürlich auf Spanisch war. Nachdem sie ein paar Links in dem Artikel angeklickt hatte, hatte sie schließlich ein Bild von Alatea Vasquez del Torres vor sich. Ein Rasseweib, dachte Barbara. Sah aus wie eine südamerikanische Filmschauspielerin. Schwer vorstellbar, was sie am Arm eines Typen zu suchen hatte, der mit all seinen Warzen aussah wie eine Kröte.

Das also war Raul Montenegro. Er war gut zwanzig Zentimeter kleiner als Alatea und mindestens dreißig Jahre älter. Er trug eine grässliche Elvis-Presley-Perücke und hatte eine monströse Warze auf der Nase. Aber er grinste wie ein Honigkuchenpferd, und Barbara hatte den Eindruck, dass sich in seinem Gesicht Besitzerstolz ausdrückte. Natürlich konnte sie das nicht mit Sicherheit wissen, doch es gab nur eine Möglichkeit, das herauszufinden.

Sie druckte die Seite aus und nahm ihr Handy aus der Tasche. Dann rief sie Azhar an der Uni an.

Selbstverständlich werde er ihr helfen, sagte er, als sie ihn an die Strippe bekam. Jemanden zu finden, der Spanisch sprach, dürfte kein großes Problem sein.

Auf die Frage, ob sie nach Bloomsbury kommen solle, antwortete Azhar, er werde ihr Bescheid geben. Er müsse die Person, die er um die Übersetzung bitten wolle, erst kontaktieren. Wo Barbara denn gerade sei?

»In der Höhle des Löwen«, antwortete sie.

»Ah«, sagte er, »also bei der Arbeit. Sollen wir dann lieber zu Ihnen kommen?«

»Im Gegenteil«, erwiderte Barbara. »Ich muss machen, dass ich hier wegkomme.«

In dem Fall werde er sie so bald wie möglich anrufen, damit

sie einen Treffpunkt verabreden könnten, sagte Azhar. Dann fügte er noch hinzu: »Ich muss mich auch entschuldigen.«

»Wieso?«, fragte Barbara, aber im selben Augenblick fiel es ihr wieder ein: sein morgendlicher Streit mit Angelina. »Oh«, sagte sie. »Sie meinen wegen heute Morgen. Na ja, solche Dinge passieren. Man möchte ja immer meinen, die Liebe überwindet alles ... In Büchern und in Filmen sind alle immer glücklich und zufrieden bis ans Lebensende. Und so weiter. Ich kenn mich auf dem Gebiet nicht aus, doch nach allem, was ich so mitbekomme, ist der Weg zum zufriedenen Glück bis ans Lebensende mit Schlaglöchern übersät. Scheint mir das Klügste zu sein, sich an das zu halten, was man hat, auch wenn es nicht immer leicht ist. Ich meine, was bleibt einem denn anderes als die Menschen, die man liebt?«

Er schwieg. Im Hintergrund waren Stimmen und Geschirrklappern zu hören. Wahrscheinlich hatte sie ihn in einer Cafeteria oder einem Restaurant erwischt. Plötzlich fiel ihr auf, dass sie seit Stunden nichts gegessen hatte.

Schließlich sagte er: »Ich rufe Sie so bald wie möglich an.«

»Alles klar. Und Azhar ...?«

»Ja?«

»Danke für Ihre Hilfe.«

»Ist mir ein Vergnügen.«

Barbara überlegte, wie wahrscheinlich es war, dass sie ihrer Chefin noch einmal über den Weg lief, wenn sie sich auf die Suche nach etwas Essbarem machte. Wenn sie etwas einigermaßen Gesundes zu sich nehmen wollte, würde sie sich in die Kantine begeben müssen. Dann gab es natürlich noch die Automaten. Oder die Möglichkeit, den Yard zu verlassen und in irgendeinem Restaurant auf Azhars Anruf zu warten. Oder sie könnte erst mal eine rauchen, ein Gedanke, der ihr sehr verlockend erschien. Dazu müsste sie sich ins Treppenhaus schleichen und hoffen, dass sie nicht erwischt wurde. Oder sie müsste nach draußen gehen. Entscheidungen über Entscheidungen, dachte Barbara. Am Ende entschloss sie sich, sich zusammenzureißen und noch ein bisschen im Internet zu recherchieren. Vielleicht konnte sie ja noch etwas über Raul Montenegro in Erfahrung bringen.

BRYANBARROW
CUMBRIA

Tim würde diesmal ohne Protest in die Schule gehen, denn heute musste Kaveh ihn fahren. Es war die einzige Möglichkeit, Kaveh allein zu erwischen. Und das war unbedingt nötig, denn solange Gracie in der Nähe war, konnte er unmöglich mit ihm reden. Gracie war jetzt schon total durcheinander. Sie musste nicht auch noch erfahren, dass Kaveh vorhatte, seine Eltern und seine Ehefrau nach Bryanbarrow zu holen und sich die Altlasten namens Cresswell vom Hals zu schaffen.

Und so überraschte er Kaveh, indem er zeitig aufstand und sich fertig machte für die Margaret Fox School, die Sonderschule für unheilbar Verrückte wie ihn. Er stellte alles auf den Küchentisch, was Gracie gern zum Frühstück aß, und machte ihr zum Mitnehmen ein Sandwich mit Tunfischsalat, das er zusammen mit einem Apfel, einer kleinen Tüte Kartoffelchips und einer Banane in eine Tupperdose packte. Sie bedankte sich distanziert würdevoll, woraus er schloss, dass sie immer noch um Bella trauerte. Also ging er, anstatt zu frühstücken, in den Garten, grub die Puppe aus und stopfte sie in seinen Rucksack, um sie mit nach Windermere zu nehmen und dort reparieren zu lassen. Den Puppensarg legte er zurück in das kleine Grab und schaufelte es wieder zu. Dann eilte er ins Haus und stopfte sich noch schnell eine Scheibe Toast mit Marmite in den Mund.

Solange Gracie mit im Auto saß, sagte Tim kein Wort. Nachdem sie in Crosthwaite, wo sie zur Schule ging, ausgestiegen war, lehnte er sich gegen die Beifahrertür und musterte Kaveh. Er hatte das Bild vor Augen, wie Kaveh es mit seinem Vater trieb, bis die Körper der beiden im Dämmerlicht vor Schweiß glänzten. Dazu brauchte er noch nicht einmal seine Fantasie anzustrengen, denn er hatte die beiden einmal durch den Türspalt beobachtet und gesehen, wie sie in Ekstase aufs Bett gesunken waren und sein Vater heiser gestöhnt hatte, Gott, ja! Der Anblick hatte ihm den Magen umgedreht und mit Abscheu und Hass erfüllt. Aber es hatte auch etwas anderes in ihm berührt, etwas, womit er nicht gerechnet hatte, und einen Moment lang hatte das Blut wie wild in seinen Adern pulsiert. Und deswegen hatte er sich hinterher mit einem Taschenmesser eine Schnittwunde zugefügt und Essig in die Wunde geträufelt, um sein erhitztes Blut von der Sünde zu reinigen.

Er konnte sich sehr wohl vorstellen, wie alles angefangen hatte. Kaveh war ein gutaussehender Typ, und einem Perversen wie seinem Vater musste er einfach gefallen haben. Selbst wenn Kaveh, wie es nun den Anschein hatte, selbst gar nicht so pervers war.

Als sie sich Winster näherten, schaute Kaveh Tim kurz an. Offenbar spürte er den Abscheu, den Tim für ihn empfand. »Gut, dass du heute zur Schule gehst«, sagte er ein bisschen steif. »Dein Dad würde sich freuen.«

»Mein Dad«, sagte Tim, »ist tot.«

Kaveh erwiderte nichts. Noch einmal schaute er Tim an, aber die Straße war eng und kurvig, und so konnte er wirklich nur einen ganz kurzen Blick riskieren, um einzuschätzen, was Tim als Nächstes tun oder sagen würde.

»Was dir wohl sehr zupasskommt«, fügte Tim hinzu.

»Was?«

»Dass Dad tot ist. Was Besseres konnte dir doch gar nicht passieren.«

Zu seiner Überraschung bog Kaveh in eine Haltebucht ab und machte eine Vollbremsung. Sie befanden sich mitten im

Berufsverkehr, jemand hupte und zeigte Kaveh den Stinkefinger, aber Kaveh bemerkte es nicht, oder vielleicht war es ihm auch egal.

»Wovon redest du?«, wollte Kaveh wissen.

»Du meinst, warum es gut für dich ist, dass mein Dad tot ist?«

»Ganz genau das meine ich. Wovon redest du?«

Tim schaute aus dem Fenster. Es gab nicht viel zu sehen. Sie standen neben einer Feldsteinmauer, aus der Farnwedel wuchsen wie Straußenfedern an Frauenhüten. Wahrscheinlich gab es hinter der Mauer Schafe, doch die konnte er nicht sehen, nur am Horizont einen Berggipfel mit einer Wolkenkrone.

»Ich habe dich etwas gefragt«, sagte Kaveh. »Und ich hätte gern eine Antwort.«

»Ich muss dir keine Fragen beantworten«, entgegnete Tim. »Dir nicht und auch sonst keinem.«

»Doch, das musst du, wenn du Anschuldigungen erhebst«, sagte Kaveh. »Und genau das hast du getan. Du kannst versuchen, so zu tun, als hättest du es nicht getan, aber damit wirst du nicht weit kommen. Also sag mir gefälligst, was du meinst.«

»Warum fährst du nicht weiter?«

»Weil ich es nicht muss.«

Tim hatte diese Konfrontation herbeigewünscht, jetzt jedoch war er sich nicht mehr so sicher, ob er sie wollte. Er saß allein in einem Auto mit dem Mann, für den sein Vater seine Familie zerstört hatte. War das nicht gefährlich? Ließ nicht die Tatsache, dass Kaveh Mehran es fertiggebracht hatte, an Tims Geburtstag bei ihnen aufzutauchen und die Karten auf den Tisch zu legen, darauf schließen, dass er noch zu ganz anderen Dingen fähig war?

Nein, sagte sich Tim. Er hatte keine Angst. Denn wenn irgendeiner Grund zur Angst haben musste, dann war es Kaveh Mehran. Der Mann war ein Lügner, ein Betrüger, ein Familienzerstörer und alles andere dazu.

»Wann ist denn die Hochzeit, Kaveh?«, fragte er. »Und was willst du deiner Zukünftigen erzählen? Hast du vor, sie darüber aufzuklären, was du hier so alles getrieben hast? Oder ist das der Grund, warum du Gracie und mich loswerden willst? Damit sie nichts von alldem erfährt? Ich nehm an, dass wir beide nicht zur Hochzeit eingeladen werden, das wär wohl ein bisschen zu viel verlangt. Dabei würde Gracie bestimmt gern Brautjungfer sein.«

Kaveh sagte nichts darauf. Tim rechnete es ihm hoch an, dass er erst nachdachte, anstatt ihn sofort anzuschnauzen, das gehe ihn alles nichts an. Wahrscheinlich überlegte er krampfhaft, wie Tim es geschafft hatte, die Wahrheit rauszufinden.

»Hast du meiner Mutter eigentlich schon Bescheid gesagt?«, fragte Tim. »Denn wenn nicht, kann ich dir gleich flüstern, dass sie bestimmt nicht begeistert sein wird.«

Tim wunderte sich über das, was er empfand, während er das alles sagte. Er wusste nicht, was das war. Es war ein Gefühl, das ihn total vereinnahmte, und er wollte, dass es wegging. Er fand es furchtbar, wenn so etwas passierte. Er fand es zum Kotzen, wenn er auf die Worte und Taten anderer Leute reagierte. Er wäre gern wie eine Glasscheibe, an der alles abprallte wie Regen, und es machte ihn fast verrückt, dass ihm das bisher noch nicht gelungen war. Es war, als wäre er auf ewig verflucht, dazu verdammt, in einer Hölle zu leben, in der er der Gnade der anderen ausgeliefert war und nicht umgekehrt.

»Gracie und du, ihr gehört zu eurer Mutter«, sagte Kaveh schließlich. »Ich habe euch gern bei mir. Und ich würde euch bei mir behalten, aber …«

»Aber das würde deiner Frau wohl nicht gefallen«, schnaubte Tim. »Außerdem würde es ein bisschen voll im Haus, da deine Eltern ja auch einziehen sollen. Mann, das ist echt perfekt gelaufen, was? Fast als hättest du es genau so geplant.«

Kaveh sah ihn durchdringend an. »Wovon genau redest du?«, fragte er.

Etwas Unerwartetes schwang in den Worten mit, etwas wie Wut, aber es war mehr als Wut. In dem Moment dachte Tim, dass Wut gefährlich sein konnte und dass es gefährlich werden konnte, wenn Leute wie Kaveh in Wut gerieten und sich vergaßen. Aber das war ihm egal. Sollte der Typ ruhig ausrasten, na und? Etwas Schlimmeres, als er bereits angerichtet hatte, konnte er sowieso nicht tun.

»Ich rede davon«, sagte Tim, »dass du heiraten willst. Wahrscheinlich sagst du dir, dass die Arschfickerei mit meinem Dad dir eingebracht hat, was du wolltest, und dass du dir jetzt eine Frau nehmen kannst und alles. Natürlich hast du ein Problem, solange Gracie und ich da sind, weil, ich könnte dich ja, wenn deine Frau und deine Eltern zufällig neben dir stehen, beiläufig fragen: ›Seit wann stehst du denn auf Frauen, Kaveh?‹«

»Du weißt nicht, wovon du redest«, sagte Kaveh. Er drehte sich nach hinten, um den Verkehr zu beobachten, und schaltete den Blinker ein.

»Ich rede davon, dass du dich von meinem Dad hast ficken lassen«, sagte Tim. »Und zwar jede Nacht. Glaubst du im Ernst, dass du eine Frau findest, die dich noch heiratet, wenn sie davon erfährt, Kaveh?«

»›Jede Nacht‹?«, wiederholte Kaveh stirnrunzelnd. »›Von deinem Dad ficken lassen‹? Wovon zum Teufel redest du, Tim?« Er machte Anstalten, sich in den Verkehr einzufädeln.

Blitzschnell streckte Tim die Hand aus und drehte den Zündschlüssel um. »Dass du mit meinem Dad gefickt hast, davon rede ich.«

Kaveh sah ihn an. »Ficken … Was ist eigentlich los mit dir? Was geht in deinem Kopf vor? Wie kommst du auf die Idee, dass dein Vater und ich …?« Kaveh setzte sich so hin, als richtete er sich auf ein längeres Gespräch mit Tim ein. »Dein *Vater* war mir ein guter, lieber Freund, Tim. Ich habe große Achtung vor ihm gehabt, und wir haben uns gemocht, wie das bei guten Freunden üblich ist. Aber dass da mehr gewesen sein soll …

Dass er und ich … Glaubst du etwa, dein Vater und ich wären ein homosexuelles Paar gewesen? Wie kannst du nur so etwas annehmen? Er hat mir ein Zimmer in seinem Haus vermietet, und ich war sein Untermieter, mehr nicht.«

Tim starrte Kaveh entgeistert an. Der Mann wirkte vollkommen ernst. Er log so dreist und so geschickt, dass Tim einen Augenblick lang tatsächlich versucht war zu glauben, er und alle anderen hätten sich in Bezug auf Kaveh und seinen Vater geirrt, vor allem in Bezug auf das, was die beiden miteinander getrieben hatten. Aber Tim war dabei gewesen, als sein Vater vor der versammelten Familie erklärt hatte, dass er Kaveh Mehran liebte, er hatte seinen Vater mit Kaveh zusammen gesehen, und deswegen kannte er die Wahrheit.

»Ich hab euch beobachtet«, sagte er. »Durch den Türspalt. Du auf allen vieren und mein Vater, der dich in den Arsch gefickt hat … Das hast du nicht gewusst, stimmt's? Das macht deine Situation ein bisschen komplizierter, nicht wahr? Ich hab euch beobachtet, okay? Ich hab euch *beobachtet*!«

Kaveh wandte sich ab. Dann seufzte er. Tim dachte schon, er würde endlich alles zugeben und ihn anflehen, seinen Eltern und seiner Zukünftigen nichts zu verraten. Aber Kaveh überraschte ihn erneut. Er sagte: »In deinem Alter hatte ich auch solche Träume. Sie kommen einem sehr real vor, nicht wahr? Man nennt sie Wachträume. Sie entstehen meist beim Einschlafen, und sie wirken so echt, dass man hinterher glaubt, man hätte das alles tatsächlich erlebt. Solche Träume führen dazu, dass die Leute alles Mögliche glauben: dass sie von Außerirdischen entführt wurden, dass sie jemanden ins Zimmer haben schleichen sehen, dass sie Sex mit einem Elternteil, einem Lehrer oder einem Freund hatten. Dabei hat sich das alles in ihrem Schlaf abgespielt. Genau wie bei dir, als du geglaubt hast, du hättest deinen Vater und mich beim Sex beobachtet.«

Tims Augen weiteten sich. Er wollte etwas sagen, doch Kaveh kam ihm zuvor.

»Und dass dein Traum, in dem du deinen Vater und mich gesehen hast, mit Sex zu tun hatte, hat mit deinem Alter zu tun, Tim. Bei vierzehnjährigen Jungs spielen die Hormone verrückt. Das ist ganz normal, das gehört zur Pubertät. In dem Alter träumen Jungen dauernd von Sex und ejakulieren sogar im Schlaf. Das ist ihnen peinlich, wenn niemand ihnen erklärt, dass das vollkommen normal ist. Aber dein Vater hat dir das doch erklärt, oder? Ganz bestimmt hat er das. Oder deine Mutter?«

Tim hatte das Gefühl, gleich zu explodieren, er wollte sich nicht zum Narren halten lassen. »Du verdammter Lügner!«, schrie er und spürte zu seinem Entsetzen, wie ihm die Tränen kamen. Plötzlich wurde ihm sonnenklar, wie es ausgehen würde, egal, was er tat oder was er Kaveh androhte oder was er irgendjemandem erzählte, vor allem Kavehs Eltern und seiner zukünftigen Frau.

Und es gab niemand anderen, der diesen Leuten die Wahrheit über Kaveh sagen konnte. Und selbst wenn es jemanden gäbe, der es könnte, würden Kavehs Verwandte gar nicht daran interessiert sein, sich von irgendeinem Wildfremden, der nicht mal Beweise für seine Behauptungen hatte, die Augen öffnen zu lassen. Außerdem war Kaveh der beste Lügner, den Tim je erlebt hatte. Tim konnte die Wahrheit sagen, er konnte schreien und toben, es würde alles nichts nützen, denn Kaveh würde ihm jedes Wort im Mund umdrehen.

Ihr dürft es Tim nicht übel nehmen, würde er mit ernster Miene sagen. Nehmt ihn einfach nicht ernst. Er geht auf eine Sonderschule, eine Schule für gestörte Kinder. Es kommt vor, dass er merkwürdige Sachen behauptet, seltsame Dinge tut … Zum Beispiel hat er der Lieblingspuppe seiner kleinen Schwester die Arme und Beine ausgerissen, und vor Kurzem hab ich ihn dabei erwischt, wie er den Enten im Bach den Hals umdrehen wollte.

Und die Leute würden ihm natürlich glauben. Erstens

glaubten die Leute sowieso immer, was sie glauben wollten, und zweitens stimmte das alles ja tatsächlich. Es war, als hätte Kaveh die ganze Sache von Anfang an geplant, von dem Moment an, als er Tims Vater kennengelernt hatte.

Tim schnappte sich seinen Rucksack und machte die Beifahrertür auf.

»Was machst du da?«, fragte Kaveh. »Bleib hier. Du musst in die Schule!«

»Scher dich zum Teufel«, sagte Tim und knallte die Tür zu.

VICTORIA
LONDON

Raul Montenegro war jedenfalls keine Sackgasse, dachte Barbara. Sie hatte sich eine Stunde lang von Link zu Link geklickt und so viele Artikel über den Mann gefunden, dass sie mehrere Meter Papier gebraucht hätte, um sie alle auszudrucken. Sie musste sich also für einige wenige entscheiden. Natürlich waren sämtliche Artikel auf Spanisch, aber immerhin hatte Barbara so viel verstanden, dass der Mann ein reicher Industrieller war und dass er in Mexiko irgendetwas mit Erdgas zu tun hatte. Offenbar war Alatea Fairclough, geborene Alatea Vasquez del Torres, aus Argentinien nach Mexiko gegangen, auch wenn die Gründe dafür Barbara noch nicht klar waren. Alatea war entweder aus einem Ort, den Barbara noch nicht ermittelt hatte, nach Mexiko gezogen. Oder, was wahrscheinlicher war, wenn man die Reaktion der Frau in Argentinien bedachte, mit der Barbara zu telefonieren versucht hatte, sie war irgendwann aus Santa María de la Cruz, de los Ángeles y de los Santos verschwunden. Entweder war sie eine Nichte oder Kusine oder sonstige Verwandte des dortigen Bürgermeisters oder, was Barbara für wahrscheinlicher hielt, sie war mit einem von dessen Söhnen verheiratet gewesen. Das würde zumindest die Aufregung am anderen Ende der Leitung erklären, als es Barbara endlich gelungen war, im Haus des Bürgermeisters jemanden an die Strippe zu bekommen. Falls Alatea aus einer Ehe mit einem der Söhne des Bürgermeisters geflüchtet war, dann würde dieser Bürgermeistersohn sicherlich wissen wollen, wo sie steckte. Vor allem, sagte sich Barbara, falls die beiden immer noch verheiratet sein sollten.

Das waren natürlich alles Spekulationen, dachte Barbara. Azhar musste ihr unbedingt jemanden besorgen, der Spanisch lesen und ihr das Zeug übersetzen konnte, aber er hatte sich immer noch nicht bei ihr gemeldet. Also verfolgte sie weiterhin mühsam alle Spuren, die sie hatte, und schwor sich, bei Winston Nkata einen Intensivkurs in Internetrecherche zu belegen.

Sie fand heraus, dass Raul Montenegro steinreich war. Das entnahm sie einem online-Artikel von *Hola!*, dem Mutterschiff der englischen Zeitschrift *Hello!*. Beide Zeitschriften brachten in erster Linie Hochglanzfotos von Sternchen und Berühmtheiten mit strahlend weißen Gebissen, so dass man eine Sonnenbrille brauchte, wenn man sie betrachten wollte. Und natürlich trugen sie alle Designerklamotten und ließen sich in ihren palastartigen Villen oder – falls das eigene Heim für die Leser des jeweiligen Blatts zu bescheiden war – in teuren Szene-Hotels ablichten. Raul Montenegro mit der grauenhaften Nase war bereits mehrmals in *Hola!* porträtiert worden. Auf den Fotos posierte er auf seinem Anwesen irgendwo an der mexikanischen Küste, inmitten von Palmen und exotischer Vegetation und jeder Menge attraktiver junger Frauen und Männer, die sich an seinem Swimmingpool räkelten. Ein weiteres Foto zeigte Montenegro am Bug seiner Yacht, um ihn herum mehrere jugendliche Crewmitglieder in sehr engen weißen Hosen und genauso engen blauen T-Shirts. Barbara schloss daraus, dass Montenegro sich gern mit Jugend und Schönheit umgab, da auf sämtlichen Fotos nur junge Menschen zu sehen waren, die entweder schön oder umwerfend schön waren. Wo, fragte sie sich, während sie die Fotos betrachtete, kamen all diese schönen Menschen her? So viele braun gebrannte, schlanke, geschmeidige, appetitliche Menschen bekam man wahrscheinlich sonst nur bei einem Casting Call zu sehen. Was Barbara natürlich auf die Frage brachte, ob diese jungen Leute sich tatsächlich um irgendeine Rolle bewarben. Und falls dem so war, konnte sie sich auch schon denken, um was es sich handelte. Geld besaß doch immer eine unglaubliche Anziehungskraft. Und Raul Montenegro schien regelrecht in Geld zu schwimmen.

Interessant war allerdings, dass Alatea Fairclough geborene Soundso auf keinem einzigen der Fotos in *Hola!* auftauchte. Barbara verglich das Erscheinungsdatum der Zeitschrift mit dem Datum des Artikels, zu dem das Foto gehörte, auf dem Alatea an Montenegros Arm hing. Die Fotos in *Hola!* waren älter. Vielleicht hatte Montenegro sich ja geändert, nachdem er Alatea kennengelernt hatte. Alatea besaß die Art Schönheit, die es einer Frau erlaubte, die Gesetze zu bestimmen: Wenn du mich willst, musst du auf alle anderen verzichten.

Was Barbara wieder an die Situation in Santa María de la Cruz, de los Ángeles y de los Santos denken ließ, wie auch immer diese Situation aussehen mochte. Genau das musste sie herausfinden. Sie druckte den *Hola!*-Artikel aus und nahm sich noch einmal den Bürgermeister Ésteban Vega y de Vasquez von Santa María und so weiter vor. Erzählen Sie mir Ihre Geschichte, Señor, dachte sie. Im Moment würde mich alles interessieren.

LAKE WINDERMERE
CUMBRIA

»Ich habe Barbara Havers von deinem … wie soll ich es nennen, Thomas? … Fall … abgezogen.«

Lynley hatte am Straßenrand angehalten, um den Anruf entgegenzunehmen. Er war auf dem Weg nach Ireleth Hall, um die Ergebnisse, zu denen St. James gekommen war, mit Bernard Fairclough zu besprechen. »Isabelle«, sagte er mit einem Seufzer. »Du bist wütend auf mich. Aus gutem Grund. Es tut mir furchtbar leid.«

»Tja. Hm. Mir auch. Barbara hat übrigens Winston in den ›Fall‹ hineingezogen. War das in deinem Auftrag? Ich habe das sofort unterbunden, aber es hat mir gar nicht gefallen, sie in trauter Zweisamkeit über einen Computer gebeugt in der Bibliothek anzutreffen.«

Lynley betrachtete seine Hand auf dem Lenkrad des Healey Elliott. Er trug immer noch seinen Ehering und hatte in den Monaten seit Helens Tod nicht ein einziges Mal daran gedacht, ihn abzulegen. Es war ein schlichter goldener Ring, und auf der Innenseite waren ihre und seine Initialen sowie das Datum ihrer Hochzeit eingraviert.

Er wünschte sich nichts sehnlicher, als Helen wiederzuhaben. Diese Sehnsucht würde jede seiner Entscheidungen bestimmen, bis er irgendwann bereit war, Helen endlich und endgültig loszulassen und ihren Tod zu akzeptieren, anstatt sich Tag für Tag gegen die grausige Erkenntnis zu sträuben. Selbst im Zusammensein mit Isabelle war Helen immer da: mit ihrem Esprit und ihrem gesamten wunderbaren Wesen. Niemand war daran schuld, am wenigsten Isabelle. Es war einfach so.

Er sagte: »Nein. Ich habe Winston nicht um Unterstützung gebeten. Aber mach Barbara bitte nicht für all das verantwortlich, Isabelle. Sie versucht nur, mir ein paar Informationen zu besorgen.«

»Wegen dieser Sache in Cumbria.«

»Ja, wegen dieser Sache in Cumbria. Ich dachte, da sie ja noch ein paar Urlaubstage hatte...«

»Ich weiß, was du gedacht hast.«

Er wusste, dass Isabelle sich verletzt fühlte und sich zugleich darüber ärgerte, dass sie sich verletzt fühlte. Menschen in solchen Situationen hatten das Bedürfnis, andere zu verletzen, das war ihm klar, und das konnte er verstehen. Aber das alles war im Moment vollkommen unnötig, und das wollte er ihr so gern begreiflich machen. »All das hat nichts mit Verrat zu tun.«

»Wie kommst du auf die Idee, dass ich es als solchen auffassen könnte?«

»Weil ich es an deiner Stelle so auffassen würde. Du bist die Chefin. Ich habe kein Recht, deine Mitarbeiter um Unterstützung zu bitten. Und hätte ich eine andere Möglichkeit gehabt, mir die notwendigen Informationen in so kurzer Zeit zu beschaffen, dann hätte ich Barbara Havers aus dem Spiel gelassen, glaub mir.«

»Aber es gab eine andere Möglichkeit, und das ist es, was mich aufbringt. Dass du die andere Möglichkeit nicht gesehen hast und offenbar immer noch nicht siehst.«

»Du meinst, ich hätte mich an dich wenden sollen. Das ging leider nicht, Isabelle. Hillier hat das von Anfang an klargestellt. Ich sollte den Fall übernehmen, und niemand sollte davon erfahren.«

»Niemand.«

»Du meinst Barbara. Ich habe ihr nichts davon erzählt. Sie ist von selbst draufgekommen, weil ich sie um Informationen über Bernard Fairclough gebeten habe. Als sie angefangen hat, über den Mann zu recherchieren, hat sie zwei und zwei zusammengezählt. Sag mir eins: Was hättest du an meiner Stelle getan?«

»Ich möchte annehmen, dass ich dir vertraut hätte.«

»Weil ich dein Liebhaber bin?«

»Ja. So in etwa.«

»Aber das geht nicht«, sagte er. »Isabelle, denk doch mal nach.«

»Ich tue fast nichts anderes. Und das ist ein echtes Problem, wie du dir vorstellen kannst.«

»Ja, das kann ich.« Er wusste, was sie meinte, doch er wollte den Streit abwenden, auch wenn er nicht genau wusste, warum eigentlich. Wahrscheinlich hatte es mit der schrecklichen Leere zu tun, die er seit Helens Tod empfand, und damit, dass Menschen als geselligen Geschöpfen die Einsamkeit nicht guttat. Aber das war wahrscheinlich die krasseste Form der Selbsttäuschung, gefährlich sowohl für ihn als auch für Isabelle. Trotzdem sagte er: »Wir müssen das trennen, Isabelle, und zwar haarscharf. Das eine ist unser Beruf, und das andere ist unser Privatvergnügen. Wenn du die Stelle als Superintendent bekommst, wirst du immer wieder über Wissen verfügen – durch Hillier oder sonst wen –, in das du mich nicht einweihen darfst.«

»Ich würde es trotzdem tun.«

»Nein, Isabelle, das würdest du nicht.«

»Hast du es getan?«

»Hab ich was getan?«

»Ich meine Helen, Tommy. Hast du Helen immer alles erzählt?«

Wie sollte er ihr das erklären? Er hatte Helen nichts zu erzählen brauchen, weil Helen immer alles gewusst hatte. Sie war zu ihm ins Bad gekommen, hatte sich ein bisschen Massageöl auf die Hände geträufelt und angefangen, ihm den Rücken zu massieren und dabei gemurmelt: »Ah, David Hillier schon wieder, hm? Wirklich, Tommy. Ich glaube, noch nie hat sich ein Ritterschlag so inflationär auf das Selbstwertgefühl eines Mannes ausgewirkt.« Dann hatte er ihr vielleicht etwas erzählt, vielleicht auch nicht, aber der springende Punkt war, dass es für Helen keine Rolle gespielt hatte. Was er sagte, war für sie vollkommen unwichtig gewesen. Sie hatte nur interessiert, wer er war.

Das Schlimmste war, dass sie ihm so sehr fehlte. Er konnte es ertragen, dass er derjenige gewesen war, der die Entscheidung getroffen hatte, wann die lebenserhaltenden Maßnahmen eingestellt wurden. Er konnte es ertragen, dass sie ihr gemeinsames Kind mit ins Grab genommen hatte. Er gewöhnte sich mit der Zeit daran, dass ihr Tod ein sinnloser Zufallsmord gewesen war, der aus dem Nichts heraus geschehen und ohne jeden Sinn gewesen war. Aber die Leere, die ihr Tod in seinem Leben hinterlassen hatte, war so unerträglich, dass er manchmal nahe dran war, Helen dafür zu hassen.

Isabelle sagte: »Was soll ich aus deinem Schweigen schließen?«

»Nichts. Ich habe nur nachgedacht.«

»Und die Antwort?«

»Worauf?« Er hatte tatsächlich vergessen, was sie ihn gefragt hatte.

»Helen.«

»Ich wünschte wirklich, es gäbe eine Antwort«, sagte er.

Dann, völlig abrupt, wie es ihre Art war, zog sie andere Saiten auf. Es war ein Wesenszug an ihr, der ihn zugleich irritierte und anzog. »Gott, verzeih mir, Tommy«, sagte sie leise. »Ich mache dich nur fertig. Das hast du nicht verdient. Ich rufe dich an, obwohl ich eigentlich andere Dinge zu tun habe. Das ist der falsche Zeitpunkt für dieses Gespräch. Ich war sauer wegen Winston, aber daran bist du nicht schuld. Wir unterhalten uns später.«

»Ja«, sagte er.

»Kannst du schon sagen, wann du wieder zurück sein wirst?«

Das, dachte er, war ironischerweise die entscheidende Frage. Er schaute aus dem Fenster. Er befand sich auf der A592 in einer dicht bewaldeten Gegend am Lake Windermere. Ein paar Blätter klammerten sich störrisch an die Äste von Ahornbäumen und Birken, aber dem nächsten stärkeren Wind würden sie nicht mehr standhalten. »Ich hoffe, bald. Vielleicht schon morgen. Oder übermorgen. Simon war ein paar Tage hier, und er hat seine forensischen Untersuchungen abgeschlossen. Deborah verfolgt noch eine Spur. Ich muss so lange hierbleiben, bis sie diese Sache beendet hat. Ich bin mir nicht sicher, ob es etwas mit dem Fall zu tun hat, aber sie hat sich nicht davon abbringen lassen, und ich kann sie nicht hier oben allein lassen.«

Isabelle schwieg eine Weile. Er wartete ab, wie sie darauf reagieren würde, dass er Simon und Deborah erwähnt hatte. »Es freut mich, dass die beiden dir helfen konnten«, sagte sie leichthin, aber er wusste, was es sie kostete, es so klingen zu lassen.

»Ja«, erwiderte er.

»Wir reden, wenn du wieder hier bist.«

»Machen wir.«

Nachdem sie das Gespräch beendet hatten, blieb er noch eine Weile in seinem Wagen sitzen und starrte ins Leere. Es gab Dinge und Gefühle, die er würde klären müssen. Doch zuerst musste er diesen Fall in Cumbria lösen.

Er fädelte sich wieder in den Verkehr ein und setzte seinen Weg nach Ireleth Hall fort. Das Tor stand offen. Als er die Einfahrt hochfuhr, sah er, dass vor dem Haus ein Auto stand. Er erkannte es als eins der beiden Autos, die er in Great Urswick gesehen hatte, und schloss daraus, dass Faircloughs Tochter Manette zu Besuch war.

Sie war jedoch nicht allein gekommen, wie er bald feststellte, sondern in Begleitung ihres Exmannes. Die beiden saßen zusammen mit den Faircloughs in der großen Eingangshalle, und alle waren nach einem Besuch von Nicholas Fairclough noch immer ganz erschüttert, wie er von Bernard erfuhr, der ihn eingelassen hatte.

Valerie ergriff das Wort: »Ich fürchte, wir waren Ihnen gegenüber nicht ganz ehrlich, Inspector. Und es sieht ganz so aus, als wäre jetzt der Zeitpunkt gekommen, Ihnen die Wahrheit zu sagen.«

Lynley schaute Fairclough an. Fairclough wandte sich ab. Lynley begriff sofort, dass man ihn benutzt hatte, und er spürte, wie ihn die Wut packte. »Wenn Sie die Güte hätten, mir das zu erklären«, sagte er zu Valerie.

»Selbstverständlich. Ich bin der Grund, warum man Sie nach Cumbria gebeten hat, Inspector. Außer Bernard hat niemand davon gewusst. Aber jetzt wissen es auch Manette, Freddie und Nicholas.«

Einen verrückten Augenblick lang rechnete Lynley tatsächlich damit, dass die Frau als Nächstes den Mord am Neffen ihres Mannes gestehen würde. Immerhin wäre die Kulisse dafür perfekt. Es erinnerte ihn an die Sorte Krimis, die an jedem Bahnhof verkauft wurden. Mit Titeln wie *Tee im Pfarrhaus* und *Mord in der Bibliothek*. Er konnte sich zwar nicht vorstellen, warum Valerie plötzlich ein Geständnis ablegen wollte, aber er hatte auch nie verstanden, warum die Figuren in diesen Krimis in aller Seelenruhe im Wohnzimmer oder der Bibliothek saßen, wohl wissend, dass am Ende der Ausführungen des Detektivs einer von ihnen als der Schuldige dastehen würde. Keiner von ihnen verlangte jemals nach einem Anwalt. Das hatte Lynley nie verstanden.

Valerie, die offenbar seine Verwirrung gespürt hatte, beeilte sich, Klarheit zu schaffen. Es sei ganz einfach: Nicht ihr Mann, sondern sie sei diejenige gewesen, die darauf bestanden habe, dass Ian Cresswells Tod genauer untersucht wurde.

Das, dachte Lynley, erklärte allerdings eine ganze Menge, erst recht nach allem, was sie bisher über Faircloughs Privatleben zutage gefördert hatten. Dennoch erklärte es nicht alles. Das *Warum* harrte immer noch einer Antwort. *Warum Valerie? Warum überhaupt?* Denn wenn sich herausstellte, dass es Mord gewesen war, dann war der Täter wahrscheinlich unter ihren Angehörigen zu suchen.

Lynley sagte: »Verstehe. Ich weiß nicht, ob das eine Rolle spielt.« Dann berichtete er ihnen von den Untersuchungen im Bootshaus. Alles, was er und Simon St. James dort hatten feststellen können, sagte er, decke sich mit dem Befund des Coroners. Demnach sei Ian Cresswell durch einen tragischen Unfall ums Leben gekommen. Dasselbe hätte jedem passieren können, der das Bootshaus benutzte. Der gemauerte Steg sei uralt und einige Steine darin locker. Die Steine, die sich aus dem Gemäuer gelöst hatten, seien nicht manipuliert worden. Wäre Cresswell aus einem anderen Bootstyp ausgestiegen, wäre er vielleicht nur gestolpert. Aber aus einem Skullboot auszusteigen, sei gefährlicher, weil es schwierig war, dabei die Balance zu halten. Hinzu seien die losen Steine gekommen, und beides zusammen hätte ihn das Leben gekostet. Er habe das Gleichgewicht verloren, sei mit dem Kopf auf die Steinmauer aufgeschlagen, ins Wasser gefallen und ertrunken. Es gebe keinerlei Anzeichen für Fremdeinwirkung.

Jetzt, dachte Lynley, hätte eigentlich ein allgemeines erleichtertes Aufatmen erfolgen müssen. Normalerweise hätte er erwartet, dass Valerie etwas wie »Gott sei Dank!« ausrufen würde. Stattdessen folgte ein langes, angespanntes Schweigen, woraus er schloss, dass der tatsächliche Grund für die Ermittlungen gar nicht Ian Cresswells Tod gewesen war.

Plötzlich ging die Haustür auf, und Mignon Fairclough trat ein, gestützt auf ihren Rollator.

»Freddie, machst du bitte die Tür zu, Darling?«, flötete sie. »Es fällt mir ein bisschen schwer.« Als Freddie McGhie aufspringen wollte, um ihrer Bitte nachzukommen, sagte Valerie scharf: »Ich denke, es dürfte dir nicht schwerfallen, die Tür selbst zuzumachen!«

Mignon legte den Kopf schief und sah ihre Mutter mit hochgezogenen Brauen an. »Also gut«, sagte sie, drehte sich mit ihrem Rollator betont umständlich um und schloss die Tür. »So«, sagte sie dann und wandte sich wieder ihrer Familie zu. »Das ist ja hier der reinste Taubenschlag, meine Lieben. Erst Manette und Freddie *à deux*. Wie aufregend! Mein Herz klopft bei dem Gedanken, was das alles bedeuten könnte. Dann kommt Nick angerauscht. Und rauscht wieder ab. Und jetzt ist unser gutaussehender Detective von Scotland Yard wieder unter uns und macht uns das Leben schwer. Verzeiht mir die Neugier, Mum und Dad, aber bei allem, was hier drinnen vor sich geht, habe ich es draußen keine Minute länger ausgehalten.«

»Das trifft sich gut«, sagte Valerie. »Denn wir reden gerade über die Zukunft.«

»Darf ich fragen, über wessen Zukunft?«

»Über unser aller Zukunft. Einschließlich deiner. Ich habe heute erfahren, dass dein monatlicher Unterhalt vor einiger Zeit beträchtlich erhöht wurde. Damit ist es jetzt vorbei. Du bekommst ab sofort überhaupt keinen Unterhalt mehr.«

Mignon schaute sie verdattert an. Damit hatte sie offenbar nicht gerechnet. »Aber Mum, meine Liebe … ich bin behindert. In meinem Zustand kann ich mich auf keine Arbeitsstelle bewerben. Du kannst mir also nicht einfach …«

»Da irrst du dich gewaltig, Mignon. Ich kann und ich werde.«

Mignon sah sich um, als suchte sie nach dem Grund für diese unerwartete Schicksalswende. Ihr Blick fiel auf Manette. »Du kleines Miststück«, sagte sie mit zusammengekniffenen Augen. »Das hätte ich dir wirklich nicht zugetraut.«

»Mignon!«, rief Freddie aus.

»Du hältst dich da raus«, fauchte sie ihn an. »Oder möchtest du vielleicht gern über Manette und Ian reden, Freddie?«

»Da gibt es nichts zu reden, das weißt du ganz genau«, sagte Manette.

»Es gibt einen Schuhkarton voll mit Briefen, Darling. Ein paar davon sind verbrannt, aber der Rest ist nach wie vor in einwandfreiem Zustand. Ich kann sie jederzeit herholen. Auf den Augenblick warte ich schon seit Jahren.«

»Okay, ich war als junges Mädchen in Ian verknallt. Versuch ruhig, mehr daraus zu machen, du wirst nicht weit kommen.«

»Und was ist mit ›Ich liebe dich mehr, als ich jemals einen anderen lieben werde‹ und ›Ach, bitte, ich möchte, dass du mein Erster bist‹?«

»Ich bitte dich«, sagte Manette angewidert.

»Ich könnte dir noch mehr davon zitieren, ich kenne jede Menge deiner Briefe auswendig.«

»Und keiner von uns will es hören«, fuhr Valerie sie an. »Es wurde genug gesagt. Es reicht.«

»O nein, es reicht noch lange nicht.« Mignon ging auf das Sofa zu, auf dem ihre Schwester und Freddie saßen. Sie sagte: »Wenn's dir nichts ausmacht, Freddie«, und machte Anstalten, sich zu setzen. Ihm blieb gar nichts anderes übrig, als aufzustehen, wenn er seine Schwägerin nicht auf dem Schoß haben wollte. Er gesellte sich zu Bernard, der am Kamin stand.

Lynley sah ihnen allen an, dass sie versuchten, sich auf etwas Neues einzustellen. Sie ahnten, dass etwas auf sie zukam, auch wenn sie nicht wussten, was es war. Offenbar hatte Mignon jahrelang Informationen über sämtliche Familienmitglieder gesammelt. Bisher hatte sie davon keinen Gebrauch machen müssen, jetzt jedoch schien sie entschlossen, das zu tun. Sie schaute erst ihre Schwester und dann ihren Vater an. Dann sagte sie lächelnd, ohne ihren Blick von ihrem Vater abzuwenden: »Weißt du, Mum, ich glaube nicht, dass sich hier viel ändern wird. Und ich schätze, dass Dad das auch nicht glaubt.«

Valerie ließ sich nicht so leicht aus der Ruhe bringen. »Die Unterhaltszahlungen an Vivienne Tully werden ebenfalls eingestellt, falls du darauf anspielst. So ist es doch, nicht wahr? Ich nehme an, dass du deinen Vater schon seit Jahren mit Vivienne Tully erpresst. Kein Wunder, dass so viel Geld in deine Richtung geflossen ist.«

»Ach, und jetzt hältst du ihm die andere Wange hin?«,

höhnte Mignon. »Sind wir schon so weit? Ist es schon so weit gekommen zwischen euch?«

»Was zwischen deinem Vater und mir ist, geht dich nichts an. Niemandes Ehe geht dich etwas an.«

»Ich möchte mich nur vergewissern, dass ich alles richtig verstanden habe«, sagte Mignon. »Er treibt's mit Vivienne Tully in London, er kauft ihr eine Wohnung, er führt ein verdammtes Doppelleben – und jetzt soll *ich* dafür bezahlen, weil ich den Anstand besessen habe, dir nichts davon zu erzählen?«

»Stell dich nicht dar als die noble Retterin«, sagte Valerie.

»Hört, hört«, murmelte Freddie.

»Du weißt genau, warum du mir nichts davon erzählt hast«, fuhr Valerie fort. »Die Informationen waren dir nützlich, und du bist eine ganz gewöhnliche Erpresserin. Du solltest niederknien und dem Herrgott dafür danken, dass ich den Inspector nicht bitte, dich zu verhaften. Abgesehen davon ist alles, was mit Vivienne Tully zu tun hat, eine Angelegenheit zwischen deinem Vater und mir. Das alles geht dich nichts an. Das Einzige, womit du dich befassen solltest, ist die Frage, was du in Zukunft aus deinem Leben zu machen gedenkst. Denn es fängt morgen an, und das wird ganz anders aussehen als bisher.«

Mignon wandte sich an ihren Vater. Sie war sich dessen bewusst, dass sie alle Trümpfe in der Hand hielt. »Ist das in deinem Sinne?«, fragte sie ihn.

»Mignon«, seufzte er.

»Sprich dich aus, Dad. Es ist der perfekte Zeitpunkt dafür.«

»Hör auf, Mignon«, sagte Bernard. »Was du tust, ist unnötig.«

»Ich fürchte, da irrst du dich.«

»Valerie«, flehte Bernard seine Frau an. Der Mann musste gerade mitansehen, wie sein gewohntes Leben in Scherben ging, dachte Lynley. »Ich glaube, es ist alles Nötige gesagt worden. Wenn wir uns vielleicht darauf einigen können …«

»Worauf?«, fauchte Valerie.

»Darauf, ein bisschen Gnade walten zu lassen. Dieser schreckliche Sturz vor all den Jahren. In Launchy Gill. Es geht ihr nicht gut. Sie ist seitdem nicht mehr dieselbe. Du weißt, dass sie nicht in der Lage ist, für sich selbst zu sorgen.«

»Sie ist genauso gut dazu in der Lage wie ich«, schaltete Manette sich ein. »Wie jeder hier. Ehrlich, Dad, Mum hat recht, Herrgott noch mal. Es wird Zeit, dass wir mit diesem Unsinn aufhören. Das muss die teuerste Schädelfraktur aller Zeiten sein, wenn man bedenkt, wie viel Kapital Mignon daraus geschlagen hat.«

Aber Valerie beobachtete ihren Mann. Lynley sah, dass Fairclough der Schweiß auf die Stirn getreten war. Seine Frau hatte es offenbar ebenfalls bemerkt, denn sie wandte sich an Mignon und sagte leise: »Bringen wir es hinter uns.«

»Dad?«, sagte Mignon.

»Um Himmels willen, gib ihr, was sie will, Valerie.«

»Nein, das werde ich nicht«, entgegnete Valerie. »Auf gar keinen Fall.«

»Dann sollten wir uns jetzt über Bianca unterhalten«, sagte Mignon. Ihr Vater schloss die Augen.

»Wer ist Bianca?«, fragte Manette.

»Unsere kleine Halbschwester«, antwortete Mignon. Sie schaute ihren Vater an. »Willst du uns von ihr erzählen, Dad?«

ARNSIDE
CUMBRIA

Lucy Kevernes Anruf versetzte Alatea Fairclough in Alarmstimmung. Sie hatten vereinbart, dass Lucy sie niemals anrufen würde, weder auf dem Handy noch auf dem Festnetz. Alatea hatte ihr zwar die Nummern gegeben, doch sie hatte von Anfang an klargestellt, dass ein Anruf bei ihr der ganzen Sache ein Ende setzen würde, und das wollten sie beide nicht.

Worauf Lucy verständlicherweise gefragt hatte: »Und was soll ich im Notfall tun?«

»Dann müssen Sie eben anrufen. Aber Sie werden verstehen, dass ich dann nicht mit Ihnen sprechen kann.«

»Wir brauchen einen Code für diesen Fall.«

»Für was?«

»Für den Fall, dass Sie in dem Moment, wo ich anrufe, nicht mit mir sprechen können. Falls Ihr Mann in Hörweite ist, können Sie ja schlecht sagen: ›Ich kann jetzt nicht mit Ihnen sprechen.‹ Das würde ja erst recht seinen Verdacht erregen, oder?«

»Ja, da haben Sie recht.« Alatea überlegte. »Ich werde sagen: ›Nein, tut mir leid, ich habe nichts bei Ihnen bestellt‹, und dann rufe ich Sie bei der allernächsten Gelegenheit zurück. Aber das kann womöglich bis zum nächsten Tag dauern.«

Darauf hatten sie sich schließlich geeinigt, und bisher hatte Lucy auch keinen Grund gehabt, Alatea anzurufen. Als sie sich jetzt jedoch so kurz nach ihrem Treffen in Lancaster meldete, wusste Altea sofort, dass etwas nicht stimmte.

Wie brenzlig die Situation war, wurde ihr nach wenigen Sekunden klar. Man hatte sie zusammen an der Uni gesehen, berichtete ihr Lucy. Man hatte sie im George Childress Centre gesehen. Wahrscheinlich hatte es nichts zu bedeuten, aber eine Frau war ihnen von der Uni zum Invalidenheim gefolgt und hatte mit Lucy über Leihmutterschaft sprechen wollen. Sie sei auf der Suche nach einer Leihmutter, habe die Frau behauptet. Auch das müsse noch nichts Schlimmes bedeuten. Doch die Tatsache, dass die Frau nicht Alatea, sondern Lucy angesprochen habe …

»Sie meinte, Sie hätten ›diesen Blick‹«, fuhr Lucy fort. »Sie hat gesagt, es ist ein Blick, den sie von sich selbst gut kennt. Deswegen hätte sie sofort gewusst, dass sie nicht Sie, sondern mich auf die Möglichkeit einer Leihmutterschaft ansprechen musste.«

Alatea hatte das Gespräch in der Kaminnische des großen Wohnzimmers angenommen. Es war ein kuscheliges Plätzchen, wo sie die Wahl hatte, von der Eckbank aus in den Garten hinauszuschauen oder auf der anderen Seite des Kamins zu sitzen, wo jemand, der das Zimmer betrat, sie nicht gleich sehen konnte. Sie war allein im Haus und gerade dabei gewesen, in Architekturzeitschriften zu blättern, doch mit den Gedanken war sie ganz woanders gewesen, nämlich bei Lucy. Sie hatte überlegt, wie sie weiter vorgehen sollten. Schon bald, hatte sie sich gesagt, würde Lucy Keverne, eine mittellose Stückeschreiberin aus Lancaster, die in dem Invalidenheim arbeitete, um sich über Wasser zu halten, als eine Art neue Freundin in ihr Leben treten. Von da an würde alles einfacher werden. Es würde nie perfekt werden, aber das spielte keine Rolle. Man musste lernen, mit der Unvollkommenheit zu leben.

Als Lucy die Frau beschrieb, die ihnen gefolgt war, wusste Alatea sofort, wer sie war. Blitzschnell zählte sie zwei und zwei zusammen und kam zu dem Schluss, dass die rothaarige Frau namens Deborah St. James, die angeblich einen Dokumentarfilm drehen wollte, ihr nach Lancaster gefolgt war.

Anfangs hatten Alateas Ängste sich in erster Linie um den Journalisten gedreht. Sie kannte die *Source*, und sie wusste, dass das Blatt einen unstillbaren Hunger auf Skandale hatte. Der erste Besuch das Mannes in Cumbria hatte sie nervös gemacht, aber als er zum zweiten Mal aufgetaucht war, hatte sie Höllenqualen gelitten. Am meisten fürchtete sie ein Foto in der Zeitung, auf dem sie erkannt würde. Und jetzt war ihr auch noch diese Rothaarige auf den Fersen.

»Was haben Sie ihr gesagt?«, fragte Alatea so ruhig, wie es ihr möglich war.

»Die Wahrheit über das Thema Leihmutterschaft. Aber das meiste wusste sie schon.«

»Was meinen Sie mit Wahrheit?«

»Na ja, die verschiedenen Möglichkeiten, die es gibt, was legal ist und was nicht, und so weiter. Zuerst habe ich mir nichts dabei gedacht, irgendwie konnte ich nachvollziehen, was sie getan hatte. Ich meine, wenn eine Frau verzweifelt ist…« Lucy zögerte.

»Fahren Sie fort«, sagte Alatea. »Wenn eine Frau verzweifelt ist…?«

»Dann schreckt sie vor nichts zurück. Deswegen kam es mir alles in allem gar nicht so abwegig vor, dass eine Frau, die zu einer Beratung ins George Childress Centre gegangen war und uns irgendwo auf dem Korridor zusammen gesehen hatte, womöglich…«

»Womöglich was?«

»…eine Chance gewittert hatte. Letztlich haben wir beide uns ja auch auf diese Weise kennengelernt.«

»Nein. Ich habe mich auf eine Anzeige von Ihnen gemeldet.«

»Richtig. Aber ich spreche von dem Gefühl, das dahintersteckt. Von dieser Verzweiflung. Denn darüber hat sie die ganze Zeit geredet. Dachte ich zumindest.«

»Und dann?«

»Na ja, deswegen rufe ich Sie an. Nach dem Gespräch habe ich sie zur Tür begleitet, und wir haben uns verabschiedet. Sie ging die Straße hinunter, und von einem Fenster im Korridor habe ich dann zufällig gesehen, wie sie plötzlich auf dem Absatz kehrtgemacht hat und wieder zurückgegangen ist. Zuerst dachte ich, sie wollte mich noch etwas fragen, doch sie ist am Invalidenheim vorbeigegangen und in ein Auto gestiegen.«

»Vielleicht hatte sie vergessen, wo sie geparkt hatte«, sagte Alatea, obwohl sie das eigentlich selbst nicht glaubte.

»Das dachte ich auch zuerst. Aber offenbar saß jemand in dem Auto, denn sie ist auf der Beifahrerseite eingestiegen, und jemand hat ihr von innen die Tür aufgehalten. Also bin ich am

Fenster stehen geblieben und habe gewartet, bis das Auto vorbeifuhr. Am Steuer saß ein Mann. Und das hat mich misstrauisch gemacht, verstehen Sie? Ich meine, wenn sie mit ihrem Mann hier war, warum haben die beiden dann nicht gemeinsam mit mir gesprochen? Warum hat sie ihn nicht erwähnt? Mir erzählt, dass er draußen im Auto wartet? Doch sie hat ihn mit keinem Wort erwähnt.«

»Wie sah der Mann aus, Lucy?«

»Ich konnte ihn nicht richtig sehen, es ging alles zu schnell. Aber es schien mir das Beste, Sie anzurufen, weil … Na ja, Sie wissen schon. Die ganze Sache ist sowieso schon riskant …«

»Ich kann Ihnen mehr bezahlen.«

»Das ist nicht der Grund, warum ich anrufe, um Gottes willen. Wir haben uns doch längst auf einen Preis geeinigt. Ich versuche nicht, noch mehr Geld aus Ihnen herauszuquetschen. Ich wollte nur, dass Sie wissen …«

»Dann sollten wir die ersten Schritte unternehmen. Und zwar möglichst bald.«

»Na ja, das ist es ja gerade, wissen Sie. Ich würde eher vorschlagen, dass wir noch ein bisschen länger warten. Ich glaube, wir müssen uns vergewissern, dass diese Frau, wer auch immer sie sein mag, uns nicht gefährlich wird. Dann können wir vielleicht in einem Monat …«

»Nein! Wir haben doch alles vorbereitet. Wir können nicht länger warten!«

»Doch, Alatea, ich finde, das sollten wir tun. Ich schlage Folgendes vor: Sobald sich herausstellt, dass es wirklich reiner Zufall war, dass diese Frau uns gesehen und mich angesprochen hat, legen wir los. Ich gehe schließlich ein größeres Risiko ein als Sie.«

Alatea fühlte sich wie benommen, das Atmen fiel ihr schwer. »Sie haben mich in der Hand«, sagte sie.

»Alatea, meine Liebe, es geht nicht um Macht. Es geht um Sicherheit. Um Ihre und meine. Schließlich bewegen wir uns am Rande der Legalität. Und es geht auch noch um eine Reihe anderer Dinge, über die wir aber jetzt nicht sprechen müssen.«

»Was für Dinge?«, wollte Alatea wissen.

»Nichts, nichts. Das war nur so dahingesagt. Hören Sie, ich muss zurück an die Arbeit. Wir sprechen uns in ein paar Tagen wieder. Machen Sie sich keine Sorgen, okay? Ich stehe Ihnen weiterhin zur Verfügung, nur nicht jetzt sofort. Nicht, solange wir nicht mit Sicherheit wissen, dass das Auftauchen dieser Frau nichts zu bedeuten hat.«

»Und wie werden wir das erfahren?«

»Wie gesagt: Ich werde es wissen, wenn sie nicht wieder bei mir auftaucht.«

Lucy Keverne riet ihr noch einmal, sich keine Sorgen zu machen, Ruhe zu bewahren, auf sich aufzupassen. Sie werde sich bei Alatea melden. Alles werde gut werden. Dann legte sie auf.

Alatea blieb in der Nische sitzen und überlegte, welche Möglichkeiten ihr blieben oder ob sie überhaupt noch etwas ändern konnte. Sie hatte von Anfang gespürt, dass die Rothaarige ihr gefährlich werden würde, egal, was Nicholas gesagt hatte. Und jetzt, wo Lucy diese Deborah St. James mit einem Mann zusammen gesehen hatte, wusste sie auch, wie die Gefahr aussah. Manche Menschen hatten nicht das Recht, so zu leben, wie sie es wünschten, und sie, Alatea, hatte das große Pech, einer von diesen Menschen zu sein. Sie war außergewöhnlich schön, doch das bedeutete ihr überhaupt nichts. Im Gegenteil, ihre Schönheit war ihr Untergang gewesen.

Sie hörte, wie irgendwo im Haus eine Tür zugeschlagen wurde. Sie sprang auf und schaute stirnrunzelnd auf ihre Armbanduhr. Nicky war zur Arbeit gefahren. Von dort müsste er eigentlich zu seinem Wehrturmprojekt weitergefahren sein. Aber als er ihren Namen rief und als sie die Panik in seiner Stimme hörte, wusste sie, dass er woanders gewesen war.

Sie eilte ihm entgegen und rief: »Hier, Nicky! Ich bin hier!«

Sie trafen sich in dem langen, eichengetäfelten Flur, wo trübes Dämmerlicht herrschte. Sie konnte seinen Gesichtsausdruck nicht erkennen. Doch seine Stimme jagte ihr Angst ein. »Ich bin schuld«, sagte er. »Ich habe alles kaputt gemacht, Allie. Und ich weiß nicht, wie ich mit diesem Wissen leben soll.«

Alatea erinnerte sich daran, wie verzweifelt Nicholas am Vortag gewesen war, nachdem er erfahren hatte, dass jemand von Scotland Yard die Umstände von Ian Cresswells Tod untersuchte. Einen schrecklichen Moment lang hielt sie Nicholas' Worte für ein Geständnis, dass er seinen Vetter ermordet hatte, und ihr wurde ganz schwindlig bei dem Gedanken, was ihnen passieren konnte, wenn das herauskam. Wenn der Schrecken ein Wesen besaß, dann war es in dem düsteren Flur deutlich zu spüren.

Sie sagte: »Nicky, bitte«, und nahm seinen Arm. »Du musst mir genau erzählen, was passiert ist. Dann entscheiden wir gemeinsam, was zu tun ist.«

Unerklärlicherweise füllten sich seine Augen mit Tränen. »Ich glaube, das kann ich nicht«, sagte er.

»Warum nicht? Was ist passiert? Was kann denn so schrecklich sein, dass du es mir nicht sagen kannst?«

Er lehnte sich gegen die Wand. Ohne seinen Arm loszulassen, sagte sie: »Geht es um diese Scotland-Yard-Ermittlung? Hast du mit deinem Vater gesprochen? Glaubt er allen Ernstes …?«

»Das spielt alles keine Rolle«, erwiderte Nicholas. »Wir sind von lauter Lügnern umgeben. Meine Mutter, mein Vater, wahrscheinlich meine Schwestern, dann dieser Journalist von der *Source* und diese Frau von der Filmgesellschaft. Aber ich habe es nicht gesehen, weil ich an nichts anderes denken konnte als daran, mich zu *beweisen*.« Das letzte Wort hatte er voller Verachtung ausgesprochen. »Ego, Ego, Ego«, sagte er und schlug sich dabei jedes Mal mit der Faust an die Stirn. »Mich hat die ganze Zeit nichts anderes interessiert, als aller Welt – vor allem meiner Familie – zu beweisen, dass ich nicht mehr der bin, den sie bisher kannten. Keine Drogen mehr, kein Alkohol mehr. Sie sollten es *sehen*. Deswegen habe ich keine Gelegenheit ausgelassen, mich in ein gutes Licht zu rücken, und einzig und allein deswegen sind wir jetzt in dieser Situation.«

Alatea war vor Schreck fast die Luft weggeblieben, als er Deborah St. James erwähnt hatte.

Mehr und mehr drehte sich alles um diese Frau, die sie in blindem Vertrauen mit ihrer Kamera in ihr Haus gelassen hatten, mit der sie sich unterhalten, deren Fragen sie beantwortet hatten. Von Anfang an hatte Alatea gespürt, dass mit dieser Frau irgendetwas nicht stimmte. Und jetzt war sie sogar in Lancaster gewesen und hatte mit Lucy Keverne gesprochen. So schnell war sie ihr auf die Schliche gekommen. Das hätte Alatea nie für möglich gehalten. »Wie genau sieht denn die Situation aus, in der wir uns befinden, Nicky?«, fragte sie.

Er erklärte es ihr, und sie versuchte, seinen Ausführungen zu folgen. Er sprach von dem Journalisten, der die rothaarige Frau für eine Polizistin von Scotland Yard hielt, er sprach von seinen Eltern und darüber, dass er sich mit ihnen in Gegenwart von Manette und Freddie McGhie über genau das Thema gestritten hatte. Er sprach von seiner Mutter, die ihm eröffnet hatte, dass sie diejenige gewesen war, die sich an Scotland Yard gewandt hatte. Und er erzählte ihr, wie verblüfft sie alle gewesen waren, als er ihnen vorgeworfen hatte, diese Polizistin hätte Alatea völlig aus der Fassung gebracht … Dann verstummte er abrupt.

»Und dann?«, fragte Alatea vorsichtig. »Was haben sie dazu gesagt?«

»Die Frau ist gar nicht von Scotland Yard«, sagte er tonlos. »Ich weiß nicht, wer sie ist. Aber irgendjemand hat sie hergeschickt, um diese Fotos zu machen … Sie hat zwar behauptet, sie bräuchte keine Fotos von dir, dass du gar nicht in dem verdammten Film auftreten solltest, doch irgendjemand muss sie geschickt haben, denn diese Filmgesellschaft, in deren Auftrag sie angeblich hier ist, existiert überhaupt nicht. Verstehst du jetzt, warum ich an allem schuld bin, Allie? Alles ist meine Schuld. Ich fand es schon schlimm genug, dass meine Eltern meinetwegen einen Detective von Scotland Yard hergebeten haben, um die Umstände von Ians Tod noch einmal zu untersuchen. Aber zu erfahren, dass das, was diese Frau hier in diesem Haus getan hat, gar nichts mit Ians Tod zu tun hat, sondern nur passiert ist, weil ich so egoistisch bin … weil irgendein bescheuerter Artikel in irgendeinem Käseblatt jemanden auf uns aufmerksam gemacht hat …«

Plötzlich wusste sie, worauf er hinauswollte. Wahrscheinlich hatte sie es von Anfang an geahnt. »Montenegro«, flüsterte sie. »Du glaubst, er hat sie geschickt?«

»Wer sonst soll sie geschickt haben, Herrgott noch mal? Das habe ich dir angetan, Allie. Und jetzt sag mir: Wie soll ich damit leben?«

Er schob sich an ihr vorbei und ging ins Wohnzimmer. Dort konnte sie im schwindenden Tageslicht sein Gesicht besser sehen. Er sah entsetzlich aus, und eine Schrecksekunde lang fühlte sie sich für seinen Zustand verantwortlich, obwohl er es gewesen war, der die angebliche Mitarbeiterin einer Filmgesellschaft in ihr Leben gelassen hatte. Aber sie kam nicht dagegen an. Es war die Rolle, die sie in ihrer Beziehung übernommen hatte, genauso wie es seine Rolle war, sie so verzweifelt zu brauchen, dass er nie irgendetwas in Frage gestellt hatte, solange sie ihn ihrer Liebe versichert hatte. Und das war genau das gewesen, was sie gebraucht hatte: ein Zufluchtsort, wo ihr niemand die Art gefährlicher Fragen stellte, die aus einem kurzen Moment des Zweifels erwuchsen.

Draußen wurde es allmählich dunkel. Die Bucht war ein exaktes Spiegelbild des dunkelgrauen, von orangefarbenen Streifen durchzogenen Abendhimmels.

Nicholas ließ sich in einen der Sessel im Erker sinken und verbarg das Gesicht in den Händen.

»Ich habe dich enttäuscht«, sagte er. »Und ich habe vor mir selbst versagt.«

Alatea hätte ihren Mann am liebsten geschüttelt. Ihm gesagt, dass das nicht der richtige Zeitpunkt war, sich einzureden, er sei die Ursache aller Probleme, die sie hatten. Sie hätte ihn am liebsten angeschrien, dass er überhaupt keine Ahnung hatte, was für schlimme Dinge ihnen noch bevorstanden. Aber wenn sie das tat, würde er daraus unvermeidlich eine Schlussfolgerung ziehen, die es zu verhindern galt.

Nicholas glaubte, wenn Raul Montenegro wieder in ihr Leben trat, würde alles vorbei sein. Er konnte nicht ahnen, dass Raul Montenegro in Wirklichkeit erst der Anfang war.

BLOOMSBURY
LONDON

Barbara fuhr nach Bloomsbury, um in der Nähe der Uni zu sein, wenn Taymullah Azhar sich bei ihr meldete. Da sie noch mehr Informationen über Raul Montenegro sowie über den Ort Santa María de la Cruz, de los Ángeles y de los Santos brauchte, beschloss sie, in einem Internetcafé zu warten. So würde sie zwei Fliegen mit einer Klappe schlagen.

Bevor Nkata die Bibliothek verlassen hatte, hatte er ihr zugeraunt: »Such nach Schlüsselbegriffen und klick dich weiter durch. Dafür muss man nicht studiert haben, man braucht nur ein bisschen Übung.« Mit Schlüsselbegriffen hatte er wahrscheinlich die Namen gemeint, die in den Artikeln auftauchten, dachte sie, und falls sie in der Nähe des British Museum ein Internetcafé fand, würde sie es damit versuchen.

Es war nicht der angenehmste Ort, um Internetrecherchen durchzuführen. Sie hatte sich unterwegs ein Wörterbuch Englisch/Spanisch gekauft, und jetzt saß sie zwischen einem übergewichtigen Asthmatiker in einem Mohairpullover und einer Kaugummiblasen produzierenden Gothic-Tussi mit Nasenring und Augenbrauenpiercings, die dauernd von jemandem auf ihrem Handy angerufen wurde, der offenbar nicht glaubte, dass sie in einem Internetcafé saß, denn sie fauchte immer wieder: »Herrgott noch mal, dann komm her und überzeug dich selbst, Clive… Stell dich nicht so *bescheuert* an. Ich schreib keine E-Mails an niemand. Wie auch, wenn du mich dauernd anrufst?«

In dieser Atmosphäre versuchte Barbara, sich zu konzentrieren. Und sie versuchte die Tatsache zu ignorieren, dass die Maus aussah, als sei sie noch nie in ihrem Leben desinfiziert worden. So gut es ging, berührte sie auch die vor Dreck starrende Tastatur beim Tippen nur mit den Fingernägeln, obwohl die dafür eigentlich viel zu kurz waren.

Nachdem sie ein paar unergiebige Spuren verfolgt hatte, fand sie einen Artikel über den Bürgermeister von Santa María und so weiter, der ein Foto enthielt. Es sah aus wie ein Jubiläumsfoto – vielleicht ein Schulabschluss? –, aber auf jeden Fall schien es ein Foto von einer Familienfeier zu sein, denn sie hatten sich alle auf den Stufen eines unidentifizierbaren Gebäudes aufgestellt: der Bürgermeister, seine Frau und ihre fünf gemeinsamen Söhne. Barbara betrachtete das Foto genauer.

Auch ohne eine Übersetzung des Textes war ihr eins sofort klar: Als im Himmel die Schönheit verteilt wurde, hatten die fünf Brüder ganz laut *Hier!* gerufen. Barbara las ihre Namen: Carlos, Miguel, Ángel, Santiago und Diego. Der Älteste war neunzehn, der Jüngste sieben Jahre alt. Aber dann entdeckte Barbara, dass das Foto bereits vor zwanzig Jahren aufgenommen worden war, was bedeutete, dass mindestens die drei ältesten Söhne mittlerweile verheiratet sein konnten, einer von ihnen vielleicht mit Alatea. Wenn Barbara Nkatas Rat richtig verstanden hatte, bestand der nächste Schritt jetzt darin, die fünf Söhne zu überprüfen. Sie fing mit Carlos an.

Er war leichter zu finden als erwartet, aber er war nicht verheiratet, sondern zu ihrer Überraschung katholischer Priester. Sie fand einen Artikel über seine Priesterweihe, wieder mit einem Foto von der ganzen Familie, die diesmal auf den Stufen einer Kirche posierte. Carlos' Mutter klammerte sich an seinen Arm und schaute ihn voller Bewunderung an, sein Vater grinste breit, eine Zigarre im Mundwinkel, während die Brüder dreinblickten, als wären sie von all dem Zirkus eher peinlich berührt. Carlos konnte sie also abhaken, dachte Barbara.

Sie nahm sich Miguel vor. Auch diesmal brauchte sie nicht lange. Es ging so leicht, dass Barbara sich fragte, warum sie eigentlich nicht seit Jahren ihre Nachbarn ausspionierte. Sie fand ein Foto von Miguels Verlobung. Seine Zukünftige erinnerte Barbara an einen afghanischen Windhund, viel Haar, schmales Gesicht und eine verdächtig fliehende Stirn, was nicht gerade auf übermäßig viel Grips schließen ließ. Miguel war Zahnarzt, vermutete Barbara. Oder er brauchte einen Zahnarzt – das konnte sie mit Hilfe ihres kleinen Wörterbuchs nicht genau eruieren. Aber es schien auch keine Rolle zu spielen, denn es brachte sie keinen Schritt näher an Informationen über Alatea.

Sie wollte gerade Ángels Namen als Suchbegriff eingeben, als die ersten Takte von *Peggy Sue* ertönten. Sie klappte ihr Handy auf und sagte: »Havers.« Azhar hatte endlich jemanden aufgetrieben, der ihr die spanischen Texte übersetzen konnte. »Wo sind Sie gerade, Barbara?«, fragte er.

»In einem Internetcafé gleich um die Ecke vom British Museum«, sagte sie. »Ich komme zu Ihnen, das ist einfacher. Gibt's bei Ihnen eine Cafeteria oder so was?«

Er schwieg einen Moment. Schließlich sagte er, es gebe ein Weinlokal am Torrington Place in der Nähe von Chenies Mews und der Gower Street. Dort könnten sie sich in einer Viertelstunde treffen.

»Alles klar«, sagte sie. »Das finde ich.« Sie druckte die Dokumente, die sie gefunden hatte, schnell aus und ging damit nach vorne, wo der junge Mann an der Kasse ihr einen exorbitanten Preis nannte. »Farbdrucker«, sagte er nur, als Barbara protestierte.

»Farbwucher würd ich eher sagen«, entgegnete Barbara, schob die Ausdrucke in einen großen Briefumschlag und ging in Richtung Torrington Street. In dem Weinlokal, das leicht zu finden war, wartete Azhar am Tresen auf sie. Neben ihm stand eine langbeinige junge Frau in einer Strickjacke aus Kaschmir, deren üppige schwarze Locken ihre Schultern umspielten.

Die junge Frau hieß Engracia, ein Nachname wurde nicht genannt, und sie war eine Studentin aus Barcelona. »Ich werde Ihnen helfen, so gut ich kann«, sagte sie zu Barbara, die vermutete, dass die Studentin in erster Linie Azhar gefällig sein wollte, und das konnte sie ihr nicht verdenken. Die beiden waren ein hübsches Paar. Aber dasselbe galt für Azhar und Angelina Upman. Oder für Azhar und fast jede andere Frau.

»Danke«, sagte Barbara. »In meinem nächsten Leben werde ich Dolmetscherin.«

»Dann lasse ich Sie beide jetzt allein«, sagte Azhar.

»Müssen Sie noch arbeiten?«, fragte Barbara.

»Nein, ich fahre nach Hause«, antwortete er. »Und vielen Dank, Engracia.«

»*De nada*«, murmelte die junge Frau.

Sie setzten sich an einen Tisch, und Barbara nahm die Ausdrucke aus dem Umschlag. Als Erstes gab sie Engracia den Artikel mit dem Foto von der Bürgermeisterfamilie. »Ich hab mir ein Wörterbuch besorgt«, sagte sie, »aber das hat mich nicht viel weitergebracht. Ich meine, ein bisschen hat's schon geholfen, aber …«

»Natürlich.« Engracia hielt das Blatt mit dem Artikel in der einen Hand und spielte beim Lesen mit der anderen an einem goldenen Ohrring. Nach einer Weile sagte sie: »Das hier hat etwas mit Wahlen zu tun.«

»Mit den Bürgermeisterwahlen?«

»*Sí*. Der Mann – Esteban – kandidiert für den Bürgermeisterposten in dieser Stadt, und dieser Artikel stellt ihn vor. Es ist ein Artikel ohne Lob … wie nennt man das?«

»Lobhudelei?«

Engracia lächelte. Sie hatte sehr schöne Zähne und sehr glatte Haut. Sie trug Lippenstift, aber der war so gut gewählt, dass er kaum auffiel. »Ja. Lobhudelei«, sagte sie. »Hier steht, der Mann hat sehr viele Verwandte in der Stadt, und wenn die alle zur Wahl gehen, wird er gewinnen. Aber das ist wohl ironisch gemeint, denn die Stadt hat immerhin fünfundsiebzigtausend Einwohner.« Sie las ein bisschen weiter. »Hier steht etwas über seine Frau Dominga und über ihre Familie. Beide Familien leben offenbar schon seit Generationen in Santa María de la Cruz, de los Ángeles y de los Santos.«

»Und die Söhne?«

»Die Söhne … Ah. Carlos besucht das Priesterseminar, Miguel möchte Zahnarzt werden, Ángel will Architektur studieren, und die anderen beiden sind noch zu klein, um Berufswünsche zu haben, obwohl Santiago sagt, er möchte mal Schauspieler werden. Und Diego …« Sie las noch ein paar Zeilen und lachte. »Hier steht, er möchte Astronaut werden, falls Argentinien irgendwann ein eigenes Raumfahrtprogramm entwickelt, was er für ziemlich unwahrscheinlich hält. Ich glaube, das ist ein kleiner Scherz. Der Journalist hatte wohl Spaß an dem Jungen.«

Das brachte sie leider nicht viel weiter, dachte Barbara. Sie nahm die nächsten beiden Artikel aus dem Umschlag, die ebenfalls von Raul Montenegro handelten, und reichte sie Engracia. »Sehen Sie sich die mal an.« Sie fragte Engracia, ob sie ein Glas Wein oder etwas anderes trinken wolle. Schließlich nahmen sie einen Tisch in einem Weinlokal in Anspruch, und man erwartete von ihnen, dass sie etwas konsumierten.

Engracia bat um ein Glas Mineralwasser. Barbara ging zum

Tresen, bestellte das Wasser und für sich ein Glas Hauswein. Als sie mit den Getränken an den Tisch zurückkehrte, konzentrierte Engracia sich gerade auf den Artikel mit dem Foto von Alatea in Montenegros Arm. Es handle sich um einen Bericht über einen einflussreichen Geldspender in Mexico City, sagte Engracia, und über den Bau einer Konzerthalle. Der Mann auf dem Foto habe die größte Summe für das Projekt gespendet, weswegen ihm die Ehre zuteilwurde, dem Gebäude einen Namen zu geben.

»Und?«, fragte Barbara in der Erwartung, dass die Halle nach Alatea benannt war, da sie auf dem Foto so strahlend lächelte.

»Die Halle heißt Musikzentrum Magdalena Montenegro«, sagte Engracia. »Das ist der Name seiner Mutter. Lateinamerikanische Männer stehen in der Regel ihrer Mutter sehr nahe.«

»Was ist mit der Frau, die mit ihm auf dem Foto abgebildet ist?«

»Hier steht nur, dass sie seine Begleiterin ist.«

»Nicht seine Frau? Seine Geliebte? Seine Lebensgefährtin?«

»Nein, nur Begleiterin.«

»Könnte es sich um eine beschönigende Umschreibung für Geliebte oder Lebensgefährtin handeln?«

Engracia betrachtete das Foto. »Schwer zu sagen. Aber ich glaube nicht.«

»Es könnte also sein, dass sie ihn nur an diesem einen Abend begleitet hat? Oder dass es sich um eine Frau von einem Escort-Service handelt?«

»Gut möglich«, sagte Engracia. »Vielleicht hat sie sich auch nur für das Foto neben ihn gestellt.«

»Verdammt«, murmelte Barbara. Als Engracia sie daraufhin zerknirscht anschaute, fügte sie hastig hinzu: »Oh, tut mir leid. Ich fluche nicht über Sie. Nur über das Leben im Allgemeinen.«

»Das alles scheint sehr wichtig für Sie zu sein. Kann ich Ihnen sonst irgendwie helfen?«, fragte Engracia.

Barbara überlegte. Es gab tatsächlich noch eine Möglichkeit. Nachdem sie schnell die Zeitdifferenz ausgerechnet hatte, sagte sie: »Sie könnten für mich mit jemandem telefonieren.« Sie nahm ihr Handy aus der Tasche. »Da drüben spricht niemand Englisch.«

Sie erklärte Engracia, dass sie die Privatnummer des Bürgermeisters von Santa María und so weiter gewählt habe, wo es jetzt früher Nachmittag sei, und bat sie, sich nach einer gewissen Alatea Vasquez del Torres zu erkundigen, falls sich jemand meldete.

»Die Frau auf dem Foto«, sagte Engracia und zeigte auf den Artikel über Raul Montenegro.

»Ganz genau«, sagte Barbara.

Als es am anderen Ende zu klingeln begann, reichte Barbara der jungen Spanierin das Telefon. Das Einzige, was Barbara in dem nun folgenden Gespräch aufschnappen konnte, war der Name Alatea. Aber aus dem Handy hörte sie eine Frauenstimme. Sie klang schrill und aufgeregt, und an Engracias Gesicht konnte sie ablesen, dass dieser Anruf in Santa María de la Cruz, de los Ángeles y de los Santos sich gelohnt hatte.

Dann entstand eine Pause in dem Gespräch, und Engracia schaute Barbara an. »Das war eine Kusine«, sagte sie zu Barbara. »Elena María.«

»Also haben wir die falsche Nummer?«

»Nein, nein. Sie ist gerade zu Besuch. Dominga, die Frau des Bürgermeisters, ist ihre Tante. Sie holt sie gerade. Sie war schrecklich aufgeregt, als sie Alateas Namen gehört hat.«

»Bingo«, murmelte Barbara.

»Wie bitte?«

»Sorry, nur so ein Spruch. Sieht so aus, als würden wir Fortschritte machen.«

»Ah.« Dann meldete sich wieder eine Stimme vom anderen Ende der Welt, und Engracia begann wieder wie ein Schnellfeuergewehr Spanisch zu sprechen. Barbara schnappte hin und wieder ein »entiendo«, ein »sabes?«, ein »no sé«, viele »sí« und »gracias« auf.

Nachdem Engracia das Gespräch beendet hatte, sagte Barbara: »Und? Was gibt's Neues?«

»Eine Nachricht für Alatea«, sagte Engracia. »Diese Dominga bittet uns, Alatea zu sagen, sie soll nach Hause kommen. Wir sollen ihr ausrichten, dass ihr Vater sie versteht. Und die Jungs auch. Sie sagt, Carlos hat sie alle für Alateas glückliche Heimkehr beten lassen.«

»Und hat die Frau Ihnen gesagt, wer zum Teufel Alatea ist?«

»Sie scheint irgendwie zur Familie zu gehören.«

»Eine Schwester, die aus irgendeinem Grund auf diesem alten Foto fehlt? Eine Schwester, die geboren wurde, nachdem das Foto aufgenommen wurde? Die Frau von einem der jungen Männer? Eine Kusine? Eine Nichte?«

»Das hat sie nicht gesagt, zumindest nicht eindeutig. Aber sie hat mir erzählt, dass Alatea mit fünfzehn von zu Hause weggelaufen ist. Sie dachten, sie wäre nach Buenos Aires gegangen, und haben sie dort jahrelang gesucht. Vor allem Elena María hat nach ihr gesucht. Dass Alatea verschwunden ist, hat ihr das Herz gebrochen, auch das sollen wir ihr ausrichten.«

»Seit wann genau ist Alatea denn verschwunden?«, wollte Barbara wissen.

»Seit dreizehn Jahren.«

»Und jetzt ist sie in Cumbria gelandet«, murmelte Barbara. »Wie zum Teufel ...?«

Sie hatte mit sich selbst gesprochen, aber Engracia nahm noch einmal einen der Ausdrucke in die Hand, die sie vorhin gelesen hatte, einen der Artikel über Raul Montenegro, und sagte: »Vielleicht hat er ihr ja geholfen? Wenn der Mann genug Geld hat, um für den Bau einer Konzerthalle zu spenden, dann hat er auch genug Geld, um einer schönen Frau ein Flugticket nach London zu spendieren, oder? Oder ein Flugticket wer weiß wohin. An irgendeinen Ort der Welt, der ihr gefällt.«

LAKE WINDERMERE
CUMBRIA

Etwa dreißig Sekunden lang wirkten sie wie ein Standbild, auch wenn diese dreißig Sekunden viel länger zu dauern schienen. Mignon ließ ihren Blick von einem zum Nächsten wandern, und ihr Gesicht drückte einen Triumph aus, auf den sie offenbar jahrelang gewartet hatte. Manette kam sich vor wie eine Figur in einem Theaterstück. Dieser Moment war der Höhepunkt des Dramas, und jetzt würde wie in jeder griechischen Tragödie die Katharsis folgen.

Valerie war die Erste, die aus ihrer Erstarrung erwachte. Sie stand auf und sagte auf ihre übliche kultivierte Art: »Wenn ihr mich bitte entschuldigen wollt.« Dann verließ sie den Raum.

Mignon konnte sich nicht mehr halten vor Lachen. »Willst du denn nicht mehr wissen, Mum?«, rief sie. »Du kannst doch jetzt nicht gehen. Willst du nicht auch noch den Rest hören?«

Nach kurzem Zögern drehte Valerie sich um und schaute Mignon an. »Du wärst ein gutes Argument für den Brauch, Säuglingen direkt nach der Geburt den Hals umzudrehen«, sagte sie und ging.

Lynley folgte ihr. Plötzlich zeigte sich alles in einem ganz neuen Licht, dachte Manette, und wahrscheinlich würde der Inspector alles, was er bisher über Ians Tod herausgefunden hatte, noch einmal überdenken müssen. Sie selbst jedenfalls tat genau das, denn wenn Ian von dem Kind ihres Vaters gewusst hatte… wenn er ihren Vater mit diesem Wissen erpresst hatte… wenn ihr Vater vor der Wahl gestanden hatte, die Wahrheit ans Licht kommen zu lassen oder weiterhin mit einer Lüge zu leben… Manette konnte sich gut vorstellen, dass das Leben ihres Vetters unter diesen Umständen in Gefahr gewesen war, und das würde der Inspector bestimmt genauso sehen.

Sie wollte nicht glauben, was Mignon über dieses Kind gesagt hatte, aber das Gesicht ihres Vaters zeigte ihr, dass es die

Wahrheit war. Sie wusste nicht, was sie davon halten sollte, und auch nicht, wie lange sie brauchen würde, um das alles zu verdauen. Aber sie sah genau, was Mignon von der Sache hielt: Für sie war es ein Grund mehr, ihren Vater für alles verantwortlich zu machen, was ihr im Leben fehlte.

»Ach du je, Dad«, sagte Mignon grinsend. »Aber wenigstens gehen wir beide gemeinsam unter, nicht wahr? Das ist dir doch bestimmt ein Trost. Dem Untergang geweiht zu sein und zugleich zu sehen, dass dein Lieblingskind – das bin ich doch, oder? – mit dir untergeht. Wie König Lear und Cordelia. Die Frage ist nur: Wer spielt den Narren?«

Bernards Miene war wie versteinert. »Ich fürchte, du irrst dich, Mignon«, sagte er. »Auch wenn du mit der List einer Schlange an das viele Geld gekommen bist.«

Mignon ließ sich überhaupt nicht beirren. »Glaubst du im Ernst, die Vergebung in einer Ehe geht so weit?«

»Ich glaube, du weißt weder etwas über die Ehe noch über Vergebung.«

Manette schaute Freddie an. Er beobachtete sie mit dunklen Augen. Sie wusste, dass er um sie besorgt war, dass er sich fragte, wie sie damit zurechtkam, Zeugin der Zerstörung ihrer Familie zu werden. Sie hätte ihm gern gesagt, dass sie damit zurechtkommen würde, aber sie wusste zugleich, dass sie das nicht allein durchstehen wollte.

Mignon sagte zu ihrem Vater: »Hast du wirklich geglaubt, du könntest Bianca ewig geheim halten? Gott, was musst du für ein Ego besitzen. Und sag mal, Dad, was hast du eigentlich gedacht, wie die arme kleine Bianca damit fertigwird, wenn sie eines Tages von der anderen Familie ihres Vaters erfährt? Von seiner richtigen Familie. Aber so weit hast du wohl nicht in die Zukunft geblickt. Solange Vivienne sich an deine Regeln gehalten hat, hast du wahrscheinlich an nichts anderes gedacht als daran, wie gut sie es dir im Bett besorgt und wie oft du sie sehen kannst.«

»Vivienne«, erwiderte Bernard, »kehrt nach Neuseeland zurück. Und damit ist dieses Gespräch beendet.«

»Ich bestimme, wann dieses Gespräch beendet ist«, sagte Mignon. »Nicht du. Deine Vivienne ist jünger als *wir*. Sie ist sogar jünger als Nick.«

Bernard ging zur Haustür und musste dazu an Mignon vorbei. Sie versuchte, ihn am Arm zu packen, aber er riss sich los. Manette rechnete schon damit, dass ihre Schwester das ausnutzen würde, um sich vom Sofa fallen zu lassen und sich mal wieder zum Opfer väterlicher Gewalttätigkeit zu stilisieren, doch Mignon sagte lediglich: »Ich werde mit Mum reden. Ich werde ihr alles erzählen. Seit wann du es schon mit Vivienne treibst … Seit zehn Jahren, Dad? Oder noch länger? Wie alt war sie, als es angefangen hat? Vierundzwanzig, nicht wahr? Oder noch jünger? Und wie es dazu kam, dass Bianca geboren wurde. Sie wollte ein Kind, nicht wahr? Und du wolltest es auch, stimmt's, Dad? Denn als Vivienne schwanger wurde, war Nick immer noch auf seinem Drogentrip, und du hast immer noch gehofft, dass irgendjemand dir irgendwann einen Sohn schenkt, nicht wahr? Und was glaubst du, wie Mum sich freuen wird, wenn sie das alles erfährt!«

Bernard sagte: »Richte möglichst viel Schaden an, Mignon. Es ist ja das Einzige, was du kannst.«

»Ich hasse dich«, sagte sie.

»Wie immer«, erwiderte er.

»Hast du mich gehört? Ich *hasse* dich!«

»Für meine Sünden«, sagte Bernard, »ich weiß. Und vielleicht habe ich das sogar verdient. Und jetzt verlasse mein Haus.«

Alle zuckten zusammen, und Manette dachte schon, ihre Schwester würde sich weigern. Mignon starrte ihren Vater an, als wartete sie auf etwas, von dem Manette wusste, dass es nicht passieren würde. Schließlich schob sie ihren Rollator zur Seite. Dann stand sie auf und schlenderte lächelnd aus dem Leben ihres Vaters hinaus.

Nachdem die Tür sich hinter ihr geschlossen hatte, nahm Bernard ein linnenes Taschentuch aus seiner Tasche. Zuerst putzte er damit sein Brille, dann wischte er sich damit das Gesicht ab. Manette sah, dass seine Hände zitterten. Für ihn stand plötzlich alles auf dem Spiel, unter anderem seine vierzigjährige Ehe.

Schließlich schaute er zuerst Manette, dann Freddie, dann wieder Manette an. »Es tut mir leid, meine Liebe. Es gibt so vieles …«

»Ich glaube, das spielt alles keine Rolle mehr.« Wie seltsam, dachte Manette. Ihr Leben lang hatte sie auf diesen Augenblick gewartet: sich einmal ihrem Vater gegenüber in einer überlegenen Position wiederzufinden. Aber auf einmal wusste sie gar nicht, warum ihr das alles so wichtig gewesen war. Sie wusste nur, dass sie nicht das empfand, was sie erwartet hatte, als ihr die Anerkennung ihres Vaters endlich zuteilwurde.

Bernard nickte. »Freddie …«

»Wenn ich gewusst hätte, was hier passieren würde«, sagte Freddie, »hätte ich wahrscheinlich versucht, es zu verhindern. Oder vielleicht auch nicht, was weiß ich? Ich bin mir gar nicht so sicher.«

»Du bist ein anständiger, ehrlicher Mann, Freddie. Bleib so.« Bernard entschuldigte sich. Manette und Freddie hörten, wie er mit schweren Schritten die Treppe hochstieg. Dann wurde irgendwo über ihnen leise eine Tür geschlossen.

»Am besten, wir gehen jetzt«, sagte Freddie. »Das heißt, wenn du dazu in der Lage bist.«

Er ging zu ihr, und sie ließ es geschehen, dass er ihr auf die Beine half, nicht, weil sie nicht allein aufstehen konnte, sondern weil es ihr guttat, seine starken Arme zu spüren.

Erst als sie im Auto saßen und auf das Tor zufuhren, kamen ihr die Tränen. Sie versuchte, lautlos zu weinen, doch Freddie bemerkte es sofort. Er hielt an und nahm sie in die Arme.

»Das ist ziemlich heftig. Seine Eltern so zu erleben. Zu wissen, dass einer den anderen kaputt gemacht hat«, sagte er. »Ich schätze, deine Mutter hat immer gewusst, dass irgendetwas nicht stimmte, aber vielleicht war es leichter für sie, es einfach zu ignorieren.«

Das Gesicht an seiner Schulter vergraben, schüttelte sie den Kopf.

»Was ist?«, sagte er. »Okay, deine Schwester ist komplett verrückt, aber das ist doch nichts Neues, oder? Allerdings frage ich mich manchmal, wie es möglich ist, dass du so … na ja, so normal bist, Manette. Das ist fast ein Wunder, wenn man sich's recht überlegt.«

Das brachte sie nur noch mehr zum Schluchzen. Es war alles zu spät.

LAKE WINDERMERE
CUMBRIA

Lynley fand Valerie Fairclough in ihrem noch nicht fertiggestellten Fantasiegarten. Als er sich zu ihr gesellte, begann sie zu sprechen, als wären sie an ebendieser Stelle in ihrem Gespräch unterbrochen worden. Sie zeigte ihm das im Bau befindliche Schiffswrack, dessen Takelage später den größeren Kindern zum Klettern und Schaukeln dienen sollte. Sie zeigte ihm eine Kletterburg und ein kleines Karussell. Sie führte ihn zu einem Spielplatz für die ganz Kleinen, wo Pferde, Kängurus und Frösche auf schweren Federn auf ihre kleinen Reiter warteten. Es würde auch ein Fort errichtet, sagte sie, denn Jungs spielten doch so gern Soldaten, nicht wahr? Und für die Mädchen würde ein Miniaturhaus gebaut mit Möbeln und allem, was sich in einem richtigen Haus befand, denn, Emanzipation hin oder her, letztendlich blieben Mädchen doch am liebsten im Haus und spielten Mutter und Kind, nicht wahr?

Über ihre letzte Bemerkung lachte sie freudlos. Auf jeden Fall, schloss sie, würde der Fantasiegarten ein richtiges Kinderparadies werden.

Lynley fand das alles ziemlich merkwürdig. Was sie dort anlegen ließ, war viel eher geeignet für einen öffentlichen Park als für einen Privatgarten. Er fragte sich, was sie sich davon erwartete, ob sie größere Pläne hatte und Ireleth Hall der Öffentlichkeit zugänglich machen wollte, wie so viele Herrenhausbesitzer es taten. Es war, als hätte sie seit Langem geahnt, dass ihr große Veränderungen bevorstanden.

»Warum haben Sie mich nach Cumbria gebeten, Valerie?«, fragte er schließlich.

Sie schaute ihn an. Mit ihren siebenundsechzig Jahren war sie immer noch eine eindrucksvolle Frau. In ihrer Jugend musste sie eine große Schönheit gewesen sein. Schönheit und Geld: eine eindrucksvolle Kombination. Sie hatte bestimmt zahlreiche Verehrer aus ihren eigenen Kreisen gehabt, aber sie hatte sich für Bernard entschieden.

Sie sagte: »Ich habe Sie nach Cumbria kommen lassen, weil ich schon lange einen Verdacht habe.«

»Einen Verdacht?«

»Ja. Dass Bernard irgendetwas treibt. Dass er es mit Vivienne Tully ›treibt‹, hätte ich wahrscheinlich auch wissen müssen. Ich bin der Frau zweimal begegnet, danach hat er sie nie wieder mit einem Wort erwähnt. Dann fuhr er jedoch immer häufiger nach London, und die Stiftung nahm mehr und mehr von seiner Zeit in Anspruch… Es gibt immer Hinweise, Inspector. Es gibt immer Indizien, Warnsignale oder wie auch immer man das nennen mag. Aber in der Regel ist es einfacher, die Augen davor zu verschließen, als sich dem Unbekannten zu stellen, das einen erwartet, wenn eine langjährige Ehe in die Brüche geht.« Sie hob einen Plastikbecher vom Boden auf, den einer der Arbeiter weggeworfen hatte, und steckte ihn stirnrunzelnd ein. Dann schaute sie auf den See hinaus, eine Hand schützend über die Augen gelegt. Über den Bergen im Westen brauten sich Gewitterwolken zusammen. »Ich bin von Lügnern und Gaunern umgeben«, sagte sie. »Die wollte ich aus ihren Verstecken scheuchen. Und dazu brauchte ich Sie, Inspector«, fügte sie lächelnd hinzu.

»Was ist mit Ian?«

»Der arme Ian.«

»Mignon könnte ihn umgebracht haben. Sie hatte ein Motiv, ein ziemlich starkes sogar. Wie Sie selbst gesagt haben, war sie im Bootshaus. Sie könnte vorher dort gewesen sein und die Steine so gelockert haben, dass man es nicht sah. Sie könnte ihn sogar im Bootshaus erwartet haben, als er von seiner Ruderpartie zurückkam. Sie könnte ihn aus dem Boot gezerrt und ins Wasser …«

»Inspector, eine solche Art Racheaktion liegt außerhalb von Mignons Vorstellungskraft. Außerdem hätte sie keinen finanziellen Gewinn davon gehabt, und Geld ist das Einzige, was Mignon jemals interessiert hat.« Sie wandte sich Lynley wieder zu und schaute ihn an. »Ich wusste, dass die Steine locker sind, und ich habe Ian mehr als einmal darauf hingewiesen. Da er und ich die Einzigen waren, die das Bootshaus regelmäßig benutzten, habe ich mit niemand anderem darüber gesprochen. Dazu bestand keine Notwendigkeit. Ich habe ihm geraten, beim Ein- und Aussteigen aus seinem Boot sehr vorsichtig zu sein. Er sagte mir, ich solle mir keine Sorgen machen, er werde schon aufpassen, und bei nächster Gelegenheit werde er sich darum kümmern, dass der Steg repariert würde. Aber ich glaube, an dem Abend hatte er andere Sorgen. Es war ziemlich ungewöhnlich, dass er so spät noch zum Rudern ging. Ich glaube, er war einfach unachtsam. Es war ein Unfall, Inspector, das habe ich von Anfang an gewusst.«

Lynley überlegte. »Und das Filetiermesser, das wir gefunden haben?«

»Das habe ich ins Wasser geworfen. Um Sie zu beschäftigen.

Für den Fall, dass Sie zu früh zu dem Schluss gelangten, dass es ein Unfall war.«

»Verstehe«, sagte er.

»Sind Sie mir jetzt sehr böse?«

»Das sollte ich sein.« Sie machten kehrt und begaben sich auf den Rückweg. Hinter einer langen Mauer erhoben sich die grünen Skulpturen des Formschnittgartens und dahinter, etwas weiter weg, das sandsteinfarbe, geschichtsträchtige Gemäuer von Ireleth Hall.

»Fand Bernard das nicht merkwürdig?«, erkundigte sich Lynley.

»Was?«

»Dass Sie eine Untersuchung der Umstände von Ians Tod wollten?«

»Vielleicht. Aber was hätte er denn sagen sollen? ›Das möchte ich nicht‹? Dann hätte ich ihn gefragt, warum nicht. Er hätte versucht, es mir zu erklären. Vielleicht hätte er argumentiert, Nicholas, Manette und Mignon zu verdächtigen sei unfair. Ich hätte ihm jedoch entgegengehalten, dass es immer besser ist, die Wahrheit über seine Kinder zu wissen, als mit einer Lüge zu leben, und das, Inspector, hätte uns viel zu dicht an die Wahrheit gebracht, die Bernard vor mir verbergen wollte. Es blieb ihm also nichts anderes übrig, als das Spiel mitzuspielen und dabei zu hoffen, dass Sie nicht auf Vivienne stoßen würden.«

»Sie kehrt ja jetzt nach Neuseeland zurück.«

Valerie sagte nichts dazu. »Wissen Sie, was merkwürdig ist?«, fragte sie und hakte sich bei ihm unter. »Nach mehr als vierzig Jahren Ehe wird ein Mann zu einer Angewohnheit. Ich muss mir überlegen, ob Bernard eine Angewohnheit ist, die ich ablegen möchte.«

»Und?«

»Vielleicht. Aber zuerst brauche ich ein bisschen Zeit zum Nachdenken.« Sie drückte seinen Arm und lächelte ihn an. »Sie sind ein sehr attraktiver Mann, Inspector. Es tut mir leid, dass Sie Ihre Frau verloren haben. Sie haben doch hoffentlich nicht vor, allein zu bleiben.«

»Darüber habe ich noch nicht so richtig nachgedacht«, gab er zu.

»Das sollten Sie aber. Jeder muss sich irgendwann entscheiden.«

WINDERMERE
CUMBRIA

Tim wartete in dem Geschäftszentrum stundenlang auf den richtigen Zeitpunkt. Nachdem er am Morgen aus Kavehs Auto gestiegen war, hatte er nicht lange bis Windermere gebraucht. Er war über eine niedrige Feldsteinmauer gesprungen, über eine unebene Weide bis zu einem Wald gerannt, hatte sich dort im Gestrüpp hinter einem umgestürzten Baum versteckt und gewartet, bis Kaveh weggefahren war. Dann war er zur Straße zurückgegangen und in die Stadt getrampt.

Einen Puppendoktor hatte er trotz intensiver Suche nicht finden können, dafür aber eine Werkstatt namens J. Bobak & Sohn, die Elektrogeräte reparierte. Zwischen Regalen hindurch, die vollgestopft waren mit kaputten Küchengeräten, ging er in den hinteren Teil der Werkstatt, wo sich der Tresen befand. J. Bobak entpuppte sich als ältere Frau mit grauen Zöpfen und hellrosa Lippenstift, der in die winzigen Fältchen um ihre Lippen herum auslief, und der Sohn als junger Mann mit Downsyndrom. Die Frau reparierte gerade etwas, das aussah wie ein Waffeleisen, während der Sohn an einem alten Röhrenradio von der Größe eines Austin Mini herumbastelte. Um die beiden herum standen alle möglichen reparaturbedürftigen Geräte: Fernseher, Mikrowellen, Mixer, Toaster und Kaffeemaschinen, die alle so aussahen, als warteten sie schon ewig darauf, dass sich jemand ihrer annahm.

Als Tim Mrs. J. Bobak Gracies Puppe gezeigt hatte, hatte die nur den Kopf geschüttelt. Da sei nichts zu machen, sagte sie, selbst wenn sie auf die Reparatur von Spielzeug spezialisiert wären, was nicht der Fall war. Er solle lieber ein bisschen sparen und seiner Schwester eine neue Puppe kaufen. Ganz in der Nähe gebe es ein Spielzeuggeschäft, das…

Es müsse diese Puppe sein, hatte er J. Bobak erklärt. Er wusste, dass es unhöflich war, jemanden zu unterbrechen, und er entschuldigte sich bei der Frau. Die Puppe, erklärte er ihr, habe sein Vater seiner kleinen Schwester geschenkt, und sein Vater sei jetzt tot. Das erregte J. Bobaks Mitleid. Sie legte die Einzelteile der Puppe auf dem Tresen nebeneinander, schürzte die pinkfarbenen Lippen und betrachtete Bella nachdenklich. Dann war ihr Sohn dazugekommen. »Hallo«, sagte er zu Tim. »Ich geh nicht mehr zur Schule, aber du müsstest doch eigentlich in der Schule sein, oder? Hast wohl geschwänzt, was?« Seine Mutter sagte: »Kümmer dich um deine Angelegenheiten, Trev, mein Schatz«, und klopfte ihm auf die Schulter. Daraufhin war er zu seinem Radio zurückgeschlurft.

»Bist du dir ganz sicher, dass du keine neue Puppe kaufen willst?«, fragte sie Tim.

Vollkommen, erwiderte Tim. Ob sie Bella reparieren könne? Es gebe in der Stadt keinen Puppendoktor. Er habe überall gesucht.

Schließlich versprach sie ihm, die Puppe so gut wie möglich zusammenzuflicken. Er sagte, er werde ihr die Adresse aufschreiben, an die sie sie schicken solle, wenn sie fertig war, dann nahm er eine Handvoll zerknitterte Geldscheine aus der Tasche, die er mit der Zeit aus der Handtasche seiner Mutter, der Brieftasche seines Vaters und einem Marmeladenglas in der Küche geklaut hatte, in dem Kaveh immer etwas Bargeld aufbewahrte für den Fall, dass ihm das Geld ausging und er keine

Zeit hatte, auf dem Heimweg von der Arbeit am Geldautomaten anzuhalten.

»Was?«, fragte J. Bobak. »Du willst sie nicht selbst abholen kommen?«

Nein, antwortete Tim, bis dahin werde er nicht mehr in Cumbria sein. Er sagte, sie solle sich so viel von dem Geld nehmen, wie sie wolle, den Rest könne sie mit der Puppe zusammen an seine Schwester schicken. Dann schrieb er ihr Gracies Namen und Adresse auf: Bryan Beck Farm, Bryanbarrow bei Crosthwaite. Womöglich wohnte Gracie bis dahin längst wieder bei ihrer Mutter, dachte er, aber Kaveh würde ihr die Puppe bestimmt zukommen lassen. Das würde er tun, egal, was für ein verlogenes Leben er mit seiner Frau und seinen Eltern führte. Und Gracie würde sich freuen, Bella wiederzuhaben. Vielleicht würde sie Tim sogar verzeihen, dass er Bella kaputt gemacht hatte.

Nachdem das also erledigt war, hatte er sich von seinem restlichen Geld eine Tüte Marshmallows, einen Kitkatriegel, einen Apfel und eine Portion Nachos mit Salsa und Bohnen gekauft, sich zwischen einem verdreckten weißen Ford Transit und einer mit Styroporresten überquellenden Mülltonne versteckt und alles aufgegessen. Dann war er zu dem Geschäftszentrum gegangen und hatte dort gewartet.

Als ein Laden nach dem anderen zumachte und der Parkplatz sich zu leeren begann, duckte er sich hinter eine Mülltonne, von wo aus er den Fotoladen im Auge behalten konnte. Kurz vor Ladenschluss lief er hinüber und betrat den Laden.

Toy4You hielt gerade die Schublade mit dem Geld in den Händen, die er aus der Kasse genommen hatte, so dass er sein Namensschild nicht entfernen konnte. Tim gelang es, einen Teil davon zu lesen, ehe der Mann sich abwandte: William Con… Der Mann verschwand im Hinterzimmer und kam gleich darauf ohne Geldschublade und ohne Namensschild wieder heraus. Und er war alles andere als gutgelaunt.

»Ich hab dir gesagt, ich würde dir eine SMS schicken«, sagte er. »Was hast du hier zu suchen?«

»Es passiert heute Nacht«, antwortete Tim.

»Hör mir gut zu: Ich spiele keine Machtspielchen mit einem Vierzehnjährigen. Ich hab gesagt, ich gebe dir Bescheid, sobald ich alles vorbereitet habe.«

»Dann kümmer dich jetzt darum. Du hast gesagt, diesmal nicht allein, und das heißt, dass du jemanden kennst. Hol ihn her. Wir machen es hier.« Tim schob sich an dem Mann vorbei. Er sah, wie dessen Gesicht sich verdüsterte. Es war Tim egal, ob es so weit kam, dass Toy4You ihn schlug. Schläge konnte er wegstecken. So oder so würde von jetzt an alles seinen Lauf nehmen.

Er war schon oft im Hinterzimmer des Ladens gewesen, also konnte ihn hier nichts überraschen. Es war ein kleiner Raum, der in zwei Bereiche aufgeteilt war. Im vorderen Bereich standen ein Drucker und alles, was man zur Bearbeitung von Fotos brauchte. Der hintere Bereich diente als Fotostudio, wo man sich vor unterschiedlichen Hintergrundbildern fotografieren lassen konnte.

Diesmal war das Studio eingerichtet wie ein Salon aus dem vorigen Jahrhundert, in dem die Leute früher steif für Fotos posiert hatten, entweder stehend oder sitzend. Es gab eine Chaiselongue, zwei Säulen, auf denen jeweils ein Topf mit einem künstlichen Farn stand, mehrere Sessel, schwere Samtvorhänge, die von dicken Seilen mit Troddeln zurückgehalten wurden, und eine Kulisse, die die Szenerie so wirken ließ, als hätte jemand oben auf einer Klippe, vor einem tiefblauen Himmel voller weißer Kumuluswolken, Möbel arrangiert.

Tim hatte inzwischen kapiert, dass diese Kulisse etwas mit Kontrast zu tun hatte. Und Kontrast, das hatte er auch gelernt, bestand darin, dass zwei Dinge in einer Art Widerspruch zueinander standen. Als Toy4You ihm das bei seinem ersten Besuch erklärt hatte, musste er sofort an den Kontrast zwischen dem denken, was er einmal für sein Leben gehalten hatte – eine

Mutter, ein Vater, eine Schwester, ein Haus in Grange-over-Sands –, und das, was aus seinem Leben geworden war, nämlich nichts. Als er jetzt hier stand, dachte er an den Kontrast zwischen dem Leben, das Kaveh Mehran mit seinem Vater geführt hatte, und dem scheinheiligen Leben, das Kaveh in Zukunft führen würde. Dann riss er sich von dem Gedanken los und konzentrierte sich stattdessen auf den wirklichen Kontrast, der vor ihm lag, zwischen dieser unschuldigen Kulisse und dem Inhalt der Fotos, die hier entstehen würden.

Toy4You hatte ihm das alles erklärt, als er zum ersten Mal für ihn posiert hatte. Manche Menschen, hatte er gesagt, fänden Gefallen daran, sich Fotos von nackten Jungs anzusehen. Fotos, auf denen diese Jungen auf ganz bestimmte Weise posierten. Vor allem würden diese Leute sich für ganz bestimmte Körperteile interessieren. Manchmal reiche die bloße Andeutung eines Körperteils aus, aber manchmal müsse er direkt zu sehen sein. Manche Kunden legten Wert darauf, auch das Gesicht des Jungen zu sehen, andere nicht. Ein Schmollmund komme immer gut. Ebenso ein Blick, der sagte: *Du kannst mich haben*, wie Toy4You sich ausdrückte. Noch besser sei es, wenn er sich einen hochholte für die Kamera. Manche Leute seien bereit, eine Menge Geld für diese Art Fotos zu bezahlen.

Tim hatte sich darauf eingelassen. Schließlich hatte er etwas von Toy4You gewollt und nicht umgekehrt. Es ging ihm nicht um Geld. Er wollte etwas anderes, und das hatte Toy4You ihm immer noch nicht gegeben. Das würde sich jetzt ändern.

Toy4You war ihm ins Hinterzimmer gefolgt. »Du musst verschwinden«, sagte er zu Tim.

»Ruf deinen Freund an und sag ihm, ich warte hier auf ihn. Sag ihm, er soll herkommen. Wir machen die Fotos jetzt gleich.«

»Das wird er nicht tun. Er lässt sich von keinem Vierzehnjährigen herumkommandieren. Er sagt uns, wenn es so weit ist, und nicht umgekehrt. Wieso kapierst du das nicht?«

»Ich hab keine Zeit! Wir machen es *jetzt*! Ich kann nicht länger warten. Wenn du willst, dass ich's mit einem Typen mache, dann solltest du die Gelegenheit nutzen, denn es wird keine andere geben.«

»So, so«, sagte Toy4You. »Jetzt sieh zu, dass du wegkommst.«

»Ach? Glaubst du etwa, du findest einen anderen Idioten, der das macht?«

»Es gibt immer Jungs, die Geld brauchen.«

»Für ein Foto kriegst du sie vielleicht. Sie lassen sich nackt von dir fotografieren, vielleicht sogar mit 'nem Steifen. Aber das andere? Glaubst du, du findest einen, der das andere auch macht?«

»Glaubst du etwa, du bist der Einzige, der mich im Internet gefunden hat? Hältst du mich für einen Anfänger? Glaubst du im Ernst, du bist der Erste? Der Erste und Einzige? Es gibt Dutzende von deiner Sorte, die alles tun, was ich von ihnen verlange, weil sie das Geld brauchen. Die halten sich sogar an die Regeln. Und eine der Regeln lautet, dass keiner von euch hier aufkreuzt und Forderungen stellt, so wie du es jetzt schon zum zweiten Mal tust, du kleiner Wichser.«

Toy4You war näher gekommen und stand jetzt ganz dicht vor Tim. Er war nicht groß, und Tim hatte immer gedacht, er könnte es mit ihm aufnehmen, wenn es darauf ankäme, aber als der Mann ihn am Arm packte, spürte Tim, wie ihn der Mut verließ.

»Ich spiele keine Spielchen«, sagte Toy4You. »Und ich lasse mir von kleinen Wichsern wie dir nicht auf der Nase herumtanzen.«

»Wir hatten eine Abmachung und …«

»Scheiß drauf. Es ist vorbei.«

»Du hast es versprochen!«

»Mir reicht's.«

Toy4You zerrte ihn in Richtung Tür. Er würde ihn tatsächlich rauswerfen, dachte Tim. Das durfte nicht passieren. Er hatte zu viel darin investiert und war schon zu weit gegangen. Er riss sich los.

»Nein!«, schrie er. »Du hast es mir versprochen, und ich will es jetzt!« Er begann, sich die Kleider vom Leib zu reißen. »Du hast es versprochen! Und wenn du dein Versprechen nicht hältst, geh ich zu den Cops, das schwör ich dir! Dann erzähl ich denen, was ich getan hab, was du von mir verlangt hast. Ich erzähl denen von den Fotos. Von deinen Freunden. Wie sie dich finden können. Es ist alles auf meinem Computer und …«

»Halt die Klappe!« Toy4You warf einen Blick in Richtung Fotostudio. Dann knallte er die Tür zum Laden zu. »Herrgott noch mal, beruhige dich!«, fauchte er Tim an. »Ist ja gut, du kriegst, was du willst. Aber nicht jetzt. Kapierst du das endlich?«

»Ich will … ich schwöre dir … Ich hetz dir die Cops auf den Hals.«

»Alles klar. Die Cops. Ich hab's kapiert. Ich glaube dir. Hauptsache, du kommst endlich auf den Teppich. Hör zu. Ich mache einen Anruf. Jetzt. In deinem Beisein. Ich arrangiere alles für morgen. Dann machen wir die Fotos.« Er schien einen Moment zu überlegen, dann musterte er Tim. »Aber diesmal werden wir es filmen. Alles live. Diesmal gehen wir aufs Ganze. Kapiert?«

»Aber du hast gesagt …«

»Ich bin derjenige, der ein Risiko eingeht!«, schrie Toy4You. »Und du wirst dafür sorgen, dass es sich für mich lohnt. Also, ja oder nein?«

Tim wand sich. Aber er überwand seine Angst und sagte: »Ja.«

»Also schön. Zwei Typen und du. Alles klar? Du und zwei Typen und aufs Ganze. Live gefilmt. Du weißt hoffentlich, was das bedeutet? Denn bild dir ja nicht ein, du kannst mittendrin plötzlich sagen, du hast es dir anders überlegt. Das läuft nicht. Du und zwei Typen. Sag, dass du das kapiert hast.«

Tim biss sich auf die Lippe. »Ich und zwei Typen. Alles klar.«

Toy4You starrte ihn an. Tim hielt seinem Blick stand. Toy4You nickte kurz und tippte eine Telefonnummer ein.

»Und hinterher … wenn es vorbei ist«, sagte Tim. »Du hast es mir versprochen.«

»Versprochen. Wenn's vorbei ist, stirbst du. Genauso, wie du es willst. Und für den letzten Akt darfst du die Regeln bestimmen.«

10. November

MILNTHORPE
CUMBRIA

Als Lynley Deborah am frühen Morgen anrief, war er klug genug, in der Pension und nicht auf ihrem Handy anzurufen. Sie nahm den Hörer ab, denn sie sagte sich, Simon oder Tommy, selbst Zed würden sie garantiert auf dem Handy anrufen. Wenn also das Telefon in ihrem Pensionszimmer klingelte, bedeutete das sicherlich, dass jemand vom Personal wissen wollte, wie lange sie noch zu bleiben gedachte.

Sie stöhnte auf, als sie Lynleys wohltönenden Bariton erkannte. Und als er sagte: »Simon ist von uns beiden ziemlich enttäuscht«, konnte sie schlecht behaupten, er hätte sich verwählt.

Es war sehr früh, und sie lag noch im Bett. Auch das war ein kluger Schachzug von Tommy: Auf die Weise konnte sie ihm nur schwer aus dem Weg gehen.

Sie setzte sich auf, zog sich die Decke bis unters Kinn und sagte: »Tja, ich bin auch von Simon enttäuscht.«

»Ich weiß. Aber er hat recht, Deborah. Und er hat von Anfang an recht gehabt.«

»Er hat doch immer recht, oder?«, erwiderte sie schnippisch. »Wovon redest du überhaupt?«

»Von Ian Cresswells Tod. Er hätte nicht sterben müssen, wenn er an dem Abend ein bisschen besser darauf geachtet hätte, wo er sein Boot vertäut.«

»Und wie sind wir zu dieser Schlussfolgerung gelangt?«

Deborah rechnete damit, dass er sagen würde, Simons unerträglich logische Auswertung und Darlegung der Fakten habe ihn zu der Schlussfolgerung gelangen lassen, aber er tat nichts dergleichen. Stattdessen berichtete er ihr von einem Familienstreit bei den Faircloughs, dessen Zeuge er geworden war, und von einem darauf folgenden Gespräch, das er mit Valerie Fairclough geführt hatte.

Abschließend sagte er: »Ich bin also hierhergebeten worden, um im Auftrag von Valerie ein bisschen Licht in die Machenschaften ihres Mannes zu bringen. Man hat mich sozusagen zum Narren gehalten. Und den guten Hillier ebenfalls. Er wird nicht erfreut sein, wenn ich ihm schildere, wie wir beide benutzt worden sind.«

Deborah schlug ihre Decke zurück, schwang die Beine aus dem Bett und warf einen Blick auf die Uhr. »Und du glaubst ihr?«, fragte sie. Ein Anruf von Tommy um halb sieben in der Früh konnte nur eins bedeuten, und sie wusste genau, was das war.

»Normalerweise würde ich ihr vielleicht nicht glauben. Aber nach dem, was der Coroner festgestellt hat, und nach allem, was Simon herausgefunden hat, klingt das, was Valerie mir erzählt hat …«

»Sie könnte dich belogen haben, Tommy. Schließlich hatten alle möglichen Leute ein Motiv.«

»Ein Motiv allein reicht nicht, um jemanden vor Gericht zu bringen, Deb. So ist das nun mal. Ehrlich gesagt, gibt es jede Menge Leute, die ein Motiv für einen Mord hätten. Viele nehmen sich sogar vor, einen Menschen zu töten. Und doch gehen sie nicht einmal so weit, demjenigen auch nur ein Haar zu krümmen. Und so verhält es sich anscheinend auch hier in diesem Fall. Es wird Zeit, dass wir nach London zurückkehren.«

»Obwohl die Sache mit Alatea Fairclough noch nicht geklärt ist?«

»Deb …«

»Hör mir einfach mal zu, Tommy, okay? Alles an Alatea riecht doch nach Geheimnistuerei. Und Leute mit Geheimnissen sind zu allem Möglichen bereit, um ihre Geheimnisse zu schützen.«

»Das mag durchaus sein, aber was auch immer sie getan hat oder tut, um ihre Geheimnisse zu schützen – vorausgesetzt, sie hat überhaupt welche –, sie hat auf keinen Fall Ian Cresswell ermordet. Um das herauszufinden sind wir hierhergekommen. Wir kennen jetzt die Wahrheit. Wie gesagt, es ist Zeit, nach Hause zurückzukehren.«

Deborah stand auf. Es war kalt im Zimmer. Zitternd schaltete sie die elektrische Kaminheizung ein, die sich in der Nacht abgeschaltet hatte. Die Fensterscheibe war beschlagen, und sie wischte sie ab, um nach draußen sehen zu können. Es war immer noch dunkel. Das Licht der Straßenlaternen und der Ampel an der Ecke spiegelte sich in dem nassen Asphalt.

Sie sagte: »Tommy, diese fehlenden Seiten aus der Zeitschrift waren von Anfang ein Hinweis darauf, dass mit Alatea etwas nicht stimmt.«

»Das bestreite ich ja gar nicht«, antwortete er. »Und wir wissen ja sogar ungefähr, um was es sich bei diesem Etwas handelt. Aber das wusstest du bereits. Es geht ums Schwangerwerden. Das hat Nicholas Fairclough dir doch bei eurem ersten Gespräch gesagt, oder?«

»Ja, aber ...«

»Es ist doch vollkommen nachvollziehbar, dass sie über so etwas nicht mit einer Fremden reden möchte. Redest du etwa mit jedem über das Thema?«

Das war ein Schlag unter die Gürtellinie, und das wusste er genau. Aber Deborah hatte nicht vor, sich von ihren Gefühlen den Verstand vernebeln zu lassen. »Das ergibt doch alles keinen Sinn. Wenn Lucy Keverne nur deswegen in *Conception* inseriert hat, um sich als Eispenderin anzubieten, wie sie behauptet, was hatte sie dann zusammen mit Alatea Fairclough an der Uni in Lancaster zu suchen? Was wollte sie mit Alatea im George Childress Centre?«

»Vielleicht hat sie Alatea dort ein Ei gespendet«, sagte Lynley.

»Das Ei muss befruchtet werden. Hätte Nicholas dann nicht auch dort sein müssen?«

»Vielleicht hat Alatea Sperma von ihm mitgenommen.«

»In einem Marmeladenglas, oder was?«, fragte Deborah spitz. »Und warum musste Lucy dann dabei sein?«

»Um das Ei zu spenden?«

»Also gut. Meinetwegen. Aber warum war Nicholas dann nicht dabei, um frisches Sperma zu spenden, flinke kleine Schwimmer, die noch richtig fit sind?«

Lynley seufzte. Deborah fragte sich, wo er sich befand. Wahrscheinlich irgendwo an einem Festnetzapparat, denn die Verbindung war perfekt. Das ließ darauf schließen, dass er noch in Ireleth Hall war. »Deb«, sagte er. »Ich weiß es nicht. Ich habe einfach keine Ahnung, wie so etwas funktioniert.«

»Das ist mir klar. Aber *ich* weiß, wie es funktioniert, glaub mir. Und ich kann dir sagen, wenn die ein Ei von Lucy oder mehrere mit Samen von Nicholas befruchten, dann werden die Eier auf keinen Fall sofort eingesetzt. Wenn Lucy also, wie sie behauptet, tatsächlich Eispenderin ist, und wenn sie Alatea aus irgendeinem Grund Eier spendet, und wenn die Eier mit Nicholas' Sperma befruchtet werden …«

»Das spielt alles keine Rolle«, fiel Lynley ihr ins Wort. »Denn nichts von alldem hat irgendetwas mit Ian Cresswells Tod zu tun. Wir müssen zurück nach London.«

»*Du* musst zurück nach London. Ich nicht.«

»Deborah.« In seiner Stimme lag ein ungehaltener Unterton. Wie bei Simon. Wie ähnlich die beiden sich doch waren, dachte sie.

»Ja?«, fragte sie gereizt.

»Ich fahre noch heute Vormittag nach London zurück.

Du weißt genau, dass ich dich deswegen angerufen habe. Ich würde gern in Milnthorpe vorbeikommen, dir zur Autovermietung folgen und dich dann mit nach London nehmen.«

»Weil du mir nicht zutraust, dass ich alleine zurückfinde?«

»Ich hätte gern ein bisschen Gesellschaft«, sagte er. »Es ist eine lange Fahrt.«

»Sie hat gesagt, sie würde sich niemals als Leihmutter zur Verfügung stellen, Tommy. Wenn sie nichts weiter vorhat, als Alatea ein paar Eier zu spenden, warum sagt sie das dann nicht einfach? Warum erklärt sie mir, dass Leihmutterschaft für sie indiskutabel ist?«

»Ich habe keine Ahnung. Und es ist vollkommen unwichtig. Es spielt keine Rolle. Ian Cresswell ist aufgrund seiner eigenen Unachtsamkeit ums Leben gekommen. Er wusste von den lockeren Steinen im Bootshaus. So sieht es aus, Deb, und nichts, was die beiden Frauen in Lancaster gemacht haben, wird daran etwas ändern. Die Frage lautet also: Warum beißt du dich so sehr daran fest? Und ich glaube, wir kennen beide die Antwort.«

Er hatte das ganz ruhig gesagt, aber es passte nicht zu Tommy. Es zeigte, wie sehr Simon ihn auf seine Seite gezogen hatte. Eigentlich war das nur verständlich, dachte Deborah. Schließlich verband die beiden eine jahrzehntelange Freundschaft. Sie hatten gemeinsam einen schrecklichen Verkehrsunfall überlebt, und sie hatten einmal dieselbe Frau geliebt, die später ermordet worden war. Diese Dinge verbanden die beiden Männer auf eine Weise miteinander, gegen die sie nie würde ankommen können. Und deswegen blieb ihr nur eine Alternative.

Sie sagte: »Also gut, Tommy, du hast gewonnen.«

»Was soll das heißen?«

»Das soll heißen, dass ich mit dir nach London fahre.«

»Deborah ...«

»Nein.« Sie seufzte geräuschvoll. »Ich meine es ernst, Tommy. Ich gebe auf. Wann genau brechen wir auf?«

»Meinst du das ernst?«

»Selbstverständlich. Ich bin stur, aber nicht blöd. Wenn es keinen Zweck hat, diese Sache weiterzuverfolgen, dann hat es keinen Zweck, fertig.«

»Du siehst also ein…«

»Ja. Gegen Forensiker kann man nicht argumentieren. So ist das nun mal.« Sie ließ ihm einen Augenblick Zeit, das zu verdauen. Dann fragte sie noch einmal: »Wann brechen wir auf? Du hast mich übrigens geweckt, ich brauche also noch etwas Zeit zum Packen, Duschen, Haare Fönen und so weiter. Außerdem würde ich gern frühstücken.«

»Zehn Uhr?«, schlug er vor. »Danke, Deb.«

»Es ist einfach besser so«, sagte sie.

WINDERMERE
CUMBRIA

Zed Benjamin hatte kaum geschlafen. Seine Geschichte zerbröselte ihm zwischen den Fingern. Was so heiß angefangen hatte, dass man es nur mit Ofenhandschuhen anfassen konnte, war jetzt so interessant wie kalte Pizza. Er hatte keinen blassen Schimmer, was er mit den Informationen anfangen sollte, die er zusammengetragen hatte, denn es war nichts darunter, was für eine spannende Story taugte. In seinen Tagträumen war es Titelseitenmaterial gewesen, eine Story, in der enthüllt wurde, wie New Scotland Yard heimlich gegen Nicholas Fairclough ermittelte und herausfand, dass er seinen Vetter ermordet hatte, weil der seinem Erfolg im Weg gestanden hatte. Es war die Geschichte eines Mannes, der es geschafft hatte, seine Eltern, seine gesamte Familie und seine Freunde hinters Licht zu führen, indem er den Wohltäter gespielt hatte, während er in Wirklichkeit einen Menschen aus dem Weg geräumt hatte, um sich Zugang zum Familienvermögen zu verschaffen. Der Artikel sollte von Fotos begleitet werden – DS Cotter, Fairclough, seine Frau, das Wehrturmprojekt, Fairclough Industries und so weiter – und auf Seite 3, 4 und 5 fortgesetzt werden. Und in der Verfasserzeile prangte natürlich sein Name: *Zed Benjamin*.

Aber damit all das Wirklichkeit wurde, musste der Artikel natürlich von Nicholas Fairclough handeln. Der Tag, den Zed mit DS Cotter verbracht hatte, hatte ihm allerdings bewiesen, dass Scotland Yard sich nicht die Bohne für Nicholas Fairclough interessierte. Und es hatte sich herausgestellt, dass seine Nachforschungen über Faircloughs Ehefrau in eine gewaltige Sackgasse geführt hatten.

Als er die rothaarige Polizistin gefragt hatte, was sie in Erfahrung gebracht hätte, hatte sie nur gemeint: »Ich fürchte nichts.«

»Was soll das heißen, ›nichts‹?«, hatte er zu wissen verlangt.

Worauf sie ihm erzählt hatte, die Frau – Lucy Keverne sei ihr Name – und Alatea hätten an der Uni einen Spezialisten aufgesucht wegen »Frauenproblemen«. Lucy sei diejenige mit den »Frauenproblemen«, und Alatea habe sie aus Freundschaft begleitet.

»Mist«, murmelte er. »Das bringt uns keinen Schritt weiter.«

»Es bedeutet, wir müssen wieder bei null anfangen«, erwiderte sie.

Nein, dachte er. Es bedeutete, dass *sie* wieder bei null anfangen musste. Für ihn bedeutete es, dass er um seinen Job fürchten musste.

Er musste unbedingt mit Yaffa reden. Sie war gescheit, und wenn es jemanden gab, der ihm sagen konnte, wie er aus dem Schlamassel rauskam und doch noch eine Story daraus machen konnte, die Rodney Aronson als angemessene Entschädigung für die Investitionen der *Source* betrachtete, dann war sie es.

Also rief er sie an, und schon als er ihre Stimme hörte, atmete er erleichtert auf. »Guten Morgen, Darling«, sagte er.

Sie sagte: »Hallo *Zed*!«, und dann: »Mama Benjamin, es ist unser Schatz«, um ihn wissen zu lassen, dass seine Mutter sich in Hörweite befand. »Du fehlst mir so, mein Liebling!« Dann lachte sie über eine Bemerkung seiner Mutter und sagte zu ihm: »Mama Benjamin findet, dass es keinen Zweck hat, ihren Sohn zu bezirzen. Sie meint, er ist ein unverbesserlicher Junggeselle. Stimmt das?«

»Nicht, wenn du versuchst, ihn eines Besseren zu belehren«, antwortete er. »Ich habe noch nie eine Frau gekannt, die so zum Anbeißen verführerisch war.«

»Also wirklich, du Schlimmer!« Dann: »Nein, nein, Mama Benjamin. Ich werde auf keinen Fall wiederholen, was Ihr Sohn zu mir gesagt hat. Aber ich muss gestehen, dass mir ein bisschen schwindlig wird von seinen Worten.« Und zu Zed: »Das meine ich ernst. Mir wird ganz anders …«

»Na, das will ich doch hoffen!«

Sie lachte. Dann sagte sie in einem vollkommen anderen Ton. »So, sie ist aufs Klo gegangen. Jetzt können wir reden. Wie geht's dir, Zed?«

Er konnte sich gar nicht so schnell von Yaffa, der angeblichen Geliebten, auf Yaffa, die Mitverschwörerin, umstellen. »Du fehlst mit, Yaf«, sagte er. »Ich wünschte, du wärst hier.«

»Ich kann dir auch von hier aus helfen.«

Einen verrückten Moment lang dachte Zed tatsächlich, sie redete von Telefonsex, und in seinem derzeitigen Zustand hätte er noch nicht einmal etwas dagegen gehabt. Doch dann fragte sie: »Hast du inzwischen die Informationen, die du für deine Story brauchst?«

Das wirkte wie eine kalte Dusche. »Ach, diese verdammte Story«, stöhnte er. Er brachte Yaffa auf den neuesten Stand. Erzählte ihr alles, was er seit ihrem letzten Gespräch unternommen hatte. Abschließend sagte er: »Es gibt also nichts und wieder nichts zu berichten. Ich könnte natürlich schreiben, dass Scotland Yard hier oben ist und gegen Nick Fairclough ermittelt wegen des mysteriösen Todes von dessen Vetter Ian Cresswell, der für die Buchhaltung von Fairclough Industries verantwortlich war – und wir wissen ja alle, was das bedeutet, nicht wahr, liebe Leser? Aber jetzt sieht es so aus, als würde Scotland Yard gar nicht gegen Nick Fairclough ermitteln, sondern gegen dessen Frau Alatea, und dass sie in dem Fall bisher ungefähr so weit gekommen sind wie ich bei Nick Fairclough. Wir befinden uns in derselben Situation, Scotland Yard und ich. Mit dem einzigen Unterschied, dass diese Polizisten frohgemut nach London zurückkehren und ihren Vorgesetzten einen Abschlussbericht präsentieren können. Aber wenn ich ohne Story zurückkomme, bin ich erledigt.« Dann fügte er hastig hinzu: »Tut mir leid, ich wollte dich nicht volljammern.«

»Zed, du kannst jammern, so viel du willst.«

»Danke, Yaf. Du bist … Na ja, du bist eben, wie du bist.«

Er hörte, dass sie lächelte, als sie antwortete: »Danke. Aber jetzt lass uns mal scharf nachdenken. Wenn eine Tür zuschlägt, öffnet sich eine andere.«

»Und das bedeutet?«

»Es bedeutet, dass du vielleicht das tun solltest, was deine Berufung ist. Du bist ein Dichter, Zed, kein Klatschreporter. Wenn du bei dieser Zeitung bleibst, wirst du deine Kreativität verlieren. Es wird Zeit, dass du anfängst, Gedichte zu schreiben.«

Zed schaubte verächtlich. »Die Poesie ist eine brotlose Kunst«, sagte er. »Sieh mich doch an: Ich bin fünfundzwanzig und wohne immer noch bei meiner Mutter. Nicht mal als Journalist schaffe ich es, meinen Lebensunterhalt zu verdienen.«

»Ach Zed, sag nicht so was. Du brauchst nur jemanden, der an dich glaubt. *Ich* glaube an dich.«

»Und was nützt mir das? Du gehst doch bald wieder nach Tel Aviv zurück.«

Yaffa schwieg. Plötzlich klopfte es in Zeds Leitung. Er sagte: »Yaffa? Bist du noch da?«

»Äh, ja, ich bin noch da«, antwortete sie.

Es klopfte immer noch in der Leitung. Wahrscheinlich Rodney. Es war wohl an der Zeit, dass er sich den Tatsachen stellte. »Yaffa«, sagte er. »Da ruft mich jemand an. Ich muss ...«

»Ich muss ja nicht zurückgehen«, sagte sie hastig. »Mich drängt nichts. Denk drüber nach, Zed.« Dann legte sie auf.

Einen Moment lang starrte er verdattert auf sein Handy. Dann nahm er den anderen Anruf entgegen.

Es war die Polizistin. Sie sagte: »Ich fahre noch mal nach Lancaster, um ein zweites Mal mit dieser Frau zu reden. Es steckt offensichtlich mehr dahinter. Und es wird Zeit, dass wir beide ihr die Daumenschrauben anlegen.«

BARROW-IN-FURNESS UND GRANGE-OVER-SANDS CUMBRIA

Der Letzte, den Manette bei Fairclough Industries erwartet hätte, war Kaveh Mehran. Soweit sie sich erinnerte, war er noch nie in der Firma gewesen. Ian hatte ihn jedenfalls nie offiziell herumgeführt und vorgestellt. Natürlich wussten fast alle, dass Ian seine Frau wegen dieses jungen Mannes verlassen hatte, aber das war auch alles. Und als Kaveh jetzt in ihr Büro geführt wurde, war sie erst einmal verblüfft. Doch dann sagte sie sich, dass er wahrscheinlich gekommen war, um Ians persönliche Sachen abzuholen. Irgendjemand musste sich schließlich darum kümmern.

Es stellte sich jedoch heraus, dass er aus einem anderen Grund da war. Tim war verschwunden. Er war am Tag zuvor auf dem Weg zur Schule aus Kavehs Auto gesprungen und seitdem nicht nach Hause gekommen.

»Ist denn etwas vorgefallen?«, fragte Manette. »Warum ist er aus dem Auto gesprungen? War er in der Schule? Hast du schon in der Schule nachgefragt?«

Bereits am Tag zuvor, sagte Kaveh, habe jemand von der Schule bei ihm angerufen. Tim sei nicht zum Unterricht erschienen, und in so einem Fall wurden die Erziehungsberechtigten sofort informiert, weil… na ja, weil es eben so eine Schule sei, falls sie wisse, was er meine.

Natürlich wisse sie, um was für eine Schule es sich handelte. Die ganze Familie wusste über die Margaret Fox School Bescheid, das war kein Geheimnis.

Kaveh sagte, er sei am Morgen die Strecke von Bryanbarrow bis zur Margaret Fox School abgefahren, weil er dachte, Tim würde vielleicht an irgendeiner Kreuzung stehen und trampen. Er war nach Great Urswick gefahren, um zu sehen, ob der Junge vielleicht zu Manette gelaufen war und sich irgendwo auf ihrem Grundstück versteckt hatte, ohne dass sie davon wusste. Dann war er zur Schule gefahren. Und jetzt war er in die Firma gekommen, um nach Tim zu fragen.

»Natürlich ist er nicht hier«, sagte Manette. »Was sollte er denn hier in der Firma tun?«

»Hast du ihn denn sonst wo gesehen? Hat er bei dir angerufen? Bei Niamh habe ich noch nicht nachgefragt, wie du dir denken kannst.« Kaveh wirkte verlegen, aber Manette spürte, dass er ihr etwas Wichtiges vorenthielt.

»Ich habe nichts von ihm gehört«, sagte sie. »Bei uns in Great Urswick ist er auch nicht gewesen. Warum ist er aus deinem Auto gesprungen?«

Kaveh drehte sich kurz um, als überlegte er, ob er die Tür zu ihrem Büro schließen sollte. Manette wappnete sich, denn sie fürchtete, dass jetzt etwas kam, das sie nicht hören wollte.

»Ich glaube, er hat ein Gespräch zwischen mir und George Cowley mitbekommen.«

»Mit dem Bauern? Was zum Teufel…?«

»Es ging darum, was mit dem Haus und der Farm passieren soll. Ich denke, du weißt, dass Cowley das Haus kaufen wollte.«

»Ja, Ian hat mir davon erzählt. Und?« Warum sollte Tim sich dafür interessieren?, fragte sie sich im Stillen.

»Ich habe Mr. Cowley gesagt, was ich mit dem Haus vorhabe«, sagte Kaveh. »Und ich fürchte, das hat Tim gehört.«

»Was hast du denn mit dem Haus vor? Willst du etwa Schafe züchten?«, fragte Manette spöttisch. Sie konnte sich nicht beherrschen. Tim und Gracie hätten das Haus erben müssen, und nicht dieser Mann, der die Familie der beiden zerstört hatte.

»Ich werde es behalten und dort wohnen bleiben. Und... Ich habe Cowley gesagt, dass Tim und Gracie zu ihrer Mutter zurückkehren werden. Das könnte Tim gehört haben.«

Manette zog die Brauen zusammen. Natürlich war das der logische Lauf der Dinge. Haus hin oder her, Tim und Gracie konnten nach dem Tod ihres Vaters nicht bei dessen Liebhaber wohnen bleiben. Sie würden es bei ihrer Mutter nicht leicht haben, aber solange sie minderjährig waren, gab es keine Alternative. Tim würde das verstehen. Er musste sogar damit gerechnet haben. Dass diese Neuigkeit ihn also dazu gebracht haben sollte, aus Kavehs Auto zu springen und abzuhauen... Das ergab irgendwie keinen Sinn.

»Ich möchte dir ja nicht zu nahetreten, Kaveh«, sagte sie, »aber ich kann mir nicht vorstellen, dass die Kinder bei dir wohnen bleiben wollen, jetzt, wo ihr Vater tot ist. Könnte es also sein, dass noch etwas anderes passiert ist? Etwas, das du mir verschweigst?«

Kaveh sah sie an. »Ich wüsste nicht was. Kannst du mir helfen, Manette? Ich weiß nicht, was ich sonst noch...«

»Ich kümmere mich darum«, sagte sie.

Nachdem er gegangen war, rief sie in der Schule an. Um lästige Fragen zu vermeiden, gab sie sich als Niamh aus. Sie erfuhr, dass Tim schon den zweiten Tag fehlte. In der Schule machte man sich Sorgen. Dass ein Schüler nicht zum Unterricht erschien, konnte alles Mögliche bedeuten, aber auf keinen Fall etwas Gutes.

Als Nächstes rief Manette bei Niamh an. Der Anrufbeantworter sprang an, und eine Ansage mit Niamhs lasziver Stimme, sicherlich gedacht als Sirenengesang für potentielle Verehrer, forderte sie auf, eine Nachricht zu hinterlassen. Manette kam der Aufforderung nach und sagte dann: »Tim? Bist du da? Falls du das hörst, nimm bitte ab! Ich bin's, Manette!«

Natürlich passierte nichts, aber das musste nicht unbedingt etwas bedeuten. Falls Tim sich versteckte, würde er sich niemandem zu erkennen geben, der nach ihm suchte. Ihm musste klar sein, dass sie ihn suchte. Er musste damit rechnen, dass alle ihn suchten.

Ihr blieb nichts anderes übrig, als sich tatsächlich auf die Suche nach Tim zu machen, aber nicht allein. Sie ging zu Freddies Büro, um ihn um Hilfe zu bitten. Er war nicht da. Sie ging zu Ians Büro, wo Freddie vor Ians Computer saß und versuchte, aus den Finanztransaktionen schlau zu werden. Einen Moment lang schaute sie ihm zu. Lieber Freddie, dachte sie, und ihr Herz krampfte sich kurz zusammen, als wollte es sich zum ersten Mal seit Jahren bemerkbar machen.

Schließlich sagte sie: »Hast du einen Moment Zeit?«

Er blickte auf und lächelte sie an. »Was gibt's?« Dann verdüsterte sich seine Miene, denn er kannte sie einfach zu gut. Er fragte: »Was ist passiert?«

Sie erzählte ihm, dass Tim verschwunden war und dass sie zu Niamh fahren wollte, weil sie glaubte, dass er sich nur dort versteckt haben konnte. Aber sie wolle nicht allein fahren, sagte sie. Besser gesagt, sie wolle sich nicht allein mit Tim auseinandersetzen. Der Junge sei ziemlich durcheinander. Sie würde sich wohler fühlen, wenn Freddie sie begleitete.

Selbstverständlich erklärte sich Freddie dazu bereit. Wann hatte er ihr schon einmal etwas abgeschlagen? »In zehn Minuten am Auto«, sagte er und begann, den Computer herunterzufahren und den Schreibtisch aufzuräumen.

Als er auf dem Parkplatz erschien, saß sie bereits am Steuer. Er öffnete die Beifahrertür und fragte: »Soll ich nicht lieber fahren?«

»Möglicherweise muss einer von uns aussteigen und ihn festhalten, und es wäre mir lieber, wenn du das machst«, sagte sie.

Sie fuhren über die Küstenstraße an der Bucht entlang und schafften es in kürzester Zeit nach Grange-over-Sands. Als sie vor dem weiß getünchten Haus hielten, verabschiedete Niamh sich gerade liebevoll von demselben Mann, dem Manette bereits bei ihrem letzten Besuch begegnet war. Charlie Wilcox, der Besitzer des berühmten China-Imbiss in Milnthorpe, dachte sie und nannte Freddie den Namen. Sie brauchte ihm nicht zu erklären, welche Rolle der Mann im Leben von Tims und Gracies Mutter spielte.

Niamh hatte ihren Morgenmantel nur nachlässig zugebunden, und es war eindeutig, dass sie nichts darunter anhatte. Charlie trug noch die Ausgehkleidung vom Vortag: schwarzes Jackett, schwarze Hose, weißes Hemd und eine Krawatte, die verwegen locker an seinem Hals baumelte. Als Niamh Manettes Auto erblickte, umschlang sie Charlie mit einem Bein und rieb sich mit dem Becken an ihm, während sie ihn leidenschaftlich küsste.

Manette seufzte. Sie schaute Freddie an. Er errötete und warf ihr einen vielsagenden Blick zu. Sie zuckte nur die Achseln.

Als die Knutscherei beendet war, stiegen sie aus, während Charlie mit entrücktem Blick zu seinem Saab ging, der in der Einfahrt stand. Im Vorbeigehen nickte er ihnen völlig unbefangen zu. Er schien hier ganz selbstverständlich ein und aus zu gehen, um Niamh zu geben, was sie brauchte, dachte Manette. Wie der Klempner, der die verstopften Rohre freilegt. Mit einem verächtlichen Schnauben ging sie zum Haus.

Niamh hatte die Tür offen gelassen, so dass Manette und Freddie eintreten konnten. Sie schlossen die Tür hinter sich.

»Ich komme gleich!«, rief Niamh. »Ich ziehe mir nur schnell was Anständiges an.«

Sie gingen ins Wohnzimmer, wo noch die Spuren des gestrigen Abends zu sehen waren: eine leere Weinflasche, zwei Gläser, eine Platte mit Käse- und Schokoladenkrümeln, Sofakissen auf dem Boden und daneben Niamhs Kleider auf einem Haufen. Offenbar wusste Niamh sich zu amüsieren, dachte Manette.

»Sorry, bin noch nicht zum Aufräumen gekommen.«

Manette und Freddie drehten sich um. Sie trug einen hautengen, einteiligen, schwarzen Gymnastikanzug und darunter offenbar keinen BH, so dass sich ihre Brustwarzen deutlich abzeichneten.

Manette warf Freddie einen Blick zu. Er schaute aus dem Fenster und genoss die herrliche Aussicht auf die Bucht. Es herrschte Ebbe, und im Watt tummelten sich Tausende von Regenpfeifern und Möwen, die Freddie, der sich eigentlich gar nicht für Vögel interessierte, aufmerksam beobachtete. Seine Ohren leuchteten knallrot.

Mit einem durchtriebenen Grinsen fragte Niamh: »Was kann ich für euch tun, ihr zwei?«, und begann, das Wohnzimmer aufzuräumen: Sie schüttelte die Kissen auf und stellte sie ordentlich aufs Sofa, sammelte die leere Weinflasche ein und trug sie zusammen mit den Gläsern und der Platte in die Küche, wo die Reste eines chinesischen Essens herumstanden. Offenbar versorgte Charlie Niamh in mehrerer Hinsicht. Der arme Trottel, dachte Manette.

Manette sagte: »Ich habe dich angerufen. Hast du das Telefon nicht gehört?«

Niamh machte eine wegwerfende Handbewegung. »Ich geh nie ans Telefon, wenn Charlie hier ist. Das tätest du doch auch nicht an meiner Stelle, oder?«

»Ich würde auf jeden Fall ans Telefon gehen, wenn ich mitbekäme, dass jemand eine Nachricht auf den Anrufbeantworter spricht, die etwas mit meinem Sohn zu tun hat.«

Niamh stand an der Küchenanrichte und untersuchte die Behälter aus dem China-Imbiss, um zu sehen, ob sie noch etwas Essbares enthielten. »Tim? Was ist mit ihm?«, fragte sie.

Manette spürte, wie Freddie hinter ihr in die Küche kam, und trat zur Seite, um ihm Platz zu machen. Sie schaute ihn an. Er hatte die Arme vor der Brust verschränkt und betrachtete das Chaos in der Küche. Freddie konnte so einen Saustall überhaupt nicht ausstehen.

Manette berichtete Niamh kurz, was sie wusste. »Ist er hier bei dir aufgetaucht?«, fragte sie, als sie geendet hatte.

»Nicht dass ich wüsste«, antwortete Niamh. »Aber ich war auch nicht die ganze Zeit zu Hause. Vielleicht war er hier und ist wieder gegangen.«

»Wir würden gern nachsehen«, sagte Freddie.

»Wieso? Glaubt ihr vielleicht, ihr findet ihn unterm Bett? Glaubt ihr, ich verstecke ihn vor euch?«

»Wir dachten, er versteckt sich vielleicht vor *dir*«, sagte Manette. »Was ihm niemand verdenken würde. Machen wir uns doch nichts vor, Niamh. Was ein Junge aushalten kann, hat seine Grenzen, und ich glaube, Tim hat diese Grenze erreicht.«

»Was willst du damit sagen?«

»Ich glaube, das weißt du ganz genau. Was du in letzter Zeit hier treibst …«

Freddie legte ihr eine Hand auf den Arm und sagte ruhig: »Vielleicht hat Tim sich ins Haus geschlichen, als du geschlafen hast. Oder er hat sich in der Garage verkrochen. Würde es dir etwas ausmachen, wenn wir mal nachsehen? Es dauert nicht lange, und dann bist du uns los.«

Manette sah Niamh an, dass sie das Gespräch gern weitergeführt hätte, aber dann würden sie unweigerlich wieder bei demselben leidigen Thema landen, und das wollte Manette sich ersparen. Niamh war davon überzeugt, dass Ian sie verraten hatte, dass er mit seinen Sünden ihre Familie zerstört hatte, und sie war nicht bereit, Gras über die Sache wachsen zu lassen und ihren Kindern zu helfen, die schlimmen Zeiten zu überwinden.

Sie sagte: »Tu, was du nicht lassen kannst, Freddie«, und machte weiter mit dem Aufräumen.

Das Haus zu durchsuchen nahm weniger als fünf Minuten in Anspruch. Im ersten Stock gab es drei Zimmer und ein Bad. Es war nicht anzunehmen, dass Tim sich im Zimmer seiner Mutter versteckt hatte, denn dann hätte er ihren Liebesspielen lauschen müssen. Also blieben die beiden Kinderzimmer, die Manette durchsuchte, während Freddie sich die Garage vornahm.

Zurück im Wohnzimmer sahen sie sich nur an und schüttelten wortlos den Kopf. Sie mussten woanders weitersuchen. Doch vorher wollte Manette noch ein Wörtchen mit Tims Mutter wechseln. Niamh kam gerade mit einer Tasse Kaffee aus der Küche. Ihren ungebetenen Gästen hatte sie keinen angeboten. Umso besser, dachte Manette, denn sie hatte nicht vor, sich länger als unbedingt nötig hier aufzuhalten.

»Es wird Zeit, dass die Kinder wieder nach Hause kommen«, sagte sie zu Niamh. »Du hast deinen Standpunkt klargemacht, und es gibt keinen Grund, weiterhin diese Show ab zuziehen.«

»Ach du je«, sagte Niamh und bückte sich, um etwas aufzuheben, das unter einen Sessel gerutscht war. »Charlie und seine Spielchen …«

Manette sah, dass es sich um ein Sexspielzeug handelte, und zwar um einen Vibrator, den Niamh grinsend auf den Couchtisch legte. »Was wolltest du mir eben sagen, Manette?«, fragte sie.

»Du weißt genau, was ich dir sagen wollte. Du hast dir die Titten vergrößern lassen, und du bestellst diesen armen Trottel von Charlie jeden Abend hierher, damit er es dir besorgt …«

»Manette«, sagte Freddie.

»Nein, lass mich«, entgegnete sie. »Es wird Zeit, dass ihr mal jemand ordentlich den Kopf wäscht. Du hast zwei Kinder, Niamh, und diesen Kindern gegenüber hast du eine Pflicht als Mutter, und das hat nichts mit Ian zu tun und damit, dass er dich wegen Kaveh verlassen hat …«

»Hör auf!«, fauchte Niamh. »Dieser Name wird in meinem Haus nicht ausgesprochen!«

»Welcher? Der des Vaters deiner Kinder oder des Mannes, dessentwegen er dich verlassen hat? Ian hat dich verletzt – akzeptiert. Das wissen wir alle. Du hattest ein Recht, dich verletzt zu fühlen, und glaub mir, auch das wissen wir alle. Aber Ian ist tot, und die Kinder brauchen dich, und wenn du das nicht begreifst, wenn du dermaßen egozentrisch bist, wenn du so verdammt bedürftig bist, wenn du dir jeden Tag aufs Neue beweisen musst, dass ein Mann – irgendein Mann – dich begehrt … Was zum Teufel ist los mit dir? Bist du Tim und Gracie jemals eine Mutter gewesen?«

»Manette«, murmelte Freddie. »Ich glaube, es reicht.«

»Wie kannst du es wagen …« Niamh war bleich vor Wut. »Ausgerechnet du! Du hast deinen Mann abgelegt für …«

»Es geht nicht um mich.«

»Ach nein? Du bist wohl perfekt, was, und über uns alle erhaben? Hast du überhaupt eine Ahnung, was ich durchgemacht habe? Was glaubst du wohl, wie es ist herauszufinden, dass der Mann, den du liebst, es seit Jahren mit Männern treibt? Auf öffentlichen Toiletten, in Parks, in Nachtclubs, wo sie sich gegenseitig befummeln und in den Arsch ficken? Wie es sich anfühlt, wenn einem diese Erkenntnis dämmert? Wenn einem klar wird, dass die Ehe, in der man lebt, nur Fassade ist, und schlimmer noch, dass der Mann, den man liebt, seit Jahren ein Doppelleben führt und einen der Gefahr aussetzt, sich alle möglichen ekelhaften Krankheiten einzufangen? Erzähl mir nicht, wie ich mein Leben zu leben habe. Erzähl mir nicht, ich sei egozentrisch, bedürftig, erbärmlich oder was dir sonst noch alles einfällt …«

Sie hatte angefangen zu weinen und wischte sich mit dem Handrücken die Tränen fort. »Macht, dass ihr rauskommt, und lasst euch nie wieder hier blicken! Wenn du es noch einmal wagst, mein Haus zu betreten, Manette, dann rufe ich die Polizei, das schwöre ich dir. Macht, dass ihr wegkommt, und lasst mich in Ruhe!«

»Und Tim? Und Gracie? Was ist mit den Kindern?«

»Sie können nicht bei mir wohnen.«

»Was meinst du damit?«, fragte Freddie.

»Sie erinnern mich an alles. Immer wieder. Das ertrage ich nicht. Ich ertrage sie nicht.«

Plötzlich fiel es Manette wie Schuppen von den Augen. »Warum in aller Welt hat er sich für dich entschieden? Warum hat er nicht begriffen?«

»Was?«, fragte Niamh. »*Was?*«

»Von Anfang an hat sich für dich alles nur um dich selbst gedreht. Und daran hat sich nichts geändert.«

»Ich weiß nicht, wovon du redest«, sagte Niamh.

»Macht nichts«, entgegnete Manette. »Ich weiß es.«

LANCASTER
LANCASHIRE

Deborah hatte ein schlechtes Gewissen gegenüber Tommy, aber nur ein bisschen. Er würde zum Crow & Eagle in Milnthorpe kommen, und sie würde nicht da sein, aber er würde nicht wissen, dass sie nach Lancaster gefahren war, denn ihr Mietwagen würde noch auf dem Parkplatz stehen. Wahrscheinlich würde er zuerst annehmen, sie sei zu einem letzten kurzen Spaziergang aufgebrochen, vielleicht zum Markt oder zum Friedhof hinter der Kirche, oder ein Stück die Straße Richtung Arnside hinunter, um die Seevögel zu beobachten. Denn es herrschte gerade Ebbe, und sämtliche Wasservögel, die hier oben überwinterten, tummelten sich dort auf der Suche nach Nahrung. Oder er würde annehmen, sie sei noch schnell zur Bank auf der anderen Straßenseite gegangen. Oder er würde denken, dass sie noch beim Frühstück saß. Aber das spielte alles keine Rolle. Sie war nicht bereit, sich einfach von ihm abholen und zu Simon zurückbringen zu lassen, und nur das zählte. Natürlich hätte sie ihm eine Nachricht hinterlassen können. Doch sie kannte Tommy. Wenn er Wind davon bekam, dass sie unterwegs nach Lancaster war, um sich noch einmal mit Lucy Keverne über Alatea Fairclough zu unterhalten, würde er hinter ihr her sein wie der Teufel hinter der armen Seele.

Sie hatte ihr Zimmer für eine weitere Nacht gebucht und dann Zed Benjamin angerufen, der sich sofort auf den Weg gemacht hatte und in Rekordzeit bei ihr eintraf. Kaum war er auf den Parkplatz eingebogen, um zu wenden, war sie hinausgelaufen und in seinen Wagen gestiegen.

Sie erzählte ihm nicht, dass sie ihn über den Grund von Alatea Faircloughs und Lucy Kevernes Besuch im George Childress Centre belogen hatte. Einem Klatschreporter schuldete sie absolut nichts, fand sie. Weder die Wahrheit noch ein Lügengespinst noch eine faule Ausrede.

Sie erklärte Zed, sie sei zu dem Schluss gekommen, dass Lucy Keverne ihr am Tag zuvor die Unwahrheit gesagt hatte. Dass sie wegen »Frauenproblemen« in Begleitung von Alatea Fairclough zur Uni in Lancaster gefahren sein sollte, ergebe einfach keinen Sinn. Schließlich handle es sich beim George Childress Centre um ein Institut für Fortpflanzungsmedizin – wozu hätte sie bei einem Termin dort die Unterstützung einer Freundin gebraucht? Wenn es um künstliche Befruchtung ging, hätte sie vielleicht ihren Ehemann oder ihren Lebensgefährten zu dem Termin mitgenommen – aber eine Freundin? Nein, es sehe ganz so aus, als sei da mehr im Busch, sagte Deborah, und sie brauche Zed Benjamins Unterstützung, um herauszufinden, um was es sich dabei handelte.

Zed, ganz Klatschreporter auf der Suche nach einer Story, dachte sofort an eine heimliche lesbische Beziehung zwischen Lucy Keverne und Alatea Fairclough. Womöglich hatte Ian Cresswell davon erfahren und damit gedroht, Nicholas Fairclough zu informieren. Dann ging er mehrere Szenarien durch, wie die beiden Frauen das Problem gelöst haben könnten, die alle damit endeten, dass sie Ian Cresswell aus dem Weg geräumt hatten. Deborah war es ganz recht, dass er auf der ganzen Fahrt über nichts anderes redete, denn solange er sich in seine Fantasiegeschichten hineinsteigerte, würde er nicht auf die Idee kommen, sich zu fragen, weshalb um alles in der Welt eine Polizistin von Scotland Yard an der Unterstützung durch einen Journalisten der *Source* interessiert sein könnte.

Sie sagte ihm, dass es ihrer Meinung nach nur um Geld gehen konnte. Zed müsste nur eine gewisse Summe von seiner Zeitung auf den Tisch legen, dann hätte er seine Geschichte. Davon wusste er zwar noch nichts, aber er würde es bald erfahren.

Als sie das Invalidenheim erreichten, sagte sie: »Sie warten hier.«

»Moment mal«, meinte Zed, der zweifellos fürchtete, dass er mal wieder nur den Chauffeur spielen sollte, während sie Informationen sammelte, die sie an ihn weitergeben würde oder auch nicht. Eigentlich konnte sie ihm das nicht einmal übel nehmen, dachte Deborah, denn beim letzten Mal hatte er nicht viel mehr von ihrem Ausflug gehabt als einen halbleeren Tank.

»Ich rufe Sie an, sobald ich mit ihr allein bin«, sagte sie. »Wenn wir sie gemeinsam ansprechen, dann sagt sie uns kein weiteres Wort über Alatea Fairclough, das garantiere ich Ihnen. Warum sollte sie auch? Wenn sie etwas Illegales vorhat, wird sie es nicht hinausposaunen wollen.«

Zum Glück fragte er nicht, warum zum Teufel sie dann überhaupt hergekommen waren.

Am Empfangstresen saß derselbe alte Herr wie beim letzten Mal. Er erinnerte sich an sie wegen ihres roten Haarschopfs. Er fragte, ob sie wieder Miss Lucy Keverne sprechen wolle, und hielt einen Stapel Papier hoch. »Ich lese nämlich gerade ihr Stück, und wenn das nicht groß rauskommt, dann fress ich einen Besen.«

Lucy machte ein überraschtes Gesicht, als sie die Eingangshalle betrat und sah, wer am Tresen stand. Dann änderte sich ihre Miene, und sie sah Deborah misstrauisch an.

Deborah ging auf sie zu, legte ihr eine Hand auf den Arm und sagte leise: »Hören Sie, Ms. Keverne. Scotland Yard ermittelt hier in Cumbria, und ein Journalist von der *Source* treibt sich ebenfalls hier in der Gegend herum. Früher oder später werden Sie Ihre Geschichte erzählen müssen – die wahre Version –, und es liegt an Ihnen, wem Sie sie erzählen.«

»Ich kann nicht…«

»Ihnen bleibt gar nichts anderes übrig. Ich habe Ihnen gestern etwas vorgemacht. Dafür bitte ich Sie um Entschuldigung. Aber ich hatte gehofft, der Sache auf den Grund gehen zu können, ohne Sie in eine unangenehme Situation zu bringen. Gegen Alatea Fairclough wird ermittelt, und die Spur führt auf direktem Weg zu Ihnen.«

»Ich habe nichts Verbotenes getan.«

»Das sagen Sie«, meinte Deborah. »Und wenn das tatsächlich stimmt…«

»Es ist die Wahrheit!«

»… dann können Sie entscheiden, wer Ihnen mehr zu bieten hat.«

Lucys Augen wurden schmal. »Wovon reden Sie?«

Deborah sah sich verstohlen um. »Darüber kann ich hier nicht mit Ihnen reden.«

»Gut, dann kommen Sie mit.«

Noch besser, dachte Deborah.

Diesmal gingen sie nicht in den Garten, sondern in ein Büro, das Lucys zu sein schien. Es gab zwei Schreibtische, von denen nur einer in Benutzung war. Lucy schloss die Tür, verschränkte die Arme vor der Brust und fragte: »Wer bietet was?«

»Boulevardzeitungen bezahlen für eine gute Geschichte, das wissen Sie doch.«

»Sind Sie Journalistin?«

»Nein, aber ich habe einen mitgebracht, und wenn Sie sich bereit erklären, mit ihm zu reden, sorge ich dafür, dass er Sie dafür bezahlt. Meine Aufgabe ist es, den Wert einer Geschichte einzuschätzen. Sie erzählen mir die Geschichte, ich verhandle mit dem Journalisten.«

»Ich kaufe Ihnen nicht ab, dass das so funktioniert«, entgegnete Lucy. »Wer sind Sie? Eine Agentin der *Source*? Eine Art … Nachrichten-Scout oder was?«

»Ich glaube nicht, dass es eine Rolle spielt, wer ich bin«, sagte Deborah. »Wichtiger ist, was ich zu bieten habe. Ich kann den Scotland-Yard-Detective anrufen, der hier in Cumbria in einem Mordfall ermittelt, oder ich kann einen Journalisten anrufen, der hier reinkommt, sich Ihre Geschichte anhört, Sie dafür bezahlt und wieder verschwindet.«

»Wie bitte? Sagten Sie gerade *Mord*?«

»Das ist im Moment nicht wichtig. Es geht um das, was sich zwischen Ihnen und Alatea Fairclough abspielt. Es ist Ihre Entscheidung. Was wäre Ihnen lieber? Ein Besuch von einem Detective von Scotland Yard oder von einem Journalisten?«

Lucy Keverne dachte darüber nach. Auf dem Korridor wurde ein Teewagen vorbeigeschoben. Schließlich sagte sie: »Wie viel?«

Deborah atmete erleichtert auf. »Ich schätze, das hängt davon ab, wie sensationell Ihre Geschichte ist«, antwortete sie.

Lucy schaute aus dem Fenster in den Garten, wo sie ihr erstes Gespräch geführt hatten. Ein Windstoß fuhr in einen japanischen Ahorn und riss einige der letzten Blätter ab, die sich immer noch störrisch an die Zweige klammerten. Deborah wartete. Es war ihre letzte Möglichkeit, die Wahrheit zu erfahren. Wenn Lucy Keverne sich nicht darauf einließ, blieb ihr nichts anderes übrig, als unverrichteter Dinge nach London zurückzukehren.

Schließlich sagte Lucy: »Es gibt keine Geschichte. Jedenfalls keine, die die *Source* interessieren könnte. Es ist nichts weiter als eine Vereinbarung zwischen zwei Frauen. Glauben Sie mir, ich würde mehr daraus machen, wenn ich wüsste wie, denn ich könnte das Geld gut gebrauchen. Es ist nicht gerade mein Traum, hier zu arbeiten. Viel lieber würde ich zu Hause sitzen, in Ruhe meine Stücke schreiben und sie in London auf die Bühne bringen lassen. Aber daraus wird so bald nichts werden, und deswegen arbeite ich vormittags hier im Invalidenheim, schreibe nachmittags und verdiene mir hin und wieder ein bisschen dazu, indem ich Eier spende. Deshalb auch die Anzeige in der *Conception*, aber das habe ich Ihnen ja bereits erzählt.«

»Sie haben mir außerdem erzählt, Alatea Fairclough hätte Sie angesprochen, weil sie eine Leihmutter sucht, und Sie hätten abgelehnt.«

»Okay, das war gelogen. Ich habe zugesagt.«

»Und warum haben Sie das gestern abgestritten?«

»Weil es eine Privatangelegenheit ist.«

»Und das Geld?«

»Was ist damit?«

»Soweit ich weiß«, sagte Deborah, »bezahlt man Sie dafür, dass Sie Ihre Eier spenden. Aber wenn Sie sich als Leihmutter zur Verfügung stellen, werden Sie nicht dafür bezahlt. Sie bekommen nur Ihre Kosten erstattet. Ist es nicht so?«

Lucy schwieg. In die Stille hinein klingelte Deborahs Handy. Ungehalten nahm sie es aus der Tasche und nahm das Gespräch entgegen.

»Halten Sie mich für einen verdammten Idioten?«, fragte Zed. »Was zum Teufel geht da drinnen vor?«

»Ich rufe Sie gleich zurück.«

»Kommt gar nicht in Frage. Ich komme rein.«

»Das ist keine gute Idee.«

»Ach nein? Also, es ist die beste, die mir einfällt. Und wenn ich komme, hoffe ich, dass Sie eine Geschichte für mich haben, und zwar eine, die mit dem Mord an Cresswell zu tun hat.«

»Das kann ich Ihnen nicht versprechen …« Aber er hatte bereits aufgelegt. Deborah sagte zu Lucy: »Der Journalist kommt. Ich kann jetzt nichts mehr tun, es sei denn, Sie wollen mir noch etwas sagen. Etwas, das ich benutzen kann, um Ihnen den Mann vom Hals zu halten. Ich nehme an, es geht um Geld. Alatea ist bereit, Ihnen mehr zu geben als das, was Sie auslegen, nicht wahr? Was illegal wäre. Und es würde auch erklären, warum Sie mich gestern in die Irre geführt haben.«

»Sehen Sie mich an!«, sagte Lucy aufgebracht. »Sehen Sie sich diesen Job hier an! Ich brauche Zeit, um mein Stück fertig zu schreiben, zu proben, zu überarbeiten, aber ich habe weder Zeit noch Geld, und die Vereinbarung mit Alatea hätte mir beides garantiert. Wenn Sie wollen, können Sie daraus gern eine Geschichte machen, doch ich glaube kaum, dass sie die Verkaufszahlen irgendeiner Boulevardzeitung steigert! Sie etwa?«

Sie hatte natürlich vollkommen recht. *Fairclough-Erbe sucht illegal Leihmutter* würde niemanden hinter dem Ofen hervorlocken. Die Geschichte wäre erst interessant, wenn es Fotos von einem lächelnden Baby gäbe und eine Schlagzeile in typischer *Source*-Manier: *Fairclough-Baby für 50 000 Pfund von Leihmutter an Eltern verkauft.* Ein geplatzter Deal wäre keine Story, da sich nicht beweisen ließ, dass überhaupt Verhandlungen stattgefunden hatten. Selbst wenn Lucy aussagte, würde Alatea alles abstreiten. Ohne ein Kind als lebenden Beweis gab es keine Geschichte.

Andererseits wusste Deborah jetzt, warum Alatea Fairclough

ihretwegen in Panik geraten war. Die einzige Frage war, ob Ian Cresswell irgendwie von der Sache erfahren und Alatea auf die einzige Weise unter Druck gesetzt hatte, die ihm zur Verfügung stand: übers Geld. Wenn Alatea vorhatte, Lucy für die Leihmutterschaft zu bezahlen, dann hätte das Geld von Ian Cresswell kommen müssen. Er hatte die Kontrolle über das Fairclough-Vermögen gehabt. Wenn sie nicht selbst über eine Menge Geld verfügte, hätte Alatea sich auf irgendeine Vereinbarung mit Ian einlassen müssen.

In dem Fall wäre es natürlich interessant zu wissen, welche Rolle Nicholas Fairclough bei dieser ganzen Sache spielte. Er hätte eingeweiht werden und das Geld letztlich auftreiben müssen.

»Was ist mit Nicholas, Alateas Ehemann?«, fragte Deborah Lucy.

»Er hat nur …«

Weiter kam Lucy nicht, denn in dem Moment stürmte Zed Benjamin ins Zimmer. »Mir reicht's mit Ihren Scotland-Yard-Tricks! Entweder wir machen das zusammen oder gar nicht!«

»Scotland *Yard*?«, rief Lucy entsetzt.

»Für wen zum Teufel haben Sie sie denn gehalten?«, fragte Zed. »Für Dornröschen?«

ARNSIDE
CUMBRIA

Alatea hatte Nicholas überredet, zur Arbeit zu fahren. Er wäre lieber zu Hause geblieben, und es konnte gut sein, dass er wieder zurückkam. Aber im Moment klammerte sie sich an alles, was sich irgendwie wie Normalität anfühlte, und dazu gehörte, dass Nicky zur Arbeit und anschließend zu seinem Wehrturmprojekt fuhr.

Er hatte schon wieder die ganze Nacht kein Auge zugetan, vor lauter Zerknirschung darüber, dass er Raul Montenegro wieder auf ihre Spur gebracht hatte.

Nicky wusste, dass sie und Raul ein Paar gewesen waren, in dem Punkt hatte sie ihm nie etwas vorgemacht. Und er wusste, dass sie auf der Flucht vor Montenegro war. In einer Welt, in der zahlreiche Frauen sich vor Stalkern in Sicherheit bringen mussten, hatte Nicky bereitwillig geglaubt, dass sie vor diesem Millionär aus Mexiko beschützt werden musste, vor diesem mächtigen Mann, der entschlossen war, sich zu holen, was sie ihm versprochen hatte, dem Mann, mit dem sie fünf Jahre zusammengelebt hatte.

Aber Nicky hatte nie alles über sie und über Raul erfahren und darüber, was sie einander bedeutet hatten. Der Einzige, der die Geschichte vom Anfang bis zum Ende kannte, war Raul selbst. Er hatte sein Leben geändert, um mit ihr zusammen zu sein. Er hatte sie in eine Welt eingeführt, die sie ohne ihn nie kennengelernt hätte. Aber es gab Dinge, die Raul ihr verschwiegen hatte, ebenso wie es Dinge gab, die sie ihm verschwiegen hatte. Das Ergebnis war ein Alptraum gewesen, dem sie nur durch Flucht hatte entkommen können.

Während Alatea in der Küche auf und ab gegangen war und sich den Kopf zerbrochen hatte, welche Möglichkeiten ihr blieben, hatte Lucy Keverne angerufen. Die rothaarige Frau sei wieder bei ihr aufgetaucht, sagte sie, und diesmal sei sie nicht allein gewesen. »Ich musste ihr die Wahrheit sagen, Alatea. Zumindest weitgehend. Sie hat mir keine andere Wahl gelassen.«

»Was soll das heißen? Was haben Sie ihr gesagt?«

»Dass Sie keine Kinder bekommen können. Ich habe sie allerdings in dem Glauben gelassen, Ihr Mann wüsste Bescheid.«

»Sie haben ihr nichts von dem Geld gesagt, oder? Wie viel ich Ihnen angeboten habe … Und alles andere … Sie haben ihr doch nicht alles gesagt?«

»Das mit dem Geld hat sie sich allein zusammengereimt. Ich

hatte ihr gestern erzählt, dass ich mich gegen Bezahlung als Eispenderin zur Verfügung stelle, da hat sie einfach zwei und zwei zusammengezählt und geschlussfolgert, dass ich das mit der Leihmutterschaft auch nicht kostenlos machen würde. Das konnte ich ja schlecht abstreiten.«

»Haben Sie ihr denn auch erzählt ...«

»Mehr weiß sie nicht. Ich habe Ihnen gesagt, dass ich Geld brauche. Schluss. Aus.«

»Aber nicht ...«

»Ich habe ihr nicht erzählt, was wir geplant haben, keine Sorge. Dass Sie die Schwangerschaft vortäuschen wollen. Sie weiß nichts von unserer ›Freundschaft‹, dem gemeinsamen Urlaub, der ›Frühgeburt‹. Das ist und bleibt unser Geheimnis. Von alldem weiß sie nichts.«

»Aber warum haben Sie ...«

»Alatea, sie hat mir keine Wahl gelassen. Ich stand vor der Wahl, ihr alles zu erzählen oder verhaftet zu werden, und wenn ich im Gefängnis landen würde, könnte ich Ihnen wohl kaum helfen, wenn erst einmal Gras über diese Geschichte gewachsen ist ... Falls das überhaupt noch möglich ist.«

»Aber wenn sie Bescheid weiß und irgendwann ein Kind geboren wird ...« Alatea setzte sich ans Fenster. Das heitere Gelb des Wohnzimmers, in dem sie sich befand, konnte dem trüben, grauen Himmel nichts entgegensetzen.

»Das ist noch nicht alles«, sagte Lucy.

»Wie bitte?«, fragte Alatea. »Wie meinen Sie das?«

»In ihrer Begleitung war ein Journalist. Sie hat mich vor die Wahl gestellt, ihm meine Geschichte zu erzählen oder mich mit Scotland Yard ...«

»O mein Gott.« Alatea ließ sich in einen Sessel sinken und fasste sich an die Stirn.

»... aber ich frage mich, warum Scotland Yard sich für Sie interessiert. Warum will ein Reporter von der *Source* einen Artikel über Sie schreiben? Ich frage Sie das, weil Sie mir garantiert haben, dass niemand jemals von unserer Vereinbarung erfahren würde …«

»Es geht nicht um mich. Und es geht auch nicht um Sie«, sagte Alatea. »Es geht um Nicky. Weil sein Vetter ertrunken ist.«

»Welcher Vetter? Was hat das mit Ihnen zu tun?«

»Nichts. Es hat weder etwas mit mir noch mit Nicky zu tun. Aber es ist der Grund, warum Scotland Yard hier in Cumbria ermittelt. Der Journalist war hier, weil er einen Artikel über Nicky und das Wehrturmprojekt schreiben wollte, aber das ist schon Wochen her, und ich habe keine Ahnung, warum er wieder aufgetaucht ist.«

»Das Ganze entwickelt sich allmählich zu einem Riesenschlamassel«, sagte Lucy. »Ich glaube allerdings nicht, dass der Journalist einen Artikel bringen wird. Worüber sollte er denn schon schreiben? Dass wir beide uns über Leihmutterschaft ausgetauscht haben? Aber die Frau … Sie hat behauptet, sie könnte den Detective von Scotland Yard jederzeit auf den Plan bringen, während der Journalist behauptet hat, *sie* sei von Scotland Yard, was sie wiederum abgestritten hat. Mehr wollte sie nicht sagen … Aber, um Himmels willen, Alatea, wer *ist* diese Frau? Was will sie von mir? Was will sie von Ihnen?«

»Sie sammelt Informationen«, sagte Alatea. »Sie will wissen, wer ich bin.«

»Was meinen Sie damit, wer Sie sind?«

Das Werkzeug eines anderen, dachte Alatea, nie die, die ich sein möchte.

VICTORIA
LONDON

Barbara Havers verbrachte auf Geheiß von Isabelle Ardery den ganzen Vormittag mit einem Angestellten des Crown Prosecution Service CPS, einer Abteilung der Staatsanwaltschaft, um sämtliche Zeugenaussagen im Fall des unaufgeklärten Todes einer jungen Frau abzugleichen, die im vergangenen Sommer auf einem Friedhof in Nordlondon ermordet worden war. Sie verabscheute diese Art von Arbeit, aber sie hatte keine Miene verzogen, als Ardery ihr die Aufgabe übertragen hatte. Sie musste sich mit ihrer Chefin gut stellen, und zwar nicht nur, was ihre äußere Erscheinung betraf, die im Übrigen heute tadellos war. Sie trug ihren ausgestellten Rock, eine marineblaue Strumpfhose, blankpolierte Pumps mit Blockabsatz, einen neuen Pullover aus feiner Wolle und ein kariertes Jackett. Dazu hatte sie das einzige Schmuckstück angelegt, das sie besaß, eine filigrane Halskette, die sie im vergangenen Sommer bei Accessorize auf der Oxford Street erstanden hatte.

Hadiyyah war total begeistert gewesen, als sie sie am Morgen gesehen hatte, woraus Barbara schloss, dass sie in puncto Äußeres allmählich Fortschritte machte. Das Mädchen hatte an ihre Tür geklopft, als sie sich gerade den Rest des Pop-Tart in den Mund stopfte, den sie sich zum Frühstück getoastet hatte, und heroisch die Zigarette übersehen, die qualmend im Aschenbecher lag.

Barbara fiel auf, dass Hadiyyah ihre Schuluniform nicht anhatte. »Hast du heute schulfrei?«

Hadiyyah hatte die Hände auf einen der Stühle gestützt, die an Barbaras winzigem Küchentisch standen, und trat von einem Fuß auf den anderen. »Mummy und ich …«, sagte sie. »Es ist was *Besonderes*, Barbara. Es ist eine Überraschung für Dad, deswegen konnte ich heute nicht zur Schule gehen. Mummy hat angerufen und gesagt, ich bin krank, und das ist nur eine kleine

Notlüge, weil es ja eine Überraschung sein soll!« Sie strahlte Barbara an. »Wart's nur ab!«

»Ich? Wieso?«

»Mummy sagt, ich darf's dir verraten, aber du musst mir versprechen, dass du Dad kein Wort davon erzählst. Okay? Mummy sagt, die beiden haben sich gestritten, und jetzt will sie alles wiedergutmachen mit einer Überraschung. Und das machen wir heute.«

»Wollt ihr ihn bei der Arbeit besuchen?«

»Nein, nein! Wenn er nach Hause kommt.«

»Ein tolles Abendessen also.«

»Nein, was *viel* Besseres.«

Für Barbara gab es eigentlich nichts Besseres als ein besonderes Abendessen, vor allem, wenn sie es nicht selbst zubereiten musste. »Was denn?«, fragte sie. »Verrätst du's mir? Ich schweige wie ein Grab.«

»Versprochen?«

»Hoch und heilig.«

Hadiyyah hüpfte auf und ab und drehte sich vor Aufregung einmal um sich selbst. »Meine Geschwister! Mein Bruder und meine Schwester! Wusstest du, dass ich einen Bruder und eine Schwester habe?«

Barbara hatte große Mühe, sich ihre Entgeisterung nicht anmerken zu lassen. »Du hast einen Bruder und eine Schwester? Wirklich?«

»Ja!«, rief Hadiyyah. »Dad war nämlich schon mal verheiratet, weißt du, und das wollte er mir nicht erzählen, weil er findet, dass ich für so was noch zu jung bin. Aber Mummy hat's mir erzählt, und sie hat mir erklärt, dass das gar nichts Schlimmes ist, wenn man schon mal verheiratet war, und ich hab gesagt, ich finde das auch gar nicht schlimm, weil, in meiner Schule sind 'ne Menge Kinder, deren Eltern nicht mehr verheiratet sind. Da hat Mummy mir erzählt, dass dasselbe mit Dad passiert ist, nur dass seine Familie so sauer auf ihn war, dass seine Kinder ihn nicht mehr besuchen durften, und das ist doch nicht in Ordnung, oder?«

»Hm, da hast du recht«, sagte Barbara. Allerdings hatte sie ein ganz ungutes Gefühl, wohin diese Sache führen konnte. Wie zum Teufel hatte Angelina Azhars Kinder überhaupt gefunden?, fragte sie sich.

»Und heute …« Hadiyyah machte eine theatralische Pause.

»Ja?«

»Heute holen Mummy und ich die beiden ab!«, rief Hadiyyah. »Das wird eine Überraschung, stell dir das mal vor! Du glaubst gar nicht, wie aufregend das alles ist! Und Dad wird seine Kinder endlich wiedersehen. Mummy weiß nicht mal, wie alt die Kinder sind. Aber sie glaubt, dass sie zwölf und vierzehn sind. Stell dir das bloß mal vor, Barbara: Ich hab einen großen Bruder und eine große Schwester! Glaubst du, die werden mich mögen? Ich hoffe es, denn ich weiß jetzt schon, dass ich sie mag!«

Barbara fehlten die Worte. »Tja, also …«, brachte sie mühsam heraus, während sie krampfhaft überlegte, was zum Teufel sie tun sollte. Ihre Freundschaft mit Azhar verlangte, dass sie ihn vor dem Desaster warnte, das ihm bevorstand: dass Angelina Upman vorhatte, ihn vor vollendete Tatsachen zu stellen, und ihm weder Zeit noch Gelegenheit bleiben würde, das zu verhindern. Aber reichte ihre Freundschaft tatsächlich so weit?, fragte sie sich. Und wenn sie es ihm steckte, was würde er dann tun, und welche Auswirkungen würde das auf Hadiyyah haben, um die es hier in erster Linie ging?

Schlussendlich hatte Barbara nichts unternommen, weil ihr einfach nichts eingefallen war, was sie hätte tun können, ohne das Leben der Beteiligten auf den Kopf zu stellen. Mit Angelina zu reden bedeutete, Azhar zu verraten. Mit Azhar zu reden bedeutete, Angelina zu verraten. Und so hatte sie es vorgezogen, sich aus der Sache ganz herauszuhalten und der Natur – oder was auch immer es sein mochte – ihren Lauf zu lassen. Sie würde zur Stelle sein, um die Scherben aufzulesen, aber vielleicht gab es ja auch gar keine Scherben. Schließlich hatte Hadiyyah ein Recht darauf, ihre Geschwister kennenzulernen. Vielleicht endete das Ganze in Friede, Freude, Eierkuchen. Vielleicht.

Und so war Barbara wie gewohnt zur Arbeit gefahren. Sie hatte dafür gesorgt, dass Superintendent Ardery ihre Aufmachung zu Gesicht bekam, allerdings erst, nachdem sie sich der Anerkennung von Dorothea Harriman vergewissert hatte. Harriman war völlig aus dem Häuschen geraten – »Detective Sergeant Havers… Ihre Frisur!… Ihr Make-up!… Einfach umwerfend!« –, aber als sie angefangen hatte, von ihrem neuen Mineralpuder zu schwärmen, hatte Barbara sich schnell wieder verzogen. Sie war bei Superintendent Ardery vorstellig geworden, die ihr die Unterlagen für die Staatsanwaltschaft in die Hand gedrückt hatte, während sie jemanden am Telefon anfuhr: »Was ist das überhaupt für ein Schlamassel? Kriegen Sie da drüben eigentlich jemals was geregelt?«, woraus Barbara schloss, dass sie jemanden vom SO7 an der Strippe hatte und dass es irgendein Problem mit der Kriminaltechnik gab. Sie selbst machte sich an die Arbeit mit dem CPS-Mitarbeiter, und es dauerte eine ganze Weile, bis sie sich wieder um die Recherchen für Lynley kümmern konnte.

Das ging leichter als bisher, da Ardery sich offenbar um den »Schlamassel« kümmern musste, und falls es sich tatsächlich um ein Problem bei der Kriminaltechnik handelte, würde die Chefin den Rest des Tages auf der anderen Seite der Themse verbringen. Kaum hatte Barbara erfahren, dass die Ardery das Gebäude verlassen hatte, entschuldigte sie sich bei dem CPS-Mitarbeiter, der nichts dagegen hatte, eine ausgedehnte Mittagspause einzulegen, schnappte sich ihr Spanisch-Wörterbuch und flitzte nach oben in die Bibliothek.

Nachdem sie bereits genug Informationen über die beiden ältesten Söhne des Bürgermeisters – den Priester Carlos und den Zahnarzt Miguel – gesammelt und anhand eines Fotos von Miguels Frau festgestellt hatte, dass keine Schönheitsoperation der Welt sie in Alatea Fairclough hätte verwandeln können, wollte sie diesmal versuchen, etwas über Ángel, Santiago und Diego herauszufinden. Wenn keiner der Brüder in irgendeiner Verbindung zu Alatea stand, würde sie sich die restlichen Familienmitglieder vornehmen müssen, und das, so hatte ihr die Studentin aus Barcelona versichert, konnten gut und gern Hunderte sein.

Über Ángel, der, anders als sein Name vermuten ließ, offenbar das schwarze Schaf der Familie war, gab es kaum Informationen. Mit Hilfe ihres Wörterbuchs reimte sie sich in mühseliger Kleinarbeit zusammen, dass er einen Autounfall verursacht hatte, bei dem seine Beifahrerin, ein fünfzehnjähriges Mädchen, so schwer verletzt worden war, dass sie seitdem behindert war.

Barbara verfolgte die Spur – immerhin war die Fünfzehnjährige, abgesehen von Miguels hässlicher Ehefrau, das einzige weibliche Wesen, auf das sie bei ihren Nachforschungen bisher gestoßen war –, doch sie führte in eine Sackgasse. Von der jungen Frau war kein Foto aufzutreiben. Und das einzige Foto von Ángel, das sie fand, zeigte ihn als Neunzehnjährigen, aber das spielte auch keine Rolle, denn nach dem Unfall verschwand er aus dem Blickfeld der Öffentlichkeit. Wäre er Nordamerikaner gewesen, hätte er entweder eine Therapie gemacht oder Jesus entdeckt, aber der Bursche war Südamerikaner, und seit dem Unfall hatte sich keiner mehr für ihn interessiert. Ein zu kleiner Fisch wahrscheinlich.

Barbara knöpfte sich Santiago vor. Sie fand einen Artikel über die Erstkommunion des Jungen. Zumindest vermutete sie, dass es sich um die Erstkommunion handelte, denn auf dem Foto, das den Artikel begleitete, stand er aufgereiht unter lauter kleinen Jungs in schwarzen Anzügen und kleinen Mädchen in Brautkleidern, und entweder hatte die Mun-Sekte beschlossen, ihre Mitglieder bereits im Kindesalter zu verheiraten, oder diese Kinder waren als Katholiken in Argentinien gerade zu würdigen Empfängern des heiligen Sakraments aufgestiegen. Da sie es jedoch ziemlich merkwürdig fand, dass über eine Erstkommunion so ausführlich berichtet wurde, versuchte Barbara mit Hilfe ihres Wörterbuchs, ein bisschen mehr zu verstehen. Was ihr schließlich gelang: Die Kirche war abgebrannt, und man hatte die Erstkommunionsfeier im Stadtpark abhalten müssen. Es konnte aber auch sein, dass die Kirche von einer Flut oder einem Erdbeben zerstört oder Termiten zum Opfer gefallen war, so genau konnte Barbara das bei ihren mangeln den Spanischkenntnissen nicht eruieren, und sie fluchte vor sich hin über die Mühe, die es sie kostete, sich Wort für Wort durch all diese Texte zu arbeiten.

Mit zusammengekniffenen Augen betrachtete sie das Foto von den Kommunionkindern und sah sich die Mädchen an. Dann nahm sie das Foto von Alatea, das sie im Internet gefunden hatte, und verglich es mit jedem Gesicht auf dem Gruppenbild. Die Namen der Kinder waren angegeben, und es waren nur fünfzehn, und natürlich hätte sie jeden einzelnen Namen googeln können, doch das hätte Stunden gedauert, und so viel Zeit hatte sie nicht. Wenn Superintendent Ardery zurückkam und Barbara nicht gemeinsam mit dem CPS-Mitarbeiter über den Zeugenaussagen sitzen sah, dann gute Nacht.

Sie überlegte, ob sie die wahrscheinlichste Kandidatin unter den Kommunionkindern aussuchen und dann das Age-Progression-Verfahren anwenden sollte. Aber dazu reichte weder ihre Zeit noch ihre Befugnis. Also recherchierte sie weiter über Santiago, denn wenn sich herausstellte, dass da nichts mehr zu holen war, würde ihr nichts anderes übrig bleiben, als sich Diego vorzunehmen.

Sie fand ein Foto von dem jugendlichen Santiago in der Rolle des Othello ohne die übliche schwarze Schminke in dem gleichnamigen Shakespeare-Stück. Und noch ein letztes Foto von ihm als Schüler zusammen mit seiner Fußballmannschaft und einem riesigen Pokal. Und damit verlor sich seine Spur ebenso wie die von Ángel. Es war, als verlören die Medien vollkommen das Interesse an den jungen Männern, wenn sie nicht bis Anfang zwanzig irgendeinen vorzeigbaren Erfolg aufweisen konnten – wie in diesem Fall der Priesterseminarist und der angehende Zahnarzt. Oder sie waren für ihren Vater politisch nicht mehr nützlich. Denn der Vater war schließlich Politiker mit dem typischen Gehabe eines Politikers, der seine perfekte Familie im Wahljahr der Öffentlichkeit präsentierte.

Barbara dachte über das Thema nach: Familie, Politik, Wählergunst. Sie dachte an Ángel. Sie dachte an Santiago. Sie betrachtete noch einmal alle Fotos, die sie gefunden hatte, bis hin zu dem Foto von den Kommunionkindern im Stadtpark. Dann nahm sie noch einmal das Foto von Alatea Fairclough in die Hand.

»Was ist passiert?«, flüsterte sie. »Erzähl mir deine Geheimnisse, Kleine.«

Aber nichts geschah. Sie erhielt keine Antwort.

Fluchend griff sie nach der Maus, um den Computer auszuschalten. Mit Diego, dem jüngsten Bruder, würde sie sich später befassen. Sie warf einen letzten Blick auf das Foto mit der Fußballmannschaft und auf das von Othello. Dann betrachtete sie noch einmal das Foto von Alatea Fairclough. Dann das von Alatea an Montenegros Arm. Dann noch einmal das von den Kommunionkindern. Dann ging sie die Fotos von Alatea als Dessous-Model durch. Sie ging immer weiter zurück, Jahr um Jahr, und schließlich begriff sie.

Den Blick auf den Bildschirm geheftet, nahm sie ihr Handy und rief Lynley an.

BRYANBARROW
CUMBRIA

»Kann man sie zwingen?«, wollte Manette von Freddie wissen, der den Wagen mit hohem Tempo durch das Lyth Valley lenkte. Sie hatten gerade die Kurve ins südwestliche Ende des Tals genommen, wo sich hinter den staubigen Begrenzungsmauern auf beiden Seiten der Straße grüne Wiesen erstreckten. Die Gipfel der Berge am Horizont waren von Wolken umhüllt. Dort oben war es neblig. Bald würde der Nebel ins Tal sinken und im Lauf des Tages immer dichter werden.

Manette hatte die ganze Zeit über ihr Gespräch mit Niamh nachgedacht. Wie war es möglich, fragte sie sich, dass sie diese Frau seit Jahren kannte, ohne sie wirklich zu kennen?

Freddie schien dagegen mit seinen Gedanken ganz woanders gewesen zu sein, denn er schaute sie kurz an und fragte: »Wen? Wozu?«

»Niamh, Freddie. Kann man sie zwingen, die Kinder zurückzunehmen?«

Freddie machte ein skeptisches Gesicht. »Mit Familienrecht kenne ich mich nicht aus. Aber ganz davon abgesehen – was wäre das denn für eine Lösung? Ein Gericht einzuschalten?«

»Ach Gott, ich weiß es auch nicht. Wir sollten uns zumindest überlegen, welche Möglichkeiten bestehen. Denn die Vorstellung, dass sie Tim und Gracie einfach ihrem Schicksal überlassen könnte … vor allem die kleine Gracie … Meine Güte, Freddie, will sie die Kinder etwa in ein Heim stecken? Kann sie das überhaupt? Ich meine, könnte sie jemand zwingen …?«

»Anwälte, Richter, Sozialarbeiter …«, sagte Freddie. »Was glaubst du, welchen Eindruck das auf die Kinder machen würde? Tim ist doch so schon völlig verstört, so sehr, dass man ihn auf die Margaret Fox School geschickt hat. Ich fürchte, wenn er erleben müsste, dass ein Gericht seine Mutter zwingt, ihn wieder zu sich zu nehmen, würde er endgültig durchdrehen.«

»Und meine Eltern? Vielleicht könnten die die Kinder aufnehmen?«, sagte Manette. »Sie lassen doch gerade erst diesen riesigen Fantasiegarten anlegen. Meine Eltern würden das bestimmt machen. Die haben genug Platz, und den Kindern würde es dort gefallen, mit dem See in der Nähe und dem riesigen Spielplatz.«

Freddie ging vom Gas. Vor ihnen wurde eine Schafherde auf eine andere Weide getrieben, und zwar so, wie man es in Cumbria oft erlebte: Sie trotteten gemächlich mitten auf der Straße, ein Collie sorgte dafür, dass sie zusammenblieben, und der Schäfer schlenderte hinterher.

»Meinst du nicht, dass Tim aus dem Alter raus ist, auf Spielplätzen herumzutollen? Und jetzt, wo diese Geschichte mit Vivienne Tully ans Licht gekommen ist, kann ich mir nicht vorstellen, dass Ireleth Hall der ideale Ort für die beiden ist …«

»Da hast du natürlich recht.« Manette seufzte. Sie musste an das denken, was sie in den vergangenen vierundzwanzig Stunden über ihre Eltern erfahren hatte, vor allem über ihren Vater. Schließlich fragte sie: »Was glaubst du, was sie tun wird?«

»Deine Mutter?« Freddie schüttelte den Kopf. »Keine Ahnung.«

»Ich habe nie verstanden, was sie zu Dad hingezogen hat«, sagte Manette. »Und was Vivienne an ihm gefunden hat, ist mir völlig rätselhaft, glaub mir. Beziehungsweise, was sie an ihm findet, denn anscheinend haben die beiden ja schon seit Jahren ein Verhältnis. Was in aller Welt findet sie an meinem Vater attraktiv? Das Geld kann es nicht sein, denn das gehört meiner Mutter. Wenn es zu einer Scheidung käme, würde er zwar nicht in die Röhre kucken, aber er würde auch nicht gerade in Geld schwimmen. Natürlich hat er immer über Geld verfügt, und vielleicht weiß Vivienne ja gar nicht, dass es eigentlich meiner Mutter …«

»Wahrscheinlich hat sie gar nicht an Geld gedacht, als sie sich auf deinen Vater eingelassen hat«, fiel Freddie ihr ins Wort.

»Er wird sie mit seinem selbstsicheren Auftreten beeindruckt haben. Das gefällt Frauen bei Männern, und dein Vater hat immer vor Selbstbewusstsein gestrotzt. Ich nehme an, dass sich auch deine Mutter deswegen zu ihm hingezogen gefühlt hat.«

Manette schaute ihn an. Er beobachtete immer noch die Schafe vor ihnen auf der Straße, aber seine Ohren verrieten ihn. Sie sagte: »Und?«

»Und was?«

»Das mit dem selbstsicheren Auftreten.«

»Ach so. Ja, also… Das habe ich immer an deinem Vater bewundert. Und ehrlich gesagt, hab ich mir immer gewünscht, ich könnte mir bei ihm eine Scheibe abschneiden.« Seine Ohren wurden noch tiefer rot.

»Du? Soll das heißen, dir mangelt es an Selbstbewusstsein? Wie kannst du denn so etwas sagen? Man braucht sich ja nur anzusehen, wie viele Frauen sich in letzter Zeit darum reißen, mit dir ins Bett zu gehen.«

»Ach, so was ist ein Kinderspiel, Manette. Das ist der Fortpflanzungstrieb. Frauen begehren einen Mann, ohne dass sie wissen, warum. Er muss es nur bringen. Und wenn ein Mann es nicht bringt, wenn eine Frau ihm die Hose runterzieht, um sich von ihm vögeln zu lassen…«

»Freddie McGhie!« Manette musste unwillkürlich lachen.

»Aber so ist es, meine Liebe. Die Spezies stirbt aus, wenn der Mann keinen hochkriegt, sobald eine Frau ihn anmacht, so einfach ist das. Reine Biologie. Einen hochzukriegen ist Routine. Die Technik selbst natürlich nicht, aber gute Techniken kann sich jeder aneignen.« Die Schafherde vor ihnen hatte die nächste Weide erreicht. Das Gattertor in der Feldsteinmauer stand weit offen, der Collie bugsierte seine Schützlinge hindurch, und Freddie legte den Gang ein. »Sagen wir also, dein Vater hat eine gute Technik entwickelt, aber zuerst musste er die Frauen natürlich auf sich aufmerksam machen, und das hat er mit seiner Selbstsicherheit getan. Er verfügt über die Art

Selbstsicherheit, die einen glauben lässt, man könnte alles erreichen. Und er glaubt nicht nur daran, er beweist es auch noch.«

Manette verstand, was Freddie meinte, vor allem in Bezug auf die Ehe ihrer Eltern. Seit sie denken konnte, erzählte man sich in ihrer Familie, wie die beiden sich kennengelernt hatten, wie der Fünfzehnjährige auf die achtzehnjährige Valerie Fairclough zugegangen war und ihr seine Absichten erklärt hatte. Seine Dreistigkeit hatte Valerie beeindruckt, vor allem in einer Welt, in der seinesgleichen sich in der Regel damit begnügte, einen Kratzfuß zu machen. Diese Faszination war alles, was Bernie Dexter gebraucht hatte. Der Rest war Geschichte.

»Aber Freddie, du kannst doch auch alles erreichen, was du willst. Glaubst du das nicht von dir selbst?«

Er lächelte sie zweifelnd an. »Tja, dich konnte ich jedenfalls nicht halten. Und wie Mignon gestern gesagt hat: Ich hab immer gewusst, dass du eigentlich Ian haben wolltest. Vielleicht war das überhaupt unser Problem.«

»Nein, was für ein Unsinn«, widersprach Manette. »Als ich siebzehn war, habe ich für Ian geschwärmt, das ist richtig. Aber als ich erwachsen wurde, wollte ich nur dich.«

»Ah«, sagte er und schwieg.

Sie schwieg ebenfalls, obwohl sie spürte, wie sich ein Unbehagen zwischen ihnen ausbreitete, eine Spannung, die vorher nicht da gewesen war. Den Rest der Fahrt über sagte keiner etwas.

Als sie in Bryanbarrow eintrafen und vor dem alten Herrenhaus parkten, sahen sie, dass vor dem Haus, in dem George Cowley und sein Sohn Daniel wohnten, ein Umzugswagen stand. George Cowley hatte sie bemerkt und kam zu ihnen herüber, als sie aus dem Wagen stiegen. »Jetzt kriegt er also, was er von Anfang an wollte«, sagte er und spuckte auf den Weg, der an Gracies Trampolin vorbei zur Haustür führte. »Der wird sich noch wundern, wenn er erst mal merkt, dass die Farm keinen Penny abwirft.«

»Wie bitte?«, fragte Freddie. Er kannte George Cowley nicht. Manette kannte ihn zwar vom Sehen, hatte aber noch nie mit ihm gesprochen.

»Er hat *ganz große* Pläne«, sagte Cowley. »Wir räumen das Feld, Dan und ich. Die Schafe nehmen wir mit, soll er sehen, wie er zurechtkommt. Es wird sich ja zeigen, ob er noch mal einen Pächter findet, der bereit ist, in der Hütte da zu wohnen und auch noch ein Vermögen für den Spaß zu berappen. Dann werden wir ja sehen, wie er sich hier fühlt mit seinen Eltern und seiner Frau.«

Manette fragte sich, ob das Cottage groß genug war für einen Mann samt Frau und Eltern, aber sie sagte nichts dazu, sondern fragte nur: »Ist Tim hier, Mr. Cowley? Wir suchen nach ihm.«

»Keine Ahnung«, erwiderte George Cowley. »Jedenfalls stimmt mit dem Jungen irgendwas nicht. Und die Kleine ist auch ziemlich merkwürdig. Springt den ganzen Tag auf ihrem Trampolin rum. Ich bin heilfroh, wenn ich hier weg bin. Wenn Sie diesen Arschficker sehen, sagen Sie ihm das. Und sagen Sie ihm, ich glaube kein Wort von dem Blödsinn, den er verzapft, egal, wie viele Trümpfe er im Ärmel hat.«

»Selbstverständlich«, sagte Freddie. Er nahm Manettes Arm und bugsierte sie in Richtung Haustür. »Dem geht man am besten aus dem Weg, hm?«, murmelte er.

Manette nickte. Der Mann war offenbar nicht ganz richtig im Kopf. Wovon hatte der überhaupt geredet?

Im Herrenhaus schien niemand zu sein, aber Manette wusste, wo ein Hausschlüssel lag: unter einem von Flechten bedeckten Betonpilz am Fuß einer alten herbstlich kahlen Glyzinie, deren Stamm schon fast bis unters Dach reichte. Sie holten den Schlüssel und gingen ins Haus. Durch einen Flur gelangten sie in die blitzsaubere Küche. Die alten Holzschränke waren auf Hochglanz poliert. Überhaupt war alles noch ordentlicher als vor Ians Tod. Offenbar hatte Kaveh – oder jemand anders – einen gründlichen Hausputz gemacht.

Das beunruhigte Manette. In ihrer Vorstellung verursachte tiefe Trauer eher Lethargie anstatt einen Energieschub.

»Jedenfalls kann man nicht behaupten, dass er das Haus verfallen lässt«, sagte Freddie, während er sich umsah.

Manette rief: »Tim? Bist du hier?«

Eigentlich war es überflüssig, Tim zu rufen, denn selbst wenn er hier wäre, würde er sicher nicht angelaufen kommen und ihnen freudestrahlend um den Hals fallen, dachte Manette. Trotzdem suchten sie das Haus systematisch ab. Und jedes Zimmer, in das sie hineinschauten, war tipptopp sauber und aufgeräumt. Es sah ziemlich genauso aus wie zu Ians Lebzeiten, nur viel besser in Schuss, wie hergerichtet für Fotos in einem Artikel über Herrenhäuser im georgianischen Stil.

Sie gingen nach oben. So ein altes Haus verfügte über zahlreiche Ecken und Winkel, die sich als Verstecke eigneten. Freddie meinte, Tim sei wahrscheinlich längst über alle Berge, und das könne ihm keiner verdenken nach allem, was er durchgemacht hatte. Doch Manette wollte auf Nummer sicher gehen. Sie schaute unter den Betten und in den Schränken nach, tastete sogar einige Wände ab, um festzustellen, ob es irgendwo eine Geheimtür gab. Sie kam sich selbst albern dabei vor, aber sie konnte nicht anders. Irgendetwas stimmte in diesem Haus ganz und gar nicht, und sie wollte unbedingt herausfinden, was hier vor sich ging. Denn wenn sie das richtig sah, dann war Tim wegen irgendetwas abgehauen, das Kaveh getan oder gesagt hatte, auch wenn der hinterher den Besorgten gespielt und vorgegeben hatte, er würde den Jungen suchen.

Als Letztes nahmen sie sich Tims Zimmer vor. Auch hier war alles tipptopp aufgeräumt. Obwohl Tims Kleider noch im Schrank lagen, deutete nichts darauf hin, dass es sich um das Zimmer eines Vierzehnjährigen handelte.

»Ah«, sagte Freddie und trat an den Tisch unterm Fenster, auf dem ein Laptop stand, der aufgeklappt war, als wäre er vor Kurzem erst benutzt worden. »Vielleicht hilft uns der ja weiter.« Er setzte sich und ließ seine Fingergelenke knacken. »Wollen wir doch mal sehen.«

Manette trat neben ihn. »Aber wir kennen sein Passwort nicht. Wie sollen wir denn ohne Passwort da reinkommen?«

Freddie lächelte sie an. »Du Kleingläubige«, sagte er. Er begann, auf die Tastatur einzuhacken, um das Problem in Angriff zu nehmen, das sich als nicht existent entpuppte: Tim hatte sein Passwort gespeichert. Sie brauchten nur seinen Nutzernamen, den Manette kannte, weil sie regelmäßig mit Tim in E-Mail-Kontakt gestanden hatte. »Bingo«, murmelte Freddie.

Er grinste. »Wirklich schade, dass du nicht gerade mit was anderem beschäftigt warst«, sagte er. »Sonst hättest du mich am Ende vielleicht tatsächlich für ein Computergenie gehalten …«

Sie drückte seine Schulter. »Für mich bist du Genie genug, mein Lieber.«

Während Freddie sich Tims E-Mails vornahm, ging Manette die anderen Sachen durch, die auf dem Schreibtisch lagen. Schulbücher, ein iPod samt Docking Station und Lautsprechern, ein Notizheft gefüllt mit verstörenden Bleistiftzeichnungen von grotesken Außerirdischen, die dabei waren, Körperteile von Menschen zu verspeisen, ein Buch über das Beobachten von Vögeln – wie er wohl dazu kam, fragte sie sich –, ein Taschenmesser mit Resten von getrocknetem Blut an der größten Klinge und eine Landkarte, die Tim sich anscheinend aus dem Internet ausgedruckt hatte. Sie nahm die Karte in die Hand. »Freddie«, sagte sie, »könnte das vielleicht …«

Vor dem Haus wurden Autotüren zugeschlagen. Manette beugte sich über den Tisch, um aus dem Fenster zu sehen. Vielleicht war Kaveh ja nach Hause gekommen, vielleicht hatte er Tim gefunden und mitgebracht, was bedeutete, dass Freddie ganz schnell den Laptop würde ausschalten müssen. Aber neben dem Auto stand ein älteres, dunkelhäutiges Paar, vielleicht Iraner, wie Kaveh, und ein junges, schwarzhaariges Mädchen, das sich eine langfingrige Hand vor den Mund hielt und mit großen Augen an dem Herrenhaus hochschaute. Sie sah das ältere Paar fragend an. Dann nahm die Frau sie am Ellbogen, und zusammen gingen sie auf die Haustür zu.

Die Leute mussten irgendwie zu Kaveh gehören, dachte Manette. Hier oben in Cumbria lebten kaum Ausländer, erst recht nicht auf dem Land. Vielleicht waren sie überraschend zu Besuch gekommen. Oder vielleicht hatten sie auf einer längeren Fahrt einen Abstecher hierhergemacht. Aber darüber brauchte sie sich nicht den Kopf zu zerbrechen, denn es würde sowieso niemand auf ihr Klopfen hin öffnen, und dann konnten sie und Freddie sich wieder um das kümmern, weswegen sie hergekommen waren.

Aber es kam ganz anders. Offenbar hatten die Leute einen Hausschlüssel. »Was zum Teufel …?«, entfuhr es Manette. »Freddie, da ist jemand gekommen. Ein älteres Paar und ein junges Mädchen. Ich glaub, die gehören irgendwie zu Kaveh. Soll ich …?«

»Verdammt«, murmelte Freddie. »Ich bin hier gerade auf etwas gestoßen. Kannst du … Ich weiß nicht … Kannst du dich um die Leute kümmern?«

Manette verließ das Zimmer und schloss die Tür. Dann ging sie geräuschvoll die Treppe hinunter. »Hallo?«, rief sie. »Kann ich Ihnen helfen?« Sie fing die Leute im Flur zwischen Kaminzimmer und Küche ab.

Ihr blieb nichts anderes übrig, als zu bluffen, dachte Manette. Sie lächelte, als wäre es das Selbstverständlichste auf der Welt, dass sie sich in diesem Haus aufhielt. »Ich bin Manette McGhie«, stellte sie sich vor. »Ich bin Ians Kusine. Sie sind sicher Freunde von Kaveh? Er ist gerade nicht hier.«

Sie waren keine Freunde von Kaveh, sondern dessen Eltern, die aus Manchester hergekommen waren. Sie hatten Kavehs Verlobte mitgebracht, die gerade aus Teheran eingetroffen war, damit sie sich ansehen konnte, wo sie nach der Hochzeit in wenigen Wochen einziehen würde. Sie und Kaveh kannten sich noch nicht. Eigentlich sei es nicht üblich, die Braut dem Bräutigam vor der Hochzeit vorzustellen, aber Kaveh habe darauf bestanden, deshalb seien sie jetzt hier. Eine kleine Überraschung vor der Hochzeit.

Das junge Mädchen hieß Iman, und sie hielt demütig den Blick gesenkt, während die Erwachsenen sich unterhielten, so dass ihr dichtes, schwarzes Haar nach vorne fiel und ihr Gesicht verbarg. Aber Manette hatte trotzdem gesehen, dass sie ausnehmend hübsch war.

»Kavehs Verlobte?«, fragte Manette entgeistert. Das erklärte zumindest den tadellosen Zustand des Hauses. Doch abgesehen davon war das junge Mädchen hier in einen furchtbaren Schlamassel geraten. »Ich wusste gar nicht, dass Kaveh verlobt ist. Ian hat nie etwas davon erwähnt.«

Der Ärger ging schon los.

»Wer ist Ian?«, fragte Kavehs Vater.

AUF DEM WEG NACH LONDON

Als Lynleys Handy klingelte, befand er sich mehr als hundert Kilometer von Milnthorpe entfernt, kurz vor der Abfahrt zur M56, und er war ziemlich geladen. Deborah St. James hatte ihn zum Narren gehalten, und das gefiel ihm absolut nicht. Er war wie verabredet um halb elf zum Crow & Eagle gefahren, in der Annahme, dass sie mit gepackten Koffern auf ihn wartete. Da ihr Mietwagen auf dem Parkplatz stand, hatte er sich zunächst nichts dabei gedacht, als er sie nicht in der Eingangshalle antraf.

»Würden Sie Mrs. St. James bitte Bescheid geben«, hatte er die junge Frau in der frischgestärkten weißen Bluse und dem schwarzen Wollrock gebeten, die an der Rezeption saß.

»Selbstverständlich, Sir. Wen darf ich anmelden?«

Als er geantwortet hatte »Tommy«, hatte sich ihr Gesichtsausdruck kaum merklich verändert. Womöglich, dachte Lynley, wurde das Crow & Eagle ja von den Angehörigen des Landadels als Stundenhotel genutzt. Hastig fügte er hinzu: »Sie hat mich gebeten, sie mit nach London zu nehmen.« Kaum hatte er das ausgesprochen, ärgerte er sich über sich selbst. Entnervt trat er an den Ständer mit Broschüren über die touristischen Ausflugsmöglichkeiten in Cumbria und tat so, als würde er sie studieren.

Nach einer Weile räusperte sich die junge Frau an der Rezeption und sagte: »Es meldet sich niemand, Sir. Vielleicht sitzt sie ja noch im Speiseraum.«

Aber dort war sie nicht. Und auch nicht in der Bar. Irgendwo in der Nähe musste sie jedoch sein, schließlich stand ihr Mietwagen auf dem Hotelparkplatz. Lynley setzte sich an einen Tisch im Speisesaal und wartete. Auf der anderen Straßenseite befand sich eine Bank, im Ort gab es einen Marktplatz, eine alte Kirche mit einem hübschen Friedhof… Vielleicht hatte sie noch einen kleinen Spaziergang gemacht vor der langen Fahrt.

Erst nachdem er eine Weile gewartet hatte, fiel ihm auf, dass Deborah offenbar noch gar nicht aus dem Hotel ausgecheckt hatte, denn sonst hätte die Frau an der Rezeption nicht in ihrem Zimmer angerufen. Ihn packte die Wut.

Er rief sie auf dem Handy an. Natürlich bekam er nur ihre Mailbox. »Dir ist bestimmt klar, dass ich einigermaßen sauer bin. Wir hatten eine Verabredung. Wo zum Teufel steckst du?« Mehr sagte er nicht. Er kannte Deborah. Wenn sie sich einmal in etwas verrannt hatte, dann hatte es keinen Zweck, sie eines Besseren belehren zu wollen.

Als kurz vor der Abfahrt auf die M56 sein Handy klingelte, dachte er zuerst, es sei Deborah, die anrief, um sich bei ihm zu entschuldigen. Ohne auf das Display zu sehen, nahm er das Gespräch entgegen und bellte: »Ja?«

»Äh, ja«, sagte Sergeant Havers. »Ihnen auch einen schönen guten Tag. Schlecht geschlafen?«

»Sorry«, sagte er. »Ich bin auf der Autobahn.«

»Unterwegs nach …?«

»Nach Hause, wohin sonst?«

»Keine gute Idee, Sir.«

»Wieso? Was ist los?«

»Rufen Sie mich an, sobald Sie auf einen Rastplatz gefahren sind. Ich möchte nicht, dass Sie Ihren teuren Schlitten zu Schrott fahren. Den Bentley hab ich ja schon auf dem Gewissen.«

Eine Viertelstunde später hielt Lynley vor einer schmuddeligen Raststätte. Er holte sich einen Kaffee, setzte sich damit an einen Tisch und rief Barbara an.

»Ich hoffe, Sie sitzen gut«, sagte sie, als sie das Gespräch entgegennahm.

»Ich saß auch schon gut, als Sie mich angerufen haben«, antwortete er.

»Okay, okay.« Sie berichtete ihm, wie sie es geschafft hatte, Isabelle Ardery aus dem Weg zu gehen und ihre Internetrecherchen durchzuführen, die ihr immer mehr Spaß machten. Sie erzählte ihm von einer Studentin aus Barcelona, von ihrem Nachbarn Taymullah Azhar, den Lynley flüchtig kannte, der Kleinstadt Santa María de la Cruz, de los Ángeles y de los Santos und den fünf Söhnen des Bürgermeisters jenes Kaffs. Die Pointe bewahrte sie sich bis zu Schluss auf: »Langer Rede kurzer Sinn: Es gibt keine Alatea Vasquez del Torres. Oder besser gesagt: Es gibt sie, und es gibt sie auch wieder nicht.«

»Hatten Sie nicht bereits festgestellt, dass Alatea wahrscheinlich aus einem anderen Zweig der Familie stammt?«

»Um mit einem meiner Lieblingssongs zu antworten, Sir: That was yesterday and yesterday's gone.«

»Und das bedeutet?«

»Das bedeutet, Alatea gehört zu diesem Familienzweig, aber sie ist nicht Alatea.«

»Sondern?«

»Santiago.«

Lynley versuchte, diese Information zu verdauen. In seiner Nähe war eine Putzfrau dabei, den Boden zu schrubben. Sie warf ihm bedeutungsvolle Blicke zu, anscheinend in der Hoffnung, dass er sich einen anderen Platz suchte, so dass sie unter seinem Tisch wischen konnte. Schließlich fragte er: »Wie meinen Sie das, Barbara?«

»Ich meine genau das, was ich gesagt habe, Sir. Alatea ist Santiago. Santiago ist Alatea. Entweder das, oder die beiden sind eineiige Zwillinge, und wenn ich im Bio-Unterricht nicht gepennt hab, dann gibt es nur gleichgeschlechtliche eineiige Zwillinge.«

»Das heißt also … Was?«

»Crossdressing, Sir. Transsexualität. So was hält man doch lieber vor der Familie geheim, oder?«

»Ja, wahrscheinlich. Unter gewissen Umständen. Aber diese Umstände …«

»Sir«, fiel Barbara ihm ins Wort. »Santiagos Spur verliert sich, als er ungefähr fünfzehn ist. Ich schätze, in dem Alter hat er angefangen, als Alatea aufzutreten. Um dieselbe Zeit ist er von zu Hause abgehauen. Das habe ich unter anderem in einem Telefongespräch mit der Familie erfahren.«

Sie berichtete ihm, was die spanische Studentin ihr nach dem Gespräch mit Argentinien erklärt hatte: Die Familie wolle, dass Alatea nach Hause komme, ihr Vater und ihre Brüder würden sie jetzt verstehen, Carlos, der Priester, habe die Familie zur Einsicht gebracht, alle beteten für Alateas Rückkehr in den Schoß der Familie, die Angehörigen seien seit Jahren auf der Suche nach ihr, sie solle nicht länger vor ihnen weglaufen, ihr Verschwinden habe Elena María das Herz gebrochen …

»Wer ist Elena María?« Lynley schwirrte der Kopf.

»Eine Kusine«, sagte Barbara. »Ich schätze, Santiago hat die Mücke gemacht, weil er sich gern als Frau verkleidete, wovon sein Vater und seine Brüder wahrscheinlich nicht besonders begeistert waren. Latinos, Sie wissen schon. Macho, und so weiter. Irgendwann jedenfalls ist er Raul Montenegro über den Weg gelaufen…«

»Wer zum Teufel…«

»Ein reicher Typ aus Mexiko. Einer, der so viel Geld hat, dass er eine Konzerthalle bauen lassen und sie nach seiner Mutter benennen kann. Also, Santiago läuft Raul über den Weg, und Raul fährt auf ihn ab, denn der Typ ist vom anderen Ufer, wenn Sie verstehen, was ich meine. Und er steht vor allem auf möglichst junge Knaben, wenn man den Fotos glauben darf, die ich gefunden hab. Jedenfalls waren unsere zwei Hübschen im siebten Himmel. Auf der einen Seite Santiago mit seiner Vorliebe für Frauenkleider und auf der anderen Raul, der stockschwul ist, das aber nicht gern an die große Glocke hängen will. Raul tut sich also mit Santiago zusammen, der aussieht wie ein zum Anbeißen hübsches junges Mädchen, mit dem er sich sogar in der Öffentlichkeit blicken lassen kann. Und die beiden bleiben zusammen, bis sich was Besseres findet.«

»Und was sollte das sein?«

»Nicholas Fairclough, würd ich mal vermuten.«

Lynley schüttelte den Kopf. Das klang einfach allzu unglaublich. »Barbara, sagen Sie mal: Sind das alles Vermutungen, oder haben Sie irgendwelche Beweise für Ihre Behauptungen?«

Sie ließ sich nicht beirren. »Sir«, sagte sie, »es passt alles zusammen. Santiagos Mutter wusste genau, von wem die Rede war, als Engracia angerufen und nach Alatea gefragt hat. Aber da sie nur Söhne hat, dachten wir, Alatea müsse eine Nichte von ihr sein. Bis ich mir Santiago genauer unter die Lupe genommen und mir dann noch mal die jüngsten Fotos von Alatea als Dessous-Model angesehen habe, und… Glauben Sie mir, Sir, sie ist Santiago. Er ist abgehauen, hat sich als Frau ausgegeben, und keiner hat's gemerkt, und als er dann Raul Montenegro begegnet ist, war die Sache geritzt. Wahrscheinlich haben die beiden glücklich und zufrieden zusammengelebt, bis Nicholas Fairclough aufgekreuzt ist.«

Lynley musste zugeben, dass das plausibel klang. Denn Nicholas Fairclough, ehemaliger Drogensüchtiger und Alkoholiker, würde seinen Eltern auf keinen Fall offenbaren, dass ein Mann sich als seine Frau ausgab, mit einer falschen Heiratsurkunde, dem einzigen Dokument, das der Person ein Aufenthaltsrecht im Land sicherte.

»Könnte es sein, dass Ian Cresswell irgendwie dahintergekommen ist?«, überlegte Lynley laut.

»Genau das hab ich mich auch gefragt«, sagte Barbara. »Wer, wenn nicht Ian Cresswell, wird auf den ersten Blick gesehen haben, wen er vor sich hatte?«

MILNTHORPE
CUMBRIA

Deborah fühlte sich elend, und das nicht erst, seitdem die Frau an der Rezeption im Crow & Eagle ihr Tommys Nachricht gegeben hatte. Denn alles, worum sie sich bemüht hatte, drohte in einem kompletten Chaos zu enden.

Sie hatte versucht, den widerwärtigen Zed Benjamin davon zu überzeugen, dass das, was Lucy Keverne ihnen erzählt hatte, nicht für eine Story in der *Source* reichte. Da Zed sie, Deborah, immer noch für eine Polizistin von Scotland Yard hielt, hatte sie gehofft, dass er, als sie gesagt hatte »Tja, meine Arbeit hier ist damit beendet«, ebenfalls zu dem Schluss gelangen würde, dass in Cumbria für ihn nichts zu holen war. Wenn die angebliche Polizistin der Meinung war, dass sich niemand etwas hatte zuschulden kommen lassen, dann schien es doch nur logisch, dass es auch keine Story gab. Aber Zed Benjamin hatte das anders gesehen. Er war der Meinung gewesen, dass alles erst anfing.

Entsetzt hatte sie ihn gefragt, an was für eine Story er denn denke. »Zwei Menschen sind bereit, einer Frau für eine Leihmutterschaft mehr zu bezahlen, als das Gesetz vorsieht«, hatte sie ihm gesagt. »Wie viele solche Menschen gibt es in England? Wie viele Menschen haben keine Freundin oder Verwandte, die bereit ist, sich aus lauter Mitgefühl als Leihmutter zur Verfügung zu stellen? Das Gesetz, das so etwas verbietet, ist lächerlich. Es gibt schlicht und einfach keine Story.«

Aber auch da war Zed anderer Meinung gewesen. Das Gesetz selbst sei die Geschichte, hatte er ihr erklärt. Denn es stürze Frauen in Verzweiflung, die daraufhin zu verzweifelten Mitteln griffen, um ihr Problem zu lösen.

»Verzeihen Sie, Mr. Benjamin«, hatte Deborah darauf erwidert, »aber ich glaube kaum, dass die *Source* sich auf Ihre Empfehlung hin zur Fürsprecherin aller unfruchtbaren Frauen aufschwingen wird.«

»Das werden wir ja noch sehen«, hatte er darauf knapp erwidert.

Sie hatten sich vor ihrem Hotel verabschiedet, und an der Rezeption hatte man ihr einen verschlossenen Umschlag überreicht, auf dem ihr Name in einer Handschrift geschrieben stand, die sie sofort wiedererkannte von den vielen Briefen, die Tommy ihr geschrieben hatte, als sie in Kalifornien Fotografie studierte.

Die Nachricht war kurz und knapp: *Deb, was soll ich sagen? Tommy.* Und es stimmte. Was hätte er sagen sollen? Sie hatte ihn belogen, sie hatte seine Anrufe ignoriert, und jetzt war er genauso sauer auf sie wie Simon. Gott, was hatte sie für einen Schlamassel angerichtet.

Sie ging auf ihr Zimmer und packte ihre Sachen, während sie darüber nachdachte, wie gründlich sie alles vermasselt hatte. Angefangen hatte es mit Simons Bruder David, den sie ewig hingehalten hatte in Bezug auf die offene Adoption, die er nur arrangiert hatte, weil er ihnen helfen wollte. Dann hatte sie

Simon immer wieder vor den Kopf gestoßen, vor allem, als sie stur darauf beharrt hatte, weiterhin in Cumbria zu bleiben, obwohl klar gewesen war, dass ihre Aufgabe hier längst erledigt war. Und indem sie sich in Alatea Faircloughs Privatangelegenheiten eingemischt hatte, hatte sie wahrscheinlich auch deren Hoffnungen auf ein Kind zerstört.

Sie setzte sich aufs Bett. Seit einigen Jahren wurde ihr Leben von etwas bestimmt, das vollkommen außerhalb ihrer Kontrolle lag, dachte sie. Sie wünschte sich sehnlichst ein Kind, doch es war ihr nicht gegeben, sich diesen Wunsch zu erfüllen. Wahrscheinlich hatte Alatea Fairclough dasselbe durchgemacht wie sie.

Endlich begriff Deborah, warum die Argentinierin so ängstlich auf sie reagiert hatte und warum sie sich so gesträubt hatte, mit ihr zu reden. Alatea und ihr Mann waren bereit, eine Frau dafür zu bezahlen, dass sie ein Kind für sie austrug, und jetzt fürchteten sie, die Ärzte von der Uni in Lancaster hätten sie, Deborah, geschickt, um die Wahrheit über das Arrangement mit Lucy Keverne herauszufinden, ehe sie die Schritte in die Wege leiteten, die für eine Leihmutterschaft nötig waren. Das waren sicherlich eine ganze Reihe. Und die würden erst umgesetzt, wenn man Gewissheit über das Verhältnis zwischen Alatea und der zukünftigen Leihmutter hatte.

Deborah hatte die arme Frau verfolgt, seit sie nach Cumbria gekommen war, obwohl Alatea lediglich von derselben Sehnsucht getrieben war wie sie selbst, der Sehnsucht nach einer Schwangerschaft, die für andere Frauen das Natürlichste auf der Welt war und von manchen sogar als Fluch empfunden wurde.

Deborah wurde klar, dass sie einige Leute würde um Verzeihung bitten müssen für ihr Verhalten in den vergangenen Tagen. Anfangen würde sie bei Alatea Fairclough. Und deswegen würde sie, bevor sie sich auf den Heimweg nach London machte, Alatea noch einen Besuch abstatten.

MILNTHORPE
CUMBRIA

Was er der Polizistin von Scotland Yard gesagt hatte, war nichts weiter gewesen als Säbelrasseln, dachte Zed zerknirscht. Nachdem er sie zu ihrem Hotel gebracht hatte, war er nicht nach Windermere zurückgefahren, sondern zu dem Marktplatz in Milnthorpe. Er parkte neben einem Supermarkt und ging hinein. Der Laden war rappelvoll, und es war fürchterlich stickig dort drin, was seine schlechte Laune nicht gerade vertrieb.

Ziellos blätterte er in den Zeitungen und Zeitschriften, bis er nicht mehr widerstehen konnte und sich die neueste Ausgabe der *Source* kaufte. Damit ging er zur Frittenbude neben der Metzgerei, in deren Schaufenster appetitliche Wildpasteten auslagen.

In der Frittenbude bestellte er sich eine Portion Fish 'n Chips und dazu eine Dose Fanta, machte es sich an einem Tisch bequem, holte tief Luft, um sich zu wappnen, und faltete die Zeitung auseinander.

Mitchell Corsico, dieser Dillettant, hatte natürlich mal wieder die Titelstory geschrieben. Wie immer der totale Müll: eine Enthüllungsstory über irgendeinen unbedeutenden Spross der königlichen Familie, der ein uneheliches Kind in die Welt gesetzt hatte, noch dazu ein dunkelhäutiges. Das Kind, ein Mädchen, war mittlerweile fünf Jahre alt, und es gab mehrere Fotos von der Kleinen. Sie war hübsch, wie die meisten Mulatten. Ihr Vater würde jedoch nie den englischen Thron besteigen, es sei denn, das derzeitige Monarchenpaar würde mitsamt allen Angehörigen der weitverzweigten Verwandtschaft auf einem Luxusdampfer auf dem Atlantik eine Party feiern und der Dampfer würde mit einem Eisberg kollidieren. Diese unbedeutende Kleinigkeit entzog der Story jede vernünftige Grundlage. Aber das schien weder Mitchell Corsico noch Rodney Aronson gestört zu haben, der den Artikel immerhin auf die erste Seite gesetzt hatte, unabhängig davon, wie unbedeutend das Mitglied der königlichen Familie war.

Dass der Artikel auf der ersten Seite stand, bedeutete wahrscheinlich, dass es sich um die Enthüllungsstory des Jahres handelte, und die *Source* versuchte, auch noch das Letzte aus ihr herauszuquetschen. Rodney hatte das volle Programm durchgezogen: zwölf Zentimeter Schlagzeile, grobkörnige Fotos, namentliche Nennung des Verfassers und Verweis auf die Fortsetzung auf Seite acht, wo über die Mutter des Kindes berichtet wurde sowie über den adligen Kindsvater, der im Gegensatz zu zahlreichen Royals immerhin mit einem Kinn auf die Welt gekommen war.

Diese Geschichte würde doch niemanden vom Hocker reißen. Zed schloss daraus, dass zurzeit in der Gosse einfach nichts zu holen war, wenn Rodney sich schon auf eine solche Story als Aufmacher verlegen musste.

Und das bedeutete, dass er womöglich gute Chancen hatte, die Titelseite zu ergattern, wenn er alles, was er in Cumbria zusammengetragen hatte, zu einer guten Story verarbeitete. Er legte die *Source* beiseite, schüttete reichlich Essig auf seinen Fisch und seine Fritten, öffnete die Fantadose und ging noch einmal alles durch, was er über Nick Fairclough und die schöne Alatea zutage gefördert hatte.

Viel hatte er nicht, da musste er der Polizistin recht geben. Nick und Alatea Fairclough würden einer Frau mehr als nur ihre Ausgaben erstatten, damit sie für sie ein Kind austrug, was zwar nicht legal, aber auch noch keine Story war. Die Frage lautete: Wie konnte man eine Story daraus machen, oder wenigstens so einen Müll, wie Mitchell Corsico ihn fabriziert hatte?

Zed überlegte, welche Zutaten ihm zur Verfügung standen: Eier, Sperma, ein Mann, eine Frau, noch eine Frau und Geld. Wessen Eier, wessen Sperma, welcher Mann, welche Frau, wessen Geld? Das waren die Themen, aus denen er sich eine Geschichte zusammenreimen musste.

Es gab verschiedene Möglichkeiten. Vielleicht taugten die Eier der armen Alatea nichts – konnte das sein? – oder landeten nicht an der richtigen Stelle, um sich mit Nicks Sperma zu vereinigen. Also mussten die Eier einer anderen Frau her. Aber Nick und Alatea wollten nicht, dass die Familie davon erfuhr, weil… ja, warum eigentlich nicht? Wegen der Erbschaft? Was genau besagte das Erbrecht? Gab es überhaupt etwas zu vererben außer einer Firma, die Kloschüsseln und andere unappetitliche Dinge herstellte, deren Erwähnung die ganze Geschichte zu einem Lacher machen würde und Zed zum Deppen? Oder vielleicht war ja auch Nicks Sperma zu nichts zu gebrauchen. Vielleicht waren seine Samenzellen nach all den Jahren des Drogenkonsums total verkrüppelt? Also musste das Sperma eines Spenders her, und der daraus resultierende Sprössling würde trotz allem als echter Fairclough ausgegeben. Das wäre doch eine nette Geschichte.

Oder war es besser, sich auf das Geld zu konzentrieren, das Lucy Keverne bekommen sollte? In Anbetracht von Nicks Vergangenheit konnte es doch gut sein, dass er nicht nur mit Kloschüsseln, sondern auch noch mit anderen Dingen handelte, um sich das Honorar für die Leihmutter leisten zu können. Und mussten die Ärzte vielleicht auch geschmiert werden? Auch das war zumindest eine Möglichkeit.

Bis Zed seine Mahlzeit beendet hatte, war er zu dem Schluss gelangt, dass er bei Nick Fairclough ansetzen musste, wenn er einen Artikel über das geschmacklose Ansinnen schreiben wollte, sich einen Baby-Automaten zu kaufen – so würde er Rodney seine Story verkaufen. Er besaß genug Menschenkenntnis, um sich denken zu können, dass Lucy Keverne, kaum dass Sergeant Cotter und er gegangen waren, als Erstes bei Alatea Fairclough angerufen und ihr alles brühwarm berichtet hatte.

Also kam für ihn nur noch Nick in Frage. Er würde den Mann ein bisschen unter Druck setzen, und mit etwas Geschick würde er ihm die Einzelheiten über den Deal mit der Frau in Lancaster schon aus den Rippen leiern.

Er schnappte sich die *Source* und ging zu seinem Wagen. Um die Uhrzeit würde er Nicholas Fairclough wahrscheinlich bei seinem Wehrturmprojekt antreffen.

Er fuhr am Crow & Eagle vorbei in Richtung Arnside, vorbei an Milnthorpe Sands, wo derzeit wirklich nur Sand war – wenn auch ziemlich matschiger –, da Ebbe herrschte und der River Kent zu einem schmalen Flussband zusammengeschrumpft war, an dessen Ufern Brachvögel, Regenpfeifer und Wasserläufer auf ihrer endlosen Suche nach Futter umhertrippelten. Von Humphrey Head aus kroch der Nebel in Richtung Küste. Die Luft war so feucht, dass die Fenster der Häuser beschlagen waren. Die Straße war glitschig nass.

Zed parkte in der Nähe des Wehrturms. Es war niemand auf der Baustelle zu sehen. Aber als Zed ausstieg, hörte er im Kantinenzelt ein paar Männer laut lachen. Dort fand er sie alle versammelt. Sie saßen an den langen Tischen, waren jedoch nicht beim Essen, sondern hörten einem älteren Mann zu, der vor ihnen stand, einen Fuß auf einem Stuhl und einen Ellbogen auf dem Knie abgestützt. Die Geschichte, die er zum Besten gab, schien die Männer unglaublich zu amüsieren. Sie tranken Kaffee oder Tee, und die Luft im Zelt war erfüllt von Zigarettenqualm.

Zed entdeckte Nick Fairclough im selben Moment, als dieser ihn entdeckte. Er saß am hinteren Ende des Zelts, den Stuhl nach hinten gekippt, die Füße auf dem Tisch. Als ihre Blicke sich begegneten, sprang er auf und kam eilig auf Zed zu.

Er nahm Zed am Arm und bugsierte ihn nach draußen. »Das ist keine öffentliche Veranstaltung«, sagte er unwirsch. Anscheinend war Zed in eine Sitzung der Anonymen Alkoholiker oder einer ähnlichen Organisation geraten, dachte er. Und es war ziemlich offenkundig, dass Nick Fairclough nicht begeistert war über das Wiedersehen. Tja, das ließ sich nun mal nicht ändern.

»Ich würde mich gern mit Ihnen unterhalten«, sagte Zed.

»Da werden Sie sich noch etwas gedulden müssen«, entgegnete Nick. »Wie Sie sehen, bin ich gerade in einer Versammlung.«

»Ich fürchte, das kann nicht warten«, sagte Zed und zückte sein Notizheft.

Faircloughs Augen wurden schmal. »Was hat das zu bedeuten?«

»Ich möchte mit Ihnen über Lucy Keverne reden.«

»Wie bitte? Über wen?«

»Lucy Keverne. Oder vielleicht kennen Sie sie unter einem anderen Namen? Sie ist die Leihmutter, die Sie und Ihre Frau angeheuert haben.«

Fairclough sah ihn an, als fragte er sich, ob Zed den Verstand verloren hatte.

»Leihmutter?«, wiederholte Fairclough. »Was soll der Blödsinn?«

»Ich würde gern mit Ihnen darüber reden, was Sie mit Lucy Keverne vereinbart haben. Welchen Deal Sie mit ihr ausgehandelt haben.«

»Deal?«, sagte Nicholas Fairclough. »Es gibt keinen Deal. Wovon zum Teufel reden Sie überhaupt?«

Bingo, dachte Zed voller Genugtuung. Jetzt hatte er seine Story.

»Lassen Sie uns einen kleinen Spaziergang machen«, sagte er.

BRYANBARROW
CUMBRIA

Manette hatte Kavehs Eltern und Verlobte ins Kaminzimmer geführt und ihnen Tee und Kekse vorgesetzt. Als sie jetzt die Treppe hochging, versuchte sie immer noch zu verdauen, was sie soeben erfahren hatte. Der Himmel wusste, warum sie den Leuten Tee angeboten hatte, dachte sie, wahrscheinlich aus lauter Gewohnheit.

Die Verwirrung darüber, wer Ian Cresswell gewesen war, hatten sie schnell beseitigen können. Es hatte sich herausgestellt, dass Kaveh – soweit seine Eltern informiert waren – bei einem Herrenhausbesitzer zur Miete gewohnt hatte, dessen Vornamen ihr Sohn nie erwähnt hatte. Dann war der Mann bei einem Unfall ums Leben gekommen, und zu Kavehs großer Verwunderung hatte er in seinem Testament Kaveh als Alleinerben eingesetzt. Natürlich brauchte Kaveh gar kein Haus, wie seine Eltern ihm immer wieder zu verstehen gegeben hatten, denn er und seine Frau könnten zu seinen Eltern ziehen und es wie seine Landsleute halten, die traditionell in Großfamilien zusammenlebten. Aber Kaveh sei ein moderner junger Mann, beeinflusst vom europäischen Lebensstil, und in England zogen junge Männer nun mal nicht mit ihrer Frau zu den Eltern. In diesem Fall sei es sogar umgekehrt. Kaveh bestehe darauf, dass seine Eltern zu ihm zogen. Sie seien sehr glücklich, beteuerten sie, dass sie nun endlich die lang ersehnten Enkelkinder bekommen würden.

Wie wenig diese Leute über ihren Sohn wussten, war unglaublich, aber Manette wollte nicht diejenige sein, die diese Seifenblase zum Platzen brachte. Die junge Frau tat ihr leid, denn sie würde einen Mann heiraten, der wahrscheinlich ein ähnliches Doppelleben führen würde, wie Ian es getan hatte. Doch daran konnte Manette nichts ändern. Und selbst wenn sie sich ein Herz fasste und sagte: »Verzeihen Sie, wissen Sie denn nicht, dass Kaveh homosexuell ist?«, was würde das bringen, außer dass es die Eltern und die Verlobte in ein Chaos stürzte, das sie, Manette, nichts anging? Sollte Kaveh doch tun, was er wollte. Seine Angehörigen würden die Wahrheit schon irgendwann herausfinden. Oder auch nicht. Im Moment hatte Manette weiß Gott andere Sorgen. Sie musste Tim finden. Wenigstens wusste sie jetzt, warum er weggelaufen war. Zweifellos hatte Kaveh ihm von seinen Zukunftsplänen erzählt. Und das war für den armen Kerl zu viel gewesen.

Aber was hatte er jetzt vor? Sie ging zurück in Tims Zimmer in der Hoffnung, dass Freddie ihr inzwischen darauf eine Antwort würde geben können.

Freddie saß immer noch an Tims Laptop, doch er hatte ihn so gedreht, dass Manette, wenn sie zur Tür hereinkam, den Bildschirm nicht sehen konnte. Sein Gesichtsausdruck war ernst.

»Was hast du gefunden?«, fragte Manette.

»Pornofotos. Und nicht nur neueren Datums.«

»Was denn für Pornofotos?« Sie wollte hinter ihn treten, um einen Blick auf den Bildschirm zu werfen, aber er hob abwehrend eine Hand. »Das möchtest du nicht sehen, Darling.«

»Was ist es denn?«

»Es fängt relativ harmlos an, nackte Frauen, die die Beine breitmachen, das Übliche eben. Das ist normal, dass Jungs sich so was ansehen.«

»Du etwa auch?«

»Na ja, ich stand mehr auf Brüste. Aber die Zeiten ändern sich.«

»Und dann?«

»Nun ja, dann hab ich meine erste Freundin kennengelernt.«

»Freddie, ich rede von Tims Computer. Ist da noch mehr?«

»Ja. Dann kommen Bilder von Männern und Frauen beim Sex.«

»Das ist doch auch normal, oder?«

»Eigentlich ja. Aber dann folgen Bilder, auf denen Männer es mit Männern treiben.«

»Vielleicht wegen Ian und Kaveh? Oder vielleicht hat er selbst solche Neigungen?«

»Möglich. Sogar wahrscheinlich. Ich denke, dass Tim verstehen wollte. Die beiden. Sich selbst. Was weiß ich.« Doch Manette merkte Freddie an, dass das noch nicht alles war.

»Und was hast du noch gefunden, Freddie?«, fragte sie.

»Na ja, später sind es keine Fotos mehr, sondern Filme. Live-Aufnahmen. Und es sind andere Beteiligte.« Er rieb sich das Kinn, und das Geräusch, das durch seine Bartstoppeln entstand, hatte etwas Tröstliches, auch wenn sie nicht hätte sagen können, warum.

»Andere Beteiligte?«

»Männer und Jungs«, sagte Freddie. »Kleine Jungs, Manette. Vielleicht zehn, zwölf Jahre alt. Und die Filme …« Freddie sah sie voller Sorge an. »Kleine Jungs mit älteren Männern. Das heißt, es ist immer nur ein Junge, aber manchmal sind es mehrere Männer. Sie stellen berühmte Szenen nach, zum Beispiel das letzte Abendmahl, nur dass ›Jesus‹ seinen Jüngern nicht die Füße wäscht, und ›Jesus‹ ist vielleicht neun Jahre alt.«

»Großer Gott.« Manette versuchte zu verstehen, wie es gekommen war, dass Tim sich zuerst für nackte Frauen interessiert hatte, dann für Sex zwischen Männern und Frauen und dann für Sex zwischen Männern und schließlich für Sex zwischen Männern und kleinen Jungen. Sie wusste nicht genug über pubertierende Jungen, um zu wissen, ob das noch unter normale Neugier fiel oder nicht, aber sie fürchtete, dass das nicht mehr normal war. »Was sollen wir denn bloß …?« Sie brachte es nicht fertig, die Frage zu Ende auszusprechen, weil sie nicht wusste, ob sie irgendetwas tun konnten, außer die Polizei zu informieren und einen Psychologen einzuschalten und auf das Beste zu hoffen. »Dass er im Internet nach solchen

Sachen sucht… Wir müssen es natürlich Niamh sagen. Andererseits, was soll das nützen?«

Freddie schüttelte den Kopf. »Er sucht das Zeug nicht im Internet, Manette.«

»Was? Woher hat er es denn sonst?«

»Ich habe jede Menge E-Mails von jemandem gefunden, der sich Toy4You nennt. Sie führen alle in einen Chatroom für Fotografie. Ich nehme an, dass es in diesem Chatroom verschiedene Zugänge zu unterschiedlichen Fototechniken oder zu Fotomodellen gibt, zu skurrilen Aufnahmen und Nacktfotos und zu bestimmten Personen, in deren private Chatrooms man gelangen kann. Das Internet heißt nicht zufällig *Internet*. Die Fäden des Netzes führen überallhin. Man braucht ihnen nur zu folgen.«

»Und was schreibt dieser Toy4You?«

»Was man von einem erwarten würde, der ein Kind vorsichtig anlockt: ›ein bisschen harmloser Spaß‹, ›unter Freunden‹, ›nur freiwillig‹, ›man muss volljährig sein‹, später dann ›Sieh's dir an und sag mir, was du davon hältst‹ und ›Könntest du dir vorstellen‹ und so weiter.«

»Und Tim?«

Freddie trommelte mit den Fingern auf den Schreibtisch. Er schien sich zu überlegen, was er antworten sollte. Entweder das, oder er war noch dabei, die einzelnen Teile zu einem Gesamtbild zusammenzusetzen.

»Freddie?«, sagte Manette vorsichtig.

»Es sieht so aus, als hätte Tim mit diesem Typen einen Deal ausgehandelt.«

»Mit diesem Toy4You?«

»Mhmm. Der Typ – ich nehme jedenfalls an, dass es ein Mann ist – schreibt in seiner letzten Mail: ›Wenn du das machst, tu ich alles, was du willst.‹«

»Und was meint er mit ›das‹?«

»Er hat ein Video mitgeschickt.«

»Und?«

»Der Garten von Gethsemane«, sagte Freddie. »Aber die römischen Soldaten nehmen keinen fest.«

»Mein Gott«, entfuhr es Manette. Dann weiteten sich ihre Augen, und sie schlug sich mit der Hand vor den Mund. »O Gott, Freddie, glaubst du, Tim hat diesen Mann dazu angestiftet, Ian umzubringen?«

Freddie sprang so hastig auf, dass sein Stuhl beinahe umgefallen wäre. »Nein«, sagte er. »Die Mail ist *nach* Ians Tod gekommen. Was auch immer Tim von dem Mann will, es hat nichts mit dem Tod seines Vaters zu tun. Und ich glaube, dass er es bekommt, wenn er bereit ist, in diesem Porno mitzuwirken.«

»Was kann er bloß von dem Mann wollen, Freddie? Wir müssen ihn unbedingt finden.«

»Du sagst es.«

»Aber wie …?« Dann fiel ihr die Landkarte ein, die sie gesehen hatte, und sie durchsuchte die Sachen auf Tims Schreibtisch. »Moment«, sagte sie, »Moment.« Dann fand sie sie. Doch sie sah sofort, dass die Karte ihnen nichts nützen würde, denn es handelte sich um einen vergrößerten Ausschnitt aus einem Stadtplan, und wenn Freddie die Straßennamen nicht zufällig bekannt vorkamen, würden sie im Internet einen Straßenatlas suchen und irgendwie versuchen müssen herauszufinden, um welche Stadt es sich handelte.

»Ach Gott, Freddie, das sind nur ein paar Straßen«, jammerte sie und zeigte ihm den Ausdruck. »Was machen wir jetzt bloß? Wir müssen ihn finden!«

Freddie warf einen Blick auf die Karte, faltete sie zusammen und schaltete den Laptop aus. »Los, fahren wir«, sagte er.

»Aber wohin denn?«, fragte Manette. »Weißt du etwa, wo das ist?« Gott, dachte sie, wieso hatte sie sich von dem Mann scheiden lassen?

»Nein«, antwortete er, »aber ich glaube, ich weiß, wer es mir sagen kann.«

ARNSIDE
CUMBRIA

Lynley hatte die Strecke in kürzester Zeit zurückgelegt. Der Healey Elliott war ursprünglich als Rennwagen konstruiert worden, und trotz seines hohen Alters enttäuschte er Lynley nicht. Nach knapp einer Stunde fuhr er von der Autobahn ab. Inzwischen war es sehr diesig geworden, und er musste äußerst vorsichtig fahren.

Die Straße, die über Milnthorpe nach Arnside führte, war eng und kurvenreich, es gab nur wenige Haltebuchten, in die langsame Fahrer abbiegen konnten, um ihn vorbeizulassen, und an dem Tag schienen sämtliche Bauern Cumbrias mit ihrem Traktor unterwegs zu sein.

Lynley hatte das Gefühl, sich beeilen zu müssen. Der Himmel wusste, was Deborah vorhatte, und sie war dickköpfig genug, um irgendetwas Verrücktes zu unternehmen, was sie in Gefahr brachte. Dass Simon ihr immer noch nicht den Hals umgedreht hatte, grenzte an ein Wunder, dachte Lynley grimmig.

Auf halber Strecke zwischen Milnthorpe und Arnside sah er die Nebelbank, die sich mit erstaunlicher Geschwindigkeit über die Bucht schob, als würde sie von unsichtbaren Pferden gezogen.

In Arnside verlangsamte er sein Tempo. Er war noch nie bei den Faircloughs gewesen, aber von Deborahs Beschreibung her wusste er, wo ihr Anwesen lag. Er fuhr an einem Pier vorbei, der in das leere Bett des River Kent hineinragte, und bremste, um eine Frau die Straße überqueren zu lassen, die einen Kinderwagen schob und an deren Hose sich ein Kleinkind festhielt, das dick gegen die Kälte eingepackt war. Während er wartete – wenn man in Eile war, schien sich immer alles gegen einen zu verschwören –, las er die Warnhinweisschilder: *Achtung, schnell steigende Flut! Achtung, Treibsand! Gefahr!*

Vorsicht! Warum in aller Welt, fragte er sich, zogen Leute an einem Ort Kinder groß, wo ein falscher Schritt genügte, um in einen nassen Tod gerissen zu werden?

Endlich ging es weiter. Er fuhr durch das Dorf und über die von viktorianischen Villen gesäumte Promenade, bis er die Einfahrt zu Arnside House erreichte. Das Haus, das von einem weitläufigen Rasen umgeben war, bot eine fantastische Aussicht, die allerdings heute durch den immer dichter werdenden Nebel behindert wurde.

Es sah verlassen aus. Nirgendwo im Haus brannte Licht, obwohl es so ein düsterer Tag war. Lynley wusste nicht, ob das ein gutes oder ein schlechtes Zeichen war. Dass kein Auto vor der Tür stand, ließ zumindest hoffen, dass Deborah sich nicht in eine dumme Situation gebracht hatte.

Er hielt auf dem mit Kies bedeckten Vorplatz. Als er ausstieg, stellte er fest, dass sich die Luft während der wenigen Stunden, die er fort gewesen war, verändert hatte. Sie war derart feucht, dass er das Gefühl hatte, Kiemen zum Atmen zu brauchen.

Er klingelte, obwohl er nicht damit rechnete, dass jemand öffnen würde. Doch dann hörte er drinnen Schritte auf dem Fliesenboden, und im nächsten Augenblick ging die Tür auf. Dann stand die schönste Frau vor ihm, die er je gesehen hatte.

Es traf ihn wie ein Schock: die dunkle Haut, die üppigen Locken, aus dem Gesicht gehalten mit Perlmuttkämmen, die großen, dunklen Augen, der sinnliche Mund, die femininen Kurven. Nur ihre Hände verrieten sie, und das auch nur durch ihre Größe.

Er konnte sich gut vorstellen, wie Alatea und Nicholas Fairclough es geschafft hatten, allen in ihrer Umgebung etwas vorzumachen. Wenn Barbara Havers ihm nicht geschworen hätte, dass es sich bei dieser Frau um Santiago Vasquez del Torres handelte, Lynley hätte es nicht geglaubt. Eigentlich konnte er es immer noch nicht glauben. Deswegen wählte er seine Worte mit Bedacht.

»Mrs. Fairclough?«, sagte er. Als sie nickte, zeigte er ihr seinen Dienstausweis. »DI Thomas Lynley, New Scotland Yard. Ich bin hier, um mit Ihnen über Santiago Vasquez del Torres zu sprechen.«

Sie erbleichte so schnell, dass Lynley fürchtete, sie würde in Ohnmacht fallen. Sie trat einen Schritt von der Tür zurück.

»Santiago Vasquez del Torres«, wiederholte Lynley. »Der Name scheint Ihnen bekannt vorzukommen.«

Sie tastete hinter sich nach der Eichenbank, die an der holzgetäfelten Wand stand, und setzte sich kraftlos darauf.

Lynley trat ein und schloss die Haustür. Durch vier kleine bleiverglaste Fenster mit einem Muster aus roten Tulpen und grünen Blättern fiel weiches Licht auf die Frau, die völlig in sich zusammengesunken war.

Lynley war sich immer noch nicht ganz sicher, wie verlässlich seine Informationen waren, doch er entschloss sich, einen Frontalangriff zu wagen. »Wir müssen miteinander reden. Ich habe Grund zu der Annahme, dass Sie Santiago Vasquez del Torres aus Santa María de la Cruz, de los Ángeles y de los Santos in Argentinien sind.«

»Bitte, nennen Sie mich nicht so.«

»Ist das Ihr wahrer Name?«

»Nicht mehr, seit ich in Mexiko war.«

»Bei Raul Montenegro?«

Sie richtete sich auf. »Hat er sie geschickt? Ist er hier?«

»Mich hat niemand geschickt.«

»Das glaube ich Ihnen nicht.« Sie stand auf, eilte an ihm vorbei und wäre beinahe über die Schwelle an der Tür gestolpert, die in einen langen, dunklen, eichengetäfelten Flur führte.

Lynley folgte ihr. Sie öffnete eine doppelflügelige Tür mit bleiverglasten Fenstern mit einem Muster aus Lilien und Farnwedeln und betrat einen großen Raum, der etwa zur Hälfte restauriert war. Alatea verkroch sich in der Kaminecke, wo sie sich mit angezogenen Knien auf eine Bank setzte.

»Bitte, gehen Sie«, sagte sie, mehr zu sich selbst als zu Lynley. »Bitte, lassen Sie mich in Frieden.«

»Ich fürchte, das geht nicht.«

»Sie müssen gehen. Verstehen Sie das nicht? Niemand hier weiß Bescheid. Sie müssen sofort gehen.«

Lynley konnte sich nicht vorstellen, dass kein Mensch Bescheid wusste. Ja, es schien ihm mehr als unwahrscheinlich. »Ich vermute, dass Ian Cresswell Bescheid wusste«, sagte er.

Sie hob den Kopf. »Ian?«, fragte sie verdattert. »Unmöglich. Woher soll er davon gewusst haben?«

»Als Homosexueller, der sich noch nicht geoutet hatte, führte er ein Doppelleben. Er wird mit Menschen wie Ihnen in Kontakt gekommen sein. Es wird ihm leichter gefallen sein als anderen …«

»Halten Sie mich etwa für einen Homosexuellen?«, fragte sie. »Für einen Transvestiten?« Dann schien ihr einiges zu dämmern. »Sie glauben, ich hätte Ian umgebracht, nicht wahr? Weil … Weil er etwas herausgefunden hatte? Weil er mir gedroht hat, er würde mich verraten, wenn … wenn was? Wenn ich ihm kein Geld gab? Was ich natürlich nicht hatte? O Gott, ich wünschte, es wäre so gewesen.«

Lynley begriff überhaupt nichts mehr.

»Ian wusste nichts«, sagte sie. »Niemand hier weiß etwas.«

»Wollen Sie damit sagen, dass auch Nicholas nichts weiß?« Lynley sah sie ungläubig an. Er versuchte, sich einen Reim auf das zu machen, was sie ihm zu sagen versuchte, aber das bedeutete, ein Territorium zu betreten, das ihm gänzlich unbekannt war. Er kam sich vor wie ein Blinder, der in einem Raum voller unförmiger Möbel nach einer Geheimtür tastete. »Falls ja, verstehe ich nicht, was Sie meinen. Wie kann es sein, dass er nichts weiß?«

»Ich habe es ihm nie gesagt.«

»Aber er hat schließlich Augen im Kopf …« Und dann begriff Lynley. Wenn sie Nicholas Fairclough nie von Santiago

Vasquez del Torres erzählt hatte und wenn Nicholas Faircloughs Augen es ihm nie enthüllt hatten … dann konnte das nur eins bedeuten.

»Ja«, sagte sie. Offenbar hatte sie seine Gedanken gelesen. »Nur meine Eltern und meine Brüder in Argentinien wissen davon. Und eine Kusine, Elena María. Elena María hat von Anfang an Bescheid gewusst. Schon als wir noch Kinder waren.« Sie schob sich eine Strähne aus dem Gesicht, eine typisch weibliche Geste, was Lynley in Verlegenheit brachte, wie sie es vielleicht beabsichtigt hatte. »María und ich haben zusammen mit Puppen gespielt, und als wir größer wurden, hat sie mir ihre Kleider geliehen und mich ihr Schminkzeug benutzen lassen.« Alatea schaute aus dem Fenster, dann wandte sie sich Lynley wieder zu und sagte ernst: »Können Sie sich das vorstellen? Es war für mich eine Möglichkeit, ich selbst zu sein. Es war die *einzige* Möglichkeit für mich, ich selbst zu sein, und das hat María verstanden. Ich weiß nicht wie und warum, aber sie hat es wirklich verstanden. Sie hat als Erste gewusst, wer und was ich bin.«

»Eine Frau«, sagte Lynley. »Gefangen in einem Männerkörper. Aber trotzdem eine Frau.«

»Ja.«

Lynley brauchte einen Augenblick, um das zu verdauen. Er sah, dass sie ihn beobachtete. Und er sah, dass sie auf seine Reaktion wartete, dass sie sich vielleicht wappnete für den Fall, dass die Reaktion negativ ausfiel. Sie war einer von fünf Brüdern gewesen, in einer Welt, in der ein Mann zu sein bedeutete, dass man Privilegien genoss, die Frauen sich erst mühsam erkämpfen mussten. Ihr musste klar sein, dass kaum ein Mann verstehen würde, warum ein Mann in einer solchen Welt den Wunsch haben könnte, sein angeborenes Geschlecht abzulegen. Doch genau das hatte sie offenbar getan.

»Selbst als ich noch Santiago hieß, war ich eine Frau. Ich besaß zwar einen männlichen Körper, aber ich war kein Mann.

Ein solches Leben zu führen ... nirgendwo hinzugehören ... in einem falschen Körper gefangen zu sein ... einem Körper, den man verabscheut und unbedingt loswerden will, um sein zu können, wer man ist ...«

»Also sind Sie eine Frau geworden«, sagte Lynley.

»Ich habe eine Geschlechtsumwandlung machen lassen«, sagte sie. »Ich bin aus Santa María weggegangen, weil ich als Frau leben wollte und das dort nicht möglich war. Wegen meines Vaters, wegen seiner gesellschaftlichen Position, wegen der Familie. Es gab viele Gründe. Und dann kam Raul. Er hatte das Geld, das ich brauchte, um eine Frau zu werden, und er hatte auch seine eigenen Bedürfnisse. Also haben wir einen Deal gemacht, er und ich. Niemand anders war daran beteiligt, und niemand anders wusste davon.« Sie schaute ihn an. Lynley hatte im Lauf der Jahre die Gesichter von verzweifelten, ausgekochten oder durchtriebenen Menschen gesehen, wenn sie versuchten, der Wahrheit auszuweichen. Sie glaubten alle, sie könnten sich verstellen, aber das gelang nur den Soziopathen. Denn in Wirklichkeit waren die Augen tatsächlich Fenster, durch die man in die Seele sehen konnte, und nur Soziopathen hatten keine Seele.

Lynley ging in die Kaminecke und setzte sich auf die Bank gegenüber von Alatea. Er sagte: »Ian Cresswells Tod ...«

»Damit habe ich nichts zu tun«, fiel sie ihm ins Wort. »Wenn ich jemanden umbringen würde, dann wäre das Raul Montenegro. Aber ich will ihn nicht umbringen. Das wollte ich nie. Ich wollte nur vor ihm flüchten. Allerdings nicht, weil er damit gedroht hatte, mein Geheimnis zu verraten. Das hätte er nie getan, denn er brauchte eine Frau an seiner Seite. Keine echte Frau, wissen Sie, sondern einen Mann, der als Frau durchging. Schließlich war er sehr um seinen Ruf besorgt. Was er nicht verstanden hat und was ich ihm auch nicht erklärt habe, ist, dass ich mich als Frau fühlte. Mir fehlte nur noch die Operation.«

»Für die er bezahlt hat?«

»Im Austausch, so dachte er, für die perfekte Beziehung zwischen zwei Männern, von denen einer so aussieht wie eine Frau.«

»Eine homosexuelle Beziehung.«

»In gewisser Weise ja. Was natürlich unmöglich ist, wenn nicht beide Partner demselben Geschlecht angehören. Unser Problem – mein Problem – war, dass wir nicht wirklich verstanden haben, was wir voneinander wollten, bevor wir uns in dieses… Abenteuer begaben. Oder vielleicht habe ich absichtlich alles missverstanden, was er von mir wollte, weil ich verzweifelt war und er meine einzige Hoffnung darstellte.«

»Und warum glauben Sie, dass er jetzt hinter Ihnen her ist?«

»Wären Sie das nicht, Thomas Lynley?«, fragte sie ohne Ironie oder Überheblichkeit. »Der Mann hat immerhin sehr viel Geld ausgegeben, um mich zu dem zu machen, was ich heute bin, und er hat für seine Investition sehr wenig zurückbekommen.«

»Was weiß Nicholas?«

»Nichts.«

»Wie ist das möglich?«

»Meine letzte Operation war vor Jahren in Mexiko. Als mir klar wurde, dass ich für Raul nicht sein konnte, was er von mir erwartete, habe ich ihn verlassen. Ich bin aus Mexiko weggegangen. Ich habe an vielen Orten gelebt, nirgendwo lange. Irgendwann landete ich in Utah. Und da habe ich Nicky kennengelernt.«

»Aber Sie müssen ihm doch gesagt haben, dass…«

»Warum?«

»Weil…« Das war doch klar, dachte Lynley. Bestimmte Dinge würden biologisch nicht möglich sein.

»Ich dachte, es könnte immer so weitergehen, ohne dass Nicky je die Wahrheit erfahren müsste. Aber dann wollte er unbedingt nach England zurückkehren und sich seinem Vater gegenüber beweisen. Und er sah nur eine Möglichkeit, das zu bewerkstelligen, nur eine Möglichkeit, seinen Vater glücklich und zufrieden zu machen. Wir würden tun, was keine seiner Schwestern getan hatte, wir würden ihm ein Enkelkind schenken und damit alles wiedergutmachen, was Nicky seinen Eltern in all den Jahren zuvor angetan hat.«

»Das heißt also, dass Sie ihm jetzt reinen Wein einschenken müssen.«

Alatea schüttelte den Kopf. »Wie kann ich ihm einen solchen Verrat gestehen? Könnten Sie das?«

»Das weiß ich nicht.«

»Ich kann ihn lieben. Ich kann seine Geliebte sein. Ich kann ihm ein Zuhause schaffen und alles für ihn tun, was ein Mann sich nur von einer Frau wünschen kann. Nur das eine nicht. Wenn ich mich von einem Arzt untersuchen lasse, findet er heraus, warum ich immer noch nicht schwanger bin ... Ich habe Nicky von Anfang an belogen, weil ich es gewöhnt war zu lügen, weil wir das alle tun, weil wir das tun müssen, um in der Welt zu bestehen. Der einzige Unterschied zwischen mir und all den anderen, die die ›Transition‹ vom Mann zur Frau durchgeführt haben, besteht darin, dass ich es vor dem Mann, den ich liebe, geheim gehalten habe, weil ich fürchtete, dass er mich nicht heiraten würde, wenn er die Wahrheit wüsste. Weil ich Angst hatte, dass er mich dann nicht an einen Ort mitnehmen würde, wo ich vor Raul Montenegro in Sicherheit wäre. Das ist meine Sünde.«

»Sie wissen, dass Sie es ihm sagen müssen.«

»Ja, irgendetwas werde ich unternehmen müssen«, antwortete sie.

ARNSIDE
CUMBRIA

Er nahm gerade seine Autoschlüssel aus der Tasche, als Deborah vorfuhr. Sie hielt neben dem Healey Elliott, stieg aus und schaute ihn an. Zumindest, dachte er, besaß sie den Anstand, reuig zu wirken.

»Tut mir leid, Tommy«, sagte sie.

»Hm«, erwiderte er. »Na ja.«

»Hast du die ganze Zeit auf mich gewartet?«

»Nein. Ich war schon auf dem Weg nach London, ungefähr eine Stunde von hier. Barbara hat mich auf dem Handy angerufen. Es gab noch ein paar ungeklärte Fragen. Deshalb bin ich zurückgekommen.«

»Was für Fragen?«

»Wie sich herausgestellt hat, keine, die etwas mit Ian Cresswells Tod zu tun haben. Wo warst du? Bist du noch mal nach Lancaster gefahren?«

»Du kennst mich zu gut.«

»Ja. Und das wird immer so bleiben, nicht wahr?« Er schaute zur Bucht hinunter. Die Nebelbank hatte die Ufermauer erreicht, wälzte sich darüber und breitete sich bereits über den Rasen aus. Er musste sofort losfahren, wenn er die Autobahn erreichen wollte, ehe der Nebel undurchdringlich wurde. Andererseits würde der Nebel das Autofahren in ganz Cumbria gefährlich machen, und er sagte sich, dass er sich nicht guten Gewissens ohne Deborah auf den Weg machen konnte.

»Ich musste noch einmal mit Lucy Keverne sprechen, aber ich wusste, dass du es mir nicht erlauben würdest«, sagte Deborah.

Lynley hob eine Braue. »Ich habe dir überhaupt nichts zu ›erlauben‹. Du bist ein freier Mensch, Deborah. Ich habe dir am Telefon gesagt, dass ich mir lediglich deine Gesellschaft auf der langen Fahrt gewünscht hätte.«

Sie ließ den Kopf hängen. Ihre prächtiges rotes Haar fiel über ihre Schultern nach vorne, und er sah, dass die feuchte Luft bereits dabei war, ihr Werk zu tun. Strähne um Strähne kringelte sich zu Löckchen, als führten sie ein Eigenleben. Medusa, dachte er. Diese Wirkung hatte sie immer schon auf ihn gehabt.

»Ich hatte übrigens recht«, sagte sie. »Ich meine damit, dass mehr hinter der Sache steckt, als Lucy Keverne mir anfangs gesagt hat. Aber ich glaube nicht, dass es ausreicht für ein Mordmotiv.«

»Und was hast du in Erfahrung gebracht?«

»Dass Alatea Lucy dafür bezahlen will, dass sie ein Kind für sie austrägt, also dass sie ihr nicht nur die Unkosten erstatten, sondern wesentlich mehr geben will. Die Geschichte ist also gar nicht so sensationell, wie ich dachte. Ich kann mir nicht vorstellen, dass jemand wegen so etwas einen Mord begehen würde.«

Daraus schloss Lynley, dass Lucy Keverne – wer auch immer sie sein mochte – entweder nicht die ganze Wahrheit über Alatea Fairclough wusste oder dass sie Deborah nicht die ganze Wahrheit gesagt hatte. Denn die wirkliche Geschichte war mehr als sensationell. Sie enthielt die drei Faktoren, die alles menschliche Verhalten bestimmten – Sex, Macht und Geld –, und jeder, der sie kannte, würde in Versuchung geraten, alles aus ihr herauszuholen, was sie zu bieten hatte. Aber Mord? Wahrscheinlich lag Deborah mit ihrer Einschätzung richtig. Das Einzige, was als Mordmotiv in Frage kam, war ein Detail, von dem Lucy Keverne nichts wusste, wenn man Alatea Fairclough glauben konnte. Und Lynley glaubte ihr.

»Und jetzt?«, fragte er Deborah.

»Ich bin hergekommen, um mich bei Alatea zu entschuldigen. Ich habe ihr tagelang die Hölle heißgemacht, und ich fürchte, ich habe ihre Pläne mit Lucy vereitelt. Das war nicht meine Absicht, aber dieser fürchterliche Journalist ist in unser

Gespräch geplatzt und hat Lucy erzählt, ich sei eine Polizistin von Scotland Yard, die nach Cumbria geschickt wurde, um die Umstände von Ian Cresswells Tod aufzuklären …« Sie seufzte, schüttelte ihr Haar nach hinten und schob sich eine Strähne aus dem Gesicht, genau wie Alatea. »Ich glaube, ich habe Lucy Keverne Angst eingejagt, so dass sie sich jetzt nicht mehr traut, für Alatea ein Kind auszutragen. Ich habe Alatea schreckliches Unrecht angetan. Jetzt muss sie wieder ganz von vorne anfangen und sich eine neue Leihmutter suchen. Ich dachte … Na ja, wir haben doch etwas gemeinsam, sie und ich, nicht wahr? Wenigstens das möchte ich ihr gern sagen. Und sie um Verzeihung bitten. Und ihr sagen, wer ich wirklich bin.«

Sie meinte es gut, dachte Lynley, doch er fragte sich, ob sie es Alatea damit nicht noch schwerer machen würde. Andererseits kannte Deborah nicht die ganze Wahrheit, und von ihm würde sie sie nicht erfahren. Dazu bestand keine Notwendigkeit. Seine Arbeit hier in Cumbria war erledigt, Ian Cresswell war tot, und wer Alatea Fairclough war und was sie ihrem Mann anvertraute oder nicht, ging nur den lieben Gott etwas an.

»Wartest du auf mich?«, fragte Deborah. »Ich brauche nicht lange. Wir könnten uns im Hotel treffen.«

Er überlegte. Es schien die beste Lösung zu sein. »Aber falls du es dir anders überlegst«, sagte er, »gib mir diesmal Bescheid, okay?«

»Versprochen«, sagte sie. »Aber ich werde es mir nicht anders überlegen.«

MILNTHORPE
CUMBRIA

Zed fuhr nicht zurück zu seiner Pension in Windermere. Das hätte ihn viel zu lange aufgehalten bei dem, was ihm noch in seinem Hinterstübchen herumgeisterte. Und er hatte eine brandheiße Geschichte, die er so schnell wie möglich schreiben musste, damit er die Druckpressen noch rechtzeitig anhalten konnte. Schon lange hatte er nicht mehr so unter Spannung gestanden wie jetzt.

Nick Fairclough hatte versucht, alles vor ihm zu verbergen, aber das war ihm so gut gelungen wie einem dicken Mann, der versuchte, sich hinter einem Laternenmast zu verstecken. Der arme Mann hatte nicht das Geringste von dem geahnt, was seine Frau mit Lucy Keverne ausgeheckt hatte. Zed vermutete, dass die beiden Frauen Nick erst hatten einweihen wollen, wenn Lucy die halbe Schwangerschaft schon hinter sich hatte und es zu spät war für eine Abtreibung. So genau wusste Zed nicht, wie die Sache ablaufen sollte, da Nick sich darüber ausschwieg, wie das mit seinem Sperma geplant war oder ob Alatea sich bereits welches besorgt hatte, aber das war auch alles nicht so wichtig. So wie Zed das sah, hatte er es mit einem Ehemann zu tun, der von zwei Frauen reingelegt worden war, und zwar aus irgendeinem äußerst interessanten Grund, der garantiert ans Tageslicht kommen würde, sobald der erste Teil der Geschichte auf der Titelseite der *Source* erschien. Normalerweise dauerte es danach nicht länger als vierundzwanzig Stunden, bis die üblichen Verdächtigen aus ihren Verstecken gekrochen kamen und ausplauderten, was sie wussten, und spätestens dann würde Zed alles über Nick, Lucy und Alatea erfahren. Man sollte nicht zu viele Metaphern miteinander vermischen, dachte Zed, aber bei dieser Art von Journalismus war es einfach so, dass eine Story auf die nächste folgte wie der Tag auf die Nacht und die Nacht auf den Tag. Zuerst musste er jedoch die Story, soweit er sie bisher hatte, auf die erste Seite der *Source* bringen. Und was für eine saftige Story das war: Scotland Yard ermittelte in Cumbria in einem Mordfall und stolperte dabei zufällig auf die perfide Verschwörung zwischen einer heuchlerischen Ehefrau und einer hinterlistigen Stückeschreiberin, die bereit war, ihren Unterleib wie ein billiges Zimmer zu vermieten. Wahrscheinlich konnte man auch noch Anspielungen auf Prostitution unterbringen, dachte Zed. Denn wenn Lucy Keverne einen Teil ihres Körpers gegen Geld zur Verfügung stellte, war es doch naheliegend, dass sie dasselbe auch mit anderen Körperteilen tat.

Da Zed auf seinem Weg sowieso am Crow & Eagle vorbeikam, fuhr er kurz auf den Parkplatz. Das Hotel verfügte bestimmt über einen Internetanschluss, denn das brauchte heutzutage jedes Hotel, um im Geschäft zu bleiben.

Er hatte keinen Laptop dabei, aber das spielte keine Rolle. Er würde einfach ein paar Scheinchen über den Rezeptionstresen schieben, und schon würde man ihn den Computer des Hotels benutzen lassen. Um diese Jahreszeit mussten garantiert nicht viele Anfragen von Touristen bearbeitet werden. Mehr als zwanzig Minuten würde er nicht brauchen. Nachdem Rod den Entwurf gelesen hatte, würde Zed sich an die Feinarbeit machen.

Zed schnappte sich seine Notizen und stieg aus. Im Hotel trat er an die Rezeption, zückte seine Brieftasche und zählte hundert Pfund ab. Die würde er später als Spesen abrechnen, sagte er sich.

Er beugte sich vor und legte die Geldscheine auf die Tastatur des Computers, vor dem eine junge Frau saß. Der Bildschirm war an, aber die junge Frau telefonierte gerade mit einem Kunden, der sich anscheinend über die Größe und Beschaffenheit jedes einzelnen Zimmers im Hotel erkundigte. Sie schaute erst Zed an, dann das Geld, dann wieder Zed. Sie sagte »Einen Augenblick bitte« zu ihrem Gesprächspartner, drückte sich den

Telefonhörer an die knochige Schulter und wartete auf eine Erklärung.

Zed legte ihr sein Anliegen dar, und sie brauchte nicht lange, um sich zu entscheiden. Sie beendete ihr Telefongespräch, steckte das Geld ein und sagte: »Wenn das Telefon klingelt, beachten Sie's einfach nicht – der AB ist an. Sie werden mich doch nicht verpfeifen?«

»Sie sind nach oben gegangen, um für mich nach einem Zimmer zu sehen«, beruhigte er sie. »Ich habe gerade eingecheckt, und Sie lassen mich in der Zwischenzeit Ihren Computer benutzen, damit ich meine Mails abrufen kann. Zwanzig Minuten?«

Sie nickte. Dann flitzte sie die Treppe hoch. Erst als sie im ersten Stock verschwunden war, begann er zu schreiben.

Die Story führte in alle möglichen Richtungen. Ihre Einzelteile waren wie die Nebenflüsse des Amazonas, Zed brauchte nur jeden einzelnen hinaufzupaddeln. Und er legte los.

Als Erstes nahm er sich den Scotland-Yard-Einsatz vor und ging auf die Ironie ein, die darin lag, dass eine Polizistin nach Cumbria geschickt worden war, um die Umstände von Ian Cresswells Tod aufzuklären, und dabei auf eine illegale Vereinbarung zur Leihmutterschaft stieß, die – darauf würde er wetten – zu einem ganzen Ring von illegalen Leihmüttern führte, der von der Verzweiflung kinderloser Paare profitierte. Dann ging er auf den künstlerischen Blickwinkel ein: die mittellose Dramatikerin, die um der Kunst willen bereit war, ihren Körper zu verkaufen. Weiter ging es mit den Themen Betrug und Verrat, und er war gerade dabei zu beschreiben, wie infam Alatea Fairclough und Lucy Keverne Nicholas Fairclough hintergangen hatten, als sein Handy klingelte.

Yaffa!, dachte er. Er musste ihr unbedingt erzählen, dass alles in bester Ordnung war. Wahrscheinlich machte sie sich schon Sorgen. Bestimmt rief sie an, um ihn aufzumuntern. Er konnte es gar nicht erwarten, ihr von seinem bevorstehenden Triumph zu berichten.

»Hallo Schatz«, sagte er, »ich hab's geschafft! Die Story ist heiß!«

»Ich wusste gar nicht, dass wir beide uns so nahe stehen«, bemerkte Rodney Aronson trocken. »Wo zum Teufel stecken Sie überhaupt? Warum sind Sie noch nicht zurück in London?«

Zed hörte auf zu tippen. »Ich bin noch nicht in London«, sagte er, »weil ich die Story habe. Und zwar die ganze Story. Von A bis Z. Halten Sie mir die erste Seite frei, denn das wird der Hammer.«

»Um was geht's denn?«, fragte Rodney. Er klang eher skeptisch.

Zed fasste die Geschichte kurz zusammen: die illegale Leihmutterschaft, die hungerleidende Künstlerin, der ahnungslose Ehemann. Die Pointe hob er sich für den Schluss auf: der Journalist, der Hand in Hand mit Scotland Yard zusammenarbeitet.

»Die Polizistin und ich haben die Frau in Lancaster dingfest gemacht«, verkündete Zed. »Und nachdem sie uns erst einmal ins Netz gegangen war …«

»Moment«, unterbrach ihn Rodney. »Sagten Sie Polizistin?«

»Genau. Detective Cotter von Scotland Yard. Detective Sergeant. Sie ermittelt im Fall Ian Cresswell. In dem Zusammenhang hat sie Nick Fairclough und seine Frau vernommen, und dabei ist sie auf Dynamit gestoßen – na ja, kein Dynamit für sie, aber für mich.«

Rodney sagte nichts. Zed wartete auf ein Lob von seinem Chef, aber es kam nichts. Er dachte schon, Aronson hätte aufgelegt. »Rod?«, sagte er. »Sind Sie noch da?«

Schließlich sagte Rodney: »Sie sind ein verdammter Versager, Zedekiah. Das wissen Sie doch, oder? Ein Versager allererster Güte.«

»Wie bitte?«

»Es gibt keinen Detective Cotter, Sie Idiot.«

»Aber …«

»Detective Inspector Lynley ist in Cumbria, der Typ, dessen Frau letzten Winter von einem Zwölfjährigen abgeknallt wurde. Schon mal von gehört? Die Story war zwei Wochen lang in den Schlagzeilen.« Er ließ Zed gar nicht zu Wort kommen. »Gott, Sie sind doch wirklich zu nichts zu gebrauchen. Machen Sie, dass Sie zurück nach London kommen. Holen Sie sich Ihren Lohn ab. Ihre Zeit bei der *Source* ist abgelaufen.«

ARNSIDE
CUMBRIA

Alatea sah sie in der Einfahrt stehen. Die Körpersprache der beiden sagte ihr alles. Das war kein Gespräch zwischen Fremden, die sich zufällig über den Weg gelaufen waren. Sie waren Kollegen oder gar Freunde. Sie tauschten Informationen aus. Das sah sie daran, wie die Frau den Kopf schief legte und das Haus betrachtete, während sie etwas darüber sagte. Oder über jemanden, der in dem Haus wohnte. Wahrscheinlich über sie. Über ihre Vergangenheit und über das, was die Zukunft für sie bereithielt.

Alatea blieb nicht länger am Fenster stehen. Mehr brauchte sie nicht zu sehen. Ihre Welt brach zusammen wie ein Kartenhaus. Sie hätte die Flucht ergriffen, wenn es einen Ort gäbe, an den sie flüchten könnte, aber ihre Möglichkeiten waren sehr begrenzt, und deswegen zwang sie sich, sich zu beruhigen und nachzudenken.

Die Frau wollte Klarheit über Alateas Identität, und der Detective würde sie ihr geben, schließlich wusste er Bescheid, und zwar dank Alatea selbst, die alles hätte abstreiten können, die alles hätte abstreiten müssen, die sich aber hatte überrumpeln lassen. So viel war klar, denn was sonst hätten die beiden miteinander zu bereden? Die einzigen Fragen, die vielleicht noch blieben, waren die, die nur Alatea selbst stellen konnte. Hatte die Frau, die da draußen mit dem Detective sprach, bereits Fotos von Alatea an Raul Montenegro geschickt? Und wenn nicht, wäre sie offen für Bestechung? Wenn ja, wäre Alatea gerettet. Natürlich nur vorerst. Aber mehr konnte sie auch nicht erwarten.

Sie rannte die Treppe hoch und lief ins Schlafzimmer. Dort zog sie eine Kassette unter dem Bett hervor, nahm den Schlüssel dazu aus ihrem Nachttisch. Die Kassette enthielt Geld. Es war nicht viel, kein Vermögen, nicht die Summe, die Raul hingeblättert hatte, um sie zu finden. Doch zusammen mit ihrem Schmuck würde es vielleicht reichen, um die Frau in Versuchung zu führen.

Sie war bereits wieder unten, als es wie erwartet an der Tür klopfte. Die Frau konnte nicht wissen, dass Alatea sie mit dem Detective hatte reden sehen. Das verschaffte Alatea zunächst einen Vorteil, und sie war entschlossen, ihn zu nutzen.

Sie schloss die Augen, flüsterte *Dios mío por favor*, atmete tief durch und öffnete die Tür.

Die rothaarige Frau sagte: »Mrs. Fairclough, ich bin Ihnen gegenüber nicht ehrlich gewesen. Darf ich reinkommen, um es Ihnen zu erklären?«

»Was wollen Sie von mir?«, erwiderte Alatea steif und förmlich.

»Ich habe Sie verfolgt und beobachtet«, sagte Deborah St. James. »Sie sollen wissen, dass …«

»Wie viel zahlt er Ihnen?«, fragte Alatea.

»Es geht nicht um Geld.«

»Es geht immer um Geld. Ich kann Ihnen nicht so viel zahlen, wie er Ihnen bietet, aber ich bitte Sie … Ich flehe Sie an …« Alatea nahm die Kassette, die sie zusammen mit ihrem Schmuck auf der Bank abgestellt hatte, und reichte Deborah beides. »Nehmen Sie das hier.«

Deborah wich einen Schritt zurück. »Ich will das nicht. Ich bin nur gekommen, um …«

»Sie müssen es nehmen. Und dann gehen Sie bitte. Sie kennen ihn nicht. Sie ahnen nicht, zu was Männer wie er fähig sind.«

Deborah musterte Alatea mit zusammengezogenen Brauen. Sie schien zu überlegen. Alatea versuchte noch einmal, ihr die Kassette und den Schmuck zu geben. »Ich verstehe«, sagte Deborah. »Ich fürchte nur, es ist bereits zu spät, Mrs. Fairclough. Manche Leute lassen sich nicht mehr aufhalten, und ich glaube, dieser Mann gehört dazu. Er hat so etwas Verzweifeltes an sich … Er hat es nicht direkt gesagt, aber ich glaube, dass für ihn eine Menge auf dem Spiel steht.«

»Das macht er Ihnen nur vor. So ist er nun mal. Es war schlau von ihm, eine Frau zu schicken. Wahrscheinlich denkt er, auf diese Weise könnte er mich in Sicherheit wiegen. Obwohl er nur eins im Sinn hat, nämlich mich zu zerstören. Er hat die Macht dazu, und er wird es tun.«

»Aber es gibt keine Geschichte. Jedenfalls keine, die ein Sensationsblatt wie die *Source* drucken würde.«

»Und das soll mich beruhigen?«, fragte Alatea. »Was hat ein Artikel in der *Source* überhaupt damit zu tun? Was hat das mit dem zu tun, womit er Sie beauftragt hat? Sie haben mich fotografiert, nicht wahr? Sie sind mir gefolgt und haben Fotos von mir gemacht, und mehr Beweise braucht er nicht.«

»Ich verstehe nicht, was Sie meinen«, sagte Deborah. »Er braucht doch keine Beweise. Das brauchen diese Typen doch nie. Beweise bedeuten denen gar nichts. Die arbeiten hart an der Grenze der Legalität, und wenn sie die Grenze mal überschreiten, haben sie eine ganze Armee von Anwälten auf ihrer Seite, die sich um das Problem kümmern.«

»Dann verkaufen Sie mir Ihre Fotos«, sagte Alatea. »Wenn er mich auf den Fotos sieht …« Sie zog ihren Ring mit dem großen Diamanten vom Finger. Sie nahm die Ohrringe mit den Smaragden ab, die Valerie ihr zur Hochzeit geschenkt hatte. »Hier, nehmen Sie das. Und geben Sie mir dafür die Fotos.«

»Die Fotos sind wertlos. Ohne Text bedeuten sie überhaupt nichts. Und überhaupt, ich will Ihren Schmuck nicht und auch nicht Ihr Geld. Ich möchte Sie nur um Verzeihung bitten für … na ja, eigentlich für alles, aber vor allem dafür, dass ich Ihnen womöglich alles verdorben habe. Wir sind uns sehr ähnlich, Sie und ich.«

Alatea schöpfte Hoffnung. Dass die Frau sie um Verzeihung bat, bedeutete vielleicht, dass noch nicht alles verloren war. »Sie werden ihm also nichts sagen?«

Die Frau sah sie traurig an. »Ich fürchte, er weiß schon Bescheid. Das ist es ja gerade. Deswegen bin ich hergekommen. Ich möchte, dass Sie vorbereitet sind auf das, was auf Sie zukommt. Sie sollen wissen, dass es alles meine Schuld ist und dass es mir furchtbar leidtut. Ich habe versucht, ihm die Informationen vorzuenthalten, aber diese Leute sind gewieft, und seit er in Cumbria ist … Es tut mir so leid, Mrs. Fairclough.«

Alatea begriff, was das bedeutete, nicht nur für sie, sondern auch für Nicky und für ihr gemeinsames Leben. »Er ist *hier*«, fragte sie. »In Cumbria?«

»Ja, schon seit Tagen. Ich dachte, Sie wüssten das. Hat er Sie nicht …«

»Wo ist er jetzt?«

»Ich glaube, in Windermere.«

Jetzt musste sie handeln. Und zwar schnell. Alatea verabschiedete sich von Deborah und ging nach oben. Sie warf die Kassette und den Schmuck aufs Bett. Holte einen kleinen Koffer aus dem Wandschrank am Ende des Flurs. Ihr blieb nicht viel Zeit, um die Sachen zusammenzupacken, die sie brauchte.

Als sie gerade die oberste Schublade der Kommode öffnen wollte, die zwischen den beiden Fenstern stand, hörte sie, wie vor dem Haus eine Autotür zugeschlagen wurde. Sie schaute aus dem Fenster und sah, dass Nicky früher als erwartet nach Hause gekommen war. Ausgerechnet heute. Er unterhielt sich mit Deborah St. James und wirkte aufgebracht. Alatea hörte, wie er Deborah anschrie, konnte jedoch nicht verstehen, was er sagte.

Aber das brauchte sie auch nicht. Es reichte zu sehen, dass die beiden miteinander redeten. Nickys Gesichtsausdruck sagte ihr, worüber sie sich unterhielten. An Flucht war nicht mehr zu denken. Ihr Auto konnte sie nicht nehmen, denn Nicky und Deborah standen in der Einfahrt. Sie konnte auch nicht zu Fuß zum Bahnhof von Arnside gehen, auch dazu müsste sie das Haus durch die Haustür verlassen, vor der Nicky und Deborah standen. Verzweifelt ging sie im Zimmer auf und ab. Dann wusste sie plötzlich, was sie zu tun hatte. Sie eilte auf die andere Seite des Hauses, die zum Garten hin gelegen war, und schaute aus dem Fenster. Sie würde über den Rasen laufen, der bis zur Ufermauer reichte. Und jenseits der Mauer lag die Bucht.

Es herrschte gerade Ebbe. Das bedeutete, sie konnte die Bucht zu Fuß überqueren und so nach Grange-over-Sands gelangen. Das waren nur wenige Kilometer. Auch dort gab es einen Bahnhof.

Sie musste also nur ein paar Kilometer überwinden. Dann würde sie frei sein.

WINDERMERE
CUMBRIA

Tim hatte die Nacht am Seeufer unter einem Wohnwagen verbracht. Als er auf dem Weg vom Fotoladen bei der Feuerwehr von Windermere vorbeigekommen war, hatte er in einer offenen Tür einen Stapel nach Rauch stinkender Wolldecken entdeckt und davon eine geklaut. Jetzt brauchte er nur noch zu warten, bis Toy4You bereit war. Er jedenfalls war bereit. Bald, sagte er sich, würde er die Lösung für das Chaos haben, in dem er umherirrte, seit Kaveh Mehran in sein Leben getreten war.

Der Wohnwagen hatte ihm Schutz gegen den nächtlichen Regen geboten, und mit der Decke, in die er sich gewickelt hatte, war auch die Kälte erträglich gewesen. Am Morgen war er dann wieder in die Stadt gegangen und hatte sich die ganze Zeit irgendwo herumgetrieben, und als er am Nachmittag ins Einkaufszentrum zurückkehrte, sah er genauso schlimm aus, wie er sich fühlte, die Knochen taten ihm weh, und er stank wie ein Schwein.

Als Toy4You ihn erblickte, rümpfte er die Nase, zeigte auf die Toilette und raunzte ihn an, er solle sich gefälligst ein bisschen frisch machen. Anschließend drückte er ihm drei Zwanzig-Pfund-Scheine in die Hand und sagte: »Geh los und kauf dir was Anständiges zum Anziehen. Was hast du dir dabei gedacht? Wenn die anderen Darsteller dich so sehen, wollen sie nichts mit dir zu tun haben.«

»Wo ist das Problem?«, fragte Tim. »Wir werden doch sowieso nichts anhaben, oder?«

Toy4You sah ihn durchdringend an. »Und besorg dir auch was zu essen. Ich will nicht, dass du plötzlich mittendrin anfängst zu maulen, weil du Hunger hast.«

»Ich maule nicht.«

»Das sagen sie alle.«

»Du kannst mich mal«, sagte Tim, nahm das Geld aber trotzdem.

»So ist's recht«, sagte Toy4You sarkastisch. »Ich sehe, wir haben uns verstanden.«

Tim zog los. Er stellte fest, dass er tatsächlich Hunger hatte. Eigentlich hatte er gedacht, dass er nie wieder etwas essen würde, doch als er wieder an der Feuerwehr vorbeikam und der Duft nach frischgebratenem Speck ihm entgegenwehte, überkam ihn plötzlich ein unbändiger Hunger. Der Duft erinnerte ihn an seine frühe Kindheit, an warme Brötchen und Rührei mit Speck. Sein Magen knurrte vernehmlich. Also gut, dachte er, dann würde er sich also etwas zu essen besorgen. Aber zuerst die Klamotten. Er kannte einen Oxfam-Laden im Zentrum, da würde er schon irgendeine Hose und einen Pullover finden. Auf keinen Fall würde er sich etwas Neues kaufen, das wäre reine Geldverschwendung. Ab morgen würde er sowieso keine Kleider mehr brauchen.

Bei Oxfam erstand er eine Cordhose. Sie war am Hintern etwas abgescheuert, doch sie passte, und das reichte ihm. Dazu kaufte er sich noch einen Rollkragenpullover, mehr brauchte er nicht, denn Schuhe, Socken und einen Anorak hatte er ja schon. Er hatte reichlich Geld übrig für eine Mahlzeit, aber er würde sich nur ein Sandwich kaufen, vielleicht noch eine Tüte Chips und eine Dose Cola. Den Rest würde er in einen Umschlag stecken und Gracie schicken. Er würde ihr eine Karte schreiben und ihr raten, vor allem auf sich selbst aufzupassen, denn *niemand anders* würde sich um sie kümmern, egal wie nett sie zu allen war. Dann würde er sie bitten, ihm das mit Bella zu verzeihen. Es tat ihm immer noch furchtbar leid, dass er die Puppe zerrissen hatte, und er konnte nur hoffen, dass die Frau in der Elektrowerkstatt sie wieder hinbekam.

Komisch, dachte Tim, als er in seinen neuen Sachen auf die Straße trat, es ging ihm schon viel besser. Er hatte eine Entscheidung getroffen und fühlte sich erleichtert. Unglaublich, wie lange er sich hundeelend gefühlt hatte, dabei hätte er nichts weiter zu tun brauchen, als eine Entscheidung zu fällen.

WINDERMERE
CUMBRIA

Auf der Polizeistation in Windermere mussten Manette und Freddie fast eine halbe Stunde warten. Sie hatten Tims Laptop mitgenommen und auch den Kartenausschnitt, den der Junge ausgedruckt hatte. Eigentlich hatten sie damit gerechnet, dass der Hinweis auf einen Kinderporno-Ring irgendjemandem Feuer unterm Hintern machen würde, aber das war nicht der Fall gewesen. Man hatte sie Platz nehmen lassen wie im Wartezimmer eines Arztes, und mit jeder Minute, die verstrich, wurde Manette nervöser.

»Es wird alles gut«, murmelte Freddie mehr als einmal. Er hielt ihre Hand und streichelte sie immer wieder, so wie er es zu Anfang ihrer Beziehung getan hatte. »Wir kriegen das schon hin.«

»Fragt sich nur, was *das* ist«, sagte Manette. »Womöglich ist es schon längst passiert. Oder es passiert, während wir hier sitzen und warten. Vielleicht ist er … vielleicht haben sie … Niamh ist an allem schuld.«

»Es bringt doch nichts, einen Schuldigen zu suchen«, sagte Freddie leise. »Das hilft uns nicht dabei, den Jungen zu finden.«

Als man sie endlich zu einem Polizisten vorließ, schaltete Freddie den Laptop ein und führte dem Constable den E-Mail-Verkehr zwischen Tim und Toy4You vor sowie die Fotos und Filme, die der Mann dem Jungen geschickt hatte. Ganz Gentleman sorgte Freddie dafür, dass Manette die Filme nicht sehen konnte, aber am Gesicht des Constable konnte sie ablesen, dass sie tatsächlich so schlimm waren, wie Freddie sie beschrieben hatte.

Der Polizist nahm den Telefonhörer ab und gab drei Ziffern ein. Dann sagte er: »Connie, ich habe hier einen Laptop, den müssen Sie sich unbedingt ansehen … Alles klar.« Er legte auf und sagte zu Freddie und Manette: »Fünf Minuten.«

»Wer ist Connie?«, fragte Manette.

»Superintendent Connie Calva«, sagte der Polizist. »Die Chefin der Sitte. Haben Sie sonst noch was?«

Manette fiel der Kartenausschnitt ein. Sie nahm ihn aus ihrer Tasche und gab ihn dem Constable. »Das lag auf Tims Schreibtisch. Freddie meinte, wir sollten es mitbringen. Ich weiß nicht, wie nützlich es ist … Ich meine, wir wissen nicht, wo genau das ist.«

»Ich dachte, Sie hätten vielleicht jemanden hier, der die Straßen wiedererkennt«, sagte Freddie. »Es ist ein vergrößerter Kartenausschnitt. Für jemanden, der sich mit Stadtplänen im Internet besser auskennt als ich, ist es vielleicht ganz leicht rauszufinden, um welchen Ort es sich handelt.«

Der Constable nahm zu Manettes großer Verwunderung eine Lupe aus seiner Schreibtischschublade. Wie Sherlock Holmes, dachte sie. Er hielt sie über den Kartenausschnitt, um die Straßennamen besser lesen zu können. »So was lassen wir meistens in Barrow machen. Da haben wir einen forensischen Computerspezialisten, der … Ah. Moment. Ich glaube, das ist ziemlich einfach.«

Er blickte auf, als eine Frau in Jeans, kniehohen Lederstiefeln und kariertem Jackett hereinkam, die Freddie und Manette für Superintendent Calva hielten. Sie nickte den beiden zum Gruß zu und fragte: »Was haben Sie für mich, Ewan?«

Der Constable schob den Laptop in ihre Richtung und wedelte mit dem Kartenausdruck. »Wenn Sie den Schmutz sehen, der da drauf ist, fallen Sie vom Glauben ab«, sagte er. »Und das hier ist ein Kartenausschnitt von der Gegend rund um das Einkaufszentrum.«

»Sie wissen, wo diese Straßen sind?«, fragte Manette. Sie konnte ihr Glück kaum fassen.

»Aber ja«, erwiderte Ewan. »Hier in der Stadt. Keine zehn Minuten von hier.«

Manette packte Freddie am Arm und sagte zu dem Constable: »Wir müssen sofort dahin. Wir wissen, dass sie ihn heute filmen wollen. Das passiert bestimmt dort. Wir müssen sie aufhalten.«

Der Constable hob eine Hand. »So einfach geht das nicht«, sagte er.

Superintendent Calva hatte sich mit dem Laptop an einen

anderen Schreibtisch gesetzt und schob sich gerade einen Streifen Kaugummi in den Mund. Sie hatte den erschöpften Gesichtsausdruck einer Frau, der nichts mehr fremd war, aber der Ausdruck änderte sich, als sie die Bilder sah. Schließlich hörte sie auf zu kauen und starrte reglos auf den Bildschirm.

»In der Gegend dort stehen Wohnhäuser, jede Menge Pensionen, eine Feuerwehr und ein Einkaufszentrum. Da können wir nicht einfach so reinstürmen, da brauchen wir schon konkrete Beweise. Sicher, der Laptop ist voll damit, aber wo ist die Verbindung zwischen dem Zeug auf dem Laptop und dem Kartenausschnitt, abgesehen davon, dass Ihr Neffe oder wer auch immer den Ausschnitt im Internet gefunden und ausgedruckt hat? Verstehen Sie, was ich meine? Sie haben uns sehr wertvolle Informationen beschafft, und Superintendent Calva wird sich sofort darum kümmern. Und sobald wir mehr wissen …«

»Aber der Junge ist verschwunden«, sagte Manette. »Seit mehr als vierundzwanzig Stunden. Und jetzt haben wir diese Bilder auf seinem Computer gefunden und herausbekommen, dass er in einem Film mitwirken soll, bei dem Gott weiß was passieren kann … Er ist erst vierzehn!«

»Das habe ich verstanden«, sagte der Constable. »Aber das Gesetz …«

»Zum Teufel mit dem Gesetz!«, schrie Manette. »Unternehmen Sie was!«

Freddie legte ihr einen Arm um die Schultern. »Hm, ja«, sagte er. »Das verstehen wir.«

»Bist du verrückt geworden?«, fuhr sie ihn an.

»Die müssen sich an ihre Vorschriften halten, meine Liebe.«

»Aber Freddie …«

»Manette …« Er schaute zur Tür und hob die Brauen. »Überlassen wir das der Polizei, einverstanden?«

Er bat sie, ihm zu vertrauen, das verstand sie, doch im Moment traute sie niemandem. Trotzdem konnte sie ihren Blick nicht von Freddie abwenden. Sie wusste, dass er immer zu ihr hielt. Widerstrebend sagte sie: »Also gut, wenn du meinst.« Und nachdem sie dem Constable und Superintendent Calva alles gesagt hatten, was sie wussten, verließen sie die Polizeistation.

»Was hast du vor?«, fragte Manette, als sie draußen waren.

»Wir brauchen einen Stadtplan«, sagte er.

»Und dann?«

»Dann brauchen wir eine zündende Idee«, antwortete er, »oder jede Menge Glück.«

WINDERMERE
CUMBRIA

Sie hatten Glück. Das Polizeirevier lag außerhalb der Stadt, zwischen Bowness-on-Windermere und Windermere. Sie fuhren die Lake Road entlang in Richtung Windermere, als Manette Tim entdeckte. Er kam gerade aus einem kleinen Lebensmittelladen, in der Hand einen blau-weiß gestreiften Plastikbeutel, aus dem er eine Tüte Kartoffelchips zog, die er mit den Zähnen aufriss.

»Da ist er!«, rief Manette. »Halt an, Freddie!«

»Immer mit der Ruhe, meine Liebe«, sagte Freddie und fuhr weiter.

»Aber was …« Sie schnallte sich ab. »Wir verlieren ihn aus den Augen!«

Ein Stück weiter die Straße hinunter und in sicherer Entfernung von Tim, der in die entgegengesetzte Richtung weiterging, hielt Freddie an. »Hast du dein Handy dabei?«, fragte er Manette.

»Natürlich …«

»Hör zu, Darling. Hier geht es um mehr als darum, Tim aufzugabeln.«

»Aber er ist in Gefahr!«

»Wie viele andere Jugendliche auch. Stell dein Handy auf Vibrieren und folge ihm. Ich parke den Wagen und rufe dich an. Verstanden? Wenn er wirklich wegen des Films hergekommen ist, wird er uns zu dem Ort führen, an dem diese Filme gemacht werden.«

Das klang plausibel. Wie immer bewahrte Freddie einen kühlen Kopf. »Ja natürlich«, sagte sie. »Du hast recht.« Sie vergewisserte sich, dass ihr Handy auf Vibrieren eingestellt war, und stieg aus. Dann beugte sie sich noch einmal in den Wagen und schaute Freddie an.

»Was ist?«, fragte er.

»Du bist einfach wunderbar, Freddie McGhie«, sagte sie. »Ich liebe dich.«

Bevor er etwas darauf erwidern konnte, schlug sie die Tür zu.

ARNSIDE
CUMBRIA

Als Nicholas Fairclough Deborah aus seinem Haus kommen sah, trat er auf die Bremse, sprang aus dem Wagen und stürmte auf sie zu. »Wer zum Teufel sind Sie?«, fuhr er sie an. »Was machen Sie hier?« Nichts erinnerte mehr an den freundlichen, gesitteten Gentleman, mit dem Deborah sich vor Kurzem unterhalten hatte. Seine Augen sprühten vor Zorn. »Wo ist er? Wie viel Zeit haben wir noch?«

Deborah fühlte sich so eingeschüchtert, dass sie nur noch stammeln konnte. »Ich weiß es nicht… Wie lange dauert so etwas denn? Hören Sie, Mr. Fairclough… Ich habe versucht, ihm klarzumachen, dass es keine Story gibt, Punkt aus. Es gibt keine Story.«

Fairclough wich einen Schritt zurück. »Story? Wer zum Teufel sind Sie? Verdammt, arbeiten Sie etwa auch für die *Source*? Sie wurden also gar nicht von Montenegro hergeschickt?«

Deborah runzelte die Stirn. »Die *Source*? Nein. Ich habe mit der *Source* nichts zu tun … Und wer in aller Welt ist Montenegro?«

Nicholas schaute zum Haus hinüber, dann sah er sie wieder an. »Wer zum Teufel sind Sie?«

»Deborah St. James. Wie ich Ihnen von Anfang an gesagt habe.«

»Aber es gibt gar keine Filmgesellschaft, und es wird auch keinen Dokumentarfilm geben. Das haben wir herausgefunden. Nichts von dem, was Sie uns erzählt haben, entspricht der Wahrheit. Also, was wollen Sie hier? Was wissen Sie? Sie sind mit diesem Typen von der *Source* in Lancaster gewesen. Das hat er mir selbst erzählt. Oder stimmt das etwa auch nicht?«

Deborah leckte sich die Lippen. Es war kalt und feucht, und der Nebel wurde immer dichter. Sie wollte sich an einem Kaminfeuer wärmen, wollte ein heißes Getränk, doch solange Fairclough ihr den Weg versperrte, kam sie hier nicht weg, und ihr blieb nichts anderes übrig, als ihm die Wahrheit zu sagen.

Sie sei in Cumbria, um einen Detective von Scotland Yard bei seiner Suche nach Informationen zu unterstützen, sagte sie. Sie sei mit ihrem Mann hergekommen, einem forensischen Spezialisten, der für die Polizei bei schwierigen Ermittlungen Beweismittel auswerte. Der Jounalist von der *Source* habe sie aus irgendeinem Grund für eine Polizistin gehalten, und sie habe ihn in der Annahme bestärkt, um ihn von dem echten Detective und ihrem Mann abzulenken, damit die beiden in Ruhe die Umstände von Ian Cresswells Tod untersuchen konnten.

»Ich kenne niemanden namens Montenegro«, sagte sie zum Schluss. »Ich habe den Namen noch nie gehört. Wer ist der Mann denn?«

»Raul Montenegro. Er versucht, meine Frau zu finden.«

»Das hat sie also gemeint«, murmelte Deborah.

»Sie haben mit ihr gesprochen?«

»Ja, aber ich fürchte, wir haben total aneinander vorbeigeredet«, sagte Deborah. »Sie muss gedacht haben, wir redeten über Raul Montenegro, während ich davon ausging, dass wir von diesem Journalisten von der *Source* sprachen. Ich habe ihr gesagt, er sei in Windermere. Aber ich meinte natürlich den Journalisten.«

»O Gott.« Fairclough eilte zur Haustür und rief über seine Schulter: »Wo ist sie jetzt?«

»Drinnen«, sagte Deborah. »Warten Sie, Mr. Fairclough, noch etwas!«

Er blieb stehen und drehte sich um. »Ich habe versucht, ihr das zu sagen. Ich habe sie um Verzeihung gebeten. Ich meine… Das mit der Leihmutter. Sie haben absolut nichts zu befürchten. Ich habe Mr. Benjamin gesagt, dass es keinen Stoff für eine Geschichte gibt. Außerdem kann ich Sie voll und ganz verstehen… Ihre Frau und ich… Wir haben dasselbe Problem.«

Er starrte sie an. Er war kreidebleich.

»Ich wünsche mir auch nichts sehnlicher als ein Kind, und ich…«

Aber er war verschwunden, ehe sie den Satz beenden konnte.

WINDERMERE
CUMBRIA

Als Tim in den Fotoladen zurückkehrte, stand Toy4You hinterm Tresen und plauderte mit einem anglikanischen Priester. Sie drehten sich beide um, als Tim eintrat, und der Priester musterte ihn von Kopf bis Fuß. Vermutlich war der Typ einer von denen, die in dem Film mitmachten, dachte Tim, und bei dem Gedanken wurde ihm ganz schlecht. Doch dann packte ihn die Wut. Ein verdammter Priester!, dachte er. Genau so ein Heuchler wie alle anderen. Dieses Schwein stand jeden Sonntag in der Kirche vor seiner Gemeinde, verkündete das Wort Gottes, teilte die Kommunion aus, und hinter dem Rücken seiner Schäfchen …

»Daddy! Daddy!« Zwei Kinder kamen in den Laden gestürmt, ein Mädchen und ein Junge, beide in Schuluniform. Ihnen folgte eine Frau, die ziemlich gestresst wirkte und auf ihre Armbanduhr schaute. »Tut mir leid, Darling. Sind wir zu spät?« Sie trat zu dem Priester, küsste ihn auf die Wange und hakte sich bei ihm unter.

»Anderthalb Stunden, Mags«, sagte der Priester und seufzte. »Also wirklich. Du kommst viel zu spät. Wir werden einen neuen Termin vereinbaren müssen. William hat gleich noch einen anderen Termin, und ich muss ebenfalls weg.«

Die Frau entschuldigte sich wortreich, während die Kinder an den Händen ihres Vaters hingen. Es wurde ein neuer Termin für das weihnachtliche Familienfoto vereinbart.

Währenddessen drückte Tim sich in einer Ecke des Ladens herum und tat so, als interessierte er sich für die Digitalkameras in den Schaukästen. Nachdem der Priester und seine Familie sich verabschiedet hatten, ging Tim zum Tresen. *William Concord* stand auf dem Namensschild von Toy4You. Tim fragte sich, was es zu bedeuten hatte, dass der Typ das Namensschild diesmal nicht verschwinden ließ. Er konnte sich nicht vorstellen, dass er es vergessen hatte, so einer war der nicht.

Toy4You kam hinter dem Tresen hervor, verriegelte die Eingangstür und drehte das Schild um, so dass jetzt von außen *Geschlossen* zu lesen war. Dann schaltete er die Deckenlampen aus und bedeutete Tim mit einer Kopfbewegung, ihm ins Hinterzimmer zu folgen.

Tim sah sofort, warum Toy4You unmöglich ein Familienfoto

von dem Priester und seiner Frau und seinen Kindern hätte machen können. Ein Mann und eine Frau waren gerade dabei, das Fotostudio komplett umzubauen. Anstelle der Säulen mit dem Himmel als Hintergrund entstand der Nachbau eines viktorianischen Kinderzimmers. Drei schmale Betten wurden in dem Moment hereingetragen, und in einem davon lag eine lebensgroße Schaufensterpuppe, die einen Schlafanzug mit Shrek-Motiven und seltsamerweise eine Schulmütze trug. Ans Fußende eines der beiden anderen Betten legte die Frau einen riesigen Plüschhund, der aussah wie ein Bernhardiner. Schließlich rollte der Mann eine Kulisse mit einem aufgemalten offenen Fenster herein, durch das ein sternengesprenkelter Nachthimmel zu sehen war und im Hintergrund eine dilettantische Darstellung von Big Ben, dessen Uhr Mitternacht anzeigte.

Tim konnte sich zunächst auf all das keinen Reim machen, bis ein Junge in ungefähr seinem Alter aus dem Lagerraum kam. Im Gegensatz zu Tim wirkte er außerordentlich selbstsicher. Er ging entschlossen über die Bühne, lehnte sich ans Kulissenfenster und zündete sich eine Zigarette an. Er war von Kopf bis Fuß in Grün gekleidet, mit Schnabelschuhen und einem Hut, der ihm keck auf dem Kopf saß. Er nickte Toy4You zum Gruß zu, während die beiden Erwachsenen im Lagerraum verschwanden, von wo Tim Gemurmel hörte und das Geräusch von Kleidern und Schuhen, die auf den Boden fielen. Während Toy4You noch an einem Stativ herumfummelte, auf das er eine ziemlich teuer aussehende Kamera geschraubt hatte, kamen der Mann und die Frau zurück auf die Bühne. Sie trug jetzt ein hochgeschlossenes weißes Nachthemd mit Rüschenkragen, und er war als Piratenkapitän verkleidet. Der Mann war der Einzige, der eine Maske trug, aber der Haken, der aus einem seiner Ärmel ragte, reichte aus, um auch noch dem letzten Deppen klarzumachen, wen er darstellte. Obwohl wahrscheinlich trotzdem noch einige Volldeppen übrig blieben, die sich nicht mal fragten, was Käpt'n Hook in einem viktorianischen Kinderzimmer zu suchen hatte und weshalb er nicht da war, wo er hingehörte, nämlich auf ein Segelschiff in Nimmerland.

Tim schaute zu Toy4You hinüber und fragte sich, welche Rolle ihm wohl zugedacht war. Dann entdeckte er auf einem der beiden leeren Betten ein Nachthemd und eine runde Nickelbrille, offenbar sollte er Peter Pans älteren Bruder spielen.

Das Ganze kam Tim reichlich bescheuert vor, andererseits war er auch ein bisschen erleichtert. Als er den Film mit dem letzten Abendmahl und den mit Jesus im Garten Gethsemane gesehen hatte, war er davon ausgegangen, dass auch diesmal irgendetwas total Blasphemisches vorgesehen war, auch wenn er sich nicht hatte vorstellen können, was. Ein bisschen hatte er sich Sorgen gemacht, dass im falschen Moment womöglich seine christliche Erziehung durchkommen würde und er nicht in der Lage wäre, den Regieanweisungen Folge zu leisten, obwohl ihm das Thema des Films eigentlich piepegal war.

Aber er hätte sich keine Sorgen zu machen brauchen. Als Wendy und Captain Hook ihre Positionen auf dem Set einnahmen, reichte Toy4You Tim ein kleines Glas Wasser. Dann nahm er ein Tablettenröhrchen aus der Tasche, schüttelte zwei Tabletten heraus, gab sie Tim und bedeutete ihm, sie zu schlucken.

»Was ist das?«, fragte Tim.

»Das ist gut für authentische Nahaufnahmen«, sagte Toy4You. »Unter anderem.«

»Was machen die?«

Ein Lächeln huschte über Toy4Yous Gesicht. Er hatte sich schlecht rasiert. »Die helfen dir bei dem, was wir gleich von dir verlangen. Los, mach schon, schluck sie runter. Du wirst schon sehen, wie sie wirken. Es wird dir bestimmt gefallen.«

»Aber …«

»Los, schlucken«, zischte Toy4You. »Es ist genau das, was du wolltest, also mach schon. Wir haben nicht die ganze Nacht Zeit.«

Tim schluckte die Tabletten. Er spürte nichts. Vielleicht machten sie, dass er sich entspannte. Oder vielleicht machten sie ihn bewusstlos. Er fragte: »Soll ich das Nachthemd anziehen?«

»Sieh mal an, du bist gar nicht dumm«, sagte Toy4You. »Bleib einfach neben der Kamera stehen und warte auf deinen Einsatz.«

»Einsatz?«

»Herrgott noch mal, halt die Klappe und wart's ab.« Dann sagte er zu Peter Pan und zu Wendy: »Fertig?« Ohne auf eine Antwort zu warten, nahm er seinen Platz hinter der Kamera ein. Der Junge stellte sich ans Fenster, und die Frau im Nachthemd kniete sich auf ein Bett.

Das Nachthemd war so durchsichtig, dass alles an ihr zu sehen war. Tim schluckte und hätte sich am liebsten abgewendet, aber es gelang ihm nicht, denn die Frau zog sich das Nachthemd ganz langsam aus, während Peter Pan auf sie zuging. Sie hielt ihm ihre Brüste hin, und in dem Augenblick sagte Toy4You zu Tim: »Jetzt!«

»Aber was soll ich denn tun?«, fragte Tim. Er spürte, wie sein Glied steif wurde.

»Du gehst spät ins Bett«, murmelte Toy4You, während er filmte, wie Wendy Peter die Strumpfhose herunterzog und sich an ihm zu schaffen machte. »Hast mal wieder bis in die frühen Morgenstunden in der Bibliothek gehockt und gelesen und überraschst deine Schwester und Peter Pan bei ihren kleinen Spielchen. Aber du stehst ebenfalls auf Peter und bist ganz entzückt, als du siehst, was er zu bieten hat.«

»Und … was mach ich?«

»Verdammt, geh einfach auf den Set und tu, was dir in den Sinn kommt! Ich weiß doch, worauf du stehst! Das wissen wir doch beide!«

Und das Schlimmste war, dass es sogar stimmte. Denn er konnte sich gar nicht losreißen von dem, was die beiden da vor laufender Kamera miteinander trieben. Und er wusste nicht, was es bedeutete, dass er Peters steifes Glied wie gebannt anstarrte und irgendetwas wollte, ohne zu wissen, was.

»Los, geh schon!«, zischte Toy4You. »Peter und Wendy zeigen dir, was du tun sollst.« Er warf einen Blick auf Tims Hose und grinste. »Ah. Die Wunder der modernen Medizin. Mach dir keine Sorgen.«

»Und er?«, fragte Tim.

»Wer?«

»Der… der Käpt'n.«

»Um den brauchst du dir keine Gedanken zu machen. Er steht auf Peter. Und auf all die anderen verlorenen Jungs. Auf dich sowieso. Der kommt später und bestraft dich dafür, dass du mit Peter fickst, kaum dass Wendy das Zimmer verlassen hat. Okay? Kapiert? Und jetzt mach, dass du auf die Bühne kommst, wir verschwenden nur Zeit.«

»Und wie bestraft er mich?«

»Genauso, wie du es dir gewünscht hast«, sagte Toy4You gereizt. »Alles klar? Kapiert?«

»Aber du hast gesagt…«

»Herrgott noch mal, du kleiner Wichser. Was hast du denn erwartet? Den Tod auf einem Silbertablett? Und jetzt los – wird's bald?«

MILNTHORPE
CUMBRIA

Als Deborah sich auf den Weg zum Crow & Eagle machte, wälzte sich der Nebel über die Straße wie eine dichte Rauchwolke. Die Eisenbahnbrücke, unter der Deborah hindurchfuhr, nahm sie nur noch schattenhaft wahr, das Watt war überhaupt nicht mehr zu sehen; nur noch einige Wattvögel in der Nähe des Ufers waren in dem trüben Grau vage auszumachen.

Das Scheinwerferlicht der Autos wurde vom Nebel reflektiert, und die wenigen Fußgänger, die sich bei dem Wetter noch vor die Tür wagten, tauchten so plötzlich aus dem dichten Nebel auf, als würden sie aus dem Boden schießen. Es war eine anstrengende Fahrt, und Deborah atmete erleichtert auf, als sie wohlbehalten auf den Hotelparkplatz einbog.

Tommy erwartete sie, wie versprochen. Er saß in der Bar, vor sich einen Kaffee, das Handy am Ohr. Er saß vornübergebeugt, so dass er sie nicht gleich sah, aber sie hörte das Ende seines Gesprächs mit.

»Ziemlich spät«, sagte er gerade. »Soll ich trotzdem zu dir kommen? Ich habe keine Ahnung, wann, und vielleicht solltest du lieber … Ja, in Ordnung … Ich freue mich auch, Isabelle, und es tut mir schrecklich leid, wie das alles … Ja. Also gut. Dann eben später. Ja …« Er hörte eine Weile zu und spürte anscheinend, dass Deborah sich näherte, denn er drehte sich um. Dann sagte er: »Sie ist gerade gekommen, ich nehme also an, dass wir in wenigen Minuten aufbrechen.« Er sah Deborah fragend an, und sie nickte. »Gut«, sagte er. »In Ordnung. Ich habe den Schlüssel dabei.«

Er beendete das Gespräch. Deborah wusste nicht, was sie sagen sollte. Vor zwei Monaten hatte sie bereits vermutet, dass Tommy mit seiner Vorgesetzten ins Bett ging. Aber sie war noch zu keinem Schluss gekommen, wie sie das finden sollte. Natürlich musste Tommy wieder in sein normales Leben zurückfinden, der Weg jedoch, den er dazu gewählt hatte, irritierte sie zutiefst.

»Kann ich noch einen Kaffee trinken, bevor wir fahren, Tommy?«, fragte sie. »Ich verspreche, ich werde ihn so schnell kippen wie der Priester den Altarwein.«

»Du brauchst ihn nicht zu kippen«, erwiderte er. »Ich trinke auch noch einen. Wir sollten beide hellwach sein, denn das wird eine lange Fahrt.«

Sie setzte sich, und er ging zum Tresen, um zu bestellen.

Während des Telefongesprächs mit Isabelle Ardery hatte er auf einer Serviette herumgekritzelt. Er hatte ein Haus auf einer Wiese gezeichnet, dazu zwei kleinere Hütten, einen Bach und Berge auf beiden Seiten. Nicht schlecht, dachte sie. Sie hatte gar nicht gewusst, dass Tommy eine künstlerische Ader besaß.

»Du hast Talent«, bemerkte sie, als er zurückkam.

»Irgendein Haus in Cornwall.«

»Überlegst du zurückzugehen?«

»Noch nicht.« Er setzte sich und lächelte sie an. »Irgendwann vielleicht.« Er nahm die Serviette, faltete sie zusammen und steckte sie in seine Brusttasche. »Ich habe Simon angerufen«, sagte er. »Er weiß, dass wir zurückkommen.«

»Und?«

»Na ja, er findet, dass du einen fürchterlich auf die Palme bringen kannst. Aber das wissen wir ja.«

Sie seufzte. »Ja. Hm. Ich glaub, ich hab alles nur schlimmer gemacht, Tommy.«

»Zwischen dir und Simon?«

»Nein, nein, das bringe ich schon wieder in Ordnung. Schließlich bin ich mit dem nachsichtigsten Mann der Welt verheiratet. Nein, ich rede von Nicholas und Alatea Fairclough. Ich hatte eben ein seltsames Gespräch mit ihr und anschließend eins mit ihm.«

Sie berichtete ausführlich von dem, was vorgefallen war. Dass Alatea ihr Geld und Schmuck angeboten hatte und dass Nicholas einen Mann namens Montenegro erwähnt hatte. Wie immer hörte Tommy ihr aufmerksam zu.

Ihr Kaffee wurde serviert, und Tommy schenkte ihnen beiden ein.

»Alatea dachte also die ganze Zeit, wir würden über diesen Montenegro reden, während ich dachte, es ginge um den *Source*-Reporter. Letztlich wäre das nicht weiter wichtig gewesen, aber ich habe ihr gesagt, dass er in Windermere ist – zumindest glaube ich, dass er dort hingefahren ist, nachdem er mich hier abgesetzt hat –, und daraufhin ist sie komplett in Panik geraten, offenbar in der Annahme, ich meinte Montenegro. Und Nicholas ist ebenfalls in Panik geraten.«

Lynley schüttete ein Tütchen Zucker in seinen Kaffee. Nachdenklich rührte er um. Er wirkte so gedankenversunken, dass Deborah etwas begriff, was ihr schon viel früher hätte klar sein müssen.

»Du weißt, was mit diesen Leuten los ist, nicht wahr, Tommy? Wahrscheinlich hast du es von Anfang an gewusst. Egal, was es ist, ich wünschte, du hättest es mir gesagt. Dann wäre ich wenigstens nicht wie ein Elefant im Porzellanladen im Leben dieser armen Menschen herumgetrampelt.«

Lynley schüttelte den Kopf. »Nein. Ich wusste noch weniger als du, denn ich habe Alatea heute zum ersten Mal gesehen.«

»Sie ist schön, nicht wahr?«

»Sie ist …« Er schien nach einem passenderen Wort zu suchen. Er hob eine Hand, wie um zu sagen, dass kein Wort ihr gerecht werden konnte. Schließlich sagte er: »Sie ist eine bemerkenswerte Frau. Wenn ich es nicht gewusst hätte, hätte ich nie geglaubt, dass sie als Mann auf die Welt gekommen ist.«

Deborah fiel die Klappe herunter. »Wie bitte?«

»Santiago Vasquez del Torres. So lautet ihr ursprünglicher Name.«

»Was soll das heißen? Dass sie …«

»Eine Geschlechtsumwandlung hinter sich hat, und die hat dieser Montenegro finanziert. Sie sollte seine Geliebte spielen, damit er seinen Ruf wahren, privat aber eine homosexuelle Beziehung leben konnte.«

Deborah schluckte. »Großer Gott.« Sie dachte an Lancaster, an Lucy Keverne, an das, was die beiden Frauen geplant hatten. »Aber Nicholas weiß doch sicher Bescheid, oder?«

»Nein, sie hat es ihm nicht gesagt.«

»Ich bitte dich, Tommy, er muss es doch gemerkt haben. Ich meine … Gott o Gott … Sie wird doch Narben haben, oder?«

»Sie ist von einem Top-Chirurgen operiert worden. Da wird alles geändert, Deborah, selbst der Adamsapfel. Und wenn der Mann sowieso ein femininer Typ ist – vielleicht, weil er ein zusätzliches X-Chromosom hat –, ist es noch leichter.«

»Aber warum sollte sie Nicholas nicht die Wahrheit gesagt haben?«

»Aus Verzweiflung? Aus Angst vor Ablehnung? Wenn Montenegro hinter ihr her ist, und der Mann hat offenbar Geld genug, um die Suche endlos fortzusetzen, dann braucht sie einen Ort, an dem sie in Sicherheit ist. Und deswegen hat sie Nicholas glauben lassen, was er wollte. Er hat sie geheiratet, und das gibt ihr das Recht, solange sie will in England zu bleiben.«

Deborah sah den Zusammenhang. »Ian Cresswell«, sagte sie. »Hat sie ihn ermordet? Hat er es gewusst?«

Lynley schüttelte den Kopf. »Sieh sie dir doch an, Deborah. Sie ist ein Meisterwerk. Niemand würde etwas ahnen, es sei denn, er hätte einen Grund, in ihrer Vergangenheit zu graben, und dazu gab es keinen Grund. Sie ist Nicholas Faircloughs Ehefrau, Punkt, aus. Wenn wir jemanden mit Hinblick auf Ians Tod hätten überprüfen müssen, dann wäre es Nicholas gewesen. Das brauchten wir letztlich jedoch nicht zu tun, weil Simon und der Coroner von Anfang recht hatten. Es gibt nicht den geringsten Hinweis darauf, dass Ian Cresswells Tod etwas anderes als ein Unfall war. Vielleicht hat sich jemand seinen Tod gewünscht. Vielleicht kam sein Tod dem einen oder anderen gelegen. Aber niemand hat nachgeholfen.«

»Und jetzt schreibt dieser schreckliche Journalist einen Artikel über die Sache mit der Leihmutter, und die Zeitung wird ein Foto von Alatea bringen, und ich bin schuld daran. Was soll ich bloß tun?«

»An sein gutes Herz appellieren?«

»Er arbeitet für die *Source*, Tommy.«

»Tja, da hast du allerdings recht«, räumte er ein.

Ihr Handy klingelte. Deborah hoffte, dass es Zed Benjamin

war, der anrief, um ihnen mitzuteilen, dass er es sich anders überlegt hatte. Oder vielleicht Simon, der anrief, um zu sagen, dass er verstehen konnte, was sie dazu getrieben hatte, so einen Schlamassel anzurichten. Aber es war Nicholas Fairclough, und er war in Panik. »Was haben Sie mit ihr gemacht?«

Deborahs erster Gedanke war, dass Alatea sich etwas angetan hatte. »Was ist passiert, Mr. Fairclough?« Sie schaute Tommy an.

»Sie ist weg. Ich habe das ganze Haus und das gesamte Grundstück abgesucht. Ihr Auto ist noch da, und sie hätte sowieso nicht wegfahren können, ohne dass wir sie gesehen hätten. Ich bin an der Ufermauer entlanggelaufen. Alatea ist weg!«

»Sie kommt bestimmt wieder zurück. Sie wird nicht weit weggegangen sein, vor allem bei dem Wetter.«

»Sie ist ins Watt rausgelaufen.«

»Bestimmt nicht.«

»Ich sage Ihnen, sie ist ins Watt rausgelaufen. Es ist die einzige Möglichkeit.«

»Wahrscheinlich ist sie spazieren gegangen, um nachzudenken. Sie kommt bald zurück, und wenn sie wieder da ist, dann sagen Sie ihr, dass ich von dem Journalisten gesprochen habe und nicht von Raul Montenegro.«

»Sie verstehen das nicht!«, rief er. »Herr im Himmel, Sie begreifen es nicht! Sie kommt nicht zurück! Sie kann nicht zurückkommen!«

»Warum denn nicht?«

»Wegen des Nebels. Wegen des Treibsands.«

»Aber wir können …«

»Nein, wir können gar nichts tun! Sehen Sie denn nicht, was Sie angerichtet haben?«

»Bitte, Mr. Fairclough, wir werden sie suchen. Wir rufen jemanden an, wir …«

»Nein, wir können niemanden anrufen.«

»Warum nicht?«

»Wegen der Flutwelle, Sie dumme Pute! Eben kam eine Flutwellenwarnung! Die Sirenen heulen schon!«

WINDERMERE
CUMBRIA

Bis ihr Handy endlich vibrierte, war Manette ein Nervenbündel. Sie hatte sich auf dem Parkplatz des Einkaufszentrums hinter einem Müllcontainer versteckt und behielt die Tür im Auge, hinter der Tim verschwunden war. Es war ein Laden namens *Shots!* – ein Fotostudio, vermutete Manette, denn im Schaufenster waren mehrere Großaufnahmen des herbstlichen Cumbria ausgestellt. Kurz nach Tim hatte eine gestresst wirkende Frau mit zwei Kindern das Geschäft betreten. Die Frau war wenige Minuten später am Arm eines anglikanischen Priesters wieder herausgekommen und zusammen mit dem Mann und den Kindern in einen Saab gestiegen. Nachdem die Familie weggefahren war, hatte jemand in dem Laden das *Geöffnet*-Schild umgedreht, und da Manette bis dahin immer noch nichts von Freddie gehört hatte, rief sie die Polizei an.

Ihr Gespräch mit Superintendent Connie Calva verlief kurz und ergebnislos, was Manette so wütend machte, dass sie ihr Handy am liebsten auf den Boden geknallt hätte. Sie hatte der Polizistin geschildert, was vorgefallen war, dass an der Tür von *Shots!* jetzt *Geschlossen* stand und Tim immer noch in dem Laden war, und der Junge sei erst vierzehn, und sie wüssten ja wohl beide, dass das nur bedeuten konnte, dass Tim hier war, um in einem von diesen grauenhaften Pornos mitzuwirken, deswegen müsse die Polizei herkommen, und zwar so schnell wie möglich.

Connie Calva hatte jedoch gesagt, sie müssten zuerst Tims Laptop nach Barrow bringen, wo ein Computerspezialist sich das Gerät vornehmen würde, um herauszufinden, von wo aus Toy4You seine Mails gesendet hatte, und dann würden sie einen Durchsuchungsbeschluss beantragen und ...«

»Verflixt und zugenäht!«, war Manette ihr ins Wort gefallen. »Ich kann Ihnen ganz genau sagen, wo Tim ist, wo dieses Monster ist, wo die diese Filme drehen! Und ich verlange, dass Sie jemanden hierherschicken, und zwar jetzt sofort!«

Darauf hatte Superintendent Calva in einem ausnehmend freundlichen und geduldigen Tonfall geantwortet, woraus Manette schloss, dass sie Übung darin hatte, mit Leuten zu reden, die völlig durchgedreht waren – wahrscheinlich lernten die das schon auf der Polizeischule. »Hören Sie, Mrs. McGhie«, hatte sie gesagt, »ich weiß, dass Sie beunruhigt sind, aber wenn wir solche Leute dingfest machen und vor Gericht bringen wollen, dann müssen wir uns streng an die Vorschriften halten. Ich weiß, dass Ihnen das nicht gefällt, und mir gefällt es ebenso wenig wie Ihnen, wir haben jedoch keine andere Wahl.«

»Ich pfeife auf Ihre verdammten Vorschriften!«, fauchte Manette und beendete das Gespräch.

Dann rief sie Freddie an, denn sie wollte wirklich zu gern wissen, wo der steckte. Er ging sofort ran und sagte: »Verdammt, Manette, ich hab versucht, dich zu erreichen. Du solltest doch ...«

»Ich hab die Polizei angerufen«, unterbrach sie ihn. »Tim ist in einem Fotostudio, Freddie. Herrgott noch mal, wo *bleibst* du?«

»Ich hab am Bahnhof geparkt und bin jetzt zu Fuß unterwegs ins Zentrum. Wo bist du?«

»Vor dem Fotoladen.« Sie erklärte ihm, wo er sie finden würde. »Bitte, beeil dich, Freddie. Die Polizei kommt nicht. Ich hab da angerufen, doch die haben mir erklärt, sie brauchen einen Durchsuchungsbeschluss, und dafür müssen sie zuerst Tims Laptop nach Barrow bringen und dann ... Weiß der Teufel, was dann. Aber Tim ist da drin, und die werden ihn filmen.

Ich weiß es, Freddie, ich *weiß* es einfach, aber sie hat mir nicht geglaubt.«

»Ich bin gleich da«, sagte er.

»Ich versuch, irgendwie in den Laden reinzukommen«, sagte sie. »Ich klopfe einfach an die Tür, dann hören die doch bestimmt auf mit dem, was sie da drinnen treiben, oder?«

»Manette, du tust überhaupt nichts. Hast du mich verstanden? Diese Leute sind gefährlich. Ich bin unterwegs. Warte auf mich!«

Manette wusste nicht, wie sie das schaffen sollte. Trotzdem versprach sie ihm, auf ihn zu warten, dann beendeten sie das Gespräch.

Doch sosehr sie sich auch bemühte, sie konnte sich nicht beherrschen. Nach drei Minuten gab sie es auf.

Sie lief über den Parkplatz und rüttelte an der Tür des Fotostudios, die natürlich geschlossen war. Sie schlug mit der Faust dagegen. Die Tür war aus Glas, aber die Scheibe war dick, und die Tür gab kein bisschen nach. Dass sie mit ihrem Gepolter irgendjemanden bei Filmaufnahmen stören würde, war unwahrscheinlich, denn die Tür, die in die hinteren Räume führte, war geschlossen. Und falls da drinnen tatsächlich gerade Filmaufnahmen gemacht wurden, wäre das sicherlich auch mit Geräuschen verbunden.

Manette kaute auf ihren Nägeln. Sie schaute sich um. Sie überlegte. Es musste noch einen Hinterausgang geben. Schließlich musste laut Brandschutzgesetz jedes öffentliche Gebäude über einen Notausgang verfügen.

Sie lief auf die Rückseite des Einkaufszentrums, wo sich tatsächlich eine Reihe von Türen befanden. Dummerweise war keine davon gekennzeichnet. Sie hatte gar nicht daran gedacht, die Läden abzuzählen. Also lief sie noch einmal zurück, und als sie um die Ecke bog, kam Freddie auf den Parkplatz gerannt.

Sie warf sich ihm in die Arme. Er war völlig außer Atem. »Ab morgen«, keuchte er, »geh ich aufs Laufband.« Dann: »Wo? Welcher Laden?«

Sie berichtete ihm, dass die Ladentür verriegelt war, dass es eine Tür gab, die nach hinten führte, und dass sich auf der Rückseite des Gebäudes Notausgänge befanden. Manette schlug vor, sie würde mit den Fäusten an die Hintertür trommeln, dann brauche Freddie sich nur vor dem Vordereingang zu postieren und zu warten, bis sie alle herausgerannt kamen.

»Kommt nicht in Frage«, widersprach er. »Mit den Leuten können wir es nicht alleine aufnehmen. Wir brauchen die Polizei.«

»Aber die kommt nicht!«, jammerte Manette. »Das hab ich dir doch gesagt. Die kommen erst, wenn sie einen verdammten Durchsuchungsbeschluss haben.«

Freddie sah sich auf dem Parkplatz um. Dann entdeckte er den Müllcontainer. »Wir werden denen schon einen Grund geben herzukommen«, sagte er.

Er lief zu dem Container und stemmte sich mit der Schulter dagegen. Als Manette begriff, was er vorhatte, eilte sie ihm zu Hilfe. Sie rollten den Container auf den Laden zu. Zum Glück war der Boden etwas abschüssig, und der Container nahm immer mehr Fahrt auf. »Volle Kraft voraus, Darling«, murmelte Freddie. »Und hoffen wir, dass die ihre Alarmanlage eingeschaltet haben.«

Das hatten sie. Die Mülltonne krachte in die Glastür des Fotostudios, und im selben Moment ging die Alarmanlage los.

Freddie zwinkerte Manette zu und stützte sich keuchend auf den Knien ab. »Geschafft!«

Sie grinste.

MORECAMBE BAY
CUMBRIA

Alatea rührte sich nicht vom Fleck. Fast drei Kilometer von der Stelle entfernt, wo sie über die Ufermauer in das wasserlose Bett des River Kent geklettert war, blieb sie reglos wie eine Statue stehen. Als sie losgegangen war, hatte sie zwar die Nebelbank gesehen, jedoch immer noch die Halbinsel Holme Island ausmachen können, und sie wusste, dass dahinter Grange-over-Sands lag, und dahinter die Freiheit.

Sie hatte ihre Wanderschuhe angezogen und einen Anorak, für mehr hatte die Zeit nicht gereicht. Dann hatte sie sich ihre Handtasche geschnappt, war zur Terrassentür hinausgeschlüpft, hatte den Rasen überquert, war über die Ufermauer geklettert und losgelaufen, so schnell sie konnte.

Das Wasser hatte sich vollkommen aus der Bucht zurückgezogen, und der River Kent war nur noch ein Rinnsal. Sie würde genug Zeit haben, auf die andere Seite zu gelangen, sagte sie sich, sie musste nur vorsichtig sein. Sie hatte einen Wanderstab mitgenommen, mit dem sie den tückischen Treibsand ertasten konnte, für den die Bucht berüchtigt war. Zum Glück wusste sie, was man im Notfall tun musste, um sich daraus zu befreien.

Womit sie nicht gerechnet hatte, war der Nebel. Sie hatte ihn zwar im Nordwesten von Arnside aufziehen sehen und gewusst, dass er sich auf die Küste zubewegen würde, aber sie hatte nicht geahnt, dass es so schnell gehen würde. Die Nebelbank kam angerollt wie eine gigantische Walze, die lautlos und unaufhaltsam alles in ihrem Weg auslöschte. Als der Nebel sie erreichte, erkannte Alatea sofort die tödliche Gefahr. Zuerst umhüllte sie nur ein kühler, feuchter Schleier, der sich jedoch in kürzester Zeit in eine undurchdringliche weiße Brühe verwandelte und ihr jede Sicht raubte.

Sie hatte keine andere Wahl als umzukehren, da der größere Teil der Strecke noch vor ihr lag. Aber nach wenigen Minuten blieb sie stehen, weil sie einfach nicht mehr wusste, in welche Richtung sie sich bewegte.

Sie lauschte auf Geräusche, die ihr hätten helfen können, sich zu orientieren, doch sie konnte unmöglich ausmachen, woher sie kamen. Sie hörte einen Zug über die Brücke donnern, die Arnside mit Grange-over-Sands verband. Aber sie hätte nicht sagen können, aus welcher Richtung der Zug kam, ja nicht einmal, in welcher Richtung die Brücke lag. Wenn sie sich auf dem Weg zurück nach Arnside befand, müsste die Brücke eigentlich zu ihrer Linken liegen. Es hatte sich allerdings so angehört, als käme das Geräusch von irgendwo hinter ihr, was bedeuten würde, dass sie gerade auf das offene Meer zuging.

Sie änderte ihre Richtung und ging weiter. Geriet in eine Pfütze und versank mit einem Bein bis fast ans Knie. Zog es hastig aus dem Sand. Irgendwo rief jemand etwas. Sie konnte nicht ausmachen, woher das Rufen kam, aber es hörte sich an, als käme es aus der Nähe, was beruhigend war. Sie ging darauf zu.

Ein Traktormotor heulte auf. Zumindest hörte es sich so an. Und zwar direkt hinter ihr. Also musste dort die Küste liegen. Sie wandte sich in die Richtung und rief: »Hallo? Hallo? Ist da jemand?« Aber niemand antwortete. Nur der Traktormotor heulte und stotterte, als müsste er eine schwere Last bewegen.

Dann ertönte eine Hupe. Dort musste also die Straße liegen. Doch eigentlich hatte sie in der Richtung das Meer vermutet, und das bedeutete, dass sie dort das Verderben erwartete. Sie würde über Sandbuckel und durch Pfützen stolpern und irgendwann im Treibsand versinken.

Wieder blieb sie stehen. Sie drehte sich um. Lauschte. Rief. Als Antwort kam der Schrei einer Möwe. Einen Augenblick später wurde die Luft von einem Knall zerrissen, der sich anhörte wie ein Gewehrschuss oder eine Fehlzündung. Dann totale Stille.

Und da begriff Alatea, dass es kein Entrinnen für sie gab.

Sie begriff, dass es für sie nie ein Entrinnen gegeben hatte. Vielleicht bestand ja tatsächlich die Möglichkeit, dass sie doch noch aus der Bucht gerettet wurde. Aber aus ihrem Leben und aus dem Lügengebäude, das sie um sich herum errichtet hatte, konnte sie niemand retten. Es wurde Zeit, dass sie das akzeptierte, sagte sie sich. Ihr Leben war von der Angst bestimmt, entdeckt zu werden, auch wenn sie sich stets an die törichte Hoffnung geklammert hatte, auf Dauer unerkannt bleiben zu können. Doch jetzt war diese Hoffnung endgültig zerstoben, und dieser Wahrheit musste sie ins Auge sehen.

Also gut. Sie würde ihr Schicksal akzeptieren, denn sie hatte es nicht anders verdient. Sie öffnete ihre Reisetasche. Sie fand ihre Handtasche, ihr Portemonnaie, ihr Schminktäschchen, aber nicht ihr Handy. Sie hatte es in der Küche liegen lassen, wo es am Ladegerät hing. Wie benommen starrte sie in ihre Tasche. Sie würde Nicholas nicht mehr die Wahrheit sagen können.

Jetzt konnte sie sich nur noch in das Unvermeidliche fügen. Wie hatte sie je glauben können, dass ihr etwas anderes vergönnt war? Hatte sie nicht jeder Schritt, den sie gegangen war, seit sie vor ihrer Familie davongelaufen war, unaufhaltsam an genau diesen Ort, in genau diese Situation geführt?

Es hatte nie ein Entrinnen für sie gegeben, nur einen Aufschub, das wurde ihr endlich bewusst. Zwar hatte die moderne Chirurgie sie aus ihrem körperlichen Gefängnis erlöst und sie zu einer Fremden in einem fremden Land gemacht, aber niemals würde sie all ihren schrecklichen Erinnerungen entfliehen können.

Das Schlimmste, dachte sie, waren die Boxstunden, die ihr verordnet worden waren, weil ihr Vater der Meinung gewesen war, ihre Brüder könnten nicht ewig die Kämpfe für Santiago Vasquez del Torres ausfechten. Es sei an der Zeit, dass er lerne, sich selbst gegen Rüpel zur Wehr zu setzen. Er hatte stirnrunzelnd und sorgenvoll dreingeblickt, wenn Santiago keine Lust hatte, mit seinen Brüdern Unsinn zu machen, Forts zu bauen und Soldaten zu spielen, sich zu balgen und beim Weitpinkeln mitzumachen. Und seine Mutter hatte entsetzt dreingeblickt, wenn sie Santiago in Mädchenkleidern erwischt hatte, wenn sie gesehen hatte, wie er und seine Kusine mit Puppen spielten.

Die Gesichter von Santiagos Eltern hatten dasselbe ausgedrückt, nämlich die bange Frage: Was haben wir da bloß in die Welt gesetzt? Der Vater, ein Mann, der von seiner Kultur, seiner Religion, seiner Erziehung geprägt war, hatte nur eine Angst: dass sein Sohn homosexuell sein könnte. Die Mutter dagegen hatte sich ängstlich gefragt, wie ihr Santiago in einer Welt zurechtkommen sollte, die ihn nicht verstehen würde.

Damals war Elena María Santiagos Zuflucht gewesen. Ihr hatte er alles erzählt. Dass er in einem Körper lebte, den er nicht als den seinen betrachtete. Er schaue an sich hinunter und sehe, dass es ein männlicher Körper ist, aber er funktioniere nicht wie ein Mann, und er wolle auch nicht, dass er so funktioniere. Er könne es nicht einmal ertragen, seinen eigenen Körper zu berühren, weil es sich so anfühle, als berühre er einen Fremden.

Ich weiß nicht, was das ist, hatte er zu Elena María gesagt. Ich weiß nicht, was es bedeutet, aber ich will diesen Körper nicht, ich kann mit diesem Körper nicht leben, ich muss ihn loswerden, und wenn das nicht geht, dann will ich sterben.

Bei Elena María hatte Santiago sich wohlgefühlt. Während dieser wenigen gemeinsamen Stunden, während der Tagesausflüge in eine der größeren Städte oder an den Wochenenden am Strand, wo sie heranwachsende Mädchen sein konnten, erkannte der junge Santiago, was es war, wonach er sich sehnte und was er sein wollte. Aber das war unmöglich in einer Welt, in der sein Vater glaubte, ihn abhärten zu müssen. Um so leben zu können, wie es ihm seine Natur vorgab, hatte Santiago schließlich von zu Hause fliehen müssen, und er war geflohen und in den Armen von Raul Montenegro gelandet.

Waren die Boxstunden wirklich das Schlimmste gewesen?, fragte sich Alatea jetzt. Oder war die Sache mit Raul Montenegro das Schlimmste gewesen, die Verwandlung, die Raul ihr verheißen hatte, und die Forderung, ihren Teil der Abmachung einzuhalten? Sie war sich nicht sicher. Doch sie wusste, dass Raul Montenegro ein Mann war, der sich nicht beirren ließ. Genauso wie er sein Versprechen rückhaltlos eingehalten hatte, die Träume seines jungen Geliebten Santiago zu erfüllen, würde er seinen Vorsatz, Alatea zu finden, niemals aufgeben.

Und jetzt stand sie hier, so verloren, wie sie ihr ganzes Leben lang schon verloren gewesen war, vor der Wahl, weiterzugehen oder zu sterben. Sie ging in die Richtung, in der sie Arnside vermutete. Nach wenigen Schritten geriet sie in den Treibsand, den sie so gefürchtet hatte, und in kürzester Zeit war sie bis an die Oberschenkel darin versunken. Ihr war so schrecklich kalt.

Sie brauchte nicht in Panik zu geraten, sagte sie sich. Sie wusste, was sie zu tun hatte. Nicholas hatte es ihr erklärt. Vor langer Zeit, während eines Spaziergangs durch die Bucht bei Ebbe. Sie erinnerte sich genau an seine Worte. Es ist völlig gegen den Instinkt, Darling, hatte er gesagt, aber du musst es tun.

Das wusste sie. Sie wappnete sich.

Da ertönte die Sirene.

ARNSIDE
CUMBRIA

»Sind Sie ganz sicher, Sir?«, wollte der Mann von der Küstenwache in Walney Island von Lynley wissen. Er sprach mit der ruhigen Bestimmtheit, die den Anrufer, der einen Notfall meldete, beruhigen sollte. Er war der Einzige, der die Befugnis besaß, Maßnahmen zu ergreifen. »Ich möchte kein Boot in die

Bucht schicken, solange wir nicht mit Sicherheit wissen, dass die Frau wirklich da draußen ist«, sagte er. »Das ist lebensgefährlich. Hat sie angerufen? Hat sie eine Nachricht hinterlassen?«

»Weder noch. Aber wir sind uns dennoch ganz sicher.« Lynley beschrieb die Lage des Hauses und was sie bisher unternommen hatten, um Alatea zu finden. Und er fügte hinzu, sie habe allen Grund gehabt, die Bucht zu durchqueren.

»Und was ist das für ein Grund, Sir?«, fragte der Mann von der Küstenwache.

Lynley erklärte ihm, er ermittle in einem Todesfall durch Ertrinken, bei dem es sich nach den Erkenntnissen von Scotland Yard vermutlich um Mord handelte. Das war natürlich glatt gelogen, aber er sah keine andere Möglichkeit, den Mann zum Handeln zu bewegen.

Fairclough hatte inzwischen an der Ufermauer ein großes Feuer angezündet hatte, das Deborah mit allem in Gang hielt, dessen sie habhaft werden konnte: Holzscheite, Zweige, Zeitungen, Zeitschriften, alte Möbel. Das Feuer hatte nicht nur die Aufmerksamkeit der Küstenwache, sondern auch der Bürger von Arnside auf sich gezogen, die dabei halfen, die Flammen am Lodern zu halten, in der Hoffnung, dass sie Alatea den Weg nach Hause wiesen.

Aber das Feuer war eher eine Beschäftigungstherapie als eine nützliche Maßnahme, das wusste Lynley. Denn wenn Alatea sich draußen in der Bucht befand, würde sie der Flut nicht entkommen können. Aus dem Grund hatte er die Küstenwache informiert.

Der Mann auf Walney Island sagte: »Sir, ich kann ein Boot rausschicken, aber ich will Ihnen nichts vormachen. Die Sichtweite beträgt keine sieben Meter. Die Bucht hat eine Größe von mehr als dreihundert Quadratkilometern. Bei dem Nebel, der da draußen herrscht, und bei der Flutwelle, die da anrollt … Ich schicke meine Leute nicht wegen einer fixen Idee da raus.«

»Ich versichere Ihnen, das ist keine fixe Idee«, entgegnete

Lynley. »Wenn Ihre Leute Kurs auf Arnside nehmen, können Sie vielleicht…«

»Also gut, wir versuchen es«, unterbrach ihn der Mann. »Aber sie hat keine Chance, Sir, das wissen wir beide. Will sagen, rufen Sie den Rettungsbootdienst an, vielleicht können die uns unterstützen. Und Sie sollten den Wattführer um seine Meinung bitten.«

Der Wattführer hatte seinen Stützpunkt auf der anderen Seite der Bucht, südlich von Grange-over-Sands, in einer kleinen Enklave namens Berry Bank. Er klang sehr liebenswürdig, als Lynley ihn anrief. Seit fast fünfzig Jahren, so erklärte er Lynley, führe er jetzt schon neugierige Urlauber über die Bucht, und seit er denken könne, sammle er Muscheln im Hafen des Fischerdorfs Flookburgh und fange Krabben im River Leven, daher kenne er die Bucht und sei mit dem Sand vertraut, und wenn eine Frau aus welchen Gründen auch immer bei dem Nebel da rausgelaufen sei, dann sei sie dem Tod geweiht, »so leid es mir tut, Sir.«

Ob man denn gar nichts tun könne, wollte Lynley wissen. Die Küstenwache von Walney Island habe ein Boot rausgeschickt, und er werde als Nächstes die Royal National Lifeboat Institution um Entsendung einer Rettungsmannschaft bitten.

»Kommt drauf an, nach wie vielen Leichen Sie suchen wollen, wenn der Nebel sich verzieht«, antwortete der Mann und erklärte, dass er sich auf keinen Fall einem Trupp von Leichtsinnigen anschließen werde, die sich auf die Suche nach der vermissten Frau machten.

Ebenso wenig waren die Helfer vom RNLI gewillt, sich auf eine riskante Rettungsaktion einzulassen. Sie seien alle Freiwillige, erklärte man Lynley am Telefon. Sie seien dazu ausgebildet, Leben zu retten, und sie seien auch jederzeit gern bereit zu helfen, aber um mit ihren Booten rauszufahren, bräuchten sie Wasser, und derzeit herrsche nunmal leider Ebbe. Zwar habe die Flut bereits eingesetzt, und sie würden hinausfahren, sobald der Wasserstand es zulasse, doch es sei zwecklos, sorry, Sir. Die Frau werde nicht überleben, denn sie werde entweder ertrinken oder erfrieren.

Und so wurde das Feuer geschürt. Jemand hatte ein Megafon herbeigeschafft, mit dem immer wieder Alateas Name gerufen wurde. Inzwischen kam die Flutwelle näher. Der Anblick allein sei schon furchterregend, hörte Lynley jemanden murmeln. Aber von ihr erfasst zu werden, bedeute den sicheren Tod.

WINDERMERE
CUMBRIA

Die Alarmanlage war laut genug, um Tote aufzuwecken, und sie konnten sich nur schreiend verständigen. Mit aller Kraft schoben sie die Mülltonne so weit in den Laden, dass sie sich Zugang verschaffen konnten. Dann schrie Freddie: »Warte hier!« Aber natürlich dachte Manette gar nicht daran.

Er rüttelte an der Tür zum Hinterzimmer. Sie war verriegelt. »Aufmachen! Polizei!«, brüllte Freddie. Und: »Tim! Tim Cresswell!« Nichts rührte sich.

»Ich muss sie aufbrechen«, sagte Freddie. Zumindest glaubte Manette, das von seinen Lippen ablesen zu können.

»Womit denn?«, schrie sie, denn auch wenn Freddie viele Qualitäten besaß, so war er doch nicht der Typ, der über die rohe Kraft verfügte, eine Tür aufzubrechen. Und das hier war keine Bühnentür, die zwar stabil aussah, sich aber ganz leicht mit einem einzigen Tritt eintreten ließ, nein, das war eine Tür, die einen Zweck erfüllte, nämlich den, Eindringlinge fernzuhalten.

Trotzdem legte Freddie sich ins Zeug. Zuerst trat er zu. Dann warf er sich mit der Schulter gegen die Tür. Dann wechselten sie sich ab. Und die ganze Zeit über schrillte die Alarmanlage. Nach mehreren Minuten gab die Tür endlich nach. Freddie schrie: »Manette, du bleibst da!«, und stolperte vorwärts.

Auch diesmal ignorierte sie seine Anweisung. Wenn er sich in Gefahr begab, würde sie ihn nicht allein gehen lassen.

Sie befanden sich in einem Fotolabor, von dem aus man durch eine Tür in einen Lagerraum gelangte. Zwei Gänge führten zwischen Regalreihen hindurch, an deren Ende helle Lampen brannten. Der vordere Teil des Raums lag im Dunkeln. Ein kühler Luftzug, der ihnen entgegenwehte, verriet ihnen, dass die Vögel durch die Hintertür ausgeflogen waren. Sie hofften inständig, dass sie Tim zurückgelassen hatten.

Am Ende des Lagerraums, wo das Licht am hellsten war, entdeckten sie den Filmset: drei Betten, ein Fenster, Big Ben im Hintergrund, ein Plüschhund. Dann bemerkten sie eine Gestalt in einer Art Nachthemd, die auf der Seite lag. Aber das Nachthemd hatte man der Gestalt über den Kopf gezogen und mit einer grünen Strumpfhose zugebunden wie einen Sack. Der Junge lag auf der Seite, die Hände vor dem Körper gefesselt, die Genitalien entblößt. Sein Penis war eregiert. Ein X auf dem Boden vor dem Bett ließ erkennen, wo die Kamera gestanden hatte.

»O Gott«, flüsterte Manette.

Freddie packte sie an den Schultern. »Bleib hier!«, schrie er. »Bleib *hier*!«

Diesmal blieb sie, wo sie war, denn sie war vor Angst wie gelähmt. Wenn Tim tot war, würde sie den Anblick nicht ertragen.

Freddie trat an das Bett. *Er blutet!*, las Manette von seinen Lippen ab. Und: *Tim, mein Junge! Tim, hörst du mich!*, während er die Strumpfhose aufknotete, die das Nachthemd über Tims Kopf hielt.

Tim zuckte zusammen und wehrte sich. Freddie redete beruhigend auf ihn ein, und schließlich gelang es ihm, das Nachthemd herunterzuziehen und den Körper des Jungen damit zu bedecken. An Tims Augen und an seinem Gesichtsausdruck erkannte Manette sofort, dass er unter Drogen stand, und dafür war sie dem Himmel dankbar, denn es bedeutete vielleicht, dass er sich nicht an das erinnern würde, was ihm hier widerfahren war.

Ruf die Polizei an!, schrie Freddie.

Aber das brauchte sie nicht, denn in dem Moment verstummte die Alarmanlage, und sie hörte eine Stimme im Vorraum.

»Verdammter Schlamassel«, sagte jemand.

Wie wahr, dachte sie.

MORECAMBE BAY
CUMBRIA

Was man tun musste, um im Treibsand zu überleben, so hatte ihr Nicky erklärt, widersprach jedem Instinkt. Sobald man hineingerät, erstarrt man intuitiv, weil es den Anschein hat, als würde man, je mehr man sich wehrt, umso schneller darin versinken. Aber du musst dir ein paar wichtige Dinge merken, Darling. Erstens kann man nicht wissen, wie tief der Sand ist. Du steckst nur in einer Mulde, und auch wenn es welche gibt, die ein Pferd oder einen Traktor oder sogar einen kompletten Bus verschlucken können, sind die meisten ganz seicht, und man versinkt nur knietief oder höchstens bis zu den Hüften darin. Trotzdem darfst du nicht einmal bis an die Hüften und erst recht nicht bis zur Brust im Sand versinken, denn wegen der Sogkraft ist es unmöglich, dich da rauszuziehen, wenn die Retter eintreffen. Dann kommst du nur noch mit Hilfe von Wasser wieder da raus, entweder durch Wasser, das mit Hilfe eines Feuerwehrschlauchs in den Sand gepumpt wird, oder mit Hilfe der Flut, die den Sand wegspült. Du musst also schnell handeln, wenn du in Treibsand gerätst. Wenn du Glück hast, ist er nicht tief, und du schaffst es, darüber wegzulaufen oder umzukehren, ehe er deine Schuhe ansaugt und nicht mehr freigibt. Wenn das nicht geht, musst du dich hinlegen. Du wirst sofort merken, dass du nicht tiefer einsinkst. Und dann kannst du dich von der Stelle wegrollen.

Aber sosehr ihr Nicky, der in diesem seltsamen Teil der Welt aufgewachsen war, das alles ans Herz gelegt hatte, die Vorstellung erschien Alatea wie der reine Wahnsinn. Sie steckte bereits bis zu den Oberschenkeln im Sand, an schnelles Handeln war also nicht mehr zu denken. Sie musste sich hinlegen. Aber sie konnte sich einfach nicht dazu überwinden. »Du musst es tun, du musst«, sagte sie sich, aber sie fürchtete nur, dass der Sand ihren Körper verschlingen, ihr in Ohren und Nase dringen würde.

Sie hätte so gern gebetet, aber ihr Verstand brachte keine Worte zustande, mit denen sie hätte ein Wunder erbitten können. Stattdessen tauchten Bilder vor ihrem geistigen Auge auf, und das Eindrücklichste war eins des dreizehnjährigen Santiago Vasquez del Torres, der von zu Hause weggelaufen und nur bis zur nächsten Stadt gekommen war. In einem Kleid von Elena, zurechtgemacht mit Schminkzeug von Elena, mit einem Tuch über dem Kopf, das sein Haar bedeckte, Haar, das zu kurz war für ein Mädchen und zu lang für einen Jungen, hatte er in der Kirche Zuflucht gesucht. In der Tasche, die er bei sich trug, befanden sich ein bisschen Kleingeld, ein paar Kleider zum Wechseln und drei Lippenstifte.

Als der Priester sie entdeckt hatte, hatte er sie *Tochter* genannt und gefragt, ob sie gekommen sei, um zu beichten. Eine Beichte schien der richtige Weg zu sein – »Geh, Santiago«, hatte Elena gesagt, »geh den Weg, den Gott dir zeigt.« –, und Santiago Vasquez del Torres hatte gebeichtet. Keine Sünden, sondern den Wunsch nach Hilfe, denn wenn er nicht sein dürfe, was er sein müsse, werde er seinem Leben ein Ende setzen.

Der Priester hatte zugehört. Er hatte von der schweren Sünde der Verzweiflung gesprochen. Er hatte gesagt, Gott mache keine Fehler. Und dann hatte er gesagt: »Komm mit mir, Kind«, und sie waren zusammen ins Pfarrhaus gegangen, wo der Priester ihm die Absolution erteilte und ihm eine warme Mahlzeit aus Kartoffeln und Fleisch vorsetzte, die er ganz langsam gegessen hatte, während er sich unter den misstrauischen Blicken der Haushälterin des Priesters in der einfachen Küche umgesehen hatte. Nach dem Essen hatte der Priester ihn in ein Wohnzimmer geführt, wo er sich ausruhen sollte von der langen, beschwerlichen Wanderung. Und da er tatsächlich furchtbar erschöpft gewesen war, war er auf dem Sofa eingeschlafen.

Sein Vater hatte ihn geweckt. Mit versteinerter Miene hatte er gesagt »Danke, Pater« und seinen missratenen Sohn am Arm gepackt. »Danke für alles.« Dann hatte er der Kirche oder vielleicht auch dem Priester persönlich eine große Summe gespendet für seinen Verrat und Santiago wieder mit nach Hause genommen.

Um ihn zu kurieren, hatte sein Vater ihn verprugelt. Dann hatte er ihn in ein leeres Zimmer gesperrt, um ihm Zeit zu geben, über die Sünde nachzudenken, die er gegen Gottes Gebote und gegen seine Familie und deren guten Namen verübt hatte. Und erst wenn er gelobe, mit diesen Verrücktheiten aufzuhören, werde er ihn wieder freilassen, hatte der Vater gedroht.

Und so hatte Santiago versucht, ein Mann zu werden. Aber die Bilder von nackten Frauen, die die Brüder sich heimlich anschauten, hatten in ihm nur den Wunsch verstärkt, selbst einen weiblichen Körper zu besitzen.

Er entwickelte sich nicht wie seine Brüder: keine Behaarung an Armen und Beinen, keine Behaarung an der Brust, kein Bartwuchs. Es war offensichtlich, dass etwas mit ihm nicht stimmte, doch für seinen Vater lag die einzige Lösung des Problems darin, ihn abzuhärten. Er schickte ihn zum Boxen, nahm ihn mit auf die Jagd, zum Bergsteigen und Skilaufen, damit er sich zu dem Mann entwickelte, zu dem Gott ihn bestimmt hatte.

Zwei endlose Jahre lang quälte Santiago sich ab. Zwei Jahre lang sparte er jeden Peso. Und mit fünfzehn lief er wieder von zu Hause weg, diesmal für immer. Er fuhr mit dem Zug nach Buenos Aires, wo niemand sein Geheimnis kannte.

Alatea dachte an die Zugfahrt, an das Geräusch der Lokomotive, an die vorbeifliegende Landschaft. Sie erinnerte sich daran, wie sie den Kopf gegen die kühle Fensterscheibe gelegt hatte. Wie sie die Füße auf ihrem Koffer abgestellt hatte. Wie der Schaffner gekommen war, ihren Fahrschein abgeknipst und gesagt hatte: *Gracias, señorita*. Und wie sie von da an immer nur eine *Señorita* gewesen war.

Die Erinnerung war so lebhaft, dass sie beinahe meinte, die Lokomotive wieder zu hören. Das Rumpeln und Kreischen der Räder des Zugs, der sie in die Zukunft entführte, fort von ihrer Vergangenheit.

Als das Wasser kam, begriff sie, dass es die Flut gewesen war, was sie gehört hatte. Und jetzt begriff sie auch, warum vor einer Weile die Sirenen geheult hatten. Das war die Flutwelle, die so schnell kam wie eine Herde galoppierender Pferde. Das bedeutete, dass das Wasser sie aus dem Treibsand befreien würde. Gleichzeitig wurde ihr bewusst, dass es Dinge gab, von denen nichts und niemand sie jemals befreien konnte.

Sie war froh, dass sie nicht im Sand ersticken würde, wie sie befürchtet hatte. Und als das Wasser sie traf, wusste sie, dass sie auch nicht ertrinken würde. In solchem Wasser ertrank man nicht. Man legte sich einfach hin und schlief ein.

11. November

ARNSIDE
CUMBRIA

Sie hatten wirklich nichts tun können. Sie hatten es alle gewusst. Und alle hatten sich das Gegenteil vorgemacht. Die Küstenwache war im Nebel hinausgefahren, von Walney Island in Richtung Lancaster Sound. Aber von dort aus war es eine weite Strecke bis in die Morecambe-Bucht und noch weiter bis zum Kent Channel. Alatea hätte irgendwo sein können, auch das hatten sie alle gewusst. Wenn es nur die Flutwelle gewesen wäre, hätte Alatea vielleicht eine geringe Chance gehabt. Aber zusammen mit dem dichten Nebel war die Situation von Anfang an aussichtslos gewesen. Sie fanden Alatea nicht.

Nachdem die Flut hoch genug gestiegen war, hatte auch der RNLI ein Boot hinausgeschickt. Aber schon sehr bald war klar geworden, dass sie nach einer Toten suchten, und da es Unsinn war, für eine Tote Menschenleben zu riskieren, waren die Männer wieder umgekehrt. Nur der Wattführer könne ihnen jetzt noch helfen, hatten sie Lynley bei ihrer Rückkehr erklärt, denn dessen Aufgabe in einer solchen Situation bestand darin einzuschätzen, an welcher Stelle die Leiche wahrscheinlich angespült würde. Er würde ihnen helfen, die Leiche so schnell wie möglich zu finden, denn wenn das nicht geschah, sobald der Nebel sich auflöste, würde sie wahrscheinlich nie gefunden. Das Meer würde sie fortspülen, und der Sand würde sie unter sich begraben. Manches verschlinge die Bucht für immer, und manches gebe sie erst nach hundert Jahren wieder preis. So sei die Bucht nun einmal, erklärte der Wattführer. Wild in ihrer Schönheit und unerbittlich in ihrer Vergeltung.

Lynley und Deborah waren schließlich ins Haus gegangen, nachdem sie Stunde um Stunde das Feuer am Lodern gehalten hatten, selbst dann noch, als die Flut längst in die Bucht zurückgekehrt war und alle wussten, dass keine Hoffnung mehr bestand. Aber Nicholas hatte sich nicht von dem Feuer losreißen können, und so hatten sie mit ihm da draußen ausgeharrt. Erst als es dunkel wurde und die Erschöpfung und die Erkenntnis, dass es zwecklos war weiterzumachen, ihm alle Kraft raubten, hatte er endlich aufgegeben. Lynley und Deborah waren ihm unter den mitleidvollen Blicken der Dorfbewohner ins Haus gefolgt.

Dort hatte Lynley Bernard Fairclough angerufen und ihm mitgeteilt, die Frau seines Sohnes werde vermisst und sei wahrscheinlich in der Bucht ertrunken. Anscheinend sei sie zu einem Spaziergang aufgebrochen und von der Flutwelle überrascht worden.

»Wir kommen sofort«, hatte Bernard Fairclough gesagt. »Sagen Sie Nicholas, wir sind unterwegs.«

»Sie kommen, weil sie Angst haben, ich könnte jetzt wieder anfangen, Drogen zu nehmen«, sagte Nicholas benommen, als Lynley ihm die Worte seines Vaters ausrichtete. »Na ja, bei meiner Vergangenheit kann man es ihnen wohl nicht verdenken.« Dann erklärte er, er wolle weder seine Eltern noch sonst irgendjemanden sehen.

Also hatte Lynley gewartet, bis Nicholas' Eltern eintrafen. Er teilte ihnen die Entscheidung ihres Sohnes mit, hatte sich jedoch entschlossen, Alateas Geheimnis nicht zu verraten. Er würde es mit ins Grab nehmen, und er wusste, dass Deborah es genauso halten würde.

Da es für die Fahrt nach London mittlerweile zu spät war, fuhren Lynley und Deborah zum Crow & Eagle, buchten zwei Zimmer, aßen mehr oder weniger schweigend zu Abend und gingen ins Bett. Am nächsten Morgen überprüfte Lynley sein Handy. Er hatte sieben neue Nachrichten, aber er las keine davon, sondern rief Barbara Havers an.

Er schilderte ihr kurz, was vorgefallen war. Bis auf ein gelegentliches »Ach, verdammt« und »Ach Gott, Sir« hörte sie kommentarlos zu. Er sagte, sie müssten Alateas Angehörige in Argentinien über den Tod der jungen Frau informieren. Ob Barbara die Studentin aus Barcelona noch einmal um ihre Unterstützung bitten könne. Selbstverständlich, antwortete Barbara. Es tue ihr schrecklich leid, wie die Sache ausgegangen war.

»Wie geht es Ihnen, Sir?«, erkundigte sie sich. »Sie klingen gar nicht gut. Kann ich sonst noch irgendwas für Sie tun?«

»Richten Sie Superintendent Ardery aus, dass ich in Cumbria aufgehalten wurde«, sagte er. »In ein, zwei Stunden werde ich mich auf den Weg nach London machen.«

»Soll ich ihr sonst noch was sagen?«, fragte Barbara. »Soll ich ihr mitteilen, was passiert ist?«

Lynley überlegte kurz, dann sagte er: »Nein, lassen wir die Dinge lieber auf sich beruhen.«

»In Ordnung, Sir«, antwortete sie und legte auf.

Auf Barbara konnte er sich verlassen, dachte Lynley. Und dann fiel ihm auf, dass ihm überhaupt nicht in den Sinn gekommen war, Isabelle anzurufen. Weder am Abend zuvor noch am Morgen, als er nach einer unruhigen Nacht aufgewacht war, hatte er an sie gedacht.

Deborah wartete bereits auf ihn, als er nach unten kam. Sie sah sehr mitgenommen aus. Ihre Augen füllten sich mit Tränen, als sie ihn sah, und sie räusperte sich, um nicht zu weinen.

Sie saß auf einer hölzernen Bank gegenüber dem Empfangstresen. Lynley setzte sich neben sie und legte ihr einen Arm um die Schultern. Sie ließ sich gegen ihn sinken und nahm seine andere Hand, und er spürte, wie sie sich beide entspannten.

»Hör auf zu denken, was du denkst«, sagte er.

»Wie soll ich das?«

»Ich weiß es nicht. Aber du darfst das nicht denken.«

»Tommy, sie wäre niemals in die Bucht rausgegangen, wenn ich mich nicht so penetrant in ihr Leben eingemischt hätte. Dabei hatte diese Sache mit der Leihmutter überhaupt nichts mit Ian Cresswells Tod zu tun, genau wie du und Simon es mir gesagt habt. Ich bin schuld.«

»Deb, Liebes, schuld daran sind die, die geschwiegen haben, die Geheimnisse für sich behalten und gelogen haben. Nicht du.«

»Du versuchst nur, nett zu mir zu sein.«

»Nein, ich sage die Wahrheit. Alatea ist in die Bucht gegangen, weil sie es nicht ertragen konnte, ihrem Mann reinen Wein einzuschenken. Aus demselben Grund hat sie heimlich Kontakt zu Lucy Keverne aufgenommen. Du kannst nicht die Verantwortung für ihr Versteckspiel und für ihren Tod auf dich nehmen.«

Deborah schwieg eine Weile. Schließlich murmelte sie: »Aber es gibt Dinge, die man für sich behalten muss, nicht wahr?«

Er dachte über alles nach, was zwischen ihnen unausgesprochen geblieben war und es immer bleiben würde. Dann sagte er: »Wer wüsste das besser als wir beide?« Als er seinen Arm von ihren Schultern nahm, schaute sie ihn an. Er lächelte liebevoll. »London?«, fragte er.

»London«, sagte sie.

ARNSIDE
CUMBRIA

Obwohl Nicholas deutlich zu verstehen gegeben hatte, dass er allein sein wollte, hatte Valerie darauf bestanden, mit Bernard in Arnside House zu übernachten. Sie hatte Manette angerufen, um ihr die traurige Nachricht zu überbringen, und sie gebeten, sich von Arnside fernzuhalten. Mignon hatte sie ebenfalls informiert, obwohl sie wenig Sorge hatte, dass sie vor der Haustür ihres Bruders auftauchen könnte, denn seit dem großen Familienkrach hatte sie sich in ihrem Turm verkrochen. Mignon war Valerie im Moment auch relativ egal. Sie machte sich Sorgen, wie ihr Sohn auf diese Tragödie reagieren könnte.

Was er ihnen durch den Detective von Scotland Yard hatte ausrichten lassen, war knapp, aber klipp und klar gewesen. Er wünschte niemanden zu sehen. Mehr nicht.

»Aber sie hat doch Verwandte in Argentinien«, hatte Valerie zu Lynley gesagt. »Die müssen wir informieren. Die Formalitäten …«

Lynley hatte ihr versichert, Scotland Yard werde sich darum kümmern und alles Nötige veranlassen. Eine Kollegin habe bereits Kontakt mit Alateas Verwandten aufgenommen. Und was die Formalitäten angehe, solle man vielleicht abwarten, ob die Leiche gefunden werde.

An die Möglichkeit hatte sie noch gar nicht gedacht, dass es womöglich keine Leiche geben werde. Am liebsten hätte sie geantwortet, es müsse eine Leiche geben, schließlich sei jemand gestorben. Wie solle man um jemanden trauern, den man nicht begraben konnte?

Nachdem Lynley mit der Frau, die er ihr als Deborah St. James vorgestellt hatte, abgefahren war, war Valerie nach oben gegangen und hatte an Nicholas' Tür geklopft. »Wir sind hier«, hatte sie zu der verschlossenen Tür gesagt. »Dein Vater und ich. Du findest uns unten.«

Die ganze Nacht lang hatten sie im Wohnzimmer gesessen. Im Kamin brannte ein Feuer. Gegen drei Uhr meinte Valerie, im ersten Stock ein Geräusch gehört zu haben, aber es war nur der Wind gewesen. Der Wind vertrieb den Nebel und brachte Regen mit, der gegen die Fensterscheiben prasselte. Valerie kam eine Stelle aus ihrem Gebetbuch in den Sinn über die Niedergeschlagenheit während der Nacht, die am Morgen von der Freude abgelöst wird. Doch in diesem schrecklichen Fall trafen die Worte nicht zu. Die meiste Zeit schwiegen sie. Mehrmals versuchte Bernard, ein Gespräch anzufangen, aber sie schüttelte nur den Kopf und hob abwehrend eine Hand. »Herrgott noch mal, Valerie, du kannst dich doch nicht ewig weigern, mit mir zu reden«, sagte Bernard, und da begriff sie, dass er trotz allem, was in den letzten zwölf Stunden vorgefallen war, über sie beide reden wollte. Was war bloß mit dem Mann los?, fragte sie sich erschöpft. Andererseits – hatte sie die Antwort auf die Frage nicht schon immer gewusst?

Kurz nach dem Morgengrauen kam Nicholas ins Wohnzimmer. Er bewegte sich so leise, dass sie ihn erst wahrnahm, als er vor ihr stand.

Sie wollte schon aufspringen, doch Nicholas wehrte ab: »Nicht.«

»Nicholas«, sagte sie, aber er schüttelte den Kopf. Er hatte ein Auge geschlossen, als würde das Licht im Raum ihn schmerzen, und er legte den Kopf schief, als könnte er sie so besser sehen.

Er sagte: »Nur eins: Ich habe nicht die Absicht.«

»Was?«, sagte Bernard. »Nick, ich verstehe nicht …«

»Ich habe nicht die Absicht, wieder Drogen zu nehmen«, sagte Nicholas.

»Deswegen sind wir nicht hier«, sagte Valerie.

»Sondern?« Seine Lippen waren so trocken, dass sie ganz spröde waren. Er hatte dunkle Ringe unter den Augen. Sein blondes Haar klebte ihm am Kopf. Seine Brille war verschmiert.

»Wir sind geblieben, weil wir deine Eltern sind«, sagte Bernard. »Herrgott noch mal, Nick …«

»Es ist meine Schuld«, sagte Valerie. »Wenn ich Scotland Yard nicht gebeten hätte hierherzukommen, wenn diese Leute sich nicht in euer Leben eingemischt hätten, wenn sie Alatea nicht …«

»Wenn hier einer Schuld hat, dann bin ich das«, fiel Bernard ihr ins Wort. »Du darfst deiner Mutter keinen Vorwurf machen. Wenn ich ihr keinen Grund gegeben hätte, um eine Ermittlung zu bitten …«

»Hört auf.« Nicholas hob eine Hand und ließ sie erschöpft wieder sinken. »Ja, ihr seid schuld. Und zwar alle beide. Aber das spielt jetzt auch keine Rolle mehr.«

Er drehte sich auf dem Absatz um und ließ sie allein. Sie hörten ihn den Flur entlangschlurfen und kurz darauf die Treppe hochsteigen.

Sie fuhren nach Hause. Als hätte sie gewusst, dass sie über die hintere Einfahrt kommen würden – wahrscheinlich war sie auf dem Dach ihres Turms gewesen, von wo aus sie, wie Valerie inzwischen wusste, seit Jahren alles und jeden beobachtete –, stand Mignon vor dem Haus und erwartete sie bereits. Klugerweise war sie ohne ihren Rollator gekommen, dieses Spiel war endgültig vorbei. Zum Schutz gegen die Kälte hatte sie sich in einen dicken Wollmantel gewickelt. Es war ein herrlicher Morgen, wie manchmal nach einem heftigen Regen, die Sonne schien wie ein Sinnbild der Hoffnung und tauchte die Wiesen und die Damhirsche, die in der Ferne grasten, in goldenes Herbstlicht.

Mignon kam auf sie zu, als Valerie ausstieg. »Was ist passiert, Mum?«, fragte sie. »Warum seid ihr gestern Abend nicht nach Hause gekommen? Ich war ganz krank vor Sorge. Ich hab die halbe Nacht kein Auge zugetan. Um ein Haar hätte ich die Polizei gerufen.«

»Alatea …«, sagte Valerie.

»Natürlich, Alatea«, sagte Mignon. »Aber warum um Himmels willen seid ihr nicht nach Hause gekommen?«

Valerie sah ihre Tochter verständnislos an. Aber war Mignon ihr nicht schon immer fremd gewesen?

»Ich bin viel zu müde, um jetzt mit dir zu reden«, sagte sie.

»Mum!«

»Mignon, es reicht«, sagte ihr Vater.

Valerie hörte, dass Bernard ihr folgte. Sie hörte Mignon maulen. Sie blieb stehen und drehte sich um. »Du hast gehört, was dein Vater gesagt hat. Es reicht.«

Sie ging ins Haus. Sie war zu Tode erschöpft. Bernard sagte ihren Namen, als sie die Treppe hochgehen wollte. Er klang zögerlich, verunsichert auf eine Art, die sie an Bernard Fairclough noch nie erlebt hatte.

Sie sagte: »Ich lege mich eine Weile hin, Bernard«, und ging nach oben.

Sie wusste, dass sie irgendeine Entscheidung treffen musste. Ihr Leben war ein Scherbenhaufen, und sie würde sich überlegen müssen, wie diese Scherben sich wieder zusammensetzen ließen, welche davon noch zu gebrauchen waren und welche davon in den Müll gehörten. Und sie wusste, dass ein Großteil der Verantwortung für das, was geschehen war, auf ihren Schultern lastete. Sie war schon lange über Bernards Doppelleben im Bilde gewesen, und dieses Wissen und wie sie mit diesem Wissen umgegangen war, das waren ihre Sünden, für die sie bis ans Ende ihrer Tage würde büßen müssen.

Ian hatte ihr natürlich alles erzählt. Obwohl sein Onkel ihm die Finanzen der Firma anvertraut hatte, hatte Ian immer gewusst, wer bei Fairclough Industries wirklich die Macht besaß. Sicher, Bernard kümmerte sich um das Alltagsgeschäft, er traf viele Entscheidungen. Bernard, Manette, Freddie und Ian hatten gemeinsam dafür gesorgt, dass das Unternehmen seine Marktposition ausbauen konnte, hatten es auf eine Weise modernisiert, die Valerie gar nicht erst in den Sinn gekommen wäre. Aber wenn der Vorstand zweimal im Jahr zusammenkam, nahm sie den Platz am Kopfende des Konferenztischs ein, und keiner hatte das je in Frage gestellt, denn so war es immer gewesen. Man konnte die Karriereleiter hochklettern, doch irgendwann stieß man an die Decke, und sie zu durchbrechen, war eine Frage des Bluts und nicht der Kraft.

»Ich habe etwas Seltsames und ziemlich Beunruhigendes entdeckt«, hatte Ian eines Tages zu ihr gesagt. »Ehrlich gesagt wollte ich es dir eigentlich ersparen, Tante Val, weil … na ja, weil du immer gut zu mir gewesen bist, und Onkel Bernie natürlich auch, und eine Zeitlang dachte ich, ich könnte das Geld ein bisschen hin und her schieben und die Ausgaben vertuschen, aber inzwischen sehe ich nicht mehr, wie ich das machen soll.«

Als Ian Cresswell nach dem Tod seiner Mutter aus Kenia zu ihnen gezogen war, war er ein netter Junge gewesen. Und er war zu einem sympathischen Mann herangewachsen. Es war wirklich schade, dass er seine Frau und seine Kinder so tief verletzt hatte, als er sich zu seiner Neigung bekannt und beschlossen hatte, das Leben zu führen, das für ihn bestimmt war. Aber manchmal widerfuhren den Menschen eben solche Dinge, und dann musste man sehen, wie man damit zurechtkam. Jedenfalls hatte Valerie verstanden, was ihm Sorgen bereitet hatte, sie hatte seinen Loyalitätskonflikt akzeptiert, und sie war dankbar gewesen, als er ihr die Ausdrucke gezeigt hatte, die belegten, wohin das ganze Geld floss.

Sein Tod hatte sie schrecklich getroffen. Obwohl es ein Unfall gewesen war, machte sie sich Vorwürfe, weil sie nicht mit genug Nachdruck auf die losen Steine im Steg hingewiesen hatte. Andererseits hatte sein Tod ihr den Vorwand geliefert, auf den sie so lange gewartet hatte. Die einzige Methode, Bernard zu bestrafen, bestand ihrer Meinung nach darin, ihn vor der ganzen Familie zu demütigen. Seine Kinder sollten erfahren, was für ein Mann ihr Vater war. Dann würden sie ihm sagen, er solle sich nach London zu seiner Mätresse und seinem Bastard scheren, und sich schützend um ihre Mutter scharen. Auf diese Weise würde Bernard für seine Sünden bezahlen. Denn die Kinder hatten Fairclough-Blut in den Adern, und sie würden die Obszönitäten ihres Vaters keine Sekunde lang dulden. Später, wenn eine angemessene Zeit verstrichen war, würde sie ihm verzeihen. Was blieb ihr auch anderes übrig nach zweiundvierzig Jahren Ehe?

Sie trat ans Fenster ihres Zimmers, von dem aus man eine herrliche Aussicht auf den See hatte. Zum Glück, dachte sie, konnte sie von hier aus nicht den Fantasiegarten sehen, der jetzt wohl nicht mehr fertiggestellt würde. Sie betrachtete den See, in dessen spiegelglatter Oberfläche sich die Fichten am Ufer, die Felsen gegenüber Ireleth Hall und die dicken, weißen Kumuluswolken spiegelten, die wie immer nach einer stürmischen Nacht gemächlich über den Himmel zogen. Es war ein perfekter Herbsttag, sauber und frisch. Valerie hatte das Gefühl, nicht in diesen Tag hineinzupassen. Sie kam sich alt und verbraucht vor. Ihre Seele erschien ihr beschmutzt.

Sie hörte, dass Bernard ins Zimmer kam, doch sie drehte sich nicht um. Sie hörte, wie er sich ihr näherte, und aus den Augenwinkeln sah sie, dass er ein Tablett mitgebracht hatte, das er auf dem kleinen Tisch zwischen den beiden Fenstern abstellte. Über dem Tisch hing ein großer Spiegel, und darin sah Valerie, dass Bernard ihr Tee, Toast und gekochte Eier gebracht hatte. Und sie sah das Gesicht ihres Mannes.

Er war der Erste, der das Schweigen brach. »Ich habe es getan, weil ich es tun konnte. So ist mein ganzes Leben verlaufen. Ich schätze, es war wie eine Herausforderung. So wie damals, als ich dich erobert habe. So ähnlich wie die Herausforderung, mehr aus der Firma zu machen, als es dein Vater und dein Großvater vermocht hatten. Ich weiß nicht einmal, weshalb mir das Ganze so wichtig gewesen war, und das ist das Schlimmste, denn es lässt mich befürchten, dass ich es wieder tun würde.«

»Was für ein tröstlicher Gedanke«, bemerkte sie sarkastisch.

»Ich versuche, dir gegenüber ehrlich zu sein.«

»Noch so ein tröstlicher Gedanke.«

»Hör zu. Das Verteufelte ist, dass ich nicht behaupten kann, es hätte mir nichts bedeutet, denn das stimmt nicht. Ich weiß nur nicht genau, warum es mir so wichtig gewesen war.«

»Sex«, sagte sie. »Männlichkeit, Bernard. Du wolltest dir beweisen, dass du doch nicht so ein kleiner Wicht bist.«

»Das kränkt mich«, sagte er.

»Das soll es auch.« Sie betrachtete wieder den See. Sie musste einige Dinge in Erfahrung bringen, ehe sie eine Entscheidung traf, also konnte sie das genauso gut jetzt gleich hinter sich bringen. »Hast du es eigentlich immer getan?«, fragte sie.

Er besaß den Anstand, nicht zu fragen, was sie meinte. »Ja«, sagte er. »Na ja, nicht *immer*. Nur gelegentlich. Na ja, ziemlich häufig. Meistens, wenn ich geschäftlich unterwegs war. In Manchester zum Beispiel. Oder in Birmingham. In Edinburgh. In London. Aber vor Vivienne nie mit einer Angestellten. Und selbst bei ihr war es anfangs genauso wie bei den anderen. Weil ich es *konnte*. Aber mit der Zeit entwickelte sich mehr zwischen uns, und ich sah die Chance, zwei Leben zu führen.«

»Ganz schön clever«, sagte sie.

»Stimmt, ganz schön clever.«

Sie schaute ihn an. Er war tatsächlich klein. Sie überragte ihn fast um Haupteslänge, und doch hatte sie ihn nie als klein empfunden. Aber er war es. Klein, ein bisschen feingliedrig, frech, mit einem kecken Grinsen… Gott, dachte sie, ihm fehlten nur noch ein Buckel, ein Wams und eine Strumpfhose. Sie hatte sich so leicht verführen lassen wie Lady Anne. »Warum, Bernard?«, fragte sie, und als seine Augen schmal wurden, fügte sie hinzu: »Warum zwei Leben? Für die meisten Menschen ist eins mehr als genug.«

»Das weiß ich«, antwortete er. »Das ist der Fluch, mit dem ich lebe. Ein Leben war mir nie genug. Ein Leben hat mir einfach nicht… Ich weiß auch nicht.«

Aber sie wusste es, und vielleicht hatte sie es von Anfang an gewusst. »Ein Leben hätte nicht gereicht, um dir zu beweisen, dass du mehr bist als Bernie Dexter aus der Blake Street in Barrow-in-Furness.«

Er schwieg. Draußen ertönten Entenrufe, und Valerie wandte sich wieder dem Fenster zu. Etwa ein Dutzend Enten flogen in V-Formation in Richtung Fell Foot Park. Enten, die abhoben oder landeten, dachte sie, wirkten beinahe lächerlich, aber im Flug wirkten sie so elegant wie andere Vögel auch. Nur die Art, wie sie in die Luft gelangten, ließ sie tölpelhaft und schwerfällig erscheinen.

»Ja«, sagte Bernard. »Ich glaube, da hast du recht. Die Blake Street war das Loch, aus dem ich gekrochen bin, aber die Wände waren glitschig. Eine falsche Bewegung, und ich wäre wieder zurück in das Loch gefallen.«

Sie ging zu dem kleinen Tisch zwischen den Fenstern. Er hatte nur ein Gedeck auf das Tablett gestellt. Eine Tasse, eine Untertasse, zwei gekochte Eier, aber nur einen Eierbecher, Besteck für eine Person und eine weiße Serviette. Anscheinend war er sich seiner selbst doch nicht so sicher. Das stimmte Valerie schon etwas gnädiger.

»Wer bist du?«, fragte sie ihn. »Und wer willst du sein?«

Er seufzte. »Valerie, ich möchte dein Mann sein. Ich kann dir nicht versprechen, dass das – du und ich und alles, was wir uns aufgebaut haben – nicht in ein paar Monaten den Bach runtergeht. Aber ich möchte dein Mann sein.«

»Und das ist alles, was du mir anzubieten hast? Nach fast dreiundvierzig Jahren?«

»Das ist alles, was ich anzubieten habe.«

»Warum in aller Welt sollte ich dieses Angebot annehmen? Dich als meinen Mann ohne irgendeine Dreingabe wie Ehrlichkeit, wie Treue, wie…« Sie zuckte die Achseln. »Ich weiß es selbst nicht mehr, Bernard.«

»Was?«

»Was ich von dir will. Ich weiß es nicht mehr.« Sie schenkte sich Tee ein. Er hatte Zitrone und Zucker mitgebracht, keine Milch, so wie sie ihren Tee immer trank. Er hatte Toast ohne Butter mitgebracht, so wie sie ihn immer aß. Er hatte Pfeffer mitgebracht, aber kein Salz, so wie sie ihr gekochtes Ei immer würzte.

Er sagte: »Valerie, wir haben eine gemeinsame Geschichte. Ich habe dir und unseren Kindern ein großes Unrecht angetan, das weiß ich, und das weißt du. Weil ich Bernie Dexter aus der Blake Street bin. Mehr hatte ich dir von Anfang an nicht zu bieten.«

»Was ich alles für dich getan habe«, sagte sie leise. »Um dir zu gefallen, um dich zufriedenzustellen.«

»Ja, das hast du wirklich«, sagte er.

»Was es mich gekostet hat… Das kannst du nicht ahnen, Bernard. Das wirst du nie wissen. Wir müssen eine Abrechnung machen. Verstehst du das? Kannst du das verstehen?«

»Ja«, sagte er. »Das kann ich verstehen.«

Sie führte die Tasse an ihre Lippen, aber er nahm sie ihr aus der Hand und stellte sie vorsichtig wieder auf die Untertasse.

»Bitte, lass mich damit anfangen«, sagte er.

GREAT URSWICK
CUMBRIA

Die Polizei hatte einen Krankenwagen gerufen, der Tim ins Krankenhaus in Keswick gebracht hatte. Manette hatte darauf bestanden, im Krankenwagen mitzufahren, denn auch wenn sie sonst nichts über den Zustand des Jungen und seine Aussichten auf Heilung wusste, so wusste sie doch, dass er von jetzt an immer einen Angehörigen in der Nähe haben musste, und das war in dem Fall sie.

Beim Eintreffen der Polizei hatte die Alarmanlage immer noch geschrillt, als stünde der Jüngste Tag bevor. Manette hatte auf dem Bett gesessen und Tims Kopf auf ihrem Schoß gewiegt, während Freddy versucht hatte herauszufinden, was sich in dem Laden abgespielt hatte. Die Übeltäter waren über alle Berge, die Kamera war fort, und es war keine Spur von einem Computer zu entdecken, aber in ihrer Eile hatten die Beteiligten andere Dinge zurückgelassen: ein Herrenjackett samt Brieftasche, eine Damenhandtasche, die einen Reisepass enthielt, und einen ziemlich schweren Safe. Die Polizei würde bald feststellen, was sich darin befand, dachte Manette.

Tim hatte in seinem benommenen Zustand immer wieder zwei Sätze gemurmelt: »Er hat es versprochen« und »Bitte nichts verraten.« Manette streichelte ihm über den Kopf – sein Haar war lang und ungepflegt – und sagte: »Keine Sorge, Tim. Mach dir keine Sorgen.«

Als den uniformierten Polizisten klar geworden war, womit sie es zu tun hatten, hatten sie die Kollegen von der Sitte verständigt. Und so hatten sich Manette und Freddie erneut Superintendent Connie Calva gegenübergesehen. Sie betrat den Raum und betrachtete die Szenerie: die viktorianische Einrichtung, das offene Fenster, Big Ben im Hintergrund, den Plüschhund am Fußende des Betts, die Kostüme auf dem Boden, Tim, der mit dem Kopf auf Manettes Schoß lag. Dann hatte sie die Constables gefragt: »Haben Sie einen Krankenwagen gerufen?« Und zu Manette hatte sie gesagt: »Tut mir leid, mir waren die Hände gebunden. Ich muss mich an die Vorschriften halten.« Manette hatte sich abgewandt, aber Freddie war der Kragen geplatzt: »Kommen Sie uns nicht mit Ihren verdammten Vorschriften!« Dafür hätte Manette ihn umarmen können, und ihr waren fast die Tränen gekommen vor Verzweiflung darüber, dass sie so dumm gewesen war und Freddie McGhie bis zu diesem Augenblick nie gesehen hatte, wie er wirklich war.

Superintendent Calva ließ sich nicht beirren. Sie schaute Manette an und fragte: »Ich nehme an, Sie sind zufällig hier reingeraten. Sie haben die Alarmanlage gehört, die Sauerei draußen gesehen und Verdacht geschöpft, richtig?«

Manette schaute Tim an, der angefangen hatte zu zittern, und traf eine Entscheidung. Sie räusperte sich und sagte, nein, sie seien nicht zufällig in den Laden gestolpert, auch wenn es sehr freundlich von Superintendent Calva sei, das anzunehmen. Sie und ihr Mann – sie vergaß, Exmann zu sagen – seien mit Gewalt in den Laden eingedrungen. Sie hätten sich über das Gesetz hinweggesetzt und würden die Konsequenzen dafür in Kauf nehmen. Leider seien sie nicht rechtzeitig eingetroffen, um die Vergewaltigung eines Vierzehnjährigen und die Filmaufnahmen für die Perversen in aller Welt verhindern zu können, aber den Rest würden sie der Polizei überlassen, ebenso wie die Entscheidung, auf welche Weise man mit ihr und ihrem Mann – wieder vergaß sie, ihn als ihren Exmann zu bezeichnen – verfahren wolle, nachdem sie in den Laden eingebrochen waren oder wie auch immer die Polizei ihr Vorgehen bezeichnen wolle.

»Als Malheur, würde ich sagen«, hatte Superintendent Calva daraufhin gesagt. »Oder vielleicht als dummen Streich? Auf jeden Fall müssten diese Müllcontainer mit irgendeiner Art Bremsen ausgestattet werden, damit sie nicht in Schaufenster rollen können.« Sie hatte sich noch einmal umgesehen und ihre Leute angewiesen, Beweismittel einzusammeln. Dann hatte sie gesagt: »Wir werden von dem Jungen eine Aussage brauchen.«

»Aber nicht jetzt«, hatte Manette geantwortet.

Dann waren sie zum Krankenhaus gefahren. Die Ärzte und Krankenschwestern im Krankenhaus in Keswick waren sehr behutsam mit Tim umgegangen und hatten ihn schließlich in Manettes Obhut entlassen. Sie und Freddie hatten ihn mit nach Hause genommen, hatten ihn in die Badewanne gesteckt, ihm eine warme Suppe vorgesetzt, noch eine Weile mit ihm am Küchentisch gesessen und ihn schließlich ins Bett verfrachtet.

Dann hatten sie sich in ihre Zimmer zurückgezogen. Manette hatte in ihrem Zimmer eine schlaflose Nacht verbracht.

Am frühen Morgen, noch bevor es hell wurde, hatte sie Kaffee aufgesetzt. Sie hatte sich an den Küchentisch gesetzt, und jetzt starrte sie mit leerem Blick ihr Spiegelbild in der Fensterscheibe an, hinter der noch dunkle Nacht herrschte und irgendwo in der Nacht der See lag, an dessen Ufer die Schwäne noch im Schilf schliefen.

Als Nächstes würden sie wohl Niamh anrufen müssen. Sie hatte Kaveh bereits am Abend zuvor Bescheid gesagt und ihn gebeten, Gracie auszurichten, sie brauche sich keine Sorgen um ihren Bruder zu machen.

Und jetzt musste sie sich irgendwie mit Niamh auseinandersetzen. Als Tims Mutter hatte sie das *Recht* zu wissen, was vorgefallen war, aber Manette fragte sich, ob es wirklich nötig war, dass Niamh es erfuhr. Was wenn sie nicht reagierte und Tim erfuhr davon? Dann wäre er doch sicher am Boden zerstört, oder? Und hatte er nicht schon genug durchgemacht? Andererseits mussten sie sich irgendwann bei Niamh melden, denn immerhin wusste sie, dass ihr Sohn vermisst wurde.

Manette saß am Küchentisch und zerbrach sich den Kopf, was zu tun war. Tim zu verraten war undenkbar. Zugleich würde er aber auch Hilfe brauchen. Die konnte er in der Margaret Fox School bekommen, wenn er sich dort kooperativ verhielt. Doch wann war Tim jemals kooperativ gewesen? Und wie konnte man von ihm erwarten, dass er nach allem, was ihm widerfahren war, plötzlich kooperativ war? Warum, zum Teufel, sollte er es auch sein? Wem konnte er denn noch trauen?

Gott, war das alles ein Schlamassel, dachte Manette. Sie wusste überhaupt nicht, wie sie dem Jungen helfen sollte.

Sie saß immer noch am Küchentisch, als Freddie nach unten kam. Offenbar war sie auf ihrem Stuhl eingenickt, denn es war taghell, und Freddie war gerade dabei, sich eine Tasse Kaffee einzuschenken, als sie aufschreckte.

»Ah, du lebst ja noch«, bemerkte Freddie. Er schüttete den Inhalt ihrer Kaffeetasse in die Spüle und schenkte ihr frischen Kaffee ein. »Kopf hoch, Kleine«, sagte er und klopfte ihr auf die Schulter. »Nach einem Viertelstündchen auf deinem Laufband fühlst du dich bestimmt wieder viel besser.«

Als er sich ihr gegenüber an den Tisch setzte, fiel Manette auf, dass er seinen besten Anzug anhatte. Genau genommen trug er seine Hochzeits-, Tauf- und Beerdigungskluft, wie er es nannte: der gute Anzug, weißes Hemd mit Manschettenknöpfen und Einstecktuch aus Batist. Er saß da, zufrieden mit sich selbst, von Kopf bis Fuß geschniegelt und gestriegelt, als wäre der vergangene Tag nicht einer der schlimmsten Alpträume gewesen.

Mit einer Kinnbewegung wies er auf das Telefon, das vor ihr auf dem Tisch lag, und sagte: »Hm?« Manette sagte ihm, dass sie Kaveh angerufen habe. »Und was ist mit Niamh?«, wollte Freddie wissen, worauf sie antwortete: »Das ist die große Frage, nicht wahr?« Sie erzählte ihm, dass Tim sie angefleht hatte, seiner Mutter nichts zu verraten, als sie am Abend noch einmal nach ihm gesehen hatte.

»Aber ich sollte sie wenigstens anrufen und ihr Bescheid geben, dass er bei uns ist«, sagte sie. »Auch wenn mir selbst das widerstrebt.«

»Warum?«

»Aus demselben Grund, warum Tim mich gebeten hat, ihr nichts von dem zu erzählen, was gestern passiert ist. Manchmal ist es leichter, die Wahrheit über jemanden nicht so genau zu kennen. Tim kann sich denken – oder besser gesagt, ich kann mir denken –, dass es ihr egal ist oder dass sie nicht reagieren wird oder dass sie sich ärgert, und das war's. Aber wenn ich sie anrufe, dann werde ich die Wahrheit über Niamh Cresswell erfahren. Und ich bin mir nicht sicher, ob ich das möchte. Und Tim will es mit Sicherheit auch nicht.«

Freddie hörte sich das alles geduldig an. Schließlich sagte er:

»Ah, verstehe. Tja, da kann man wohl nichts machen, oder?« Er nahm das Telefon und gab die Nummer ein. »Ist ein bisschen früh, aber gute Nachrichten sind doch immer willkommen, oder?«, murmelte er. Er lauschte eine Weile, dann sagte er: »Hallo Niamh, hier ist Fred. Hoffe, ich hab dich nicht geweckt? … Äh, tut mir leid … Wir hatten eine ziemlich unruhige Nacht … Wirklich? Das freut mich … Hör mal, Niamh, wir haben Tim hier bei uns … Ach, er ist ein bisschen erkältet, weil er sich nachts draußen rumgetrieben hat, der Schlingel … Wir haben ihn zufällig in Windermere aufgegabelt. Manette pflegt ihn schön … Ja, ja, genau. Könntest du in der Schule anrufen und denen Bescheid sagen … Ach so. Na ja, klar. Sicher … Du hast Manette doch auch auf seine Karte gesetzt, oder? Sehr gut … Manette und ich würden Tim und Gracie gern eine Weile bei uns behalten. Was hältst du davon? … Hmm, ja. Großartig, Niamh … Manette wird sich freuen. Sie mag die beiden sehr.«

Das war's. Freddie beendete das Gespräch, legte das Telefon auf den Tisch und trank einen Schluck Kaffee.

Manette sah ihn entgeistert an. »Was ist denn in dich gefahren?«

»Das muss man doch alles organisieren.«

»Ja, natürlich. Aber bist du verrückt geworden? Wir können die Kinder doch nicht zu uns nehmen!«

»Warum denn nicht?«

»Freddie, unser Leben ist ein einziges Chaos. Und was Tim und Gracie jetzt brauchen, ist Stabilität.«

»Ah, ja, Chaos. Richtig. Ich weiß.«

»Tim dachte, der Mann würde ihn umbringen, Freddie. Er braucht Hilfe.«

»Also, das ist doch nachvollziehbar, oder? Dass er gedacht hat, der Kerl bringt ihn um. Er muss fürchterliche Angst gehabt haben. Er ist da in was reingeraten, was er überhaupt nicht verstanden hat und …«

»Nein, du verstehst das nicht. Er dachte, der Mann würde ihn umbringen, weil das die Abmachung war, die er mit ihm getroffen hatte. Das hat er mir gestern Abend erzählt. Er hat gesagt, er hätte sich unter der Bedingung auf die Filmerei und alles eingelassen, dass dieser Toy4You ihn hinterher umbringen würde. Weil er nicht den Mumm hatte, sich selbst umzubringen. Er wollte es, aber er hat's nicht über sich gebracht. Und vor allem wollte er nicht, dass Gracie ihn für einen Selbstmörder hielt.«

Freddie hörte ihr ernst zu, das Kinn in die Hand gestützt. »Hm«, sagte er. »Verstehe.«

»Gut. Denn dieser Junge ist in einem derart verwirrten und verletzten Zustand… Gott, mir fehlen die Worte… Ihn hierherzuholen, in diesen Scherbenhaufen… Das können wir ihm doch nicht antun!«

»Erstens«, sagte Freddie, nachdem er einen Moment nachgedacht hatte, »geht er auf eine sehr gute Schule, wo er wieder auf die Beine kommen kann, wenn er dazu bereit ist. Unsere Aufgabe ist es, ihm das klarzumachen. Er wünscht sich eine Mutter und einen Vater, die zu ihm stehen und die an die Möglichkeit glauben, dass man die Scherben seines Lebens einsammeln und er noch einmal von vorne anfangen kann.«

»Das ist ja alles schön und gut, aber wie lange können wir ihm das geben?«

»Wie meinst du das?«

»Ach, komm schon, Freddie, tu doch nicht so«, sagte Manette geduldig. »Du bist ein guter Fang und offenbar sehr begehrt, und früher oder später wird dich eine von deinen Freundinnen angeln. Und dann sind Tim und Gracie schon wieder damit konfrontiert, dass ihre Familie zerbricht. Das können wir ihnen doch nicht zumuten.«

Freddie schaute ihr in die Augen. »Oh. Dann habe ich mich also getäuscht?«

»Inwiefern?«

»In uns. Denn wenn das so ist, geh ich nach oben und zieh meinen Hochzeitsanzug wieder aus.«

Ihre Augen füllten sich mit Tränen. »Freddie … Ach, Freddie … Nein, du hast dich nicht getäuscht.«

»Das heißt also, wir müssen heute zu einer Hochzeit erscheinen, oder? Auf dem nächsten Standesamt, würde ich sagen. Wir brauchen nur noch zwei Trauzeugen. Soll ich Tim wecken?«

»Ja«, sagte Manette. »Und ich rufe Gracie an.«

ST. JOHN'S WOOD
LONDON

Zed Benjamin saß im Auto und betrachtete den Weg, den er zurücklegen musste, um ins Haus seiner Mutter zu gelangen. Er wusste, was ihn da drinnen erwartete, und er war nicht wild darauf. Seine Mutter würde nicht lange brauchen, um spitzzukriegen, dass er seinen Job verloren hatte, und dann würde sie ihm ordentlich die Hölle heißmachen. Außerdem musste er Yaffa gegenübertreten, und die Vorstellung, was sie für ein Gesicht machen würde, wenn sie erfuhr, dass er seine Jahrhundertstory in den Sand gesetzt hatte, war einfach nur deprimierend.

Zu allem Überfluss fühlte er sich hundeelend. Er war am Morgen in einem schäbigen Hotel an einer Raststätte aufgewacht. Am Tag zuvor hatte er gleich nach dem Telefonat mit Rodney Aronson seine Sachen in Windermere abgeholt und sich auf den Heimweg gemacht. Dann war er so lange in Richtung London gefahren, bis ihm fast die Augen zugefallen waren. Das Zimmer, in dem er übernachtet hatte, hatte ihn an diese japanischen Schlafboxen erinnert, über die er einmal gelesen hatte. Er fühlte sich, als hätte er versucht, in einem Sarg zu schlafen.

Am Morgen war er so ausgeruht gewesen, wie man sein konnte, wenn man um drei Uhr morgens aus dem Schlaf gerissen wurde, weil sich auf dem Hotelkorridor ein paar Typen dermaßen prügelten, dass die Polizei gerufen werden musste. Um halb fünf war er wieder eingeschlafen, aber gegen fünf waren die Leute zur Frühschicht in den verschiedenen Läden und Imbissbuden der Raststätte eingetroffen, hatten ihre Autotüren zugeschlagen und einander lauthals begrüßt, und um halb sechs hatte Zed seine Schlafversuche endgültig aufgegeben und sich in die Miniaturdusche gezwängt.

Wie ein Roboter hatte er sich rasiert, die Zähne geputzt, sich angezogen. Hunger hatte er keinen gehabt, aber er hatte wenigstens einen Kaffee trinken wollen, und als er gerade in der Cafeteria war, wurden die Tageszeitungen geliefert.

Aus lauter Gewohnheit hatte Zed sich die *Source* geschnappt und mit an seinen Tisch genommen. Die Zeitung brachte eine Fortsetzung von Corsicos weltbewegender Rührstory über das Mischlingskind aus dem dritten Glied der Königsfamilie. Die Story war richtig groß aufgemacht, diesmal mit der Schlagzeile *Er gesteht ihr seine Liebe*, und begleitet von den entsprechenden Fotos. Das besagte Mitglied der königlichen Familie hatte anscheinend die Absicht, die Mutter des Kindes zu ehelichen, da die Enthüllungsstory dazu geführt hatte, dass sie ihren Job als drittklassige Bollywood-Schauspielerin verloren hatte. Lesen Sie auf Seite drei, wer die Mutter des Kindes ist … Zed befolgte die Anweisung. Und stieß auf ein Foto von einer vollbusigen Schönheit und ihrem königlichen Verehrer, der das Kind auf dem Schoß hielt. Der Mann grinste in die Kamera, als wollte er seinen Geschlechtsgenossen im ganzen Land zeigen: »Seht mal, was ich mir geangelt hab, ihr Wichser!« Und es stimmte sogar. Der Idiot hatte immerhin einen Titel. Ob er auch noch einen dem Titel angemessenen Verstand besaß, war eine andere Frage.

Zed warf die Zeitung auf den Tisch. Was für ein Schwachsinn, dachte er. Aber er wusste, dass bei der *Source* die Korken knallten. Man würde Mitchell Corsicos unfehlbaren Riecher für eine heiße Story feiern, seine Fähigkeit, die öffentliche Meinung zu beeinflussen und einen Spross der königlichen Familie – wie unbedeutend der auch sein mochte – dahingehend zu manipulieren, dass er genau das tat, was die *Source* ihm vorgab. Er, Zedekiah Benjamin, verkannter Dichter, sollte eigentlich froh sein, dass er den Scheißjob bei dem Käseblatt los war.

Er stieg aus dem Auto. Er konnte das Unausweichliche nicht länger aufschieben, dachte er, doch er konnte es immerhin als positive Wendung in seinem Leben darstellen, falls ihm die richtigen Worte einfielen.

Kurz bevor er die Haustür erreichte, kam Yaffa aus dem Haus. Sie rückte gerade ihren Rucksack zurecht, woraus er schloss, dass sie auf dem Weg zur Uni war. Sie hatte ihn nicht gesehen, und er wollte sich gerade hinter ein paar Sträuchern verdrücken, als sie ihn entdeckte.

»Zed«, stammelte sie. »Was für eine … Also, das ist ja … Was für eine Überraschung. Du hast mir ja gar nicht gesagt, dass du heute schon nach London zurückkommen würdest.«

»Wenn ich dir erst mal erzähle, warum ich wieder da bin, wirst du weniger erfreut sein.«

»Was ist denn?«, fragte sie besorgt. Sie legte ihm eine Hand auf den Arm. »Was ist passiert, Zed?«

»Ich bin gefeuert.«

Sie schaute ihn mit offenem Mund an. Wie weich ihre Lippen waren, dachte Zed. »Du hast deinen Job verloren? Aber es lief doch alles so gut! Was ist denn mit deiner Story? Und mit den Leuten in Cumbria? Mit all den Geheimnissen? Was hatten sie denn zu verbergen?«

»Es ging nur darum, wie man ein Kind in die Welt setzt, wenn man selber keins bekommen kann«, sagte er. »Das war alles.«

Sie runzelte die Stirn. »Und Scotland Yard? Es kann doch nicht sein, dass die wegen so was ermittelt haben.«

»Das ist das Schlimmste, Yaffa«, sagte er. »Wenn da oben wirklich jemand von Scotland Yard war, dann hab ich ihn jedenfalls nicht zu Gesicht bekommen.«

»Aber wer war denn dann diese Frau?«

»Sie war gar nicht von Scotland Yard. Ich habe nicht die leiseste Ahnung, wer sie war, und jetzt, wo ich meinen Job los bin, spielt es auch keine Rolle mehr, oder?« Er trat verlegen von einem Fuß auf den anderen. »Aber unsere kleine Scharade am Telefon hat mir Spaß gemacht.«

Sie lächelte. »Mir auch.«

Nervös spielte er an seinem Laptop herum. Plötzlich schien er nicht zu wissen, wo er seine Hände und Füße lassen sollte. »Tja. Hm«, sagte er. »Wann wollen wir denn unsere Trennung inszenieren? Wenn's nach mir geht, so bald wie möglich. Wenn wir das nämlich nicht in den nächsten Tagen angehen, bestellt meine Mutter den Rabbi und backt eine Challa.«

Yaffa lachte. »Und wäre das denn gar so schrecklich, Zedekiah Benjamin?«, fragte sie in einem neckischen Ton.

»Was? Das mit dem Rabbi oder das mit der Challa?«

»Beides.«

Die Haustür ging auf. Eine ältere Frau kam mit einem kleinen Pudel an der Leine heraus. Zed trat zur Seite, um ihr Platz zu machen. Sie schaute erst ihn, dann Yaffa, dann wieder ihn an. Sie grinste. Zed schüttelte den Kopf. Jüdische Mütter. Die waren doch alle gleich, dachte er resigniert. Dann sagte er zu Yaffa: »Das würde Micah aber gar nicht gefallen, oder?«

»Ach, Micah.« Yaffa schaute der alten Frau mit dem Pudel nach. Der Pudel hob das Bein und pinkelte an einen Strauch. »Ich fürchte, es gibt gar keinen Micah.«

Er schaute sie verdattert an. »Wie bitte? Verdammt! Ihr habt euch getrennt?«

»Zed«, sagte Yaffa. »Es hat nie einen Micah gegeben.«

Zed brauchte einen Augenblick, um das zu verdauen. Endlich fiel ihm der Groschen. »Soll das heißen …«

Sie ließ ihn nicht ausreden. »Ja, genau das soll das heißen.«

Er lächelte. »Du bist ja eine ganz Raffinierte.«

»Ja«, sagte sie. »So bin ich einfach. Und ja.«

»Ja, was?«

»Ja, ich will deine Frau werden. Wenn du mich noch haben willst, obwohl ich dich mit Hilfe deiner eigenen Mutter reingelegt habe.«

»Aber warum willst du mich denn jetzt noch?«, fragte er. »Ich habe keinen Job, ich habe kein Geld, ich wohne bei meiner Mutter und ...«

»Das sind die Geheimnisse der Liebe«, sagte sie.

BRYANBARROW
CUMBRIA

Kaum hielt das Auto vor dem Tor, kam Gracie aus dem Haus gelaufen. Sie flog Tim um den Hals und ließ ihn gar nicht mehr los und redete so atemlos auf ihn ein, dass er Mühe hatte zu verstehen, was sie sagte. Und alles andere war ihm auch noch nicht so ganz klar. Manette hatte in der Margaret Fox School angerufen, um Bescheid zu sagen, dass Tim jetzt bei ihr wohnte. Sie hatte gebeten, ihn noch einen Tag vom Unterricht zu beurlauben, und versprochen, ihn am nächsten Morgen persönlich zur Schule zu bringen. Dann hatte sie einen grünen Seidenrock, einen grauen Kaschmirpullover und ein graues Jackett angezogen, sich ein buntes Halstuch umgebunden und verkündet, sie müssten zu einer Hochzeit und Tim sei Freddies Trauzeuge – falls er nichts dagegen habe.

Irgendwann hatte Tim begriffen, dass es sich um die Hochzeit von Manette und Freddie handelte. Er hatte beteuert, natürlich habe er nichts dagegen, aber dann hatte er sich von den strahlenden Gesichtern der Brautleute abgewandt und sich gesagt, dass er da nicht hingehörte, denn wenn er sich auf den ganzen Jubel einließ, würde er sich umso beschissener fühlen, wenn ihn seine trostlose Wirklichkeit wieder einholte. Und er hatte es so satt, immer alles hinter sich lassen zu müssen. Er hatte gefragt: »Was soll ich denn anziehen?«, denn in Great Urswick hatte er überhaupt keine Sachen.

»Wir finden schon was Passendes für dich«, hatte Manette geantwortet und sich bei Freddie untergehakt. »Aber zuerst holen wir Gracie ab. Kaveh hat sie zu Hause behalten, weil ich ja schließlich eine Brautjungfer brauche.«

Gracie war völlig aus dem Häuschen »Eine Hochzeit! Eine Hochzeit!«, rief sie, während sie neben Tim herhüpfte. »Wir gehen auf eine Hochzeit, Timmy! Krieg ich ein neues Kleid, Manette? Soll ich eine weiße Strumpfhose anziehen?«

Zu Tim sagte sie: »Du darfst nie wieder weglaufen, hörst du? Ich hab mir solche Sorgen gemacht! Klar war ich sauer wegen Bella, weil du sie kaputt gemacht hast, aber sie ist nur eine Puppe, das weiß ich ja. Ich hatte sie nur so gern, weil Dad sie mir geschenkt hat, weißt du, und ich durfte sie mir sogar selber aussuchen. Jetzt bin ich einfach nur froh, dass du wieder da bist. Weißt du schon, was du zur Hochzeit anziehst?«

Dann wollte sie von Manette wissen: »Habt ihr viele Gäste eingeladen? Kommen deine Eltern auch? Und deine Schwester? Oder ist das zu anstrengend für die?«

Tim musste lächeln, was seltsam war, denn es war das erste Mal seit mindestens einem Jahr, dass ihm nach Lächeln zumute war. Gracie blühte richtig auf, und er wünschte sich so sehr, dass es dabei blieb.

Sie gingen ins Haus, Tim lief nach oben, um sich etwas zum Anziehen zu holen. Das Haus kam ihm seltsam fremd vor. In seinem Zimmer waren seine Sachen, aber sie gehörten ihm nicht wirklich. Er wohnte hier, und doch wohnte er nicht hier. Er wusste nicht recht, was er davon halten sollte, dass er sich so fühlte.

Er hatte nichts zum Anziehen, das für eine Hochzeit geeignet war, höchstens seine Schuluniform, und die kam natürlich nicht in Frage.

Er überlegte, ob er den nächsten Schritt wagen sollte. Es schien ein Riesenschritt zu sein, der ihn vielleicht total umhauen würde. Aber Manette und Freddie würden heiraten, und letztlich würde ihm nichts anderes übrig bleiben, als ins Zimmer seines Vaters zu gehen und die schwarzen Müllsäcke mit dessen Sachen unter dem Bett hervorzuziehen, die Kaveh dort versteckt hatte, um sie zu Oxfam zu bringen, bevor seine Braut hier einzog.

Tim probierte eine von Ians Hosen an. Sie war ihm zu weit, aber mit einem Gürtel würde es schon gehen, und in einem Jahr würde sie ihm sowieso passen. Er ging die Sachen durch: Hosen, Hemden, Krawatten, Jacketts, Pullover. Wie gut sein Vater sich gekleidet hatte, dachte Tim. Was sagte ihm das über Ian? Wer war er gewesen? Einfach ein Mann. Ein ganz normaler Mann …

Hastig suchte er sich ein Hemd, eine Krawatte und ein Jackett aus, zog die Sachen an und lief nach unten. Die anderen warteten in der Küche auf ihn, wo Gracie gerade dabei war, einen Zettel für Kaveh an den Schrank zu kleben, in dem Kaveh den Tee aufbewahrte. »Gracie und Timmy gehen zu einer Hochzeit!« stand darauf, und darunter hatte sie ein Smiley gezeichnet.

Auf dem Weg zum Auto sahen sie, wie George Cowley seine letzten Habseligkeiten aus dem Cottage trug. Daniel stand ein bisschen verlegen dabei. Tim fragte sich, warum Dan nicht in der Schule war. Ihre Blicke streiften sich kurz. Gracie rief: »Tschüss, Dan! Wir fahren zu einer Hochzeit, und vielleicht kommen wir nie mehr zurück!«

Sie stiegen ins Auto und machten sich auf den Weg nach Windermere. Erst als sie das Dorf hinter sich gelassen hatten und durch das Lyth Valley kurvten, drehte Manette sich zu ihnen um und fragte: »Was wäre denn, wenn ihr wirklich nie wieder zurückkämt, Gracie? Was würdet ihr denn davon halten, zu uns nach Great Urswick zu ziehen?«

Gracie schaute Tim an. Dann schaute sie Manette mit großen Augen an. »Und mein Trampolin? Kann ich das mitbringen?«

»Dafür finden wir bestimmt einen Platz.«

Gracie seufzte, rückte näher zu Tim und legte den Kopf an seine Schulter. »Das wär schön«, sagte sie.

Tim schloss die Augen und hörte zu, wie Gracie und Manette Pläne schmiedeten. Erst als Freddie vom Gas ging und Manette etwas von Standesamt erwähnte, machte er die Augen wieder auf.

»Können wir vorher noch kurz irgendwo vorbeifahren?«, fragte er. »Ich meine, vor der Hochzeit.«

Selbstverständlich, sagte Manette, und Tim nannte Fred die Adresse des Ladens, wo er Bella zur Reparatur abgegeben hatte. Er müsse nur kurz etwas erledigen, sagte er, sprang aus dem Auto und betrat den Laden. Die Arme und Beine der Puppe waren angenäht worden. Sie war zwar nicht ganz wieder die Alte, aber immerhin.

»Ich dachte, ich sollte die Puppe mit der Post schicken«, sagte die Frau.

»Hab's mir anders überlegt«, erwiderte Tim.

Im Auto gab Tim seiner Schwester die Puppe. Gracie drückte Bella an sich, rief: »Du hast sie wieder heil gemacht! Du hast sie wieder heil gemacht!«, und wiegte sie sanft, als wäre sie ein lebendes Wesen.

»Ganz wie neu ist sie nicht geworden«, sagte Tim. »Tut mir leid.«

»Ach«, sagte Freddie, als er wieder losfuhr. »Wir beide sind auch nicht wie neu.«

12. November

CHELSEA
LONDON

Als Lynley und Deborah in London eintrafen, war es schon nach Mitternacht. Sie hatten fast während der ganzen Fahrt geschwiegen, obwohl Lynley sie gefragt hatte, ob sie reden wolle. Natürlich war ihm bewusst, dass sie von ihnen beiden die schwerere Last trug, weil sie sich an Alateas Tod mitschuldig fühlte, und er hätte ihr gern wenigstens einen Teil dieser Last genommen. Aber das hatte sie nicht zulassen wollen. »Können wir einfach still sein?«, hatte sie gefragt, und das hatte er akzeptiert. Nur hin und wieder hatte er kurz ihre Hand gestreichelt.

Kurz vor der Straße in Richtung Liverpool und Manchester wurde der Verkehr dichter. In der Nähe von Birmingham stockte der Verkehr wegen verschiedener Baustellen, und vor der Abfahrt auf die A45 nach Northampton gerieten sie wegen eines Unfalls in einen Stau. Schließlich fuhren sie auf eine Raststätte und aßen ausgiebig zu Abend in der Hoffnung, dass der Stau sich auflösen würde. Erst gegen Mitternacht erreichten sie den Kreisverkehr in Cricklewood, und eine halbe Stunde später trafen sie in Chelsea ein.

Als sie vor dem Haus hielten, sah Deborah sofort, dass in Simons Arbeitszimmer im Erdgeschoss noch Licht brannte. Offenbar wartete er auf sie.

Er saß im Sessel und las, und Peach lag vor dem Kaminfeuer auf einem Kissen, das Simon für sie dorthin gelegt hatte. Die Dackelhündin erhob sich träge, als Deborah eintrat, streckte erst die Vorderbeine, dann die Hinterbeine und kam auf sie zu, um sie zu begrüßen.

Simon legte sein Buch weg, einen Roman, wie Deborah verwundert bemerkte. Normalerweise las Simon ausschließlich Sachbücher und Biografien von Menschen, die in der Wildnis überlebt hatten. Sein Lieblingsheld war Shackleton.

Er stand mühsam auf. »Da seid ihr ja endlich«, begrüßte er sie.

»Wir sind ein paarmal in einen Stau geraten«, sagte sie. »Hat Tommy dir alles erzählt?« Er nickte und musterte sie mit seinen grauen Augen. Sah die Last, die sie schier erdrückte. »Er hat mich angerufen, als ihr getankt habt. Es tut mir schrecklich leid.«

Sie hob Peach auf die Arme, die sofort versuchte, ihr das Gesicht abzulecken. »Du hast mit allem recht gehabt«, sagte sie zu Simon, während sie ihre Wange in das seidige Hundefell drückte. »Wie immer.«

»Das bereitet mir keine Genugtuung.«

»Was? Dass du immer recht behältst? Oder dass du diesmal recht hattest?«

»Weder das eine noch das andere. Und ich behalte nicht immer recht. Auf dem Gebiet der Wissenschaft bewege ich mich auf ziemlich sicherem Boden. Aber was Herzensdinge angeht, die Gefühle zwischen dir und mir … Glaub mir, Deborah, ich tappe völlig im Dunkeln.«

»Es war diese Zeitschrift. Ich war total auf die Sache mit der Schwangerschaft fixiert und fühlte mich Alatea so sehr verbunden. Der Gedanke, dass diese Frau ebenso entschlossen war wie ich, dass sie sich ebenso *leer* fühlte wie ich, hat mich nicht mehr losgelassen. Ich bin schuld an ihrem Tod. Wenn ich ihr nicht solche Angst eingejagt hätte, wenn ich sie in Ruhe gelassen hätte, dann … Ich dachte, sie redete von diesem verrückten *Source*-Reporter, während sie dachte, der Mann, der sie suchte, hätte mich geschickt.«

»Der Mann, von dem sie *glaubte*, er würde nach ihr suchen«, korrigierte sie Simon. »Wenn man die Wahrheit so zwanghaft verheimlicht, wie sie es getan hat, dann beherrscht sie irgendwann das ganze Leben. Alles wird nur noch von Misstrauen regiert. Du warst in Cumbria, weil Tommy dich darum gebeten hat, Deborah. Alles andere hat nur mit Alatea selbst zu tun.«

»Wir wissen doch beide, dass das so nicht stimmt«, entgegnete sie. »Ich habe in das, was ich bei Nicholas und Alatea gesehen habe, mehr hineingelegt, weil ich das wollte. Und wir wissen beide, warum ich das wollte.« Sie setzte sich in einen Sessel, und Peach machte es sich auf ihrem Schoß bequem. »Warum schläft sie nicht bei Dad?«, fragte Deborah, während sie die Dackelhündin streichelte.

»Weil ich sie bei mir haben wollte. Ich wollte nicht allein auf dich warten.«

Deborah ließ die Bemerkung auf sich wirken. »Wie seltsam«, sagte sie. »Ich hätte nie gedacht, dass es dir etwas ausmachen könnte, allein zu sein. Du wirkst immer so selbstgenügsam.«

»Wirklich?«

»Ja. Wie sonst? Kühl, rational, selbstbewusst. Ich explodiere immer mal wieder, aber dir passiert das nie. Und jetzt … stehst du vor mir und erwartest irgendetwas von mir. Ich spüre es, dabei habe ich keine Ahnung, was du erwartest …«

»Wirklich nicht?«

»… oder wie ich es dir geben soll.«

Simon setzte sich, aber nicht in den Sessel, in dem er bei ihrer Ankunft gesessen hatte, sondern auf die Lehne ihres Sessels. Deswegen konnte sie sein Gesicht nicht sehen, und er konnte ihres nicht sehen. »Ich muss einfach darüber wegkommen«, sagte sie. »Das weiß ich. Aber ich weiß nicht, wie ich das machen soll. Warum komme ich nicht darüber weg, Simon? Warum kann ich etwas, das ich mir so sehr wünsche, nicht einfach loslassen?«

»Vielleicht solltest du es dir weniger wünschen«, sagte er.

»Und wie soll ich das anstellen?«

»Indem du resignierst.«

»Aber das würde bedeuten, dass ich aufgebe. Dass *wir* aufgeben. Und wie würde ich mich dann fühlen?«

»Verloren«, sagte er.

»Sehnsüchtig«, sagte sie. »So fühlt es sich an. Da ist so eine Sehnsucht in mir, die sich durch nichts stillen lässt. Es ist schrecklich. Deswegen fühle ich mich immer so … leer. Ich weiß, dass ich so auf Dauer nicht leben kann, doch ich weiß auch nicht, wie ich diese Sehnsucht loswerden soll.«

»Vielleicht ist das auch nicht der richtige Weg«, sagte er. »Vielleicht musst du einfach lernen, damit zu leben. Oder du musst begreifen, dass die Sehnsucht und das Stillen der Sehnsucht zwei grundverschiedene Dinge sind. Die nichts miteinander zu tun haben. Das eine ist durch das andere nicht wegzukriegen.«

Deborah dachte darüber nach. Sie überlegte, wie groß der Teil ihres Lebens war, der von dieser unstillbaren Sehnsucht bestimmt wurde. Schließlich sagte sie: »So will ich nicht leben, mein Liebling.«

»Dann versuch, anders zu leben.«

»Und wie soll ich das machen?«

Er streichelte ihr übers Haar. »Vielleicht solltest du dich zuerst einmal ausschlafen.«

WANDSWORTH
LONDON

Ursprünglich hatte Lynley von Chelsea aus direkt nach Hause fahren wollen. Von St. James bis zu ihm waren es nur fünf Minuten mit dem Auto. Aber als hätte der Healey Elliott einen eigenen Willen, hatte er ihn zu Isabelle gefahren, und noch ehe er so recht wusste, warum er das tat, schloss er ihre Wohnungstür auf.

Es war dunkel in der Wohnung, wie mitten in der Nacht nicht anders zu erwarten. Er ging in die Küche und schaltete die schwache Lampe über der Spüle ein. Und obwohl er sich dafür verabscheute, warf er einen Blick in den Kühlschrank, öffnete sämtliche Schranktüren, überprüfte den Inhalt des Mülleimers und sah im Backofen nach.

In dem Moment ging das Licht an, und Isabelle stand in der Küche. Er hatte sie nicht gehört, so dass er nicht wusste, wie lange sie ihn schon dabei beobachtet hatte, wie er ihre Schränke durchsuchte.

Sie sahen einander schweigend an. Dann warf sie einen Blick auf die offene Ofenklappe, drehte sich um und ging zurück ins Schlafzimmer.

Er folgte ihr. Aber er konnte sich einfach nicht beherrschen. Im Schlafzimmer wanderte sein Blick zuerst zum Nachttisch, von dort zum Boden neben dem Bett, dann zur Kommode an der Wand. Es war, als hätte ihn eine Krankheit befallen.

Sie beobachtete ihn. Offenbar hatte er sie aus dem Schlaf geholt. Aber aus welcher Art von Schlaf? Hatte sie etwas geschluckt, etwas eingenommen? … Plötzlich musste er das unbedingt wissen. So glaubte er zumindest, bis er ihren Gesichtsausdruck wahrnahm: Billigung ebenso wie Resignation lagen in ihrem Blick.

»Es tut mir furchtbar leid«, sagte er.

»Mir auch«, sagte sie.

Er ging zu ihr. Sie trug nur ein dünnes Nachthemd, das sie sich über den Kopf zog. Er legte ihr eine Hand in den Nacken und küsste sie. Sie schmeckte nach Schlaf und nach sonst nichts. Er löste sich von ihr, schaute sie an, küsste sie noch einmal. Sie begann, ihn auszuziehen, und er legte sich zu ihr, während er die Laken herunterriss und auf den Boden warf, so dass nichts mehr zwischen ihnen war.

Und doch stand etwas zwischen ihnen. Auch als ihre Körper sich miteinander vereinigten, auch als sie sich auf ihn setzte und er ihre Brüste, ihre Taille, ihre Hüfte streichelte, auch als sie sich im Rhythmus zusammen bewegten und sich küssten. Es war immer noch da. Es gab kein Entrinnen, dachte er. Der Genuss ihrer Vereinigung war ein einziges Fest. Aber gleichzeitig hatte er das Gefühl, auf einem Scheiterhaufen zu verbrennen.

Als sie später verschwitzt und befriedigt nebeneinanderlagen, sagte er: »Das war das letzte Mal, nicht wahr?«

»Ja«, sagte sie. »Das wussten wir beide.« Sie schwieg eine Weile. Dann sagte sie: »Es hätte nicht funktioniert, Tommy. Auch wenn ich es wirklich gern gewollt hätte.«

Er nahm ihre Hand, und ihre Finger verschränkten sich. »Das hat nichts mit Helen zu tun«, sagte er. »Das sollst du wissen.«

»Ja, ich weiß.« Sie schaute ihn an, und ihr Haar fiel ihr ins Gesicht. Er schob ihr eine nassgeschwitzte Strähne hinters Ohr. »Tommy, du musst dir eine Frau suchen«, sagte sie. »Nicht als Ersatz für sie, denn welche Frau könnte sie ersetzen? Aber eine, mit der du weitermachen kannst. Denn darum geht es doch im Leben, oder? Ums Weitermachen.«

»Ich wünsche mir das auch«, sagte er. »Anfangs war ich mir nicht sicher, und es wird bestimmt Tage geben, an denen ich rückfällig werde und mir einrede, das Leben ohne Helen sei sinnlos. Aber diese Momente werden vorübergehen. Ich werde das durchstehen und hinter mir lassen. Es kommen auch wieder andere Zeiten.«

Sie streichelte ihm die Wange mit den Knöcheln und sah ihn liebevoll an. »Ich kann nicht sagen, dass ich dich liebe. Es gibt zu viele Dämonen in meinem Leben. Und in deinem.«

»Ich weiß, was du meinst.«

»Aber ich wünsche dir alles Gute. Das sollst du wissen. Egal, was passiert. Ich wünsche dir alles Gute.«

BELGRAVIA
LONDON

Um halb vier war Lynley endlich zu Hause. Er schloss die Tür zu seinem Haus in Eaton Terrace auf und tastete nach dem Lichtschalter. Sein Blick fiel auf ein Paar Damenhandschuhe, die seit neun Monaten am Fuß der Treppe lagen. Er durchquerte die Eingangshalle, hob die Handschuhe auf, hielt sie sich unter die Nase, um ein letztes Mal ihren Duft einzuatmen, drückte sie sich an die Wange, um das weiche Leder ein letztes Mal zu spüren, und legte sie dann in eine Schublade der Garderobe.

Plötzlich hatte er großen Hunger. Ein seltsames Gefühl. Es war eine Ewigkeit her, dass er zuletzt wirklichen, nagenden Hunger verspürt hatte. Eigentlich hatte er nur noch gegessen, weil er wusste, dass sein Körper das brauchte.

Er ging in die Küche und öffnete den Kühlschrank, der wie immer gut bestückt war. Er war ein verdammt schlechter Koch, aber Rührei mit Toastbrot würde er schon hinbekommen, ohne das Haus abzufackeln, sagte er sich.

Während er noch dabei war, alle Zutaten und Utensilien zusammenzusuchen, die er für die Zubereitung dieser schlichten Mahlzeit brauchen würde, kam Charlie Denton in Morgenrock und Pantoffeln in die Küche.

»Was machen Sie in meiner Küche, Mylord?«, fragte Denton, während er sich die Brille an seinem Morgenmantel polierte, worauf Lynley wie immer geduldig bemerkte: »Denton …«

»Sorry«, sagte Denton. »Bin noch nicht richtig wach. Was zum Teufel haben Sie in meiner Küche zu suchen, *Sir*?«

»Wie Sie sehen, mache ich mir etwas zu essen«, sagte Lynley.

Denton betrachtete die Zutaten, die Lynley auf der Anrichte aufgereiht hatte: Eier, Olivenöl, Marmite, Marmelade, Zucker. »Und was soll das werden?«, wollte er wissen.

»Rührei mit Toastbrot. Allerdings bin ich noch auf der Suche nach dem Brot und der Bratpfanne.«

Denton seufzte. »Lassen Sie mich mal machen. Sie veranstalten sowieso nur eine Riesensauerei, und ich muss hinterher alles in Ordnung bringen. Was hatten Sie denn mit dem Olivenöl vor?«

»Braucht man nicht etwas, um die Eier zu braten?«

»Setzen Sie sich.« Denton machte eine Geste in Richtung Küchentisch. »Lesen Sie die Zeitung von gestern. Gehen Sie Ihre Post durch, die habe ich noch nicht auf Ihren Schreibtisch gelegt. Oder machen Sie sich nützlich und decken Sie den Tisch.«

»Wo ist das Besteck?«

»Herrgott noch mal, setzen Sie sich einfach.«

Lynley tat, wie ihm geheißen. Er nahm sich seine Post vor. Wie immer waren jede Menge Rechnungen dabei. Aber auch ein Brief von seiner Mutter und einer von seiner Tante Augusta, die sich beide standhaft weigerten, E-Mails zu schreiben. Seine Tante hatte bis vor Kurzem nicht einmal ein Handy besessen.

Lynley legte die beiden Briefe beiseite und entfernte ein Gummiband von einem aufgerollten Handzettel. »Was ist das?«, fragte er.

»Keine Ahnung. Das klemmte hinterm Türknauf«, antwortete Denton. »Die sind gestern hier in der Straße verteilt worden. Hatte noch keine Zeit, es mir anzusehen.«

Lynley betrachtete das Flugblatt. Es handelte sich um eine Einladung zu einer Veranstaltung in Earl's Court, und zwar zu einer ganz besonderen: Es wurde ein Roller Derby angekündigt, die Boudica's Broads aus Bristol gegen die Electric Magics aus London. *The Spills! The Thrills!* stand da in großen Lettern. *Frauen-Rollschuh-Wettkampf: Werden Sie Zeuge spektakulärer Artistik und hemmungsloser Rempeleien!*

Darunter waren die Namen der Sportlerinnen aufgeführt, und Lynley konnte nicht widerstehen, die Liste zu überfliegen und nach einem Namen zu suchen, den wiederzusehen er nie geglaubt hätte: Kickarse Electra, der Kampfname einer

Großtierärztin aus dem Zoo von Bristol, einer Frau namens Daidre Trahair, die ab und zu ein Wochenende in Cornwall verbrachte, wo er sie kennengelernt hatte.

Lynley lachte leise in sich hinein. Denton drehte sich kurz um und fragte: »Was ist?«

»Was wissen Sie über Roller Derby?«

»Was zum Teufel soll das sein?«

»Ich finde, das sollten wir in Erfahrung bringen, Charlie. Soll ich uns Eintrittskarten besorgen?«

»Eintrittskarten?« Denton sah Lynley an, als hätte der den Verstand verloren. Dann ließ er sich gegen die Anrichte sinken und griff sich theatralisch an die Stirn. »Mein Gott«, sagte er, »ist es schon so weit gekommen? Soll das heißen, Sie laden mich ein, mit Ihnen *auszugehen*?«

Lynley lachte. »Ganz recht.«

»Wo wird das noch hinführen?«

»Keine Ahnung«, sagte Lynley.

CHALK FARM
LONDON

Es war kein leichter Tag für Barbara Havers gewesen, denn sie hatte sich auf zwei Charaktereigenschaften verlassen müssen, die sie eigentlich nicht besaß, nämlich die Fähigkeit, das Offensichtliche zu ignorieren, und die Fähigkeit, Mitgefühl für Unbekannte zu empfinden.

Das Offensichtliche zu ignorieren hätte bedeutet, Lynley nicht darauf anzusprechen, dass zwischen ihm und Superintendent Ardery offenbar irgendetwas vorgefallen war. Denn wenn Barbara sich nicht täuschte, hatten die beiden miteinander Schluss gemacht. Beide wirkten irgendwie traurig, was sie jedoch mit Höflichkeit und Freundlichkeit zu überspielen versuchten, woraus Barbara schloss, dass sie sich in gegenseitigem Einvernehmen getrennt hatten, was sie beruhigend fand. Denn hätte sich nur einer getrennt und der andere darunter gelitten wie ein Hund, hätte sich das katastrophal auf die Arbeitsatmosphäre im Yard ausgewirkt. So konnte wenigstens alles seinen gewohnten Gang gehen, ohne dass sie einander die nächsten Monate mit Sticheleien und bissigen Bemerkungen das Leben zur Hölle machen mussten. Trotzdem dünsteten sie beide eine derartige Niedergeschlagenheit aus, die Barbara dazu veranlasste, ihnen vorerst aus dem Weg zu gehen.

Dass sie nur wenig Mitgefühl für Unbekannte aufzubringen vermochte, hatte jedoch nichts mit Lynley oder Ardery zu tun. Es war nicht damit zu rechnen, dass einer von beiden auf die Idee kommen würde, Barbara sein Herz auszuschütten, wofür sie dankbar war. Weniger dankbar war sie für die Aufgabe, sich noch einmal mit Engracia zu treffen und die junge Spanierin um einen letzten Anruf in Argentinien zu bitten.

Sie bekamen Alateas Bruder Carlos an den Apparat, der mit seiner Kusine Elena María seine Mutter besuchte. Engracia sprach sowohl mit Carlos als auch mit Elena María, während Barbara soufflierte.

Bitte sagen Sie ihnen, dass Alatea ertrunken ist… Ihre Leiche wurde bisher nicht gefunden… das liegt an den besonderen Verhältnissen in der Bucht von Morecambe… am Treibsand… dazu kommt, dass mehrere Flüsse in die Bucht münden… außerdem kam an dem Abend eine Flutwelle… Wir gehen davon aus, dass die Leiche irgendwann angespült wird, und wir wissen auch ungefähr, wo… Ihr Mann wird sie beerdigen… Ja, sie war verheiratet… Ja, sie war sehr glücklich… Sie wollte nur einen Spaziergang machen… Es tut uns schrecklich leid… Ja, ich werde sehen, ob es Fotos gibt… Selbstverständlich… Ja, es war ein Unfall… daran besteht kein Zweifel… ein schrecklicher, tragischer Unfall.

Es spielte keine Rolle, ob es ein Unfall gewesen war oder nicht, dachte Barbara. Alatea war tot, das war, was zählte.

Engracia hatte geweint, während sie der Familie die Nachricht von Alateas Tod überbracht hatte, ein Phänomen, das Barbara nicht zum ersten Mal in Erstaunen versetzt hatte: dass jemand über den Tod eines Menschen weinte, den er nie gekannt hatte, dass jemand Mitgefühl für Menschen empfand, denen er nie begegnen würde. Was löste solche Gefühle aus, fragte sie sich? Warum waren ihr solche Gefühle fremd? Konnte es sein, dass irgendetwas mit ihr nicht stimmte? Oder lag es einfach an dem Beruf, für den sie sich entschieden hatte?

Eigentlich wollte sie über all das gar nicht weiter nachdenken – über Lynleys finstere Stimmung, über Arderys Niedergeschlagenheit, über die Trauer einer argentinischen Familie. Also konzentrierte sie sich auf dem Heimweg auf etwas Erfreuliches, nämlich auf das bevorstehende Abendessen. Sie würde sich ein Steak in die Pfanne hauen, eine Nierenpastete in die Mikrowelle schieben, dazu einen Tetrapak Rotwein öffnen, zum Nachtisch würde sie sich ein Stück Cheesecake gönnen und eine Tasse Kaffee vom Morgen aufwärmen. Anschließend würde sie sich mit *Die süßen Verheißungen der Leidenschaft* aufs Sofa legen, einem schwülstigen Liebesroman mit viel Herzschmerz, denn sie war gespannt darauf zu erfahren, ob Grey Mannington sich endlich seine Liebe zu Ebony Sinclair eingestehen würde. Und sie würde den elektrischen Kamin anwerfen. Denn es war den ganzen Tag über fürchterlich kalt gewesen, ein Vorgeschmack auf den bevorstehenden Winter. Es würde ein bitterkalter, langer Winter werden, dachte sie. Zeit, die Biberbettwäsche aufzuziehen.

Azhars Auto stand vor dem Haus, aber im Erdgeschoss brannte kein Licht. Wahrscheinlich gönnten ihre Nachbarn sich heute ein Abendessen in einem Restaurant und waren das kurze Stück bis zur Chalk Farm Road oder zum Haverstock Hill zu Fuß gegangen. Vielleicht war alles am Ende doch gut gelaufen, dachte Barbara. Vielleicht saßen Azhar, Hadiyyah und Angelina in friedlicher Eintracht mit Azhars anderen Kindern und seiner nicht von ihm geschiedenen Exfrau im China-Restaurant um die Ecke. Wie eine richtige Großfamilie. Vielleicht verstanden sie sich ja jetzt alle prächtig, vielleicht hatte die Frau ihrem Mann verziehen, dass er sie wegen einer Studentin, die von ihm schwanger war, verlassen hatte, vielleicht hatte Azhar sich ja auch schuldig bekannt; vielleicht hatte die ehemalige Studentin sich als Mutter bewährt und durfte jetzt auch die Rolle der Stiefmutter übernehmen, und sie würden in Zukunft alle zusammenziehen und eine Patchwork-Familie bilden, die heutzutage so sehr in Mode waren … Möglich wäre es, dachte Barbara. Vielleicht waren aber auch allen Schweinen in England über Nacht Flügel gewachsen.

Inzwischen war es eiskalt, und sie beeilte sich, an dem Haus vorbei zu ihrem Bungalow zu gelangen. Es war ziemlich dunkel im Garten, da in zwei der fünf Gartenlaternen die Birnen durchgebrannt waren, und vor ihrem Bungalow war es noch dunkler, denn sie hatte am Morgen vergessen, die Verandabeleuchtung einzuschalten.

Trotzdem sah sie, dass jemand auf der Stufe vor ihrer Tür hockte. Die Knie angezogen, den Kopf auf die Knie gelegt, die Fäuste an die Schläfen gedrückt wiegte die Gestalt sich vor und zurück. Als Barbara näher kam, hob die Gestalt den Kopf. Es war Taymullah Azhar.

»Azhar?«, sagte sie. Er antwortete nicht. Dann bemerkte sie, dass er nur einen Anzug trug, aber weder Mantel noch Handschuhe, und dass er vor Kälte zitterte und mit den Zähnen klapperte.

»Azhar!«, rief sie erschrocken. »Was ist passiert?«

Er schüttelte den Kopf. Als sie ihm auf die Beine half, brachte er mühsam hervor: »Sie sind weg.«

Barbara begriff sofort. Sie legte Azhar einen Arm um die Taille und schloss ihre Tür auf. »Kommen Sie rein«, sagte sie. Sie führte ihn zu einem Stuhl. Der Mann war bis auf die Knochen durchgefroren. Selbst seine Kleider waren ganz steif und fühlten sich an, als wären sie dabei, an seiner Haut festzufrieren. Sie zog eine Decke von ihrem Schlafsofa und legte sie ihm um die Schultern. Sie füllte den Wasserkocher und schaltete ihn ein, dann ging sie zurück zu Azhar und rieb ihm die Hände. Weil ihr nichts Besseres einfiel, wiederholte sie mehrmals seinen Namen. Wenn sie ihn noch einmal gefragt hätte »Was ist passiert?«, hätte er es ihr wahrscheinlich erzählt, doch sie wusste nicht, ob sie es wirklich wissen wollte.

Er hielt den Blick auf sie gerichtet, aber sie merkte, dass er sie eigentlich gar nicht sah, denn er starrte nur ins Leere. Der Wasserkocher schaltete sich ab, Barbara hängte einen Teebeutel in eine Henkeltasse und überbrühte ihn mit kochendem Wasser. Sie stellte die Tasse, ihre Zuckerdose und eine Tüte Milch auf den Tisch. Dann tat sie Milch und Zucker in den Tee, rührte um, hielt ihm die Tasse hin und forderte ihn auf zu trinken.

Seine Hände waren so steifgefroren, dass er die Tasse nicht halten konnte, also hielt sie ihm die Tasse an die Lippen. Er trank einen Schluck, hustete und trank wieder. »Sie hat Hadiyyah mitgenommen«, stieß er hervor.

Es konnte sich nur um einen Irrtum handeln, dachte Barbara. Angelina und Hadiyyah waren doch nur losgefahren, um Azhars Kinder abzuholen. Das war zwar eine ziemlich verrückte Idee, aber es konnte doch höchstens eine Stunde dauern, bis Angelina und Hadiyyah mit den beiden anderen Kindern im Schlepptau zurückkehrten und die Überraschungsparty steigen ließen. Zugleich jedoch wusste Barbara, dass sie sich etwas vormachte. Und dass Angelina sie angelogen hatte.

Dann fiel ihr auf, dass ihr Anrufbeantworter blinkte. Vielleicht, dachte sie, vielleicht …

Sie legte Azhars Hand um die Teetasse und ging zu dem Tischchen, auf dem der Anrufbeantworter stand. Zwei Nachrichten waren aufgezeichnet worden. Sie drückte auf die Abhörtaste. Die erste Stimme, die ertönte, war Angelinas: »Hari wird es heute Abend nicht gut gehen«, sagte sie freundlich.

»Wenn Sie vielleicht einmal nach ihm sehen würden. Ich wäre Ihnen sehr dankbar.« Nach einer kurzen Pause fügte sie hinzu: »Machen Sie ihm verständlich, dass es nichts Persönliches ist, Barbara… Na ja, einerseits ist es schon etwas Persönliches, andererseits auch wieder nicht. Würden Sie ihm das sagen, Barbara?« Dann hörte sie die zweite Nachricht ab. Azhars aufgeregte Stimme sagte: »Barbara… Barbara… Ihre Pässe… Hadiyyahs Geburtsurkunde…« Er begann zu schluchzen, dann war die Aufzeichnung zu Ende.

Barbara drehte sich zu ihm um. Er saß in sich zusammengesunken am Tisch. »O Gott, Azhar«, sagte sie. »Was hat sie getan?« Das Schlimme war, dass sie genau wusste, was Angelina Upman getan hatte. Und wenn sie rechtzeitig mit Azhar gesprochen und ihm von der »Überraschung« erzählt hätte, dann hätte er vielleicht geahnt, was Angelina vorhatte, und es vielleicht verhindern können.

Barbara setzte sich an den Tisch. Am liebsten hätte sie ihn in den Arm genommen, aber sie fürchtete, wenn sie das tat, würde er wie Glas zerbrechen. »Azhar«, sagte sie. »Hadiyyah hat mir etwas von einer Überraschung erzählt. Sie meinte, sie und ihre Mum würden losfahren, um Ihre anderen Kinder zu holen, die Kinder, die Sie mit… mit Ihrer Ehefrau haben. Ich wusste nicht, was ich Ihnen sagen sollte, Azhar. Ich wollte Hadiyyahs Vertrauen nicht missbrauchen… und… Verdammt, was ist eigentlich los mit mir? Ich hätte etwas sagen sollen. Ich hätte etwas unternehmen sollen. Ich hab doch nicht damit gerechnet, dass…«

»Sie weiß doch gar nicht, wo sie wohnen«, sagte er tonlos.

»Sie muss es irgendwie rausgefunden haben.«

»Wie denn? Sie kennt ja nicht mal ihre Namen. Nicht den meiner Frau, nicht die meiner Kinder. Sie kann unmöglich… Aber Hadiyyah hat wahrscheinlich gedacht… Bestimmt denkt sie…« Er verstummte.

»Wir müssen die Polizei verständigen«, sagte Barbara, obwohl sie wusste, dass es zwecklos war. Denn Hadiyyah war nicht mit einer Fremden fortgegangen. Sie war in Begleitung ihrer Mutter. Und dass Azhar nicht geschieden war, machte die Frage nach dem Sorgerecht kompliziert. Ein Mann und eine Frau und ihre gemeinsame Tochter hatten ein paar Jahre lang einigermaßen friedlich zusammengelebt. Dann war die Mutter ins Ausland gegangen. Zwar war sie irgendwann zurückgekehrt, aber Barbara begriff plötzlich, dass sie das nur getan hatte, um ihre Tochter zu holen: Sie hatte Azhar in falscher Sicherheit gewiegt, ihn glauben lassen, es wäre alles wieder gut, und einen günstigen Moment abgewartet, um mit Hadiyyah spurlos zu verschwinden.

Gott, Angelina hatte sie alle hereingelegt und benutzt, dachte Barbara. Und was würde Hadiyyah denken und fühlen, wenn ihr dämmerte, dass ihre Mutter sie von ihrem Vater fortbrachte, an dem sie hing, und dass sie sie aus ihrer vertrauten Umgebung herausgerissen hatte. Wohin würde Angelina wohl mit ihrer Tochter gehen?, fragte sich Barbara. Wohin?

Niemand verschwand wirklich spurlos. Barbara war schließlich Polizistin, und sie wusste nur zu gut, dass niemand verschwand, ohne irgendwelche Spuren zu hinterlassen. »Kommen Sie, wir gehen in Ihre Wohnung«, sagte sie zu Azhar.

»Ich kann da nicht mehr reingehen.«

»Sie müssen, Azhar. Sonst finden wir Hadiyyah nie wieder.«

Ganz langsam stand er auf. Barbara führte ihn am Arm zum Vorderhaus. Auf der Terrasse vor seiner Wohnung blieb er stehen, aber sie bugsierte ihn weiter. Sie ließ sich von ihm die Schlüssel geben, schloss die Haustür auf und machte Licht.

Barbara betrachtete das Wohnzimmer, das Angelina so geschmackvoll renoviert hatte. Und auf einmal kapierte sie, was das alles zu bedeuten hatte. Angelina hatte sie alle hinters Licht geführt, nicht nur Azhar und Hadiyyah, sondern auch Barbara. *Es wird ein Riesenspaß, und was glaubst du, was dein Vater für Augen machen wird!*

Azhar stand in der Diele, das Gesicht aschfahl. Barbara fürchtete schon, dass er gleich aus den Latschen kippen würde. Sie führte ihn vorsichtshalber in die Küche und drückte ihn auf einen Stuhl an dem kleinen Tisch. »Warten Sie«, sagte sie zu ihm. »Es wird alles gut, Azhar. Wir werden sie finden. Wir werden sie beide finden.« Er sagte nichts.

Sie ging ins Schlafzimmer und stellte fest, dass alles verschwunden war, was Angelina gehörte. Die Frau konnte unmöglich alle ihre Habseligkeiten in Koffern mitgenommen haben, was bedeutete, dass sie die meisten Sachen schon vorher heimlich verschickt haben musste. Was wiederum bedeutete, dass sie bereits im Voraus gewusst hatte, wohin sie gehen würde, und vielleicht sogar, zu wem. Ein wichtiges Detail.

Auf dem Bett lag eine Geldkassette. Sie war offen, und der Inhalt war auf das Bett gekippt worden. Barbara ging die Sachen durch: Versicherungspolicen, Azhars Reisepass, eine Kopie seiner Geburtsurkunde, ein verschlossener Umschlag, auf dem in seiner sauberen Handschrift stand: *Testament.* Alles, was mit Hadiyyah zu tun hatte, fehlte, genau wie er es gesagt hatte.

Barbara ging ins Kinderzimmer. Hadiyyahs Kleider waren alle weg – bis auf ihre Schuluniform, die auf dem Bett lag wie zum Hohn, dass das Mädchen sie nie wieder tragen würde. Auch ihre Schultasche war noch da, mitsamt den Büchern und den in einem Ringbuch säuberlich abgehefteten Hausaufgaben. Auf dem Schreibtisch stand Hadiyyahs Laptop, und obenauf thronte eine kleine Plüschgiraffe, die ein freundliches Mädchen ihr im vergangenen Jahr auf dem Vergnügungspier in Balford-le-Nez in Essex geschenkt hatte. Diese Giraffe, dachte Barbara, hätte Hadiyyah niemals freiwillig zurückgelassen. Auch nicht den Laptop. Oder ihre Schulsachen. Und vor allem hätte sie niemals freiwillig ihren Vater verlassen.

Sie ging zurück in die Küche, wo Azhar immer noch am Tisch saß und vor sich hinstierte. »Azhar«, sagte sie. »Sie sind

Hadiyyahs Vater. Das lässt sich nachweisen. Sie hat seit ihrer Geburt bei Ihnen gewohnt. Die Nachbarn im ganzen Haus werden das bezeugen. Die Polizei wird die Leute hier befragen, und sie werden aussagen, dass Sie ein liebevoller Vater sind. Hadiyyahs Lehrer werden das bestätigen. Alle werden …«

»Mein Name steht nicht in der Geburtsurkunde, Barbara. Angelina hat darauf bestanden. Es war der Preis dafür, dass ich mich nicht habe scheiden lassen.«

Barbara schluckte. Sie überlegte fieberhaft. »Also gut. Das kriegen wir schon hin. Es spielt keine Rolle. Es gibt schließlich DNS-Tests. Wir werden beweisen, dass Sie der Vater sind.«

»Wie denn, wenn sie nicht hier ist? Und welche Rolle spielt es schon, solange sie bei ihrer Mutter ist? Angelina hat gegen kein Gesetz verstoßen. Sie hat gegen keinen Gerichtsbeschluss verstoßen. Es gibt keine richterliche Anordnung in Bezug auf ein gemeinsames Sorgerecht, der sie sich entzieht. Sie ist einfach verschwunden. Sie hat meine Tochter mitgenommen, und die beiden werden nie wieder zurückkommen.«

Er schaute sie so unglücklich an, dass Barbara sich abwandte. »Nein, nein, das kann nicht sein«, sagte sie wider besseres Wissen.

Er schlug sich mit den Fäusten an die Stirn. Einmal, zweimal. Barbara hielt seine Handgelenke fest. »Nicht. Wir werden sie finden. Ich schwöre es Ihnen. Ich rufe ein paar Leute an. Jetzt gleich. Es gibt Möglichkeiten. Sie werden Hadiyyah wiedersehen, daran müssen Sie glauben. Glauben Sie daran?«

»Mein Leben hat keinen Sinn mehr«, murmelte er. »Ohne Hadiyyah hat mein Leben keinen Sinn.«

CHALK FARM
LONDON

Wen konnte sie verantwortlich machen?, fragte sich Barbara verzweifelt. Wem auf Gottes verfluchter Erde konnte sie die Schuld geben? Sie musste einen Schuldigen finden, denn wenn ihr das nicht gelang, musste sie sich selbst die Schuld geben. Dafür, dass sie sich hatte verführen lassen, sich hatte einschüchtern lassen, dass sie zu blöd gewesen war, dass sie …

Letztlich war Isabelle Ardery schuld, dachte sie. Wenn die bescheuerte Ardery nicht darauf bestanden hätte, dass Barbara ihre äußere Erscheinung änderte, wäre das alles nicht passiert; denn dann hätte Barbara Angelina Upman erst gar nicht kennengelernt, dann wäre sie auf Distanz zu der Frau geblieben und hätte klarer gesehen … Aber was für eine Rolle spielte das überhaupt, denn Angelina hatte von Anfang an vorgehabt, ihre Tochter mitzunehmen, und genau *darum* war es in dem Streit zwischen Angelina und Azhar gegangen, den Barbara zufällig mitbekommen hatte. Sie hatte ihm gedroht, mit Hadiyyah wegzugehen, und er war wütend geworden. Azhar hatte die Beherrschung verloren, wie es jedem Mann gehen würde, wenn er erführe, dass man ihm sein Kind wegnehmen wollte. Als Angelina Barbara kurz darauf erzählt hatte, um was es bei dem Streit gegangen war, hatte Barbara ihr das Lügenmärchen abgekauft, so wie sie ihr überhaupt alles abgekauft hatte.

Sie wollte Azhar nicht allein lassen, doch wenn sie den Anruf tätigen wollte, würde ihr nichts anderes übrig bleiben. Sie wollte nicht in seiner Gegenwart telefonieren, da sie nicht wusste, was bei dem Gespräch herauskommen würde, auch wenn sie Azhar versicherte, dass alles gut werden würde. »Legen Sie sich ein bisschen hin, Azhar«, sagte sie zu ihm. »Ruhen Sie sich aus. Ich bin gleich wieder da. Versprochen. Warten Sie hier auf mich. Ich werde ein paar Leute anrufen, und dann komme ich mit einem Plan zurück … Azhar, hören Sie mir überhaupt zu?« Am liebsten hätte sie jemanden gebeten herzukommen und sich um ihn zu kümmern, aber es gab niemanden. Sie konnte nichts anderes tun, als ihn ins Schlafzimmer zu bringen, ihn zuzudecken und ihm zu versprechen, dass sie bald wieder da sein würde.

Sie lief zu ihrem Bungalow, um zu telefonieren. Es gab nur einen Menschen, der ihr helfen konnte, der in einer solchen Situation klar denken konnte. Sie wählte seine Handynummer.

»Ja? Barbara?«, sagte Lynley. »Sind Sie das?« Im Hintergrund war ein fürchterlicher Lärm zu hören. »Ja, Sir«, sagte Barbara erleichtert. »Ja, Sir, ich bin's. Ich brauche …«

»Ich kann Sie nicht verstehen, Barbara. Kann ich Sie zurück …«

Seine Stimme ging im Jubelgeschrei einer Menschenmenge unter. Wo zum Teufel steckte er?, fragte sich Barbara. In einem Fußballstadion?

Als hätte er ihre Frage gehört, sagte er: »Ich bin im Earl's Court …« Wieder tobte die Menge, und Lynley sagte zu jemandem: »Charlie, ist die verrückt geworden? Gott, ist die Frau aggressiv. Haben Sie gesehen, was passiert ist?« Jemand antwortete etwas, und Lynley lachte. Er lachte, dachte Barbara, wie sie ihn nicht mehr hatte lachen hören seit dem vergangenen Februar, als sie geglaubt hatte, er würde nie wieder lachen. Er sagte: »Roller Derby, Barbara«, dann wurde es so laut, dass sie fast kein Wort mehr verstand. »… diese Frau aus Cornwall«, hörte sie. War er bei einem Rendezvous?, fragte sie sich. Mit einer Frau aus Cornwall? Und was war Roller Derby? Und wer war Charlie? Eine Frau namens Charlotte? Es konnte doch unmöglich Charlie Denton sein, oder? Wieso zum Teufel sollte Lynley mit Charlie Denton ausgehen?

»Sir«, rief sie ins Handy. »Sir!« Aber es hatte keinen Zweck.

Die Menge tobte, und Lynley sagte zu jemandem: »Ist das ein Punkt?« Dann sagte er ins Handy: »Barbara, kann ich Sie zurückrufen? Ich verstehe kein Wort.«

»In Ordnung«, sagte sie. Sie überlegte, ob sie ihm eine SMS schicken sollte. Aber er war gerade so gelöst und glücklich, wie konnte sie ihn da herausreißen, wo sie im Grunde ihres Herzens wusste, dass er sowieso nichts tun konnte? Von offizieller Seite konnte niemand etwas tun. Was auch immer sie unternahm, es musste vollkommen inoffiziell geschehen.

Sie betrachtete ihr Handy. Dachte an Hadiyyah. Sie kannte sie erst seit zwei Jahren, es kam ihr jedoch so vor, als würde sie das fröhliche Mädchen mit den Zöpfen schon kennen, seit es auf der Welt war. Plötzlich fiel Barbara auf, dass Hadiyyah die letzten beiden Male, als sie sie gesehen hatte, gar keine Zöpfe gehabt hatte, und sie fragte sich, wie sie ihr Haar wohl demnächst tragen würde.

Was wird sie aus dir machen?, dachte Barbara. Wie wird sie dir deine Verkleidung erklären? Was wird sie dir über euer Reiseziel erzählen, wenn du erst einmal begreifst, dass sie nicht vorhat, dich zu deinen Halbgeschwistern zu bringen? Wohin wird eure Reise euch führen? In wessen Arme wird deine Mutter sich flüchten?

Denn darauf lief es letztlich hinaus. Und wie sollte man Angelina Upman daran hindern, ihr Kind mitzunehmen, eine Mutter, die aus »Kanada« zurückgekommen war, oder wo und bei wem auch immer sie gewesen war? Denn natürlich war sie jetzt unterwegs zu ebendiesem Mann, den sie genauso wie Azhar verführt hatte, so wie sie wahrscheinlich jeden dazu verführt hatte, ihr jeden Blödsinn zu glauben … Was hatte Angelina getan, und wohin war sie unterwegs?

Unruhig ging Barbara in ihrem Bungalow auf und ab. Sie würde jedes Londoner Taxi überprüfen, dachte sie. Jeden Bus. Sie würde sich jedes Band aus den Überwachungskameras des U-Bahnhofs Chalk Farm ansehen. Dann die Fernbahnhöfe überprüfen. Den Eurostar. Die Flughäfen. Luton, Stansted, Gatwick, Heathrow. Jedes Hotel. Sämtliche Pensionen. Jede Wohnung und jedes mögliche Versteck in London und Umgebung. Die Kanalinseln. Die Isle of Man. Die großen und die kleinen Hebriden. Europa. Frankreich, Spanien, Italien, Portugal …

Wie lange würde man brauchen, um eine schöne, blonde Frau mit einem dunkelhaarigen kleinen Mädchen zu finden, das schon bald nach seinem Vater fragen würde, das es irgendwie schaffen würde, seinen Vater anzurufen und zu sagen: »Daddy, Daddy, Mummy weiß nicht, dass ich dich anrufe, aber ich will nach Hause …«

Also, warten wir auf den Anruf?, fragte sich Barbara. Oder suchen wir sie? Oder beten wir einfach nur? Reden wir uns ein, dass Angelina nichts Schlimmes im Schilde führt und nichts Schlimmes passieren wird, weil sie ihr Kind liebt und weiß, dass Hadiyyah zu ihrem Vater gehört, der ihretwegen alles aufgegeben hat und ohne sie nicht leben kann?

Gott, sie wünschte, Lynley wäre da. Er würde wissen, was zu tun war. Er würde das Richtige sagen. Er würde sich die ganze schreckliche Geschichte anhören, und er würde den richtigen Ton finden, um Azhar Hoffnung zu machen. Sie selbst wusste nicht, wie sie es anstellen sollte, aber irgendetwas musste sie tun. Sie musste etwas sagen, irgendetwas unternehmen, denn wenn sie das nicht tat, was für eine Freundin war sie dann?

Es war fast zehn Uhr, als Barbara schließlich in ihr kleines Badezimmer ging. Lynley hatte noch nicht zurückgerufen, doch er würde es tun, das wusste sie. Er würde sie nicht im Stich lassen, denn DI Lynley ließ niemanden im Stich. So war er nicht. Er würde so bald wie möglich anrufen, und an den Gedanken klammerte sich Barbara, schließlich musste sie an irgendetwas glauben.

Sie drehte das Wasser in der Dusche auf und wartete darauf, dass es warm wurde. Sie fror plötzlich, aber nicht vor Kälte, denn der elektrische Kamin hatte den kleinen Wohnraum ganz gut aufgewärmt. Nein, etwas viel tiefer in ihrem Innern ließ sie frösteln. Sie betrachtete sich im Spiegel, während es aus der

Dusche dampfte. Sie betrachtete die Frau, die sie auf Geheiß anderer geworden war. Sie dachte an die Schritte, die unternommen werden mussten, um Hadiyyah zu finden und zu ihrem Vater zurückzubringen. Es waren viele Schritte, aber Barbara wusste, welcher der erste war.

Sie ging in die Küche und nahm eine Schere aus der Schublade, eine gute, scharfe Schere, mit der man leicht Hühnerknochen durchtrennen konnte, obwohl sie sie zu diesem Zwecke noch nie benutzt hatte. Oder zu irgendeinem anderen Zweck. Aber sie war perfekt geeignet für den Zweck, für den Barbara sie jetzt brauchte.

Sie ging zurück ins Bad und zog sich aus.

Sie stellte die Wassertemperatur ein.

Sie trat in die Duschkabine.

Und begann, sich die Haare abzuschneiden.

6. September 2010
Whidbey Island, Washington

Danksagung

Als Amerikanerin, die Romane schreibt, die in England spielen, stehe ich ständig in der Schuld bei Menschen, die bereit sind, mir bei meinen Recherchen vor Ort behilflich zu sein. In diesem Fall gilt mein Dank den Angestellten und den Eigentümern der Gilpin Lodge in Cumbria, einem gemütlichen Ort, von dem aus ich meine Streifzüge durch die Landschaft machen konnte, in der dieser Roman spielt. Cedric Robinson, der Queen's Guide to the Sands, der in der Morecambe Bay aufgewachsen ist und seit Jahrzehnten andere sicher durch die Bucht führt, hat mir unschätzbar wertvolle Informationen zur Verfügung gestellt. Mr. Robinsons Frau Olive hat mich in dem achthundert Jahre alten Cottage des Ehepaars willkommen geheißen und ebenso wie ihr Mann stundenlang mit mir über Cumbria geplaudert. Swati Gamble von Hodder & Stoughton hat einmal mehr bewiesen, dass sie, ausgerüstet mit Internet und Telefon, alles möglich machen kann.

In den Vereinigten Staaten haben mir Bill Solberg und Stan Harris wertvolle Hinweise gegeben, was das Leben im Lake District angeht, und eine zufällige Begegnung mit Joanne Herman in einem Fernsehstudio in San Francisco vor einer Talkshow brachte mich in Besitz des Buchs *Transgender Explained*. Caroline Cosseys Buch *My Story* hat mir den Schmerz und die Verwirrung nahegebracht, die durch Geschlechtsdysphorie entsteht, und mich ahnen lassen, welchen Vorurteilen diejenigen begegnen, die sich entschließen, entsprechende Schritte zu unternehmen.

Ich danke meinem Mann Thomas McCabe für seine Unterstützung, meiner persönlichen Assistentin Charlene Coe für ihre unerschütterlich gute Laune und Susan Berner und Debbie Cavanaugh für ihre Bereitschaft, stets meine ersten Romanentwürfe zu lesen. Ebenso gilt mein Dank meinem Agenten Robert Gottlieb von der Trident Media Group sowie den Mitarbeitern meines englischen Verlags Hodder & Stoughton, Sue Fletcher, Martin Nield und Karen Geary. Dieser Roman kommt bei dem amerikanischen Verlag Dutton heraus, und ich danke meinem neuen Verleger Brian Tart für sein Vertrauen in meine Arbeit.

Und schließlich danke ich meinen Lesern für ihr Interesse an Cumbria und dem Lake District: Alle Orte in diesem Roman sind wie in allen meinen Büchern real. Allerdings habe ich mir wie immer ein paar literarische Freiheiten erlaubt: Ireleth Hall steht für Levens Hall, das Anwesen von Hal und Susan Bagot; das Bootshaus der Faircloughs steht im Fell Foot Park; Arnside House steht für Blackwell, das herrliche Arts-and-Crafts-Gebäude am Ufer von Lake Windermere; die Bryan Beck Farm steht für ein elisabethanisches Herrenhaus namens Townend; und aus dem Dorf Bassenthwaite wurde das Dorf Bryanbarrow, einschließlich der Enten. Mit Örtlichkeiten wie diesen Gott zu spielen ist Teil des Vergnügens am Romaneschreiben.

Elizabeth George
Whidbey Island, Washington